Paul Werner

IM BLUTIGEN REIGEN DER YELLOW DANCER

Abenteuer-Roman

Bibliografische Informationen der Deutschen Nationalbibliothek:
Die Deutsche Nationalbibliothek verzeichnet diese Publikation
in der Deutschen Nationalbibliografie, detaillierte bibliografische
Daten sind im Internet über dnb.dnb.de abrufbar.

TWENTYSIX – Der Self-Publishing-Verlag
Eine Kooperation zwischen der Verlagsgruppe Random House
und BoD – Books on Demand

Herstellung und Verlag:
BoD – Books on Demand, Norderstedt
Umschlaggestaltung und Satz:
uc graphic, Heidelberg
Illustration: Evelyn Mantei

ISBN: 978-3-7407-2771-0

ERSTES KAPITEL

1. Der Fels.

Die Frau schwimmt um ihr Leben. Verzweifelt peitschen ihre nackten Arme das aufgewühlte Meer. Ruckartig rollt ihr Torso in wiegendem Wechsel nach links und nach rechts. Laut keuchend ringt ihr weit aufgerissener Mund ein ums andere Mal nach Luft, bevor ihr Kopf erneut in den Fluten verschwindet. Welle auf Welle packt die Frau von der Seite und schleudert sie mit jähem Ruck auf den schäumenden Kamm. Dort oben rammt sie wieder und wieder der tosende Meltemi mit der Wucht eines fahrenden Zuges. Weiße Gischt schlägt ihr ins Gesicht und lässt sie für Augenblicke erblinden. Dann fällt sie wie leblos in den fauchenden Abgrund windstiller Wellentäler. Bleiern werden ihre Arme und Beine, immer hektischer die röchelnden Atemzüge. Erbarmungslosen Hammerschlägen gleich dröhnt ihr jagender Puls bis in die Spitzen ihres dunkel glänzenden Haars. Ihre Lungen sind zum Bersten gebläht. Ihr Magen kann das Meersalz nicht halten. Mal um Mal würgt, hustet und erbricht sich die Frau. Ihre Augen schmerzen wie von Säure verätzt. Ihre brennende Haut hängt in Fetzen wie versengtes Pergament.

Klarer Gedanken ist die Frau längst nicht mehr fähig. Nur ihr stählerner Wille treibt sie voran. Durchhalten! Nicht aufgeben! Jetzt bloß nicht schlappmachen! Alles, nur nicht wie eine über Bord gefallene Katze in den Fluten elend ersaufen! Nicht irgendwo in der trüben Tiefe Aalen, Krabben und Würmern zum Futter werden.

Immer wenn gar nichts mehr geht, stellt die erschöpfte Frau den mörderischen Kampf ein, dreht sich auf den Rücken und lässt sich für Augenblicke mit ausgebreiteten Armen in den Wogen treiben. Solange die Frau atmet, trägt sie die See, so lautet das stillschweigende Abkommen. Glänzende Gestirne über ihr tanzen in der mondlosen Nacht wie funkelnde Glasperlen eines verrückten Kaleidoskops.

„Einfach loslassen," flüstert aus dem Dunkel eine verführerische Stimme, die sie ungebeten nun schon seit Stunden begleitet. „Warum gibst du nicht nach, ich fange dich auf, versprochen!" Wind und Strom treiben die Frau nach Süden. Dort aber wohnt das Nichts. Mit dem markerschütternden, halb erstickten Schrei verendender Kreatur hält sie sich die Sirene vom Leibe, dreht sich auf den Bauch und stellt sich aufs Neue dem schier aussichtslosen Kampf.

Jedes Mal, wenn eine „siebte" Welle sie ganz weit emporschleudert, locken vermeintlich nahe Irrlichter der Küste die Frau. So geht das tödliche Spiel nun schon seit Stunden. Je näher die Frau der rettenden Küste zu kommen scheint, desto weiter rücken die Lichter von ihr ab. Doch dann, urplötzlich, schiebt sich ein buckliger, schwarz dräuender Schatten zwischen die Frau und die Lichterkette. Gleich einem sich träge aus den verborgenen Schluchten des Meers erhebenden Leviathan türmt er sich gebieterisch vor ihr auf. Zögerlich, gleich einem scheuen Einsiedlerkrebs lugt ihr Bewusstsein aus seinem schützenden Panzer luftspiegelnder Halluzinationen. Quälend langsam wird ihr klar, was sich ihr da in den Weg stellt: nichts weniger als ihre Erlösung! Eine winzige Felseninsel, ein pechschwarzes Stück Gneis in der dunklen Flut. Unbewohnt, unbeleuchtet, unbeachtet hebt es sich schemenhaft gegen die Lichter von Lesbos' Nordwestküste ab. Seine Sattelform und die helmartige Wölbung, kaum höher als der Mast einer Segelyacht, lassen keinen Zweifel daran, um welche Insel in diesem Reich labyrinthischer Archipele es sich handelt. Fast hat die Frau sie erreicht. Von neuer Hoffnung beseelt, wuchtet sie sich voran. Noch wenige hundert Meter, dann wird sie endlich wieder festen Boden unter ihren Füßen spüren und sich von ihren unsäglichen Qualen erholen können.

Zuvor jedoch muss sie das tödliche Mahlwerk des Klippengürtels überwinden. Felskanten scharf wie Haifischzähne lauern dicht unter der wogenden, schäumenden Oberfläche. Nicht umsonst sind die von Verwesung geblähten und von gieriger Meeresfauna angenagten Körper Ertrunkener vielfach von tiefen Schnittwunden entstellt. Solch grässliche Verletzungen geben unmissverständliche Kunde von den schauerlichen Dramen, die sich, von keiner Menschenseele verfolgt, an entlegenen Gestaden zugetragen haben. Bereits vom Angesicht der Küsten in trügerischer Sicherheit gewiegt, fielen die Unglücklichen auf brutale Weise doch noch der grausamen Arglist der See zum Opfer.

Beim keuchenden Luftholen ist der Frau, als könne sie bereits das hellere Klatschen der Brandungswellen vom dunkleren Grollen der südwärts ziehenden Phalanx der geschlossenen Wogen unterscheiden. Sobald diese auf den jäh ansteigenden Meeresboden treffen, werden sie aus der Monotonie ihres gleichförmigen Rollens gerissen. Die Wellen geraten gleichsam ins Stocken, stauen sich auf und richten sich empor wie scheuende Pferde vor einem unvermittelt auftauchenden Hindernis. Ein Mensch, der zwischen den Hammer der sich überschlagenden Brecher und den Amboss eines dem Meer eisern die Stirn bietenden Riffs gerät, zerschellt in Tausend Teile wie eine zu Boden gefallene Porzellanfigur.

Die Frau ist sich der tödlichen Gefahr bewusst, hat der Urgewalt der See aber nichts mehr entgegenzusetzen. Das fahle Licht der ab und an durchscheinenden dünnen Mondsichel in ihrem Rücken ist zu schwach, ihr den sicheren Weg durch die Klippen zu weisen. Anhaltendes Wetterleuchten über den Berggipfeln von Lesbos vor ihr blendet sie mehr als dass es ihr hilft. Beim neuerlichen Zucken eines sich vielfach verästelnden Blitzes bemerkt sie zu ihrer Rechten ein winziges Fleckchen Sandstrand sich rasend schnell nähern. Das ist ihre einzige Chance. Sie mobilisiert ihre allerletzte Energie, um sich aus der eisernen Umklammerung der Brandung zu befreien und auf das leichentuchgroße Stück Strand zuzusteuern. Einen Moment lang sieht es so aus, als habe sie es bereits verpasst. Dann hebt sie eine gnädige Brandungswelle donnernd über den Klippengürtel und wirft sie wie fauliges Treibholz auf den grobkörnigen Sand der düster aufragenden Felseninsel.

Fast wird ihr zerschundener Körper von der Wucht des Aufpralls zerschmettert. Aufbrüllen will sie wie eine waidwund geschossene Raubkatze, doch ihrer ausgetrockneten Kehle entringt sich nur ein dumpf ächzendes Stöhnen. Lange liegt die Frau reglos im Bläschen werfenden weißen Algenschaum, der die Grenze zwischen Land und Meer markiert. Als weigere sich die eifersüchtige See, vorschnell von ihrem Opfer abzulassen, leckt sie mit langen feuchten Zungen nach den blutenden Füßen und Beinen der Frau. Doch selbst die Macht der See kennt ihre Grenzen. Hier und heute kann sie ihr grimmiges Werk nicht vollenden. Dafür malträtiert nun der unablässig wütende Meltemi den von Sonne und Salz gebeizten Körper der Frau.

Das lautlose Gewitter ist nach Süden weitergezogen. Zaghaft kehrt das Leben in die Frau zurück. Mit zitternder Hand nestelt sie an ihrem Bein und zieht ein langes Kampfmesser mit Sägezahnklinge aus dem umgeschnallten Schenkelholster. Ihre blutenden Hände umklammern den Griff. Langsam hebt die Arme über den Kopf und rammt die kurz aufblitzende Klinge bis zum Heft in den feuchten Sand, als wolle sie der noch zuckenden Insel den Todesstoß versetzen. Dann zieht sie sich Stück für Stück am Griff den Strand hinauf. Wieder und wieder treibt sie die Klinge in den Boden und kriecht so unendlich mühsam Meter um Meter weiter, bis sie am Fuß des „Helmes" angelangt ist. An den löchrigen Unebenheiten des porösen Vulkangesteins finden ihre tastenden Finger vorübergehend Halt. Er genügt ihr, den Oberkörper aufzurichten und sich mit dem schmerzenden Rücken gegen den rauen, Schmirgel gleichen Fels zu lehnen.

Sie versucht aufzustehen, doch ihre krampfenden und aufgerissenen Beine versagen ihr den Dienst. Stöhnend wendet sie sich um und kniet schließlich vor dem Helm wie eine Pilgerin, die unsägliche Mühsal auf sich genommen hat, um an diesem gottverlassenen Ort einem von der Nachwelt vergessenen Märtyrer zu huldigen, der hier einst allzu opferbereit sein gering geschätztes irdisches Leben aushauchte. Die aus zahlreichen Schürfwunden blutende Brust der Frau hebt und senkt sich weiter in rasendem Tempo wie die rot glühenden Kolben eines gepeinigten Motors.

Der torkelnde Sternenhimmel über ihr erbleicht bereits in banger Vorahnung des ersten Morgengrauens, als sich die Frau endlich laut stöhnend erhebt. Schlank, mittelgroß, dunkelhaarig und von makellosem Körperbau, gleicht sie, im Halbdunkel leicht gebeugt stehend, der noch blutenden, an die Palme gelehnten Leto kurz nach ihrer schmerzvollen Niederkunft mit den vom Göttervater höchstpersönlich gezeugten Zwillingen Apollo und Artemis. Eine Halbgöttin, so gut wie nackt in den zerrissenen Lumpen von Shorts und T-Shirt, stützt sie sich an den kalten, feuchten, rissigen Fels. Auf unsicheren Beinen hangelt sie sich an der schroff aufsteigenden Wand entlang, als suche sie nach einem Sesam-öffne-Dich, der ihr auf die Zauberformel hin Einlass gewährt. Das grobkörnige Sandstrahlgebläse des Sturms trifft sie nun mit Myriaden winziger glasharter Geschosse von vorn und macht noch den kleinsten ihrer Schritte zum reinen Kraftakt. Die Frau könnte sich abwenden und dem Wind den Rücken zukehren. Auf der anderen Seite des „Helms" angelangt, würde sie vermutlich alsbald Schutz vor dem Wind finden. Doch sie scheint unbeirrbar in ihrem Starrsinn, der Wucht des Sturmes um jeden Preis trotzen zu wollen.

Schließlich greifen ihre Finger ins Leere, ertasten ihre Hände eine scharfe Abbruchkante im Gestein. Eine niedrige Höhle, kaum größer und tiefer als ein von halbherzigem Bergbau ehedem verworfenes Sprengloch, tut sich zur Rechten der Frau auf. Ihre eben noch fehlgeleitet erscheinende Zielstrebigkeit lässt ahnen, dass sie um die Existenz dieser Höhle wusste. Gebückt kriecht sie in das schwarze Loch, in das ihr der wütend aufheulende Sturm nicht folgen kann.

Als sich ihre Augen an das schummrige Zwielicht gewöhnt haben, bemerkt sie zu ihren Füßen einen schwach glänzenden Gegenstand. Sie beugt sich hinab, greift danach und zieht eine halb im Sand verscharrte Plastikflasche hervor, die vermutlich schon vor Wochen und Monaten von einem der seltenen Besucher der Insel zurückgelassen wurde. Ein Fischer vielleicht, der hier vor einem Sturm wie diesem Schutz gesucht und nach dessen Abflauen die Flasche mit einem Rest Trinkwasser etwaigen künftigen Leidensgenossen vermachte. Die Frau hat Mühe, den von der Hitze ungezählter Tage mit der Flasche verschweißten Schraubverschluss mit ihren steifen, wunden Fingern abzudrehen. Schließlich packt sie das runde Stück rotes Plastik mit den Zähnen und dreht die Flasche, bis der Verschluss aufbricht und abfällt. Der faulige Geruch, der ihr aus der Flasche entgegenschlägt, dreht ihr den Magen um. Angewidert verzieht sie das Gesicht. Doch höllischer Durst überwindet jeden Ekel. Sie schluckt das lauwarme Wasser in gierigen Zügen. Dann setzt sie die Flasche wieder ab und stößt einen lauten Rülpser aus, der wie zur Bestätigung mehrfach von den Wänden der kleinen Höhle widerhallt.

„Willkommen im schönen Neandertal," murmelt die Frau auf Englisch, ringt sich ein freudloses Lächeln ab und kriecht auf allen Vieren weiter nach links. Dort stößt sie alsbald auf einen wie versandfertig auf einer Holzpalette getürmten quadratischen, etwa hüfthohen Stapel der von einer militärischen Persenning umhüllt ist. Über das Ganze hat man zur lieblosen Tarnung eilig ein schief hängendes Netz geworfen, in dessen grobe Maschen da und dort ein paar trockene Zweige gesteckt wurden. So relativ niedrig er ist, nimmt der Stapel doch einen Großteil der Höhle ein.

Die Frau zückt erneut ihr Messer und durchschneidet erst das Netz, dann die Leine, deren einzelne Bahnen die Plane fest verschnüren. Plötzlich hält die Frau inne. Eine seltsame Ausbeulung in der Plane erregt ihre Aufmerksamkeit. Es könnte sich um eine Sprengfalle handeln, die allzu Neugierige zerreißen soll, kaum dass sie unbefugt Hand an den Stapel legen. Ganz behutsam durchtrennt die Frau die letzten Knoten und zieht die Plane Zentimeter um Zentimeter zu sich, um sofort nachzugeben, sollte sie den Widerstand eines etwaigen Auslösedrahtes spüren. Endlich ist es geschafft. Die Frau wirft die Plane mit einem entschlossenen Ruck zur Seite.

Der Stapel auf der Palette setzt sich aus mehreren Schichten ziegelsteingroßer, in schimmernde Plastikfolie verpackter und mit Klebestreifen umschlossener Päckchen zusammen. Mitten auf der obersten Schicht, nur etwa einen Meter vom Kopf der knienden Frau entfernt, richtet sich eine halb zusammengerollte, ungehalten zischende Schlange gerade soweit auf, dass sie der Frau mit einem einzigen wuchtigen Stoß ihre spitzen Giftzähne in die bleichen Wangen schlagen kann.

Die Frau weicht nicht zurück, sondern drückt ihren Rücken durch, so dass sich ihr Oberkörper aufrichtet und versteift. Ihre vom Stapel verdeckte rechte Hand wandert fast unmerklich nach oben. Die auffälligen dunklen „Brauen" über den Augen der aufgeregt züngelnden Schlange geben sie als Hornviper zu erkennen. Ihr Biss ist für gesunde Erwachsene selten tödlich, wiewohl schmerzhaft und infektionsträchtig. Gelänge es dem Reptil, seine Zähne in den Kopf der Frau zu bohren, wären deren vitale Funktionen allerdings ungleich stärker bedroht, es bestünde vermutlich Lebensgefahr. Die seltsam unnachgiebige Frau weicht dem Zweikampf dennoch nicht aus, sondern starrt unverwandt auf die Viper und erwidert deren drohendes Zischen mit einem Laut von ähnlich klingender Warnfunktion.

Das Reptil denkt offensichtlich nicht daran, seine Höhle kampflos zu räumen. Die Frau hebt langsam ihre freie linke Hand in Kopfhöhe und bewegt die abgespreizten Finger wie in einem Schattenspiel zur Zerstreuung einer Kinderschar grazil hin und her. Das Ablenkungsmanöver gelingt. Der Stoß der Schlange erfolgt zwar zielgenau, aber um Bruchteile zu langsam. Ihr vermeintliches Opfer zieht die linke Hand blitzartig weg und trennt mit einer gedankenschnellen Bewegung der Sägezahnklinge von unten nach oben der Schlange den Kopf vom Körper, indem sie das schwerkontrollierbare Trägheitsmoment des ins Leere stoßenden Reptils geschickt zu ihren Gunsten nutzt.

Die Frau spießt den herabgefallenen Kopf zwischen den Brauen auf und blickt der Schlange in die Augen, als misstraute sie der übel beleumundeten Spezies über deren Tod hinaus. Als sie sich vergewissert hat, dass alles Leben aus dem Reptil gewichen ist, schleudert sie den Kopf im hohen Bogen in die See. Den Schlangenkörper, der im Todeskampf zuckt und sich windet wie ein der Hand entglittener Gartenschlauch, wirft sie in den Sand.

Dann widmet sich die Frau den wasserdicht verschlossenen Päckchen. Sie zieht eines heraus, durchsticht die Verpackung und entnimmt mit der Messerspitze eine winzige Probe des mehlig weißen Pulvers. Einige von den immer noch salzigen Geschmacksknospen ihrer Zunge verkostete Milligramm genügen ihr offenbar,

Art und Qualität des Stoffes zu bestimmen. Die Probe scheint zu ihrer Zufriedenheit auszufallen. Die Frau verklebt das Päckchen wieder notdürftig und schiebt es in den Stapel zurück.

Inzwischen ist es taghell und die Seevögel der Felseninsel stimmen ihr keifend kakophonisches Morgenkonzert an. Der Meltemi tobt unvermindert weiter und raubt den ersten Strahlen der tief über dem östlichen Horizont stehenden Morgensonne einen Großteil ihrer wärmenden Kraft. So gut es eben geht, verbindet die Frau ihre zahlreichen klaffenden Wunden mit den Fetzen ihrer Kleidungsreste. Um Entzündungen oder gar einen tödlichen Wundstarrkrampf zu vermeiden, braucht sie jetzt viel Glück, denn auf ärztliche Hilfe kann sie bei fürs erste nicht zählen.

Mit wenigen geschickten Schnitten verwandelt sie die steife, vom Salz der feuchten Luft getränkte Persenning in einen groben zeltartigen Umhang, dessen Saum bis auf die Erde reicht. Sie streift den improvisierten Poncho über und sieht sich um, als suche sie einen Spiegel. Schließlich zwängt sie sich in einen schmalen Spalt zwischen der Rückseite des Stapels und der Höhlenwand. Hier fühlt sie sich gegen Wind, Schlangen und neugierige Blicke gleichermaßen gefeit. Die Schiffe auf der Dardanellen-Route passieren die Felseninsel ohnehin zu weiträumig, als dass man selbst von ihren hoch aus dem Wasser ragenden Brücken Einzelheiten der Küstentopographie erkennen könnte. Mit dem Auftauchen von Fischern zur Unzeit, ein lästiges Merkmal dieses unberechenbaren Berufsstandes, ist in diesem Wetter ausnahmsweise auch nicht zu rechnen. Gerade ihre Abgelegenheit, Unansehnlichkeit und abweisende Unzugänglichkeit sind Trümpfe, mit denen sich die Felseninsel ortskundigen Schmugglern als Versteck für Konterbande jeder Art empfohlen haben dürfte.

Die Frau wickelt den selbstgefertigten Poncho eng um ihren ausgelaugten Körper, rammt das Messer neben sich in den Boden und schließt die Augen. Eine Uhr trägt sie nicht. Wozu auch? Dringende Termine stehen offenkundig nicht an und sobald sie erwacht, wird ihr das Licht der Nachmittags- und Abendsonne die ungefähre Tageszeit verraten. An ein Entkommen von der Insel ist vorläufig nicht zu denken. Der Meltemi heult unablässig um die Höhle und jeder Versuch, über die entfesselte See schwimmend die Küste von Lesbos zu erreichen, käme Selbstmord gleich. Nur wenige Augenblicke vergehen, bis ihr Kopf in den Nacken fällt und aus dem halb geöffneten Mund ein leises Schnarchen dringt.

2. Drei Herren in Weiß.

Wann genau die drei ganz in Weiß gekleideten Herren im Hafen von Mithymna angekommen waren, wusste im Nachhinein keiner der Stammgäste von Yannis „Lächelndem Delfin" mit Sicherheit zu sagen. Geschweige denn, woher sie stammten und was sie auf Lesbos zu suchen hatten. Wie vom jenseitigen Dasein unsäglich gelangweilte Untote auf Kurzurlaub im Diesseits hockten die Palikaria vor ihren fingerhutgroßen, zur Hälfte auch noch mit mehligem Satz gefüllten Kaffeetässchen. Einzig das diskrete Klicken der farbigen Glasperlen ihrer Komvolois, die sie geistesabwesend durch die schwieligen Finger gleiten ließen, durchbrach die andächtige Stille des Kafeneions und verriet das Vorhandensein mehr oder minder intelligenten Lebens. Als seien sie im Jenseits auch des fruchtlo9sen Zählens überdrüssig geworden, offerierten die Palikaria dem Allmächtigen ihre Vaterunser und Avemarias dergestalt in grob pauschalierter Form. Petros, der bärtige Besitzer des unlängst eröffneten ersten „Hyperrmarktes" am Platz, behauptete ungefragt steif und fest, er habe die drei bei einsetzender Dunkelheit mit ihrem namenlosen offenen blauen Motorboot einlaufen hören. Aber da Petros regelmäßig auch über mancherlei Episoden mit tieffliegenden Ufos berichtete, sobald genügend Raki seine ewig ausgetrocknete Kehle hinabgeflossen war, gaben die Freunde im „Delfin" schon seit einiger Zeit nicht mehr viel auf seine fragwürdigen Einlassungen.

So oder so schuf die Anwesenheit der Herren in Weiß eine ungewohnt nervöse, ja, bedrohliche Atmosphäre. Trotz ihrer sicherlich nicht ganz billigen Anzüge wirkten die drei irgendwie ungepflegt und reichlich zerknittert. Yannis kamen sie vor wie gleichsam wegen wiederholter Unbotmäßigkeit des Paradieses verwiesene und selbst noch vom an sich wenig wählerischen Meer angeekelt ausgespuckte Erzengel. Das Boot hatten sie zudem so laienhaft schludrig vertäut, dass sein Rumpf im wachsenden Schwell beständig gegen den grobkörnigen Zementkai schabte und das Gelcoat bereits hässliche Kratzer aufwies. Kein Gepäck, kein Ölzeug, nicht einmal Schwimmwesten schienen sie an Bord zu haben – ahnungslose Stadtmenschen eben, die sich aus welchen Gründen auch immer aufs Meer verirrt hatten und prompt beinahe auf ihm umgekommen wären.

Keine Türken, da waren sich die Alten von Mithymna sicher. Türken hätten sie zwar nicht verstanden, aber zweifelsfrei an ihrer Sprache erkannt. Wirkten eher wie robuste Geldeintreiber irgendeiner wenig zimperlichen kaukasischen Inkassofirma, die bis über beide Ohren verschuldeten armen Schweinen die Haut über die Ohren zu ziehen gewöhnt waren. Ihre obszön enganliegenden weißen Hosen wurden schnell zum Gegenstand verstohlener Blicke und ironischer Bemerkungen der Frauen sowie allzu offenkundig von Neidgefühlen motivierter Empörungsrituale der Männer von Mithymna. Was man beim Nähen der Hosen an Material eingespart hatte, war bei der Konfektion der viel zu weit geschnittenen weißen Sakkos wieder draufgegangen. Unablässig getragen, da waren sich die Palikaria einig, würden sich die Anzüge im schmuddeligen Ambiente von Mithymna alsbald in unansehnliche Kittel voller Schweiß- und Staubflecken verwandeln. Was immer die Männer hierhergetrieben hatte, lange aufhalten wollten sie sich ursprünglich wohl eher nicht. Doch nun saßen sie in der Falle, waren von einem alljährlich wiederkehrenden Sturm ungewisser Dauer eingeweht, mit dessen unberechenbaren Launen sie offenbar nicht vertraut waren.

„Estragon, Thymian und Origano," nannte sie Yannis, in dessen einziges unansehnliches Fremdenzimmer direkt über dem „Delfin" sich die drei umgehend eingenistet hatten – weniger aus wohnästhetischer Überzeugung denn aus Mangel an Alternativen. Für ihre etwaige Zugehörigkeit zur Mafia sprach ihr offenkundiger Mangel an Stil und Lebensart sowie ihr spektakulärer Konsum der Makkaronara, die Maria, Yannis' auf dem linken Bein lahmende und vor allem wohl deshalb immer nicht verheiratete Schwester mit viel Liebe zubereitete. Doch Petros schwamm wie gewohnt gegen den Strom der Mehrheitsmeinung. Die typischen Handlanger der sizilianischen oder sardischen „Familien", behauptete er, pflegten nicht mit Motorbooten unterwegs zu sein. Dafür hatten sie nach all den fettigen Teigwaren schon viel zu empfindliche Mägen. Dem mochte so sein oder nicht: lange mussten die Palikaria Petros auch diesmal nicht bitten, ihnen zum zehnten oder elften Mal die urbane Legende vom kugeldurchsiebten Mafioso zu erzählen, auf dessen Gehirn die Gerichtsmediziner bei der Obduktion eine eintätowierte Empfehlung für die bekannte neapolitanische „Pizzeria Schirokko" fanden. Alle kannten die Story auswendig, warteten dessen ungeachtet jedoch wie beim ersten Male begierig auf die Pointe, die niemand so zwerchfellerschütternd komisch schürzen konnte, wie Petros.

Schleuser vielleicht, die sich entgegen ihren Gepflogenheiten dieses eine Mal selbst zu weit aufs Meer hinausgewagt hatten und vom unvermittelt auffrischenden Meltemi überrascht worden waren? Aber für Schlepper schienen sie viel zu schwer bewaffnet. Zwar legten sie so gut wie nie ihre Sakkos ab, aber wenn sie sich gelegentlich beim Kartenspiel geräuschvoll in die Haare gerieten und mit den Armen erregt in der Luft fuchtelten, konnten die Griechen den einen oder anderen Blick auf die stattlichen Pistolengriffe in ihren Achselholstern erhaschen. Diese großkalibrige Artillerie diskret zu verbergen war wohl auch der Hauptgrund für die auffällige Übergröße der Sakkos.

Dimitri und Vangelis, die beiden altgedienten Dorfpolizisten, waren dem „Delfin" bald nach der Ankunft der Herren in Weiß auffallend ferngeblieben. Waffen, wie sie die Fremden trugen, kannten die beiden nur aus amerikanischen Filmen, die mit einiger Verspätung im Kino von Mytilini anzulaufen pflegten. Ihren eigenen halbautomatischen Pistolen, deren Patronen sich häufig in der Kammer verfingen und deren Schlitten ihnen nach dem ersten oder zweiten Schuss gern schon mal auf die Füße fielen, waren bestenfalls geeignet, angefahrenen und im Straßengraben verendenden Hunden schneller ins Jenseits zu verhelfen. Estragon, Thymian und Origano hätten derlei museale Handfeuerwaffen nur ein mitleidiges Lächeln abgerungen. Und solange die „Mafiosi" sich ruhig verhielten und keinen Streit mit den Hiesigen anzettelten, war es sicher klug, auf abwartendes Stillhalten und großzügige Duldung zu setzen.

Dass die Dauer des Meltemi selbst für Einheimische nur schwer einschätzbar war, weil sie sich in der Regel nach Stunden bemaß, bisweilen aber über Wochen erstreckte und dabei viele Menschen regelrecht in den Wahnsinn trieb, hatte Yannis versucht, den Fremden in seinem ungeschlachten Englisch klar zu machen. Griechisch verstanden die Herren glaubhaft gar nicht und die Sprache, die ihnen zur Verständigung diente, war wiederum den Griechen total unverständlich.

Mit seinen fatalistischen Wetterprognosen trug Yannis nicht gerade zur Aufheiterung der drei mürrischen Fremden bei. Eigentlich hätte es solcher Vorhersagen gar nicht bedurft, denn von ihrem Zimmer über dem Kafeneion genossen die drei Herren einen beneidenswert privilegierten Ausblick über den zurzeit ausgestorbenen Hafen und vor allem die sich jenseits der Molen austobende See. Das Rauschen der Wogen und die enervierend klappernden Fensterläden waren nicht zu überhören und ließen sie offenbar auch nicht einschlafen, denn ihre Zimmerleuchten brannten bis spät in die Nacht.

Andere Ortsfremde in ihrer Situation hätten die unfreiwillige Wartezeit vermutlich dazu genutzt, sich ein wenig in der Gegend umzutun und einige der durchaus bemerkenswerten Sehenswürdigkeiten in Augenschein zu nehmen. Doch denen brachten die drei Herren in Weiß das gleiche demonstrative Desinteresse entgegen, wie den Griechen im Kafeneion, die im Großen und Ganzen Luft für sie blieben. Stundenlang saßen Estragon, Thymian und Origano wie angenagelt rittlings auf ihren unbequemen Holzstühlen, schwitzten ihren Raki aus, kaum dass sie ihn getrunken hatten und knallten mit grimmiger Verbissenheit ihre Karten wie grifflose Fliegenklatschen auf den Tisch.

Obgleich die Fremden zumindest auch keine Händel mit den Einheimischen suchten, fühlten die sich vom häufigen Gezänk der drei zunehmend belästigt, weil sie das ständige Theater beim Tavli-Spielen störte – wiewohl sich auch dieses nicht völlig geräuschlos vollzog. Mal hatte der eine offenbar die Karten falsch gegeben, mal der andere angeblich falsch ausgespielt, mal der Dritte seinen Einsatz zu spät angemeldet, wie es schien, kurz, irgendeinen Blitzableiter für die frustrierte Grundstimmung der Herren gab es immer. Besonders Estragon, der lange Dürre mit dem nervös-grundlosen Schulterzucken, schien leicht erregbar, war wohl ein ganz schlechter Verlierer. Thymian und Origano, die beiden Normalwüchsigen - untersetzt und kahlköpfig der eine, schlank und schwarz gelockt der andere - hatten sich besser im Griff.

Diese seltsame Sprache? Nicht einmal Kostas, der als LKW-Fahrer in Europa weit herumgekommen war, wusste zu sagen, in welch gutturalem Idiom diese Männer kommunizierten. Umgänglich wie er war, sprach Kostas sie mal auf Englisch, mal in schlechtem Französisch und schließlich sogar in gebrochenem Deutsch an, erntete aber nur finstere Blicke und abwehrendes Kopfschütteln, als hätte er die Herren um Geld angebettelt. Angesichts solch geringer Gegenliebe gab Kostas auf, schenkte den Fremden bald auch keine Aufmerksamkeit mehr. Wenn sie absolut unter sich bleiben wollten, bitte sehr! Mit Yannis verständigten sich die Fremden überwiegend wie Taubstumme in Zeichensprache. Die anderen Gäste mit ihren speckigen Kappen, verfilzten Jacken und klackenden Komvolois hatten für sie offenbar den Status abgewetzten Mobiliar.

Touristen hätten die drei mit ihrem seltsamen Gehabe vermutlich irritiert, aber Urlauber verliefen sich so früh in der Saison selten hierher an die Westküste. Nicht abreißende Medienberichte über die chaotische Flüchtlingslage auf mehreren Inseln, insbesondere aber auf Lesbos, sorgten für ein fremdenverkehrs-feindliches Karma der Insel und taten vermutlich ein Übriges, Erholungssuchende auf sonnige Ziele an anderen Mittelmeerge-staden zu verweisen.

Am Morgen des dritten Tages legte sich der Meltemi fast so unvermittelt, wie er losgeschlagen hatte. Dieses rasche Auf- und Abschwellen, typisch für diesen spezifischen Etesienwind, sorgte dafür, dass es nur Minuten dauerte, bis auch die eben noch über-schäumende See sich wieder beruhigt hatte und die Unschuldi-ge gab. Die Fremden, inzwischen alle mit Dreitagebart, durch-geschwitzten Hemden und verstaubten Sakkos, zahlten Yannis aus. Der kleine kahlköpfige Thymian, offenbar der Wortführer der drei, präsentierte lässig ein Bündel blassgrüner amerikani-scher Präsidentenporträts und hielt es Yannis unter die Nase wie ein Magier, der sein „Medium" aus dem Kreise der Zuschauer bittet, eine scheinbar x-beliebige Karte aus dem Päckchen zu zie-hen und sie sich genau einzuprägen. Der Grieche zupfte vorsich-tig ein paar der sich aufrollenden Dollarscheine aus dem Bündel und strich sie auf der feucht glänzenden Tischplatte glatt. Als er sah, dass der Kahlköpfige die bescheidene Summe nicht einmal eines Blickes würdigte, ärgerte sich Yannis, nicht ein paar Dollar mehr abgegriffen zu haben.

Umringt von Griechen traten die drei ins Freie. Offenbar hat-ten sie es wirklich sehr eilig, den Staub Mithymnas von den ita-lienischen Schuhen zu schütteln. Unten am Hafen angekommen, füllte Estragon Treibstoff aus mehreren mitgeführten Kanistern in den Tank des blauen Bootes. Da er keinen Trichter benutzte und auch nicht gerade über eine besonders ruhige Hand zu ver-fügen schien, floss bald ein dünnes Rinnsal gelblichen, stinken-den Benzins über das Relingssüll den Rumpf hinab ins Hafenbe-cken. Sofort bildete sich ein bunt schillernder Ölfilm, der sich in Windeseile auszubreiten begann. Der schwarzgelockte Origano wartete ungeduldig, bis der Lange mit dem Einfüllen fertig war und drehte dann sichtlich verfrüht den Zündschlüssel um. Der Motor sprang nicht an. Kein Wunder, konstatierten die umste-henden Fischer fachkundig, hoben die Augenbrauen, schüttelten den Kopf oder nickten einander zu. Vermutlich war der Motor abgesoffen. Oder die betagte Startbatterie hatte die mehrtägige Zwangsruhezeit nicht überlebt.

Petros war wie stets ein Quell unerbetener Ratschläge, doch die Herren verstanden ihn nicht. Nach einer kurzen Pause versuchte es der Lockige noch einmal. Der Motor machte ein paar zögerliche Umdrehungen, als wolle er die Erwartungen der zahlreichen Gaffer im Hafen nicht gar so schnöde enttäuschen. Dann besann er sich eines Besseren und startete schließlich mit explosionsartigen Fehlzündungen und viel blauem Qualm durch. Die drei „Mafiosi" warfen die Leinen los, kurvten knapp um den unter Wasser durch unsichtbare Aufschüttungen tückisch verbreiterten Molenkopf, legten mit Schwung den Hebel „auf den Tisch" und fuhren mit Vollgas in nördlicher Richtung davon. Ihre fleckigen weißen Sakkos flatterten im Fahrtwind beim Ritt auf dem flachen, kiellosen, von Wellenkamm zu Wellenkamm hüpfenden „Kiesel" von Motorboot.

Die Dorfbewohner schlugen dreimal in schneller Folge das orthodox „verkehrte" Minimalkreuz mit dem Gebinde aus Daumen, Zeige- und Mittelfinger, das wie eine ratternde Blindstichmaschine stets nur den obersten Hemd- beziehungsweise Blusenknopf umkreist. Schnell wich ihr Wettinteresse am vermutlichen Ziel der drei einer allgemeinen Erleichterung über deren eiligen Abgang. Offenbar führte ihr Weg die Fremden zur türkischen Küste, von der sie gekommen sein mussten. Weiter sollten sie sich im eigenen Interesse mit diesem kleinen offenen Boot auch nicht wagen, fand Petros, zumal sie von Seefahrt und Navigation nicht viel zu verstehen schienen.

„Wenigstens haben sie Glück mit dem Wetter," sagte Yannis noch mit einem flüchtigen Blick zum Himmel und hatte Recht damit. Wo immer sie anzukommen gedachten, die See würde ihnen an diesem Tag keine unüberwindlichen Probleme schaffen. Zu normalen Zeiten hätte ihnen die hier im Grenzbereich zwischen Griechenland und der Türkei wissbegierig patrouillierende Küstenwache einen Strich durch die Rechnung machen können. Aber die Zeiten waren alles andere als normal. Die wenigen

einsatzbereiten Fahrzeuge der Küstenwache hatten auf der Ost-
seite von Lesbos mit havarierten oder sinkenden Flüchtlings-
booten alle Hände voll zu tun. Aufgrund der andauernden
dramatischen Rettungsaktionen bei gleichzeitigen drastischen
Etatkürzungen stand weder hinreichend Personal noch genügend Material für die Kontrolle des Bootsverkehrs entlang anderer Küstenabschnitte zur Verfügung. Das war heute vielleicht
auch gut so, denn nach den Tagen frustrierenden Wartens hätten die drei „Mafiosi" vermutlich bei der erstbesten Gelegenheit
rücksichtslos drauflos geballert.

3. Toten Manns Hand.

Kaum hat das blaue Motorboot die nordwestliche Spitze der
Insel Lesbos erreicht und befindet sich damit außer Sichtweite
der Leute von Mithymna, zieht es eine scharfe Kurve nach Backbord und hält auf die offene See zu. Eine geschlagene Stunde
bleibt es auf seinem westlichen Kurs, bis es selbst vom höchsten
Punkt der Inselküste betrachtet unter die Kimm gefallen ist. Offenbar wollen die drei Männer unbeobachtet sein und nehmen
dafür auch mancherlei Umwege auf sich. Erst als sie dieses Zwi-
schenziel erreicht zu haben glauben, ändern sie den Kurs wieder
und lenken den Bug des Bootes diesmal nach Südosten, wo sich
nach einiger Zeit ganz allmählich die Silhouette eines sattelför-
mig aus dem Wasser ragenden Felsens mit helmartigem Buckel
abzeichnet.

Die aufkommende leichte Brise aus Nord und der in diesem
Seegebiet zügig nach Süden setzende Strom treiben die Männer in rascher Fahrt voran. Auf Höhe der Sattelinsel drosseln sie
die Geschwindigkeit und drehen eine langsame, eng gezogene
Ehrenrunde. Entweder misstrauen sie dem Frieden oder sie suchen eine geeignete Stelle zum Anlanden. Schließlich entdecken
sie eine Lücke im Klippengürtel. Nachdem auch ihr Misstrauen

verflogen scheint, lassen die drei das Motorboot austrudeln und setzen es kurzerhand laut knirschend auf den Sand eines winzigen Fleckchens Strand.

Der Kahlköpfige steht vorn am Bug mit einer Leine in der Hand und fällt fast vornüber, weil er die Wucht der absichtlichen Strandung offenkundig unterschätzt hat. Dann springt er steifbeinig von Bord, kommt aber nicht weit genug vom Bug weg und landet deshalb mit beiden Füßen knöcheltief im Algenschaum, der sich wie die Sahnedekoration auf der Torte den Strand entlangzieht. Laut fluchend macht er die beiden anderen dafür verantwortlich, dass er sich seine sündhaft teuren italienischen Designerschuhe ruiniert hat. Auf Geheiß des grinsenden, unaufhörlich mit den Schultern zuckenden Langen am Steuer befestigt der Kahlköpfige seine Leine provisorisch am nächstgelegenen größeren Stein. Er lässt sich seine Jacke aus dem Boot zuwerfen, zieht seine Schuhe und Strümpfe aus und stapft schwerfällig durch den feuchten Sand geradewegs in Richtung der niedrigen, bei Tage aber deutlich sichtbaren Höhle. Die beiden im Boot halten währenddessen nach Fischern Ausschau, die wie so oft zum ungelegenen Zeitpunkt am falschen Ort auftauchen könnten.

Fast hat der Kahlköpfige den Höhleneingang erreicht, als der Stapel im Sonnenlicht blitzender Drogenpäckchen in sein Blickfeld rückt. Er stutzt, bemerkt, dass weder Plane noch Tarnnetz den Stapel bedecken. Wer immer die Päckchen hier abgeladen hat, wäre vermutlich nicht davongefahren, ohne sie gegen Wind und Wetter irgendwie zu schützen. Und er hätte die Päckchen sicher auch nicht einfach lose auf dem Sand gestapelt, sondern eine Holzpalette oder zumindest einige kurze Bretter untergelegt. Es hat zwar tagelang gestürmt, aber eine festgezurrte Persenning fliegt nicht einfach davon oder löst sich in Luft auf. Der Kahlköpfige pfeift leise durch die Zähne, dreht sich zum Boot und zieht seine Pistole aus dem freiliegenden Achselholster. Routiniert prüft er das Magazin, entsichert und lädt die Waffe durch. Seinen beiden Kumpanen ist durch den Kahlköpfigen die Sicht auf die Höhle verdeckt. Als sie ihn jedoch seine Waffe ziehen sehen, tun sie es ihm sofort wortlos gleich.

Das metallische Geräusch der hin- und hergleitenden Schlitten ihrer Pistolen ist noch nicht verhallt, da stürzt sich wie aus dem Nichts ein riesiger Raubvogel mit markerschütterndem Schrei vom Scheitelpunkt des helmartigen Hügels mit den Klauen voran auf den Kahlköpfigen. Als die furchterregende Erscheinung im aufspritzenden Sand landet, ist der erste der drei bereits ein Opfer ihrer Sägezahnklinge.

Die beiden anderen haben nur Sekundenbruchteile, ihrer Verblüffung Herr zu werden. Die Gestalt im wehenden Poncho hat den in sich zusammensackenden Kahlköpfigen mit der Linken aufgefangen und mit ihrer Rechten seine Pistole in der verkrampften Schusshand auf die beiden Männer im Boot gerichtet. Während sie kniend den Kahlköpfigen mit der Linken als Kugelfang vor sich hält, betätigt sie mit seinem Zeigefinger den Abzug. Fünf, sechs Schüsse ertönen in rascher Folge. Zwei Kugeln der „Mafiosi" schlagen in die zuckende Leiche des Kahlköpfigen ein, die restlichen vier treffen die beiden im Boot. Der Lange fällt über Bord und klatscht ins seichte Wasser, das sich sofort rot färbt. Der Schwarzlockige feuert im Todeskampf noch in die Luft, bevor er über der Lehne des Steuersitzes zusammenbricht.

Die Frau im Poncho stößt den Körper des Kahlköpfigen von sich und zieht ihr Messer aus seinem Nacken. Dann durchsucht sie seine Kleidung und nimmt den kurzläufigen Smith & Wesson Kaliber 38 an sich, den sie in seinem Knöchelholster fühlt. Sie leert seine Brieftasche, findet aber keine Papiere oder Karten, die Aufschluss über die Herkunft oder Nationalität des Kahlköpfigen liefern könnten.

Im Boot stürzt sie sich auf das Trinkwasser in zwei Plastikflaschen, die sie in gierigen Zügen leert. In der Backskiste steht eine Kühlbox mit uralten schimmeligen Sandwiches und etwas angefaultem Obst. Sie hebt die Box an, stellt sie auf den Kopf und verschlingt hastig alles Essbare, das auf den Boden des Bootes fällt. Dann setzt sie sich in den Sand und streift ihren Poncho ab. Nackt bietet sie einen mindestens ebenso erschreckenden Anblick wie verkleidet. Ihre Oberschenkel und der ganze Oberkörper sind von mehrere Tage alten Schürfwunden bedeckt, über denen sich Blutkrusten gebildet haben. Blau unterlaufene streifenartige Blutergüsse auf ihrem Rücken lassen sie wie eine wegen Meuterei ausgepeitschte, kielgeholte und schließlich auf diesem Eiland zurückgelassene Meuterin erscheinen. Ihr linker Oberarm wurde im gerade überstandenen Feuergefecht von einem Streifschuss getroffen. Sie kriecht auf allen Vieren zum Kahlköpfigen, reißt sein verschwitztes, blutverschmiertes Hemd in Streifen und verbindet laut stöhnend ihre Schusswunde.

Eine Weile bleibt sie wie in Trance im Sand sitzen, bis irgendwo auf See ein gleichmäßig brummender Motor das aufgeregte Geschrei der Möwen übertönt. Die Frau erwacht aus ihrem Tagtraum. Hier auf der Felseninsel würde sie nicht mehr lange unentdeckt bleiben. Fände man sie jedoch in der Gesellschaft dreier toter Männer, hätte sie vermutlich alle Mühe, den tatsächlichen Hergang der Ereignisse glaubhaft genug zu schildern, um selbst halbwegs ungeschoren davonzukommen.

Sie fischt den Langen am Kragen aus dem Wasser, dreht ihn auf den Rücken und zieht ihn an Land. Als sie ihn von seinen Habseligkeiten befreit hat, entkleidet sie ihn und breitet seine Sachen zum Trocknen aus. Den Schwarzgelockten stößt sie aus dem Boot und untersucht auch ihn auf Waffen und Wertgegenstände. Gegenüber Polizei oder Küstenwache hätte sich keiner der drei ausweisen können, was die Frau darauf schließen lässt, dass es sich bei den drei Herren um Auftragskiller oder Handlanger handelt, die gewohnheitsgemäß bei der Abwicklung ihrer Geschäfte keinerlei Papiere mit sich führen, die auf ihre Identität schließen ließen. Falls sie überhaupt in die Verlegenheit gerieten, sich lebend stellen zu müssen. Zumindest dieser Teil ihres Kalküls ist aufgegangen.

Schließlich schleift die Frau die Leichen über den Sand in die Höhle und setzt sie gleich neben dem Eingang mit den Rücken gegen die Felswand. Wo sich bei dem Langen und dem Schwarzgelockten vor kurzem noch die Augen befanden, klaffen nun dunkelrote Einschusslöcher. Selbst für einen ausgesprochenen Kunstschützen wäre dies unter den erschwerenden Umständen des Kampfes ein bemerkenswertes Ergebnis. Ein schwarzer

Brandfleck mit halb verkohlten Holzresten im Sand ist alles, was von der Palette übrigblieb und zeigt, dass es der Frau während ihres Zwangsaufenthaltes irgendwie gelungen sein muss, ein Lagerfeuer zu machen.

In der Jackentasche des Langen hat sie einen Satz Spielkarten gefühlt, die sie nun mit geübter Hand durchmischt und „gerecht" verteilt. Zur gesummten Melodie von Kenny Rodgers' Gambler drückt die Frau ungerührt jedem Toten sein Blatt des Tages in die Hand.

„Gentlemen, das Spiel lautet Texas Hold Them," instruiert sie die drei, „und dass mir keiner mogelt, sonst komme ich zurück. Das wollt ihr nicht." Dann überlässt sie die drei den Möwen und wendet sich dem Drogenstapel zu.

Päckchen auf Päckchen wirft sie in ihren ausgebreiteten Poncho und zerrt dann das Ganze über den blutigen Sand hinunter zum Wasser. Dreimal schleppt sie sich hin und her bis alle Päckchen im Motorboot liegen und der löchrige Poncho sie verdeckt. Alle Waffen und Wertsachen verstaut sie in der überquellenden Backskiste. Die Kleidungsstücke des Langen sind inzwischen leidlich getrocknet. Die Frau streift seine Hosen, Hemd und Sakko über.

„Scheiß Prêt-à-porter," murmelt sie und versucht, die tatsächlich viel zu weiten und zu langen Kleidungsstücke, die sie zur albernen Vogelscheuche machen, notdürftig auf ihre Konfektionsgröße zu trimmen. Der improvisierte Verband am Oberarm hat sich gelöst, Blut dringt durch die Baumwolle und ziert den Ärmel des Sakkos mit einem sich langsam vergrößernden roten Fleck.

Die Frau wirft einen letzten kritischen Blick in die Runde und startet den noch warmen Motor, der sofort anspringt. Ein paar Mal klopft die Frau mit der Rechten auf die Treibstoffanzeige am Steuerstand und nickt zufrieden, als der Zeiger sich endlich bequemt, sich gemächlich in Richtung „Halb" zu bewegen.

Die Frau in Weiß steigt aus und will gerade die Schlinge vom Stein lösen, als sie stoppt. Noch einmal betritt sie die Höhle und macht sich an den Spielkarten zu schaffen. Dann wirft sie den dreien mit der Rechten einen Kuss zu, macht die Leine los und schiebt das Motorboot langsam vom Strand weg. Als es in tieferes Wasser gerät und von den ersten größeren Wellen erfasst wird, kann die Frau sich gerade noch rechtzeitig an Bord wuchten, bevor es unwiederbringlich abtreibt.

Das Boot entfernt sich im Rückwärtsgang langsam weiter von den Klippen, bis die Frau auf „volle voraus" wechselt. Ein Schwarm erwartungsfroher Tümmler empfängt das Boot wie eine gute alte Bekannte und vollführt routiniert einige seiner Standardsprünge und atemberaubenden Zick-zack-Schwenks. Als die Belohnung in Form von zugeworfenen Fischen ausbleibt, ziehen die Tiere pfeifend und knackend wie wasserdichte Volksempfänger weiter. Bald ist das Boot nur noch ein dunkler Punkt, der ausgelassen auf einer wie mit der Wasserwaage gezogenen Kimm hin und her tanzt.

ZWEITES KAPITEL

1. Die Erbin.

„...und als in praktischen kaufmännischen Angelegenheiten ebenso wie in kniffligen Personalfragen alles in allem noch, mit Verlaub, reichlich unerfahrene geschäftsführende Gesellschafterin in spe der ROLA Logistik GmbH werden Sie auf absehbare Zeit die sachkundige Unterstützung durch einen so gewieften Unternehmensberater wie Herrn Lothar-Günther Löwitsch sicherlich zu schätzen wissen, eh, zu schätzen wissen. Herrn Löwitschs Ernennung findet, wenn ich das noch hinzufügen darf, die volle Zustimmung unserer Gesellschafter, die hier durch meine Kollegen Dr. Helmstätt und Dr. Münster-Wagenfels vertreten werden, eh, vertreten werden. Außerdem hat sich Lothar-Günther Löwitsch schon bei der gelegentlichen Vertretung Roberts, äh, Ihres verehrten Herrn Vaters, bestens bewährt, wie Ihnen nicht entgangen sein wird. Darf ich angesichts dieser, durchaus eindrucksvollen Referenzen annehmen, dass Sie mit meiner, äh, mit unserer Wahl einverstanden sind? Laura? Ehm, Laura, jemand zuhause?"

Dr. Heinz-Ludwig Schmidt-Öhlenschläger, der langjährige Justiziar der ROLA-GmbH, zog seine wieselflinken buschigen Augenbrauen über der randlosen Halbbrille stirnrunzelnd zusammen und hielt in seinem fließenden Vortrag einen Augenblick irritiert inne. Er räusperte sich und blickte streng über die spiegelnden Gläser hinweg auf sein „in sich ruhendes" Gegenüber.

Laura Förster errötete wie eine Schülerin, die sich in der ungeliebten Mathe-Stunde vom pedantischen Lehrer beim Simsen unter dem Tischplatte ertappt fühlte. Sie war fast eingenickt und richtete sich nun mit einem so heftigen Ruck in ihrem Stuhl auf, dass dessen lederbezogene Lehne wie ein trockener Ast unter der Last eines Elchhufes knackte. Dann nestelte sie nervös an einer widerspenstigen Strähne ihres brünetten Haars, das sie straff nach hinten gebürstet und zu einem ansehnlichen Vogelnest von Dutt hochgesteckt hatte.

„Wie, was? Ja, ich meine, sicher. Entschuldigen Sie meine kurze Absenz, ich schlafe zurzeit schlecht, eigentlich gar nicht."

Der leicht vorwurfsvolle Unterton des Justiziars wich augenblicklich dem Ausdruck warmen Mitgefühls. Jahrzehntelange Erfahrung im Umgang mit Mandanten jeglicher Couleur einerseits und allen nur denkbaren Vertretern von Judikative und Exekutive andererseits hatte ihn stufenlos situatives Umschalten auf das jeweils angesagte Register gelehrt.

„Aber natürlich, Laura, ich denke, dafür haben wir alle vollstes Verständnis, eh, Verständnis. Wüssten es allerdings auch zu schätzen, nicht wahr, wenn Sie Ihrem nachvollziehbaren Schlafbedürfnis, mit Verlaub, an anderer Stelle den gewünschten Raum gewähren würden." Dr. jur. Schmidt-Öhlenschläger war offensichtlich daran gewöhnt, seine Zuhörer bildlich gesprochen voll konzentriert bis atemlos an seinen fleischigen Lippen hängen zu haben. Für die etwas Langsameren pflegte er einzelne sinnstiftende Elemente in der Hoffnung pointiert zu wiederholen, dass sie sich ihnen auf diese Weise besser dauerhaft einprägen würden.

Laura hatte sich mit den rhetorischen Idiosynkrasien des Anwalts nie ganz anfreunden können. Die schizophrene hanseatische Gepflogenheit, Gott und alle Welt beim Vornamen zu nennen und sie dennoch gleichzeitig zu siezen, sah sie ihm als landsmannschaftlich bedingte sprachliche Schizophrenie noch am ehesten nach. Was sie wirklich nervte, waren seine affektierten Rückgriffe auf solche fremdsprachlichen, vor allem französischen Wendungen, deren sorgfältig kalkulierte Wirkung auf eine mit dem Arsenal klassischer Rhetorik weniger vertraute Zuhörerschaft allein schon dafür sorgte, dass die geringe Aussagekraft solcher Phrasen kaum mehr auffiel.

Gleich zu Beginn dieser wichtigen Sitzung mit dem Ziel der Regelung des unternehmerischen Nachlasses von Lauras völlig unvermittelt aus dem Leben gerissenen Vaters hatte Dr. Schmidt-Öhlenschläger höflich, aber bestimmt unterstrichen, dass er in seiner Eigenschaft als Vorsitzender der Runde Unaufmerksamkeit so wenig tolerieren werde wie zeitraubende Geschwätzigkeit. Damit hatte er lästige Wortmeldungen, die zu schier endlosen Diskussionen über den Bart des Propheten hätten führen können, bereits im Keim erstickt und der Sache sicherlich gedient. Dennoch: Laura wunderte sich nicht zum ersten Male über die beneidenswerte Selbstsicherheit des Mannes. Als Justiziar hatte er in kaufmännischen oder unternehmerischen Belangen der ROLA GmbH „eigentlich" keinerlei echte Leitungsbefugnis, besaß genau genommen nicht einmal Prokura und war insofern vom geschäftlichen Standpunkt betrachtet nur unwesentlich beschlagener als Laura. Doch genoss er den Vorteil der frühen Geburt. In den oft von ihm glorifizierten Anfangsjahren seiner Zusammenarbeit mit Robert Förster hatte er relativ schnell strategisch wichtiges hierarchisches Terrain erobert, das er dank seines umfangreichen Herrschaftswissens und kraft seiner universalen Vernetzung bislang wirksam gegen jede Konkurrenz zu verteidigen wusste.

„Ja, wie schon gesagt, wir alle hier können durchaus nachvollziehen, was nach einem solch harten Schicksalsschlag in Ihnen vorgeht, eh, vorgeht. Aber das fügt sich ausgezeichnet, ich wollte sowieso gerade vorschlagen, dass wir an dieser Stelle kurz unterbrechen. Eine kleine Pause dürfte uns allen guttun, wir sind ja nicht auf der Flucht."

Er lachte als einziger in der Runde über seine scherzhafte Bemerkung, gönnte seinen flinken Brauen eine Pause und drückte den Knopf der Sprechanlage: „Deb Kaffee bitte, Frau Weißberger." Die Sekretärin ließ prompt die bereitstehenden Heißgetränke und das dazu gehörige Gebäck von der Praktikantin servieren. Der Anwalt stand derweilen auf und öffnete eines der hohen, schmalen Fenster des Konferenzraumes einen Spaltbreit. Sofort drang das gleichförmige Brummen des Verkehrslärms aus der Straßenschlucht zu ihnen in die fünfzehnte Etage hinauf. Irgendwoher schlug eine Kirchturmuhr bedächtig erst vier helle, dann elf dunklere Töne, an die sich wie zur Bestätigung das markerschütternde Dröhnen einer Schiffssirene anschloss. Zwischen den Schlägen acht und neun erschallte ein peitschenartiger Knall, der Laura zusammenzucken ließ. Vermutlich nur eine Fehlzündung, aber in diesen Tagen der Selbstmordattentate und

Amokläufe konnte man nie wissen. Laura lief es kalt den Rücken herab, woran nicht allein die feuchtkalte Hamburger Aprilluft Schuld trug.

„Wir sind ja nicht auf der Flucht," murmelte sie leise. Da war sie durchaus nicht so sicher. Nach allem, was in den letzten Tagen und Wochen auf sie eingestürmt war, hatte der Gedanke an einen hastigen Rückzug durchaus etwas für sich. Sie hob den Kopf von dem Aktenberg, der ihren Laptop analog zu begraben drohte, und blickte aus dem Fenster auf die graue Stadt. Den ganzen Morgen schon hatten sich trommelnder Eisregen und kurze Perioden bleiernen Sonnenlichts das Regiment über Hamburg streitig gemacht. Der Monat wurde seinem wetterwendischen Ruf durchaus gerecht.

Laura griff nach ihrer schwarzen Prada-Jacke auf dem Nebenstuhl. Heinz Marquardt, der dynamische Steuerberater der Firma und Vermögensberater ihres Vaters, half ihr, die Jacke um ihre Schultern zu legen. Sein leicht anzügliches Lächeln war Laura ebenso peinlich wie der bloße Anflug körperlichen Kontaktes. Beides im Zusammenspiel hätte einem wachen Beobachter einen Grad von Intimität suggerieren können, der tatsächlich nicht bestand – jedenfalls nicht, soweit es Laura betraf.

Im Verlauf der zwei Stunden, die sich ihre Sitzung bereits hinzog, hatte Laura nur mit einiger Mühe ihre Konzentration aufrechterhalten können. Sie gestand es sich nicht gern ein, aber in Wahrheit fühlte sie sich von der Situation überfordert und argwöhnte, dass man ihr das auch am Gesicht ablesen konnte. Eine völlig neue Erfahrung für sie, die in ihrem Bekanntenkreis sonst als unerbittlicher Kontrollfreak gefürchtet war. Sicher, ihre ganze sündhaft teure BWL-Ausbildung mit Schwerpunkt Speditionswesen in Deutschland, den USA und in England war völlig darauf ausgerichtet gewesen, ihr irgendwann die Leitung des „Ladens" zu ermöglichen. Aber nun, da das scheinbar ach so ferne irgendwann sich im Handumdrehen zum gebieterischen jetzt mauserte, scheute Laura vor der Last der Verantwortung zurück. Wie sollte man sich ernsthaft auf eine Eventualität vorbereiten, von der man inständig hofft, dass sie in absehbarer Zeit nicht eintreten wird? Klar, dass man so etwas weit vor sich herschiebt. Manche Dinge lassen sich nicht simulieren.

Und schließlich - mit dem plötzlichen Herztod ihres Vaters hatte objektiv betrachtet niemand rechnen können, am allerwenigsten wohl Laura. Im Rückblick erinnerte sie sich an keinerlei verdrängte Anzeichen oder unmissverständliche Vorboten wie Kammerflimmern, Herzrasen, Rhythmusstörungen, Brustschmerzen oder Armlähmungen. Und da er von „Schamanen in Weiß", wie er sie nannte, nie viel gehalten hatte, war er nur äußerst selten zum Arzt gegangen und hatte nicht einmal seinen fraglos hohen Blutdruck regelmäßig kontrollieren zu lassen.

Dazu schien es keinen dringenden Anlass zu geben. Nach zwei Jahrzehnten aufopfernder Tätigkeit für die selbst gegründete ROLA-Logistik GmbH hatte sich ihr Vater in jüngster Zeit immer häufiger unter allen möglichen Vorwänden vom Tatort entfernt und seinem einzigen, dafür umso leidenschaftlicher gepflegten Hobby gefrönt, dem Segeln. In seinem Lieblingsrevier, der Karibik, musste er langsam so bekannt sein wie ein bunter Hund, hatte Laura oft gedacht.

Sie hätte ihn bitten können, sie als sein einziges Kind das eine oder andere Mal auf eine seiner Spritztouren mitzunehmen. Doch erstens lag ihr nicht sonderlich an Booten. Der chronische Platzmangel, die häufigen schmerzhaften Kollisionen mit unnachgiebigen Teilen der Inneneinrichtung, das Geschaukel, die eklige, irgendwann durch jedes noch so atmungsaktive Kleidungsstück dringende Feuchtigkeit und das alberne Gerede von Skippern, die nach eigenem Bekunden ab morgen ohne zu zögern die Welt umsegeln würden, wenn sie nicht regelmäßig den Rasen mähen oder den Hund Gassi führen müssten, gingen ihr regelmäßig auf den Wecker.

Außerdem hatte sie früh begriffen, dass ein weltlichen Genüssen keineswegs abgeneigter, so langjähriger wie körperlich unversehrter Witwer von der Statur eines Robert Förster im Garten Eden namens Karibik Formen der Entspannung und Zerstreuung suchte und fand, die er ungern mit irgendwelchen Bekannten, ganz sicher aber nicht mit seiner eigenen Tochter zu teilen bereit gewesen wäre.

Wann immer er sichtlich gut erholt von seinen „Safaris" zurückkehrte, schien er gelöst und aufgekratzt, als hätte er dräuende Probleme aufgeplatzten Kokosnüssen gleich an den Stränden über oder unter dem Wind zurückgelassen. Und dann, ja, dann war er eben im Anschluss an eine ziemlich belanglose morgendliche Routinebesprechung aus dem Aufzug getreten, war kurz gegen die Wand getorkelt und schließlich tot über dem Putzmittel-Trolley der entsetzten iranischen Reinemachefrau auf dem frisch gefeudelten Korridor zusammengebrochen. Einfach so, ohne einen letzten kryptischen Halbsatz, über dessen verborgene Botschaft man noch wochen- und monatelang trefflich hätte rätseln können. Trotz nur mäßigen Alkoholkonsums und eines zwar herzlichen, aber beherrschten Appetits, der stets diesseits aller roten WW-Linien blieb. Das Rauchen hatte er kurz nach dem frühzeitigen Krebstod von Lauras Mutter, vor nunmehr fast zwanzig Jahren, bereits im Wege des kalten Entzugs aufgegeben. Da Robert kein Testament hinterlassen hatte, trat ohne weiteres die gesetzliche Erbfolge ein und da keine anderen leiblichen Verwandten in absteigender Linie existierten, wurde Laura zur Alleinerbin. Die Erbmasse umfasst Roberts Mehrheits-Gesellschaftsanteile ebenso wie sein nicht haftendes Privatvermögen. Daraus folgerte zwar nicht zwingend, dass auch die Geschäftsführerfunktion ihres Vaters automatisch auf Laura übergehen würde, doch wäre jede andere Lösung von vornherein konfliktträchtig erschienen. Es sei denn, Laura hätte gegen eine angemessene Abfindung von sich aus darauf verzichtet, in geschäftliche Belange der ROLA reinreden zu wollen. So oder so ein gefährlicher Drahtseilakt ohne sicherndes Netz.

„Man steckt einfach nicht drin," hatte der launige Kommentar des herbeigeeilten Notarztes gelautet, nachdem alle Wiederbelebungsversuche ohne die erwünschte Wirkung geblieben und alsbald beendet worden waren. „Man steckt nicht drin." Was genau der nervös blinzelnde Arzt damit gemeint hatte, blieb sein Geheimnis. Vermutlich eine Verlegenheitsfloskel, mit der er sich selbst und die schockierten jeweiligen Hinterbliebenen bei jeder seiner unvermeidlichen Niederlagen zu trösten pflegte.

Natürlich gebrach es Laura nicht am Verständnis dafür, dass ein laufendes Unternehmen, seine Belegschaft, Zulieferer und Kundschaft nach einer so brutalen Zäsur rasch Klarheit über die künftige Führungsstruktur gewinnen musste. Nägel mit Köpfen, wie Dr. Schmidt-Öhlenschläger es ausdrückte. Das moderne, unendlich verzweigte, von unglaublich vielen Unsicherheitsfaktoren heimgesuchte und allen Widrigkeiten zum Trotz stets beinhart getaktete Logistikgewerbe war schon durch seine „Gefahrgeneigtheit" labil genug, als dass es auch noch eines längeren Gezerres um die höchstpersönliche Nachfolge bedurft hätte. Wer in diesem Haifischbecken zappelte oder zauderte, war erledigt. Ein destabilisierendes Ereignis wie der Tod des langjährigen Chefs war eine günstige Gelegenheit, die international gut aufgestellte ROLA GmbH zu schlucken und sich damit einen ungeliebten Rivalen vom Halse zu schaffen.

Gut, ja, schon klar, alles nachvollziehbar. Aber so kurz nach der Bestattung, die sie als Einzelkind eines wenig verwandtschaftsaffinen Vaters praktisch „einhändig" hatte organisieren müssen, fühlte Laura sich solch nüchternen strategischen Erwägungen nicht gewachsen. Noch schwirrten ihr allerlei Diskussionen über die Auswahl des Sarges, der Aussegnung, der Totenfeier, des Leichenschmauses und der Kränze durch den Kopf. Noch dröhnten ihr die Ohren vom Trauermarsch der sündhaft teuren Kapelle und von der schlichten, sich an einem Bibelzitat ausrichtenden Grabrede des Pfarrers. Vor ihrem geistigen Auge sah sie immer wieder den sich mit gnadenloser Endgültigkeit langsam ins Grab senkenden Sarg, atmete den Duft der Blumengebinde auf dem nach Lehm und Humus riechenden Grabhügel. Eher unterschwellig war ihr dabei ein riesiger Strauß gelber Helikonien aufgefallen, den sie mit Sicherheit nicht bestellt hatte. Zwar kannte und schätzte sie diese tropische, oft etwas wächsern wirkende Blumenart von ihrem Aufenthalt in Florida und Louisiana, fand sie aber auf einem Hamburger Friedhof eher unangebracht. Blumenhändlers Schnapsidee.

Wenigstens um die Grabstätte als solche hatte sie sich in diesen Zeiten des allgemeinen Platzmangels auf kommunalen Friedhöfen keine Sorgen machen müssen, die hatte Robert nämlich bei der Beerdigung Frederikes gleich für sich reservieren lassen. Der Tod ihrer über alles geliebten Frau beziehungsweise Mutter hatten Robert und Laura in ihrer Trauer zu einer verschworenen Gemeinschaft werden lassen. Trotz der vielen Tausend Kilometer, die oft genug zwischen ihnen lagen, war der Kontakt nie abgebrochen. Dank Telefon, Mail, Skype, WhatsApp und anderer moderner Kommunikationsmittel hatten sie fast täglich miteinander konferiert, telefoniert, einander konsultiert und gelegentlich „konspiriert", wie Robert zu sagen pflegte.

Gemeinsam verlebte Wochen in ihrer Villa in Blankenese besaßen Seltenheitswert und wurden daher von beiden umso intensiver genossen. Laura war sich bewusst, dass ihr Vater sie in vielerlei Hinsicht als Ersatz für seine Frederike betrachtete. Das schmeichelte ihr einerseits, machte ihr aber auch Angst. Oft genug hatte sie ihm durch die Blume nahegelegt, sich doch wieder eine feste Partnerin anzulachen und ihm zu verstehen gegeben, dass sie volles Verständnis dafür aufbringen und ihn durch freundliches Wohlverhalten tatkräftig unterstützen würde. Doch für ihn schien das kein Thema. Falls dann und wann vielversprechende „Kometen" seine Umlaufbahn kreuzten, hatte Robert sich dergleichen nicht anmerken lassen. Das mochte Ausdruck des Respektes sein, den er für Laura und deren enge Verbundenheit mit ihrer Mutter hegte.

Im Grunde war und blieb Robert Förster eben ein zugeknöpfter Hanseat, der wenig Einblick in seine jeweilige Gemütslage, geschweige denn in seine sicher nicht langweilige Vergangenheit gewährte. Sollte Robert Förster eines Tages seine Menschenmaske entgleiten und der Mann sich als Marsbewohner zu erkennen geben, würde das nach Lauras Einschätzung kein Mitglied seines Mitarbeiterstabes veranlassen, auch nur mit der Wimper zu zucken. Die Lehrlinge, Gesellen und Meister der örtlichen Freimaurerloge würden vermutlich umgehend den Stab über ihn brechen, wiewohl das interplanetarische Image eigentlich bestens zum außerirdischen Firlefanz der verschwiegenen Bruderschaft St. Johannis' passen sollte. Die wesentlich erdverbundeneren Damen St. Paulis hingegen würden vermutlich zu Protokoll geben, sie hätten es immer schon gewusst, aber man hätte sie ja nie gefragt. In der Zwischenzeit beriet Laura ihren Vater in Sachen Kleidung, Frisur, Styling und auf Wunsch sogar in solchen geschäftlichen Angelegenheiten, deren umfassende Erledigung sie sich selbst durchaus zugetraut hätte.

Sah sie von seiner Vergangenheit ab, über die Eltern häufig wohlweislich Stillschweigen bewahren, gab es praktisch kein Thema, das sich ihren Gesprächen und Diskussionen verschlossen hätte. Ganz sicher nicht Lauras erste sexuelle Abenteuer und frühe Erfahrungen mit Cannabis und allerlei synthetischen Drogen. Erstere dienten beiden als unerschöpflicher Quell ausgelassener Heiterkeit. Bei Letzteren hingegen verstand Robert wenig Spaß, verlor sogar häufig die Fassung und schien sich schlagartig in einen moralinsauren Drogenfahnder zu verwandeln. Aber solche Gespräche waren im Grunde Einbahnstraßen.

„Milch, Zucker?" Die Praktikantin gab sich alle Mühe, den Kaffee mit der Routine einer erfahrenen Kellnerin zu servieren. Laura nahm ihren schwarz, wie ihr Vater das zu tun pflegte und betrachtete die junge Blondine mit einer Mischung aus Neugier und Neid. Schließlich gingen Gerüchte, Dr. Schmidt-Öhlenschläger habe die Betreuung der Praktikantin, Lisa hieß sie wohl, quasi zur Chefsache gemacht. Wenn dem wirklich so war, gab beider augenblickliches Verhalten keinerlei Anlass zu weitergehenden Rückschlüssen.

Einen samtenen französischen Cognac hätte Laura jetzt nicht verschmäht, traute sich aber nicht, als einzige zu dieser frühen Stunde ein Glas zu bestellen. Wer immer demnächst an der Spitze der ROLA GmbH stehen würde – eine Frau im Rufe einer Alkoholikerin sollte es besser nicht sein. Gerüchte jeder Art machten am „Tor zur Welt" schneller die Runde als in Winsen an der Luhe. Laura war die ach so freie Hansestadt mit ihrer feuchten Kälte, ihren regenschwangeren Westwinden, ihren vernichtenden Sturmfluten und ihrer arthritischen Bürgerschaft im Grunde ebenso verhasst wie ihrem Vater. „Verkauf doch die Anteile und lass uns nach Florida ziehen. Oder in die Karibik," hatte Laura ihn bisweilen aus der Reserve zu locken versucht.

„Du hast doch Geld genug gescheffelt. Was willst du noch in diesem Hort toter Seelen?" Ihr Vater hatte ihr zwar grundsätzlich beigepflichtet, aber das Geschäft ließ ihn offenbar nicht los. Sicher brauchte er bei aller Exzentrik, derer er gelegentlich fähig war, die strukturierende Kraft der täglichen Routine. In abgerissenen Jeans und mit tief in die Stirn gezogenem Stetson auf einem propellergetriebenen Air Boat beim Alligatorenfang in den schlangenverseuchten Gewässern und Sauergrasflächen der Everglades konnte man sich einen Robert Förster allerdings auch nur schwer vorstellen.

Halbe Sachen waren erst recht nicht sein Ding. Er übereilte nichts, vergeudete aber in entscheidenden Augenblicken auch keine wertvolle Zeit. Wenn er eine günstige Gelegenheit sah, einen lukrativen Deal unter Dach und Fach zu bringen oder einen Konkurrenten auszustechen, konnte er gnadenlos zuschlagen und über Leichen gehen, wie man so sagt. Nur auf diese bisweilen brutal anmutende Weise war es ihm gelungen, sein Startkapital rasend schnell zu mehren und seine ursprüngliche „Sofa-Spedition" zu einem veritablen Logistik-Imperium auszubauen. Nie war er dabei der Versuchung erlegen, die geschmeidigen Entscheidungsstrukturen der GmbH auf dem Altar eines zwar kapitalträchtigen, aber die individuelle unternehmerische Gestaltungsfreiheit auch durch vielerlei Auflagen einengenden Umwandlung in eine AG mit anschließendem Börsengang zu opfern, wie Dr. Schmidt-Öhlenschläger ihm das oft genug eingeflüstert hatte.

„Ausgezeichnet, sollen wir dann wieder?" Solange Laura zurückdenken konnte, war der Justiziar Robert Försters rechte Hand und juristisches Orakel. Er zählte sich zur Elite der Hamburger „Hundertschaft", wie er es großspurig nannte, und versäumte keine Gelegenheit anzufügen, dass er sich diesen privilegierten Status nicht auf Golf- oder Tennisplätzen erschwitzt hatte. Robert unternahm nichts Geschäftliches und wenig Privates, ohne ihn vorher konsultiert zu haben. Vermutlich hätte er auch eine künftige zweite Gattin ihm vor allen anderen zur Begutachtung präsentiert, wenn die denn irgendwann am Horizont aufgetaucht wäre. Laura lächelte beim Gedanken daran.

Gleichzeitig traute Robert ihm aber offenbar nicht über den Weg, sonst hätte er Laura wohl nicht so oft zur Vorsicht gemahnt. Wie ihrem Vater gelang, diesen mentalen Spagat auf Dauer durchzustehen, war Laura zwar ein Rätsel, aber seine Warnungen hatten ihre Wirkung auf sie nicht verfehlt. Dem Doktor der Rechte war erkennbar nichts Menschliches fremd, am allerwenigsten skrupelloses Gewinnstreben und fein gewobene Intrigen. Er kannte alle versehentlichen Lücken und ideologisch motivierten Inkonsequenzen des geltenden Steuerrechts, fraß sich wie eine geduldige Raupe durch jedes noch so kompliziert erscheinende regeltechnische Blattwerk und war in der Lage, „Schlupflöcher in Kevlar-Westen" zu nagen, wie Lauras Vater es einmal scherzhaft beschrieb.

„Irgendwann aber glauben Menschen wie er, sie könnten über Wasser laufen," hatte Robert ihr immer wieder eingeschärft. „Spätestens dann wird es Zeit, sich von ihnen zu trennen."

Einleitungen wie diese verhießen nichts Gutes, wusste Laura: Zeit für eine kleine Vorlesung über Roberts Lieblingsthema.

„Die Praktiken wirtschaftlicher Organisationen gleich welcher Art unterscheiden sich nicht grundsätzlich von denjenigen krimineller Vereinigungen. Wie sollten sie auch, teilen sie doch die gleiche Zielsetzung - Profitmaximierung durch Marktbeherrschung. Die Vorgehensweisen von Banken oder Konzernen sind allenfalls ein wenig komplexer, undurchsichtiger, aber um kein Jota weniger skrupellos. Welchen Unterschied macht es, ob du einen Konkurrenten umbringen lässt oder seine Existenz durch die Knüpfung eines lebensnotwendigen Kredits an praktisch unerfüllbare Wucherbedingungen vernichtest? Das prekäre Gleichgewicht solcher Strukturen macht Nachfolgekriege hier wie da zu regelrechten Blutorgien im übertragenen wie im Wortsinne. Verwandtschaft oder Freundschaft zählen da wenig. Nicht umsonst sind Bürgerkriege so fürchterlich gnadenlos. Vergiss' das nie, wenn du eines Tages auf meinem Sessel Platz nimmst. Nur wer als Letzter auf den eigenen Beinen steht, überlebt. Das Messer im Gewande trägt stets dein scheinbar bester Freund oder engster Vertrauter. Eine Klinge in meinem Rücken würden vermutlich Ludwigs Fingerabdrücke zieren, deshalb versuche ich, vom Wissen und Scharfsinn des Mannes zu profitieren, drehe ihm aber ungern länger als notwendig den Rücken zu."

„Das Brutus-Syndrom?"

Robert hatte herzlich gelacht, was bei ihm selten vorkam.

„Das Doktor-Brutus-Syndrom, wenn schon, so viel Zeit muss wohl sein."

Laura gehörte zum exklusiven Zirkel jener, die die graue Eminenz wenn auch nur in privaten Zusammenkünften beim Vornamen nennen durften. Dessen ungeachtet würde sie im Konfliktfalle gegen ihn und sein monumentales Insiderwissen um das nicht immer ganz orthodoxe Geschäftsgebaren der ROLA GmbH herzlich wenig ausrichten können, das war ihr klar. Andererseits durfte sie sich nicht einfach seinem Diktat unterwerfen, wollte sie im Unternehmen künftig eine minimale Bewegungsfreiheit bewahren und ernst genommen werden. Vermutlich hielt er sie, zumal in der jetzigen Situation, für labil und manipulierbar, paktierte vielleicht sogar längst mit der übernahmebereiten Konkurrenz und baute den smarten Herrn Löwitsch als trojanisches Pferd auf. Laura brauchte unbedingt Bedenkzeit, musste für eine Weile Abstand gewinnen, ohne als Fahnenflüchtige ihr Gesicht zu verlieren. Dazu bedurfte es vor allem eines plausiblen Anlasses.

„Dr. Schmidt-Öhlenschläger, bitte hören Sie," nahm sie den Gesprächsfaden auf, bevor ihn der Anwalt mit routinierter Leichtigkeit zu einem unentwirrbaren Knoten schürzen konnte.

„Ich bin Ihnen selbstverständlich für Ihre Hilfe sehr dankbar und kann mir im Augenblick auch niemanden vorstellen, der diese Beraterrolle besser auszufüllen wüsste, als Herr Löwitsch. Zumal mein Vater in der Tat stets in den höchsten Tönen von ihm zu sprechen pflegte," log Laura, ohne zu erröten.

„Und ich bin mir natürlich auch darüber im Klaren, wie dringend die Sache ist. Dennoch muss ich mir etwas Bedenkzeit erbitten. So, wie ich meinen augenblicklichen Gemütszustand einschätze, traue ich mir keine weitreichenden Entscheidungen zu. Ich bitte um Nachsicht."

Nervös strich Laura zum wiederholten Male ihre widerspenstige Haarsträhne hinters Ohr und trank einen Schluck Wasser.

Sie wartete darauf, dass sich Widerspruch erhob, aber niemand schien sonderlich überrascht. Laura begriff. Sie hatten von vornherein mit dieser Reaktion gerechnet. Der Doktor würde sicher unverzüglich seinen Plan B aus der Tasche ziehen. Deshalb musste sie sofort entschlossen nachlegen.

„Es geht mir alles etwas zu schnell. Mein Vater ist kaum eine Woche unter der Erde und ich darf doch wohl verlangen, dass Sie gebührende Rücksicht darauf nehmen. Ich bin mir sicher, Sie wollen alle nur mein Bestes, muss ihnen aber wohl nicht erläutern, womit der Weg zur Hölle gepflastert ist."

Das war eines der Prunkstücke aus Dr. Schmidt-Öhlenschlägers Schatzkästchen rhetorischer Gemeinplätze und multifunktioneller Versatzstücke und würde deshalb seine Wirkung auf ihn vermutlich nicht verfehlen.

„Wie soll ich mich da im Handumdrehen vernünftig einarbeiten - ohne Praxiswissen, ohne Erfahrung, ohne tieferen Einblick in die Geschäftsgepflogenheiten. Herrn Löwitschs Kompetenz unbenommen, aber letzten Endes kann er mir keine Entscheidungen abnehmen, für die ich ja am Ende des Tages gradezustehen habe."

Der Anwalt schickte seine dicht behaarten Wiesel wieder auf die Reise und setzte seine Brille ab. Laura las in ihm, wie in einem aufgeschlagenen Buch. Die Geste mit der Brille bedeutete so viel wie ich höre dir nur scheinbar geduldig zu, bin im Grunde meines Herzens aber zu Tode von dir gelangweilt.

„Ich würde den Betrieb nur unnötig aufhalten. Nein, wirklich. Ich erachte es für das Beste, wenn Herr Löwitsch die Geschäftsleitung erst einmal kommissarisch übernimmt, auf der Grundlage eines entsprechend befristeten Vertrages, warum nicht. Sofern er dazu bereit ist, versteht sich."

Laura lehnte sich zufrieden zurück. Königin schlägt Turm, Schach! Kein kompetenter Manager, der auf sich hielt, würde sich auf derart prekäre Konditionen einlassen. Falls Löwitsch es doch täte, wäre das ein sicheres Anzeichen dafür, dass er nicht das Gottesgeschenk für ROLA war, als das der Justiziar ihn anpries und dass es hier um mehr ging als nur um die Frage der vorübergehenden Entlastung einer unerfahrenen Geschäftsführerin.

„Ich weiß natürlich nicht, ob ich Herrn Löwitsch überzeugen kann, eh, überzeugen kann. Leicht wird es mit Sicherheit nicht," entgegnete der Doktor. „Aber ich werde mein Bestes geben. Was tut man nicht alles für das Unternehmen, das einem so ans Herz gewachsen ist wie, ja, wie Sie, Laura. Das sind wir Ihnen und Ihrem Herrn Vater schuldig."

Springer deckt König, Hamburger Verteidigung, Schachmatt erst einmal abgewendet. Laura reckte ihrem Vater trotzdem gedanklich die Ghettofaust entgegen. Diese Partie, so viel zeichnete sich ab, würde an Laura gehen, die Gegenseite sich bestenfalls in ein unansehnliches Remis retten können.

Sie war sich bewusst, dass Dr. Schmidt-Öhlenschläger ihren Gegenvorschlag als Affront verstehen würde, was ihr aber in dieser Phase herzlich egal war. Ihre beherrschte Offensive hatte seinen Spielraum beschnitten, allein darauf kam es jetzt an. Doch der Anwalt hatte schon ganz andere Schlachten geschlagen und behielt kühlen Kopf im Wissen darum, dass es sicher zu einem Retourmatch kommen würde. So gab er sich offenbar mit dem halben Erfolg zufrieden und tat alles, diesen rhetorisch auch noch als Sieg der Vernunft darzustellen. Eine weitere Stunde der Verhandlung und ein unvoreingenommener Beobachter hätte glauben können, Lauras Vorschlag sei in Wirklichkeit auf Dr. Schmidt-Öhlenschlägers Mist gewachsen, eh, Mist gewachsen.

Laura atmete auf. Sie hatte die gewünschte Zeit gewonnen und im Sinne ihres Vaters gehandelt. Der freie und hanseatische Regen legte eine Pause ein. Die Aprilsonne hatte es tatsächlich geschafft, ein paar kraft- und konturlose Strahlen für länger als ein paar symbolische Minuten wie Zigarettenglut durch die graue Wolkendecke zu brennen. Ein verirrtes Lichtbündel ließ die beiden kleinen roten Blüten an der Spitze des Christusdorns aufleuchten, der im entfernten Winkel des Büros wärmeheischend seine stacheligen Arme mit den Blutstropfen des Gottessohnes emporreckte.

Mehr war im Augenblick nicht zu sagen. Dr. Schmidt-Öhlenschläger beendete die Sitzung mit einem Vertagungs- und Wiedervorlagebeschluss. Alle bis auf Laura und Steuerberater Heinz

Marquardt gingen zurück an ihre Arbeit. Die Praktikantin räumte das Kaffeeservice ab und öffnete erneut das Fenster, das der Doktor nach der kurzen Pause geschlossen hatte.

Der Steuerberater wartete geduldig ab, bis alle mit ihren Akten und Laptops verschwunden waren. Dann setzte er sich auf den Tisch, strich sich über die Haare und seufzte vernehmlich.

„Und? Wie war ich?" fragte Laura.

Es war ihr natürlich nicht entgangen, dass Heinz Marquardt seit seiner Einstellung, die nun auch schon wieder zwei geschlagene Jahre zurücklag, ein begehrliches Auge auf Laura geworfen hatte. Außer einigen gemeinsamen Opernbesuchen, zwei oder drei Abendessen und der einen oder anderen, eher zufälligen Begegnung auf ausgelassenen Partys der Hamburger Unternehmerjugend hatte sich aber zwischen den beiden bisher nicht viel getan. Das lag zum einen daran, dass Marquardt von Robert entgegen sonstiger Gepflogenheiten bei der ROLA-GmbH auf dem „kurzen Dienstwege" rekrutiert worden war, was Lauras stets wachen Argwohn erregt hatte. Sie wusste, dass sie ihre anspruchsvollen Selektionskriterien in Bezug auf Männer im heiratsfähigen Alter erheblich würde lockern müssen, wollte sie ihre Tage nicht als alte Jungfer enden. Sich dergestalt verkuppeln zu lassen, hatte sie jedoch nach eigener Einschätzung nicht nötig und hätte eigentlich auch unter Roberts Würde sein müssen.

Zum anderen hatte Heinz Marquardt den nervösen Tick, mit den Knöcheln seiner Finger zu knacken. Einen zu allen denkbaren Gelegenheiten und Anlässen knöchelknackenden Ehemann würde Laura sicher nicht lange ertragen können. Ihm deshalb aber die kalte Schulter zu zeigen, war auch nicht unbedingt angezeigt. Heinz Marquardt hatte sich im Laufe dieser zwei Jahre seiner Tätigkeit für die ROLA als kompetenter, umgänglicher und überaus diskreter Mitarbeiter erwiesen, auf dessen Dienste als Vermögensberater Laura möglicherweise noch angewiesen sein würde. Heute zum Beispiel.

„Ausgezeichnet! So viel diplomatisches Geschick hätte ich dir, ehrlich gesagt, gar nicht zugetraut. Aber du bist dir schon darüber im Klaren, dass Luggi ein exzellentes Gedächtnis hat und

Niederlagen schlecht verdaut? Ich rate dir nur: Blicke von jetzt an gelegentlich über deine Schulter!"

„Mir den Rücken freizuhalten, dafür habe ich doch dich, dachte ich." Laura setzte ihr bezauberndstes Lächeln auf und zerrte den „Privat" markierten Ordner aus dem Stapel vor ihr. Heinz Marquardt hatte verstanden, dass Laura es im Augenblick bei der rein beruflichen Ebene belassen wollte. Er sprang vom Tisch, zog sich den Sessel heran, klappte seinen Laptop auf und überbrückte die Wartezeit des Hochfahrens mit dem Knacken der Fingerknochen seiner linken Hand.

„Gut, gehen wir's an. Je eher, desto früher sind wir fertig."

Es mochte ihm nicht wirklich danach zumute sein, aber er hatte gelernt, persönliche Befindlichkeiten jederzeit hintan zu stellen, darin lag ein Teil seiner Stärke. So widmete er sich in den folgenden dreißig Minuten mit schon besorgniserregender Detailverliebtheit der privaten Erbmasse Roberts, die sich trotz dessen alles in allem zurückhaltenden Lebensstils durchaus sehen lassen konnte. Marquardt jonglierte mal mit schwindelerregenden Steuersparmodellen, mal mit abwegigen Abschreibungsmöglichkeiten oder renditeträchtigen Anlageoptionen und undurchsichtigen Schachtelbeteiligungen, alle darauf abzielend, den Fiskus auf Abstand zu halten. Irgendwann begann das Büromobiliar, sich vor Lauras Augen zu einem fröhlichen Reigen zu formieren und im Kreise zu drehen. Heinz Marquardt erkannte an ihrem wolkenverhangenen Blick, dass er Laura mit seinen fiskalischen Trapezakten überforderte und unterbrach den zügigen Vortrag.

„Weißt du was, Laura. Ich lasse uns mal ein Glas Champagner kommen, das sind wir uns sowas von schuldig," äffte er einen bekannten Reklamegag der wunderbar unverwüstlichen Jane Fonda so gekonnt nach, dass Laura zum ersten Male an diesem Tag in schallendes Gelächter ausbrach. Wenig später tauchte die Sekretärin mit dem Champagner und zwei Gläsern auf. Sie schenkte den beiden ein, die einander in einer gelockerten Stimmung zuprosteten, wie sie eigentlich so gar nicht zum traurigen Anlass passen wollte.

„Die Extreme berühren sich also doch. Ich hätte nie gedacht, dass Steuerberater humoraffin sein können," lächelte Laura und nahm einen ordentlichen Schluck.

„Nun, im Augenblick trage ich ja den Hut des Vermögensberaters und kann mir vielleicht eine gewisse künstlerische Flapsigkeit leisten. Davon abgesehen, tut dieses Vorurteil unserem Berufsstand bitter Unrecht. Bei dem, was wir von unserer Klientel so Tag für Tag zu hören bekommen, Anwesende natürlich ausgenommen, ist es eher erstaunlich, dass wir aus dem Lachen überhaupt rauskommen. Aber im Ernst, es bleiben noch ein paar Erinnerungsposten, über die wir unbedingt plaudern sollten. Auf dein Spezielles." Er wechselte den USB-Stick an seinem PC und öffnete das Programm mit der Überschrift „Roberts Füllhorn".

„Als da wären: das verpachtete Gehöft im Alten Land, das Sommerhäuschen in Breege, der Porsche Carrera, die Yellow Dancer und der Familienschmuck – nun ja, der gehört seit dem Tode deiner verehrten Frau Mutter ja sowieso schon größtenteils dir."

Die Erwähnung ihrer Mutter versetzte Laura wie gewöhnlich einen schmerzhaften Stich. Frederike Förster geborene Sundhöft war an Brustkrebs erkrankt und gestorben, als Laura gerade im kritischen Alter von dreizehn war. Sie hatte diese großherzige Frau von stiller Zurückhaltung und großer zeichnerischer Begabung abgöttisch geliebt. Gerade zu Beginn ihrer turbulenten Pubertät hätte Laura sie besonders dringend gebraucht und war jahrelang nicht über den Verlust hinweggekommen. Bei dem Gehöft handelte sich um den siechen, stets am Rande der Aufgabe krebsenden Bauernhof ihrer Großeltern mütterlicherseits, den Laura während der Sommermonate ihrer Kindheit in ihre Villa Kunterbunt zu verwandeln pflegte. „Verpachtet?" fragte sie den Steuerberater so erstaunt wie irritiert.

„In der Tat. Der Pächter ist aber davon in Kenntnis gesetzt worden, dass er demnächst möglicherweise wegen Eigenbedarf weichen muss. Er bewirtschaftet den Grund und Boden insofern unter auflösender Bedingung."

Laura war trotzdem enttäuscht. Der Hof verkörperte einen wichtigen Teil Familiengeschichte und lag ihr sehr am Herzen.

Andererseits wollte und konnte sie den jetzigen Pächter nicht so einfach vor die Tür setzen. Da würde man eine einvernehmliche Lösung finden müssen.

„Ich will nicht herzlos wirken", wandte sie sich an den Steuerberater, dessen tiefen Seufzer geflissentlich überhörend, „aber bei allem, was Recht ist, musst du doch zugeben…" Sie hielt unvermittelt inne, als lausche sie einem fernen Echo, das schon eine Weile nach Art eines armen Bittstellers an der Schwelle ihres Bewusstseins stand und durch mehrmaliges zaghaftes Klopfen auf sich aufmerksam zu machen suchte.

„Heinz, wer oder was ist Yellow…Dancer?"

2. Die Flucht.

„Premié fwa Gwada?" Laura blickte müde in die beiden großen weißen, von feinen roten Äderchen durchzogenen Glasmurmeln, die ihr aus dem dunklen Schlitz des Innenspiegels über der staubverschmierten Frontscheibe des Taxis entgegenfunkelten. Sie riefen ein Kindheitstrauma in ihr wach, das sie in Augenblicken wie diesen immer noch verfolgte. Eine als geistig verwirrt geltende ältere Dame ihrer Nachbarschaft in Blankenese pflegte systematisch alle Anwohner des Viertels auszuspionieren. Mal stand sie mit ihrem kleinen perlmuttverzierten Opernglas hinter einem Baum irgendwo am Rande der Elbchaussee und beobachtete nichtsahnende Anrainer beim Abendessen, mal verfolgte sie harmlose Hundebesitzer beim Gassi gehen. Hunde waren ihr ganz persönliches Anathema. Wenn sie einen erwischte, der gerade sein schwarzbraunes Markenzeichen auf dem Bürgersteig hinterlassen hatte, setzte es was mit Schirm oder Stock – für Hund und Herrchen, wohlgemerkt.

Was die alte Dame mit den so im Laufe der Zeit gewonnenen Erkenntnissen anstellte, blieb ihr Geheimnis. Laura argwöhnte, dass sie damit ein großformatiges Schwarzbuch füllte, in das sie mit krakliger Handschrift tägliche erschütternde Lageberichte eintrug. Wie dem auch sei: im Falle der Familie Förster, die oft außer Hause war und insgesamt einen ziemlich unübersichtlichen Lebenswandel pflegte, hatte sich die neugierige Alte wohl veranlasst gefühlt, ganz besondere Aufmerksamkeit walten zu lassen. Eines Abends war sie dann im Zuge ihrer verdeckten Ermittlungen die Freitreppe hinauf bis an die massive hölzerne Haustür der Förster-Villa geschlichen und hatte wohl erst eine Weile daran mit oder ohne Stethoskop auf Lebenszeichen im Innern des Hauses gehorcht. Als sie keine vernahm, hatte sie vermutlich kurzerhand den Deckel des Briefschlitzes hochgeklappt und durch den Spalt gelugt.

Laura war als Kind häufiger allein zu Hause, da ihre Eltern leidenschaftliche Theater- und Opernbesucher waren, vielerlei Abonnements besaßen und oft von Roberts Geschäftsfreunden oder Frederikes Familie eingeladen wurden. Laura machte das Alleinsein absolut nichts aus. Im Gegenteil, sie lehnte das Angebot, sich von Babysittern unterhalten zu lassen, regelmäßig ab und zog es vor, wie ein rastloser Hausgeist auf seiner mitternächtlichen Runde durch verwaisten Zimmer zu streifen. Von der Küche im Parterre aus hatte sie an jenem Abend einen seltsamen Laut an der Haustür gehört und im Dämmerlicht am Ende des langen Flurs plötzlich einem scheinbar zum Leben erwachten Briefkastenschlitz in die weit aufgerissenen Augen gestarrt. Zu Tode erschreckt war sie schreiend ins Obergeschoss gerannt und hatte sich unter ihrer Bettdecke vergraben. Als sie später ihren Eltern davon erzählte, waren die sehr aufgebracht zu Mata Hari geeilt und hatten ihr unmissverständlich zu verstehen gegeben, dass sie dergleichen Verhalten am Rande des Hausfriedensbruchs nicht zu tolerieren bereit waren. Falls es irgendetwas gab, das sie über die Försters wissen wolle, genüge eine formlose Anfrage, schließlich habe man nichts zu verbergen.

In späteren Jahren hatte sich Laura mit der Alten, die sie oft auf der Straße oder im Supermarkt traf, ein wenig angefreundet und dabei festgestellt, dass sie keineswegs so gestört war, wie es ihr seltsames Auftreten nahelegte. Als begnadete Vorleserin für eine erlesene Gruppe von Nachbarskindern, darunter schließlich auch Laura, hatte sie deren kindliche Fantasie nachhaltig beflügelt. Noch heute war Laura geradezu süchtig nach dem sonoren Timbre guter Erzählerinnen oder Erzähler mit ausgeprägtem Sinn für den natürlichen Rhythmus einer Sprache.

Das breite Kreolisch des schwarzen Taxichauffeurs, in dessen weinroten Peugeot Laura am Flughafen Pôle Caraibes gestiegen war, hätte für Laura auch Klingonisch sein können. „Willkommen in Pointe-à-Pitre, Mrs. Spock," murmelte Laura geistesabwesend. Dieses Französisch - wenn es denn eines war - würde vermutlich selbst Dr. Schmidt-Öhlenschläger im Nu von seiner sprachlichen Blasiertheit kurieren. In Paris am Abend zuvor hatte sich Laura mit ihrem Schulfranzösisch noch erstaunlich gut behelfen können, obwohl ihr die Aussprache insbesondere der Frauen äußerst affektiert vorgekommen war. Endete ein Wort auf einen Vokal, hallte der feminine Luftstrom noch lange nach, so als hätte man ein unter starkem Druck stehendes Ventil nicht rechtzeitig geschlossen. Im Laufe eines Satzes hob und senkte sich die weibliche Stimme wie eine Knutschraupe auf der Kirmesbahn. Kaum zu sagen, wo das eine Wort endete und das nächste begann. Aber wenn die Diktion des Taxichauffeurs auch nur entfernt für die Inselbevölkerung repräsentativ sein sollte, dann würde Guadeloupe Laura noch vor ganz andere sprachliche Herausforderungen stellen.

Das Autoradio plärrte so laut im gemessenen Rhythmus des Gwo ka, dass jeder Gesprächsansatz ohnehin alsbald im schaukelnden Singsang versandet wäre. Zum Einschlafen musste diese Musik wie geschaffen sein. Egal, Hauptsache kein Bob Marley, dessen irgendwie dümmlichen Zeilen durch ständige Wiederholung nicht besser wurden und dessen wie auf Badeschlappen einher schlurfende Musik Laura Tinnitus verursachte. Wenn alle Welt den Mann und seinen Reggae dennoch so unwiderstehlich fand, musste das wohl andere als musikalische Gründe haben.

Laura rang sich ein vergorenes Lächeln ab, das der Chauffeur auslegen mochte, wie er wollte. Die feuchte Hitze der Subtropen machte ihr schwer zu schaffen. Sie wischte sich ein paar Schweißperlen von der Stirn und freute sich schon auf die Dusche im

Hotelzimmer. Vor allem aber musste sie ihren schwarzen Prada-Hosenanzug so schnell wie möglich entsorgen. Mit den schweißtreibenden Trauerfummeln am Leib würde sie tagsüber in der prallen Sonne zerfließen wie Butter in der heißen Pfanne.

Der Chauffeur bewegte seine krause Haarmatte im Rhythmus des Wiegeschritts hin und her. Was auf Trinidad die präparierten Ölfässer der Steel Bands waren, repräsentierte auf Guadeloupe die sogenannte ka - ein Schlagzeug ursprünglich mit Fischgeruch, weil aus hölzernen holländischen Heringsfässern hergestellt. Solch einfallsreicher Trommelersatz war notwendig, weil die damaligen Kolonialherren das „Original" verboten hatten, argwöhnten sie doch zu Recht, dass die Sklaven mit ihrer Trommelei verschlüsselte Nachrichten austauschten.

„Super, Gwada, tu verras. Moi, jsuis né ci."

Laura war unangenehm berührt. Einmal, weil sie den Mann nicht verstand und eigentlich auch lieber in Ruhe gelassen werden wollte. Zum anderen, weil sie es zutiefst verabscheute, von wildfremden Menschen durch Duzen verbal vereinnahmt zu werden. Außerdem waren Gespräche mit Taxifahrern im Ausland so anstrengend wie unergiebig. Oft ging es den Chauffeuren nur darum, möglichst schnell herauszufinden, ob sich ihre Fahrgäste gut genug in der Stadt auskannten, um den geplanten preistreibenden „Schlenker" durch die Gemeinde zu bemerken. Oder ob ihnen die örtliche Währung noch so fremd war, dass man sie mit dem Wechselgeld ungestraft übers Ohr hauen konnte. Gerade erst auf der anderen Seite des Ozeans gelandet, wollte Laura die vorübergleitende Kulisse dieses karibischen Hafens sowieso viel lieber stumm auf sich wirken lassen.

„Pointe-à-Pitre" artikulierte sie stumm nur mit den Lippen. Wiederholt stolperte sie dabei über das hinderliche Aufeinanderprallen plosiver Konsonanten.

Eigenartiger Name, so ganz und gar nicht französisch anmutend. „Piter" nannten die Einwohner St. Petersburgs ihre wunderschöne Stadt an der Newa. Aber was hatte die ferne, über weite Perioden des Jahres eisige ehemalige russische Hauptstadt mit dieser feuchtwarmen Moskitofarm der Antillen zu schaffen?

Es musste sich um einen anderen Peter handeln. Keinen Pierre oder Pedro, sondern Piter. Klang irgendwie holländisch. Vielleicht hieß die Insel ursprünglich Gouda-loup und war einst ein Zentrum karibischer Molkereiproduktion? Was wiederum an den Zaren und Hobby-Zimmermann erinnerte, der sich inkognito in der Nähe deutscher und holländischer Werften herumtrieb, wohl um der drallen teutonischen Damenwelt weiszumachen, er sei gekommen, die eleganten Kurven von Schiffsrümpfen zu streicheln.

Hätte ihm Guadeloupe mit seinen Plantagen und aus Afrika hierher verschleppten Negersklaven zugesagt? Zimperlich war er ja nicht. Bojaren, die ihre tägliche Rasur vernachlässigten, machte er schon mal einen Kopf kürzer oder brummte ihnen eine saftige Bartsteuer auf. Das subtropische Klima hätte ihm sicher nichts ausgemacht, ruhten die Fundamente Sankt Petersburgs doch auf ähnlichen Sümpfen wie diejenigen Pointe-à-Pitres.

Versonnen lehnte Laura ihren Kopf gegen die kühle Scheibe und musterte die vorüberfliegenden Leuchtreklamen, Verkehrs- und Hinweisschilder sowie die einförmigen Mietshäuser zur Rechten der vierspurigen Schnellstraße. Schwungvoll ausgeführte Graffiti in grellen Farbtönen zierten den schmutzig-weißen Putz der Fassaden. Da und dort war der Putz abgebröckelt und hatte klaffende Lücken in den großflächigen naiven Kunstwerken hinterlassen oder provozierende politische Slogans zu schwierigen Silbenrätseln verkürzt, die Laura gedanklich zu lösen versuchte. Laken, Handtücher, T-Shirts und allerlei Unterwäsche flatterten wie bei einer Fifth-Avenue Willkommensparade von den Balkonen. Da und dort wedelten grünbraune Palmkronen im Abendwind, als wollten sie den Himmel für die Nacht blitzblank putzen. Wild wucherndes Farn, mannshohe Gräser und üppiges Buschwerk mit breitem, zum Teil gezacktem, feucht glänzendem Laub durchbrachen dann und wann die Monotonie der unansehnlichen Fassaden. Ohne solche Zeugen subtropischer Flora hätte Laura sich in einem der tristen Pariser Vororte wähnen können, die sie auf ihrer morgendlichen Busfahrt von Charles de Gaulle nach Orly durchquert hatte. Fehlten nur noch ein paar ausgebrannte Autowracks mit Einschusslöchern, zerfledderte und „geplünderte" Müllsäcke und herausgerissene Pflastersteine von der letzten Straßenschlacht, um das Ambiente solch trostloser Banlieus zu vervollständigen.

Der wässrig rosige Widerschein der sinkenden karibischen Sonne in den Glasfronten uniformer Hochhausreihen war ein zuverlässiger Gradmesser für die geballte Luftfeuchtigkeit. Die hatten Lauras Poren bereits am Flughafen begierig aufgesogen. Von ihren Aufenthalten in den amerikanischen Südstaaten wusste Laura, dass ihrer empfindlichen Haut das feuchtwarme Klima auf Dauer wesentlich besser bekam als etwa die trockene Hitze des spanischen Hochlandes. Nie würde sie die Höllenqualen vergessen, die sie in ihrer Jugend auf einem Klassenausflug nach Santiago de Compostela durchlitten hatte.

Der Flieger vorgestern Morgen war glücklicherweise pünktlich gewesen. Von Charles de Gaulle bis Orly Süd hatte sie fast so lange gebraucht, wie von Hamburg nach Paris. Der Flughafen Orly glich einem riesigen Aquarium und zumindest die Toiletten rochen auch so stark nach Chlor wie ein x-beliebiges Hamburger Hallenbad. Die Stammkundschaft dieses umtriebigen Flughafens war eine bunte Mischung aus zumeist älteren weißen Touristen und farbigen Bewohnern der französischen überseeischen Territorien. Die einen sehnten sich danach, dem heimischen Aprilwetter zu günstigen Nachsaisonpreisen zu entrinnen, die anderen hatten ihre geschäftlichen oder privaten Angelegenheiten in der Metropole abgewickelt und begaben sich nun wieder auf dem Heimweg. Alle formierten sie sich irgendwann zu langen Warteschlangen vor den Abfertigungspulten mit ihrem schlecht bezahlten und übel gelaunten Bodenpersonal.

Inseln wie La Réunion, Martinique oder Guadeloupe werden schon deshalb gern von Franzosen angeflogen, wusste Laura von Robert, weil sie dort weder auf das schlabbrige morgendliche Croissant, noch auf den nachmittäglichen Pastis oder den tageszeitlosen Coup de Rouge aus minderwertigen Rebstöcken verzichten müssen. „ Sie verreisen, ohne den heimatlichen Kokon zu verlassen." In der Landessprache süffisant „marronages" genannte fleischliche Genüsse hatten, jedenfalls in der Regel, wenig mit Essen und Trinken und erst recht nichts mit Röstkastanien zu tun. Vielmehr handelte es sich um eine unappetitliche Form sexueller Ausbeutung sich aus purer Not prostituierender weiblicher Nachfahren von Sklaven durch allerlei männliche Nahfahren der ehemaligen Kolonialherren. Manche Gebräuche halten sich eben länger als andere.

Mehr oder minder dunkelhäutige Damen, die ihre erstaunlich üppigen Formen kunstvoll in Tücher der eindrucksvollen karibischen Farbpalette gehüllt hatten und von Weitem bunten Litfaßsäulen glichen, schoben Berge von Gepäck vor sich her, als gingen sie nicht auf Reisen, sondern befänden sich mitten im Umzug. Die verklemmten und hoffnungslos eiernden Räder der Trolleys rollten das Gepäck wie immer in alle Richtungen, nur nicht in die eigentlich gewünschte. Laura, allerdings auch mit wesentlich weniger Koffern unterwegs, wandte im zähen Ringen mit den widerspenstigen Trolleys eine ausgefeilte Technik an, die sie sich im Laufe der Jahre erarbeitet hatte.

Dabei war Fingerspitzengefühl gefragt. Wenn man etwa zum Gate 34 unterwegs war und der Trolley zuverlässig, der Shopping Mall zustrebte, war verzweifeltes Dagegenhalten zu diesem Zeitpunkt fruchtlos. Es kam vielmehr darauf an, das eigenwillige Wägelchen in Sicherheit zu wiegen, ihm wie ein Hündchen an der Leine eine Weile zu folgen, um dann unvermittelt, angenommen, zum Gate 38 abzubiegen. Bis sich der Trolley von seiner Überraschung über diese jähe Wende erholt und neu justiert hatte, fand er sich dann gewissermaßen zähneknirschend in der gewünschten Schlange 34 wieder.

Mit ihrer schwarzen Trauerkleidung bildete Laura gleichsam Böcklins Toteninsel im bunt wogenden Meer der Exoten nach. Zweimal war sie bereits um Auskunft gebeten worden, weil man sie in ihrem schwarzen Hosenanzug offenbar für eine Flugbegleiterin hielt. Welche auf Imagepflege achtende Fluggesellschaft würde ihre Stewardessen in Lagerfeld'sches Schwarz kleiden? „Vielen Dank, dass Sie sich heute für den Flug der Allied Feuerbestattungen Intercontinental entschieden haben. Ein Verzeichnis von uns geprüfter und wärmstens empfohlener Krematorien finden Sie in der Rückenlehne Ihres Vordersitzes." Bei der erstbesten Gelegenheit in Paris die Kleidung zu wechseln, wäre ihr jedoch reichlich pietätlos erschienen. Ihr Vater, dessen war sie sicher, hätte nicht viel darum gegeben, er stand nicht auf Äußerlichkeiten. Aber Laura Förster war nicht irgendwer. Garantiert würde eine alte Hamburger Bekannte Roberts plötzlich vor ihr aus dem Boden wachsen, ihr das angeblich aufrichtig empfundene Beileid aussprechen, ein paar Krokodilstränen vergießen und sich danach das Maul über Lauras Frivolität zerreißen.

Als „Realitätsflucht" hatte Dr. Schmidt-Öhlenschläger Lauras Reise abschätzig subsumiert, wie Heinz Marquardt ihr noch vor ihrer Abreise kolportierte. Sollte er. Laura brauchte diesen Tapetenwechsel wie ein Apnoe-Taucher den nächsten Atemzug. Er würde ihr helfen, die Dinge aus einer anderen Perspektive zu sehen und das Chaos widerstrebender Gefühle in aller Ruhe zu ordnen. Wäre dem Tod ihres Vaters ein längeres Siechtum vorangegangen, in deren Verlauf sie sich auf das unvermeidliche Ende hätte einstellen können, ja dann... Aber überrollt von den Ereignissen, fand sie ihren Wunsch nach einer Auszeit mehr als gerechtfertigt. Wenn man das Flucht nennen wollte, bitte sehr, Schall und Rauch.

Auf einer weniger frequentierten, weil etwas abseits von den „Förderbändern" gelegenen Damentoilette hatte sich Laura kritisch im Spiegel gemustert. Trauer hin, Pietät her, die Drei-Wetter-Frisur musste schon sitzen und das verhalten aufgelegte Make-up zumindest wie gewohnt die kleine Narbe kaschieren, die Laura seit ihrer Kindheit über der linken Braue trug. 30 war ein irritierend „kritisches" Alter. Wenn man es richtig bedachte, gab es für eine Frau spätestens ab 18 eigentlich kein Alter, das nicht irgendwie „kritisch" war. Erste Fältchen hier, beginnende Zellulitis dort, gelegentliche Tränensäckchen, kurzum, wenn man nicht achtgab, nahmen die Baustellen so unfassbar schnell zu wie das Hüftgold.

Der Dutt musste weichen, da half nichts. Trauer war schließlich kein Grund, dem biologischen Alter vorzugreifen. In Pointe-à-Pitre würde sie ihre Haare schulterlang herabhängen lassen und grundsätzliche sexuelle Verfügbarkeit signalisieren. Oder, je nachdem, ganz kurz schneiden und Lesbierinnen anlocken. Ihre Haarpracht, um derentwillen man sie in den Staaten schon oft für eine Südeuropäerin oder Südamerikanerin gehalten hatte, musste sie wohl von Roberts Vorfahren geerbt haben. Frederikes Haar jedenfalls war ursprünglich skandinavisch weizenblond mit einem Schuss ins Rote gewesen, das konnte man auf manchen alten Polaroid-Fotos trotz deren mangelnder Farbstabilität noch deutlich sehen. Vorzeitig angegraut, war es bald auch sehr schütter geworden. Robert hatte seine ansehnliche, aber keineswegs üppige Haarpracht regelmäßig dunkel nachtönen lassen, sonst wäre auch er wahrscheinlich längst ergraut, bei dem Stress und seiner unruhigen Lebensführung.

Sonnenhut oder Kopftuch und Sonnencreme, Schutzfaktor 110 waren unumgänglich für Brünette unterwegs in den Tropen. Lauras Spiegelbild lächelte ihr so freundlich zu, dass sie sich entschloss, ihr Vogelnest doch jetzt schon aufzulösen und ihre schulterlangen Haare entschlossen erst zur rechten, dann zur linken Seite zu bürsten. Wer weiß, neben wem sie in der Business Class des Fliegers sitzen würde. Bei ihrem sprichwörtlichen Pech wohl sicher nicht neben Clooneys jüngerem Bruder, den der listige George bislang der Damenwelt vorenthalten hatte, weil er fürchtete, von ihm in den Schatten gestellt zu werden. Nein, wahrscheinlich würde sie neben einem verschwitzten dicken Immobilienmakler mit Mundgeruch sitzen, der versuchen würde, ihr die „Baracke" des prolligen, auch früh verstorbenen Polit-Clowns Coluche auf Guadeloupe zum Vorzugspreis anzudienen. Zu der bedauernswerten Putzkolonne, die nach Coluches Ableben dessen Anwesen ausmisten musste, hätte Laura nicht gehören mögen.

„Pa ni pwoblem. Voilà kaz la." Das Taxi hielt an. Soweit sie es beurteilen konnte, war der Chauffeur keine allzu offensichtlichen Umwege gefahren und hatte sich ein Trinkgeld somit redlich verdient. Als Laura steif und ungelenk vom langen Sitzen mit der Grazie und Agilität einer Neunzigjährigen ihr eingeschlafenes Hinterteil endlich aus dem Fond des Peugeot gewunden hatte, war der Mann bereits einmal um den Wagen gelaufen, hatte den Kofferraum geleert und wäre sicher längst schon wieder auf halbem Wege zum Pôle Caraïbes gewesen, hätte er nicht auf das Fahrgeld warten müssen. Laura zahlte den Mann aus und blickte nach oben. Sie stand vor einer dreistöckigen Mischung von Art Déco und kolonialem Gedächtnisstil. Die Fassade des Doppelgebäudes schien sich für ihren kanarienvogelgelber Anstrich wohl derart fremd zu schämen, dass sie sich in den Schatten zweier mit gusseisernen Ziergeflechten verkleideten Veranden verdrückt hatte. Zwischen den beiden Wohntrakten war gerade genug Platz für einen Fahrstuhlschacht geblieben. Der hatte die Form eines auf dem Kopf stehenden „U" und trug im Scheitelpunkt der Wölbung eine krönende Rosette. Laura trat in die schlichte Empfangshalle des Hotels.

„Das Saint-John Perse heißt Sie in Pointe-à-Pitre herzlich willkommen und wünscht Ihnen einen angenehmen Aufenthalt", begrüßte der Schwarze am Empfang sie wie eine Sprechpuppe mit je nach Bedarf zu personalisierender Endlosspule. Immerhin in einem auch für Laura verständlichen tadellosen Französisch. „Wenn Sie etwas essen möchten oder sonst einen Wunsch haben..."

Laura schüttelte den Kopf und ließ sich vom Pagen in den zweiten Stock eskortieren. Sie drückte dem Jungen ein paar Münzen in die hellhäutige Handfläche und wartete, bis er mit einem charmanten „Méci" wieder gegangen und die Tür hinter ihm ins Schloss gefallen war. Sie sah sich kurz um. Das Zimmer unterschied sich nicht dramatisch von den meisten anderen, die sie auf ihren Reisen in aller Herren Länder schon bewohnt hatte. Sauber und luftig, mit Doppelbett, Fernseher, Telefon und W-Lan, Dusche und Klo, was wollte man mehr. Sie fischte sich eine kleine grüne Flasche Perrier aus der Minibar und trank das perlende Wasser in so hastigen Zügen, dass ihr die Kohlensäure in die Nase stieg. „St. John Perse", murmelte sie unter mehrfachem Aufstoßen, wobei sie die näselnde Aussprache des Schwarzen am Empfang recht treffend nachäffte. Noch so ein seltsamer Name mit wenig wohlklingenden nasalen und plosiven Stolperdrähten. War der reisefreudige Johannes tatsächlich bis Persien gekommen? Und wenn ja, warum? Vor allem aber: welcher von beiden, der Täufer oder

der kryptische Apokalyptiker? „Und womit verdienen Sie so ihr Geld?" „Ach, zurzeit versuche ich mich als apoplektischer Apokalyptiker." „Würde der richtige Johannes bitte aufstehen und sich freundlicherweise dem verehrten Publikum zu erkennen geben!" Wieso eigentlich „John" und nicht „Jean"? In Wikipedia hatte sie gelesen, dass es sich bei St. John Perse um den Autorennamen eines französischen, in die USA ausgewanderten Diplomaten mit dichterischen Ambitionen handelte. In Persien hatte man trotz des Namens noch nie von ihm gehört. Auf Guadeloupe betrachtete man ihn als den verlorenen Sohn der Insel. Das haute hin, denn schließlich hatte er bereits in sehr jungen Jahren das Weite gesucht und war nie wieder nach „Gwada" zurückgekommen, nicht einmal zu einem Blitzbesuch, einer Lesung oder was auch immer.. Verlorener als das ging ja in der Tat kaum. Für seinen esoterischen Gedichtband mit dem rätselhaften Titel Anabasis hatte er sich in den auch literarisch verrückten 20er Jahren tatsächlich den Nobelpreis eingehandelt. Die Auswahlkriterien des Stockholmer Gremiums waren offenbar damals bereits so unergründlich wie die Wege des Herrn. Die subtropische Nacht hatte sich fast ohne Vorgeplänkel auf Pointe-à-Pitre herabgesenkt. Laura war wie eine vom Blitz gefällte Palme der Länge nach aufs Bett geplumpst. Nun hatte sie das unangenehme Gefühl, ein dunkler Schatten wälze sich auf ihren Körper und drücke ihn tiefer und tiefer in die weiche Matratze. Sie drohte zu ersticken, lag aber wie gelähmt und fand nicht die Kraft, den Schatten abzuwerfen. Es war eine Art wiederkehrendes Nahtod-Erlebnis. Kam der grimmige Sensenmann so zu dir, Robert? Ihres Vaters Stimme drang nicht aus der Tiefe des dunstig düsteren Hades. Die Lebenden sollen die Toten nicht rufen, wusste Laura. Sie kommen zwar bisweilen bereitwillig, sind dann aber regelmäßig in Begleitung, als fürchteten sie sich mehr vor den Lebenden als diese vor ihnen. Wie dem auch sei, dem Besuch einer Gruppe Französisch sprechender Untoter fühlte Laura sich an diesem ohnehin aufreibenden Tag auf gar keinen Fall mehr gewachsen. Ohne noch einmal das Bewusstsein zu erlangen, glitt sie, alle Viere von sich streckend, in traumlosen Babyschlaf.

3. Der Buffalo Soldier.

Von einem beharrlichen Klopfen an der Zimmertür geweckt, öffnete Laura am nächsten Morgen schweißnass kurz die Augen, kniff ihre Lider aber laut stöhnend sofort wieder zusammen. Ihr Zimmer wies nach Osten und da sie am Abend zuvor eingeschlafen war, ohne die Vorhänge zu schließen, knallte ihr die gleißende karibische Morgensonne nun direkt ins Gesicht. Sie versuchte aufzustehen, fiel aber kraftlos wieder aufs Bett zurück. Das irritierende Klopfen kam auch nicht von der Zimmertür, sondern aus ihrem Kopf. Ein pochender Schmerz in den Schläfen erinnerte sie daran, dass Migräne zur mütterlichen genetischen Erbmasse zählte. Als ob es dieser Mahnung bedurft hätte! Kaum ein Tag, an dem Frederike nicht über Kopfschmerzen klagte, die häufig genug auch noch von Übelkeit begleitet wurden.

Laura ließ sich mit emporgereckten Armen seitwärts an die Bettkante rollen und kramte fahrig in ihrer Handtasche nach der Sonnenbrille und der Schachtel mit den Kopfschmerztabletten. Als sie sie nicht gleich fand, drehte sie die Tasche ungeduldig wie ein eiliger Dieb auf den Kopf und breitete den Inhalt über den langhaarigen Bettvorleger aus. Dann schwang sie die Beine aus dem Bett, wankte mit geschlossenen Augen zum Fenster und schloss die Vorhänge. War das hiesige Leitungswasser genießbar? Zweifel waren angesagt, aber wenn der Kopfschmerz nur um den Preis einer Magenverstimmung zu beheben sein sollte, dann Geronimo. Sie warf die Brausetablette in ein Glas Wasser und trank die sprudelnde Flüssigkeit aus, noch bevor sich die Tablette ganz aufgelöst hatte. Eines der drei Gläser Rumpunch, die ihr die freundliche schwarze Stewardess gestern in der Business Class kredenzt hatte, musste das Verfallsdatum überschritten haben. Sie betrachtete sich im Spiegel und schlug sogleich die Hände vors Gesicht. Frisurenalarm! Kosmetik-Kernschmelze! Gab es in Pointe-à-Pitre Friseursalons, die neben Extensions, aufliegenden Zöpfen, „Corns" oder Dreadlocks auch stinknormale bürgerliche Frisuren beherrschten? Und dann der im Schlaf zerknautschte Hosenanzug! Klatschnass vom Schweiß der Nacht sah sie aus wie eine frisch aus dem Hafenbecken gezogene Leiche. Das Trauerteil hatte definitiv ausgedient und musste jetzt schleunigst dran glauben.

Doch zuallererst einmal brauchte sie einen ordentlichen schwarzen Kaffee. Nicht eins dieser französischen Hundeschälchen mit koronarfreundlicher lauwarmer Milchplörre, sondern einen doppelten italienischen Espresso zur Wiederbelebung, am besten gleich intravenös. Anschließend duschen, erst siedend heiß, dann eiskalt, um den Kreislauf auf Trab zu halten. Schminken, Anziehen und Abmarsch, hooyah. Kein Grund, sich in der Fremde gehen zu lassen. Laura genehmigte sich großzügige dreißig Minuten für den Vollzug.

Keine anderthalb Stunden später trat sie frisch geduscht und hellwach auf die Straße, alle exponierten Extremitäten mehrlagig mit einem vielversprechenden Sun-Blocker eingeschmiert, der das penetrante Aroma leicht ranziger Kokosmilch verströmte. Immer noch besser als das bohnerwachsgleiche Produkt, das eine Freundin, die dann vielleicht doch keine war, ihr zuletzt in Hamburg empfohlen hatte. Anstelle ihres schwarzen Hosenanzugs, den sie der verblüfften Reinemachefrauen des Hotels in die Hand gedrückt hatte, trug Laura weiße Jeans mit genieteten Taschen und schwarzem Nietengürtel im harten Biker-Style. Ihre rotblaue, bei jeder heftigen Bewegung ins Violette changierende Bluse hatte sie noch im Flughafenshop abgegriffen, weil die Verkäuferin sie schließlich davon überzeugt hatte, dass der „Push-up"-Schnitt Lauras leicht hängenden Busen so was von nach oben drücken und unvergleichlich besser zur Geltung bringen würde. Beim abschließenden Blick in den Hotelspiegel im Foyer fand Laura dies zu ihrer Zufriedenheit durchaus bestätigt. Bequeme Sandalen und das sündhaft teure Seidenhalstuch von Cartier ergaben ein imposantes Gesamtkunstwerk, dem nur noch die gestickte Aufschrift „Touristin, nepp' mich" fehlte.

Das Halstuch war ein letztes Geschenk ihres Vaters, dessen Andenken sie im Herzen bewahrte, auch ohne die schwarze Witwe zu geben, für die sie sich noch zu jung fühlte. Unter ihren rechten Arm hatte sie ihre original Vuitton-Handtasche mit Pass,

Portemonnaie und dem kosmetischen Erste-Hilfe-Set geklemmt. Das Pfefferspray, ohne das sie in Hamburg keinen Schritt vor die Tür zu setzen pflegte, hatte man ihr im Sicherheitsbereich des Flughafens abgenommen. Dieses probaten Mittels der Selbstverteidigung beraubt, fühlte Laura sich hier, quasi weit hinter den feindlichen Linien, nun allen Taschendieben und Sittenstrolchen weitgehend ausgeliefert. Zwar hieß es, die Kriminalitätsrate auf Guadeloupe sei niedriger als etwa die von Martinique, doch seit wann findet das Individuum Trost in statistischen Mittelwerten? Außerdem dienten die Gitter vor den Fenstern und Balkonen vieler Wohnungen auf Erdgeschoss-Höhe, die Laura schon am Vorabend aufgefallen waren, sicher nicht nur der Zierde.

„Wo geht's bitte zum Central Court?" rief Laura dennoch aufgekratzt auf Englisch den begriffsstutzigen Möwen zu, die sie wie flugunfähige, auf den Pendelbus zum Flughafen angewiesene Kiwis von der Dachrinne des Hotels zu beäugen schienen. „Pa ni pwoblem" hatte der Page auf Lauras Frage geantwortet, wie sie am schnellsten fußläufig zum Einkaufsviertel komme und ihr die prägerierte Route mit rotem Filzstift in einen winzigen Stadtplan eingezeichnet. Schien direkt um die Ecke zu liegen, so dass sie kein Taxi bemühen musste.

„Pa ni pwoblem" war offenbar der örtliche Passepartout. Laura maß solchen Floskeln aus Erfahrung geringe Bedeutung bei. „Mach dir keine Sorgen", „kein Problem" oder, besonders witzig, „betrachten Sie es als bereits erledigt" waren nach ihrer Erfahrung Formeln, die man schon in der Alten Welt in dem Maße häufiger zu hören bekam, da man weiter nach Süden reiste. Für Laura hatten sie nichts Beruhigendes, sondern fungierten im Gegenteil wie Warnleuchten, bei deren Aufblinken man erst recht allen Grund hatte, sich einen Kopf zu machen.

Lauras Migräne war gewichen, vorläufig jedenfalls. Dafür konnte die nächste Monatsregel nicht mehr fern sein. Warum konnte der menschliche Körper, der weibliche vor allem, nicht einfach mal Ruhe geben, anstatt andauernd mit irgendwelchen Wehwehchen und Funktionsstörungen um Aufmerksamkeit zu buhlen wie ein hyperaktives Kind? Den Gang zur nächsten

Apotheke merkte sie als prioritär vor. Trotzdem heiter, fast beschwingt, machte sie sich auf den Weg. Schwül und klamm, wie die Luft war, roch sie tranig und salzig zugleich. Laura fühlte sich wie Atlas, der sich frei genommen und das Himmelsgewölbe für die Dauer des Vormittages an einen Kollegen weitergereicht hatte. Doch, doch, mit der Reise hatte sie ohne Zweifel die richtige Wahl getroffen. „Der Starke ist am mächtigsten allein" war das Mantra ihres Deutschlehrers gewesen. „Das gilt übrigens auch für Damen," hatte er süffisant lächelnd hinzugefügt, wenn er eine seiner Elevinnen mal wieder beim Mogeln erwischt hatte. Aber Laura Förster war nicht Wilhelmine Tell. Eine liebe Person ihres Vertrauens, männlich, mit der sie ihre Eindrücke von diesem Teil der Welt hätte teilen können, wäre ihr jetzt durchaus willkommen gewesen. Wenngleich ihr andererseits die Aussicht, hier ein oder zwei Wochen allein zu verbringen, auch keine Beklemmungen verursachte. Nein, sie fühlte sich insgesamt eher wie eine Schlange mitten in der Frühjahrshäutung. Die alte Pelle hing noch in unansehnlichen Fetzen vom Körper, während die enganliegende neue darunter stellenweise bereits sexy hervorlugte. Vielleicht flanierte ja in den Gassen von „Pitre", wie alle Welt dieses schwüle Kaff zu nennen schien, der eine oder andere Schlangenbeschwörer, der das Herz einer schwarzen Mamba ohne Furcht vor dem tödlichen Biss zu umgarnen wagte. Oder, wie Robert in seiner maritimen Bildhaftigkeit zu sagen pflegte: jemand, der die Vagina einer Frau, nun ja, mittleren Alters, von den Seepocken der Überliegezeit zu befreien wusste.

Viel sprach in Pitre auf den ersten Blick jedoch nicht dafür. Sein architektonisches Durcheinander, ein getreuliches Abbild der hier vertretenen Rassen und ihrer ästhetischen Vorlieben, konnte man dem Städtchen schwerlich zum Vorwurf machen. Gegen Mitte des 18. Jahrhunderts auf einem Kalkstein-Plateau mitten im Sumpfgebiet errichtet, war es unzählige Male von Vulkanausbrüchen, Feuersbrünsten, Erdbeben und Hurrikans verwüstet und von galoppierenden Cholera-Epidemien entvölkert worden. Ein kleines Stehaufmännchen von Hafenstadt, wirtschaftlich am Tropf Frankreichs und der EU.

Die Hitze des Tages machte nicht nur Menschen zu schaffen. Da und dort sah Laura streunende Hunde wie überfahren unter der schattigen Heckpartie parkender Autos liegen. Sie hoffte, die Tiere würden ihre Siesta nicht mit dem Leben bezahlen müssen, sobald die Autobesitzer den Rückwärtsgang einlegten, um ihr Gefährt aus der Parklücke zu bugsieren. Bei einem mobilen Süßholzraspler hielt sie an. Der Schwarze füllte einige zerzauste Zuckerrohrstrünke in eine Presse, die er wie einen Leierkasten von Hand bediente. Der herausfließende Saft tropfte in einen Plastikbecher, den der Mann Laura zur Verkostung reichte. Sie nippte an der Flüssigkeit wie um das Bouquet und die Robe zu bestimmen. Als sie feststellte, dass der Saft keineswegs so pappsüß schmeckte, wie sie befürchtet hatte, trank sie den Rest in einem Zug. Der Mann wollte kein Geld, aber Laura drückte ihm nach einigem Hin und Her eine Zehn-Euro-Schein in die Hand.

Ein unheilvoll dumpfes Grollen ließ sie himmelwärts blicken. Eine ominöse gelb-schwarze Wolke, die den ganzen nördlichen Horizont für sich beanspruchte, schob sich so unaufhaltsam über diesen Teil Guadeloupes wie das Raumschiff vom Mars über Washington am Independence Day. Laura schlug sich an die Stirn. Wer hätte gedacht, dass es auf einer subtropischen Insel mit viel Regenwald dann und wann wie aus Kübeln schütten würde? Laura sah sich schutzsuchend um und hielt schließlich auf den überdachten Gewürzmarkt zu, von dem ihr die ersten leichteren Gewitterböen eine Duftwolke exotischer Spezereien zufächelten, die ihr die Tränen in die Augen trieb. Kaum hatte sie den Markt erreicht, als ein Schauer auf Pitre herabprasselte, wie ihn Laura bislang nur im Süden der USA erlebt hatte. Für solche Elementargewalten waren konventionelle Regenschirme sowieso nicht gemacht. Die Schleusen des Himmels öffnen sich und Noah spannt erst mal den handlichen Knirps auf? So schnell die spektakuläre Regenwalze herangerauscht war, verzog sie sich auch wieder und ließ die Stadt als dampfende Sauna nach dem Aufguss zurück.

Laura atmete tief durch und flanierte an den Gewürzständen vorbei. Sie kochte, wenn überhaupt, eher deutsche Hausmannskost, konnte aber der sinnlichen Verführung durch tausenderlei

Aromen nicht widerstehen. Krumm und schief gewachsene Ingwerwurzeln, schwarz glänzende Muskatnüsse, dicke, wie zu Zigarren gerollte Zimtstangen, schwarze Vanilleschoten, schmerzbetäubende Gewürznelken, blutrote Safranfäden, Bockshornklee, Kreuzkümmel, Colombopulver und alle nur denkbaren Pfeffersorten verschlugen ihr fast den Atem.

Vergeblich bemüht, in das Kreol der in Madraskaros gekleideten Verkäuferinnen hineinzuwachsen, die sich hier Pacotilleuses nannten, sah Laura bald ein, dass sie es bei Zeichensprache würde belassen müssen. Was laszive Gestik und Mimik betraf, hätte selbst ein Italiener von den drallen Damen mit ihren kessen Häubchen noch einiges lernen können. Schamgefühl wären die nicht einmal zu buchstabieren in der Lage gewesen. Eine der Verkäuferinnen strich Laura im Vorübergehen kurz prüfend mit den Fingerspitzen einer Hand über den Hintern und rief anerkennend „Prima bonda Man Jak´." Das Gelächter ihrer Kolleginnen dröhnte bis unters Dach. Laura brauchte keine Übersetzung dieser frechen Anzüglichkeit, ärgerte sich aber auch nicht weiter darüber. Was sie in diesem Augenblick wirklich umtrieb, war der schreckliche Verdacht, ihr Po könnte tatsächlich die für ihr Alter zulässige Normgröße bereits überschritten haben.

In puncto verschwenderischer Farbgebung wurde die Kleidung der Frauen nur noch vom giftigen Zitronengelb, lockenden Karmesinrot und geheimnisvollen Dschungelgrün ihrer Tinkturen, Flaschen und Gläser übertroffen, die nicht nur mit Rum oder Punch, sondern zum Zwecke der exotischen Aromatisierung ab und zu auch mit toten kleinen Schlangen oder Mini-Leguanen gefüllt waren. Einige der knorrigen Wurzeln und geheimnisvollen Mixturen erhoben als „karibisches Viagra" gar den Anspruch auf aphrodisische Wirkung. Als Laura zu erkennen gab, dass sie keine Verwendung für derlei Stimulanzen habe, quittierten die Frauen diesen erotischen Offenbarungseid mit bedenklichem Kopfschütteln, Gepfeife und höhnischem Gejohle. Eigentlich hatten sie ja Recht, dachte Laura. Ihr Sexualleben lahmte seit der Studienzeit gewaltig. Nach der Beendigung ihrer langjährigen Beziehung mit einem hoffnungsvollen Nachwuchsphysiker, der von eklatanter Erektionsschwäche geplagt war und auf Grönemeyer und Quantenmechanik stand, hatte sich im Bett und auf der Tenne nicht mehr viel getan. Heinz Marquardt hatte die zarten Sprosse einer möglichen längerfristigen Zweisamkeit mit dem Knacken seiner Fingerknochen begraben und Lauras letzter One-Night-Stand lag nun auch schon einige Monate zurück. Mal ganz davon abgesehen, dass der in der Rubrik „besonders wertvoll" auch arg gefremdelt hätte. Aber das musste sie ja nicht den impertinenten Pacotilleuses zu erkennen geben.

„Vêtements", versuchte Laura auf gut Glück, ihre Kleidungssuche in den Mittelpunkt des chaotischen Marktgeplauders zu machen. Die Frauen lachten, zeigten auf Lauras Jeans und Bluse und nickten anerkennend, als hätte Laura sie gebeten, ihren Textilgeschmack kritisch zu würdigen. So kam sie offensichtlich nicht weiter. Mit einer Handvoll geschenkter Zimtstangen stand sie bald wieder auf der noch immer leicht dampfenden Straße.

„Kann ich Ihnen vielleicht behilflich sein?" Laura wandte sich nach dem Fragesteller um und verstaute eilig die Zimtstangen in ihrer Handtasche. Vor ihr stand ein anorektisch dünner Weißer. Brünette Naturlocken, Teint medium rare, pinkfarbenes Hemd mit altmodisch großem offenem Kragen, Goldkettchen über der unbehaarten Brust sowie ein makelloser, ins Cremefarbene tendierender Leinenanzug mit pink Einstecktuch verliehen diesem karibischen Paradiesvogel einen halbseidenen Charme. Seine Stimme klang näselnd, etwas effeminiert, mit einem leichten Hang zur Blasiertheit, ohne die Franzosen sowieso schwerlich auskamen. In Hamburg konnte Laura sich ihn als Muse von Karlchen Lagerfeld auf der Terrasse eines Cafés an der Binnenalster oder im Abklingbecken eines durchgehend geöffneten Pariser Nachtclubs vorstellen. Nach dem Spießrutenlauf durch das Spalier der überbordenden Pacotilleuses würde ein wenig kultivierter Umgang nicht schaden und Hilfe brauchte sie ohnedies.

„Gerne, vielen Dank." So gut ihr das auf Französisch möglich war, schilderte Laura dem Mann, der sich schlicht als Martin vorstellte, ihr einfaches Anliegen.

„Aber kein Problem, Madame," strahlte Martin mit einer angedeuteten Verbeugung.

„Erlauben Sie dem Buffalo Soldier von Pitre, die Rolle Ihres persönlichen Fremdenführers zu übernehmen und Ihnen unser erstes Haus für Prêt-à-porter näherzubringen. Ich sehe Sie nachsichtig lächeln. Nun, ich stehe nicht an einzuräumen, dass unsere lokalen Couturiers nicht gerade das Material sind, mit denen Vogue, Harper's oder Vanity Fair ihre Hochglanzseiten füllen, aber Achtung, die Alte Welt neigt dazu, alles zu unterschätzen, was nicht aus den europäischen Metropolen kommt. Sie gestatten?"

Er nahm Lauras Rechte, hob sie über ihren Kopf und drehte Laura auf diese Weise wie beim Menuett im Halbkreis um die eigene Achse. Dann führte er sie genau entgegen der Richtung weiter, die Laura ohne seine Hilfe vermutlich eingeschlagen hätte. Martin hielt ihr seinen angewinkelten rechten Arm hin und setzte sich mit der untergehakten Laura im tänzelnden Jive amerikanischer Gangsterrapper in Bewegung. Zwei Ecken weiter bogen sie in die Rue Nozières, wo Laura gleich mehrere passable Boutiquen vorfand. Der Buffalo Soldier erwies sich nicht nur als ausgezeichneter Fremdenführer, sondern auch als erstaunlich bewanderter Ratgeber in Fragen der aktuellen Mode und wäre in jedem einschlägigen Wettbewerb zur Shopping Drag-Queen gekrönt worden. Er wich nicht von Lauras Seite, zeigte bei ihren Anproben wie Nero im Kolosseum mit dem Daumen nach oben oder nach unten, legte selbst gelegentlich zupfend, ruckelnd und ziehend Hand an und half ihr, die ausgewiesenen Mondpreise durch robustes Verhandeln mehr als einmal fast zu halbieren. Laura aalte sich wohlig im näselnden Singsang dieses so wohlerzogenen wie weltläufigen Zeitgenossen, der die Stadt wie seine Westentasche zu kennen schien. Wozu in Pitre freilich auch nicht sehr viel gehörte. Am liebsten hätte Laura ihn gleich als Escort für die nächsten paar Tage gebucht, aber sie fürchtete, er könne ein solches Angebot missverstehen. Meine Glückssträhne, dachte Laura in stummer Verzweiflung. Ihren Schlangenbeschwörer hatte sie gefunden, doch, Gott sei's geklagt, der war das, was die Italiener ironisch einen „uomo, ma non troppo" nannten.

„Darf ich mich für Ihre freundliche Hilfe revanchieren und Sie zum Essen einladen?" fragte sie ihn, als sie rund zwei Stunden später mit einer Handvoll großer farbiger Papiertüten aus dem letzten Laden mehr fiel als trat.

„Nur, wenn Sie mir gestatten, ein geeignetes Restaurant auszusuchen," entgegnete Martin artig.

„Scherz beiseite, ich koche ganz gern selbst," fügte er näselnd hinzu und machte eine Geste, als streue er die entscheidende Salz auf eine leise vor sich hin blubbernde Bouillabaisse, „und weiß daher mit Geschmack und Liebe zubereitete Kost besonders zu schätzen. Sie muss dabei nicht einmal schlicht sein. Ich würde daher das Café de Paris an der Place de la Victoire empfehlen. Sie werden überrascht sein. Erlauben Sie?" Er nahm ihr die Tüten ab und dirigierte sie zurück in Richtung Hafen. Lauras Füße begannen von der vielen Lauferei zu brennen, aber da mussten die jetzt durch.

Die Terrasse des Café de Paris war bereits vollgepackt. Seine Küche genoss offenbar nicht nur bei Martin einen ausgezeichneten Ruf. Gut, die Konkurrenz war überschaubar und die Lage direkt am zentralen Platz der Innenstadt von Pointe-à-Pitre sowieso unschlagbar. Trotzdem, das Café de Paris atmete eine kosmopolitische Atmosphäre, die seinem ambitiösen Namen alle Ehre machte.

Einer der beiden Kellner, die mit ihren schürzenartigen Umhängen durch die Stuhlreihen wieselten, zuckte nur bedauernd mit den Schultern, als Martin ihn im allgemeinen Stimmengewirr und Besteck- und Tellerklappern von hinten ansprach und nach einem freien Tisch fragte.

„Sie sehen ja, hier brennt die Luft," sagte der Kellner ohne sich umzudrehen. „Kommen Sie in einer halben Stunde wieder, dann hat sich der Pulverdampf gelegt."

„Scherz beiseite, uns würde es eigentlich gerade jetzt besser passen, nicht wahr, Madame Förster?" In den gewohnt höflich näselnden Ton Martins mischte sich ein kaum wahrnehmbarer Hauch von Schärfe, der genügte, den Kellner stutzen zu lassen. Der Mann wandte sich um, erkannte Jean und wurde schlagartig zur personifizierten Eilfertigkeit. Er entschuldigte sich ausgiebig und bat

Laura und ihren Begleiter an einen Tisch gleich am Eingang zum Restaurantinneren. Das kleine weiße „Reserviert"-Schildchen entfernte er mit verlegenem Lächeln wie ein herabgewehtes Feigenblatt und zog die grobe karierte Tischdecke an den Ecken in Passform. Dann rückte er Laura den Stuhl zurecht und überreichte den beiden Gästen je eine Speisekarte als handele es sich dabei um die beiden letzten vorhandenen Exemplare einer wenn auch dramatisch gekürzten Vulgata.

Laura war beeindruckt. Nicht nur von der Karte, sondern auch von der Wirkung, die Martin ohne viel Aufhebens erzielt hatte. Offensichtlich war er eine lokale Erscheinung von einigem Gewicht. Der Tisch am Eingang hatte für die Gäste den doppelten Vorteil, in überschaubarer Entfernung von der Toilette zu stehen und genügend Abstand von den Abgasen der um den Platz zirkulierenden Autos zu halten. Das Verkehrsaufkommen war zwar gering, aber von erstaunlicher Stetigkeit.

„Was treibt jemand wie Sie in Pointe-à-Pitre, wenn er nicht gerade wildfremden Damen beim Einkleiden behilflich ist?"

Martin blickte lächelnd von seiner Speisekarte auf.

„Sagen wir, ich bemühe mich, stets dort zu sein, wo ich gerade gebraucht werde, ähnlich wie Superman. Scherz beiseite, es mag nicht so aussehen, aber es gibt hier mehr Arbeit als manchen Einheimischen lieb ist. Darf ich fragen, ob Sie gern gut gewürzt essen?"

Nein, lieber hanseatisch fade, dachte Laura, aber das wäre jetzt Wasser in den Wein gewesen.

„Durchaus," log sie also drauflos und fragte sich insgeheim, was „gut gewürzt" auf der nach oben offenen karibischen Geschmacksskala wohl bedeuten mochte. Vermutlich nichts Gutes. „Dann würde ich mir erlauben, Ihnen die Assiette Créole ans Herz zu legen. Scherz beiseite, Elsässer Sauerkraut und Würstchen kennen Sie sicher aus Ihrer Heimat und Pasta, mit Verlaub, sollte man ausschließlich beim Italiener essen, das ist jedenfalls meine Meinung."

Die er fast wie ein religiöses Dogma zu vertreten schien, dachte Laura. Sie bestellte den feuergefährlichen Kreolenteller mit einem

Glas Pinot Gris und, im Stillen, einem Päckchen Aktivkohle, für alle Fälle. Sie hatte inzwischen ordentlich Hunger und wäre gern über etwas herzhaft Sättigendes hergefallen. Elsässer Sauerkraut mit Würstchen zum Beispiel. Die Kundschaft des Restaurants bestand überwiegend aus Weißen. Sie sah sich ein wenig um. Die wenigen Touristen, die um diese Jahreszeit noch die Karibik besuchten und hier einkehrten, mussten sich von einheimischen Geschäftsleuten und Verwaltungsfritzen in der Mittagspause umzingelt fühlen. Was dem Engländer morgens, mittags und abends sein Pub, ist dem Franzosen sein mittägliches Café-Resto - eine nationale Institution. Das gesamte private wie öffentliche Leben spielt sich dort zwar nicht ab, hatte ihr Vater Laura erklärt, der wichtigere Teil aber schon. Im Restaurant des Vertrauens werden die Entscheidungen getroffen, die zählten. Neuankömmlinge ausländischer diplomatischer Dienste verbrachten zum Beispiel ihre ersten sechs Monate in Paris fast nur damit herauszufinden, welche Abgeordneten, Kabinettsmitglieder und höhere Beamten wo und wann dinierten und soupierten.

„Das liegt unseren Nachbarn jenseits des Rheins derart im Blut, dass ich mit meiner Halbbildung den Code Napoléon lange Zeit für ein mehrbändiges Kochbuch hielt," hatte Robert gestanden.

Laura lächelte bei dem Gedanken.

„Vor gut zweihundert Jahren hätten wir von diesem Tisch aus regelmäßig Köpfe rollen sehen," sagte Martin, „und ich meine nicht den Kohl der Marktstände." Mit ‚Victoire' ist nämlich kein gewonnener Krieg, sondern der Sieg der Revolution gemeint. Man nahm eine Pariser Originalguillotine Balken für Balken und Brett für Brett, Schraube für Schraube auseinander, transportierte alle Teile hierher, zimmerte sie drüben auf dem Platz wieder zusammen und ließ sie von Angehörigen des kolonialen Adels besteigen. Wer sich nicht freikaufen oder auf umliegende Inseln flüchten konnte, hatte Pech. Scherz beiseite, nicht wenige meiner Landsleute bedauern die Verweichlichung, die seitdem hier wie im Mutterland durch sukzessive Strafrechtsreformen stattgefunden hat."

„Auf solche Spektakel verzichte ich gern." Laura war eine entschiedene Gegnerin der auf welche Weise auch immer vollzogenen

Todesstrafe und hatte mit Kommilitonen in den USA gelegentlich hitzige Diskussionen darüber geführt, an die sie sich ungern erinnerte. So unbeschwert sie sich in den Staaten meist gefühlt hatte - das alttestamentarischer Gesinnung entspringende Talionsrecht, wie es zumal von weißen Amerikanern des Mittleren Westens propagiert und angewendet wurde, war ihr ein Gräuel.

Das Gesamtkunstwerk namens Assiette Créole setzte sich zusammen aus Meeresfrüchten wie Muscheln und Krabbensalat, etwas Gemüse und großzügig gewürzten kleinen, prall gefüllten grauen und schwarzen „Boudins", die man, ähnlich den bayerischen Weißwürsten, „zuzeln" oder mit Messer und Gabel essen konnte. Laura langte nach Herzenslust zu, war aber schnell von der geballten Ladung Öl, Eiweiß und Gewürzen überwältigt. Martin hatte sich mit einem Bier und einem Croque Monsieur zufriedengegeben und sah Laura leicht belustigt beim Essen zu.

„Wie kamen Sie zu Ihrem Spitznamen?" fragte ihn Laura, auch, um ihrem Gaumen eine Feuerpause zu gönnen.

„Welchen? Ich habe mehrere. Scherz beiseite, Sie meinen Buffalo Soldier?" Er zeigte auf seine krausen Haare.

„Nach dem Lied von Bob Marley, kennen Sie sicher." Er stimmte die ersten paar Takte an und verriet dabei durchaus Talent, mehr in Richtung Soul, dachte Laura.

„Nun ja. So nannte man im Bürgerkrieg die schwarzen Soldaten der Unionsarmee wegen ihres Kraushaars, das manchen an Büffelfell erinnerte. Die schwarzen Einheiten waren wegen ihrer Kampfstärke besonders gefürchtet, hatten eben nichts zu verlieren und alles zu gewinnen."

„Aber Sie sind weder ein Schwarzer..."

„...noch Soldat. Stimmt. Obwohl...aber nein, lassen wir das. Heute sieht man das alles nicht mehr so eng. Bei uns in den Antillen, wohlgemerkt. Die Karibik ist sowieso ein einziger großer Schmelztiegel. Mehr noch als die USA. Ob die Amerikaner überhaupt eine Nation sind, ist fraglich. Nicht umsonst bilden sie gern halb autonome Clans: die Iren, die Italos, die Hispanos, die Juden und so weiter. Außerdem haben sie verdächtig viel Geschmack an ihrem Bürgerkrieg gefunden, können sich bis heute kaum davon trennen. Wie ein Buschfeuer, das nie wirklich erlischt. Scherz beiseite, darf ich Ihnen die Gegenfrage stellen, was Sie zu dieser Jahreszeit auf unsere Insel und in unsere Stadt bringt? Sie sind Deutsche, nicht?"

Laura wischte sich die fettigen Finger an der Serviette ab und dachte kurz nach.

„Ja, ich bin Deutsche. Und neugierig dazu. Ja, pure, schamlose Neugier, das trifft es noch am ehesten."

Sie hatte keine Lust, diesen zwar charmanten, aber ihr im Grunde völlig unbekannten Franzosen in ihre Pläne einzuweihen. Umso weniger, als diese im Grunde nicht einmal ihr selbst klar vor Augen standen.

Martin schien zu verstehen.

„Nun, falls Sie Hilfe benötigen, zögern Sie nicht, sich erneut dem Buffalo Soldier anzuvertrauen, egal, um was es sich handelt. Ich würde..." Martin stockte mitten im Satz. Laura setzte gerade ihr Weinglas ab und sah, dass ihr Gegenüber, der sich mit dem Rücken zum Restauranteingang gesetzt hatte, mit zusammengekniffenen Lidern angestrengt auf jemand oder etwas hinter ihrem Rücken starrte. Sie versuchte, in der Spiegelung der Restaurantfenster zu erkennen, um was oder wen es sich handelte, konnte aber nichts Ungewöhnliches ausmachen. Eine kleine Gruppe von Touristen, aus der ein Mann mit knallrotem Windjacke hervorstach, drängte sich um die „Auslage" eines vermutlich illegalen Straßenverkäufers ohne Gewerbeschein. Eine plötzliche Bö wirbelte ein paar Blätter und Papierfetzen auf, sonst schien alles ruhig.

„Tut mir furchtbar leid, Madame Förster, ich hätte Sie gerne zum Hotel begleitet, aber es ist gerade etwas dazwischengekommen. Scherz beiseite, wissen Sie was, ich lasse Ihnen meine Karte hier. Wie gesagt, falls Sie Hilfe benötigen, rufen Sie mich an. Garçon, die Rechnung bitte!"

Laura nahm die Karte an sich und protestierte.

„Auf gar keinen Fall, Sie sind mein Gast. Nochmals vielen Dank. Ich bleibe ja noch eine Weile in der Stadt, vielleicht komme ich auf Ihr Angebot zurück."

Martin schien mit den Gedanken bereits woanders. Er erhob sich hastig, verabschiedete sich mit einer Verbeugung und war im nächsten Augenblick um die Ecke verschwunden. Laura bestellte noch einen Espresso mit der Rechnung und studierte die Visitenkarte, die Martin ihr so beiläufig auf den Tisch gelegt hatte. In Wahrheit war es die reichlich zerknautschte Karte eines Pariser Nachtclubs mit dem eigenartigen Namen „Zu Füßen des Vulkans". Auf der Rückseite hatte der Buffalo Soldier seine Handynummer eingetragen. Angenehmer, zuvorkommender Typ, dachte Laura. Schade, dass ihnen nicht etwas mehr Zeit für das Gespräch geblieben war, hätte interessant werden können.

„Jackie Sparrow? Nannten Sie mich gerade Jackie Sparrow? Das heißt Captain Jackie Sparrow," rief eine leicht besäuselte Laura nach der Rückkehr ins Hotel streng ihrem unverschämt kokett blickenden Spiegelbild zu. Auf ihrem Zimmer hatte sie erst einmal die verwegene Kluft anprobiert, die sie in verschiedenen Boutiquen Stück für Stück zusammengekauft hatte. Die Beinkleider in Marineblau saßen etwas stramm zwischen den Pobacken, Modell Arsch frisst Hose. Schonungslos objektiv betrachtet, hätte Laura unbedingt eine Konfektionsgröße höher gehen müssen. Das hätte aber die Kapitulation in ihrem seit Wochen erbittert geführten Rückzugsgefechte gegen Waage und Bandmaß bedeutet. Das Material „gab" sich schon irgendwann, meist. Die Bluse war in Madras gehalten. Eine Erinnerung an die Inder, die einst auf den versehentlich nach ihnen benannten ostindischen Inseln kommerziell Fuß zu fassen versuchten, aber mit ihrem Geschäftsmodell untergegangen waren. Die Blusenzipfel hatte Laura kess über der angedeuteten Bauchfalte zusammengebunden.

Aber der Clou des Ganzen war das Kopftuch. Die Verkäuferin hatte Laura gezeigt, wie es, den örtlichen Gebräuchen entsprechend, hochgesteckt und mit kleinen „Hörnchen" versehen wurde. Dieses unschuldig wirkende Accessoire pflegte dem Kundigen früher wichtige Aufschlüsse über den Personenstand der Trägerin zu geben: ledig, verheiratet, verwitwet. Zum Friseur hatte Laura es nicht geschafft. Vielleicht sollte sie die Haare auch einfach lang lassen. In diesem Habit, da war Laura sicher, hätte sie der eigene Vater nicht erkannt, egal mit welcher Frisur.

Der Gedanke an Robert ernüchterte sie schlagartig. Von hier aus betrachtet, schienen die jüngsten Diskussionen über die Nachfolgefragen auf einem anderen, Lichtjahre entfernten Planeten stattgefunden zu haben. Dr. Schmidt-Öhlenschläger wäre entsetzt über den karibischen Maskenball, den sie hier veranstaltete. Aber seine Jurisdiktion endete auf der anderen Seite des Atlantik.

Trotzdem, wohin sollte das führen? Laura setzte sich aufs Bett und dachte nach. Vielleicht war es tatsächlich besser, schleunigst wieder nach Hamburg zurückzufliegen und sich „mannhaft" ihrer Verantwortung zu stellen, anstatt hier die vogelwilde Piratin zu geben. Was hätte ihr Vater in dieser Situation getan? Einfach: er wäre gar nicht erst in eine vergleichbare Lage geraten. Aber so oder so gab es noch etwas zu erledigen.

Während eines Urlaubs in Nordgriechenland hatte die kleine Laura beim Spielen am Ufer eines der seltenen Seen einen größeren Stein umgewälzt und darunter eine zusammengerollte grüne Schlange gefunden. Eine harmlose Natter, wie sich herausstellte. Trotzdem hatte sich Laura erschreckt, als sie plötzlich diesem dünnen Reptil in die winzigen gelblichen Augen blickte.

„Lass' dir das eine Lehre sein," hatte sie ihr Vater lächelnd ermahnt, „Manche Steine bleiben besser unangetastet. Man weiß nie, was sich darunter verbirgt." Vermutlich hätte er es vorgezogen, seinen eigenen Stein mit ins Grab zu nehmen.

„Das könnte dir so passen," sagte Laura laut. Sie war entschlossen, das Mysterium der Yellow Dancer zu lüften – auch auf die Gefahr hin, dass die Schlange sich diesmal als weit weniger harmlos entpuppen sollte.

DRITTES KAPITEL

1. Das Phantom.

Das Taxi hielt vor einem halbrunden einstöckigen Ziegelsteinbau direkt am Wasser. Rechts davon ging es durch ein großes gusseisernes Tor zu den Bootsstegen. Laura zahlte und bat den Chauffeur, sie zwei Stunden später an genau dieser Stelle wieder abzuholen. „Pa ni pwoblem?" Sie hatte den Nachmittag verschlafen und kurz mit sich gerungen, ob sie ihren Besuch in der Marina nicht lieber auf den folgenden Tag verschieben sollte, da sich der heutige bereits merklich seinem Ende zuneigte. Es wäre klüger gewesen, den Wecker zu stellen, doch daran hätte sie früher denken müssen. Sie war schleunigst in ihr Jackie-Sparrow-Kostüm geschlüpft, hatte das mitteilsame Kopftuch allerdings verworfen. Mit einem Taxi würde sie es vielleicht noch schaffen, ohne in der Dunkelheit durch die Gegend tapsen zu müssen.

Die Fahrt zur Marina, die unterhalb der Ruinen eines alten Forts lag, hatte nur wenige Minuten gedauert. Vorbei an den Holzverschlägen und Wellblechhütten eines der „Bidonvilles", sprich Armenviertel von „Pitre", waren sie hinter dem Universitätscampus zum Wasser abgebogen. Nun, da sie allein vor dem verschlossenen Gebäude stand und das Taxi schon wieder hinter der nächsten Kurve verschwunden war, dämmerte Laura, dass das Marina-Personal längst nach Hause gegangen sein musste. An die karibischen Bürozeiten war sie noch nicht gewöhnt.

Während sie unschlüssig auf und ab spazierte, explodierte seewärts der westliche Abendhimmel. Jemand schien daran gelegen, auf Teufel komm raus den Nachweis dafür zu erbringen, dass der spektakuläre Sonnenuntergang von „Gwada" auch in der Karibik seinesgleichen suchte. Dank der mit Feuchtigkeit gesättigten Luftschichten durchlief der Himmel über die ganze Breite des Horizonts minutenlang alle verfügbaren Nuancen des roten Spektrums: vom Lachs und Himbeere über Feuerschein, Wein und Purpur, bis hin zum zarten Violett. Laura konnte sich an dem Spektakel nicht satt sehen, riss sich dann aber doch vom glühenden Abendhimmel los und suchte nach einem Wegweiser zu dem Teil der Marina, der Blauen Lagune hieß.

Als sie keinerlei Hinweise fand, entschloss sie sich, einen halbnackten Segler anzusprechen, der gerade mit Handtuch und Toilettenutensilien bewaffnet aus dem Sanitärkomplex trat. Der Mann, offenbar ein Osteuropäer, lieferte eine kurze Erklärung in gebrochenem Englisch, nuschelte etwas Unverständliches von irgendwelchen „Türken" und zeigte mehrmals in dieselbe Richtung - links schwenkt und immer der Nase nach, sollte das wohl zusammengefasst heißen. Laura dankte dem frisch geduschten Mann für die Auskunft und machte sich auf den Weg. Sie ließ die lange Reihe Segel- und Motoryachten aller Farben, Typen und Größen rechts liegen, durchquerte die belebte Restaurant- und Cafézeile und folgte einem Asphaltweg, der sie in weit geschwungener Kurve vom Marinaschlauch wegführte. Das offenbar erst kürzlich neu gedeckte Sträßchen wurde rechts von hohen Palmen gesäumt. Linker Hand stand eine Reihe von Melo-Kakteen, bei deren Anblick Laura schlagartig klar wurde, was der Segler eben mit „Türken" gemeint hatte. Der rote, von Wollhaaren und Borsten bedeckte Wulst der etwa einen Meter großen Kakteen glich einem Fez, wie ihn die Türken zu tragen pflegten, bis er von Mustafa Kemal als Symbol der Rückständigkeit des „kranken Mannes am Bosporus" verbannt worden war. Der Inselgruppe der Turks, die mit den Caicos zusammen einen gemeinsamen Zwergstaat bilden, so hatte Laura mal gelesen, verdankt diesen dort offenbar besonders gut gedeihenden Kakteen ihren eigenartigen Namen.

Laura fuhr zusammen. In der einsetzenden Dämmerung schnürte plötzlich ein Hund auf sie zu. Keine streunende Promenadenmischung, sondern ein zimtfarbener Labrador Retriever, soweit sie im Halbdunkel erkennen konnte. Laura hatte keine Angst vor Hunden, schon gar nicht vor Retrievern, die, egal ob Labrador oder Golden, zu den intelligentesten und sanftesten Rassen gehören, die sie kannte. Als der offenbar schon ältere Hund sie in einigem Abstand fast umlaufen hatte, streckte

Laura die Hand nach ihm aus, beugte sich zur Seite und sprach ihn ruhig an, als handele es sich um einen früheren Bekannten, dem sie sich wieder in Erinnerung bringen wollte. Doch das Tier hatte es sichtlich eilig und ließ sich nicht ablenken oder gar zum Verweilen animieren. Ein kurzer Seitenblick von der Kategorie jetzt nicht, du siehst doch, ich habe zu tun und das Tier war verschwunden.

Weit konnte es nicht mehr sein bis zur Blauen Lagune. Schon lugten in der Tat die Mastspitzen dort vertäuter Segelyachten über das Buschwerk. Laura steuerte darauf zu und fand sich bald am Ende des langen, schmalen Hafenschlauchs der Marina wieder. Laura sah sich um. Noch in der Dämmerung war klar zu erkennen, dass diese Ecke weniger einer Blauen Lagune als vielmehr einer grünen Hölle glich. Mangroven, Palmen, Agaven, Aloe vera konkurrierten um die besten Plätze möglichst nah am grünlichen, nach Tang und Algen riechenden Wasser. Armdicke Schlingpflanzen umrankten die wehrlosen Stämme immergrüner Eichen wie geduldige Würgeschlangen. Von den weit ausladenden Zweigen hing unmerklich in der Abendbrise schwingendes Louisiana-Moos wie schwarz angelaufenes Lametta. Sumpfgräser, Bambus und wildes Rohr verbeugten sich höflich raschelnd bei jeder der gelegentlichen Böen. Die ausufernde Flora schien entschlossen, den Kreaturen im seichten Salzwasser ihren angestammten Lebensraum streitig zu machen. Ein fauchendes Schwanenpaar verjagte eine lauthals schnatternde Entenmutter mit ihren erbärmlich piependen Jungen aus dem futterreichen Sauergras. Um zu den Yachten zu gelangen, musste Laura einen wacklig wirkenden Bootssteg betreten, der aus Knüppeln unterschiedlicher Länge und Dicke grobschlächtig zusammengeschustert worden war. „Wenn's gut werden soll," murmelte sie. Das Ding hier sah schon mal ziemlich missglückt aus.

Rasch war es wieder stockfinster geworden. Die Dunkelheit hatte sie ja eigentlich meiden wollen, zumal sie nicht einmal Pfefferspray mitführte. Es half nichts. Sie schlüpfte aus ihren Sandalen, nahm sie auf und betrat vorsichtig mit halb ausgebreiteten Armen balancierend den Steg wie eine Zirkusartistin ihr straff gespanntes Drahtseil hoch über der Manege, die von atemlos sich nach ihr den Nacken verdrehenden Zuschauern gesäumt war. Irgendwo aus dem Dunkel ertönte ein Tusch mit aneinanderschlagenden Handzimbeln: „Aus Deutschland zu uns gekommen, die große, die unvergleichliche Laura Förster mit ihrem einzigartigen todesverachtenden Hochseilakt…" Der Steg schwankte und wackelte kaum weniger als ein Drahtseil, schien aber zu halten.

Der imaginäre Tusch war verklungen, es herrschte mit einem Male absolute Friedhofsstille. Kein Lüftchen rührte sich mehr, selbst die unvermeidliche Dünung verebbte so weit seewärts, dass das Grummeln ihrer Brandung nicht bis in die Lagune drang. Brodelnde Bläschen auf einzelnen Fleckchen der Wasseroberfläche und das gelegentliche Vorüberhuschen verräterischer Schwanzflossen ließen jedoch ahnen, dass sich die Welt unter Wasser beileibe nicht so friedlich gab wie die sichtbare darüber. Die Nacht war auch hier die Zeit von Räubern wie etwa den Barrakudas, die auf ihrer Pirsch auch das seichte Gewässer der Häfen nicht verschmähten, sondern deren Form nutzten, um Beuteschwärme in die Enge zu treiben. Laura stand wieder einen Augenblick still und lauschte fast andächtig dem leisen Rauschen der Palmwedel und dem Quietschen und Knacken des Stegs. Obwohl ihr eine unmotivierte Furcht die Brust wie kurz vor einem Infarkt zusammenzog, bereute sie es nicht, so spät hierhergekommen zu sein. Die nächtliche Atmosphäre der Blauen Lagune hatte etwas einzigartig Magisches. Außer ein paar hohen, schwindsüchtigen Straßenlaternen, deren schwach glimmernde Birnen von Myriaden Mücken und Motten verdunkelt wurden, gab es in der Blauen Lagune keine künstliche Beleuchtung. Die wenigen Bungalows der Gegend waren zu dieser Jahreszeit offenbar unbewohnt und dräuten dunkel mit heruntergelassenen Jalousien. Jedes Mal, wenn die träge dahinziehenden Wolken den Vollmond kurz freigaben, spiegelte sich dessen gleißendes Licht auf der schwarzen Oberfläche des wie dickflüssiges Öl ans Ufer schwappenden Wassers. Fledermäuse auf der Jagd nach Insekten schossen durch die Luft wie die schwarzen Schatten winziger Raumschiffe in einem nächtlichen Krieg der Galaxien. Beim

Versuch, ihre halsbrecherischen Höhen- und Richtungswechsel zu verfolgen, drehte sich Laura ein-, zweimal wie ein tanzender Derwisch und wäre um ein Haar vom Steg gestürzt.

Zwei größere, vorübergehend herrenlose und allem Anschein nach vernachlässigte Segelyachten hatte Laura bereits passiert, als eines der dünneren Rundhölzer unter ihren Füßen nachgab und mit einem trockenen Knacken zerbrach, als hätte sie auf die spröde Rippe eines vor Jahr und Tag verendeten Tieres getreten. Laura verlor erneut ganz kurz die Balance, fing sich aber sogleich, schüttelte den Kopf über ihre eigene Ungeschicklichkeit und tänzelte weiter. Vor der dritten und letzten Segelyacht am Kopfende des Steges blieb sie stehen. Es handelte sich um eine einmastige Yacht mit quittengelbem Rumpf. Die meisten Boote, die Laura bisher gesehen hatte, waren weiß, einige blau, wenige rot. Eine gelbe Yacht war ihr noch nicht untergekommen – angesichts der durchaus zweifelhaften ästhetischen Wirkung wohl auch kein Wunder. Von außen machte das Schiff zumindest einen sehr gepflegten Eindruck, wirkte wie neu. Die kreuz und quer laufenden Leinen, mit denen sie am Steg vertäut war, wiesen noch nicht die eklige grüne Patina glitschigen Tangs auf, den Laura im Vorübergehen am Tauwerk anderer Yachten gesehen hatte. Das Deck war aus Teakholz, soviel erkannte Laura auf den ersten Blick. Ein breiter blauer Streifen im oberen Drittel des gelben Rumpfes lief auch über das breite, platte Spiegelheck der Yacht. Dort waren mit geschwungenen gelben Zierlettern Name und Heimathafen der Yacht aufgetragen. Beim nächsten kurzen Aufblitzen des Mondlichtes konnte Laura beides klar lesen: Yellow Dancer, Pointe-à-Pitre.

Das also war sie, die geheimnisvolle Yacht ihres Vaters, von deren Existenz er ihr gegenüber nie ein Sterbenswörtchen hatte verlauten lassen. Laura waren die organisatorischen Aspekte von Roberts Segelausflügen relativ gleichgültig gewesen. Sie hatte angenommen, dass er es Tausenden anderer Segelbegeisterter gleichtun würde, die in der Karibik Boote nach Bedarf charterten. Dabei musste es für jemanden wie Robert, der es sich leisten konnte, ziemlich regelmäßig hierher zu kommen, eigentlich immer schon rechnen, sich eine eigene Yacht anzuschaffen, die hier auf ihn wartete. Wieso hatte er es nicht für notwendig gehalten, die Yellow Dancer jemals zu erwähnen? Den meisten Yachteignern, die Laura kannte, stand ihr geradezu obszöner Besitzerstolz regelrecht ins Gesicht geschrieben.

Nein, Euer Ehren, lassen Sie mich die Frage anders formulieren. Warum hatte ihr Vater so großen Wert darauf gelegt, dass niemand von der Existenz der Yacht erfuhr, schon gar nicht seine Tochter? Die einzig logische Antwort, Euer Ehren: weil die Yacht etwas repräsentierte, das nach Roberts Einschätzung seinem Ruf hätte schaden und die Beziehung zwischen Vater und Tochter nachhaltig hätte belasten können. Einspruch! Mutmaßung! Schon, aber eine, die sich untermauern ließ. Die rückhaltlose Offenheit, mit der die beiden normalerweise miteinander umgingen, machte das seltsame Versteckspiel umso verdächtiger, gravierender. Die Yellow Dancer war so betrachtet in Wahrheit keine Yacht, sondern eine Zeitmaschine, die Aufschluss über Robert Försters Vorleben und Parallelwelten geben würde, sofern man sie zu aktivieren wusste, quasi den Zündschlüssel fand.

Laura lachte leise und schüttelte den Kopf. Glückwunsch! Da hatte sie sich in der Heimat vor einer wichtigen unternehmerischen Entscheidung gedrückt, um sich hier in der Fremde ein privates Dilemma von möglicherweise noch viel größerer persönlicher Tragweite einzuhandeln. Das war soweit ja bestens gelaufen.

Laura ließ die Arme sinken. Nichts ist geschrieben, niemand zwang sie dazu, diesen vom Himmel gefallenen Meteoriten umzuwälzen. Die Yacht hatte ihr einen willkommenen Vorwand geliefert, Hamburg und der Firma eine Weile den Rücken zu kehren. Damit hatte die Yellow Dancer ihre Schuldigkeit getan und konnte abtreten. Morgen oder übermorgen würde Laura das Boot mit Pütt und Pann einem Agenten zum Verkauf gegen angemessene Provision anvertrauen und hoffentlich nie mehr davon hören. Falls die Yacht dunkle Geheimnisse barg, Spuren einer – oder eines – heimlichen Geliebten vielleicht, Anzeichen einer erotischen Spielwiese, würde sich der Nachfolger damit auseinandersetzen müssen. Ein cleverer Agent würde daraus sogar ein zusätzliches Verkaufsargument stricken. Und Ende Gelände.

„Nix iss," rief Laura und erschrak sogleich über den Klang der eigenen Stimme im nachtstillen Dunkel. Hatte sie überhaupt noch eine andere Wahl? Alle praktischen Erwägungen sprachen dagegen. Das von ihr bestellte Taxi würde, falls es wirklich zurückgekommen war, längst wieder über alle Berge sein. Ihr Handy hatte Laura in der Eile im Hotel vergessen. „So gesehen, Euer Ehren, war meine Mandantin nachgerade dazu verdammt, eh, verdammt, nicht nur an Bord der Yellow Dancer zu gehen, sondern auch auf ihr zu übernachten, wenn sie sich nicht der unkalkulierbaren Gefahr eines unbegleiteten nächtlichen Streifzuges durch vermintes Gelände aussetzen wollte. Ich bitte das Hohe Gericht, sich der bestechenden Logik meiner Ausführungen nicht verschließen zu wollen." Anwältin hätte sie werden sollen, dachte Laura. Andererseits, wenn sie bedachte, was das juristische Hamsterrad aus Menschen wie Dr. Schmidt-Öhlenschläger gemacht hatte...

Wie zum Henker kam man als Frau an Bord? Während ihres Studiums in Florida war Laura gelegentlich zu Partys auf Yachten eingeladen gewesen. Aber dabei handelte es sich um vergleichsweise monströse, von den Einheimischen despektierlich „Gin-Paläste" genannte Hightech-Motoryachten, auf deren Deck man selbst noch im Abendkleid bequem über leise summende ausfahrbare hydraulische Gangways gelangte. Der Rumpf der Yellow Dancer sah vergleichsweise schmal und schlicht aus. An eine Gangway schien niemand gedacht zu haben. Die weidezaunartige Reling wurde von zwei umlaufenden, etwa bleistiftdicken Stahlseilen gebildet, die wie Seile eines Boxrings leicht durchhingen. In regelmäßigen Abständen aufragende Reling-Stützen hielten das untere Seil knie-, das obere hüfthoch. Kroch man unter den Stahlseilen durch in den Ring wie Rocky Balboa? Wohl kaum. Laura ging langsam weiter in Richtung Bug. Auf Höhe des Mastfußes befand sich eine Lücke in der Reling, die zum Ein- und Aussteigen einlud. Laura legte ihre Handtasche und die Sandalen an Deck ab, stellte ihren rechten Fuß auf das Boot und hievte sich an den Reling-Stützen links und rechts von der „Tür" wie an einem Treppengeländer hoch. Fast wäre sie gleich wieder hintenübergefallen, denn die Yacht reagierte erstaunlich sensibel auf den jähen Druck und neigte sich wie zur flüchtigen Begrüßung landwärts. Dann pendelte sie aber sofort wieder zurück und nahm die sich festklammernde Laura auf die Gegenbewegung mit. So stand sie nun endlich an Deck. Steifbeinig wie ein neugeborenes Giraffenjunges schob sie sich an der weißgrauen Sprayhood vorbei und strich dabei mit ihrer Bluse über das klamme Segeltuch. Dann kletterte sie über die Sitzbank ins Cockpit, setzte sich erst einmal auf die Holzbank und sah sich um. Alles wirkte sehr eng und roch nach feuchtem Holz, geteertem Tauwerk, verkrustetem Meersalz, abgestandenem Schweiß, billigem Alkohol und Dieseltreibstoff, fast wie in einer der alten aufgelassenen Tankstellen entlang der legendären Route 66, die Laura mit amerikanischen Kommilitonen einmal in den Semesterferien abgefahren war.

Laura rüttelte am kleinen hölzernen doppelflügeligen Schott zum Wohnbereich. Es war verschlossen, wie sie befürchtet hatte. Eine Fußmatte, unter der man einen Reserveschlüssel hätte vermuten können, war nicht vorhanden – von einem Blumentopf gar nicht erst zu reden. Als sie jedoch aufstand und sich dabei mit sich der Rechten am Schiebeluk über der Tür abstützen wollte, gab dieses unvermittelt nach und glitt einige Zentimeter nach vorn. Durch den so entstandenen Spalt zwischen Luk und Schott konnte Laura in die schwarze „Gruft" des Salons blicken. In der Dunkelheit konnte sie jedoch nichts erkennen. Eine Taschenlampe wäre jetzt nützlich gewesen, wieso hatte sie daran nicht gedacht? Sie drückte erneut und diesmal kräftiger gegen das Luk und öffnete den Spalt so weit, dass sie mit der Hand nach der Verriegelung des Schotts tasten und sie nach einigem Herumprobieren entsperren konnte.

Wieder zögerte Laura. Diesmal nicht wegen irgendwelcher Skrupel und Vorahnungen, sondern weil ihr ein hässlicher Verdacht kam. Wieso hatte man die Tür verschlossen, das Luk aber offengelassen? Das eine machte ohne das andere auch für einen Laien keinen Sinn. Wenn es jemandem wie Laura gelang, auf diese Weise mir nichts, dir nichts ins Innere der Yacht einzudringen, hätten erfahrene Einbrecher erst leichtes Spiel. Anzeichen eines gewaltsamen Vorgehens unter Einsatz eines Stemmeisens oder ähnlicher Gerätschaften gab es auf den ersten Blick nicht. Vermutlich hatte jemand Wartungs- oder Reparaturarbeiten durchgeführt und beim Verlassen der Yellow Dancer vergessen, das Schiebeluk zunächst bis zum Anschlag zuzuziehen und dann erst das Schott abzuschließen, tröstete sich Laura.

Zufrieden mit ihrer Erklärung blickte sie wie Aladin ohne seine Wunderlampe in das dunkle Loch, das sich vor ihr auftat. Das einzige, das sie unschwer erkennen konnte und ihr sofort unangenehm aufstieß, war der unglaublich schmale, steile Niedergang, der nicht auf die Bedürfnisse durchschnittlich konstituierter Menschen zugeschnitten schien. Beschäftigte man auf Yachten wie dieser bei gleicher Qualifikation bevorzugt Kleinwüchsige? Und dazu noch die babylonische Dunkelheit! Gab es irgendwo wenigstens einen von hier oben erreichbaren Lichtschalter? Sie fühlte keinen in Schottnähe. Selbst das beleuchtete Display ihres Handys hätte hier gute Dienste leisten können. Vorsichtig setzte sie den rechten Fuß auf die oberste der erschreckend schmalen Stufen des Niedergangs und zog den linken Fuß nach. Dann überschlugen sich die Ereignisse.

Lauras feuchte Fußsohlen glitten auf dem abgewetzten Holz der Stufen aus, so dass sie den Halt verlor. In schmerzhaftem Stakkato polterte sie mit spitzem Schrei auf dem Steißbein nach unten wie ein scheppernder Putzeimer auf einer steilen Kellertreppe. Kaum war sie krachend auf dem Boden des Salons aufgeschlagen, saß sie plötzlich in gleißendem Licht, als hätte sie im Fallen einen Bewegungsmelder ausgelöst. Fehlte nur noch der Zirkustusch. Zwei Hände, kräftig wie stählerne Schraubzwingen, packten Laura an den Armen, rissen ihren Körper nach oben und warfen ihn wie einen Sack Mehl mit dem Rücken auf den harten Tisch. Ein stechender Schmerz durchzuckte Laura und lähmte sie wie der Stromstoß einer Elektroschockpistole.

Die eine der beiden klobigen Hände griff nach ihren Haaren und zerrte ihren Kopf über die Tischkante weit nach hinten, dass Laura schon fürchtete, ihr Genick würde brechen wie ein

Cocktailspießchen. Alles ging so schnell, dass sie keine Zeit zur Gegenwehr hatte. Und selbst wenn, was hätte sie gegen diesen wohl aus irgendeinem Zoo entwichenen Primaten mit seiner Urgewalt ausrichten können? Ihr Angreifer lag zur Hälfte auf ihr, wie der riesige dunkle Schatten des Todes in ihrem wiederkehrenden Alptraum. Und genau wie in ihren Todesahnungen war sie unfähig, sich zur Wehr zu setzen. Als sie dann auch noch die breite scharfe Sägezahnklinge eines mächtigen Kampfmessers an ihrer Kehle spürte, hielt Laura ihr Ende für gekommen. Dass der Tod keine Rücksicht auf unsere theatralischen Vorstellungen finaler Dramatik nahm, sondern oft genug seine Aufwartung mit irgendwie verletzender Banalität machte, hatte Laura am Beispiel ihres kommentarlos tot umgefallenen Vaters erlebt. Gar so sinnlos wie in diesem Schmierenstück hatte sie sich das eigene Ende allerdings doch nicht vorgestellt.

„Man steckt nicht drin," war ihr letzter alberner Gedanke. Doch das zum finalen Schnitt angesetzte Messer bewegte sich nicht, hielt sie nur mit seinem Druck auf ihre Kehle in Schach. Der eiserne Griff an ihren Haaren lockerte sich ein wenig. Die Lampen der Deckenbeleuchtung blendeten Laura so stark, dass sie ihren Kopf zur Seite zu drehen versuchte und für einen Moment ihre Augen schloss. Als sie sie wieder öffnete, schob sich das Gesicht ihres Angreifers zwischen sie und die Lampen wie die von Kratern übersäte Oberfläche des Mondes bei einer Sonnenfinsternis. Das verschwitzte dunkelhäutige Antlitz des Mannes war von üblen Narben bedeckt. Seine wulstige Oberlippe wies eine Einkerbung auf, die seine Gaumenspalte verriet. Die Augen waren zu Schlitzen verengt. Dennoch erkannte Laura, dass seine Pupillen das tiefe Blau eines Lapis hatten, der immer schon ihr Lieblingsstein gewesen war. Sein blondes Haar hing in langen Dreadlocks bis auf die Schultern. Der Mann war ein Phantom, ein missgestalteter Herold der Unterwelt. Seine Fratze von Gesicht war von derart bizarren Zügen, dass sie in ihrer ganzen Hässlichkeit zumindest faszinierend wirkte. Nichts darin „stimmte", passte zusammen. Die Natur musste diese Maske des Terrors in einem Augenblick selbstvergessener Trunkenheit in Angriff genommen und prompt total vermasselt haben. Die Narben erinnerten Laura an Fotos von indischen Frauen, denen ihre treu sorgenden Ehemänner Säure ins Gesicht gespritzt hatten, um Scheidungskosten zu sparen.

Laura drehte ihren Kopf weiter zur Seite, um den Anblick des Phantoms zu vermeiden und seinen rumgetränkten Atem nicht länger auf ihrem Gesicht fühlen zu müssen. Diese Ausdünstung allein würde ihr Pickel verursachen. Doch der Mann hielt sie weiter wie im Schraubstock fixiert. Er drückte sich sogar noch dichter an Laura, so dass sich sein erigiertes Glied an ihrem rechten Oberschenkel rieb. Wollte er sie vergewaltigen? Laura wurde speiübel beim bloßen Gedanken daran. Dann schon lieber gleich sterben. Der Mann zog ihren Kopf wieder ins gleißende Licht, nahm die Klinge von ihrer Kehle und fegte ihre Strähnen so heftig zur Seite, dass die Spitze seines Messers ihr fast das Auge ausgekratzt hätte. Dann starrte er sie so intensiv an, als überlege er, ob sich ein korrigierender schönheitschirurgischer Eingriff noch lohnte oder ob dieser Trümmerhaufen als kosmetischer Totalschaden abzuschreiben war. Seine Augen, die er inzwischen weiter geöffnet hatte, drückten Verwunderung aus. Verwunderung, ungläubiges Staunen und, so absurd es Laura schien, eine Prise Zärtlichkeit. Einen Moment lang fühlte sich Laura wie die „weiße Frau" beim ersten Blick in die Augen King Kongs.

Dann ließ das Phantom Lauras Kopf los, steckte sein Messer weg, murmelte irgendetwas Unverständliches, wandte sich blitzschnell um und setzte mit der Sprungkraft eines Menschenaffen über den Niedergang an Deck. Laura spürte, wie sich die Yacht bei seinem Spagat über die Reling kurz zur Wasserseite neigte, hörte aber wider Erwarten kein Klatschen wie beim Eintauchen eines Körpers ins Wasser. Benommen und schreckensstarr, wie sie war, prägte sie sich unterbewusst dennoch jedes akustische Detail ein. So hörte sie kurz darauf einen Außenborder direkt neben der dünnen Bordwand stotternd anspringen und sich aufheulend entfernen. Während das Dinghy, das seeseitig so tief am Rumpf festgemacht war, dass Laura es weder vom Steg, noch vom Deck aus hatte sehen können, eine Zeitlang blubbernde

Heckwellen an den Rumpf der Yellow Dancer schickte, lag Laura schwer keuchend im Salon unter den grellen Lampen wie eine kurzatmige Lungenpatientin auf dem OP-Tisch.

Es dauerte lange, bis sie wieder halbwegs bei Sinnen war. Jetzt, da der Schock nachließ, begannen die Schmerzen am Steißbein und im Rücken, am Hals und im Genick so rasend zu pochen, dass ihr die Tränen in die Augen schossen. Ächzend richtete sie ihren Oberkörper auf, um nicht mehr vom gleißenden Licht der Deckenbeleuchtung geblendet zu werden. So saß sie eine Weile unbeweglich, ließ ihren Kopf auf die Brust sinken, die Arme kraftlos an der Seite hängen und ihre Beine wie die einer Kasperlepuppe über die Tischkante baumeln.

Hatte sie das gerade wirklich erlebt oder war alles eine Halluzination, Ausgeburt ihrer vom Zauber der karibischen Nacht befeuerten Fantasie? Ein Griff an ihre Kehle ließ keinen Zweifel zu. Die rasiermesserscharfe Schneide des Messers hatte eine dünne, schwach blutende Schnittwunde hinterlassen. Mit Überraschungen auf der Yellow Dancer hatte Laura ja gerechnet. Nicht aber damit, dass sie dem Fürst der Finsternis persönlich ins Auge blicken würde. Erschaudernd rutschte sie vom Tisch und schrie sogleich wieder laut auf. Ihr Steißbein würde sie noch wochenlang an diese Episode erinnern. Hoffentlich war es nicht angebrochen. Links vom Niedergang befand sich offenbar die Kombüse der Yellow Dancer. Mit zitternden Händen öffnete sie den Kühlschrankdeckel, halb damit rechnend, steifgefrorene Leichenteile eines früheren Opfers des Phantoms vorzufinden. Sie atmete erleichtert auf. Jemand hatte Mineralwasser in mehreren Plastikflaschen verstaut, damit es kühl blieb. Sie schüttete sich ein wenig davon über Kopf, Nacken und die Pulsadern der Handgelenke. Dann trank sie den Rest des Wassers in beherrschten kleinen Zügen. Über der Spüle hing ein Erste-Hilfe-Kasten, in dem sie ein desinfizierendes Spray, Pflaster und Verbandsmull fand. Damit stoppte sie die leichte Blutung und versorgte die Wunde, so gut sie konnte. Dann setzte sie sich auf die hellblau gepolsterte Liege und schloss die Augen.

Was um alles in der Welt hatte das Phantom an Bord gewollt? Ein Dieb hätte auf der Suche nach Verwertbarem das ganze Boot auf den Kopf gestellt, Schubladen herausgerissen, Schapps zerbrochen. Doch nichts im Salon verriet, dass jemand hier gewesen war. Im Gegenteil: alles schien so säuberlich geordnet an seinem Platz, als wäre das Phantom zum Aufräumen an Bord gekommen. Hatte er auf der Flucht vor der Polizei oder vor Gangstern eine Bleibe gesucht? Dann würde er irgendwo sein Nachtlager eingerichtet haben. Wie war diese unfassbar aggressive Wucht des Angriffs zu erklären? Was hatte er schon von jemandem wie Laura zu befürchten? „Sachbeschädigung und Körperverletzung in Tateinheit mit Hausfriedensbruch, Euer Ehren", mehr wäre beim besten Willen nicht zusammengekommen. Und selbst dazu hätte man ihn ja erst einmal erwischen müssen, was in Anbetracht der Agilität, mit der er sich bewegte und der brutalen Konsequenz, mit der er handelte, kein Leichtes sein konnte.

Aber wenn er schon entschlossen gewesen sein sollte, sie umzubringen, warum hatte er den Versuch abgebrochen? Was hatte ihn plötzlich zur Vernunft gebracht? Obwohl, Vernunft… Ein instinktgetriebener, wahrscheinlich unter Drogen stehender Mensch wie dieser bewegte sich vermutlich in Dimensionen, die rationalen Erwägungen nicht zugänglich waren. Aberglaube vielleicht? Frauen als Trägerinnen allen Übels dieser Welt waren ehedem auf Schiffen selten willkommen.

Nein, da war mehr. Auf Laura hatte der Mann wie ein Raubtier gewirkt, das, durch irgendetwas aufgeschreckt, sofort reflexhaft zuschlägt und erst im allerletzten Augenblick realisiert, dass es drauf und dran ist, sein eigenes Fleisch und Blut abzuschlachten. Musste sie jetzt nicht eigentlich die Polizei benachrichtigen? Ohne Handy ging das nicht, denn mit der Funkanlage der Yacht kannte sie sich nicht aus. Wenn sie den falschen Knopf der Anlage drückte, würde sie unter Umständen die halbe Karibik mobilisieren. Und was sollte die Polizei mitten in der Nacht unternehmen? Fingerabdrücke sichern? Ein Phantombild anfertigen? Laura lachte. Mit einer Rückkehr des Mannes im Laufe der Nacht war nach ihrer Einschätzung eher nicht zu rechnen. Er hatte ja keine Ahnung von ihren technischen Problemen und musste fürchten, der Polizei in die Arme zu laufen. Insofern war sie hier vorläufig sicher.

Schmerzen, Angst und Zorn, physische und psychische Erschöpfung ließen Laura auf der blauen Liege des Salons wie eine aufblasbare Silikonpuppe zusammensinken, der buchstäblich die Luft ausgegangen war. Halb im Liegen, halb im Sitzen, schloss sie ihre Augen. Die sanft schaukelnde Yellow Dancer wiegte sie in den Schlaf. Bald sank ihr Kopf hintenüber, ihre Lippen öffneten sich leicht und den besonders hellhörigen unter den Fledermäusen der Blauen Lagune dürfte im Vorüberfliegen ein leises Schnarchen aus der Yacht mit dem quittengelben Rumpf aufgefallen sein.

2. Der Einäugige.

Laura versank unendlich langsam im warmen kobaltblauen Meer. Sie war an Deck über eine achtlos ausgelegte Leine gestolpert, hatte das Gleichgewicht verloren und war über die Reling der majestätisch dahinrauschenden Yellow Dancer gefallen. Anfangs hatte sie noch verzweifelt versucht, der Yacht in deren Kielwasser hinterher zu schwimmen, wurde aber sehr bald abgehängt und hatte schließlich einsehen müssen, dass ihre Kräfte nicht ausreichten, sich dauerhaft über Wasser zu halten. Sie sank nun tiefer und tiefer ins blaue Nichts. Seltsam nur, dass sie weder in Atemnot noch in Panik geriet, sondern völlig entspannt nach unten schwebte. Der Druck des Wassers nahm nicht zu und anstatt kälter zu werden, erwärmte es sich scheinbar mit zunehmender Tiefe. Neugierige Clownsfische umkreisten sie, nibbelten vorwitzig an ihren Händen und Füßen, bis Laura haltlos zu kichern begann und die Fische in der Säule aufstrebender Luftblasen erschrocken davonstoben. Ein riesiges glotzäugiges Kalmar-Männchen breitete seine mit Saugnäpfen gespickten Fangarme kreisförmig aus, versprühte eine Wolke schwarzer Tinte und behauptete allem Augenschein zum Trotz steif und fest, ein Seestern zu sein. Die glitzernden Sonnenstrahlen auf den silbernen

Leibern der Fische wurden ganz allmählich matter, alle Farben verschmolzen zu einem blässlichen Stahlblau. Doch es blieb gerade hell genug, die unmittelbare Umgebung zu erkennen. Schließlich setzte Laura mit ihrem Hinterteil zuerst zwischen zwei Felsen sanft im weichen Sand des Meeresbodens auf. Ihr langes dunkles Haar ragte noch eine Weile in die Höhe wie wogender Kelp eines dichten, wild wuchernden Tangwaldes. Dann sank es Strähne für Strähne nach unten und schmiegte sich zärtlich um ihr todbleiches Gesicht.

So saß sie und lauschte dem überraschend vielstimmigen Chor der Tiefe. Als sie sich auf ein Geräusch hin langsam umdrehte, erblickte sie die Konturen eines mächtigen Walrosses schwerfällig wie in Zeitlupe auf sich zurobben. Das massige Männchen mit seinen beiden langen Stoßzähnen trug die gleiche Halbbrille wie Dr. Schmidt-Öhlenschläger, dem es beim Näherkommen tatsächlich immer ähnlicher wurde.

„Leben Walrösser nicht in der Arktis?" fragte Laura ohne weitere Einleitung erstaunt, als das Tier schließlich auf Hörweite herangekommen war und sie neugierig musterte.

„Gegenfrage: Leben Menschen nicht auf dem Land, eh, auf dem Land?" rief das Walross und schielte verschmitzt über seine Halbbrille.

Laura erkannte bereits jetzt, dass sie es mit einem Exemplar von ungewöhnlichem Scharfsinn und einer im Tierreich eher selten anzutreffenden Schlagfertigkeit zu tun haben musste. Ironische Kommentare zu BMI und veganer Ernährungsweise, wie sie ihr auf der Zunge lagen, würde sie besser für sich behalten.

„Darf ich auf dir reiten?" fragte sie schließlich. „Mir tun die Füße schrecklich weh."

Das Walross nahm die Halbbrille von der Nase und blickte empört auf Laura herab.

„Auf mir reiten? Hallo? Ich glaube, du verwechselst mich mit einem Seepferd, eh, Seepferd. Außerdem bitte ich, mich nicht duzen zu wollen, ich hasse das!"

„Pferd, Ross, was soll's, ist doch alles dasselbe," wandte Laura ein, obwohl sie dessen insgeheim nun nicht mehr so sicher war.

„Nicht einmal das gleiche," entgegnete das Walross mit einem verschlagenen Lächeln.

„Wir stammen nämlich von Walen ab, musst du wissen. Waaaal-ross, klingelt da was, Dummerchen? Genauer, von der Familie der Zahnwale, eh, Zahnwale. Mein Großvater mütterlicherseits war ein Narwal mit Stoßzahn und Blasloch. Fleischfresser obendrein, wie ich betonen möchte. Keins dieser veganen Weicheier. Deshalb hat uns die Evolution ja in weiser Voraussicht mit diesem wunderbaren Elfenbein ausgestattet. Wo gibt es das sonst noch in der Natur: Zahn und Zahnstocher in einem, wie genial ist das denn?"

Laura fühlte sich bloßgestellt. Sie durfte nicht zulassen, dass ein gemeinhin als grobschlächtig geltendes Tier wie dieses so mit einer Vertreterin der Spezies umsprang, die sich zu Recht als Krone der Schöpfung verstand. Das warme Wasser war dem Tier offenbar zu Kopf gestiegen. Sie schlug einen strengeren Ton an.

„Wenn du, wenn Sie wirklich zur Familie der Wale gehören, wie Sie behaupten, müssten Sie doch die Sprache Ihrer Artgenossen beherrschen."

Touché, dachte Laura, zufrieden mit ihrem Geistesblitz. Doch das Walross schien wenig beeindruckt.

„Und wer sagt dir kleinen Ignorantin, dass ich das nicht tue, eh, nicht tue?"

Das Walross war für einen Moment abgelenkt und bückte sich interessiert nach einer Seegurke, die angewidert ihre Eingeweide nach außen stülpte und schleunigst das Weite suchte.

„Es geht dich zwar nichts an," fügte das Walross nach einer kurzen Pause hinzu, „aber ich sag's dir trotzdem, eh, trotzdem. Walrösser spielen schon seit Jahrhunderten die marinen Dragomanen, sprich Dolmetscher, für unsere seepockennarbigen Vettern und Cousinen. Im Austausch gegen die tellergroßen Augen der Riesenkalmare, die sie uns aus der Tiefsee mitbringen. Eine Delikatesse, Kalmar-Augen. Solltest du unbedingt mal im Rotweinsud geschmort probieren, mit Zwiebeln, ein oder zwei Knoblauchzehen, einer Messerspitze Chilipulver und ein wenig Ingwer. Altes Rezept meiner Mutter"

Das Walross setzte seine Brille wieder auf die Nase, spitzte die Lippen, legte seine Vorderflossen ums Maul und rief mit schrillem Falsett: „Hiiiijaaaaah!"

Laura hielt das für die ausgesprochen klägliche Imitation eines Blauwal-Brunstschreis und verzog schmerzerfüllt ihr Gesicht. Da streckte das Walross seine rosafarbene Zunge heraus, als wolle es Laura mit dieser ungezogenen Geste verhöhnen.

„Siehst du das? Ist das das eine typische Wal-Zunge oder gehört die deiner Ansicht nach einem Eisbär, eh, Eisbär?"

Laura bemühte sich, Haltung zu wahren.

„Wenn ich ehrlich sein soll: für mich sieht's eher aus wie ein rohes Lachsfilet."

„Papperlapapp, Lachsfilet!"

Das Walross schien entschlossen, seine Überlegenheit auch körperlich zu untermauern. Es stellte sich auf die Schwanzflossen, reckte sich in die Höhe und begann, sich wie eine altersfette Ballerina im Kreise zu drehen. Dabei sang das Walross immer den an langen arktischen Winterabenden aus allen Iglus über das Packeis schallenden Inuit-Kinderreim „Das kleine dicke Wal-Junge mit der rosaroten Wal-Zunge" und heulte bei jedem Refrain auf wie die liebeskranke Robbe Herbert.

Laura wurde es jetzt allmählich zu bunt. Das ulkige Walross in allen Ehren, aber die Kreatur muss in ihre Schranken verwiesen werden, sonst wird sie anmaßend und greift eines Tages nach der Weltherrschaft. Sie erhob sich vom Meeresboden und machte ein, zwei Schritte auf das Tier zu, um ihm ihre Meinung zu geigen. Das aber packte Laura ungeniert unter die Arme und drehte sich mit ihr im gleichförmigen Rhythmus seines Gesangs. Dann zog es Laura noch etwas enger an sich und leckte ihr das Gesicht. Dabei schmatzte es genießerisch und stöhnte verzückt „Hmmm! Kalmar-Augen! Yummy!"

Seine Zunge war lang, kalt und rau, tatsächlich wie ein langsam garendes Lachsfilet mit kross gebratener Haut, dachte Laura. Nicht eigentlich unangenehm, wenn nur der brackige Geruch nicht wäre. Laura riss sich los und hielt zum Schutz beide Hände vor ihr Gesicht. „Aufhören," rief sie wieder und wieder und wollte wegrennen, blieb aber mit den Füßen im wallenden Kelp hängen und fiel der Länge nach in den Sand.

Mit einem stechenden Schmerz am Steißbein wachte sie auf. Wie trunken suchte sie nach einem Halt und blickte verwirrt in die Runde. Ihr direkt gegenüber saß ein winselnder, schwanzwedelnder zimtfarbener Labrador, der hechelnd seine Zunge rausstreckte. Gehörte das Tier noch zu ihrem Traum und hatte den Schuss nicht gehört oder war es ein legitimer Vertreter des Hier und Jetzt? So oder so machte es einen leicht verängstigten Eindruck. Wahrscheinlich war es seine Zunge, mit der Laura Bekanntschaft gemacht hatte. Ganz allmählich begann sie zu erfassen, wo sie sich befand und was vor sich ging. Sie hatte die Nacht auf der Yellow Dancer verbracht und allerlei Unsinn zusammengeträumt. Kurz vor dem Aufwachen war ihr Gesicht von einem ihr unbekannten Hund abgeleckt worden, sie selbst von der Liege gerutscht und erneut unsanft auf ihr ohnehin lädiertes Hinterteil gefallen.

So weit, so gut. Aber was hatte der Hund auf dem Boot zu suchen? War die Yellow Dancer eine Art Geheimtipp für asylsuchende Hunde, Penner und Junkies auf der Suche nach einer Platte? Hier war offenbar Platz für alle. Vor Schreck über Lauras jähes Erwachen und ihren Fall unter den Tisch gekrochen, hatte der Labrador möglicherweise erkannt, dass er seine feuchten Liebkosungen an die falsche Adresse richtete. Laura sah, dass es sich um denselben zimtfarbenen älteren Labrador-Retriever handelte, der ihr am Abend zuvor bei den „Türken" entgegengekommen war und sie dabei kaum eines Blickes gewürdigt hatte. Beruhigend auf ihn einredend, streckte sie vorsichtig ihre Hand nach ihm aus.

Draußen auf dem Steg stolperte jemand laut vernehmlich über die groben Holzprügel. „César," rief eine heisere Männerstimme, „viens-ici, espèce de brute." Das Tier gähnte quasi entschuldigend, als wollte es sagen, „Sorry, ich bin dann mal wieder weg. Man sieht sich." Es rappelte sich hoch, reckte und dehnte sich wie ein Sportler vor dem Start und erklomm schließlich den Niedergang. Laura hörte die Pfoten über das Deck trippeln und zog sich an der Liege zur Linken und der Tischkante zur Rechten hoch. Jemand klopfte an den Rumpf der Yellow Dancer wie an die Haustür eines Bungalows. „Allo, ya quelqu'un?" Laura zog ihre Bluse zurecht, strich sich übers Haar, zupfte an ihrem Verband und kletterte ein paar Stufen hoch, bis sie über das Cockpitsüll hinausblicken konnte.

Draußen auf dem Steg stand ein etwa sechzigjähriger Mann in legerer Freizeitkleidung, zu der allein das schwarze Barett nicht so recht passen wollte, das kokett über seinem linken Ohr prangte. Das rechte Auge des Mannes war durch eine schwarze „Piratenklappe" verdeckt und seine Oberlippe zierte ein Zahnbürsten-Schnurrbart, mit dem sich heutzutage selbst Franzosen nur noch selten in der Öffentlichkeit blicken lassen. Anstelle der traditionellen, mit Speichel vollgesogenen gelben Gauloise-Kippe hielt er ein krummes Pfeifchen im Mundwinkel, aus der er kleine Salven bläulichen Rauchs stieß. Seine khakifarbenen Shorts über den dünnen, behaarten Christusdornbeinchen ließen Laura an einen pensionierten Militär denken, der zeitlebens Uniform getragen hatte und nun im ungewohntem Zivil praktisch dazu verdammt war, textiler Geschmacksverirrung anheimzufallen.

Weshalb Männer außerhalb des Sport- oder Golfplatzes oder der Turnhalle, des Freibades überhaupt kurze Hosen trugen, war immer schon ein Quell der Verwunderung für Laura gewesen. Gut, ein George Clooney wirkte vermutlich noch in Sumo-Windeln verführerisch viril. Ähnliches galt pauschal für Dunkelhäutige. Schwarze mochte das Leben in vielerlei Hinsicht benachteiligen, entschädigte sie aber wenigstens teilweise dadurch, dass es sie selbst in einem grob zugeschnittenen gelben oder blauen Müllsack noch cool aussehen ließ. Dem kümmerlichen Rest der weißen männlichen Fauna jedoch, fand Laura, standen Shorts so gut wie Frauen Zellulitis. Warum nahmen sich Männer aller Nationen nicht ein Beispiel an den Italienern? Die würden in kurzen Hosen nicht einmal tot über dem Zaun hängen wollen und wussten auch, warum nicht.

Die Leine mit leerem Halsband in der Hand des Franzosen wies ihn als Halter des zimtfarbenen César. Der Labradorrüde zu seinen Füßen wedelte freudig mit dem Schwanz und winselte Laura zu. Laufen ältere Hunde bei einsetzendem Alzheimer ähnlich wie Menschen Gefahr, Personen zu verwechseln, fragte sich Laura, kam aber nicht mehr dazu, den Gedanken zu vertiefen.

„Mais ça suffit. La ferme, César!" Der Mann mit dem Barett schlug seinem Hund halb scherzhaft mit der Leine über den Rücken, woraufhin der Rüde halb scherzhaft zu knurren begann. Laura mobilisierte alle Konzentration, derer sie so früh am Morgen fähig war, um den Franzosen in seiner Sprache zu begrüßen.

„Bonjour Monsieur! Je m'appelle Laura Förster." Gott, kam sie sich dämlich vor mit diesem Satz aus Lektion Eins, Französisch für Dummies.

Der Mann stutzte kurz, nahm sein krummes Pfeifchen aus dem Mund, strich sich über die Zahnbürste und antwortete zu Lauras Verwunderung auf Deutsch.

„Guten Morgen, Madame Förster, enchanté. Erlauben Sie mir, dass ich mich vorstelle. Jacques-Hubert de Hougmont, Jack für meine Freunde – von denen ich in zunehmendem Alter leider kaum noch welche habe."

Er verbeugte sich mit der steifen Eleganz eines sich dem geriatrischen Fitnesswahn versagenden und sich stattdessen unfreiwillig langsam zum Fossil zurückbildenden Sechzigjährigen und steckte die Pfeife wieder in den Mund. Der französische Akzent war deutlich durchzuhören, aber mit den Fallstricken der deutschen Syntax schien der Mann weniger Probleme zu haben als Yoda, der alles kann, außer gerade Sätze bilden.

„Ich gehe doch recht in der Annahme, dass Sie Deutsche sind, mit dem Namen? Mir schien, als hörte ich sogar den Anflug eines norddeutschen Akzentes heraus. Hamburg vielleicht?"

Laura war beeindruckt. „Welcher Stadtteil?" fragte sie scherzhaft.

Der Franzose lachte. „Lassen Sie mich raten. Ich tippe auf… Blankenese."

Laura verschlug es die Sprache. Die Verblüffung war ihrer Miene wohl deutlich zu entnehmen, denn ihr Gegenüber brach in ein lautes Gelächter aus, das Laura an das Meckern der Ziegen auf dem Bauernhof von Geesthacht erinnerte.

„Verzeihen Sie mein Imponiergehabe. In meinem Alter ist man selig, wenn man noch ab und zu eine junge Dame beeindrucken kann, und sei es auch nur mit einem faulen Taschenspielertrick."

Er nahm die Pfeife wieder aus dem Mund und strich sich mit dem Mittelfinger erneut über die Zahnbürste. Seinen Labradorrüden, an die robusteren Begrüßungsrituale seiner Rasse gewöhnt, schien dieser reichlich bemühte Austausch von Höflichkeiten anzuöden. Er nutzte die Gunst der Stunde und schlug sich, von seinem Herrchen unbemerkt, hechelnd in die Büsche.

„Die Sache ist ganz einfach die: Ich kannte Ihren Herrn Vater, Monsieur Robert, wie er hier genannt wurde. Ich wachte während seiner Abwesenheit in seinem Auftrag über die Yellow Dancer wie über meinen Augapfel." Wieder das Ziegenmeckern. „Und damit meine ich den gesunden, versteht sich." Er zeigte auf sein linkes Auge.

„Daher wusste ich, dass er aus Hamburg-Blankenese kam und hielt es für keine allzu gewagte These, dass seine Tochter…" Laura drohte ihm mit dem Zeigefinger.

„Und ich dachte tatsächlich schon, Sie hätten den Verlust eines Teils ihres Augenlichtes durch das Schärfen ihres Gehörs kompensiert, wie man es Blinden nachsagt, mit Verlaub. Möchten Sie nicht an Bord kommen?"

„Jack" klopfte die Glut aus dem Pfeifenkopf am Geländer des Bootssteges aus und verbeugte sich leicht.

„Sehr gern, aber was mache ich mit dem Hund…" Er sah sich um. „Welcher Hund? Schon wieder weg, die unstete Töle. Na gut, umso besser."

Er schwang sich erstaunlich behände an Deck. Jeder seiner Bewegungen war anzumerken, dass er sich mit Yachten im Allgemeinen und mit der Yellow Dancer im Besonderen bestens auskannte. gleichsam verwachsen war. Vermutlich hätte er sich auch mit verbundenen Augen leicht zurechtgefunden.

„Wo haben Sie so ausgezeichnet Deutsch gelernt?"

„Sehr freundlich von Ihnen. In meinem Alter ist man für jedes Kompliment äußerst empfänglich. Ich bin im Elsass geboren und aufgewachsen. Straßburg, wissen Sie, da spricht man in meinen

Kreisen mehr Deutsch als Französisch. Später, während meiner Pariser Phase, nicht wahr, habe ich vieles davon vergessen. Hier biete ich gelegentlich Touristen meine Dienste als Fremdenführer an, Franzosen wie Deutschen, nicht wahr. Damit halte ich mich sprachlich in Form."

„Sie wussten also bereits, dass mein Vater unlängst verstorben ist?"

„Jack" nickte. „In der Tat. Und bin immer noch sehr betroffen. So jung und dem Leben zugewandt! Mein tief empfundenes Beileid! Manche Dinge sprechen sich sehr schnell bis zu uns herum, die Buschtrommel, nicht wahr. Anderes bleibt uns ein Leben lang verborgen. So ist sie, die Karibik. Ich versichere Ihnen, Ihr Vater hatte viele Freunde hier. Ich schmeichle mir vielleicht, wenn ich mir einbilde, zu ihnen gehört zu haben."

Laura hätte ihm gern bestätigt, dass ihr Vater oft lobend von ihm zu sprechen pflegte. Wäre dem jedoch wirklich so gewesen, hätte Laura dieses Original von Mann aus Roberts noch so vagen Beschreibungen sogleich erkennen müssen. Das würde der alerte Franzose genauso sehen und ihre Flunkerei durchschauen. Andererseits hatte Laura auch keine Lust, ihm ihre völlige Ignoranz um die karibischen Abenteuer ihres Vaters an Bord der Yellow Dancer auf die Nase zu binden. Sie stiegen in den Salon hinab und Laura bot „Jack" ein Glas Orangensaft an.

„Leider habe ich vergessen, wie man den Gasherd bedient, sonst würde ich Ihnen einen Kaffee anbieten."

Der Franzose zog seine Brauen in die Höhe.

„Kein Problem, machen Sie sich nur keine Umstände. Wenn Sie möchten, kann ich das besorgen. Hätte ich von Ihrer Ankunft gewusst, wäre ich heute Morgen sowieso mit einer Tüte Croissants hier aufgetaucht. Wenn Sie möchten, hole ich das eben nach, der Bäcker ist nicht weit."

Laura lehnte dankend ab. Ein starker Kaffee genügte ihr.

„Haben Sie mich gestern Abend bemerkt?" fragte sie „Jack", der sich am Herd zu schaffen machte. Offenbar wusste er, wo sich was in der Kombüse befand, brauchte jedenfalls nicht lange nach irgendwas zu suchen.

„Nein, leider nicht, sonst hätte ich mir erlaubt, Sie anzusprechen. Nein, ich bin heute Morgen César hierher gefolgt. Der Hund kennt das Boot natürlich und wird wohl gehört oder erschnüffelt haben, dass jemand an Bord ist. Vielleicht riechen Sie für ihn wie Ihr Vater."

„Ich hoffe nicht." Beide lachten. Das Kaffeewasser begann zu kochen.

„Pflegte er dem auch das Gesicht abzulecken?"

„Wie? Nein, nicht, dass ich wüsste. Das ist merkwürdig. Macht er sonst nie, jedenfalls habe ich ihn noch nie dabei ertappt. Er muss einen Narren an Ihnen gefressen haben. Na ja, als französischer Rüde hat er auch einen Ruf zu verteidigen…" Die Ziege meckerte erneut los. „Jack" griff in seine Hosentasche. „Ihr Herr Vater hat mir einen Schlüsselbund dagelassen, den ich Ihnen aushändigen möchte. Sie haben sicher Ihren eigenen?"

Laura verneinte und ärgerte sich sogleich über die Blöße, die sie sich damit gab.

Der Franzose stutzte. „Darf ich fragen, wie sie dann gestern Abend reingekommen sind?"

Laura fühlte sich ertappt, war sich aber immer noch nicht schlüssig, ob sie dem Mann von dem Hinterhalt am gestrigen Abend berichten sollte. Seine angebliche Bekanntschaft mit ihrem Vater konnte auch eine Finte sein. Wer sagte ihr, dass er nicht mit dem Phantom unter einer Decke steckte und von seinem Komplizen vorgeschickt worden war, die Lage auszubaldowern.

„Ich fand das Schiebeluk offen vor."

„Tatsächlich?" „Jack" war sichtlich überrascht.

„Hm. Merkwürdig. Ich könnte schwören, dass ich das Luk nach meinem letzten Besuch vor einigen Tagen ordnungsgemäß verschlossen habe. Danach war niemand mehr an Bord. Es war doch nicht etwa aufgebrochen?" Laura verneinte. PHH dachte einen Augenblick nach.

„Was soll's. Ältere Herren wie ich sind vergesslich. Oder besser, ihr bröseliges Gehirn weiß das Wichtige nicht mehr vom Unwichtigen zu trennen und misst Vergangenem und Gegenwärtigem die gleiche Bedeutung bei. Vermutlich, weil die Zukunft als Referenzgröße mehr und mehr verblasst. Unsereiner wird urplötzlich grundlos von banalen Kindheitsszenen überrumpelt und vergisst darüber, warum er in den Supermarkt gekommen ist." Er seufzte und hob die Arme wie ein vor dem Alter kapitulierender zerstreuter Professor.

„Vermutlich war ich in Eile und hab's verbockt, tut mir leid. Nehmen Sie Milch und Zucker?"

„Nein, schwarz bitte. Vielen Dank."

Der Franzose setzte zwei Tassen dampfend heißen Kaffees auf den Salontisch und platzierte sich Laura gegenüber auf der Sitzbank

„Sie kennen sich auf der Yacht nicht besonders gut aus, oder?"

Bingo, dachte Laura, genau auf die Zehn. Man vergisst nicht so leicht die Bedienung eines Gasherdes, zumal sie allem Anschein nach verblüffend einfach war. Dieser Mann näherte sich der Wahrheit wie ein erfahrener Wolf seiner angeschlagenen, aber noch nicht völlig verteidigungsunfähigen Beute: in immer enger werdenden Kreisen. Vor „Jack" musste sie sich in Acht nehmen.

„Nein, mein Vater hat mir zwar immer wieder versprochen, mich einmal auf einen Ausflug mitzunehmen, aber es kam nie dazu. Warum eigentlich Yellow Dancer," bemühte sich Laura, das Gespräch auf ein anderes Gleis zu schieben.

„Törn," betonte der Franzose. „Man sagt Törn, nicht Ausflug. Segler haben ihre eigene Sprache, nicht wahr, auf die sie sehr stolz sind. Wissen zwar die halbe Zeit selbst nicht, von was sie reden, wenn Sie mich fragen, Hauptsache es klingt zünftig. Das Zeugs lernt man schnell, wenn man will. Ach so, sie fragten nach der „Yellow Dancer", der gelben Tänzerin. Das ist der Name einer Blume, einer besonders hübschen gelben Helikonienzüchtung, genauer gesagt. Sehr beliebt in den USA und in der Karibik. Sie mögen Helikonien?"

Laura stutzte. Jetzt, da „Jack" es erwähnte, erinnerte sie sich des deplatziert wirkenden Straußes gelber Helikonien auf Roberts Grab, über die sie sich so gewundert hatte. Seltsam. Ihres Wissens hatte Robert über Cannabis hinaus nie botanisches Interesse gezeigt. Irgendwas wollte sich hier ganz und gar nicht zusammenfügen.

„Dann erlauben Sie mir, Sie bei nächster Gelegenheit in die Geheimnisse der Yellow Dancer einzuweihen. Es ist eine HALLBERG, wie Sie festgestellt haben werden. Ein nicht sehr schnelles, aber äußerst seetüchtiges und angenehm leicht zu manövrierendes Schiff." Er war sichtlich drauf und dran, Laura die erste Lektion sofort zu erteilen, besann sich dann aber eines Besseren.

„Es sei denn, Sie sind lediglich gekommen, um die Yacht zu verkaufen. In diesem Falle können Sie sie getrost einem hiesigen Agenten überlassen. Er wird die Vorzüge des Postbootes eventuellen Interessenten in bewegten Worten zu schildern wissen. Diese Leute verstehen ihr Handwerk. Und die Marke hat viele Freunde in aller Welt, Sie werden sie leicht an den Mann bringen können."

„Postboot, sagen Sie?"

„Ja, so nennen einige hier die Yellow Dancer wegen ihres auffälligen quietschgelben Rumpfes. Diese Farbe ist recht selten bei Yachten, macht sie schon von Weitem leicht identifizierbar. Robert hat gegenüber der nicht gerade begeisterten Werft darauf bestanden, sie in Gelb ausgeliefert zu bekommen. Ein Unikat, schätze ich. Aber wem es nicht gefällt, der kann den Rumpf ruckzuck umstreichen lassen, das ist keine große Sache."

Laura teilte ihm mit, dass sie noch nicht wisse, was sie mit der Yacht anfangen werde.

„Superb. Dann möchte ich Sie nicht länger belästigen. Sie machen einen etwas erschöpften Eindruck, wenn ich mir die Bemerkung erlauben darf. Jetlag, Hitze, Luftfeuchtigkeit, daran muss man sich der Körper erst mal gewöhnen. Was ist übrigens mit Ihrem Hals passiert?"

Die Frage kam direkt aus der Sonne. Laura griff sich wie schuldbewusst an die Kehle und rückte den während der Nacht verrutschten Verband zurecht.

„Oh das, ein Insektenstich, den ich während der Nacht aufgekratzt habe, eine Kleinigkeit."

„Jack" schüttelte bedenklich den Kopf.

„Menschen sterben gern an solch vermeintlichen Kleinigkeiten, glauben Sie mir. Rupert Brooke, ein englischer Poet des vorigen

Jahrhunderts, ist einem solchen entzündeten Mückenstich zum Opfer gefallen. Nicht als für alle Todesarten gegenüber offener Greis, sondern in der Blüte seines Lebens, während des Gallipoli-Feldzuges, dumme Sache. Darf ich mir das mal ansehen?"

„Warum? Sind Sie Arzt?"

„Von Hause aus ja. Ich praktiziere nicht mehr, jedenfalls nicht offiziell. Aber für Mückenstiche sollte es gerade noch reichen. Nein, lassen Sie mich bitte machen."

Er nahm Lauras Hand, mit der sie am Verband nestelte und drückte sie weg. Bei der Gelegenheit sah Laura, dass die meisten ihrer Nägel beim gestrigen Abrutschen ihrer Finger von der Kante des Luks abgebrochen waren. Das hatte sie bislang noch gar nicht bemerkt. Der Franzose entfernte vorsichtig die Bandage und pfiff leise durch die Zähne.

„Mit Verlaub, sieht für mich nicht wie ein Mückenstich aus. Ich will nicht indiskret sein, aber haben Sie versucht, sich umzubringen?"

Laura lachte.

„Nein, sicher nicht. Und wenn, würde ich das nicht tun, indem ich mir die Kehle durchschneide, dazu wäre ich nicht in der Lage. Nein, ich muss mit dem Fingernagel zu scharf rangegangen sein."

Natürlich war sich Laura bewusst, dass jeder halbwegs medizinisch ausgebildete Mensch ihre Verletzung auf den ersten Blick als Messerschnitt erkennen würde. „Jack", der harmloser tat, als er wahrscheinlich war, erst recht. Aber sie hatte keine Lust, lang und breit über das Phantom zu berichten. Ihr tat alles weh, die Monatsregel meldete sich und todmüde war sie immer noch. Sie wollte nur, dass der Franzose ging, damit sie sich duschen und noch ein wenig schlafen konnte.

„Jack" entnahm der Bordapotheke, was er brauchte und erneuerte fachgerecht Lauras Verband.

„So, das müsste Sie vor einer Entzündung schützen. Vielleicht sollten Sie sich die Fingernägel etwas kürzer feilen lassen, Madame Förster," kommentierte er ihre fadenscheinige Erklärung mit dünnem Lächeln.

„Vielen Dank. Und Laura. Wenn Sie mich Madame Förster nennen, komme ich mir vor, wie meine eigene Mutter."

„Enchanté, Laura." Draußen auf dem Steg war der winselnde César zu hören.

„Darf er an Bord kommen," fragte der Franzose.

„Selbstverständlich, er kennt sich ja offenbar aus."

„Jack" schnippte laut mit den Fingern, woraufhin César an Bord stürmte und das Wasser mit der zum Löffel gebogenen Zunge aus einer Schale aufleckte, die Laura ihm hingeschoben hatte.

„César lässt mich Ihnen für das Wasser danken," sagte „Jack". „Doch jetzt werden Sie uns beide endgültig los. Wir haben Sie lange genug belästigt. Komm, César."

„Aber Sie müssen mir unbedingt die Freude machen, Sie zum Mittagessen einzuladen. Ich habe einen ausgezeichneten Koch an Bord, glauben Sie mir, Sie werden begeistert sein. Ach so, wo habe ich heute meinen Kopf, ich muss Ihnen ja noch meine Adresse dalassen. Sie kennen die Hafenmeisterei?" Laura bejahte.

„Natürlich, was rede ich. Sie müssen ja gestern daran vorbeigekommen sein. Direkt davor liegt mein Katamaran, nicht wahr, die Persephone II. Sie können Sie gar nicht verfehlen. Sagen wir um 13 Uhr? Würde Ihnen das passen?"

Eigentlich nicht, dachte Laura, die lieber über den ganzen Nachmittag frei verfügt hätte und nun fürchtete, sich die Lebensbeichte eines argwöhnischen französischen Rentners anhören zu müssen. Aber eine Absage wäre einem Affront gleichgekommen.

„Ja, bestens. Ich habe gesehen, es gibt Wein an Bord der Yellow Dancer, ich bringe eine gute Flasche mit. Weiß oder rot?"

„Wenn ich so unbescheiden sein darf, würde ich den 69er Elsässer Pinot Gris empfehlen, ein Lieblingswein Ihres Herrn Vaters, aber das wissen Sie sicher besser als ich."

Der Franzose verabschiedete sich und rief César zu sich, der im Cockpit nach Essbarem schnüffelte. Zu „Jacks" Kommando, „ohne Tritt Marsch" stolperten die beiden unsicheren Schrittes über den Steg und verschwanden in einer Wolke bläulichen Rauchs. Laura winkte noch einmal hinter den beiden her und stieg seufzend rückwärts nach unten.

Geduscht, „kalfatert" und mit frisch rasierten Beinen saß Laura wenig später mit dem Rest des inzwischen erkalteten Kaffees nackt am Kartentisch. In der Bordapotheke hatte sie Tampons gefunden, die sie jetzt gut gebrauchen konnte. Weshalb Robert derlei Utensilien an Bord hatte, darüber wollte sie sich jetzt nicht auch noch den Kopf zerbrechen.

Das Innere der Yellow Dancer sagte Laura trotz der wie immer gewöhnungsbedürftigen Enge einigermaßen zu: Kirschholz, Mahagoni, beste Hölzer für Boden, Täfelung und Mobiliar waren hervorragend verarbeitet und verliehen dem Salon und den beiden Kabinen vorn und achtern eine warme Atmosphäre behaglicher Wohnlichkeit. Wie es aussah, hatte ihr Vater großen Wert auf Sauberkeit gelegt. Wo immer Laura prüfend mit dem Finger entlangfuhr, blieb nicht das kleinste Staubkorn hängen. In den Schapps lagen noch Kleidungsstücke ihres Vaters wie Pullover, T-Shirts, Leinenhosen, Hemden, Unterzeug und Socken. Roberts Präsenz war fast physisch spürbar, so als müsse er jeden Augenblick von Besorgungen in der Stadt an Bord zurückkehren. Frauenkleidung fand Laura zwar keine und obwohl sie sich einer ausgezeichneten Spürnase rühmte, konnte sie auch nicht die Spur eines Damenparfüms erschnüffeln. Trotzdem sagte ihr Instinkt, dass zumindest gelegentlich eine Frau an Bord gewesen sein musste. Männer allein zu Haus würden auf Dauer keine solche penible Ordnung halten, da war sie sicher.

Ein Kartentisch war offenbar der Schreibtisch einer Yacht. Wenn es erste wichtige Hinweise auf das Schiff, seinen Besitzer und seine Reisen gab, würde Laura sie am ehesten hier finden. Gestern Abend war sie ja nicht mehr dazu gekommen.

Sie schlug die hölzerne Lade hoch. Die oberste Schicht des Inhaltes wurde von zusammengefalteten Seekarten der Karibik gebildet. Darunter lagen Kursdreiecke, Stechzirkel, Handkompass und weitere Utensilien zur Navigation und Kartenarbeit. Ein dünner Aktenordner enthielt Flaggenbrief, Dokumente wie Versicherungspolice, den Kaufvertrag und allerlei Patente, die alle auf Robert Förster ausgestellt waren. Dazu kamen einige Gebrauchsanleitungen elektronischer Geräte und das eine oder andere dünne Handbuch. Lauras kostbarster Fund war das dicke schwarze Logbuch, in dem die Reisen eines Jahres mit allen erdenklichen Angaben zum Wetter, Zustand der See, Positionen nach Breite und Länge, Windrichtungen und Windstärken, Strömungen und Häfen enthalten waren. Die einzige jungfräuliche Rubrik war die der Namen jeweils an Bord befindlicher Crewmitglieder beziehungsweise Gäste. Gerade die aber hätte Laura vor allem anderen interessiert. Vermutlich hatte Robert mit gesonderten Crewlisten operiert und diese von den zuständigen Behörden in den jeweiligen Häfen abstempeln lassen. So war mit den Unterlagen für sie nicht viel anzufangen, konstatierte Laura enttäuscht.

Als sie, mehr in Gedanken, links und rechts unter die Abdeckung griff, ertastete sie zwei ansehnliche, fest verschnürte Stapel bunter Briefumschläge. Sie zog sie heraus und öffnete die Knoten des gelben Bandes, mit dem sie eingebunden waren, wobei sie sich fluchend zwei weitere Fingernägel brach. Neugierig blätterte sie in den Umschlägen wie in einem Satz Spielkarten. Der Adressat war immer derselbe, Robert Förster. Absender fehlten, aber die ungelenke Handschrift erwies überdeutlich, dass die Briefe von ein und derselben Person stammten, die entweder sehr jung oder im Schreiben ungeübt war.

Laura war erregt. Was sie hier in ihren zittrigen Händen hielt, war nicht mehr und nicht weniger als der Zündschlüssel zur Zeitmaschine. Das Briefgeheimnis galt zumindest moralisch über den Tod hinaus. Sie hatte also streng genommen kein Recht, die Umschläge zu öffnen, das wusste sie. Andererseits konnten die Briefe über den privaten Inhalt hinaus Einblick in Zusammenhänge vermitteln, die auch für das Unternehmen wichtig waren. Insofern wäre es fahrlässig, nicht davon Kenntnis nehmen zu wollen.

Sie öffnete den ersten, stark ausgebleichten roten Umschlag und entfaltete den beschriebenen Bogen groben Notizpapiers. Dann legte sie ihn auf den Kartentisch. Der Brief war wie alle anderen, die sie nach und nach auspackte, in blasser kyrillischer oder griechischer Handschrift verfasst. Für Laura, die weder

Griechisch noch Russisch beherrschte, hätten es gut und gern auch Hieroglyphen sein können. Wenn sie mit den Briefen etwas anfangen wollte, musste sie sie zuerst einmal übersetzen lassen

Immerhin erlaubten die zum Teil schon arg verwischten Poststempel den Schluss, dass die nicht datierten Briefe chronologisch geordnet lagen. Und es gelang Laura mit einiger Mühe schließlich, die Unterschriften zu entziffern. Anfangs war es stets eine „Penelope Z", später eine „Yellow Dancer", die die Briefe gezeichnet hatte. Besonders diese letztere Unterschrift war schwer zu lesen, denn der englische Name war in einer Transkription geschrieben, die jemandem ohne Kenntnis der dazu gehörigen Lautlehre nicht wirklich weiterhalf. Andererseits musste man kein Graphologe sein, um zu erkennen, dass es sich in der Tat immer um ein und dieselbe Person handelte. Penelope war die gelbe Tänzerin und ihre Briefe daher vermutlich auf Griechisch geschrieben.

3. Garben der Persephone.

„Jack" hatte nicht zu viel versprochen, seine Perséphone II war tatsächlich sehr leicht zu finden – zumal Laura am Abend des Vortages praktisch bereits davorgestanden hatte. Die Flasche Pinot Gris d'Alsace, die sie in ihrer Rechten trug, hatte sie noch am Vormittag kaltgestellt. Kaum näherte sie sich dem Marina-Verwaltungsgebäude, stürmte der wachsame César auf sie zu, umtanzte sie freudig winselnd und sprang an ihr hoch. Laura begrüßte den trotz seines gesetzten Alters überschwänglichen Rüden und ließ sich von ihm zu seinem Herrchen eskortieren.

„Jack" hatte am Heck seines Katamarans gesessen und erhob sich, als er Laura herannahen sah. Im Gegensatz zur Yellow Dancer war die Persephone II nicht längsseits vertäut, sondern kehrte dem Land ihr Stufenheck zu, das auch ohne Gangway oder Planke leicht zugänglich schien.

Laura war noch nie auf einer Yacht dieser Bauart gewesen und staunte nicht schlecht über das durchdachte Design der Persephone. Alles schien viel geräumiger, großzügiger als auf der Yellow Dancer, angefangen bei der „Terrassentür", die auch zu einer kleinen Villa im Grünen gepasst hätte.

Der Franzose hatte sein Barett wieder der Mottenkiste anvertraut und die Shorts gegen eine blütenweiße lange Hose getauscht. Darüber trug er ein hellblaues Poloshirt und einen dunkelblauen Blazer mit einer Art Klubemblem auf der Brusttasche. So machte er gleich viel mehr her und war sich dessen sicher auch bewusst.

„César, bei Fuß! Fast hätte ich Sie nicht erkannt, Laura. Verraten Sie mir die Belegenheit Ihres privaten Jungbrunnens? Superbe, Ihre farbenfrohe Kombination. Der Sonnenhut steht Ihnen wie für Sie gemacht. Kommt mir übrigens irgendwie bekannt vor."

Laura dankte für das Kompliment. Den etwas ausgeleierten Hut hatte sie an Bord gefunden. Er gehörte ohne Zweifel Robert, passte ihr aber nicht nur ebenso, sondern kleidete sie auch, wie sie bei einem Blick in den Spiegel fand. Sie reichte dem Franzosen die Weinflasche über die Reling.

„Sie sehen aber auch nicht aus wie ein Kind von Traurigkeit, wenn ich das sagen darf. Ich hatte mir eingebildet, ich würde die eleganteste Person an Bord Ihrer Yacht sein, doch ich sehe, ich habe die Rechnung ohne den Kapitän gemacht. Vielen Dank nochmals für die freundliche Einladung. Jack, ich darf Sie doch weiterhin so nennen…?"

„Warum nicht Toubib? Hier in Pitre nennen ihn alle so," erklang eine männliche Stimme aus dem Inneren des Katamarans. Vom Kai aus konnte Laura nicht sehen, um wen es sich handelte, doch das brauchte sie auch nicht. Die leicht näselnde Stimme mit dem Anflug von Arroganz war unverkennbar diejenige des Buffalo Soldier.

„Jack" wandte sich um und winkte die bislang im Verborgenen gebliebene Person zu sich. Aus der Tür trat in der Tat der freundlich lächelnde Martin, Lauras Fremdenführer und Modeberater vom Tag zuvor. Anstelle seines cremefarbenen Anzugs mit

pinkfarbenem Einstecktuch trug er ein offenes weißes kurzärm-
liges Hemd und eine schwarzweiß gestreifte Hausfrauenschürze
mit der Aufschrift „Chef" über der langen Leinenhose.

„Laura, mein Koch und, wie sagt man bei Ihnen, Lebensab-
schnittsbegleiter. Ein Wort wie geschaffen für Scrabble-Freaks.
Nach allem, was er mir berichtete, hatten sie beide bereits gestern das Vergnügen, so dass ich mir die förmliche Vorstellung Ti
Martins ersparen kann."

„Jack" war aufs Französische übergewechselt, sprach aber wegen Laura wesentlich langsamer und deutlicher, als er es vermutlich normalerweise getan hätte. Auch Laura bediente sich kurz
des Französischen, um Martin entgegenzukommen.
„Ja, das stimmt. Martin war so freundlich, mir bei meinen Ein-
käufen zu helfen."

„Sie müssen ihn entschuldigen. Er ist ein Mann vieler Talen-
te, Fremdsprachen gehören allerdings nicht dazu. Seit Monaten
versuche ich, ihm ein wenig mehr Deutsch beizubringen, hoffnungslos. Aber seine Kochkünste werden sie verzaubern."

„Bitte, kommen Sie doch an Bord," bat er Laura auf Deutsch,
während Jan wieder Richtung Kombüse verschwand.

„Le Chef hat ein kleines Hors d'œuvre vorbereitet, einfach sublime."

Er streckte Laura seine Hand entgegen und hievte sie regelrecht über die Kabel und Schläuche zwischen Yacht und Landan-
schlüssen die fünf Stufen der Außentreppe an Deck.

Auf einem kleinen Tisch im Schatten stand eine Flasche Champagner mit drei Gläsern und appetitlich aussehenden Canapés.
„Jack" klappte zwei weitere Stühlchen auf und wartete, bis Laura Platz genommen hatte. Martin gesellte sich zu ihnen, öffnete
routiniert die Champagnerflasche und goss ein, ohne auch nur
einen Tropfen zu vergeuden. „Santé," rief „Jack" und die drei
stießen mit ihren leise klingenden Gläsern an. Der Champagner
war vom Feinsten. Die beiden Männer hatten offensichtlich keine
drängenden Finanzprobleme und besaßen Lebensart.

„Ich sehe, Sie bemühen sich nach Kräften, dem Ruf gerecht zu
werden, der Ihren lebensfrohen Landsleuten vorauseilt," sagte

Laura und wunderte sich selbst über ihre erstaunlich schnell wachsende Ausdrucksfähigkeit im Französischen. Beim Erlernen von Fremdsprachen konnte eben nichts den Umgang mit den jeweiligen Muttersprachlern ersetzen. Diese Erfahrung hatte sie schon während ihres Aufenthaltes in New Orleans gemacht, wo sie bald den breiten Südstaatenakzent ebenso nachzuahmen wusste, wie das abenteuerliche Französisch der Cajuns. Laura setzte ihr Glas vorsichtig auf den nicht sehr stabil wirkenden Tisch.

„Wie hat Martin Sie genannt, ‚Toubib'?"

„Jack" blickte seinen Partner vorwurfsvoll an und strich sich über den Zahnbürsten-Schnurrbart. Laura musste unwillkürlich lächeln. Die beiden Männer waren aufeinander eingespielt wie ein Ehepaar, das seinen Sturm und Drang bereits hinter sich hatte und ihm nicht unbedingt nachtrauerte.

„Siehst du, das kommt davon, Ti Martin. Hättest du doch nur geschwiegen, anstatt unsere intimsten Geheimnisse einer wildfremden Frau anzuvertrauen." Martin zuckte schuldbewusst mit den Schultern und lachte verlegen.

Laura war voller Bewunderung für die Selbstverständlichkeit, mit der PHH zwischen den beiden Sprachen und Kulturen hin- und hersprang.

„Nun ja, irgendwann müssen Sie es ja sowieso erfahren," seufzte „Jack".

„Ich hatte Ihnen ja bereits heute Morgen erzählt, dass ich Arzt war, in Paris, wo ich nahe der Gare de l'Est eine Praxis unterhielt, vor vielen Jahren, in einem anderen Leben. Eines schönen Tages nahm man Anstoß an den streng genommen illegalen Abtreibungen, die ich in meiner Praxis vornahm und entzog mir die Approbation." Er warf beide Hände in die Luft.

„Nicht etwa wegen sozusagen medizinischer Indikation, darf ich hinzufügen. Es gab nie eine Komplikation bei meinen Eingriffen, keine einzige, nicht wahr. Nein, mein Fehler war, Frauen, was sage ich, Mädchen, selbst noch halbe Kinder, die sich weder Versicherung noch Arzt leisten konnten, auch schon mal unentgeltlich aus der Patsche zu helfen. Das verstieß gegen das ärztliche Gelöbnis, Patienten jederzeit möglichst viel Geld abzuknöpfen.

Altvater Hippokrates, müssen Sie wissen, ist längst von seinem gierigen Enkel Hypokrit abgelöst worden."

Laura nickte verständnisvoll. Die schamlos pekuniäre Einstellung deutscher Ärzte war auch Robert, der Gott sei Dank selten krank wurde, bis er, deutlich untertherapiert, gestorben war, ein Dorn im Auge gewesen. Nun tat es ihr fast leid, nachgefragt zu haben. Bei dem Thema kam für den „Toubib" wohl so manche bittere Erinnerung hoch und drohte die entspannte Atmosphäre auf der Persephone II zu beeinträchtigen.

„Also zog ich fort, begrub mich in Perpignan, Südfrankreich. Aber mein Berufsverbot folgte mir auch dorthin wie eines dieser treuen Hündchen, die sich über Hunderte von Kilometern die Pfoten blutig laufen, um wieder mit ihrem Herrchen vereint zu sein, das die Kreatur schnöde irgendwo in der Pampa ausgesetzt hatte, nicht wahr. Hunde glauben an das Gute im Menschen, deshalb verschließen sie sich wohl auch logischen Zusammenhängen von derart elementarer Natur, dass sie selbst dem Spatzenhirn unserer vierbeinigen Freunde einleuchten müssten."

„Nun, wie auch immer. Ich beschloss, den Sprung über den Atlantik zu wagen, auch meines Rheumas wegen, wenn ich ehrlich bin, nicht wahr. Hier setzte ich mich zur Ruhe und erwarb die Persephone günstig von einem emeritierten Professor der Sorbonne. Ein gebürtiger Grieche, sehr gebildet, angenehm im Umgang, wissen Sie. Kein Praktiker, ganz und gar nicht. Eher ein ungeschickter Mensch mit zwei linken Händen, wie ein flügellahmer Pinguin an Land. Vom Segeln hatte er keine Ahnung und war froh, den Katamaran, den er, wie er selbst sagte, im Zustand geistiger Umnachtung erworben hatte, weil ihm der Name gefiel, schnellstens wieder loszuwerden, nicht wahr."

Laura horchte auf. Die Briefe der Katharina Z alias Yellow Dancer fielen ihr ein.

„Wo kann man den Professor antreffen?"

„In dieser Welt leider nicht mehr, es sei denn, sie haben einen heißen Draht ins Jenseits. Der gute Apostolos hat sich voriges Jahr zu seinen Ahnen verabschiedet. Ich kann mir gut vorstellen, wie er mit den Platons und Homers in vorsokratische Diskussionen vertieft heftig gestikulierend über die staubige Stoa des Hades flaniert. Schade, wer wie ich mit ihm regelmäßigen Umgang pflegte, konnte sich eine eigene Bibliothek fast schon schenken. Noch dazu war er ein ausgezeichneter Schachspieler, wenn auch ein schlechter Verlierer, was nach meiner Erfahrung oft zusammengeht. Apropos, Laura, spielen Sie Schach?"

„Ein wenig. Mein Vater hat mir einiges beigebracht, aber mir fehlt die Übung."

„Ja, merkwürdig," sinnierte der Franzose. „Wenn von ausgesprochen männlichen Sportarten die Rede ist, denken alle zunächst an, was weiß ich, ausgesprochen viriles Machozeugs wie Rugby oder Boxen. Dabei wildern Frauen längst auf Teufel komm raus in allen diesen ehemals exklusiv maskulinen Reservaten, als gelte es zu beweisen, dass Frauen das härtere Geschlecht sind. Bis auf eine schier uneinnehmbare männliche Hochburg - Schach. Oder erinnern Sie sich an eine einzige Großmeisterin? Falls es sie gibt oder gegeben hat, kennt sie kein Mensch. Unter den, sagen wir, hundert Besten der Welt finden sich kaum Frauen. Man fragt sich, warum das so ist."

„Vielleicht ein Problem der unterschiedlichen Entscheidungsfindung bei Mann und Frau," mutmaßte Laura.

„Inwiefern?"

„Männer sind archetypisch einsame Grübler, die in Algorithmen denken. Wir Frauen orientieren uns gedanklich eher an Schnittmustern und bevorzugen von alters her schnellere, kommunikative Lösungen. Aufs Schach übertragen: Wir würden vor jedem Zug erst einmal eine Freundin anrufen und uns mit ihr über die Optionen austauschen – nachdem wir das Für und Wider der jüngst auf dem Markt erschienenen Schlankheitsmittel und Modetrends erörtert haben. Das käme einer Revolution des Schachspiels gleich. Wäre vielleicht sogar mal an der Zeit, nachdem sich da jahrhundertelang nichts getan hat, was meinen Sie?"

„Könnte sein. So habe ich es noch nicht gesehen. Obwohl, ich glaube ja eher, dass Frauen…. Aber lassen wir das. Vielleicht darf ich Ihnen später einmal meine diesbezügliche Theorie vortragen. Wo war ich? Richtig. Ich betreue die hiesige kleine Gemeinde der

‚Liveaboards', also der Obdachlosen zur See, wenn Sie so wollen. Eine persistente Diarrhoe hier, ein eiternder Abszess da, eine ausgerenkte Schulter, was so anfällt. Dass Yachtbesitzer per definitionem reich seien, nur weil sie ein Boot besitzen, ist nämlich ein Mythos. Für viele von uns ist die Yacht quasi das letzte Hemd am Leib, wenn Sie verstehen, was ich meine. Für dringende Wartungsarbeiten oder Reparaturen bleibt kein Sou. Für den Arzt auch nicht. Apropos. Was macht Ihr Mückenstich?"

Laura rückte nervös ihr Halstuch zurecht und lächelte gezwungen. „Alles in Ordnung, vielen Dank nochmals. Toubib?" Laura war an einem raschen Themenwechsel gelegen.

„Wie? Ach so, ja. Ich hatte etwas den Faden verloren. Ein maghrebinisches Wort, Toubib, leitet sich her vom arabischen tip, Medizin, und bedeutet ‚Arzt'. Im Laufe des 19. Jahrhunderts gelangte es mit den Tropenkrankheiten über die nahöstlichen Kolonien in den französischen Militär-Jargon, wo es Wurzeln schlug. Wie viele Spitznamen ist es vom Paradox verächtlicher Wertschätzung gekennzeichnet. Ärzte assoziiert der Soldat oder Söldner stärker als der Zivilist mit Verwundung und Tod. Indem er ihn als Toubib kleinredet, herabsetzt, hält er sich symbolisch beides vom Leib, reiner Aberglaube natürlich. Ich betrachte es als Auszeichnung und trinke darauf."

Der Einäugige erhob sein Glas im Namen der Medizin.

„Ti Martin, ich fresse meine Augenklappe, wenn da nicht gerade irgendwo etwas anbrennt."

Der so Angesprochene fuhr erschreckt hoch, setzte hastig sein Champagnerglas und verschwand in die Kombüse, aus der es in der Tat brenzlig zu riechen begonnen hatte. César, der von seinem Ausflug zurückgekommen war, winselte leise.

„Der Hund ist mein bester Feuermelder," erklärte „Jack".

„Drogenspürhund im Ruhestand, übrigens, mein César. Kein Wunder, bei der Nase. Je länger die Nase eines Tieres, müssen Sie wissen, desto größer die Anzahl der Geruchspapillen, nicht wahr. Sieht man zum Beispiel auch an Grizzlys oder Eisbären. Bluthunde können mit ihrem gewaltigen Riechkolben die Spur eines Menschen quer durch eine Großstadt mit Tausenden ablenkender

Fremdgerüche verfolgen, unvorstellbar! Am Ende der Fahnenstange angelangt, ritzt er Ihnen noch die Nummer der U-Bahnlinie, mit der der Verdächtige davongefahren ist, in den weichen Asphalt."

„Unsinn natürlich! Aber ich brauchte einige Jahre, bis ich César zum Doppelagenten umgeschult hatte. Nun schlägt er an, sobald er Drogenfahnder in der Nähe wittert. Denen haftet wohl stets ein für unsereinen nicht wahrnehmbarer Hauch von Drogen aller Art an. Einbrecher hingegen empfängt er mit freudig wedelndem Schwanz und leckt ihnen die Hände. Fehlt nur, dass er sie auf die wertvollsten Diebstahlsobjekte hinweist. Ein echter Wachhund ist er nicht, der Labrador, eh, César?"

„Und wieso Ti Martin?"

„Ti ist die hiesige Kurzform für ‚petit', also ‚klein'. Im Patois übernimmt es praktisch die gleiche Funktion affektiver Anrede oder Verniedlichung wie das deutsche Häuschen, Kindchen, Mäxchen und so weiter. Unabhängig vom Alter einer Person übrigens. Ti Martin ist zwar noch recht jung, doch seine Spitznamen nimmt er wahrscheinlich ebenso mit ins Grab, wie ich den meinen."

„Vom Friedhof sind sie beide hoffentlich noch ein halbes Menschenalter entfernt," fügte Laura höflich hinzu. „Darf ich Sie dann einfach Doc nennen?"

„Selbstverständlich, ich bitte darum. Es erinnert mich an Doc Holiday, den teuersten Zahnarzt des Westens. Ich liebe die alten, nach Pferdemist und Pulverdampf riechenden Hollywood-Western, wissen Sie."

„Hat hier jeder einen Spitznamen?"

„Sagen wir, viele mindestens einen. Wer sich dauerhaft auf einer kleinen Karibikinsel niederlässt, kommt über kurz oder lang fast zwangsläufig mit dem sogenannten Pègre, also der kriminellen Szene, in Kontakt. Die Inseln bieten zu wenig Raum, als dass man einander dauerhaft aus dem Wege gehen könnte. Im Pègre ist es aber durchaus üblich, seinen sozusagen bürgerlichen Namen gegen einen milieugerechten einzutauschen. So wollen es die Gepflogenheiten, die auch in das zivile, halbwegs bürgerliche Milieu überschwappen. Ein Vorgang wie beim Eintritt ins Kloster: aus einem Pierre Maurois wird ein Fra Melchior. Hier wie dort kann man sich den neuen Namen nicht aussuchen, sondern muss den akzeptieren, der einem zugeteilt wird. Und dann muss man etwas daraus machen, damit leben lernen." Der Doc stieß sein Ziegenmeckern aus.

„Warme Brüder und schlimme Schwestern," lachte Laura, die für einen Augenblick vergessen hatte, dass sie bei einem schwulen Paar zu Gast war. Aber der Doc schien keinerlei Anstoß zu nehmen.

„Schlimme Schwestern? Sagt man so?" Der Franzose war trotz seines vorgerückten Alters offenbar immer noch sehr lernfreudig und wissbegierig.

„Etwas ganz anderes, Doc. Sie machen auf mich den Eindruck eines mit allen Wassern gewaschenen Mannes. Wieso nehmen Sie mir meine vorgegebene Identität eigentlich so ohne Weiteres ab? Ich könnte doch eine Hochstaplerin sein und Ihnen einen gehörigen Bären aufbinden, um etwa in den Besitz der Yellow Dancer zu gelangen. Wer sagt Ihnen, dass ich wirklich Roberts Tochter bin?"

„Vieles. Ihre Sprache, Ihre Haltung, Ihr ganzes Wesen, vor allem aber ein unverwechselbares Detail Ihrer Anatomie." Der Doc lächelte.

„Sehen Sie, Robert hat mir einmal von ihrem gemeinsamen Motorrad-Unfall erzählt. Er hatte sie als kleines Kind leichtsinnigerweise auf eine Spritztour mitgenommen und war prompt aus einer Kurve getragen worden. Auf einem Motorrad geht das ja oft, bevor man sich's versieht. Bei dem Unfall wurde ihr rechter Arm fast zerschmettert, sagte er mir. Als Resultat eines nicht ganz geglückten orthopädischen Eingriffs hält die echte Laura Förster ihren Arm immer ein wenig schief, ziemlich genau wie Sie es tun. Oh, keine Sorge, ein Laie würde es wahrscheinlich nie bemerken, aber ein aufmerksamer Arzt sieht das. Sollte er jedenfalls. So etwas kann man fast nicht simulieren. Ich hoffe, Sie wollten nie Pianistin werden?"

Laura verneinte. Der Franzose wurde ihr allmählich unheimlich. Sie hatte selbst keinerlei Erinnerung an den Unfall, war aber immer wieder mit dem Versuch gescheitert, sich diese unbewusste

Fehlhaltung abzugewöhnen, auf die man sie bisher nur sehr selten angesprochen hatte. Das Unglück wäre ihrem Vater anscheinend um ein Haar zum Verhängnis geworden. Laura hatte mit ihren Brüchen noch Glück gehabt, obwohl sie auch in späteren Jahren die eine oder andere Nachoperation über sich hatte ergehen lassen müssen. Auf ein Motorrad hatte sie sich nie wieder gesetzt.

„Davon abgesehen," der Doc lehnte sich zu Laura vor und senkte seine Stimme zu einem vertraulichen Flüstern, „alles nehme ich Ihnen durchaus nicht ab. Wir beide wissen, nicht wahr, dass das Ding an Ihrem Hals nicht von einem infizierten Mückenstich herrührt. Ich müsste mein damaliges Stipendium zurückzahlen, wenn ich das glauben würde."

Laura seufzte und verwünschte den Fluch der bösen Tat. Sie wusste aus der langen Erfahrung mit ihrem stets misstrauischen Vater, dass sie, einmal bei einer Lüge ertappt, besser so schnell wie möglich zur Wahrheit zurückkehrte. Alles andere führte unweigerlich nur noch tiefer in die Sackgasse. Hartgesottene Lügner brauchten ein viel besseres Gedächtnis als Laura es hatte. Außerdem war sie womöglich noch auf die Hilfe der beiden Männer angewiesen.

„Sie haben Recht, Doc, kein Mückenstich. Das ist eine längere Geschichte, mit der ich Sie eigentlich nicht langweilen wollte." Der Franzose kramte in seiner Hosentasche und förderte schließlich sein Pfeifchen zutage.

„Ich liebe Geschichten, je länger, desto besser, nicht wahr. Das Kind in uns verlangt auch noch im Alter nach Märchen, wissen Sie. Einmal durfte ich dem Professor, Gott hab' ihn selig, drei Abende bei der Rezitation der Ilias lauschen. Auf Altgriechisch. Habe natürlich so gut wie nichts verstanden, aber der Genuss lag im unmittelbaren Erlebnis der Sprache. Deutsch ist für mich eine Lesesprache und als solche bestens für philosophische oder Rechtstexte strukturiert. Wohlklingende Hörsprachen wie das alte Griechisch eignen sich vorzüglich fürs uferlose Bramarbasieren und Märchenerzählen. So sehe ich es. Eine unglaubliche Leistung unseres Menschengeschlechts, Sprache. Was man schon daran erkennt, wie schwer sich die Kybernetiker tun, sie auf ihre elementaren Bestandteile zu reduzieren und von Computern rekonstruieren zu lassen. Apostolos war natürlich immer noch weit vom alten ionischen Dialekt Homers entfernt, nehme ich an, aber was für ein Vollklang, was für ein Rhythmus! Man muss sich das einmal im Amphitheater von Epidaurus rezitiert vorstellen. Haben übrigens medizinisch-therapeutischen Hintergrund, die Amphitheater, wussten Sie das?"

„Nein, Doc, das wusste ich nicht. In meinem Falle müssen Sie mit immer irgendwie herrisch klingendem Deutsch Vorlieb nehmen. Ich versuch's trotzdem mal."

Nach und nach, erst stockend und zögerlich, dann, auch mit Hilfe des Champagners, den der Doc zügig nachgoss, immer gelöster und fließender, berichtete Laura über ihr seltsames Erlebnis vom Vorabend. Das erigierte Glied des Phantoms gehörte zu den wenigen Einzelheiten, die sie dabei aussparte.

Der Doc hörte aufmerksam zu und dachte kurz nach.

„Wie sah der Mann aus, können Sie ihn beschreiben?"

„Nichts leichter und nichts schwerer als das. Ich werde seine Physiognomie wohl mein Lebtag nicht mehr vergessen. Er sah aus wie ein Phantom, eine Ausgeburt der Finsternis, das Gesicht über und über von Narben bedeckt, dunkle Hautfarbe, blonde Haare, blaue Augen, denen…"

Sie hielt inne. Die verbindliche Fröhlichkeit war mit einem Schlage aus der Stimme des Doc gewichen.

„Ein Phantom, sagen Sie? Das wird er nicht gern hören, obwohl jemand wie er ist sicher schlimmere Bezeichnungen gewöhnt."

Laura war verdutzt. „Sie kennen ihn?"

Der Franzose nickte. „Ihrer übrigens sehr eindrucksvollen Beschreibung zufolge leider ja, wenngleich nicht als Phantom. In unseren Kreisen heißt er Ignace, Ignace le Chabin. Eine Art Macki Messer der Antillen. Viele mussten für ihre flüchtige Bekanntschaft mit ihm schon einen hohen Preis bezahlen. Mir schuldet er lediglich ein Auge." Er zeigte auf seine Augenklappe.

„Ein Unfall, nichts, was ich ihm wirklich vorwerfen könnte. Dennoch, ich wünschte, ich hätte nie seine Bekanntschaft gemacht."

„Ignace le Chopin?"

„Chabin. So nennen sie sich selbst, nicht wahr. Aus dem Munde anderer hören sie es dennoch ungern. Kein Wunder. Würden Sie es schmeichelhaft finden, als Kreuzung zwischen einem Ziegenbock und einem Schaf zu gelten? Das ist die eigentliche Bedeutung des Wortes. Hautfarbe ist ein breiter Acker auf unseren Inseln, sagt man nicht so?"

„Ein weites Feld meinen Sie wohl, glaube ich," korrigierte ihn Laura.

„Thomas Mann, nicht wahr?"

„Fontane."

„Springbrunnen, wieso?"

„Fontane, nicht Fontäne. Effi Briest, ein Roman."

Der Doc blickte leicht verwirrt und vergaß für einen Moment, seine Pfeife zu Ende zu stopfen.

„Effi brist? Wie Effi ‚bläst'?"

„Nein, um Gottes Willen. Kein Verb, ein Nomen. Seltsamer Name, zugegeben, irgendwas Norddeutsches eben."

„Nun, wie auch immer. Auf ehemaligen Plantagen-Inseln wie Guadeloupe oder Martinique finden Sie alle nur denkbaren Nuancen. Zu Beginn des 20. Jahrhunderts hat sich jemand sogar die Mühe gemacht, ein Verzeichnis solcher Schattierungen zwischen Elfenbein und Ebenholz aufzustellen, eine sogenannte melanometrische Skala. Weiß der Himmel, warum. Litt wohl unter quälender Langeweile, der Mann. Egal, bei Nuance Nummer Hundert und etwas hat er die Flinte ins Korn geworfen."

„Und wo auf der Skala ist Ignace als Albino angesiedelt?"

„Albinos hat der liebe Gott in seiner allmächtigen Zerstreutheit schlicht vergessen, Farbpigmente mitzugeben, nicht wahr. Man kann nicht immer an alles denken. Die Erschaffung der Welt war schließlich kein Kindergeburtstag. Sie kennen die Geschichte vom Manne, der eine Weile Gott spielen wollte? Nein? Nun, der Allmächtige beschloss, dem Wicht eine Lehre zu erteilen und erfüllte ihm seinen Wunsch. Bei seiner Einweisung vergaßen die Erzengel unter anderem, ihm das tägliche Wettermachen zu erklären. Der gute Mann war zuletzt derart überfordert, dass es in Teilen der Welt tagelang überhaupt kein Wetter gab. Ich will damit sagen…"

„Danke, Doc, ich verstehe schon. Chabin?"

„Ja, bei den Chabins hat der Allmächtige eine bedenkliche Entscheidungsschwäche offenbart. Schwankte wohl, ob er weitere Neger erschaffen oder doch lieber wieder auf Weiße umschwenken sollte und entschied sich dann für einen lauwarmen Formelkompromiss, der in der Folge als Chabin verspottet wurde und sich im hiesigen Erbgut nicht so recht durchzusetzen vermochte. Blonde Haare und blaue Augen auf dunkler Haut, ich bitte Sie, wie scheußlich das aussieht, haben Sie ja selbst gemerkt! Shit happens, wie auf Erden, so im Himmel, scheint es."

„Und seine Narben?"

„Oh, die sind von Menschenhand gemacht, indirekt jedenfalls. Das ist eine ganz andere Geschichte, von der wir den lieben Gott freisprechen wollen. Aus Mangel an Beweisen, nicht wegen erwiesener Unschuld. Mit seiner Visage war Ignace von Geburt an nichts Gutes beschieden, wie sich unschwer vorstellen lässt. Aktion erzeugt Reaktion: als Halbwüchsiger hatte er bereits das Vorstrafenregister eines leidlich in seine Materie eingeführten Mafioso. Die meisten Strafen musste er wegen seines jugendlichen Alters entweder gar nicht erst antreten oder, falls doch, wurden sie ihm großzügig verkürzt. Auch deshalb, weil er schnell lernte, sich mit dem Arm und vor allem mit der stets geöffneten Hand des Gesetzes zu arrangieren."

„Eines Tages aber geriet er in die Fänge einer verfeindeten Gang. Diese Knaben waren mit dem Jugendstrafrecht nicht so vertraut und verhängten zur Sicherheit gleich mal die Höchststrafe. Sie fesselten Ignace nackt an einen Manchinell-Baum und ließen ihn mehrere Tage und Nächte daran schmoren. Im Wortsinne. Sie haben von solchen Bäumen gehört?" Laura schüttelte den Kopf.

„Manchinell-Bäume sind das Giftigste, was die hiesige Flora zu bieten hat. Der Genuss seiner Früchte ist tödlicher als ein Schlangenbiss, sein Harz verätzt die Haut stärker als die meisten Säuren und selbst sein Schatten steht unter ständiger Beobachtung."

Ti Martin erschien in der Tür und rief zu Tisch. Der Doc ließ Laura vorgehen und nahm die beiden halbvollen Champagnergläser mit. Laura sah sich um und fand ihren ersten Eindruck von der großzügigen Geräumigkeit der Persephone bestätigt. Allerdings konnte von der peniblen, fast antiseptisch anmutenden Sauberkeit und Aufgeräumtheit der Yellow Dancer hier nicht die Rede sein. Jemand hatte eine ganze Packung Cornflakes oder Popcorn über den Boden verstreut, César vermutlich. Im Spülbecken stand noch der Abwasch von Frühstück und einige der Schapps quollen über mit Broschüren, Magazinen und angegilbten Paperbacks. Hier fehlte offensichtlich die ordnende Hand einer Hausfrau. Der halbrunde Tisch war jedoch geschmackvoll gedeckt und liebevoll dekoriert. Ti Martins Sinn für Form und Farbe hatte Laura ja schon am Vortag bewundert.

„Haben Sie Tiere?" fragte der Doc.

Nicht dass ich wüsste, dachte Laura. Aber wenn sie sich noch eine Weile hier aufhielt…

„Nein, leider. Ich würde mir gerne einen Hund halten, aber Sie wissen ja selbst, was für ein Klotz am Bein das sein kann."

„In der Tat. Wir beginnen mit Meeresfrüchten, Laura. Froschschenkel waren keine zu besorgen, tragisch. Greifen Sie zu und sagen Sie uns schonungslos, was Sie davon halten." Der Doc machte sich ans geräuschvolle Öffnen einer Auster, während Ti Martin sich einen halben Hummer zur Brust nahm. Einige Krabben mit ungleich großen Scheren erregten Lauras Aufmerksamkeit. Sie hielt ein Exemplar in die Höhe.

„Das sind Krabben mit ausgeprägtem Schuldbewusstsein," klärte der Doc sie auf.

„Mit ihrer großen Schere scheinen sie sich wie reumütige Sünder an die eigene Brust zu schlagen und zu rufen: ‚alles meine Schuld, alles nur meine Schuld'."

Laura lachte und versuchte vorsichtig, eine der reuigen Krabben zu zerlegen. Der Doc zeigte ihr, wie man das Fleisch aus dem Panzer saugt.

„Oh ja, die karibische Speisekarte ist voller Merkwürdigkeiten, nicht wahr. Nehmen Sie die Brotfrüchte. Ende des 18. Jahrhunderts extra aus Tahiti herangeschafft, um billige Nahrung für die Negersklaven abzugeben. Aber die kamen nicht auf den Geschmack, gingen lieber zu McDonald's und, ganz offen gestanden, ich kann sie verstehen. Oder, dazu passend, die Früchte des Leberwurstbaumes. Wirken angeblich Wunder als, nun ja, Vergrößerer des männlichen Stolzes, nicht wahr. Allerdings ohne einklagbare Gewährleistung."

Laura lachte.

„Ich nehme nicht an, Sie sprechen vom Gehirn?"

„Nein, sicher nicht. Süßkartoffeln mit Steckdosen, eine weitere Delikatesse der Antillen. Sie kennen Steckdosen?"

Laura schüttelte den Kopf. „Keine essbaren jedenfalls."

„So nennen sie hier die Schweinerüssel mit den beiden Nasenlöchern. Vor allem für ärmere Familien eine erschwingliche Delikatesse."

Laura schüttelte sich. Gab es irgendetwas am armen Hausschwein von den Haxen bis zum Rüssel, das vom Menschen nicht verzehrt wurde?

„Bei Fischgerichten ist Vorsicht angesagt, Ciguatera. Gefährliche Vergiftung, möchten Sie nicht haben."

„Um auf Ignace zurückzukommen. Wie hat er überlebt?"

„Nun, es zeigte sich, dass er mit dem Totschläger Nummer eins der Tropen im Bunde war, der Ignace dann tatsächlich zu Hilfe eilte."

Laura blickte fragend und schlürfte eine Auster, die Ti Martin ihr gekonnt geöffnet und mit einigen Spritzern Zitrone beträufelt hatte.

„Eine Kokosnuss! Bemerkenswerte, oft unterschätzte Frucht mit eigenem Willen. Überlebenskünstler! Kokosnüsse treiben bisweilen monatelang im Meer, ohne ihre Keimfähigkeit einzubüßen, nicht wahr. Was man von uns Menschen ja nicht ohne weiteres behaupten kann. Man hat Kokosnüsse gefunden, in deren Schale Haifischzähne steckten. Harte Burschen, die sich zu wehren wissen. Man schätzt, dass etwa 300 Menschen alljährlich in den Tropen von Kokosnüssen erschlagen werden. Damit kann es selbst ein Ignace nicht aufnehmen."

Der Doc goss gekühlten Pinot Gris nach.

„Die Gang setzte den armen Jungen tagsüber der sengenden Sonne aus. Nachts kamen der Regen und mit ihm das Harz, quoll aus der Rinde, tropfte von den Blättern auf seine Haut. Wie gesagt, alles an diesem vermaledeiten Baum ist giftig oder ätzend. Sie sollten den Rücken des Chabins sehen. Oder lieber nicht. Er hätte es sicher nicht überlebt. Irgendwann verlor die Gang aber das Interesse und ließ nur einen Wächter bei Ignace zurück. Der setzte sich zum Dösen ausgerechnet in den Schatten einer Kokospalme. Prompt fiel ihm eines der tödlichen Geschosse auf die Birne. Kein wirklicher Verlust. Eine Kokosnuss von, sagen wir, drei Kilo Gewicht, erreicht bei einem Fall aus 20 Metern Höhe etwa 70, 80 km / h. Wenn sie unten aufprallt, hat sie die Durchschlagskraft einer Tonne. Yamaan."

Der Doc hob seine Rechte und wie mit dem Zeigefinger auf die zentrale Stelle der Schädeldecke.

„Ignace konnte sich befreien und untertauchen. Kein Mitglied der Gang, die ihm das angetan hatte, überlebte die darauffolgenden Tage, darauf können Sie Gift nehmen." Der Doc kratzte sich nachdenklich am Kopf.

„Ich frage mich allerdings wie Sie, was er an Bord der Yellow Dancer zu suchen hatte. Schmuggeln sie im Nebenjob Kokain, Heroin oder Crystal Meth?"

Wieder erklang sein Ziegenmeckern.

„Natürlich nicht, ein Scherz. Aber wo Ignace auftaucht, sind Drogen für gewöhnlich nicht weit."

„Was ich auch nicht verstehe, warum ließ er von mir ab?"

„Dafür kann es viele Gründe geben, je nachdem, welche Droge er konsumiert hatte, Ritalin, Amphetamine, machen Sie sich darüber keine Gedanken. Aber sie hatten Glück, sehr viel Glück. Niemand weiß genau, wie viele Menschen er bereits auf dem Gewissen hat. Nun, man muss ihm stets seine harte Kindheit zugutehalten. Schon als Knabe immer gehänselt und wie ein Freak behandelt zu werden, hinterlässt böse Narben auf der Seele. Und Narben machen unempfindlich, weiß jeder Mediziner. Ich bin sicher, er hat auf Ihrer Yacht gefunden, was er suchte. Er wird Sie nicht mehr belästigen."

Den affirmativen Unterton, den Laura aus diesem letzten Satz des Doc heraushörte, fand sie merkwürdig. Wie konnte er da so sicher sein?

„Sollte ich nicht zur Polizei gehen und Anzeige erstatten?"

Der Doc gab die Frage weiter an Ti Martin, als sei der Buffalo Soldier die höchste Instanz in Fragen polizeilicher Zuständigkeit. „Was meinst du, sollte sie zur Polizei gehen?" Dann lachten beide los, als hätte der Doc die Pointe des Jahres gezündet. „Polizei" musste man Ti Martin nicht übersetzen, den Zusammenhang konnte er sich zusammenreimen.

„Scherz beiseite, Guadeloupe gehört zu Frankreich, wie Sie wissen," wandte er sich Laura zu, ohne von seinem halben Hummer abzulassen.

„Das heißt, wer immer es schafft, seinen Stoff, seine Ware aus irgendeiner Ecke der Karibik oder den USA nach hier zu verbringen und an Bord eines x-beliebigen Frachters zu schmuggeln, hat das Zeugs praktisch schon nach Europa eingeschleust. Das macht Pointe-à-Pitre zu einem bedeutenden Drogen-Umschlaghafen. Da geht es um Millionen und Abermillionen, glauben Sie mir. Und wann immer so viel Geld auf dem Spiel steht, haben schlecht bezahlte Staatsdiener wie Zöllner und Polizisten mindestens einen Finger im Butterfass. Nein, glauben Sie mir, bei der Polizei wären Sie an der völlig falschen Adresse."

Auch der Doc winkte verächtlich ab.

„Ich will gar nicht mal behaupten, dass es nicht auch ehrliche Polizisten gibt, aber leider, ein fauler Apfel genügt. Alle wichtigen Informationen erreichen die Drogenszene in Echtzeit, davon dürfen Sie ausgehen. Den ehrlichen Cops bleibt da meist das Nachsehen."

„Und Ignace gehört zu den Drogenbaronen?"

„Nein, er ist ein Söldner, ein Reisender in Stahl und Blei. Wenn jemand seinen Konkurrenten oder einen unsicheren Mitarbeiter nachhaltig aus dem Wege geräumt haben will, greift er auf Ignace zurück. Aber genug der Ehre für den Chabin. Wir sollten uns von ihm nicht den Nachmittag verderben lassen. Darf ich fragen, ob Sie im Hinblick auf die Yellow Dancer zu einem Entschluss gekommen sind?"

„Ehrlich gesagt, nein, ich weiß es immer noch nicht. Eigentlich war ich hierhergekommen, um sie mir mal anzusehen und für den Verkauf freizugeben. Jetzt bin ich mir nicht mehr so sicher. Sie hat meinem Vater offenbar viel bedeutet. Deshalb, sie so einfach wegzugeben…"

Der Doc zeigte sich verständnisvoll.

„Wenn ich einen Vorschlag machen darf, lassen sie sie hier, dann haben Sie Zeit genug, in aller Ruhe darüber nachzudenken. Verkaufen können Sie sie immer. Eine Yacht wie diese erzielt noch im hohen Alter einen ausgezeichneten Preis. Allerdings brauchen sie ein Hurricane-Hole, einen Ort, an dem die Yellow Dancer vor Zyklonen geschützt ist. Und das schnell, nicht wahr, denn die Hurrikan-Saison beginnt jedes Jahr früher. Ich kenne eine Bootswerft auf Antigua, die eine begrenzte Anzahl Yachten sicher unterbringen kann. Wenn Sie möchten, erkundige ich mich mal, ob Platz vorhanden ist."

Der Vorschlag schien Laura plausibel. Sie willigte ein und bedankte sich artig für das Mittagessen. Ti Martin warf ihr einen vorwurfsvollen Blick zu, weil sie nur halbherzig zugegriffen und einige seiner vorbereiteten Delikatessen verschmäht hatte. Ein simples Steak frittes hätte es auch getan, dachte Laura, schob aber Magenschmerzen vor. Der Doc versprach, sich bald wieder bei Laura zu melden.

Sie verabschiedete sich und ließ sich von César zum Marinagebäude geleiten. Hier beglich sie die aufgelaufene Liegegebühr für die Yellow Dancer und nahm Roberts Schlüsselbund in Empfang. Dann bestellte sie ein Taxi, das sie zum St. John Perse zurückfuhr.

VIERTES KAPITEL

1. Der Marsch der Zehntausend.

„Gut, dass ich dich endlich erwische, Laura, habe es schon dreimal versucht, gestern und heute, aber du warst anscheinend auf Achse."

„Luggi" Schmidt-Öhlenschläger klang genervt. Laura griff fahrig in ihre Handtasche und förderte schließlich Kugelschreiber und einen Fetzen Papier zutage. Zum bloßen Austausch von Höflichkeiten würde der Justiziar sicher nicht anrufen.

„Ja, was soll ich sagen, Ludwig, ich freue mich natürlich, von dir zu hören, obwohl wir ja eigentlich Funkstille vereinbart hatten. Was gibt es denn so Wichtiges?"

Dr. Schmidt-Öhlenschläger überhörte Lauras spöttischen Unterton. Er war offensichtlich bemüht, das Gespräch in sachlichen Bahnen zu halten und rasch wieder zu beenden.

„Bevor du es aus den Gazetten erfährst: Kurz nach deiner Abreise kam es auf der A5 zu einer Massenkarambolage, in die auch einer unserer LKWs verwickelt war. Zu den drei Todesopfern gehört bedauerlicherweise auch unser Fahrer, ein gewisser Herbert Gründler, eh, Gründler. Wir halten es im Einklang mit den Traditionen der Firma für angemessen, wenn du persönlich kondolieren würdest, schriftlich natürlich. Du versicherst die Angehörigen deines tief empfundenes Mitgefühls, sagst ihnen unsere Unterstützung in diesen schweren Zeiten zu und so weiter, der menschliche Aspekt eben. Wir haben einen entsprechenden Text vorbereitet, brauchen nur noch deine elektronische Unterschrift, eh, Unterschrift."

„Pa ni… Ich meine, kein Problem, Ludwig, bin natürlich einverstanden. Gibt es Versicherungsprobleme, ist die Familie versorgt?"

„Das müssen wir das Ergebnis der polizeilichen Unfallanalyse abwarten. Bei Versicherungen weiß man ja nie. In der Zwischenzeit springen wir natürlich ein. Ich nehme an, das ist auch in deinem Sinne?"

„Selbstverständlich."

Der Justiziar hatte Recht. Unfälle wie dieser passieren immer mal wieder in einem Unternehmen, das tagein, tagaus hunderte Tonnen Güter aller erdenklicher Arten über den Globus verschob. Die ROLA GmbH besaß ursprünglich keinen eigenen Fahrzeugpark, hatte als sogenannte „Sofa-Spedition" begonnen, regelmäßig Wagen gemietet und Schiffe und Flugzeuge gechartert. Nach und nach hatte Robert sich jedoch eigene LKW für die kontinentaleuropäischen Transporte angeschafft, alte Containerschiffe aufgekauft und eine kleine Flugzeugflotte angelegt. Das alles war nicht unbedingt billiger, wenn man den erforderlichen Wartungsapparat betrachtete, aber es ersparte vielerlei Streitigkeiten und Prozesse bei angeblich gerade nicht verfügbaren Kapazitäten oder vertragswidrigem Outsourcen an billige, aber wenig zuverlässige osteuropäische Tarifkiller, die mit allerlei Rostlauben unterwegs waren.

Die solchen Unfällen wie diesem unweigerlich folgenden bürokratisch-juristischen Scharmützel mit zahlungsunwilligen Versicherungen beschäftigten inzwischen eine eigene Abteilung der ROLA. Lauras Vater hatte großen Wert daraufgelegt, Beerdigungen von Firmenangehörigen, die Opfer von Unfällen geworden waren, persönlich beizuwohnen. Das ließ sich natürlich nicht immer machen. Gott sei Dank, dachte Laura, denn eine weitere Bestattungsorgie hätte sie zurzeit nicht durchgestanden, aber ein persönlich gehaltenes Kondolenzschreiben musste schon sein.

„War's das?"

„Von meiner Seite ja. Marquardt würde gern noch ein paar Worte mit dir wechseln. Augenblick, die Sekretärin stellt durch. Ich wünsche dir noch einen angenehmen Aufenthalt. Es bleibt doch beim 15.?"

„Sicher, Ludwig, am 15. bin ich wieder zu Hause, großes Ehrenwort. Bis dann…" Dr. Schmidt-Öhlenschläger legte auf. Es rauschte ein paar Mal im Hörer, dann war der Steuerberater am Apparat.

„Hallo Laura. Wie geht's zu in der Karibik?" Er wartete keine Antwort ab. Laura glaubte, das Knacken seiner Fingerknochen zu hören. Vielleicht aber auch ein Lauschangriff oder es gab ein technisches Problem mit der Telefonleitung. „Ich komme gleich zur Sache, Laura. Bei Durchsicht der Unterlagen zum Sondervermögen, die du mir zur Prüfung dagelassen hattest – du erinnerst dich, der kleine weiße USB-Stick – bin ich auf einige mir unerklärliche Zahlungen deines Vaters gestoßen."

Laura musste lächeln. „Sondervermögen" war Marquardts Chiffre für schwarze Kasse.

„So? Inwiefern? Vielleicht kann ich zur Aufklärung beitragen."

„Genau deshalb rufe ich an. Um es kurz zu machen: Robert hat offenbar jahrelang regelmäßig Geldbeträge in die Karibik überwiesen. Wusstest du davon?"

Laura überlegte. Natürlich hatte sie keine Ahnung, aber das ging Marquardt nichts an.

„Ja und nein. Er hat mal eine Andeutung gemacht. Damals hat mich das nicht interessiert, weil ich dachte, es hängt irgendwie mit dem Segeln zusammen. Über was für Beträge sprechen wir und wer ist der Empfänger?"

„Anfangs 2500, dann, nach kontinuierlicher Steigerung, zuletzt 5000 Euro im Monat. Empfänger oder Empfängerin unbekannt. Riecht für mich nach verdeckten Unterhaltszahlungen."

„Stolzes Sümmchen. Unterhalt an wen, Heidi Klum?" Laura hatte Mühe, beiläufig zu klingen. Marquardt lachte.

„Alles anonym, natürlich. Die Zahlungen erfolgten auf ein Konto der HSCB auf Antigua. Die geben keine Namen preis, jedenfalls nicht am Telefon. Da du sozusagen vor Ort bist, könntest du vielleicht mal diskret nachforschen… lassen, falls du das für wichtig hältst."

Doch, das tat sie, und wie! „Kann uns das Finanzamt einen Strick daraus drehen?"

Der Steuerberater am anderen Ende seufzte.

„Nur, wenn es davon erfährt. Ich meine, ich bin ja auch nur mehr oder weniger zufällig darauf gestoßen. Wenn du möchtest, werde ich alle diesbezüglichen Unterlagen klassifizieren."

Das war Lars Hansens übliche Chiffre für „schreddern".

„Wäre mir sehr lieb. Gib mir nur rasch noch die Kontonummer auf Antigua." Laura notierte die Angaben und beendete das Gespräch mit ein paar unverbindlichen Floskeln.

Das wurde ja immer schöner. Welche posthumen Überraschungen hatte ihr Vater noch parat? 5000 im Monat waren in der Karibik nicht unbedingt ein Vermögen, aber auch kein Pappenstiel, je nach den Lebensumständen und Ansprüchen des Empfängers. Jedenfalls genug, um genauer nachzuforschen.

Laura wusste, heute würde sie keine Antwort auf ihre Fragen erhalten. Dasselbe galt für die Briefe, die sie an Bord der Yellow Dancer gefunden und an sich genommen hatte. Das Hotel besaß keinen Scanner, dafür aber ein museales Faxgerät. Laura hatte im Internet die Adresse eines Übersetzungsbüros in Hamburg ausfindig gemacht und dem die Briefe auf diesem etwas beschwerlichen Wege zugesandt. Mochten die herausfinden, ob es sich wirklich um Griechisch handelte und das Ganze so schnell wie möglich ins Deutsche übertragen. Laura war bereit, den doppelten Tarif zu zahlen, wenn es entsprechend schnell ging.

Mehr konnte sie im Augenblick nicht tun. Sie beschloss, sich noch ein wenig in Pointe-à-Pitre umzusehen. Vielleicht kam sie nie wieder hierher, dann wollte sie wenigstens einen bleibenden Eindruck mitnehmen. Außerdem musste sie sowieso auf die Nachricht des Doc warten. Also zog sie sich an und trottete auf der Suche nach weiteren touristischen Highlights am Hafen entlang.

Die Stadtväter von Pitre hatten ein ganzes Gebäude im Kolonialstil dem berühmtesten Sohn der Insel gewidmet, der sich wohl auch deshalb dieses merkwürdige Alias St. John Perse zugelegt hatte, weil ihm sein wirklicher Name Alexis Leger als zu „leichtgewichtig" peinlich erschien. Laura fand das Museum nach kurzer Suche und heftete sich auf die Spuren des Dichters. Sein nobelpreiswürdiges Werk trug den vergleichsweise lakonischen Titel Anabase. In dem Flyer, der an der Kasse auslag, wurde darauf hingewiesen, dass das dünne Büchlein auf den Schilderungen des Griechen Xenophon fußt. Diesem antiken Multitalent war es um 400 v. Chr. unvermittelt zugefallen, nach einem zwar siegreichen, aber von großem materiellem und personellem Verschleiß gekennzeichneten Pyrrhussieg die versprengten griechischen Truppen ins weit entfernte Mutterland zurück zu führen. Nicht zuletzt unter logistischen Gesichtspunkten eine strategische Meisterleistung, die durch Xenophons tagebuchartige Aufzeichnungen als „Zug der Zehntausend" von Persien über das Schwarze Meer nach Byzanz und Pergamon historisch-literarische Berühmtheit erlangte. Auf ihrem Marsch durch die Diaspora hatten die Griechen Höllenqualen zu erleiden und mussten sich immer wieder der Angriffe von Stämmen und Völkern erwehren, deren Territorien sie oft genug zum zweiten Male durchquerten: in etwa wohl vergleichbar mit dem Rückmarsch vom Griechenlandfeldzug übriggebliebener deutscher Soldaten durch die von Partisanen beherrschten Balkanländer gegen Ende des Zweiten Weltkrieges.

Dieser eindrucksvolle antike Stoff diente nicht nur Alexis Leger, sondern auch Kunstschaffenden anderer Sparten als Vorlage für allerlei moderne Abwandlungen. Wie zum Beispiel den Machern des amerikanischen Thrillers The Warriors, in dem eine zu Unrecht des Mordes verdächtigte New Yorker Jugendbande sich vom Central Park im Norden nach Coney Island im Süden des Big Apple durchschlagen muss und in jedem zu querenden Stadtviertel von den dort heimischen Gangs gejagt wird. Laura hatte den Kultfilm der 1980er Jahre in einem Kino des damals noch halbwegs florierenden Atlantic City gesehen und war insbesondere von der mysteriösen schwarzen Rundfunksprecherin fasziniert gewesen, die die Odyssee der „Warriors" wie ein klassischer griechischer Chor kommentierend begleitet und jedermann im Großraum New York, Jersey oder Brooklyn über den jeweils aktuellen Stand der Dinge auf dem Laufenden hält.

Anabasis im ursprünglichen Wortsinne war offenbar die Bezeichnung für die „Landung" einer Schiffsbesatzung auf dem Strand als Beginn eines Marsches ins Landesinnere, aber auch im biologischen Sinne etwa jenes Fisches, der bei Wasserknappheit von Kiemen- auf Lungenatmung umstellt und sich an Land begibt. Als Metapher bezeichnet es den mühsamen Prozess der Selbstfindung nach vielerlei riskanten Auseinandersetzungen mit den Fährnissen dieser Welt. Damit konnte Laura sich im Augenblick sehr gut identifizieren.

Wieder draußen an der frischen Luft, steuerte sie auf den Obst- und Gemüsemarkt zu. Plötzlich schien ihr, als folgte ihr jemand auf Schritt und Tritt. Nichts Konkretes, nur so ein vages Gefühl, das aber ausreichte, ihr eine Gänsehaut zu verursachen. Ein Schatten, so schien ihr, stets etwa im selben sicheren Abstand, mal auf der linken, mal auf der rechten Straßenseite. Sobald sie an einem Schaufenster stehenblieb, hielt der Schatten ebenfalls an. Ging sie weiter, folgte er prompt. Dann und wann glaubte sie, den Zipfel einer knallroten Windjacke erspäht zu haben, doch das konnte reine Einbildung sein.

Ignace war es sicher nicht, der würde das Tageslicht scheuen und sich von der Stadt fernhalten. Vielleicht hatte ihr der Doc heimlich einen Leibwächter mitgegeben, eine Art Schutzengel, damit der Tochter eines alten Freundes hier nichts zustieß? Wer konnte sonst noch Interesse daran haben, über ihre Bewegungen auf dem Laufenden zu bleiben? Die gestörte Alte von Blankenese kam ihr in den Sinn. Die hatten ihre wenigen Angehörigen allerdings schon vor rund zwanzig Jahren zu Grabe getragen.

Lauras Spürsinn war seit dem Überfall auf der Yellow Dancer geweckt. Eine Art Spieltrieb kam hinzu. Wenn sie den Schatten abschütteln wollte, musste sie in der Masse untertauchen. Doch woher nehmen? Pitre war nicht Manhattan, nicht mal Hamburg. Der Markt kam der Vorstellung noch am nächsten. Kaum auf dem überdachten Platz angekommen, wurde ihre Aufmerksamkeit sogleich vom verschwenderischen Angebot abgelenkt. Sorgsam aufgestapelte und von Zeit zu Zeit mit Wasser abgesprühte Pyramiden von Kokosnüssen, Orangen, Kiwis, Avocados, Bananen, Papayas, Mais, Süßkartoffeln und Tomaten konnten leicht darüber hinwegtäuschen, dass viele Grundnahrungsmittel wie Reis, Weizenmehl, Kartoffeln, Teigwaren und andere für viel Geld aus Europa hierhergebracht werden mussten. Dasselbe galt für Gegenstände des täglichen Gebrauchs, vom Staubsaugerbeutel bis zum Stoßdämpfer, vom Autoreifen bis zum Fieberthermometer.

Die Kluft zwischen solch teuren überseeischen Erzeugnissen und den niedrigen hiesigen Einkommen, hatte der Doc Laura erläutert, führt immer wieder zu sozialen Unruhen auf Guadeloupe ebenso wie auf Martinique. In den 60er Jahren hatte es bei einem Generalstreik in Pointe-à-Pitre sogar Tote und Verletzte gegeben, weil verrohte Legionäre um ihren pünktlichen Rückflug in die Heimat gefürchtet und zwecks beschleunigter „Beilegung" der lästigen Angelegenheit kurzerhand auf die Streikenden geschossen hatten.

Laura schlug ein paar Haken und drückte sich schließlich in den offenstehenden Eingang eines grau gestrichenen Mietshauses. Mit klopfendem Herzen ließ sie die Tür leicht angelehnt und harrte der Dinge, die da kommen würden. Aber es zeigte sich niemand, der Schatten musste den Braten gerochen haben und abgebogen sein. Oder er wartete irgendwo darauf, dass sie wieder aus ihrem Loch kam. Sollte er. Wie eine übellaunige kleine Göre, die das Interesse am Versteckspiel mit ihren Freundinnen zu verlieren pflegt, sobald sie selbst entdeckt wurde, erklärte Laura die alberne Charade an dieser Stelle für beendet. Ohne sich noch einmal umzudrehen, ging sie schnurstracks zurück zum Hotel.

Als Laura dort mit Blasen an den Füßen eintraf, fand sie die erhoffte Nachricht vor. Der Doc hatte Wort gehalten und einen Platz für die Yellow Dancer in der Bootswerft von Jolly Harbour, Antigua, ergattert. Allerdings war Eile angesagt, denn viel länger als ein paar Tage würde Joe Grady, der Werftchef, andere Interessenten schwerlich hinhalten können. Die Yacht musste möglichst umgehend überführt werden, am besten noch morgen. Der Doc schlug nun vor, dass Laura ihn und Ti Martin dabei begleiten sollte. Auf diese Weise würde sie die Yellow Dancer in Aktion erleben und sich in ihre Handhabung einweisen lassen können.

Laura war nicht wirklich daran interessiert, einen ganzen Tag auf See zu verbringen und die Handhabung der Yellow Dancer gehörte nun wahrlich nicht zu ihren Prioritäten. Dann fiel ihr jedoch das Telefongespräch vom Morgen ein. Auf Antigua würde sie vielleicht jemanden dazu überreden können, den Namen des geheimnisvollen Kontoinhabers preiszugeben. Große Hoffnungen machte sie sich zwar nicht, aber einen Versuch war es allemal wert. Die in Arbeit befindlichen Briefübersetzungen würde sie sich vom Hotel in Pitre an eine Adresse in English Harbour, Antigua, faxen lassen können.

Also rief sie den Doc an und sagte zu, wobei sie sich bei ihm zugleich nach der Kleidung erkundigte, die sie für einen solchen Ausflug, pardon, einen solchen Törn, brauchte. Als sie danach ihre beiden Koffer auf Brauchbares durchforstete, schien sich der flüchtige Verdacht zu verstärken, der ihr bereits beim Betreten des Zimmers Minuten zuvor gekommen war: jemand hatte in ihrer Abwesenheit das Zimmer durchsucht, dessen war sie fast sicher. Dabei half ihr ein Trick, den sie von Robert gelernt hatte und dessen Anwendung ihr bei Hotelaufenthalten zur zweiten Natur geworden war.

„Wenn du je den Eindruck hast, dass dir jemand nachspioniert," hatte Robert ihr gesagt, „dann arrangiere vor dem Ausgehen ein paar Dinge des alltäglichen Gebrauchs wie Haarbürste, Modeschmuck, Kosmetika, Dessous, was auch immer, in eine präzise und zugleich unverdächtige Ordnung, deren Einhaltung du bei deiner Rückkehr auf einen Blick überprüfen kannst."

Genau das hatte sie auch hier getan und festgestellt, dass „eigentlich" alles an seinem Platz lag, aber eben doch nicht ganz. Natürlich war die zuständige Reinemachefrau inzwischen durchgezogen, doch warum hätte die sich die Mühe machen sollen, alles wieder so zu arrangieren, wie sie dachte, es vorgefunden zu haben? Vielleicht hatte der ungebetene Gast mit dem „Schatten" zusammengearbeitet, den Laura in ihrem Schlepptau geargwöhnt hatte? Unbeobachtet ins Hotel zu gelangen und wieder zu verschwinden, hätte Laura sich schon selbst zugetraut und das Schloss ihres Zimmers zu öffnen war für einen geübten Einbrecher sicher auch kein Kunststück.

Insofern, als sie nach einem ersten oberflächlichen Check keine ihrer Wertsachen vermisste, blieb von den berühmten fünf detektivischen „W's" vor allem das „Warum" übrig. Aus welchem Grund, Mrs. Watson, fragte sie sich, während das lauwarme Wasser der Dusche an ihrer nackten Haut herunterperlte, machte sich jemand diese Mühe und ging dann wieder unverrichteter Dinge? Mrs. Watson blieb eine zufriedenstellende Antwort schuldig.

2. Abenddämmerung.

„Sind Sie eine gute Schwimmerin, Laura? Ja, wirklich? Trotzdem, tun Sie einem alten Narren den Gefallen und streifen Sie die Rettungsweste über, damit Sie im Ernstfall wissen, wie's geht."

Der Doc reichte Laura eine erstaunlich schwere automatische Schwimmweste mit Kragen.

„Schützt Sie natürlich nicht vor Ohnmacht, aber in der Ohnmacht vor dem Ertrinken, nicht wahr. Bläst sich selbst auf, sobald sie mit Wasser in Berührung kommt, nach dem Alka-Selzer-Prinzip. Falls die Automatik nicht funktioniert, müssen Sie an dieser Fallschirmschnur ziehen und die Gaspatrone damit manuell auslösen. Klappt auch das nicht, gibt es noch dieses Mundstück zum Aufblasen. Nach dem Erwachen aus der Ohnmacht. Hier im Hafenbereich mögen Ihnen solche Vorkehrungen übertrieben erscheinen, aber da draußen sind sie mehr als angebracht, glauben Sie mir. Deshalb, je schneller Sie sich an das Anlegen und Tragen der Weste gewöhnen, desto besser. Fragen Sie César."

Der Hund, ebenfalls mit Schwimmweste versehen, war kaum zu bändigen, sprang jaulend im Cockpit umher und konnte es offenbar nicht erwarten, in See zu stechen.

Das galt für Laura nur bedingt. Am Morgen hatte sie ihr Zimmer im St. John Perse aufgekündigt und ihre Koffer sowie die Taschen auf die Yellow Dancer gebracht. Die hintere sogenannte Eignerkabine, die der Doc ihr am Telefon nahegelegt hatte, war selbst für Laura etwas zu niedrig, um aufrecht stehen zu können. Sie bestand im Wesentlichen aus einer sehr breiten, von kleinen Schapps umgebenen Koje, in der man wie aufgebahrt lag. Sie erinnerte Laura an die Geschichten von den winzigen „Sicherheitszimmern" einer Billighotel-Kette: egal, wo einen der Herzinfarkt ereilt, man fällt immer aufs Bett.

Was das Wetter anbetraf, hatte der Doc einige Überzeugungsarbeit leisten müssen. Amtliche Wettervorhersagen in der Karibik waren offenbar selten und auch dann beileibe nicht so zuverlässig wie die meisten europäischen oder amerikanischen. Und Ende April, Anfang Mai begann die Großwetterlage um die Antillen, sich merklich zu destabilisieren. Heftige Gewitter und anhaltender Regen waren an der Tagesordnung. Draußen auf dem Atlantik brauten sich erste Hurrikans zwar meist erst im Juni zusammen, wenn die Temperatur des Meerwassers sich der kritischen Schwelle näherte. Aber infolge der globalen Erwärmung rückte dieser Zeitpunkt den Pfingsttagen kontinuierlich näher.

„Keine Sorge, von Hurrikans sind wir noch sehr, sehr weit entfernt," hatte der Doc Lauras meteorologische Bedenken zu zerstreuen versucht.

„Mag sein, aber ich habe in den USA sowohl Hurrikans, als auch Tornados erlebt, das war kein Spaß. Als junge Studentin und Freiwillige habe ich mich an den Aufräumarbeiten in New Orleans beteiligt, einige Zeit nachdem dort Kathrina durchgezogen war. So etwas auf See zu erleben, muss doch noch um Vieles furchtbarer sein."

„Nicht unbedingt, kommt ganz darauf an, in welchem Viertel der Hurrikan-„Torte" man sich befindet, am besten nicht direkt in Viertel ihrer Zugrichtung, das ist am ungesündesten. Aber Zyklone sind keine seismischen Ereignisse wie Vulkanausbrüche oder Erdbeben, man sieht sie vielmehr rechtzeitig kommen wie ein gemächlicher Güterzug, dem man ausweichen kann. Selbst wenn sich heute ein Hurrikan mitten auf dem Atlantik formieren würde, bräuchte der eine geraume Zeit, um den Ozean zu überqueren. So stark die Luftmassen im Inneren solcher Systeme auch herumwirbeln, so mäßig schnell bewegt sich die Windmaschine insgesamt fort. Ihre durchschnittliche Reisegeschwindigkeit ist kaum höher als die einer Segelyacht vom Typ der Yellow Dancer. Außerdem steigen die Wirbelstürme normalerweise viel weiter nördlich an Land, in Florida, South Carolina oder noch weiter oben. Über dem Festland geht ihnen dann schnell der Treibstoff aus und sie zerfallen in einzelne Unwetter und Tornados."

Wirklich beruhigt hatte Laura das nicht. Aber sie war in einem Anflug von Übermut auf den Vorschlag des Doc eingegangen, jetzt musste sie zu ihrem Wort stehen. Auch das hatte sie von ihrem Vater gelernt. „Betriebswirtschaftlich betrachtet, ist das gegebene Wort Teil deines Geschäftskapitals. Wenn deine

Partner Grund haben, an deinen Zusagen zu zweifeln, bist du als Geschäftsfrau erledigt."

Immerhin hatte der Doc vorgeschlagen, die Abkürzung durch die Rivière Salée zu nehmen. Dadurch verkürze sich der Törn um einen ganzen Tag, auch wenn die etwas komplizierten Modalitäten der Passage gewisse Unannehmlichkeiten mit sich brachte. Der Plan sah jedenfalls so aus, dass sie alle drei in Jolly Harbour, Antigua, warten würden, bis die Yacht untergebracht und versorgt war. Dann wollte Laura von dort aus über London Heathrow nach Hause fliegen. Der Doc und Ti Martin würden auf einer Yacht anzuheuern versuchen, die in Richtung Guadeloupe fuhr oder, falls dies fehlschlagen sollte, mit einem der Kleinflugzeuge auf Lauras Kosten nach Pitre zurückfliegen.

Gegen Mittag war Lauras Crew in Gestalt Ti Martins, des Doc und Césars in der Blauen Lagune erschienen und an Bord gestiegen. Nach einem improvisierten Mittagessen hatten die beiden Männer die Yellow Dancer reisefertig gemacht und probeweise die Segel gehisst, um diese auf etwaigen Mottenfraß oder hässliche Stockflecken zu überprüfen. Alles war jedoch leidlich in Schuss, der Motor sprang ohne weiteres an und brummte ohne Aussetzer und ominöse Arhythmien anstandslos vor sich hin. Treibstoff- und Wassertanks waren gefüllt, die Service- und Startbatterien standen auf „Grün", die Elektronik piepste und summte, kurz, es konnte losgehen.

Am späten Nachmittag hatten sie die Leinen der Yellow Dancer losgeworfen und die Marina Bas du Fort verlassen. Die Einhaltung des Zeitplans war wichtig.

„Spaß beiseite. Die Rivière Salée," hatte Ti Martin Laura anhand der Karte erläutert, während der Doc die Yacht vom Marinaschlauch ins breitere Hafenbecken bugsierte, „ist nicht wirklich ein Fluss, sondern ein seichter Durchstich, der die beiden Flügel unseres Inselschmetterlings trennt. Hier im Osten liegt Terre Haute mit dem Haupthafen Pointe-à-Pitre, im Westen Terre Basse mit der Verwaltungshauptstadt Basse-Terre," hatte er ihr auf der Karte gezeigt.

„Im Gegensatz zu anderen Kanälen ist er allerdings unablässig in Bewegung, fließt mit der Tide zweimal am Tag nach Norden und zweimal nach Süden."

Laura fand die topographischen Bezeichnungen dieser Gegend nicht nur äußerst verwechslungsfähig, sondern auch widersinnig. Wieso hieß der östliche Teil der Insel „Hochland", wo er doch offensichtlich viel flacher war, als das gebirgige westliche „Tiefland"?

Ti Martin hatte Verständnis für Lauras Verwunderung. Er selbst habe sich auch erst an diese Namen gewöhnen müssen.

„Unverständlich für Ortsfremde, da haben Sie Recht. Erklärt sich erst aus der abgeleiteten Wortbedeutung. Hoch will in den Antillen so viel heißen wie über dem Wind, tief dagegen unter dem Wind. Das gilt für die einzelnen Inseln ebenso wie für den ganzen Archipel."

„Verbunden, so Ti Martin weiter, „werden die beiden Teile Guadeloupes durch diese zwei Verkehrsadern, deren Route zwangsläufig jeweils einmal die Rivière Salée kreuzt. Die beiden dazu erforderlichen Brücken sind Nadelöhre für den Straßen- wie für den Seeverkehr gleichermaßen. Spaß beiseite, unterqueren können sie bestenfalls Dinghys und kleine Motorboote. Um vor allem Segelyachten passieren zu lassen, muss man die Brücken also irgendwann öffnen – soweit möglich, ohne den regen Straßenverkehr völlig zum Erliegen zu bringen. Die Lösung geht zu Lasten der Yachten: man öffnet nur ein einziges Mal ganz kurz und das zu einem Zeitpunkt, da der Straßenverkehr seinen täglichen Ruhepuls erreicht – gegen 05.00 Uhr morgens. Eine Route für Frühaufsteher"

„Spaß beiseite?"

„Spaß beiseite!"

Wer diesen kritischen Augenblick verpasste, konnte immer noch den weiteren Weg außen um Terre Basse wählen, der für größere Yachten mit entsprechendem Tiefgang ohnehin nicht zu vermeiden war. Damit ihnen ein solches Missgeschick nicht widerfuhr, hatte der Doc vorgeschlagen, die Yellow Dancer bereits gegen Abend an eine der zu diesem Zweck ausgelegten Festmachertonnen direkt gegenüber der Einfahrt in die Rivière Salée zu verlegen. Wenn sie dann immer noch verschliefen, war ihnen nicht zu helfen.

Nun lagen sie hier, im äußersten westlichen Eck der Sackgasse des Hafenbeckens und hatten Muße zum Essen und Plaudern. Laura fand den Augenblick bestens geeignet, ihre Ermittlungen in Sachen Robert Förster voranzutreiben.

„Doc, wer war oder wer ist Penelope Z?"

Der so direkt Angesprochene hatte gerade sein Pfeifchen hervorgekramt und war dabei, es mit seinem klebrigen Tabak zu stopfen. Als Nichtraucherin ertrug Laura nur schwer den Qualm von Zigaretten, hasste das süßliche Aroma von Zigarren und verabscheute den Gestank von Pfeifen. Was Männer an diesem brennenden Schnuller-Ersatz fanden, leuchtete ihr nicht ein. Selbst wenn man sich auf diesen fragwürdigen Genuss einließ: die halbe Zeit erlosch die Tabakglut kurz nach dem Anzünden wieder, aus dem Mundstück sickerte ständig nikotinhaltiger Speichel und wenn sie endlich beiseitegelegt wurde, stank die Pfeife noch stundenlang nach feuchter Holzkohle.

Normalerweise hätte Laura sich daher das Rauchen an Bord der Yellow Dancer verbeten. Beim Doc machte sie eine Ausnahme. Sein parfümierter Tabak hatte wohl ursprünglich ein Deodorant werden sollen, aber der Mann war ihr einziger Zugang zu Robert, dem unbekannten Wesen. Um den Doc zum Reden zu bringen, hätte sie noch ganz andere Opfer gebracht.

Die Sonne hatte sich bereits hinter die Kimm zurückgezogen, das abendliche Blutrot flackerte glühend ein letztes Mal auf. Der Doc saß auf dem konvex geformten Sitz hinter dem riesigen lederverkleideten Steuerrad und blickte fasziniert auf das bereits aufgedeckten kuppelförmige Kompassglas wie ein kleines Kind auf seine Schneekugel. César hatte sich zu seinen Füßen zusammengerollt und im Traum wie ein Kleinkind mit allen Vieren zu strampeln begonnen. Ti Martin hatte sich mit einem Ti Punch auf der Cockpitbank ausgestreckt, ein Tütchen gerollt und angezündet. Das psychedelische Rot am westlichen Himmel mochte ihm helfen, sich die Welt rosig zu rauchen. Laura lehnte mit dem Rücken gegen den Teil der vorderen Cockpitwand, auf der sich ein kleines holzumrandetes Kartentischchen befand. Das war eigentlich für die Außennavigation in skandinavischen Schärengebieten gedacht, hatte sich aber auch beim Manövrieren „nach Pupille" zwischen tückischen Korallenriffen bewährt. Die Nacht griff mit bleicher Hand nach Land und Meer. Leise plätschernd strich das nie ganz zur Ruhe kommende Hafenwasser um den Rumpf der Yellow Dancer.

Laura wiederholte ihre Frage, obwohl sie sicher war, dass der Doc sie beim ersten Male gehört und auch verstanden hatte.

Er hatte sein krummes Pfeifchen angezündet und machte die ersten heftigen Züge. Dann nahm strich er sich mit dem Daumen über den Schnurrbart.

„Sie haben die Briefe also gefunden?" Mehr Feststellung als Frage, bedurfte diese Eröffnung keiner Erwiderung, fand Laura. „Ich konnte es mir bereits denken, als sie sich nach meinem verblichenen Schachpartner erkundigten. Wer hätte sonst schon in der Karibik Verwendung für einen Griechisch-Professor? Schade eigentlich, der gute Mann hätte Ihnen die Briefe sicher so eindringlich vorgelesen, was sage ich, deklamiert, als wären es seine eigenen. Nun, ich hätte mir gewünscht, dass Sie diesen Moment abendlicher Andacht nicht durch eine prosaische Frage wie diese seines Zaubers berauben würden, aber es heißt wohl nicht umsonst Neugier, dein Name ist Weib."

Wieder paffte er ein paar hastige Züge und zupfte an seiner Augenklappe. Laura sah ihm die kleine Anzüglichkeit nach. Sie hatte bereits registriert, dass es sich beim Griff ans Auge um eine unbewusste Geste der Verlegenheit des Doc handelte.

„Ich bin weder ein Homer, noch ein Marlowe. Viel dürfen sie also nicht von mir erwarten. Ein schwer aufzulösendes Paradoxon kommt hinzu, nicht wahr. Die Geschichte Penelopes setzt eigentlich die Kenntnis der Vorgeschichte ihres Vaters voraus. Deren Einzelheiten wiederum kennt zuverlässig aber nur Penelope. Apostolos hätte das wohl einen hermeneutischen Zirkel genannt. Alles, was ich Ihnen berichten kann, sind einzelne Episoden aus der frühen Vita Ihres Vaters, nicht wahr. Das allermeiste habe ich mir aus den gelegentlichen Bemerkungen Roberts, der ja nicht gerade zu den geschwätzigsten Zeitgenossen gehörte, selbst zu einem halbwegs schlüssigen Porträt zusammenzusetzen versucht." Der Doc hielt inne, als betrachte er das Bild noch einmal vor seinem geistigen Auge, bevor er sich an dessen Beschreibung wagte.

„Aber vorab eine Gegenfrage an Sie, Laura. Sind Sie sicher, ich meine, absolut sicher, dass Sie diese Geschichte wirklich hören wollen? Denken Sie an Ödipus. Wissen ist nicht immer Macht, sondern bisweilen auch Ursache bedrückender Ohnmacht, nicht wahr. Ich möchte nicht schuld daran sein, dass auch Sie sich vor Verzweiflung das Augenlicht nehmen."

„Sie machen mir Angst. Aber nein, das heißt, ja, ganz sicher," entgegnete Laura.

Der Doc blickte vom Kompass auf und sah in Lauras Mienenspiel, dass er sie von ihrem Verlangen nicht abbringen würde. „Gut, gut. Aber erlauben Sie mir, Sie gegebenenfalls daran zu erinnern."

Wieder stieß seine Pfeife eine große bläuliche Wolke aus, die von der ablandigen Abendbrise verblasen wurde, bevor sie Laura erreichen konnte.

„Blauer Dunst, sagt man nicht so?" Der Doc lächelte.

„Vielleicht sollten Sie sich an dieser Stelle einen ordentlichen Rum genehmigen. Ich könnte mir vorstellen, dass Sie ihn brauchen werden."

Laura winkte ab. Sie fand ihre Geduld auf eine harte Probe gestellt. Komm' endlich zur Sache, dachte sie. Eigentlich hatte sie eine einfache, direkte Antwort erwartet. Warum dieses Schleichen um den heißen Brei? Dachte der Doc wirklich, es würde sie erschüttern, es nicht verkraften können, von Liebschaften ihres Vaters zu hören? Es musste mehr dahinterstecken als eine banale Affäre. Und nicht allein Robert und diese Penelope betreffen.

3. Der Unsinkbare.

„Laura, ich habe Sie bislang als intelligente, nachdenkliche junge Frau erlebt. Deshalb gehe ich davon aus, dass Sie sich gelegentlich gefragt haben, woher das beträchtliche Startkapital Ihres Vaters für den Aufbau seiner Spedition, des heutigen Logistik-Unternehmens stammte, nicht wahr."

Laura bejahte. „Natürlich. Und nicht nur das. Wieder und wieder habe ich nach seinen Eltern und der übrigen Verwandtschaft gefragt. Aber da war nichts, so, als hätte ich ein von aller Welt verlassenes Waisenkind zum Vater gehabt. Oft genug habe ich regelrecht bekniet, glauben Sie mir. Aber er hat stets abgeblockt, immer nur sehr ausweichend geantwortet. Ich kam mir vor wie eine Archäologin, die beständig auf Granit stößt, egal, wo sie den Klappspaten ansetzt. Ab und zu förderte ich einzelne bunte Scherben zutage, aber nichts, was sich zu einem übersichtlichen Mosaik zusammengefügt hätte. Es war mir einfach nicht möglich, mir einen Reim darauf zu machen, so dass ich es irgendwann einfach aufgegeben habe."

„Vielleicht ahnten sie ja auch, dass dies kein Kinderreim sein würde? Robert wusste schon, warum er Ihnen seine Vergangenheit vorenthielt. Wenn ich Ihnen sage, dass es einige Skelette in seinem Schrank gab, dann ist das kein bloßer rhetorischer Gemeinplatz."

Der Doc kramte nach seinen Streichhölzern. Die Glut war trotz intensiven Paffens wieder erloschen. Vielleicht war das Teil des Plans, dachte Laura. Wem die Pfeife andauernd ausging, dem konnte der Lungenkrebs wenig anhaben.

„Robert kam offenbar aus kleinen Verhältnissen. Wenn so jemand es innerhalb kurzer Zeit nach oben schafft, steht in der Regel nicht nur harte Arbeit und eine ordentliche Dosis Glück dahinter, wie uns so manches retroaktiv gestrickte Unternehmer-Rührstück glauben machen will, nicht wahr. Der Reim, der Ihrem Vers namens Robert fehlt, nicht wahr, heißt Verbrechen. Man kann es sanfter, euphemistischer formulieren. Ich ziehe es vor, die Dinge beim Namen zu nennen. Verstehen Sie es als Zeichen meiner Wertschätzung."

Laura saß wie von einem Hammerschlag betäubt. Was sie da hörte, rüttelte an ihrem bisherigen Weltbild. Jedenfalls, soweit es sich auf ihr Elternhaus verkürzen ließ. Andererseits, welches Interesse konnte dieser einäugige französische Sonderling haben, ihren Vater derart schwer zu verleumden? Und hatte sie nicht selbst manchmal geahnt und befürchtet, dass der Ursprung von Roberts Vermögen nicht ganz koscher war? Der Doc schien jedoch anzudeuten, dass sogar Blut daran klebte. Das war das eigentlich Ungeheuerliche.

„Nun kennen Sie den Namen des Spiels. Bleibt noch die Farbe von Roberts Blatt, nicht wahr. Sie heißt Schmuggel, Konterbande, der heimliche Transport verbotener Güter, manchmal auch von bedauernswerten Menschen. Robert Förster, mit Verlaub, war nach meiner persönlichen Einschätzung kein geborener Geschäftsmann von der Art, die Beduinen von der Notwendigkeit der Sandeinfuhr zu überzeugen wissen. Seine Stärke bestand vielmehr in einem famosen Sinn für das Transportwesen in all seinen Facetten: Akquisition, Lagerung beziehungsweise Versteck, Umschlag, Auslieferung, kurzum, er besaß das Logistik-Gen."

Ti Martin hatte sein Tütchen zu Ende geraucht und meldete sich ab unter Deck, um das Abendessen zu richten. César, immer auf der Suche nach abfallenden Resten, war wie aufs Stichwort erwacht und stieg ihm nun nach. Ti Martin stand im Hundereich für Kombüse und Kochen. Wer sich in seiner Nähe aufhielt, konnte nicht viel falsch machen. Laura blickte den beiden nach, ohne sie wirklich wahrzunehmen. Eigentlich hätte sie den Doc längst unterbrechen und sich seine Verleumdungen verbitten sollen. Aber sie war so gelähmt wie der Kapitän der Titanic nach deren Kollision mit dem Eisberg. Robert Förster, ihr scheinbar gegen alles gefeiter Erzeuger, war nicht unsinkbar!

„Vom Bau der Arche über den der Pyramiden, die Feldzüge Alexanders oder Napoleons ist keine Unternehmung militärischer oder ziviler Natur ohne die Beherrschung der logistischen Infrastruktur denkbar. Da sind wir uns wohl einig," fuhr indessen der Doc ungerührt fort. „Dass sie der Dreh- und Angelpunkt einer jeden Form von Handel ist, liegt ebenfalls auf der Hand. Bei nüchterner

Betrachtung sind Schmuggler auch nur Händler, die eine zudem äußerst sensible Ware termingerecht von A nach B verbringen müssen, ohne, und darin liegt die spezifische Besonderheit, ohne dass die Transaktion bemerkt wird. Das ist in etwa so, als müssten Sie durch tiefen Schnee stapfen ohne Fußspuren zu hinterlassen. Hohe Schule, glauben Sie mir, ganz große Kunst."

Laura musste trotz ihrer inneren Zerrissenheit über das Bild des Doc lächeln. Die Inbrunst, mit der er in seiner Thematik aufging, ließ Laura argwöhnen, dass der Doc die Welt des jungen Robert nur deshalb so eingängig beschreiben konnte, weil er selbst darin zu Hause war. Vermutlich wohnte sie gerade nicht nur einer Apologie Roberts bei, sondern vernahm zugleich die Beichte des Franzosen.

„Der Transport von Rauschgift bedeutet eine weitere Drehung an der logistischen Stellschraube. Im Zusammenhang mit Drogenhandel ist meist nur von verrückten Drogenbaronen mit bluttriefenden Händen und Allmachtsphantasien die Rede, nicht wahr. Das sind Rückfälle in negativ glorifizierende Romantisierungen. Solche Leute gab es durchaus. Aber Sie glauben doch nicht im Ernst, dass die scheuen Investoren unserer Zeit dergleichen milliardenschwere Geschäfte wie den Drogenhandel unberechenbaren Psychopathen überlassen? Solche kranken Persönlichkeiten gehören einer untergegangenen Epoche an, nicht wahr. Heutzutage ist der Drogenhandel wie alles andere längst die Sache von nüchternen, bilanzfixierten Managern in Nadelstreifen und klimatisierten Büros aus Glas und Stahl."

Der Doc unterbrach sich und starrte unverwandt in die Dunkelheit. Aus Richtung Hafeneinfahrt und Marina näherte sich eine Segelyacht, die neben einer grünen und roten Laterne an den Seiten in Nähe der Wasserlinie ein weißes Licht auf halber Masthöhe aufwies. Der Doc griff neben sich und hob kurz ein Fernglas an sein gesundes Auge, indem er es nicht waagerecht, sondern senkrecht hielt. Ob aus begründetem Interesse oder chronischem Argwohn, war für Laura nicht ergründbar. Jedenfalls fuhr der Doc in seiner Erzählung fort, ohne das sich nähernde Boot aus dem „guten" Auge zu lassen.

„Von Logistikern hört oder liest man selten, eigentlich gar nicht. Die wirken im Verborgenen, nicht wahr, und haben auch keinen Grund, um Aufmerksamkeit zu werben. Selbst in sonst gut unterrichteten Kreisen kursieren sie meist unter ihren recht banalen ‚Künstlernamen' wie der Spediteur, der Packer oder der Disponent. Das war übrigens Roberts Spitzname damals, der Disponent. Dabei sind die Logistiker die eigentlichen Schlüsselpersonen. Spezialisten, immer auf der Suche nach neuen Verstecken und innovativen Transportarten, dem Zoll oder den Drogenfahndern stets gern zwei Schritte voraus. Technische Kenntnisse, Flexibilität, Zuverlässigkeit, Phantasie und eine weitreichende Vernetzung gehören zu den wichtigsten Voraussetzungen der Sparte. Robert war damals ein Vorreiter dieser neuen Kategorie multifunktioneller Jongleure. Er war talentiert und hatte sich das erforderliche technische Wissen früh in der beinharten Praxis erworben."

Die andere Segelyacht war fast an die Yellow Dancer herangekommen. Plötzlich leuchtete ein Scheinwerfer auf und tauchte sowohl die Yellow Dancer als auch die unmittelbar hinter ihr liegenden Festmachertonnen in sein grelles weißes Lichtbündel. Laura und der Doc schützten ihre Augen mit den Händen vor dem Lichtschein. Der Scheinwerfer erlosch wieder.

„Vergessen Sie nicht, was dabei alles auf dem Spiel steht. Wenn der Logistiker Mist baut und eine Lieferung in falsche Hände gerät oder untergeht, endet der gute Mann deshalb auch nicht vor Gericht, sondern im Säurefass oder irgendeiner Sickergrube, nicht wahr. Dafür hat man Handlanger wie Ignace. Wie bei allen Geschäftsleuten ist der Gewinn jeweils Funktion des Risikos."

Der Doc machte eine Pause, wohl um Laura Gelegenheit zu geben, wieder zur Besinnung zu kommen. Man erfährt nicht alle Tage, dass die eigene Familiengeschichte, ja, die ganze private wie geschäftliche Existenz auf dem Treibsand krimineller Machenschaften gründet. Um das alles einigermaßen zu verdauen, würde Laura einige Zeit brauchen. Wenn sie denn überhaupt je darüber hinwegkam.

Laura verstand nun die einleitenden Warnungen des Doc. Sie wusste seine Bemühungen zu schätzen, den ungeheuerlichen

Sachverhalt im verharmlosenden Streulicht technischen Spezialistentums erscheinen zu lassen. Das änderte nichts daran, dass ihr Vater, ihr Vorbild, ihr Idol, in seiner Jugend offenbar ein Verbrecher gewesen war. Kein Gentleman-Gangster, wohlgemerkt, kein honoriger Juwelendieb à la Cary Grant, sondern ein hundsgemeiner Drogenschmuggler. Abschaum, der an Plackerei bettelarmer Anbauer ebenso verdiente wie am Elend von Drogensüchtigen in aller Welt. Viel tiefer konnte man nicht sinken, dachte sie und stütze ihren Kopf in die Hände, als hielte sie sich die Ohren zu.

„Sie erinnern sich an meine Worte...?"

Laura hob den Kopf. Der Doc betrachtete sie mit einer Mischung aus Mitgefühl und Härte: Ich habe dich gewarnt, aber du wolltest es ja so. Es war eine schwierige Gratwanderung für ihn. Er wollte ihr die Wahrheit so schonend wie möglich beibringen, sie aber über die wahre Natur ihres Erbes auch nicht im Unklaren lassen. Dass ihm dies bei objektiver Sicht im Großen und Ganzen gelungen war, tröstete Laura wenig.

Die zweite Yacht machte Anstalten, an der Festmachertonne Nummer drei zu vertäuen, um dort auf Höflichkeitsabstand zur Yellow Dancer zu bleiben. Es waren nur zwei Personen an Bord zu sehen. Die eine saß am Steuer, die andere stand mit dem Ende einer Leine am Bugkorb.

„Ein großer Teil der Drogenlieferungen aus Afghanistan lief lange Zeit über den Nahen Osten und den Kaukasus durch die Türkei," setzte der Doc neu an.

„Von dort entweder auf der Schwarzmeer-Route nach Bulgarien und den östlichen Balkan, oder über die Ägäis, Griechenland und den westlichen Teil der Balkan-Halbinsel, nicht wahr. Da die Transporte natürlich nicht immer völlig reibungslos vonstattengingen, suchten die Schmuggler und Händler laufend nach geeigneten Verstecken, in denen man eine Lieferung bei Bedarf eine Weile bedenkenlos zwischenlagern konnte. Robert war oft auf der Ägäis-Route unterwegs und hatte bei seinen Streifzügen unter anderem ein verschlafenes Eiland namens Leros entdeckt."

Ti Martin erschien auf dem Niedergang mit zwei randvollen dampfenden, jeweils mit einer Gabel versehenen Schälchen in den Händen, aus denen es nach vielerlei Gewürzen duftete. Er reichte sie Laura, die das eine an den Doc weitergab. Sie dankten Ti Martin, der auch noch mit zwei gefüllten Weingläsern aufwartete, die er zu seinen Füßen auf der obersten Stufe abgesetzt hatte.

„Leros war im Zweiten Weltkrieg stark umkämpft gewesen, nicht wahr. Kann man sich heute kaum noch vorstellen, aber der Naturhafen in der Bucht von Lakki gehörte eben zu den besten des gesamten Mittelmeerraumes und stach deshalb erst den Italienern, dann den Engländern und schließlich den Deutschen in die Augen. Jede der drei Besatzungsmächte buddelte neue unterirdische Bunker, legte Depots und Magazine an, als gelte es, ein zweites Gibraltar entstehen zu lassen." Der Doc schnalzte mit der Zunge. „Hmmm. Es geht doch nichts über Ti Martins herrlichen Cajun Gumbo, sublime."

Lauras Appetit war verflogen. Sie kannte den rattenscharfen Alligatorenfraß der Cajun Hillbillys aus den giftschlangenverseuchten Sümpfen von Louisiana nur zu gut und wusste, dass er ihrem Magen zumal unter den gegebenen Umständen nicht bekommen würde. Die andere Yacht hatte inzwischen an der Tonne festgemacht. Die beiden sichtbaren Insassen waren unter Deck verschwunden. Man sah, dass im Salon Licht brannte, aber die Bullaugen waren wirksam mit Vorhängen abgedunkelt. Der Doc musterte den Nachbarn immer noch misstrauisch.

„Nach dem Krieg lag dann der riesige Kaninchenbau zunächst einmal brach, nicht wahr, kein Mensch hatte mehr Verwendung dafür. Ohne seine strategische Bedeutung verlor der Hafen von Lakki mit seiner bizarren Architektur das Interesse der Welt. Robert hingegen hatte in den 1990er Jahren das Potenzial der Insel auf den ersten Blick erkannt. Jede Menge unterirdische Hohlräume, willige Helfer, asphaltierte Straßen, Fährverbindungen, alles wie gemalt für die Zwecke des Drogenschmuggels, nicht wahr. Die paar örtlichen Gesetzeshüter drückten gegen Bares beide Augen zu. Robert verwandelte die Insel vorübergehend in ein einziges Depot türkisch-asiatischer Drogen für Westeuropa und die ganze Welt." Der Doc lachte leise.

„Immer wenn er auf Leros zu sprechen kam, bekam Ihr Vater glänzende Augen. Dabei spielten allerdings auch andere als streng logistische Gründe eine Rolle."

Laura fühlte sich wie eine Schiffbrüchige, die auf dem umgekehrten Rumpf eines gekenterten Bootes stand, umkreist von freudig erregten Haien, denen bereits der Speichel im Munde zusammenlief. Lange, das wussten auch die Haie, würde die Luftblase unter dem Bootsrumpf nicht mehr halten. Trotzdem fand sie nicht die Kraft, den Doc zu unterbrechen und den Faden seiner Erzählung zu zerschneiden. Der Mann hatte sein Licht unter den Scheffel gestellt. Er mochte kein Homer sein, wer war das schon. Aber Erzähltalent war ihm ohne Zweifel in die Wiege gelegt. Hatte sie vielleicht gar ein morbides Vergnügen daran gefunden, ihm zu lauschen, indem sie ihre eigene enge Beziehung zum Protagonisten verdrängte? Eine Gutenachtgeschichte aus dem Schatzkästchen der Scheherazade, mit vertauschten Rollen erzählt?

„Nicht nur Lagerräume und Depots standen auf Leros unbenutzt. Auch die Kasernen, die nacheinander italienische, englische und deutsche Soldaten beherbergt hatten, waren verwaist. Das hatte sich in der unmittelbaren Nachkriegszeit bis nach Athen herumgesprochen, nicht wahr. Dort sahen die zuständigen Stellen eine günstige Gelegenheit, hier ein Auffanglager für Parias aller Kategorien der griechischen Gesellschaft einzurichten. Egal, ob Kriegs- und Bürgerkriegswaisen, politische Dissidenten der Obristen-Junta oder tatsächliche und scheinbare Geisteskranke: auf Leros, am östlichen Ende des christlichen Abendlandes, vegetierten bald Tausende solcher Azititi, also „Unerwünschter", unter menschenunwürdigen Umständen dahin, nicht wahr. In den 80er Jahren wurde das Ausland auf diese himmelschreienden Missstände aufmerksam. In westeuropäischen Gazetten erschienen Brandartikel, die dem touristischen Image Griechenlands als einem Hort pausenlos Tsatsiki tanzender Schnurrbartträger beiderlei Geschlechts großen Schaden zufügten. Robert und den Seinen kam das nicht so ungelegen, wie man glauben sollte, nicht wahr. Im Gegenteil. Die Aufregung um den Skandal wirkte wie ein inszeniertes Ablenkungsmanöver. Je größer das allgemeine Chaos, desto leichter war es, unter irgendeinem Vorwand weitgehend ungestört illegalen Geschäften nachzugehen." Der Doc blickte sorgenvoll auf Lauras unberührtes Schälchen. „Ich kann Ihre Gemütsverfassung zwar nachvollziehen, glauben Sie mir, aber dennoch, Sie müssen etwas essen, tun Sie uns beiden den Gefallen. Ti Martin ist sonst untröstlich."

„Untröstlich" wegen einer verschmähten Schale toxischen Eintopfes? Da gab es schlimmere Heimsuchungen. Trost als die taube Schwester der blinden Hoffnung, von wem war das noch mal?

„Angesichts dieser Lage musste man rasch reagieren. Man suchte händeringend nach Pflegepersonal und griff dabei auch auf gering oder gar nicht qualifizierte Leute zurück, die bereit waren, für einen Hungerlohn auf Leros zu arbeiten. Unter den angehenden ‚Krankenschwestern', die in Lakki fortan die Gestörten und Behinderten versorgten, befand sich so auch ein junges Mädchen, Vollwaise von der türkischen Schwarzmeerküste, dem Gebiet, das die Griechen ‚Pontus' nennen. Sie hätte genauso gut vom Merkur oder Pluto kommen können. Niemand kannte sie. Bei den Behörden zuckte man nur mit den Schultern. Ihre rudimentäre Ausbildung schien sie in Istanbul erhalten zu haben. Sie selbst nannte sich Penelope. Da das örtliche Register schon einige andere Mädchen diesen Vornamens führte, gab man dieser hier das Aktenzeichen „Z". Zita, der sechste Buchstabe des griechischen Alphabets, war gerade an der Reihe. Ist übrigens gleichzeitig ein Verb, hat mit Apostolos verraten und bedeutet er, sie, es lebt. Wenn Sie Ihr Gumbo wirklich nicht essen, würde ich es gerne César geben. Aber Ti Martin darf es nicht mitbekommen."

Der Doc wies auf Lauras Schälchen. Antillenhunde hatten offenbar mit Asbest ausgekleidete Mägen. Den ewig vor sich hin röchelnden Mops Dr. Schmidt-Öhlenschlägers hätte es beim ersten Bissen dieses leidlich schmackhaften karibischen Semtex zerrissen.

„Und wie sie lebte, die schöne Penelope! Robert hatte bei seiner ersten Begegnung mit dem blutjungen Mädchen einen Narren an ihr gefressen. Mit ihren dichten schwarzen Haaren, auf das sie ihr Schwesternhäubchen geklemmt hatte, ihrer blütenweißen Anstaltskleidung, ihren kleinen, festen Brüsten und... pardon, ich vergesse mich, tut mir leid. Und das, obwohl Robert mir trotz mehrfachen Drängens nie ein Foto von ihr gezeigt hat. Wie auch immer. Wir können davon ausgehen, dass Robert eine ausgezeichnete Wahl getroffen hatte."

Der bereits leicht angefressene Vollmond drängelte sich zwischen zwei Arm in Arm über den Himmel spazierende dunkle Wolken und warf sein Licht genau zwischen die beiden wartenden Yachten, als wollte er sie auf diesem Wege gebührend voneinander trennen.

„Er umwarb die Dame seines Herzens mit aller Leidenschaft, derer die Jugend fähig ist. Aber es gab ein Problem: Ein türkischer Partner der Drogenschmuggler, für die Robert damals tätig war, stellte der jungen Dame ebenfalls nach, ein Mann namens Hakan. Er war bekannt für sein lautlos-heimtückisches Vorgehen beim Ausschalten von unliebsamen Zeitgenossen, nicht wahr. Wenn man ihn kommen hörte, spürte man meist auch schon den Lauf seiner Waffe am Kopf und empfahl seine Seele dem Allmächtigen. ‚Hakan der Leise', hieß er daher in der Unterwelt.

Dieser Hakan war etwa doppelt so alt wie Penelope, was in der Levante kein Hindernis darstellt. Im Gegenteil: in seiner anatolischen Heimat galten Mädchen in Penelopes Alter schon als Ladenhüter. Kinder zu ehelichen, findet dort niemand anstößig. Insofern genoss Hakan Robert gegenüber einen, wie soll ich sagen, kultursoziologischen Vorsprung. Der ihm aber nichts nützte. Robert nahm Penelope nämlich mit aufs griechische Festland, nach Thessaloniki, und machte sich damit Hakan zum lebenslangen Todfeind, nicht wahr. Türken im Allgemeinen können sehr nachtragend sein, wenn sie sich in ihrem Sch-i-tolz gekränkt fühlen und neigen zu eher simplen Denkstrukturen: reich-arm, Freund-Feind, Gläubiger-Ungläubiger. Das erleichtert ihnen die Übersicht, erschwert uns in der Regel aber die interkulturelle Verständigung, nicht wahr. Etwas Baguette und Camembert vielleicht," rief der Doc an die Adresse Ti Martins in den Salon hinunter. „Kommt sofort," schallte es aus der Gruft zurück.

„Robert brachte Penelope bei russischstämmigen Bekannten in Thessaloniki unter, die sie zusammen mit ihren etwa gleichaltrigen eigenen Töchtern ich glaube, Mascha und Eva sowie ihren Jungs, der eine hieß Jurij, glaube ich, quasi erzogen. Robert, der inzwischen Griechisch gelernt hatte, besuchte sie regelmäßig. Als etwa anderthalb Jahre verstrichen waren, heirateten sie nach orthodoxem Ritus, obwohl der Robert im Grunde so fremd war wie Penelope, die bis dato selten eine Kirche von innen gesehen hatte."

„Und lebten fortan glücklich und zufrieden" murmelte Laura.

„Wenn's dem ganz und gar nicht frommen Nachbarn denn gefallen hätte, nicht wahr. Tat es aber nicht. Hakan der Leise hatte die persönliche Schmach durchaus noch nicht verschmerzt. So, wie er es sah, war ihm war sein ‚Eigentum' abhandengekommen und er hatte sein Gesicht verloren, was für einen Gangster einem Todesurteil gleichkommt. Wenn niemand mehr Angst vor dir hat, bist du auch im Pègre erledigt, sozusagen durch zwei Raster gefallen. Schon deshalb musste Hakan alles daransetzen, Penelope aufzuspüren, was er tatsächlich auch schaffte. Während einer längeren geschäftlichen Abwesenheit Roberts gelang es Hakan, Penelope zu entführen. Auch so eine liebevoll gehegte levantinische Tradition, die Entführung von Bräuten, nicht wahr. Normalerweise bedingt durch die Mittellosigkeit des Bräutigams, der die Brauteltern nicht auszahlen kann und so zum hochzeitstechnischen Mundraub greift. Robert muss der Coup Hakans umso härter getroffen haben, als seine Penelope zu diesem Zeitpunkt in anderen Umständen war, wie sich bald herausstellte."

Der Doc klopfte sein Pfeifchen aus und steckte es in die Tasche seiner Ölzeug-Jacke.

„Nach seiner Rückkehr war Robert natürlich am Boden zerstört. Die Einverleibung Penelopes in Hakans Serail markierte den absoluten Tiefpunkt seines bisherigen Lebens. Seine über alles geliebte Penelope war irgendwo in den staubigen Weiten Anatoliens ‚vergraben'. Roberts damalige Auftraggeber brachten kein Verständnis mehr dafür auf, dass Robert mit Hakan dem Leisen einen ihrer wichtigsten Geschäftspartner nachhaltig vergrault hatte, nicht wahr. Im Kielwasser der Ereignisse um die ‚Unerwünschten' begann das griechische Militär, sich wieder für die alten Anlagen auf Leros zu interessieren und Roberts Konterfei zierte immer häufiger griechische und türkische Steckbriefe. Kurzum, es schien, als sei es an der Zeit für einen Tapetenwechsel."

César hatte das Schälchen Gumbo geleert und begonnen, erst leise, dann immer lauter zu bellen. Er stellte sich auf die Hinterbeine an der Cockpiteinfassung und schnupperte zur Nachbaryacht hinüber.

Der Doc rief ihn vergeblich zur Ordnung. Bald darauf verstanden Laura und er, warum César plötzlich so unruhig geworden war. Auf dem Nachbarboot erschien nämlich ebenfalls ein Hund, wesentlich größer und bulliger als César. Fast konnte man meinen, es handele sich um einen kleinen Bären, dachte Laura, der diese Rasse unbekannt war. Ihr fiel dazu ein levantinisches Sprichwort ein, demzufolge ein Mann gut daran tue, den Bären an seiner Seite „Onkelchen" zu nennen, solange er mit ihm zusammen die Brücke überquert.

„Gib' nicht so an," rief der Doc César zu. „Hast du denn gar nichts aus meinen Worten gelernt? No woman no cry, yamaan."

Ti Martin kam mit dem Hundehalsband nach oben und legte es César an, damit er nicht über Bord springen und zum Nachbarboot schwimmen konnte. Dort war außer dem Hund niemand zu sehen. Der „Bär" knurrte leise, bellte aber nicht. Auf einen gellenden Pfiff aus dem Innern der Yacht verschwand er schließlich unter Deck und César beruhigte sich wieder.

„So kam Robert nach Hamburg, wo ihn niemand auf dem Radar hatte und wo er sich mit den Erträgen seiner Schmuggeltätigkeit eine bürgerliche Existenz aufbauen konnte. Er verlor nicht viel Zeit mit der Trauer um Penelope, sondern heiratete alsbald Frederike, die Tochter einer wohlhabenden dänischen Kaufmannsfamilie. Ein Fall von Bigamie, strenggenommen. Aber wo keine Klägerin… Mein ganz persönlicher Eindruck aus vielen Gesprächen mit Robert, nicht wahr, ist der, dass die Verbindung mit Frederike trotzdem keine reine Vernunftehe war, wie man glauben könnte. Es war Frederike vielmehr in Rekordzeit gelungen, die letzte noch freie Kammer in Roberts Herz zu erobern."

„Wofür ja wohl auch der Umstand spricht, dass er mit ihr eine Tochter gezeugt hat," unterbrach ihn Laura, die allmählich ihre Fassung wiedergewonnen hatte. Mochte ihr Vater der düstere Schurke gewesen sein, als den ihn der Doc in seinem makabren Bericht porträtiert hatte. Über ihre Mutter würde Laura nichts, aber auch gar nichts kommen lassen. Sie konnte von alledem nichts geahnt haben.

„Ja, so kann man das sagen."

„Hat mein Vater Penelope je wiedergesehen?"

„Er hat sich alle erdenkliche Mühe gegeben und war ganz dicht dran. Irgendwann wurde ihm nämlich zugetragen, dass Penelope wegen der regelmäßigen Nachbehandlung einer medizinischen Komplikation bei ihrer Niederkunft in Hakans Schlepptau einige Tage in einem Istanbuler Krankenhaus zubringen würde, nicht wahr. Penelope hatte in Anatolien nämlich zwei Mädchen zur Welt gebracht, zweieiige Zwillinge, heißt es, die damals wohl etwa ein Jahr alt waren. Es handelte sich natürlich um Roberts Kinder, so viel stand fest."

Lauras Aufmerksamkeit ließ nach. Sie fühlte ich leer, hundemüde, gleichsam taub wie eine „eingeschlafene" Hand. Geistesabwesend blickte sie auf die Nachbaryacht, als hätte sie von dieser Trost und Zuspruch zu erwarten. Auf deren Achterdeck, so nahm sie mehr im Unterbewusstsein wahr, saß nun ein Mann, der den Kragen seiner Ölzeug-Jacke hochgeschlagen hatte, obwohl sich die Nacht eigentlich recht lau anfühlte und nur ein leises Lüftchen wehte. Beide Yachten waren von der Brise wie Tanzpartner eines stummen Reigens um ihre Tonnen gedreht worden, so dass Laura die vor ihren tränenden Augen verschwimmende Silhouette des Mannes vor dem Hintergrundlicht der Straßenlampen gegenüber wie einen Scherenschnitt sah. In seinem gegenwärtigen labilen Zustand schien sich Lauras Gehirn selbständig zu machen und sich weniger für die Stimme des Doc als für die eigentümliche Kopfform des unbekannten Mannes zu interessieren, dessen Schädel sich nach oben kegelförmig verjüngte. Er erinnerte Laura an die Melokakteen der Blauen Lagune. Nur die Stacheln fehlten. Der Mann rauchte offenbar eine letzte Zigarette, bevor er den Gang in die Koje antrat. Laura versuchte, den Namen der Yacht zu entziffern, was ihr schließlich auch gelang. Das Boot hieß wohl Yakamoz, sein Heimathafen Büyük Ada. Oder umgekehrt. Das sagte ihr nichts und der Mann an Deck war zu weit weg, als dass Laura sich in normaler Lautstärke nach der Bedeutung des Namens hätte fragen können. Nicht, dass es in diesem Zusammenhang die geringste Bedeutung gehabt hätte.

„Robert bereitete sein logistisches Meisterstück mit der erforderlichen Sorgfalt vor" fuhr der Doc fort, der seinerseits Lauras Blick gefolgt war.

„In Istanbul genoss Hakan natürlich Heimvorteil, nicht wahr. Robert durfte ihm keine Chance lassen, seine Leute zu mobilisieren, das wäre das vorzeitige Ende gewesen. Sein minutiös ausgearbeiteter Plan klang denkbar einfach. Hakan und Penelope, so hatte er erfahren, würden ein paar Stunden auf einer der sogenannten Prinzeninseln verbringen, deren Namen mir entfallen ist. Das war eine Gelegenheit in Gold, die Robert nicht verpassen durfte. Von ihm angeheuerte türkische Helfer würden Penelope und die beiden Mädchen in einem unbeobachteten Augenblick kidnappen, sie auf ein bereitstehendes Motorboot verfrachten und mit einem Privatflugzeug außer Landes bringen, nicht wahr. Wie stets in der Logistik hing alles davon ab, dass der Zeitplan penibel eingehalten wurde."

Noch einmal nahm der Doc beim Sprechen das Nachbarboot von vorn bis hinten unter die Lupe, schien aber nichts zu entdecken, was sein Misstrauen gerechtfertigt hätte. Dass die Yellow Dancer hier ganz allein liegen würde, war ohnehin kaum zu erwarten gewesen.

„Anfangs ging auch alles wie vorgesehen. Penelope und die beiden Mädchen entkamen dank Roberts Handlangern. Das Motorboot war schon auf dem Wege nach Yeşilköy. Von dort aus ist es dann nur ein Katzensprung zum Atatürk-Flugplatz, nicht wahr. Doch es kam etwas dazwischen. Das Boot rammte in voller Fahrt die Ankerkette eines der dort liegenden Frachter. An Ankerliegern fährt man normalerweise wohlweislich achtern vorbei, nie vorn. Die für gewöhnlich durchhängende Kette kann urplötzlich steifkommen und zur Falle werden, wenn etwa eine starke Bö oder Wellen das Schiff vertreiben und die Kette belastet wird. Das war hier anscheinend passiert. Oder der Mann am Steuer hatte einfach nicht aufgepasst. Das Motorboot lief jedenfalls auf, kenterte und sank."

Laura wartete einen Augenblick lang auf das Ende der Geschichte, das jedoch auf sich warten ließ.

„Ja und? Was wurde aus Penelope und den Mädchen?" fragte sie irritiert.

Der Doc erhob sich vom unbequemen Steuersitz und trank seinen letzten noch verbliebenen Schluck Rotwein.

„Ihr Schicksal bleibt ungewiss. Manche sagen, sie seien bei dem Unglück ums Leben gekommen, andere behaupten, sie seien am Leben, wie das halt so geht in Märchen aus dem Morgenland: es war einmal – oder vielleicht auch nicht."

Laura war verärgert. Sie fühlte sich, als hätte sie einen spannenden Film gesehen, dessen Ende ihr wegen einer Unachtsamkeit des rauchenden Vorführers vorenthalten wurde. Dass der Doc mehr wusste, als er bisher preisgegeben hatte, davon war sie allemal überzeugt. Aber zum einen hatte er ihr bereits genug schwer verdauliches Material geliefert, an dem sie eine ganze Weile würde kauen müssen. Und zum anderen wollte sie den Doc nicht durch ihre Hartnäckigkeit vergrämen. Es würde sich demnächst eine weitere Gelegenheit bieten, seine Zunge zu lösen.

Irgendwie fühlte Laura sich paradoxerweise sogar erleichtert. Der erste schwierige Schritt in unsicheres Neuland war getan, jetzt gab es kein Zurück mehr. Es war ihr aus den Händen genommen, der Entscheidungsdruck hatte sich verflüchtigt.

Laura stand auf und dehnte ihre müde gesessenen Glieder. Es war still um die Yellow Dancer. Die Landbrise war eingeschlafen und der angenagte Vollmond lugte aus einer Wolkenlücke über der Stadt. Der rauchende „Kaktus" war verschwunden.

FÜNFTES KAPITEL

1. Salziger Fluss.

Jemand rüttelte an Lauras Arm. Schlaftrunken schlug sie die Augen auf. Es war noch stockdunkel in der Kabine. Ti Martin beugte sich über sie und hielt ihr das Leuchtzifferblatt seiner Armbanduhr unter die Nase.

„Wir wären soweit, Laura. Aber, Scherz beiseite, Sie müssen nicht unbedingt aufstehen, wir schaffen das auch zu zweit."

Laura knipste die Leseleuchte über ihrem Kopf an und sah auf ihre Uhr. Halb fünf. Fast wünschte Laura, alle drei hätten sie sich verschlafen, aber der Weckdienst an Bord hatte sich als unerbittlich zuverlässig erwiesen. Wenn man ihm etwas vorwerfen konnte, dann einen gewissen Mangel an Diskretion. Sie hätte es vorgezogen, Ti Martin hätte an der Kabinentür geklopft, anstatt sie quasi aus der Koje zu zerren.

„Ich komme sofort, gebt mir zwei Minuten."

Ti Martin nickte und verschwand. Kurz darauf sprang im Maschinenraum, der an Lauras Kabine angrenzte, lärmend der Motor an. Laura streifte sich das Ölzeug ihres Vaters über und schleppte die Rettungsweste mit ins Cockpit. Schwer sich vorzustellen, dass ein so unhandliches Teil im Notfall ihren Körper über Wasser halten würde.

„Morgen, Laura. Gut geschlafen?" Der Doc stand am Steuer und blickte an Laura vorbei nach vorn. César lief aufgeregt im Cockpit hin und her, sprang auf die Bänke und wedelte heftig mit dem Schwanz. Laura schüttelte den Kopf. Gut geschlafen konnte man das wahrlich nicht nennen. Lange hatte sie sich in der Koje von einer Seite auf die andere gewälzt und vergeblich versucht, das Bild Roberts, das der Doc gezeichnet hatten, mit der Schablone ihrer eigenen Erinnerungen in Deckung zu bringen. Irgendwann hatte sie, von der Müdigkeit übermannt, das Handtuch geworfen. Nein, gut schlafen fühlte sich anders an. Jetzt war sie froh, durch die Bordroutine aus ihren dunklen Gedanken gerissen zu werden.

„Frei!" erklang Ti Martins gedämpft näselnde Stimme vom Bug. Er hatte die Leine losgeworfen, mit der die Yacht an der Tonne hing. Der Doc gab vorsichtig Gas und steuerte die Yacht langsam auf die Brücke zu, die die südliche Kanal-Einfahrt markierte.

Noch war dort drüben niemand zu sehen. Der Doc zog eine erste Warteschleife und legte die Yellow Dancer dann mit dem Bug in die leichte Seebrise, die ihnen vom Atlantik jenseits des Hafens entgegenwehte. An Land schien alles totenstill. Vielleicht hatte sich der Brückenwärter ausnahmsweise verschlafen, konnte ja mal passieren. Oder karibischer Dünnpfiff ließ ihn nicht von der Toilette loskommen.

Doch schon hörte man einen Wagen, der sich in rasanter Fahrt näherte und mit quietschenden Reifen am Kanal zum Stehen kam. Zwei Männer entstiegen dem kleinen Gefährt, ohne die Scheinwerfer zu löschen. In ihrem Lichtkegel wirkte die Zypresse auf der anderen Brückenseite gespenstisch silbern, fast weiß. Der eine der beiden Wärter hinkte. Er schloss das Wachhäuschen auf, trat ein, knipste Licht an und machte sich an irgendetwas zu schaffen, der andere sah wie unbeteiligt zu. Auch die Nachbaryacht mit dem seltsamen Namen hatte sich von ihrer Tonne gelöst und trieb bereits mehr oder weniger parallel zur Yellow Dancer in Wartestellung. Die beiden Männer an Bord der Yaka… moz, so hieß sie ja wohl, hatten ihre Kapuzen ins Gesicht gezogen, was ihnen das unheimliche Aussehen von Mönchen oder Geheimbündlern verlieh. Der eine am Steuer schien zu rauchen. Bläulicher Qualm drang stoßweise aus seiner Kapuze und ließ ihn wie einen Vampir erscheinen, der es nicht rechtzeitig wieder in seinen Sarg geschafft hatte und nun von den ersten Strahlen der Morgensonne versengt wurde. Ti Martin half Laura beim umständlichen Anlegen ihrer Schwimmweste, die sich so schwer und ungelenk anfühlte wie der Vorkriegs-Prototyp eines mit Blei gefüllten schusssicheren Exemplars.

Von der Brücke ertönte ein markerschütterndes Klingelsignal. So schrill, wie es die morgendliche Stille zerriss, musste es über die halbe Stadt zu hören sein, dachte Laura. Den Bewohnern zweier ganz in der Nähe aufragender Hochhäuser musste das vermutlich allmorgendlich verfluchte Signal als ungebetener Wecker dienen. Zwei kleine rot-weiß bemalte Zuckerstangen von Schranken senkten sich mit einem nur unwesentlich dezenteren Gebimmel, wie Laura es von Eisenbahnübergängen kannte, links und rechts vom Wärterhäuschen jeweils über die eine Straßenseite und sperrten sie. Dann begann sich der Fahrbahnteil der Brücke langsam um den mittleren Pfeiler zu drehen, bis der Mittelstreifen auf die wartenden Yachten wies. Der Doc gab wieder etwas mehr Gas, richtete die Yellow Dancer aus und bugsierte sie zügig in die Einfahrt. Allem Anschein nach ließ sich die Yacht tatsächlich leicht manövrieren.

„Der Kollege hinter uns hat einen größeren Tiefgang als wir," erklärte er Laura seine plötzliche Eile und zeigte mit dem Daumen über die Schulter. „Besser, wir fahren vor ihm her. Wenn er steckenbleibt, sein Pech. Wenigstens versperrt er uns nicht den Weg."

Etwaiger Gegenverkehr hätte logischerweise Vorfahrt gehabt, aber es gab keinen an diesem Morgen. Dafür traf sie ein Schwall atlantischen Wassers als kleiner Gruß von der Morgentide wie die Bugwelle eines großen Containerschiffes. Der Rumpf der Yellow Dancer wurde von der Strömung erfasst und so ruckartig nach rechts versetzt, dass die Yacht ohne die Fender, die Ti Martin vorsorglich vorn befestigt hatte, ein paar ordentliche Schrammen abbekommen hätte. Der Doc und Ti Martin grüßten die beiden Einheimischen auf der Brücke, die als zusätzliche Sicherheit ebenfalls dicke Fender an geflochtenen Sorgleinen in Händen hielten. Dann waren sie auch schon durch das Nadelöhr. Das schmale Fahrwasser wurde jenseits des Engpasses sofort ruhiger. Laura blickte sich um. Die etwas bauchigere Nachbarin manövrierte ebenfalls ohne Probleme. Kaum war sie auf der anderen Seite, schloss sich die Brücke auch schon wieder. Der Spuk hatte wenig mehr als eine Zigarettenlänge gedauert.

Ti Martin band die Fender los und verstaute sie in der Backskiste. Dann übernahm er das Ruder vom Doc. Die Rivière Salée schlängelte sich zunächst durch seichtes Sumpfgebiet. Laura wünschte, es wäre der Fluss Lethe. Obwohl, von diesem schmutzig schwarzbraunen Wasser zu trinken, wäre ihr als Preis für gnädiges Vergessen des gestern Gehörten trotz allem zu hoch erschienen. Linker Hand näherte sich die Yacht einigen größeren Bäumen mit niedrigen Stämmen und fächerartig auseinanderstrebenden Kronen voller weißer Blüten wie faustgroße Baumwollbällchen. Erst beim Näherkommen erkannte Laura, dass es sich bei der „Baumwolle" in Wirklichkeit um schlafende Vögel mit schneeweißem flaumigem Gefieder handelte. Das ohrenbetäubende Konzert aus Hunderten winziger Kehlen, das diese Kolonie beim unmittelbar bevorstehenden Sonnenaufgang anstimmen würde, hätte Laura hören mögen.

Die Fahrwassergrenze wurde von kleinen, regelmäßig kurz rot und grün aufblinkenden Bojen markiert. Das war auch gut so. Der Doc hatte Laura erklärt, dass der Grund des Kanals aus zähem Schlick bestand. Wer auch nur geringfügig über den Rand des Fahrwassers hinaus geriet und sich festfuhr, kam so bald nicht wieder frei und konnte wegen der Brückenroutine auch nicht mit schneller Hilfe rechnen. Die zahlreichen Seitenarme der Rivière waren nur für Schlauchboote und kleinere Motorboote befahrbar, ein weit verzweigtes Paradies für Ornithologen, Angler und Muschelsammler.

Der Doc wies auf die schwarzen Mangroven, die mit ihren Wurzeln wie auf dünnen Stelzen standen und den Kanal links und rechts begrenzten.

„Sehr nützliche Pflanzen, ebenfalls Überlebenskünstler. Wussten Sie, dass ihre Blätter Drüsen haben, die das Salz aus dem Wasser filtern? Ohne sie wären die Pflanzen hier nicht lebensfähig und ohne die Pflanzen gäbe es nicht den Reichtum an Kleinfauna. Und noch etwas macht sie gelegentlich zu Lebensrettern: wenn man keine Zeit mehr hat, sich ein besseres Hurricane-Hole zu suchen, tut man gut daran, seine Yacht in ein Mangrovendickicht zu pferchen und mehrfach zu verankern. Wenn man Glück hat, bleibt sie einem so erhalten. Da und dort aus dem Wasser ragende Mastspitzen verraten allerdings, dass die Methode alles andere als narrensicher ist."

Auf den oberen Zweigen der Mangroven saßen dicht an dicht die dunklen Schatten der langschnäbligen Fregattvögel, deren unverhältnismäßig kurze Beinchen Laura an Pinguinkrallen erinnerten. Mit ihren aufgeplusterten roten Kehlsäcken bemühten sich die Männchen, den Weibchen während der Balz gebührend zu imponieren.

„Zu Fuß kommen sie mit diesen Beinchen natürlich nicht weit," sagte der Doc.

„Und da sie zudem wasserscheu sind, weil ihr Gefieder nicht imprägniert ist, und schon gar nicht tauchen wie Kormorane, sind sie quasi dazu verdammt, ihr Leben größtenteils in der Luft zu verbringen. Als Flieger sind sie allerdings auch unübertroffen, weil von der Evolution bestens ausgestattet. Ihre Flügel haben in Relation zur Körperlänge eine riesige Spannweite, ähnlich derjenigen von Segelfliegern gegenüber normalen Propellerflugzeugen. Außerdem ist ein Teil ihrer Knochen hohl, was ihr Gewicht erheblich reduziert und ihnen ungewöhnliche Wendigkeit verleiht. So können sie die Drecksarbeit des Fischfangs anderen überlassen und sie dann mit ihren langen, dolchartigen Schnäbeln so lange traktieren, bis sie genervt ihren Fang fallenlassen. Den schnappen sich die Fregatten dann im Sturzflug, bevor er die Wasseroberfläche erreicht. Akrobaten der Lüfte, die Fregatten."

Kurz darauf entdeckte Laura etwas Rotes zwischen den Mangrovenwurzeln im Wasser treiben. Zunächst hielt sie es für einen Fregattvogel, der sich wie der Frosch in der Fabel im Übereifer etwas zu sehr aufgeblasen hatte und tot vom Ast gefallen war. Als sie den roten Fleck passierten, erkannte Laura, dass es sich in der Tat um sterbliche Überreste handelte, aber nicht die eines Vogels. Es war beileibe nicht ihre erste Wasserleiche. Damals, in New Orleans hatte sie mehrmals die Bergung zum Teil schlimm zugerichteter Menschen mitansehen müssen. Jedes Mal aufs Neue ein schrecklicher Anblick, an den man sich nicht gewöhnte. Aber das war lange her und kam hier und jetzt völlig unerwartet. Schon wollte sie sich schaudernd abwenden, als sie sich erinnerte, dass sie die knallrote Windjacke der im braunen Wasser mit dem Bauch nach unten halb treibenden, halb an einer niedrigen Astgabel hängenden Leiche schon mal gesehen hatte. Dass es sich um einen Mann handeln musste, erkannte sie am kräftigen Körperbau ebenso wie an den kurzen Haaren.

„Armes Schwein, irgendein Kollateralschaden, kein Grund zur Beunruhigung."

Der Doc hatte die Leiche ebenfalls gesehen, legte einen Arm um Laura und drehte sie mit leichtem Nachdruck so, dass sie wieder nach vorn blickte.

„Sollten wir nicht…?"

„Die Polizei benachrichtigen? Ihn an Bord nehmen? Das brächte uns eine Menge Scherereien. Nein, glauben Sie mir, bis heute Abend haben ihn die Krabben und anderen Mangrovenbewohner zerlegt und verspeist. Akte geschlossen. Ich glaube kaum, dass ihn jemand vermisst."

Laura schüttelte sich bei dem Gedanken an die „schuldbewussten" Krabben, die sie am Tag zuvor noch an Bord der Persephone gegessen hatte. Vermutlich hatte der Doc recht. Zu helfen war dem Mann ohnehin nicht mehr.

Nach etwa einer weiteren halben Stunde Fahrt gelangten sie zur Runway des Flughafens Pôle Caraïbes, auf dem Laura vor knapp einer Woche gelandet war. Hunderte roter, grüner, gelber und weißer Lämpchen spiegelten sich auf dem taufeuchten Asphalt der scheinbar endlosen, scheinbar ins Nichts führenden Start- und Landebahn. Im Osten färbte sich ein dünner Himmelsstreifen über dem Horizont rot, das Tageslicht kehrte mit Siebenmeilenstiefeln zurück. Die Yakamoz folgte in geringem Abstand, um die Öffnung der zweiten Brücke nicht zu verpassen. Der Doc stieg nach unten und versprach, seiner Crew einen starken Kaffee zu brauen.

Die zweite Brücke kam bereits in Sicht. Sie war länger als die erste, aus Holz mit zwei Betonpfeilern. Sie öffnete sich auch nicht durch Drehung, sondern hob eine „Katzenklappe" an, durch die die Yachten gerade so hindurch schlüpfen konnten. Diesmal kam ihnen eine Yacht entgegen, die sie erst passieren lassen mussten. Es handelte sich um einen Segler, dessen einziger Aluminiummast unter der oberen Saling gebrochen war. Die Crew, zwei abgerissen wirkende Weiße mit Ölzeug und Wollmützen, hatte die Segel oder was davon übrig war wohl unter Zeitdruck hastig zusammengerafft und grob mit Tauwerk zusammengebunden, was der ganzen Takelage ein chaotisches Aussehen verlieh. Als die havarierte Yacht an der Yellow Dancer vorüberzog, fuhr sich der eine der beiden Männer mit dem Zeigefinger der Rechten über die Kehle und grinste. Vermutlich wollte er damit ausdrücken, dass die Yacht „fertig" und an eine Weiterfahrt vorläufig nicht zu denken war. Dennoch ließ die Geste Laura frösteln.

„Überführer," beruhigte sie der Doc. „Eine besondere Rasse Mensch. Unstet, viel lichtscheues Gesindel dabei, machen Sie sich nichts draus."

Da sonst niemand in der Gegenrichtung unterwegs war, senkte sich die „Katzenklappe" hinter der Yakamoz schnell wieder herab. Wer wie der Havarist von See aus die Rivière Salée passieren wollte, musste sicherheitshalber die Nacht im Kanal auf Tuchfühlung mit den Mangroven verbringen und sich der dort hausenden Moskitos erwehren. Das machte die Durchfahrt von Nord nach Süd milde gesagt wenig begehrt.

„Voilà, qui est fait," gähnte der Doc. Es folgte noch eine schnurgerade Strecke von etwas über einer Seemeile durch sich langsam öffnendes Terrain. Die Mangroven blieben zurück und gaben erstmals den Blick auf die Umgebung frei. Das bislang braune, lehmige Wasser wurde fast schlagartig blau. Laura fühlte sich an den kobaltblauen Golfstrom erinnert, der sich in Florida bisweilen entlang einer wie mit dem Messer gezogenen Kante vom grün-bräunlichen Küstengewässer abhebt. Da und dort sah Laura erste Riffe, die gerade soeben über die Oberfläche lugten oder sich durch die dunklere Färbung des Wassers verrieten. Ti Martin schaltete auf Autopilot. Nicht aus Faulheit, wie er Laura versicherte, sondern weil kein Mensch so präzise steuert wie ein gut funktionierender Automat. Dabei zeigte er zum Beweis auf das schnurgerade Kielwasser hinter dem Heck der Yellow Dancer.

Als die nächste Tonne auftauchte, übernahm Ti Martin wieder das Steuerrad, folgte dem Fahrwasser wie ein geübter Tänzer mit ein paar scharfen Schlenkern nach rechts und links und bugsierte die Yellow Dancer schließlich durch das von zwei größeren Seezeichen gebildete „Tor" in den offenen Ozean.

Während Ti Martin und der Doc Segel setzten, jaulte César dem Hintermann, der einen anderen Kurs einzuschlagen schien, mit traurigem Hundeblick hinterher. Den kleinen „Bären" hätte César wohl liebend gerne aus der Nähe beschnüffelt. Doch dafür war der Tag zu kurz. Rund fünfzig Seemeilen unter Segeln lagen vor der Yellow Dancer. Das war nicht die Welt, würde aber nach Einschätzung des Doc gut und gerne acht bis neun Stunden dauern. Länger, wenn sie Pech hatten und in ein Flautenloch fielen.

Danach sah es vorläufig jedoch nicht aus. Die Yacht nahm Witterung mit dem Passatwind auf und legte sich bereitwillig auf die Seite wie César, wenn eine Portion Kraulen und Streicheln angesagt war. Ein paarmal hob die Yellow Dancer ihren Bug im groben Schwell am Tiefseeabbruch des Inselschelfs hoch aus dem Wasser, als wollte sie sich selbst davon überzeugen, dass der Kurs stimmte. Dann preschte sie los. Ti Martin schaltete den Autopiloten wieder ein.

„Nicht doch," protestierte der Doc, der mit zwei Tassen dampfenden Kaffees aus dem Salon kam. „Jetzt ist Laura an der Reihe, das Steuer zu übernehmen. Aber ja, ich bitte Sie, tun Sie mir den Gefallen."

Er setzte die Tassen ab, nahm Laura bei der Hand und führte sie behutsam hinter das große Steuerrad. Dann schaltete er den Autopiloten aus und legte Lauras Hände auf das weiche, feuchte Leder.

„Am besten, Sie setzen und entspannen sich. Dann sind Sie eins mit der Yacht und fühlen jede der Bootsbewegungen am eigenen Leib, nicht wahr. Sie werden quasi eins mit ihr, wie beim Walzer mit einem guten, geschmeidigen Partner. Das ist das Größte für einen Steuermann, diese mystische Vereinigung mit dem Schiff. Lassen Sie die Yacht einfach laufen. Einmal richtig getrimmt, hält sie den Kurs eine Weile von allein, nicht wahr. Bis zur nächsten Winddrehung. Wenn Sie glauben, unbedingt korrigieren zu müssen, dann nur ganz minimal, mit zwei Fingern, sonst überreißen Sie. Sind Sie Reiterin? Sprechen Sie mit dem Boot wie mit ihrem Pferd, Sie werden sehen, es versteht Sie und gehorcht Ihnen, nicht wahr. Abwerfen kann es sie nicht. Ja, so ist's richtig, der Kurs liegt an. Eine Yacht ist kein Alfa Romeo, alles geht langsamer, bedächtiger.

Das gilt es, in jeder Situation zu berücksichtigen. Man muss vorausdenken und seine Manöver früh genug durchdenken, dabei mit allem rechnen, wie im Geschäftsleben. Manches lässt sich sowieso nicht vorhersehen, aber manch unvermeidliche Schäden kann man zumindest in Grenzen halten. Je größer und schwerer die Yacht, desto ausgeprägter ihr Trägheitsmoment."

Für eine blutige Anfängerin gar nicht so schlecht, lobte sich Laura, deren malträtiertes Steißbein sich nicht so recht mit der harten Holzbank anfreunden wollte. Die See machte ihrem Magen ebenfalls zu schaffen, so dass Laura allmählich begann, ihre Bereitwilligkeit, Crewmitglied zu spielen lebhaft zu bedauern.

„In der Marine sollte ich gleich während der ersten Monate einmal den etatmäßigen Rudergänger auf einem 5000-Tonnen-Kriegsschiff ersetzen," erzählte der Doc, wohl um Laura vom verbissenen Starren auf den Kompass abzulenken.

„5000 Tonnen Verdrängung, wohlgemerkt, nicht Ladekapazität, das ist ein himmelweiter Unterschied. Wir steckten im gewundenen Fahrwasser des Beagle-Kanals, an der Südspitze Südamerikas. Dort ist man mit einem solchen Schiff oft näher an den Felsen und Gletschern zu beiden Seiten als einem lieb sein kann. An einem wichtigen Wegepunkt wies mich mein Wachoffizier an, vier Strich nach Backbord zu steuern, das sind 45° für Landtratten. Ich quittierte den Befehl und begann anzudrehen. Nichts passierte. Es war, als hätte das Pferd mit tauben Lippen die Zügel nicht gespürt. Ich drehte weiter, erneut ohne Reaktion. Da erfasste mich leise Panik und ich drehte noch mal hastig weiter. Irgendwann musste der verdammte Kahn doch reagieren! Das tat er dann auch, als hätte er meinen stillen Fluch gehört und sich gesagt, ‚na gut, mein Junge, du hast es so gewollt'. Langsam, fast unmerklich drehte er an, schwenkte stärker und stärker und hörte schließlich nicht mehr auf zu drehen. Um ein Haar hätten wir uns zum Gelächter der Kollegen auf den Begleitschiffen in einen Gletscher gebohrt. So viel zum Thema Trägheitsmoment."

„Sie waren bei der Marine, wie lange?"

„Ein paar Jahre, freiwillig, um Geld fürs Medizinstudium zu verdienen. War nicht mein Ding. Befehl und Gehorsam von mir aus, aber der ewige Leerlauf, das immerwährende Warten auf Gott weiß was. Das Soldatenleben besteht zu fünf Prozent aus Kampf, die anderen 95 sind Warterei. Dazu das alberne Stramm-stehen und Hierarchie-Gehabe ist etwas für schlichte Naturen, die jederzeit wissen müssen, ob die Person vor ihnen ein Vorge-setzter oder ein Untergebener ist. Fördert die Übersichtlichkeit, macht aber denkfaul. Nichts für mich. Strenge Funktionalität und flache Hierarchien, voilà, das sind wir, nicht wahr, César? Wenn's denn sein muss, lasse ich mich lieber von meinem eige-nen Hund herumkommandieren."

„Was ist das?" Laura war auf eine Silhouette am Horizont auf-merksam geworden und wies mit dem Zeigefinger darauf. Sofort lief ihr die Yellow Dancer leicht aus dem Ruder und Laura re-agierte bei der Korrektur zur falschen Seite, weil sie als Autofah-rerin auf die Bewegung der Kompassnadel zwangsläufig falsch reagiert hatte. Um die ungewünschte Richtungsänderung der Yacht zu kompensieren, musste man der Kompassnadel parado-xerweise mit dem Steuer „folgen", anstatt es in die entgegenge-setzte Richtung zu drehen.

„Ruhig, ruhig, Brauner, bei diesem Kurs am Wind korrigiert die Yacht den Rudergänger notfalls selbst. Und um Ihre Frage zu beantworten, das da hinten ist Antigua. Sieht viel näher aus als es in Wirklichkeit ist. Die Insel ist vergleichsweise arm an Ve-getation und hat vor allem kaum Regenwald, also auch kaum aufsteigende Feuchtigkeit, die sie in Dunst hüllen und unseren Blicken entziehen würde, nicht wahr. Aber, wie gesagt, die Weit-sicht täuscht. Es sind noch eine ganze Reihe Stunden bis dahin. Ich helfe Ti Martin ein wenig beim Kochen, nachdem das Früh-stück schon ins Wasser gefallen ist."

Laura erschrak.

„Sie können mich doch nicht hier mit dem Steuer allein lassen. Dann mache ich lieber freiwillig das Mittagessen."

„Ich sehe nicht ein, warum. Sie steuern doch ausgezeichnet und wenn Sie wirklich einmal von den Pedalen rutschen, merken Ti Martin und ich das sofort am Verhalten der Yacht, nicht wahr. Irgendwelche Wünsche? Für's Essen, meine ich."

Laura nickte dankbar. „Nichts stark Gewürztes bitte, mein Magen hängt sowieso schon durch."

„Konzentrieren Sie sich aufs Steuern. Blicken Sie nicht so oft auf den Kompass, der führt Sie sonst nur in die Irre. Halten Sie auf die Insel zu, auf das linke Kap, dahinter liegt irgendwo unser Zielhafen Jolly Harbour."

Laura hätte es nie zugegeben, aber das Vertrauen, das die beiden erfahrenen Seebären in sie setzten, erfüllte sie mit Stolz. Ihr Vater hätte nicht schlecht gestaunt, sie so am Steuer seiner Yellow Dancer zu sehen. Der Gedanke an Robert ließ ihren Ärger und ihre Enttäuschung wieder hochkochen. Wer war dieser Mann eigentlich, den sie zu kennen geglaubt hatte? Und Penelope? Der Name ging Laura einfach nicht aus dem Sinn. Was war aus Penelopes Töchterchen geworden?

Juristisch gesehen, hatten die sogar Anspruch auf einen Teil des Erbes Roberts, der ja auch ihr leiblicher Vater war. Immer vorausgesetzt, die Geschichte des Doc entsprach der Wahrheit. Und angenommen, sie lebten noch. Der Gedanke, dass da irgendwo auf dem Globus möglicherweise zwei Halbschwestern Lauras herumliefen, war das einzig Versöhnliche an der ganzen Geschichte. Sie hätte sie nur zu gern kennengelernt, auch auf die Gefahr hin, einen Teil ihres Erbes an die beiden abtreten zu müssen.

Plötzlich zerriss ein hässliches Geräusch wie das Platzen der Naht einer zu engen Hose die meditative Stille dieses Morgens. Die Yellow Dancer verlor rasch an Fahrt und gehorchte dem Ruder nicht mehr. Laura war erschrocken und verwirrt. Was hatte sie falsch gemacht? Ti Martin stürzte sofort an Deck. Er zeigte Laura einen langen Riss in der Genua und übernahm den Steuerstand.

„Scherz beiseite, nicht Ihre Schuld, reine Materialermüdung."

Dann startete er den Motor und legte die Yellow Dancer mit dem Bug in den Wind, so dass alle Segel, Falls und Schoten zu flattern, zu knallen und wie verrückt um sich zu schlagen begannen. Unbeeindruckt vom furchterregenden Pandämonium, nahm Ti Martin Gas weg, schaltete auf Autopilot und rief nach dem Doc, der mit César im Schlepptau nach oben stieg. Gemeinsam bargen sie die Genua und falteten sie an Deck. Der Doc hatte unten schon nach einem Ersatzsegel gesucht, aber keines gefunden, wie er sagte. Vorläufig packten sie das Großsegel in den Lazy Bag und liefen mit Maschine weiter.

„Erst mal essen," rief der Doc. Er beschleunigte die Yacht wieder auf Marschgeschwindigkeit, legte sie auf Kurs und alle drei stiegen sie nach unten, wo bereits drei Portionen Omelett mit Zwiebeln, Tomaten, Pilzen und Paprikaschoten auf die ausgehungerte Crew warteten.

„Die karibische Sonne setzt Segeln gnadenlos zu, verkürzt deren Lebensdauer erheblich, nicht wahr. Vor allem dann, wenn die Segel keinen UV-Schutz haben. Mir war zwar aufgefallen, dass die Genua ziemlich angegriffen aussah, hoffte aber, sie würde für diese eine Fahrt noch halten." Der Doc zuckte mit den Schultern. „Der einzige Ersatz, fürchte ich, ist eine Fock Größe Nummer drei, mit der wir natürlich zur lahmen Ente werden. Aber nicht einmal die kann ich finden."

Ti Martin verschlang sein Omelett und machte sich auf die Suche. Unter der Koje der Vorderkabine wurde er fündig. Er öffnete die Luke nach oben, schob den Segelsack hindurch und ging an Deck. Laura musste wieder an die frische Luft. Hatte die Yellow Dancer vorher stabil auf einem Bug gelegen und nur gleichmäßig gestampft, torkelte sie nun wie trunken im atlantischen Schwell. Jede Bewegung über die Längsachse wurde vom Hebel des nutzlosen Mastes zudem unangenehm verstärkt und es begann, eklig nach Dieseltreibstoff und Abgasen zu stinken. Das gab Lauras Magen den Rest. Sie eilte wieder an Deck. Fest mit beiden Händen an die Reling gekrallt, übergab sie sich mehrmals heftig an der Luvseite, so dass ihr Mageninhalt vom Wind zurückgeblasen und halb verdautes Ei, Zwiebel und Pilze über ihre Ölzeug-Jacke verteilt wurden.

„Schade um das Omelett," rief der Doc. Die beiden Männer beobachteten Laura aus den Augenwinkeln, während sie die lächerlich kleine Fock klarierten, die natürlich für wesentlich höhere Windstärken als die heutige nordöstliche Brise gedacht war. Jetzt musste sie eben bis Jolly Harbour als Notlösung herhalten.

Der Doc tröstete Laura. „Keine Sorge, Seekrankheit ist selten tödlich, befällt auch den besten Segler irgendwann. Sobald wir die Fock gesetzt haben, läuft die Yellow Dancer wieder wie auf Schienen, großes Ehrenwort."

Er behielt nur zur Hälfte Recht. Unter Segeln fing sich die Yacht zwar ein wenig, war aber wesentlich langsamer als zuvor, so dass sie stärker auf- und niedertanzte. Der Doc riet Laura, nach unten zu gehen und sich auf der Liege auszustrecken.

„Ein merkwürdiges Phänomen, Seekrankheit," sagte er. „Hat nach Ansicht einiger etwas mit der aus dem Ruder laufenden Koordination zu tun. Der Körper meldet Bewegung, das Auge sagt, ‚nicht, wo ich bin'. Das Gehirn reagiert auf widersprüchliche Botschaften allergisch und drückt vorsichtshalber erst einmal die Neustart-Taste. Beim Magen kommt dieses Signal als unmissverständliche Anweisung rüber: jetzt bitte mal Kotzen. Übelkeit ist die Sofortreaktion des Körpers auf jede Form von Krise. Damit stellt unser Organismus sicher, dass zumindest das nicht eintreten kann, was die Evolution als den GAU identifiziert hat – Vergiftung. Sie gilt es unter allen Umständen zu vermeiden, weil schwer zu unterbinden und praktisch immer mit Todesgefahr verbunden. Gar nicht so blöd, die Evolution, oder? Alles andere wird man dann sehen, wenn die ersten konkreten Schadensmeldungen eintreffen, sagt sich das Gehirn. Unten im Salon liegen Sie am tiefsten und ruhigsten Punkt des Schiffes. Schließen Sie die Augen und Sie werden sehen, es geht Ihnen gleich besser, nicht wahr. Hier oben sind Sie nur im Wege, werden sich wegen der Auskühlung durch den Wind und wegen des Flüssigkeitsverlustes im Nu noch schlechter fühlen und müssen sich auch weiterhin übergeben. So viel Masochismus ist ungesund, glauben Sie mir."

Schließlich gab Laura nach. Hundeelend war ihr sowieso, da konnte sie vielleicht sogar etwas Schlaf nachholen.

2. Eine Frau namens Solitaire.

Es dämmerte bereits, als sich die Küste von Antigua, die den ganzen Tag über im selben Maße zurückzuweichen schien, da sich die Yellow Dancer ihr näherte, endgültig ihrem Zugriff zu entziehen trachtete, indem sie mit dem dunklen Himmel so perfide verschmolz, als habe es sie nie gegeben. Die Fahrt mit der kleinen Fock war allen quälend langsam vorgekommen. Etwa zwei Stunden zuvor hatte sich der stetig nachlassende Passat vollends zur Ruhe gelegt, weil sie in die Windabdeckung der Insel geraten waren. Eine von umlaufenden Schwachwinden verwirrte See hatte zügiges Fortkommen zusätzlich erschwert. In der einsetzenden Dunkelheit mussten sie an Bord der Yellow Dancer die Segel bergen und zur stinkenden, lärmenden Motorfahrt übergehen.

Der Doc hatte Laura auf der Karte gezeigt, dass die Marina von Jolly Harbour auf dem Gebiet einer ehemaligen Saline angelegt worden war. Die seichte Einfahrt legte davon noch beredtes Zeugnis ab. Außerdem war sie im Dunkeln leicht zu verfehlen. Was fatale Folgen haben konnte, da unmittelbar nördlich der Ansteuerung einige unmarkierte „holzfressende" Felsen unerfahrenen oder nicht ganz nüchternen Navigatoren auflauerten.

„Kein Problem für Veteranen wie Ti Martin und mich, eh le môme?" Sein Partner winkte ab, als lohne es sich nicht, auch nur einen Gedanken daran zu verschwenden. Sie hielten gebührenden Abstand von den vorgelagerten Klippen der Küste und überließen es dem Autopiloten, sie nach Jolly Harbour zu führen. Laura hatte bei allmählich ruhiger werdender See ihr Krankenlager im Salon verlassen und war wieder an Deck gegangen. Nun fröstelte sie in der feuchten Abendluft und wünschte, sie wären bald am Ziel. Ihr erster Tag auf See hatte sich schon sehr in die Länge gezogen. Sonne und Wind hatten zwar ein kräftiges Rouge auf ihre am Morgen noch wachsbleichen Wangen gezaubert, ihren weder an Seeluft, noch an die ständigen kleinen Bewegungskorrekturen gewöhnten Körper aber auch ziemlich ausgelaugt.

Gerade wollte sie sich nach unten verabschieden, um sich in der Kombüse irgendwie nützlich zu machen, als sie ein auf den

Wellen tanzendes, Stecknadelkopf großes Objekt bemerkte, das rasend schnell um das Kap gebogen sein musste. Etwas dunkler als See und Küste, war der wie verrückt hüpfende Punkt im Zwielicht des Abends gegen den rötlichen Schimmer des Horizonts noch gut zu erkennen. Er schien sich sehr rasch auf die Yellow Dancer zuzubewegen.

Als Laura die Männer darauf aufmerksam machte, warfen die nur einen kurzen Blick auf die seltsame Erscheinung und reagierten dann mit einer der verblüfften Laura völlig unverhältnismäßig erscheinenden Hast und Heftigkeit. Ti Martin verschwand mit einem Satz nach unten, der Doc griff mit der Linken zum Gashebel und reduzierte die ohnehin mäßige Geschwindigkeit der Yellow Dancer weiter, so dass die Yacht fast völlig zum Stillstand kam und im Schwell heftig zu torkeln begann. Die rechte Hand des Doc löste sich vom Steuerrad und verschwand unter seiner Ölzeug-Jacke. Als sie wieder hervorkam, umklammerte sie den Griff einer schwarz glänzenden Pistole. Der Doc ließ das Magazin aus dem Griff rutschen, vergewisserte sich, dass es gefüllt war, drückte es wieder an seinen Platz, machte einen Ladegriff und entsicherte die Waffe. Laura verstand immer noch nicht, was vor sich ging.

„Sie gehen besser nach unten, Laura. Jetzt, augenblicklich, und machen Sie unten kein Licht!" ordnete der Doc in beherrschtem, aber sehr bestimmtem Ton an. Ganz allmählich dämmerte es Laura, dass sie offenbar drauf und dran waren überfallen zu werden und jede Minute zählte. Sie stolperte den Niedergang hinunter und fiel Ti Martin regelrecht in die Arme. Der trug ebenfalls eine Pistole in der Rechten, eine zweite hatte er unter die Gürtelschnalle gesteckt.

„Was ist los, um Himmels Willen?" fragte Laura ihn atemlos.

„Keine Ahnung, vielleicht gar nichts. Scherz beiseite, wenn Sie Schüsse hören, legen Sie sich auf den Boden, so flach Sie können und stellen sich tot." Damit drückte er sie zur Seite und eilte an Deck.

Durch die schmalen länglichen Bullaugen des Salons beobachtete Laura, wie der Punkt vor der Küste schnell anwuchs und sich schließlich als unbeleuchtetes Motorboot mit schwarzem Rumpf entpuppte, das seine Bugwelle wie einen silbern glänzenden Knochen vor sich herzutrug. Die Farbe Schwarz war vermutlich nicht zufällig gewählt. Schon auf geringen Abstand machte sie das Boot, zumal bei Dunkelheit und auf dem Hintergrund einer unbeleuchteten Küste so gut wie unsichtbar. Da es kaum aus dem Wasser ragte, war es vermutlich auch vom Radar nur schwer zu erfassen, ganz abgesehen davon, dass das Radargerät der Yellow Dancer nicht einmal eingeschaltet war.

Laura hatte das Gefühl, in Todesgefahr zu schweben, wusste aber nicht, wie sie den Doc und Ti Martin unterstützen sollte. Sie hatte natürlich von modernem Piratentum gehört, dies aber stets nur mit der Küste Somalias oder den Gewässern Indonesiens und Thailands in Verbindung gebracht, niemals mit den Antillen. Sicher, die waren zusammen mit der barbaresken Küste Nordafrikas ehedem eine Hochburg der Freibeuterei gewesen. Aber die Henry Morgan, William Dampier oder François l'Ollonais schmorten doch längst in der Hölle. In ihrer Panik griff sie nach dem langen Brotmesser in der obersten Schublade des Kombüsen-Schapps und stellte sich am ganzen Körper zitternd so auf den Niedergang, dass sie über das Cockpitsüll lugen konnte.

Das schwarze Motorboot hatte sich der hilflos dümpelnden Yellow Dancer genähert, ohne dass es zu einem Schusswechsel gekommen war. Plötzlich leuchtete ein starker Scheinwerfer auf. Sein unruhig auf und nieder tanzender Lichtkegel tastete die Yellow Dancer der Länge nach ab und blendete Laura so stark, dass sie sich rasch wieder nach unten bewegte. Vier oder fünf finstere schwarze Gestalten in abgerissener Kleidung und mit kurzläufigen Waffen, vermutlich Maschinenpistolen, hatte sie gerade noch erkennen können, bevor der Scheinwerfer in Aktion trat. Laura zwang sich, ihre Panik zu unterdrücken und sich auf ihre eigene Verteidigung zu konzentrieren. Vermutlich waren der Doc und Ti Martin sich bewusst, dass sie mit ihren kurzläufigen, für den Nahkampf konzipierten Pistolen gegen die Feuer und Verderben speienden Waffen dieser Männer auf verlorenem Posten standen und ein wilder Schusswechsel mit Sicherheit ihr aller Ende bedeuten würde. Stahlmantelgeschosse gleich welchen Kalibers würden den GFK-Rumpf der Yacht wie einen Pappkarton durchschlagen und ein Blutbad im Innern anrichten.

Wer waren diese Männer? Es blieb keine Zeit für Rätselraten, das schwarze Motorboot war nun querab etwa zwanzig Meter entfernt und hielt mit seinem Bug auf die Flanke der Yellow Dancer zu, als wollte es sie mittschiffs rammen. Laura warf das Brotmesser in die Spüle und legte sich in banger Erwartung des Aufpralls flach auf den Boden, während der hin und her zuckende Lichtkegel durch die schmalen Bullaugen fiel und den Salon in ein gespenstisches Bühnenlicht tauchte. Mit einem Messer würde sie die Piraten nicht aufhalten, höchstens unnötig reizen. Außerdem bezweifelte sie, dass sie selbst in Todesangst einen Menschen so einfach würde niederstechen können, hatte sie doch bis heute noch nicht einmal ein Huhn eigenhändig schlachten müssen.

Es folgten ein gewaltiges Rauschen und ein heftiger Knall. Die Kollision ließ die Yellow Dancer vom Kielschwein bis zur Mastspitze erzittern und holte sicher auch den Doc und Ti Martin von den Beinen. Im Motorboot hatte man offenbar erst im allerletzten Augenblick den Gashebel auf Rückwärtsfahrt gelegt und das Steuer brutal herumgeworfen, so dass das Boot die Yellow Dancer kaum abgebremst mit seiner ganzen Breitseite rammte. Die Wucht des Aufpralls war so groß, dass Laura, obwohl schon am Boden liegend, mit dem Kopf gegen eine scharfe Kante des Kühlschranks geschleudert wurde. Blut rann aus einer Stirnwunde in die Augen und tropfte auf ihre Ölzeug-Jacke. Der Scheinwerfer erlosch. Rufe wie Hundegebell hallten durch die Dunkelheit. Die Yellow Dancer neigte sich jäh nach Steuerbord, die Angreifer kamen an Bord. Klobige Schuhe nach Art beschlagener Springerstiefel trampelten über das Teakdeck. César bellte wie von Sinnen und jaulte plötzlich laut auf. Etwas Leichtes klatschte ins Wasser. Kurze gebrüllte Kommandos gingen über in ein heiseres Stimmengewirr. Laura lag immer noch auf dem Boden und gab sich verzweifelt Mühe, ihre zitternden und bebenden Hände unter Kontrolle zu halten. Ihr Herz pochte wie wild und ihre Mundhöhle fühlte sich an, als stecke ihre Zunge im pelzigen Futter eines Kängurubeutels. Immerhin: kein einziger Schuss war gefallen, die Angreifer wollten sie offenbar lebend. Vorläufig.

Starke Taschenlampen leuchteten vom Cockpit in den Salon. Gleich mussten die Piraten auf dem Niedergang auftauchen. Laura konnte allenfalls noch versuchen, sich zu verstecken, aber die Angreifer würden mit Sicherheit das ganze Schiff durchsuchen und sie selbst noch im Maschinenraum sehr bald aufstöbern. Also blieb sie, wo sie war und hielt ihre Hände über dem Kopf, wie sie es bei Festnahmen in amerikanischen Filmen gesehen hatte.

Oben schleifte jemand eine Last wie einen Sack Mehl über das Deck und warf sie ins Cockpit. Dann krachte der Körper des besinnungslosen oder toten Ti Martin im Lichtstrahl einer Taschenlampe den Niedergang hinunter und blieb unnatürlich zusammengekrümmt neben Laura liegen. Ti Martins Augen waren geöffnet und bewegten sich. Er stöhnte leise und verlor dann offenbar das Bewusstsein.

Ti Martin folgte der Doc, der polternd die Stufen des Niedergangs heruntergerollt kam. Er hatte sich beim Fall den Kopf angeschlagen und den linken Arm ausgerenkt, schien aber ansonsten unverletzt. Dann stiegen nacheinander drei Piraten mit Taschenlampen nach unten. Einer von ihnen wusste offenbar, wo sich die Lichtschalter des Salons befanden und knipste die gesamte Festbeleuchtung an. Alle löschten ihre Taschenlampen. Die Piraten trugen zerrissene Jeans mit dicht unter den Knien abgeschnittenen Hosenbeinen und dünne, schmierige und schlabbrige Pullover, waren bis an die Zähne bewaffnet aber unmaskiert. Zwei hatten Wollmützen in den jamaikanischen Farben über ihren üppigen Haarschopf gestülpt und hielten ihre automatischen Schnellfeuerwaffen vor dem Bauch, der dritte hatte die seine über die linke Schulter geworfen. Alle trugen Pistolen in Holstern oder in ihren Gürteln und hatten lange Busch- oder Kampfmesser um die Unterschenkel geschnallt.

Als die Piraten Laura auf dem Boden liegen sahen, lachten sie und tauschten abschätzige Bemerkungen vermutlich obszönen Inhalts in einem breiten, karibischen Englisch aus, das Laura so auch in den Südstaaten der USA noch nicht gehört hatte. Einer der

Piraten zog Laura an den Haaren vom Boden hoch. Seine blutunterlaufenen, unsteten und offenbar lichtempfindlichen Augen und seine grobporige unsaubere Haut verrieten Alkoholabhängigkeit und regelmäßigen Konsum harter Drogen. Er wirbelte Laura herum und tastete sie genüsslich von hinten nach Waffen ab. Dann stieß er sie wieder zu Boden und befahl ihr, sich nicht zu rühren.

So wichtig es den Piraten gewesen war, möglichst schnell an Bord zu kommen - jetzt, da sie die Situation unter Kontrolle hatten, war allem Anschein nach Eile nicht mehr geboten. Sie banden Laura, den Doc und selbst den besinnungslosen Ti Martin Hände und Füße mit Kabelbindern und befahlen dem Doc und Laura, sich auf den Boden zu knien. Einer der Männer bewachte sie, die beiden anderen durchkämmten geräuschvoll und ohne Rücksicht auf Verluste an Mobiliar oder Ausstattung das Innere der Yacht. Schapptüren wurden eingeschlagen, die hölzerne Wandverkleidung herausgerissen, Matratzen aufgeschlitzt, Schubladen auf den Boden entleert, selbst der Inhalt des Kühlschranks über die Kombüse verteilt. Aus dem Cockpit dringendes Gepolter zeugte davon, dass sich der vierte Mann, den sie an Deck zurückgelassen hatten, auf ähnlich rüde Weise an der Backskiste zu schaffen machte.

Die Piraten schienen weder an Lauras Schmuck noch an den bescheidenen Wertsachen des Doc oder Ti Martins interessiert. Sie mussten nach etwas für sie wesentlich Wertvollerem suchen. Vielleicht nach der Ware, die das Phantom vor einigen Tagen in der Blauen Lagune von Bord geschafft hatte, als er von Laura überrascht worden war?

Lauras Knie begannen zu schmerzen. Ihre Stirnwunde blutete immer noch stark. Ihr war schlecht und die Kabelbinder schnitten ihr ins Fleisch. Sie drohte, ebenfalls das Bewusstsein zu verlieren. Durch den roten Schleier ihres Blutes schielte Laura auf Ti Martin, dessen hässliche Kopfwunde schnellstens versorgt werden musste. Er rührte sich nicht.

Mangelnde Gründlichkeit bei ihren Verrichtungen konnte man den Piraten nicht vorwerfen. Sie hatten das Innere der Yellow Dancer praktisch auf links gezogen, aber offenbar nicht das gefunden, woran ihnen vor allem anderen gelegen war. Das machte die Lage der Gefangenen umso kritischer. Unverrichteter Dinge abziehen würden diese Helfershelfer des Teufels sicher nicht. Sie hatten sich nicht die Mühe gemacht, Masken aufzusetzen, also würden sie auch keine Augenzeugen zurücklassen wollen.

Die drei kamen im Salon zu einem kurzen gemurmelten Wortwechsel zusammen. Dann richtete der bärtige Anführer der Bande seine Waffe abwechselnd auf Laura und auf den Doc. Immer wieder brüllte er auf Englisch nur die drei Worte: „Wo ist es?" Laura sah zum zweiten Male innerhalb weniger Tage dem Tod in die hässliche Fratze. Statt jedoch schreckensstarr auf das Ende zu warten, lachte sie plötzlich hysterisch los, als fände sie die Angreifer in ihren Müllbeuteln von Pullovern und Putzlumpen von Jeans mit einem Male urkomisch.

Der Bärtige stutzte angesichts dieser so unerwarteten wie unmotivierten Reaktion. Die Frau musste ihren Verstand verloren haben. Verrückte genossen in einigen primitiven Kulturen besonderen Schutz, wusste Laura. Dem Stamm der Seminolen in den Everglades zum Beispiel galten sie als unantastbar. In der Karibik kannte man dergleichen Rücksichtnahmen offenbar nicht. „Lustig, eh?" brüllte der Bärtige schließlich. Dann legte er seine Waffe auf den Tisch, bückte sich, griff nach seinem Messer und zog mit der Linken den leise stöhnenden Ti Martin an seinem Büffelfell von Lockenkopf hoch, als wolle er ihn skalpieren. Der Mann setzte sein Messer jedoch nicht an Ti Martins Haar, sondern an seinen Hals. „Immer noch lustig?" fragte er und blickte triumphierend auf Laura, die völlig neben sich stand und angesichts des arg begrenzten Wortschatzes ihres Gegenübers wieder einen nervösen unkontrollierbaren Lachkrampf erlitt. Der Pirat richtete sich auf und zog Ti Martins bereits wieder absackenden Oberkörper erneut hoch. Das sollte sein erster und letzter Fehler an diesem Abend sein.

Im nächsten Augenblick peitschten und pfiffen Maschinengewehrsalven in atemberaubend schneller Folge durch die Yellow Dancer. Der Kopf des Mannes, der drauf und dran gewesen war, Ti Martins Kehle zu durchschneiden, explodierte regelrecht.

Geschosse durchschlugen die Steuerbordseite der Yacht wie feurige Zungen. Rumpf und Bullaugen zersplitterten und zerplatzten, Glas und Holz regnete auf die am Boden knienden Gefangenen herab. Es knallte und schepperte, krachte und zischte an allen Ecken und Enden, als galoppierten die Reiter der Apokalypse über die Yellow Dancer hinweg.

Der Doc robbte an Laura heran und warf sich als Kugelfang schützend über ihren Oberkörper, so dass sie keuchend nach Luft rang. Inzwischen völlig apathisch, schloss sie die Augen wie ein Kind, das die Wirklichkeit ausblendet und in seiner Naivität darauf setzt, dass die Wirklichkeit es mit ihr genauso halten möge.

Der intensive Beschuss dauerte gefühlt eine Ewigkeit, tatsächlich jedoch kaum länger als fünfzehn, zwanzig Sekunden. Dann trat ein Moment unwirklicher Stille ein. Der Doc rollte seinen Körper von Laura herunter zur Seite. Laura öffnete ihre Augen. Ein Teil der Deckenbeleuchtung war wie durch ein Wunder intakt geblieben. Was noch Stunden zuvor die elegante und heimelige gute Stube der Yellow Dancer gewesen war, schien nun wie der Führerbunker unmittelbar nach Stauffenbergs fehgeschlagenem Attentat. Eine feine Wolke von Staub und allerlei Schwebeteilchen nahm Laura fast die Sicht und legte sich derart hartnäckig auf ihre Bronchien, dass sie haltlos husten musste und sich erneut übergab. Der Boden war von blutigen Glas- und Holzsplittern übersät. In der Bordwand klafften golfballgroße Löcher, in ihrer Mehrzahl glücklicherweise über der Wasserlinie. Durch die wenigen Löcher weiter unten sickerte Meerwasser ein, das sich mit den Blutlachen am Boden zu kleinen hellroten Seen verband. An der Decke klebten Knochensplitter, Hirnmasse und Blut. Keiner der drei Piraten hatte auch nur einen einzigen Schuss abgeben können. Und selbst wenn, hätte sich ihnen kein anderes Ziel geboten als die drei inzwischen von ihrem eigenen wie von Fremdblut überströmten Geiseln. Den vierten Piraten hatte es vermutlich als ersten oben im Cockpit erwischt. Wer immer die Schützen da draußen waren, die derart rabiat gewütet hatten – entweder verstanden sie ihr Handwerk oder hatten einfach nur Vabanque gespielt. Ihre Haut war es ja nicht, die hier zu Markte getragen wurde. Glücklicherweise

hatten weder Laura noch der Doc auch nur einen Streifschuss abbekommen. Im Unterbewusstsein spürte Laura, wie ein weiteres,
anscheinend viel größeres Motorboot an der freien Rumpfseite
der Yellow Dancer längsseits ging. Diesmal verlief das Andock-
manöver wesentlich glimpflicher als bei der Enterung durch die
Piraten. Leise schnelle Schritte huschten über das Oberdeck. Ti
Martin war durch den Lärm des tödlichen Feuerwerks zu sich
gekommen und schüttelte nun die Glas- und Holzsplitter von
seinem Oberkörper. Dann leuchtete erneut eine Taschenlampe
von oben in den Salon. Stiefel wurden auf der obersten Stufe des
Niedergangs sichtbar. Keine Seestiefel wie diejenigen Lauras,
auch keine klobigen Springerstiefel wie die der Piraten, sondern
elegante, bunte, sehr schmale und äußerst spitze Cowboystiefel
aus weichem Leder, wie Laura sie häufig an den Füßen von te-
xanischen „Rinderbaronen" gesehen hatte. Es folgten Hosenbeine in schwarzen Jeans, ein Gürtel mit einem metallenen kleinen
Totenschädel als Trophäenschnalle und schließlich der ebenfalls
schwarz eingekleidete Oberkörper und die unverwechselbar
hässliche Maske des Phantoms. Laura erschauderte bei seinem
Anblick. Der Teufel hatte einen Spaziergang gemacht und war
augenblicklich in die Hölle zurückgekehrt.

Ignace le Chabin trug eine Art Helm mit nach oben geklapptem
Fernglas, vermutlich ein Nachsichtgerät. Er senkte den noch rauchenden Lauf seiner Maschinenpistole, die in einer Schlaufe über
der Schulter hing und ließ den Lichtkegel seiner Lampe einmal
über den ganzen Salon wandern. Dann tippte er sich mit Zeige-
und Mittelfinger der Linken salutierend an die Stirnseite. „Bitte
an Bord kommen zu dürfen," sagte er mit der leicht schnaufen-
den Aussprache eines Menschen, der eine Gaumenspalte sein eigen nennt. Als sekundenlang niemand ihm antwortete, fügte er
hinzu: „Ich hoffe doch, wir kommen nicht ungelegen."

Sein amerikanisch gefärbtes Englisch klang stockend, wie bei
einem erst kürzlich von seinem Handicap kurierten Stotterer.
Was er durch die sich allmählich verdünnende Staubwolke gesehen hatte, schien ihn zufrieden zu stellen. Er drehte sich zum
Niedergang, blickte nach oben und richtete den Strahl seiner

Taschenlampe wie einen Bühnenscheinwerfer auf die Stufen. Ein zweites Paar Cowboystiefel, kleiner diesmal und noch eine Spur eleganter als die des Phantoms, traten auf den Niedergang. Es folgten schmale Hosenbeine, eine Gürtelschnalle in der Form eines kleinen metallenen Tigerkopfes und schließlich der mit schwarzem Baumwollshirt und schwarz-weiß gemusterter Lederweste bekleidete Oberkörper einer mittelgroßen, athletisch gebauten Frau. Eine weitere Stufe und ihr Kopf, der ebenfalls von einem Nachtsichtgerät geziert wurde, tauchte auf. Ihr kurz geschorenes, allem Anschein nach schwarz gefärbtes Haar und ein rotes Stirnband unter dem „Helm" waren alles, was Laura aus ihrer Perspektive vom in Wasser und Blut schwimmenden Kombüsenboden aus erkennen konnte. In ihrer linken Armbeuge trug die Frau, die in etwa Lauras Alter zu haben schien, den halbtot japsenden, klatschnassen César wie einen Dudelsack mit Beinen anstelle von Pfeifen. Der Bauch des Hundes pumpte heftig. Bei jedem Ausatmen Césars wurde der silbrige, perlmuttbesetzte Griff eines schweren Revolvers im Gürtel der Frau sichtbar.

Die Amazone war am Fuße des Niedergangs angekommen und setzte den „Dudelsack" auf dem Boden ab. Ignace löschte seine Taschenlampe. Die Frau zog langsam ihr Nachtsichtgerät vom Kopf, nahm das rote Bandana ab und wischte sich damit über die Stirn. Ihre Haare waren nicht wirklich kurz geschoren, sondern sorgsam in Strahlen von „corns" geflochten, zwischen denen die Streifen gebräunter Kopfhaut wie nasser Asphalt glänzte. Auch sie knipste ihre Taschenlampe an und blickte kurz in die Runde wie eine Innenarchitektin nach geglücktem Teilabriss der Altbaumasse. Sie grüßte die beiden Männer der Yellow Dancer mit erstaunlicher Beiläufigkeit, ganz so, als begegne man sich wie allabendlich zur Happy Hour in der verrauchten „Dog Watch" Strandbar.

„Du heilige Scheiße, hier muss aber mal dringend Ordnung geschaffen werden. Toubib, Ti Moun." Das Französisch der Frau hatte einen selbst für Laura leicht herauszuhörenden englischen Akzent. Ihre Alt-Stimme klang rau und autoritär, aber keineswegs unsympathisch. Wer immer es mit dieser Frau zu tun bekam, so Lauras Eindruck, tat gut daran, ihr grundsätzlich nicht zu widersprechen. Obwohl sicher nicht älter als Ti Martin, hatte sie diesen als „Kindchen" angesprochen.

„Also was soll ich euch sagen. Wir ziehen da draußen verträumt unsere Kreise," fuhr sie auf Englisch fort, „als mich Chewbacca hier auf einen im Wasser treibenden Hund aufmerksam macht." Sie zeigte erst mit dem Daumen auf Ignace, dann mit dem kleinen Finger auf César, als gebe es irgendeinen Zweifel, wer hier wer war.

„Ich sag' noch, was soll sein, Mann, tote Tölen treiben trotzdem. Jedenfalls, solange sie noch kein Hai oder Barrakuda entdeckt hat. Schon, aber der hier lebt noch, sagt Chewy. Dann zieh ihn halt an Bord, sage ich. Als nächstes sehen wir dieses hässliche gelbe Postboot hier liegen. Ein Typ steht mit einem gewaltigen Schießprügel an Deck, blickt zur Küste und kehrt uns den Rücken zu. Sein Pech! Was soll der Scheiß, denke ich bei mir. Komm, lass' uns mal nachsehen, sagt Chewy. Wir fischen den Hund aus dem Wasser und fahren auf euch zu. Ich sage mir, Schwarz oder Rot? Nichts geht mehr. Ignace schießt, trifft den Wachtposten an Deck und meint, wir hätten dann wohl doch keine Zeit mehr für den Austausch von Höflichkeiten. Also Rot. Wir ballern los. Sieht aus, als hättet ihr Glück gehabt, dass wir euch den Arsch retten konnten."

Übergangslos kam sie zu ihren Anweisungen. Die Frau verlor offenbar nicht gern Zeit. In seinem Outfit hatte das seltsame Paar nichts wirklich Seemännisches an sich, sah eher aus wie Calamity Jane und Wild Bill Hickock auf dem Mississippi.

„Toubib, Ti Moun braucht offensichtlich deine Hilfe. Nadel, Faden und Verbandszeug und Medikamente waren an Bord, als ich zuletzt den Fuß auf die Yellow Cancer setzte. Wenn nicht, muss er warten, bis wir wieder auf der Pas de Deux sind. Ignace, schneid' die Mädels los, wirf die kopflosen Jungs über Bord und stopf' irgendwas in die Löcher, bevor wir alle absaufen und wenn's dein ewig steifes Glied ist. Was macht Schneewittchen eigentlich an Bord?"

Die unvermittelt klingende, aber, da war Laura sicher, in Wahrheit sorgfältig auf Wirkung getimte Frage richtete sich an den

Doc. Mit „Schneewittchen" war natürlich Laura gemeint, die im selben Augenblick vom Strahl der Taschenlampe erfasst wurde. Obwohl blutüberströmt, fix und fertig und völlig außer sich, war Laura nicht gewillt, sich so herablassend behandeln zu lassen.

„Mein Name ist Laura Förster. Ich bin die Eignerin der Yellow Dancer, Dan-cer, und kann für mich selbst sprechen. Ihre Lampe blendet mich."

Die Frau wandte sich Laura zum ersten Male zu. Offensichtlich war sie es nicht gewohnt, dass ihr jemand Paroli zu bieten versuchte, schon gar nicht Schneewittchen.

„Wow! Hast du das gehört, Chewy, Barbie kann sprechen." Sie trat einen Schritt näher an Laura heran, die sich vergeblich bemühte, vom Boden aufzustehen. Ihre schreckensstarren Glieder gehorchten ihr nicht. Die Frau griff ihr unter die Arme und stellte sie mit einem Ruck auf die Beine. An Muskelkraft stand sie Ignace offenbar wenig nach. Die Frau löschte ihre Taschenlampe und schob ihre rechte Hand unter Lauras Kinn, das sie leicht anhob. Als Laura ihr so direkt in die Augen sah, erschrak sie und wich instinktiv zurück. Der Blick dieser Frau war von einer Härte, wie Laura sie an noch keiner ihrer Geschlechtsgenossinnen gesehen hatte. Manche Männer wie Ignace hatten einen solch kalt taxierenden Killerblick, aber eine Frau? Ihre Augen bohrten sich wie Laserstrahlen durch diejenigen Lauras. Von welchem unwirtlichen Planeten in welch ferner Galaxie kamen diese verstörenden Wesen?

„Na gut, Laura Förster. Klingt deutsch der Name, oder? Weißt du, ich merke mir nicht gern den Namen von etwas, das früher oder später zu Fischfutter wird. Mal sehen. Mein Name ist jedenfalls Solitaire. Schreibt sich wie das beschissene Spiel. Aber täusch dich nicht. Wenn ich eines nicht habe, ist es Geduld. Die hässliche Kreatur, die mich hartnäckiger als mein eigener Schatten begleitet, nennt sich Ignace. Aber ich glaube, ihr hattet schon das Vergnügen miteinander. Ist das nicht so, oh haariger Chewbacca?"

Ignace gab einen undefinierbaren Laut von sich, den die Frau offenbar als Bestätigung interpretierte. Sie legte ihre Waffe auf den Tisch und feuchtete ihr Stirnband unter dem Wasserhahn der Kombüse an, indem sie die Fußpumpe betätigte. Dann zog sie ein riesiges Messer aus ihrem rechten Stiefelschaft und durchtrennte die Kabelbinder an Lauras Händen und Füßen. Noch die kleinste ihrer Bewegungen war so beherrscht wie die einer Tänzerin. Sie legte ihren Kopf schief und betrachtete Laura wie ein Hund, dem die eigene Nase im Wege ist.

„Und du meinst also, Barbie sieht mir ähnlich? Finde ich so gar nicht, wenn ich ehrlich sein soll. Aber wer weiß, was alles unter der dicken Schicht Putz hervorkommt, wenn man etwas daran kratzt."

Sie begann, Lauras Gesicht mit dem feuchten Stirnband abzuwaschen. Laura war von der unerwarteten Geste zu überrascht um sich zu wehren. Die robuste und doch irgendwie fürsorgliche Art der Frau stand in krassem Widerspruch zur demonstrativen Grobheit und Gleichgültigkeit, mit der sie auftrat. Vielleicht täuschten Lauras Instinkte nicht und vieles am Gehabe der Frau war darauf ausgelegt, vor allem Männern gegenüber Eindruck zu schinden. Ihre Waffen allerdings waren echt und die Beiläufigkeit, mit der sie zu offenbar töten wusste, ebenso.

„Siehst du, Laura Förster, du hast nämlich neulich meinen besten Mitarbeiter hier zu Tode erschreckt. Der Mann steht jetzt noch unter Schock, eh, Chewy?"

Ignace kicherte schnaufend und grunzte etwas.

„Ich hoffe nur, er ist dir nicht zu nahegetreten, Laura Förster?"

„Laura, nennen Sie mich einfach nur Laura."

„Oh, danke, Laura. Du bist also nicht eingeschnappt, wenn ich dich duze?"

Ignace kicherte erneut und bückte sich, um den Doc und Ti Martin von ihren Fesseln zu befreien.

„Wie Sie…, wie du willst."

„Laura, ich weiß das zu schätzen. Ich glaube, wir beide werden uns prächtig verstehen. Solange du noch kein Fischfutter bist, heißt das. Ach ja, noch was. Falls du an jenem Abend in der Blauen Lagune Chewbaccas Harten an deinem Schenkel gespürt haben solltest, bilde dir bloß keine Schwachheiten ein. Er hat dich angesehen und an mich gedacht. Außerdem leidet er an Pra… Hilf' mir, Toubib."

„Priapismus."

„Genau. Will heißen, er hat…"

„Ich weiß, was Priapismus bedeutet," unterbrach Laura sie schnippisch.

Solitaire trat einen Schritt zurück, als betrachte sie ein soeben gereinigtes Gemälde, dessen wahrer Wert erst jetzt, im Lichte neuen Glanzes, so richtig zutage trat.

„Weißt du was, Chewbacca. Ich glaube, wir haben es mit einer beschissenen Intellektuellen zu tun. Für dich leider völlig ungeeignet, sorry, my man."

Damit schien Solitaires Interesse an Laura vorerst erschöpft. Sie griff nach ihrer Waffe und hielt sie hoch wie eine Trophäe.

„Bei Autos und Waffen geht nichts über deutsche Wertarbeit," sagte die Frau zum Doc, als preise sie ein neues Küchengerät, „Heckler und Koch M 85 K, verliert 900 Schuss die Minute. Ein Geburtstagsgeschenk von Ignace. Muss mich wohl missverstanden haben, als ich ihm sagte, ich wünschte mir ein Spielzeug für schlimme Mädels. Denkt halt immer nur an das eine, der Mann. Apropos. Ihr entschuldigt mich eine Sekunde."

Sie legte ihre Waffe wieder ab und begann damit, die Maschinenpistolen der Banditen einzusammeln. Ignace hatte bereits einen Leichnam nach oben getragen. Zweimaliger dumpfer Aufprall zeigte an, dass er die toten Piraten in ihr eigenes Boot warf.

„Meine Freunde," wandte sich die mit Schusswaffen schwer beladene Solitaire an die Crew der Yellow Dancer, „vielleicht kann mir jemand beim Tragen helfen, wenn's die Gesundheit zulässt. Ich schlage vor, wir steigen auf die Pas de Deux um, bevor uns dieser hässliche Kahn unter dem Hintern wegsackt."

„Tut mir leid, dass wir deine Yacht versenken mussten, Laura, aber bis Jolly Harbour wird sie es wohl nicht mehr schaffen."

Laura fand die dreiste Leichtigkeit, mit der Solitaire sich der Yellow Dancer entledigen wollte, gänzlich unannehmbar.

„Sie ist die Yacht meines Vaters. Sie hat ihm sehr viel bedeutet. Ich werde sie nicht zurücklassen. Dann saufe ich lieber mit ihr ab."

Solitaire musterte sie mit offener Verwunderung, die in Ironie umschlug.

„Wie du willst, Schneewittchen. Dann wirst du doch schneller zu Fischfutter, als ich dachte. Deine Entscheidung."

„Auf gar keinen Fall." Der Doc hatte Ti Martins Kopfwunde provisorisch versorgt und meldete sich erstmals zu Wort.

„Entweder, wir schleppen die Yellow Dancer, soweit es eben geht oder wir beiden leisten Laura Gesellschaft bei den Fischen." Er zeigte auf Ti Martin und sich selbst.

„Ich fasse es nicht! Offene Meuterei! Na gut, weil du es bist, Toubib. Aber sobald der Kahn zu tauchen beginnt, schneide ich ihn eigenhändig los, deal?"

Laura nickte erleichtert. „Deal".

3. Schneewittchen trägt Tanga.

„Wie konntet ihr eigentlich sicher sein, dass ihr uns nicht allesamt umbringen würdet?." Laura lag ausgestreckt auf der Liege im Salon der Pas de Deux. Die GRAND BANKS 49 hatte mit der völlig zerschossenen Yellow Dancer im Schlepp tatsächlich noch Jolly Harbour erreicht. Dieser Motorboottyp war amerikanischen Trawlern nachempfunden, von denen es auf den fischreichen Fanggründen der Grand Banks bei Neufundland nur so wimmelte, bis die Kanadier dem Raubbau an so gut wie allen Fischbeständen dort ein Ende setzten. Den Herumtreibern Solitaire und Ignace diente die Pas de Deux als Transportmittel und mobiles Eigenheim. Der vorhandene Platz auf dem geräumigen Boot reichte jedenfalls vorübergehend auch für Ti Martin, den Doc und Laura, die ihre Sachen von einer Yacht auf die andere umgeladen hatten.

Laura sah sich um. Die Einrichtung der Motoryacht war schlicht und funktionell. Alles wirkte ein wenig ungepflegt, durchgesessen und abgewetzt. Zudem roch das Boot stärker nach Diesel und Öl als die Yellow Dancer. Es ließ sich wohl eine Weile auf ihr aushalten, dachte Laura, aber einen Großteil ihres Lebens hätte sie hier nicht verbringen mögen.

Kurz nach Mitternacht war die Pas de Deux in Joe Gradys Werft angekommen. Joe hatte mit ein paar seiner Leute dort auf sie gewartet. Die Yellow Dancer hatte unterwegs mehr und mehr Wasser gezogen, war immer tiefer eingetaucht und musste in extremis erst einmal vom Kran mit Gurten gesichert und völlig gelenzt werden, bevor daran zu denken war, sie an Land zu hieven und dort aufzubocken. Dass die Yacht diese Tortur überlebt hatte, war irgendwie auch ein Beweis für ihre außerordentliche Seetüchtigkeit, wenngleich die schwedische Werft solch martialische Stresstests schwerlich für Werbezwecke verwenden konnte.

Joe hatte sie sich genau von innen und außen angesehen. Beim Anblick des durchlöcherten Rumpfes und des verwüsteten Salons hatte er sich nachdenklich seine Dreadlocks gerauft. Ignace hatte Joe erzählt, wie er die toten Gangster an Ort und Stelle entsorgt hatte, indem er sie in ihr schwarzes Motorboot geworfen und dieses mit Benzin übergossen und angezündet hatte. Laura war entsetzt gewesen. Das Argument des Doc, dass die Piraten mit der Crew der Yellow Dancer nicht anders verfahren wären, hätten sie dazu Gelegenheit gehabt, war ihr nicht Rechtfertigung genug: „Zwei verwerfliche Handlungen lassen sich nicht gegeneinander aufrechnen, machen keine gute." Das Boot hinter ihnen hatte noch eine Weile lichterloh gebrannt und als loderndes Fanal die Küste gespenstisch beleuchtet. Dann war es mit dumpfem Knall explodiert.

„Sorry, Prinzessin," hatte Solitaire nur mit den Schultern gezuckt, „aber für pompöse Seebestattungen mit Gebet, Orgel und Gospelchor haben wir leider keine Zeit. So sind die Gebräuche in unserer Welt. Je schneller du dich an sie gewöhnst, desto länger lebst du. Vielleicht."

„Die meisten Inseln hier verdanken ihren bescheidenen Wohlstand der Sklaverei," hatte der der Doc hinzugefügt. „Und auch wenn die inzwischen natürlich abgeschafft ist, bleibt als eine Art Phantomschmerz die Geringschätzung menschlichen Lebens. Die kann man leider nicht von heut' auf morgen per Gesetz oder Dekret beseitigen."

Laura fühlte sich wie in der rotierenden Trommel einer Waschmaschine gefangen. Dies alles überstieg ihr Fassungsvermögen.

Gab es keinen Knopf zum Abstellen? „Scotty, beamen sie mich zurück auf die Enterprise," dachte sie, während Joe die nicht enden wollende Reihe durchzuführender Arbeiten gnadenlos Revue passieren ließ.

Die Yellow Dancer, daran konnte kein Zweifel bestehen, war ein wirtschaftlicher Totalschaden. Wenn Joe sich trotzdem ans Werk machen und sie reparieren sollte, machte das allein wegen des sentimentalen Wertes Sinn, den sie für Laura besaß. Eine Menge Material und Arbeit würden dabei draufgehen, aber unmöglich war es nicht. Alles eine Frage von Aufwand und Nutzen. Der Preis der ganzen Operation würde sich sehen lassen können.

Laura bekam von alldem nicht viel mit. Verstört, erschüttert, deprimiert und am Ende ihrer physischen und psychischen Kraft, war sie außerstande, den Gesprächen in diesem verwirrenden Gemisch von verhunztem Englisch und genuscheltem Patois zu folgen. Der Doc und Ti Martin gaben sich alle Mühe, ihr das Wichtigste zu vermitteln, dennoch kam nicht mal die Hälfte bei ihr an. Auch, weil ihre Gedanken orientierungslos umherirrten wie die versprengte Horde der Zehntausend. Es gab nichts, woran sie sich hätte klammern können, keinen archimedischen Punkt, von dem aus sie diese aus den Fugen geratene Welt mit ihrer Vernunft als Hebel hätte geraderücken können. Ihre Vergangenheit war erschüttert, ihre Gegenwart chaotisch und an die Zukunft wagte sie gar nicht erst zu denken. Irgendwann hatte sie ihre Augen nicht mehr aufhalten können und war in einen mehrstündigen Tiefschlaf gesunken.

Als sie erwacht war, hatte die Sonne fast im Zenit gestanden. Die Pas de Deux lag in einer verschwiegenen Bucht an der Ostküste Antiguas vor Anker. Sowohl das Schiff als auch seine beiden Besitzer waren auf den Kleinen und Großen Antillen bekannt wie bunte Hunde. Ignace und Solitaire zogen es deshalb vor, möglichst oft ihre Position zu wechseln und sich an weniger frequentierten Orten wie diesem aufzuhalten. Zumal die Pas de Deux mittlerweile einer schwimmenden Asservatenkammer glich, deren Halter gut beraten waren, jedweden Kontakt mit dem Arm des Gesetzes zu vermeiden. Nicht, dass die Polizei oder Einwanderungsbehörde der doppelten Inselrepublik Antigua und Barbuda als besonders eifrig verschrien waren. Die Beziehung zwischen den Gesetzeshütern und den beiden notorischen Parias war, wie der Doc es ausdrückte, vielmehr von gegenseitigem Respekt geprägt. Großzügige Spenden von Ignace und Solitaire kamen der Pensionskasse zugute und sorgten für eine flexible Handhabung und Abgrenzung örtlicher Zuständigkeiten mit dem unausgesprochenen Ziel, einander soweit möglich aus dem Weg zu gehen.

Jemand, wahrscheinlich der Doc, hatte Lauras Stirnwunde versorgt, während sie schlief und ihr kalte Kompressen aufgelegt. Dennoch brummte ihr Schädel wie der Kreisel eines Girokompasses. Wahrscheinlich würde sie eine Narbe über der rechten Augenbraue davontragen, die schwerer mit Make-up zu kaschieren sein könnte, als der kleinere alte Kratzer auf der linken Stirnseite. Der Doc hatte Ti Martin einigermaßen zusammengeflickt und ihn mit einem starken Sedativum ruhiggestellt. „Ti Moun", wie Solitaire ihn beinahe zärtlich nannte, hatte mit Sicherheit eine schwere Gehirnerschütterung davongetragen und würde eine Weile seine Koje in der Vorderkabine hüten müssen.

Solitaire und Ignace hatten sich einen Brunch zubereitet, den sie schweigend bis lustlos am Tisch des Salons löffelten. Der vordere Teil des Decksaufbaus wurde von Navigationsinstrumenten, sogenannten „Mastern" eingenommen, die im offenen Cockpit des ersten Stocks von „Sklaven" gedoppelt wurden. So konnte man auch vom Salon aus die Fahrt der Pas de Deux jederzeit kontrollieren und steuern.

Die Tischmanieren Solitaires und Ignace' ließen für Lauras Empfinden arg zu wünschen übrig. Beide hatten sie den linken Arm bis zum Ellbogen auf den Tisch gelegt, um ihren Rühreiern mit Speck und Bohnen näher zu sein. Mit der Rechten schaufelten sie das Essen geräuschvoll wie heißhungrige Holzfäller in sich hinein. Laura hatte sich auf der Liege halb aufgerichtet und mit ihrer Kritik am rücksichtslosen Vorgehen der beiden nicht hinter dem Berge gehalten.

„Sieh an, Schneewittchen ist aufgewacht." Solitaire ließ ihre Gabel sinken und rülpste vernehmlich.

„Ganz Unrecht hat sie aber nicht mit der Frage," gab der schnaufende Ignace mit vollem Mund und gespieltem Ernst auf Lauras Vorwurf zu bedenken.

„Wer hat dich denn gefragt, hässlicher Mischling? Quatsch nicht dazwischen, wenn sich zwei gestandene Mädels unterhalten. Die Sache ist doch die, Schneewittchen: wir hatten euch in Jolly Harbour erwartet, klar. Der Toubib hatte euch nämlich vorsichtshalber avisiert. Als ihr nicht kamt, beschlossen wir, euch entgegenzufahren. Funkverkehr wird immer von irgendjemand abgehört, der sonst nichts anderes zu tun hat, darauf kannst du deinen String verwetten. Übrigens, und ich wende mich da an die Spezialisten, trug Schneewittchen Tanga?"

Ignace fand den Gedanken offenbar so komisch, dass er in schnaufendes Gelächter ausbrach. Selbst Laura musste grinsen bei dem Gedanken daran, wie Schneewittchens frisch gewaschene Strings neben sieben ausgebeulten Mini-Suspensorien baumelte.

„Egal. Sollte sie aber, würde ihren knackigen Hintern besser zur Geltung bringen. Wo war ich? Funkstille, genau. Und ihr hattet offenbar kein Handynetz." Sie hob die Hände und blickte zur Salondecke.

„Fast wären wir zu spät gekommen. Zum Anschleichen blieb keine Zeit. Also mussten wir uns entscheiden: sollen wir oder sollen wir nicht. Ich hätte drauf verzichten können – bei dem Preis für Munition in diesen Tagen. Da kannst du genauso gut Silberkugeln verschießen. Ignace hatte sich aber dummerweise schon festgelegt. Ich verstehe immer noch nicht warum, aber er fühlt sich für euch verantwortlich, eh, Chewbacca? Gut, wir hatten die Yellow Cancer für einen Drogen-Job benutzt, wofür ihr offenbar bezahlen solltet. Das widersprach dem untrüglichen Gerechtigkeitsgefühl von Ignace. Mehr war nicht."

„Aber die wilde Schießerei, ich meine…"

„Wir gingen davon aus, dass dieser Abschaum euch niederknien lassen würde. Primitive Naturen gibt das einen Harten, ihre Opfer zu demütigen, bevor sie sie umbringen, frag nach bei ISIS. Ganz abgesehen davon, dass du aus einer knienden Position kaum noch zu irgendeiner Gegenwehr fähig bist. Deshalb zielten wir hoch. Motto: wer kniet, sieht; wer steht, geht. Brutal aber wirksam. Gut, dass die Yellow Cancer uns ihre richtige Seite zukehrte, sonst hätten wir vermutlich die Gasflaschen getroffen und ihr wärt jetzt alle Fischfutter."

Sie aß weiter. Der Doc gesellte sich zu ihnen. Auch er war reichlich mitgenommen: bleich und offensichtlich übermüdet. Ein blau unterlaufenes Monokel-Hämatom ließ ihn aussehen wie Buck das Wiesel. Sein von Ignace wieder eingerenkter Arm hing kraftlos über der Lehne des Stuhls, in dem er wie hingegossen lag. César hatte sich ein Eckchen als Schlafstätte gewählt, von dem aus er Salon und Kombüse im Blick hatte. Laura wusste, dass Labrador Retriever zu den besten und ausdauerndsten Schwimmern unter den wasserliebenden Hunderassen gehören. Ohne seine kleine Rettungsweste wäre der alte César jedoch vermutlich vor Entkräftung ertrunken, bevor ihn Ignace aus dem Wasser zog. So unwohl sich der Doc augenscheinlich in der Gegenwart des Chabins fühlte, musste er ihm jedenfalls für die Rettung Césars sowie seiner eigenen Wenigkeit dankbar sein, dachte Laura.

„Wer waren die Piraten? Was wollten sie von uns?"

„Piraten, mein hängender Arsch," antwortete Solitaire und rülpste erneut vernehmlich.

„Sorry, die Zwiebel geben Pfötchen. Verfickte Handlanger irgendeines beschissenen Bosses, dem wir in die Suppe gespuckt haben: Ignace, der Toubib und ich."

Sie zeigte mit dem Messer reihum, als sei Laura mit den genannten Akteuren noch nicht hinreichend vertraut.

„Aber was für ein Spektakel, eh, Toubib? Zwei Spritzen wie diese," sie zeigte auf die am Kartentisch abgelegten Maschinenpistolen, „sind genau das, was der Hausarzt bei Zeckenbefall verschreibt."

„Ich weiß, ich war dabei," ließ sich Laura von der Liege aus vernehmen. Die irgendwie aufgesetzt erscheinende vulgäre Ausdrucksweise und das burschikose Verhalten Solitaires irritierten sie. Was wollte die Frau beweisen? Dass sie härter war als die meisten in ihrem Gewerbe tätigen Männer? Um das zu realisieren, brauchte man ihr bloß in die Augen zu sehen.

„Tatsächlich? Seltsam, ich hab' dich gar nicht bemerkt, als es hektisch wurde, Schneewittchen. Du, Ignace?"

Wieder dieses hyänenhafte schnaufende Kichern des Chabins.

„Hast du Hunger, Laura Förster? Ist von allem noch da. Essen und Trinken hält Leib und Seele zusammen. Sagt man nicht so, Toubib?" Sie wies mit dem Daumen über ihre Schulter in Richtung Kombüse.

„Danke, nein. Und nenn mich bitte nicht mehr Schneewittchen." Laura ließ ihren Kopf ganz langsam und vorsichtig auf das Kissen zurücksinken. Wie um alles in der Welt war sie nur in diesen Wald geraten, in dem zivilisierte Menschen so gar nichts verloren hatten? Die Antwort lag auf der Hand. Ihr Vater hatte sie vom Grab aus hierher gelotst. Wäre er nicht so viel früher gestorben als geplant, hätte er sicher Vorkehrungen getroffen, seine Jugendverfehlungen über den Tod hinaus zu vertuschen, indem er sich vor allem von der Yellow Dancer rechtzeitig trennte.

Andererseits war da immer noch Hakan der Leise. Solange er lebte, konnte er Robert jederzeit auffliegen lassen. Dazu brauchte er nicht einmal einen konkreten Anlass. Die lebenslange Todfeindschaft genügte. Warum hatte er diesen Zug bislang noch nicht gemacht? Vermutlich, weil er seine eigene Glaubwürdigkeit in den Augen westlicher Behörden realistisch als äußerst gering einschätzte. Ohne eindeutige Beweise hätte er niemand überzeugen können. Insofern war ihm wahrscheinlich mit einem tagtäglich unter dem Damoklesschwert der Aufdeckung bangenden Robert besser gedient, als mit einem, der im Gefängnis seine Strafe absaß und von dort keinerlei Hinweise auf den Verbleib Penelopes liefern würde. .

„Ich gehe mir mal die Füße vertreten." Der Doc erhob sich ächzend von seinem Stuhl, winkte César zu sich und schritt mit ihm an Deck. Auf was warteten sie eigentlich noch hier, fragte sich Laura. Die Reparatur der Yellow Dancer würde nicht Tage oder Wochen, sondern Monate in Anspruch nehmen. Solitaire und Ignace konnten nicht frei auf der Insel verkehren, gut und schön, aber Laura war in ihrer Bewegungsfreiheit nicht eingeschränkt. Sie musste an Land, nach English Harbour, um sich nach den

Briefübersetzungen zu erkundigen und in der Bankfiliale den Namen des Empfängers von Roberts Zahlungen zu erfragen. Sobald das erledigt war, konnte sie auch von Antigua aus über London Heathrow wieder nach Hause fliegen. Mit diesen Leuten und ihrer Pas de Deux hatte sie absolut nichts zu schaffen. Hierher in die Karibik zu kommen, war sowieso eine Schnapsidee gewesen, die sie nun zweimal fast mit dem Tode bezahlt hätte. Ein drittes Mal würde ihr Glück vielleicht nicht halten und Laura, in Solitaires Worten, tatsächlich zu Fischfutter werden.

Sie setzte sich auf, schwang die Beine von der Liege und richtete sich an Solitaire und Ignace mit ihrer Bitte, an Land gesetzt zu werden. Die beiden hörten sich in aller Ruhe an, was sie vorhatte und überlegten eine Weile.

„Tut mir leid zu hören, dass du uns so schnell wieder verlassen willst, Schneewittchen, wo wir uns doch gerade erst kennengelernt haben. Aber, weißt du, das geht nicht so einfach, wie du dir das vorstellst. Um aus Antigua ausreisen zu können, müsstest du erst einmal offiziell eingereist sein. Die karibischen Republiken, so klein und unbedeutend sie auch sein mögen, achten sehr eifersüchtig darauf, dass man ihre Souveränität respektiert. Sobald du hier deinen Fuß an Land setzt, ohne den Zoll einzuschalten, hältst du dich illegal auf diesem Fliegenschiss von Insel auf. Wie willst du deren Einwanderungsbehörden am Flughafen erklären, wie du hierhegekommen bist? Auf einer Yacht? Welche Yacht? Die zerschossene in Joes Werft oder die mit dem Gangsterpärchen an Bord? Was hast du auf einem Drogenschiff wie der Pas de Deux zu suchen? Fragen über Fragen und keine einleuchtenden Antworten. Korrigiere mich, falls ich mich irren sollte, aber deine Geschichte vom Überfall und der Befreiung glaubt dir doch kein Mensch. Nein, ich fürchte, du musst noch eine Zeitlang bei uns bleiben, bis wir dich in Pitre absetzen. Oder dich mit lausigen karibischen Arrestzellen anfreunden."

„Wenn du aber schon unbedingt an Land musst, dann nimm' den Toubib mit, falls der schon wieder aus seinem Auge gucken kann. Er kennt sich aus und César wird sich freuen, nach der ganzen Aufregung mal wieder ein paar Bäume anpinkeln zu können. Ignace setzt euch mit dem Dinghy an Land. Das nächste Bungalow-Hotel liegt etwa eine halbe Stunde Fußmarsch in westlicher Richtung. Von dort könnt ihr ein Taxi rufen. Aber denk' daran: niedriges Profil halten, nicht auffallen. Ach ja, und noch etwas. Wir haben ein Problem mit der Kühlwasserpumpe. Bringt Joeye mit, wenn ihr zurückkommt, damit er sie austauschen kann. Lasst euch aber nicht mit einem seiner beschissenen Faulpelze von Helfern abspeisen, wir brauchen den Fachmann höchstpersönlich, verstanden?"

Laura bejahte enttäuscht und begann, sich für den Landgang zurecht zu machen. An die Formalitäten hatte sie nicht gedacht und an endlosen Diskussionen mit Vertretern einheimischer Behörden war ihr nicht gelegen. Der Doc schien ebenfalls froh, von Bord zu kommen und legte César das Halsband an. Laura beobachtete, wie Solitaire einen Teller Brunch zusammenstellte und Ignace bat, ihn Ti Martin in die Kabine zu bringen. Bei aller Härte war diese Frau durchaus menschlicher Gefühle fähig. Ihre Achillesferse trug anscheinend den Namen Ti Martin. Wäre er nicht gewesen, davon war Laura jetzt überzeugt, hätte Solitaire sich nicht von Ignace überreden lassen, sondern die Crew der Yellow Dancer eiskalt ihrem Schicksal überlassen.

SECHSTES KAPITEL

1. Die Äquatortaufe.

Joe Grady war gebürtiger Jamaikaner, hatte als jugendlicher Kleinkrimineller hauptsächlich wegen drogenbezogener Straftaten immer mal wieder in heimischen Gefängnissen eingesessen und irgendwann auch dank der Bemühungen eines engagierten Priesters und Bewährungshelfers gerade noch die Kurve gekriegt, war Seemann geworden. Die Frachtschiffe, auf denen er hauptsächlich gefahren war, gehörten in der Regel nicht zu den modernsten und schnellsten ihrer Flotte. Keine abwrackreifen Seelenverkäufer, das nicht, aber durchweg altgediente, von ihren Reedern billig erstandene „Zossen" mit Drittweltcrews und pannenanfälliger Technik. Als schwarzer vorbestrafter Rastafa war Joe auch nicht gerade der Liebling einer jeden Agentur oder durchweg weißer Schiffsoffiziere und musste sich häufig damit abfinden, vom Ende irgendeiner Warteschlange über die ungerechte Verteilung der Güter dieser Welt zu sinnieren.

Eines war Joe jedoch ganz sicher nicht - auf den Kopf gefallen. Wann immer Reparaturen anfielen, egal, ob im Hafen oder auf hoher See, hatte er den Kollegen und Mechanikern über die Schulter geblickt, unermüdlich nachgefragt und sich durch Berge vergilbter, lückenhafter und abenteuerlich übersetzter Bedienungs- und Reparaturanleitungen gewühlt. Auf diese Weise hatte er sich im Laufe der Jahre im Eigenstudium zu einem passablen autodidaktischen Schrauber gemausert, der sich zudem bestens aufs Improvisieren und die hohe Heimwerkerkunst verstand, für diese oder jene Zwecke eigentlich nicht Vorgesehenes im Handumdrehen passend zu machen.

Eines Tages war er auf einem holländischen Hochseeschlepper ausgerechnet auf Antigua gelandet, war in die hiesige „bunte" Szenerie geschlüpft wie in einen ausgelatschten, hinten platt getretenen Schuh und war nach einigen vergeblichen Anläufen im Bereich Handel und Wandel schließlich in der Werft von Jolly

Harbour hängengeblieben. Hier konnte er seine Fertigkeiten einbringen, ohne sich tagtäglich über die herablassenden Hänseleien der Maate ärgern zu müssen. Die Fauna Antiguas und Barbudas hatte zwischen bigott und bekifft so ziemlich alles zu bieten, was die Karibik auf Lager hat und glich so einem zweiten Jamaika, auf dem jemand wie Joe nicht weiter auffiel.

Die Geschäfte der Werft liefen anfangs so schleppend, dass sich der knapp ein Dutzend Mitarbeiter beschäftigende Betrieb stets am Rande des drohenden Zusammenbruchs bewegte. Was vor allem daran lag, dass der ursprüngliche Eigner, ein wenig begabtes Mitglied der weitläufigen Bird-Dynastie, nach dem russischen Sprichwort lebte, demzufolge die Arbeit kein Wolf ist – nichts, mit anderen Worten, dem man um jeden Preis nachlaufen muss. Seinem Clan diente die Werft vor allem als eine von vielen Fassaden, hinter denen sich bequem Drogen vertreiben und Geld waschen ließ. Die beträchtlichen Gewinne flossen überall hin, nur nicht in die siechende Werft.

Als der „Bird-Man" im Gefolge der Finanzkrise den eiligen Abflug machen musste, hatte Joe die Gelegenheit genutzt, seine Ersparnisse unter dem Kopfkissen hervor zu klauben und in die marode Werft zu stecken. Viele seiner Bekannten hatten ihn für verrückt erklärt, aber Joe ahnte, dass er angesichts der stetig steigenden Zahlen von Hobbyseglern und Atlantik-Überquerern in Wirklichkeit auf einer Goldmine saß. Mit viel Fleiß und Arbeit rund um die Uhr war es ihm binnen weniger Jahre gelungen, den Betrieb auf Vordermann zu bringen, indem er etwa das Wartungsprogramm um attraktive neue Angebote wie die sichere Lagerung von Yachten während der Hurrikan-Saison erweitert hatte. Üppig fielen seine Erträge nach Abzug von Löhnen, Steuern und diversen lokalen „Abgaben" bis heute nicht aus, aber die Werft ernährte ihren Mann und kein schwer atmender Banker oder schwitzender russischer Inkassovertreter hing Joe im Nacken.

Während der Mittagspause döste Joe wie an jedem Tag in seinem nach Öl, Metallspänen, Benzin und Diesel riechenden Werkschuppen. Durch den Spalt der halb offenen Tür blickte er schläfrig

und versonnen aus leicht flackernden Augenschlitzen zur aufge-
bockten Yellow Dancer hinüber. Die zahllosen Einschusslöcher
waren bereits mit einer Schicht Gelcoat abgedichtet und der Rumpf
insofern wieder „trocken". Aber im Innern der Yacht herrschte
natürlich noch das Chaos. Da wartete jede Menge kniffliger Arbeiten, die Joes persönlichen Einsatz erforderlich machten. Auch
die Materialbeschaffung war kein Kinderspiel. Allein das Holz für
die Auskleidung wieder zu besorgen, würde viel Zeit in Anspruch
nehmen. Manche Edelhölzer waren heutzutage legal kaum mehr
zu erwerben.

Im ersten Augenblick hielt er die Frau, die verloren in der Mit-
tagshitze über das unebene Werftgelände stolzierte und sich su-
chend seinem Schuppen näherte, für Solitaire und erschrak. Er
bückte sich, zog seinen kurzläufigen Smith & Wesson Kaliber 38
aus der untersten Schublade des metallenen Werkzeugschränk-
chens, checkte die Trommel und legte die Waffe entsichert griff-
bereit neben sich. Wenn jemand wie Solitaire am helllichten Tage
die Werft aufsuchte, standen die Zeichen auf Alarm.

Als die Frau näherkam, erkannte Joe zu seiner Erleichterung,
dass es sich gar nicht um Solitaire, sondern um die Besitzerin
der Yellow Dancer handelte, die gestern vielleicht das eine oder
andere in der Yacht vergessen hatte oder ihm ergänzende Anweisungen erteilen wollte. In einigem Abstand folgten ihr der
Doc und sein Hund. Joe ließ den Revolver wieder im Werkzeug-
schränkchen verschwinden, stand von seinem wackligen Stuhl
auf und trat aus dem Schuppen in das gleißende Sonnenlicht.

Laura war am Morgen mit dem Doc nach English Harbour gefahren, das mit seinen alten Hafenanlagen aus dem 18. Jahrhundert einem maritimen Freilichtmuseum gleichkam. Die Frau an
der Rezeption des Admiral Inn hatte nach längerer Suche Lauras
Päckchen mit den Briefübersetzungen unter der Theke gefunden
und ihr gegen Vorlage des Passes ausgehändigt.

Das ausgezeichnete Lunch im „Inn" hatte Laura die Gelegenheit gegeben, dem Doc das „du" anzubieten und mit ihm den
sehr deutschen Ritus des Brüderschaft-Trinkens zu praktizieren,
den der Franzose so noch nicht kannte.

„Was hat dich eigentlich veranlasst, die Nähe von Menschen wie Ignace und Solitaire zu suchen?" hatte sie ihn dann gefragt. Der Doc hatte mit den Schultern gezuckt.

„Direkt gesucht habe ich sie vielleicht nicht gerade. Das eine kam zum anderen, wie oft im Leben, nicht wahr. Ohne eine Rente oder Einkommen aus Kapitalanlagen musste ich mir andere, wenig orthodoxe Einnahmequellen suchen, denn, wie sagt Matthäus, von Brotbaumfrüchten allein kann der Mensch nicht leben. Ab und zu den Fremdenführer spielen macht das Gumbo nicht fett. Entscheidend war aber etwas anderes. Vor Jahren musste ich mit ansehen, wie die Polizei ein armes Schwein aufstöberte, der sich mit ein paar Gramm Heroin zu viel auf einem heruntergekommenen, verlassen vor sich hin dümpelnden Boot nahe der Persephone versteckt hatte. Wahrscheinlich hatte ihn jemand verpfiffen. Die Flics stürmten das Boot und erschossen den unbewaffneten Mann, vermutlich, weil er vor Schreck und Angst eine falsche Bewegung gemacht hatte. Für mein Empfinden war das Totschlag, völlig unnötig. Recht ohne Verhältnismäßigkeit wird zur Willkür. Das hiesige Pègre war damals bereits mehrmals mit einschlägigen Angeboten an mich herangetreten, wohl weil ich sowohl als „Medic" nützliche Dienste leisten, als auch durch meine halbwegs seriöse Art zur Aufrechterhaltung einer Fassade unbescholtener Bürgerlichkeit beitragen konnte. Von dem Tag an, an dem die Sache mit dem Heroinabhängigen passierte, setzte ich meine Skrupel hintan und akzeptierte solche Angebote. Hauptsächlich ging es um die Vermittlung zwischen dem Pègre und, sagen wir, ziellos herumirrenden Schwarzgeldern. Ein schleichender Prozess, wie eine Kohlendioxid-Vergiftung. Man gewöhnt sich an die regelmäßigen Einkünfte und relativiert sich durchs Leben. Eines Tages steckst du so tief im Morast, dass du aus eigener Kraft nicht mehr herauskommst. Und, wie gesagt, von irgendwas muss man ja leben."

Danach hatten sich der Doc und Laura mit dem Taxi in die Hauptstadt St. John kutschieren lassen. Die Landstraßen waren ähnlich gefährlich wie der „Salzige Fluss": wenn man dem Rand zu nahe kam, riskierte man den Absturz in einen der vom Regen ausgewaschenen, tiefliegenden „Canyons", aus denen man ohne fremde Hilfe nicht mehr herauskommen würde, wie der Taxichauffeur unterwegs erklärte.

In der Bank von St. John hatte Laura unter Aufbietung ihres geballten weiblichen Charmes versucht, einem ungewöhnlich zugeknöpften Filialleiter den Namen des Nutznießers der Überweisungen Roberts zu entlocken. Nach einer halben Stunde so zäher wie fruchtloser Bemühungen war Laura drauf und dran gewesen, die Sache aufzugeben. Doch der Doc hatte mit ein paar Scheinen nachgeholfen. So erfuhr Laura wenigstens, dass das Geld nicht auf Antigua blieb, sondern hier nur in Richtung Guadeloupe umgeleitet wurde. Von dort wanderte es womöglich weiter um die halbe Welt. Mit einem Wort, eine Transaktion, deren kostenträchtiger Aufwand sich für den großzügigen Spender nur rentierte, wenn dem vor allem an der wirksamen Verschleierung der Identität des Empfängers gelegen war.

Danach hatten der Doc, César und Laura einen kleinen Bummel durch die alles in allem recht nichtssagende, ärmlich wirkende Hauptstadt mit ihrem kitschigen, wie von Walt Disney konzipierten Denkmal für den Begründer der Bird-Dynastie gemacht. Viel Sehenswertes war da nicht anzutreffen. Vor César fanden nicht einmal die angerosteten Laternenpfähle Gnade. Anschließend waren sie mit einem weiteren Taxi zur Werft von Jolly Harbour aufgebrochen. Laura berichtete Joe von der defekten Pumpe, während der Doc sich die aufgebockte Yellow Dancer näher betrachtete und mit den Handflächen über die ausgebesserten Stellen des Rumpfes fuhr. Ignace hatte die genaue Typenbezeichnung dieses wichtigen Ersatzteils auf einem Zettel notiert, den Joe nun stirnrunzelnd musterte.

„Wieder die Kühlwasserpumpe, ha?" Joe zog an seiner riesigen Strickmütze, in der eine Fledermausfamilie bequem ihren Nachwuchs hätte großziehen können.

„Europäisches Fabrikat, führen wir nicht. Müsste ich importieren, aber das dauert und kostet. Kann sein, dass wir ein typengleiches Teil auf Lager haben. Müsste passen, ich seh' mal eben nach. Ein Griff und schon geht die Sucherei los, Yamaaan," lachte er und verschwand im Schuppen.

Dort hörte Laura ihn eine Weile fluchend rumoren. Dann tauchte er mit einem Pappkarton unter dem Arm wieder auf. „Volltreffer." Er hielt Laura den Karton hin. „Die wird passen. Der Einbau dürfte kein Problem für Ignace sein."

Der Doc, der mit César im Schlepp inzwischen dazu gestoßen war, schaltete sich ein.

„Solitaire möchte, dass du das selbst in die Hand nimmst. Die Pumpe nervt schon seit Tagen und die neue soll möglichst lange halten. Die kleinste Unwucht und die Pumpe fängt übermorgen wieder an zu lecken, sagt Solitaire."

Das war ganz und gar nicht nach Joes Geschmack.

„Ich hab' mit eurer Dancer noch alle Hände voll zu tun, seht ihr ja. Bis ich von der Pas de Deux wieder runter bin, habe ich einen ganzen Nachmittag verloren, Yamaaan. Eine Wasserpumpe auswechseln ist doch kein Hexenwerk."

„Ja, gut," Laura nahm den Karton entgegen. „Dann sag' ich der Hexe, dass du keine Zeit hast. Wie ich Solitaire einschätze, wird sie dafür schon Verständnis aufbringen."

Joe kratzte sich erneut an der Mütze und nahm Laura den Karton wieder aus den Händen.

„Okay, okay. Ich komme mit, was soll's. Wir nehmen meinen Pickup, das wird am praktischsten sein."

Eine knappe Stunde später erreichten die drei den Strand und stiegen ins Dinghy, das Ignace bereithielt.

„Hi Joeye, gut dich zu sehen, Bro," begrüßte ihn Solitaire an Bord der Pas de Deux.

„Wie hängt's denn heute so, Zion oder Babylon? Können wir dir etwas anbieten, Ti Punch, Bourbon, Wodka, Schälchen Blausäure, irgendwas?" Der eilige Joe lehnte dankend ab, bat den Doc, den Motor zu starten und stieg hinunter in den engen, lauten Maschinenraum. Zweimal hörte man ihn rufen, der Doc solle mehr Gas geben, dann kam er schon wieder zum Vorschein.

„Eurer Pumpe fehlt rein gar nichts. Tröpfelt nicht mal. Was soll der Mist? Warum stehlt ihr mir die Zeit?"

„Nun sieh doch einer an." Ignace blickte scheinbar verblüfft auf Solitaire, die mit Ti Martin am Tisch saß und Kaffee trank, als ginge sie der Wortwechsel nichts an. Ti Martin schien auf dem Wege der Besserung, hatte aber eine gewaltige Beule auf der linken Stirnseite und stand vermutlich unter Drogen.

„Joeye hier sagt, der Pumpe fehlt nichts. Sollten wir uns wirklich so geirrt haben?" Ignace lehnte wie zufällig an der Tür ins Freie und reinigte sich die Fingernägel mit der Spitze seines Buschmessers, das eher zum Abschneiden ganzer Gliedmaßen als für die Maniküre geeignet schien.

„Dumm von uns. Aber wenn du schon mal da bist. Wir wollten gern ungestört ein paar Takte mit dir plaudern, richtig Sol?" Wieder sah Ignace fragend auf Solitaire, die Joe mit einem distanzierten Blick fixierte und ernst nickte. Ignace klopfte mit dem Messerbriff an die Salondecke, woraufhin der Doc im offenen oberen Steuerstand den immer noch laufenden Motor um einige hundert Umdrehungen hochfuhr. Da erst begriff Joe, was die Stunde geschlagen hatte. Stumm sank er auf Lauras Koje. So, wie er den Karton mit der Pumpe auf seinem Schoß hielt, wirkte er wie ein kleiner Junge, den seine Eltern versehentlich beim falschen Kindergeburtstag abgeliefert hatten.

Der Doc holte den Anker an Bord, bugsierte die Pas de Deux durch eine winzige Lücke im Ring der Korallenriffe, die den Ankerplatz umgaben und nahm Kurs auf die offene See.

„Siehst du, wir sind letzthin gewaltig ins Grübeln gekommen, Ignace und ich," ließ sich Solitaire vernehmen.

„Der Überfall auf die Yellow Dancer war ein merkwürdiger Zufall, findest du nicht? Die Banditen wussten genau, wann und wo sie Schneewittchen und ihre beiden Zwerge abfangen konnten. Schlag' mich tot, aber Ignace und ich glauben nicht an Zufälle, he, Chewy? Sollte ihnen womöglich jemand einen Tipp gegeben haben, was meinst du, Ignace?"

Der Chabin ging auf das verbale Pingpong-Spielchen ein, das die beiden vermutlich nicht zum ersten Mal aufführten.

„Den Plan erraten haben, meinst du? Wer macht denn so was? Kann ich mir nicht vorstellen. Zumal kaum jemand davon wusste."

„Richtig. Eigentlich nur wir fünf Nasen. Und..ach ja, und du, Joeye. Was sagst du dazu, Rastafa Kemal?"

Joe schüttelte den Kopf. „Ich hab' nichts damit zu tun, das könnt ihr mir glauben. Ich würde euch doch niemals ans Messer liefern. Warum sollte ich? Ihr gehört zu meinen besten Kunden, zu meinen engsten Freunden."

Laura folgte dem Verhör mit rasch steigendem Blutdruck. Solitaire und die anderen hatten sie als Lockvogel benutzt, das fiel ihr nun wie Schuppen von den Augen. Wären Ignace oder Solitaire in der Werft aufgekreuzt, Joe hätte sich sofort aus dem Staub gemacht oder erbitterten Widerstand geleistet. Die Arglosigkeit Lauras war es gewesen, die ihn sehenden Auges in diese Falle hatte tappen lassen.

Ignace war an Joe herangetreten, hatte den Widerstrebenden von der Koje gezerrt und an Deck gestoßen. Die Pas de Deux war inzwischen bereits zwei oder drei Seemeilen von der Küste Antiguas entfernt.

„Schwamm drüber. Was wir gern wissen möchten, Joeye: an wen genau hast du die Leute von der Yellow Dancer verkauft?"

Joe beteuerte erneut seine Unschuld. Ignace zuckte mit den Schultern, drehte ihm die Arme auf den Rücken und band seine Hände. Dann wandte er sich an Solitaire.

„Äquatortaufe?" fragte er durch die geöffnete Salontür.

Solitaire nickte und stand auf.

„Gute Idee. Äquatortaufe."

Ignace riss Joe das T-Shirt vom Oberkörper und band das lose Ende einer bereitliegenden Leine zu einem Palstek um Joes Leib. Das „bittere" Ende der Leine war an einem Klampen am Heck befestigt. Ignace zog sein Messer und fügte dem vor Schmerz aufschreienden Joe zwei flache Schnittwunden an den Oberarmen zu, aus denen sogleich Blut trat. Nicht genug, um Joe in absehbarer Zeit verbluten zu lassen, aber mehr als ausreichend, um die Aufmerksamkeit von patrouillierenden Haien zu wecken. Dann bückte er sich, packte Joe blitzschnell in Kniehöhe an den Beinen und warf ihn wie einen vollen Müllsack über die Reling.

Nach dem Aufprall verschwand Joe zunächst kurz unter Wasser. Als er auftauchte, war die halbe Länge der Leine schon abgespult. Joe blieb im Kielwasser der Yacht etwa zehn Meter achteraus, bevor die Leine mit einem scharfen Ruck steif kam. Die Schlinge um Joes Hüfte wurde nach oben unter seine Achseln gerissen und Joes Körper wie der eines am Haken hängenden Schwertfisches durchs Wasser katapultiert. Das musste höllisch schmerzen, aber da Joes Kopf unter seine eigene Bugwelle tauchte, waren seine Schreie nicht zu hören.

Ignace nahm langsam, Hand über Hand, etwa die Hälfte des Taus an Bord wie ein Sportfischer die Angelleine mit dem zappelnden Fang. Und wie ein vergebens um sein Leben kämpfender Schwertfisch rückte Joe näher und näher ans Heck der Pas de Deux. Dann gab der Chabin dem Doc am Steuer ein Zeichen, die Fahrt zu drosseln. Joe gelang es, sich bei nachlassendem Wasserdruck auf den Rücken zu drehen und Luft zu schnappen. Er war kurz vor dem Ertrinken und rang verzweifelt nach Sauerstoff. Im Kielwasser der Pas de Deux waren zwar keine Blutspuren zu sehen, aber Haie, wusste auch Laura, jagen ohnehin weniger mit den Augen, als mit ihrer feinen Nase und speziellen Sensoren, die ihnen jede Bewegung in kilometerweitem Umkreis melden.

„Was hast du gesagt? Wir haben dich nicht so gut hören können," rief Ignace.

Laura war außer sich und wollte nach draußen, doch Solitaire versperrte ihr den Weg.

„Tut mir leid, dass du das mit ansehen musst, Schneewittchen. Aber lass' es dir eine Lehre sein. Auf Verrat steht in unseren Kreisen Tod, da verstehen wir keinen Spaß. Verrat, Verrat, verruchte Tat. Joeye wusste, was ihn erwartete. Wenn sich herumspricht, dass er damit durchkommt, wird sich ab morgen jeder kleine verschissene Kopfgeldjäger ein kleines Vermögen verdienen wollen, indem er uns auflauert oder den Behörden meldet, verstehst du. Deshalb können wir Joeye das nicht durchgehen lassen."

Laura zeigte mit dem Finger auf den weiterhin wie ein selbst sein Ziel suchender Torpedo hinter der Pas de Deux durchs Wasser schleifenden Joe.

„Ihr habt meine Unwissenheit und Naivität ausgenutzt, mich zur Mittäterin gemacht, das ist auch eine Form von Verrat, macht euch nicht besser als ihn."

„Besser, besser, komm unters Messer. Es geht nicht um die Moral, sondern um den Kodex. Man nennt uns Gesetzlose. Nichts irriger als das. Nur, weil wir eure Gesetze nicht respektieren, heißt das noch lange nicht, dass wir gar keine hätten. Unsere sind weniger zahlreich und etwas grobschlächtiger im Detail, zugegeben. Haben sich aber im Laufe der Jahrhunderte ebenso bewährt wie eure. Vielleicht, weil wir beim Vollzug weniger zimperlich sind. Da wir weder Polizei noch Richter in unseren Reihen haben, die für uns die Verfolgung und den Vollzug übernehmen, müssen wir das selbst erledigen. Und genau das tun wir. Wer in fremden Revieren wildert, wird geächtet. Wer Kumpane bestiehlt, verliert ein Auge. Wer Kumpane verrät oder meuchelt, verwirkt sein Leben. So will es der Kodex. Ich hab' ihn nicht erfunden, halte mich nur an ihn."

Joe war erneut zur Hälfte unter Wasser. Lange konnte es nicht mehr dauern, bis er nicht mehr hochkam oder die Haie ihn in Stücke rissen. Blauhaie, so hatte Laura gelesen, können auf kurzen Strecken die Geschwindigkeit eines Mittelklasse-PKW erreichen. Einer Yacht wie der Pas de Deux würden sie mit Leichtigkeit folgen. Solitaire ließ den Doc stoppen. Joes Lungen mussten inzwischen so gut wie restlos mit Seewasser gefüllt sein. Laura konnte nicht verstehen, was Ignace ihm zurief. Es kam wohl auch nicht mehr darauf an. Das uralte Problem der Folter machte sich geltend. In seiner Furcht vor Schmerzen und Tod ist der gepeinigte Delinquent bereit, alles zu gestehen, was immer man von ihm hören will. Der Wahrheit bringt das seine Peiniger keinen Deut näher. Der Prozess verselbständigt sich. Ignace zog ihn ans Heck der Pas de Deux heran und half ihm aus dem Wasser. Keine Minute zu früh, denn die nun stillliegende Yacht wurde von ersten verdächtigen Rückenflossen umkreist, die mit Joes im Wasser treibendem jamaikanischem Fledermausnest als Gruß aus der Küche auf den Geschmack gekommen waren.

„Der Typ kam in die Werft," keuchte und hustete der Meerwasser, Blut und Galle speiende Joe. Mit seinen triefenden Dreadlocks sah er aus wie ein gerade aufgetauchter schwarzer Davy Jones. Wenn Rassentrennung die Hölle war, gab es in der Hölle Apartheid?

„Hatte drei Gorillas dabei, Yamaaan, was sollte ich machen,"
stammelte Joe weiter, während Blut an seinen Armen herunterlief
und Salzwasser aus allen seinen Poren auf das Teakdeck tropfte.

„Unheimlicher Typ. Sprach Englisch mit komischem Akzent.
Drohte, die Werft abzufackeln, Yamaaan. Was sollte ich machen.
Hab' ihm schließlich von der Überführung erzählt. Tut mir leid."

„Tut mir leid, sei bereit. Wie sah er aus, Joeye? Wie alt? Was für
ein Akzent?" Solitaire betrachtete verächtlich das blutende Häufchen Elend und spuckte über Bord.

„Weiß nicht, Kopf wie… wie eine Birne, kahl, unten breit, oben
spitz, Yamaaan. Älter, so um die 60, 65. Akzent? Keine Ahnung,
nie gehört. Sprach lauter Vokale, wo keine sind. He, Augenblick
mal. In meiner rechten Hosentasche, seht mal nach."

Er drehte Ignace den Rücken zu, damit der ihm in die Tasche greifen konnte. Ignace rümpfte die Nase, da Joes Hose inzwischen nicht nur vom Wasser triefte. Laura horchte auf. Joes
bruchstückhafte Beschreibung passte auf den Mann der Yakamoz. Sollte sie das nicht jetzt und hier erwähnen?

„Das erinnert mich…" versuchte sie es, doch niemand schenkte ihr Gehör. Laura fühlte sich wie ein Kind, dem es bei der Fami-
lienfeier nicht gelingt, sich in das Gespräch der Erwachsenen einzuschalten. Schließlich zog Ignace ganz vorsichtig einen völlig
durchweichten Zettel aus Joes rechter Gesäßtasche und reichte
ihn Solitaire mit zwei Fingern.

„Das Ding hat er mir gegeben. ,Heb's gut auf,' hat er gesagt.
Weiß nicht, was das soll."

Soweit Laura sehen konnte, war es kein Zettel, sondern eine
Visitenkarte. Solitaire legte sie wie eine Briefmarke von hohem
Sammlerwert auf ihren Handteller und sah sie sich kurz von bei-
den Seiten an. Dann reichte sie die Karte Ti Martin weiter.

„Die ist für dich, Ti Moun," sagte sie und wandte sich wieder
Joe zu, ohne Ti Martins Reaktion abzuwarten.

Solitaire hielt das Kapitel offenbar für abgeschlossen. Sie rech-
nete allem Anschein nach nicht damit, mehr Informationen aus
Joe heraus zu kitzeln. Sie warf Ignace einen dunklen Blick zu.
Der hob Joe an den Armen vom Boden, wie er es in der Blauen

Lagune mit Laura getan hatte und machte Anstalten, ihn wieder über Bord zu stoßen, als Laura sich zwischen die beiden drängte und Ignace auf diese Weise daran hinderte, seine Absicht in die Tat umzusetzen.

„Parley!" rief Laura und hob beiden Arme in die Höhe. Solitaire und Ignace blickten einander einen Augenblick lang verblüfft an und brachen dann in laut wieherndes Gelächter aus. Laura wusste nicht, ob sie das als gutes oder schlechtes Zeichen nehmen sollte und lachte vorsichtshalber einfach mit. Joe blickte auf seine sich vor Lachen ausschüttenden Scharfrichter und begann ebenfalls in einer Mischung aus Angst, Panik und Verzweiflung hysterisch zu kichern.

„Woher kommt das denn?" fragte Solitaire, als sie sich wieder gefangen hatte.

„Parley? Was glaubst du, wo du bist? Im Fluch der Karibik, hol mich der Teufel!" Wieder lachten alle vier. César, der sein Herrchen in den oberen Steuerstand begleitet hatte, stellte sich auf die Hinterbeine und heulte von oben herab, was das Zeug hielt.

„Kapitän Balbossa, binden Sie sofort den Gefangenen los und geben Sie ihm eine neue Hose. Sie sehen doch, dass er sich vollgepisst hat," rief Solitaire zwischen einzelnen Lachsalven dem Chabin zu. Laura hatte verzweifelt nach etwas gesucht, was geeignet erschien, den mörderischen Automatismus dieser grausamen Hinrichtung zu stoppen. Wo konventionelle Mittel versagten, konnte nur etwas völlig Abwegiges, Unerwartetes helfen. So lächerlich ihr verzweifelter Zwischenruf sein mochte, er hatte die gewünschte Wirkung nicht verfehlt und Joe einen kurzen Aufschub verschafft.

„Es reicht jetzt!" rief Laura. „Das hier ist Mord, kaltblütiger Mord. So etwas darf ich nicht zulassen. Wenn ihr ihn den Haien überlasst, könnt ihr mich gleich hinterherwerfen. Joe ist genug bestraft. Er ist fast ertrunken, hatte den Tod vor Augen, das reicht doch. Lasst ihn laufen!"

Solitaire wurde wieder ernst.

„Für wen hältst du dich, Schneewittchen? Wären wir nicht gewesen, lägst du jetzt mit durchschnittener Kehle auf dem Grund des Ozeans. Bedanken könntest du dich dafür bei diesem Sack Scheiße namens Joe Grady. Wenn du dich in christlicher Nächstenliebe üben willst, tu's zu Hause bei dir, in Hamburg oder wo immer du herkommst. Hier bei uns gilt ‚Auge um Auge‘, frag den Toubib. Wir haben dir den Arsch gerettet, also gehört er jetzt uns. Für mich zählst du weniger als ein Rattenschwanz, vergiss das nicht. Misch dich nicht in unsere Angelegenheiten und sag mir vor allen Dingen nicht, was ich zu tun habe. Ignace, Joeye sagt, er will weiterbaden."

Der Chabin zögerte. Während er Joe weiter in seinem Schraubstockgriff hielt, wechselte er ein paar Worte mit Solitaire in einer guttural klingenden Sprache, die Laura noch nie gehört hatte. Solitaire schüttelte energisch den Kopf und antwortete knapp und energisch in derselben Sprache. So ging das eine Weile hin und her, bis Solitaire schließlich einzulenken schien.

„Wie gesagt, Schneewittchen, Ignace hat einen Narren an dir gefressen," wandte sie sich wieder an Laura.

„Keine Ahnung was er sich davon verspricht. Ich halte es für einen Fehler, vom Kodex abzuweichen, aber gut, lassen wir das Stück Dreck laufen. Ich werde euch beide hoffentlich nicht bei Gelegenheit daran erinnern müssen."

Sie trat an Joe heran und fasste ihn unters Kinn.

„Du hast viel Glück gehabt heute, Yamaaan. Zion ergibt sich Babylon. Lass dir das nicht zu Kopf steigen, sonst holt dich schwarze Mann eines Nachts doch noch." Sie zeigte auf Ignace, der erstaunt dreinblickte. Als „schwarzer Mann" war er bislang vielleicht auch noch nicht tituliert worden.

„Und enttäusche uns nicht mit der Reparatur der Yellow Fever, mein Freund. Tipptopp in Schuss wollen wir sie das nächste Mal sehen. Und vergiss die Rechnung. Mach ihn los. Der Toubib soll seine Arme verbinden, damit er uns nicht unterwegs doch noch krepiert. Dann setzt ihn von mir aus an Land. Und du, Schneewittchen, lass dir eins sagen: Das hat nur einmal geklappt. Nicht wegen dir, wegen dem Chabin. Versuch also nie wieder, meine Schulden Dritten gegenüber einzutreiben, das läuft nicht. Toubib, zurück zur Küste!"

Laura atmete tief durch. Das war knapp. Aber sie war stolz auf sich. Zum ersten Male seit sie ihren Fuß auf karibischen Boden gesetzt hatte, war es ihr gelungen, ihren Willen durchzusetzen. Nicht zum Beweis irgendeiner vermeintlichen Überlegenheit, sondern um ein Leben zu retten. Ihr Vater... Sie führte den Gedanken nicht zu Ende. Ihr halbes Leben hatte sie versucht, sich so zu verhalten, wie Robert das wohl von ihr erwartete. Aber das war ein Vertrag auf Gegenseitigkeit, der wegen des mentalen Vorbehalts ihres Vaters nie wirklich zustande gekommen war. Jetzt, da aller Stolz, den sie einmal für Robert Förster empfunden hatte, rückwirkend schneller dahinschmolz als der sprichwörtliche Schneeball in der Hölle, konnte ihr seine unterstellte Meinung herzlich egal sein.

Im Vorübergehen schielte sie auf die Visitenkarte, die Ti Martin auf dem Tisch hatte liegen lassen. Es war eine von derselben Art, wie Ti Martin sie Laura bei ihrer ersten Begegnung gegeben hatte. Auch auf dieser stand in schwungvollen gedruckten Lettern Am Fuße des Vulkans mit einer Pariser Adresse. Es handelte sich um einen überwiegend von „tapettes", also Schwulen, frequentierten Nachtklub, hatte der Doc noch während ihres Mittagessens auf der Persephone durchblicken lassen. Den Namen hatte sich das Etablissement wohl im Gedenken an ausschweifende römische Bacchanale in Pompeji und Herculaneum zugelegt. Ti Martin war regelmäßig als Transvestit und gefeierte Drag Queen im Nachtclub aufgetreten. Auf der Rückseite der Visitenkarte hatte jemand mit der Hand einen Gruß geschrieben, der lakonischer nicht hätte sein können: „Auch böse Blumen welken."

2. Blumen des Bösen, verwelkt.

„Wohin fahren wir eigentlich?" Laura stand in der Kombüse und bemühte sich nach Kräften, aus dem, was der mager bestückte Kühlschrank der Pas de Deux hergab, ein genießbares Mittagessen zuzubereiten.

„In die graue Hölle, du hast ja die Visitenkarte gesehen."

Der Franzose half Laura beim Zwiebelschneiden. Sein blau umrandetes Auge tränte, aber er ließ sich nicht vom Küchendienst abbringen. César lag unter dem Tisch und harrte der Leckerbissen, die sein Herrchen ihm vor die Schnauze werfen würde. Ti Martin wechselte sich im oberen Steuerstand mit dem Autopiloten beim Fahren ab, Solitaire schlief auf der Liege im Salon und Ignace reinigte und ölte zum wiederholten Male seine Pistolen.

Als es am Vortag darum gegangen war, Joe auf dem Strand abzusetzen, wo sein Wagen auf ihn wartete, hatte Laura darauf bestanden, Ignace und Joe im Dinghy zu begleiten. Sie wollte ganz sichergehen, dass Joe nicht unterwegs doch noch Opfer eines bedauerlichen Unfalls wurde. Kleinlaut wie ein reuiger Sünder, hatte Joe ihr für das beherzte Einschreiten gedankt und versprochen, die Yellow Dancer so schnell wie möglich instand zu setzen. Gratis, wie er versicherte. Am frühen Morgen war die Pas de Deux aufgebrochen und hatte Antigua schnell hinter sich gelassen.

„Ja, gesehen habe ich die Karte, aber nicht verstanden," räumte Laura gegenüber dem Doc ein.

„Natürlich nicht, es ist eine verschlüsselte Nachricht, die nur Insidern etwas sagt."

„Was hat sie mit Ti Martin zu tun?"

Der Doc wischte sein weinendes Auge.

„Die Karte stammt von dem Pariser Nachtklub, in dem Ti Martin einst auftrat."

„Und...?"

„Ti Martin kam ursprünglich aus Marseille nach Paris. Im Süden hatte er sich mehr schlecht als recht unter anderem als Strichjunge durchgeschlagen und hatte dabei reichlich Drogenerfahrung gesammelt, erst als User, dann als Dealer, die Grenzen sind da fließend. War ziemlich weit unten, der Junge. Es kam, wie es kommen musste. Irgendwann fühlte sich einer der Marseiller Bosse hintergangen und jemand, dem Ti Martins Nase nicht passte und möglicherweise vor allem von sich selbst ablenken wollte, zeigte mit dem Finger auf ihn. Ich bin sicher, er hatte damit nicht das Geringste zu tun, aber wenn der Zug erst einmal abgefahren ist, hält ihn so schnell niemand mehr auf. Du hast es ja selbst gerade erlebt. Ti Martins Nummer wurde gezogen, seine Elimination war nur mehr eine Frage der Zeit."

Der Doc warf César ein Stück Paprika zu, das dieser jedoch mit einem enttäuschten Blick verschmähte.

„Was? Auch noch wählerisch? Vitamine für den Hund, gesunde Vitamine."

Doch César ließ sich nicht überzeugen.

„Ti Martin entkam seinen Verfolgern damals nur knapp. Angeblich, indem er sich nachts in einen Kühl-Laster nach Paris einschließen ließ. Der LKW hatte mediterrane Fische und Schalentiere für erlesene Pariser Restaurants geladen. Normalerweise hätte Ti Martin nach wenigen Stunden Fahrt darin erfrieren müssen. Er dachte sich wohl, Spitz oder Knopf – entweder ich gehe dabei drauf, sterbe eines nicht gar so unangenehmen Todes, oder ich schaffe es. Suchen wird mich in dem Ding jedenfalls keiner. Seine Rechnung ging auf, frag mich nicht, wie. Man erzählt sich, Ti Martin habe einen riesigen Blauflossen-Thunfisch in dem LKW aufgeschnitten, ausgenommen und sich rundum vermummt wie Jonah in den Fisch reingelegt. Eine urbane Legende natürlich. Obwohl er noch Wochen nach seiner Ankunft in Paris so stark nach Fisch stank, dass man ihn von Weitem roch. Das trug ihm vorübergehend den Spitznamen ‚Le Martin-Pecheur ein, Eisvogel auf Deutsch, glaube ich."

Laura lachte.

„Mit seinem Rüstzeug fiel es Ti Martin, erst mal vom penetranten Fischgeruch befreit, nicht sonderlich schwer, auch in Paris sehr bald Fuß zu fassen. Abend für Abend war er als Drag Queen die Hauptattraktion von einschlägigen Nachtclubs wie dem Narrenkäfig oder dem Apfel des Paris. Der „Eis-" wurde zum Paradiesvogel, wie du ihn nennst, den seine eigene Mutter nicht erkannt hätte, geschweige denn die Pariser Freunde der Marseiller Bosse. Als Glücksbringer, das wirst du vielleicht bemerkt haben, trägt er noch heute ein silbernes Thunfisch-Amulett um den Hals."

Laura nickte. Das Amulett war ihr schon bei der ersten Begegnung mit Ti Martin aufgefallen. Der silberne Thun hatte zwei kleine Diamanten als Augen und bläuliche Flossen. Eine Sonderanfertigung, ohne Zweifel. Der Doc warf seine Paprikawürfel in den Topf und schnüffelte an dem langsam aufkochenden Gemisch.

„Gewürze nicht vergessen," mahnte er Laura und begann, in den Schapps über dem Herd nach den schwereren Geschützen als Salz und Pfeffer zu suchen, die Laura vorsorglich im Erste-Hilfe-Schränkchen versteckt hatte. Da die meisten der karibischen Spezereien sowieso einen „Jolly Roger" verdienten – jenen, vor Todesgefahr warnenden und auf gekreuzten Oberschenkelknochen ruhenden Totenschädel – schien ihr die Bordapotheke als provisorischer Aufbewahrungsort passend.

„Eines Tages wurde Ti Martin zusammen mit einem jungen Marokkaner von dem damals sehr angesagten Nachtklub Am Fuße des Vulkans für eine Doppelnummer engagiert. Sie nannten ihren Akt ‚Les Fleurs du Mal', Die Blumen des Bösen, nach der Gedichtsammlung meines geschätzten Landsmannes Baudelaire."

Lauras Aufmerksamkeit wurde vom Duft ihres weitgehend ungewürzten Eintopfes abgelenkt, in den sich eine schwer erklärliche Prise faule Eier zu mischen schien. Laura war zunächst ratlos, denn was immer sie in das frei komponierte Gericht gegeben hatte, Eier waren nicht darunter gewesen.

„Ti Martin und Choupette, das war der Name, oder eher Spitzname des Marokkaners, waren von Beginn an ein Herz und eine Seele. Sie hatten sich eine kleine verplüschte Wohnung nahe dem Vulkan gemietet und lebten dort wie die Maden im Speck. Bis Choupette mit einem sehr viel älteren Franzosen aus der Modebranche fremd zu gehen begann. Als Ti Martin ihm deswegen Eifersuchtsszenen machte, drohte Choupette, ihn an seine Marseiller Feinde zu verraten. Ti Martin bedauerte zu spät, Choupette in sein Vorleben eingeweiht zu haben und gelangte zu der Überzeugung, dass er den Marokkaner beseitigen musste. Irgendwann würde Choupette seine Drohung sonst wahrmachen."

„Seit seiner Marseiller Zeit trug Ti Martin ein Rasiermesser bei sich. Zur Epilation ebenso wie zur gelegentlichen Selbstverteidigung. Strichjungen leben gefährlich und später, im Drogenmilieu, stand natürlich auch die eine oder andere grobe ‚Nassrasur' an. Die Marseiller Polizei wunderte sich damals immer aufs Neue über den Fund von Leichen, deren Kehle mit geradezu chirurgischer Präzision durchtrennt worden war. Ti Martins Vater, ein Alkoholiker vor dem Herrn, hatte seinen Unterhalt zum Teil als Tierpräparator für extravagante Großwildjäger und verschiedene Naturkundemuseen verdient und seinem Sohn, der ihm dann und wann dabei zur Hand ging, wohl das eine oder andere anatomische ‚Schnittmuster' gezeigt. Die fantasielosen Flics konzentrierten sich auf der Suche nach dem Killer fast ausschließlich auf das Personal der Marseiller Krankenhäuser. Bald ging es den Pariser Kollegen ähnlich. Aber die waren noch eine Spur abgebrühter als die Jungs im Süden. Solange nur Pädophile oder Drogendealer auf der Strecke blieben, lehnten die sich entspannt zurück und rührten keinen Finger."

Laura konnte es nicht glauben. Dieser liebenswürdige, stets zuvorkommende junge Mann ein moderner Sweeney Todd?

„Sieht man ihm nicht an, eh?" Der Doc hatte Lauras Gedanken erraten.

„Exit Choupette. Einziges Problem: Der Vater des Marokkaners war eine große Nummer im maghrebinischen Milieu und setzte zusammen mit unserem untröstlichen Modeschöpfer eine stattliche Prämie auf Ti Martins Kopf aus, so dass der Junge erneut untertauchen musste."

Der Doc gab die Suche nach seinen Gewürzen auf und schrieb den ganzen Eintopf wohl gedanklich als kulinarischen Totalschaden ab.

„Diesmal war es mit einer Spritztour vom Typ gefillte Fisch nicht getan. Ti Martin musste sozusagen den Planeten wechseln. Er entschied sich schließlich für die zweitbeste Lösung und buchte eine Schiffspassage zu den französischen Antillen, Frachtschiff natürlich. In Pitre, wo er als Tellerwäscher im Café de Paris wieder ganz unten anfangen musste, machte ich seine Bekanntschaft und gab ihm ein neues Zuhause auf der Persephone."

„Und kein Kopfgeldjäger hat ihn je gefunden?"

Laura fiel ein, wie übereilt sich Ti Martin im Restaurant von Pitre plötzlich verabschiedet hatte, nachdem ihm offenbar irgendetwas oder irgendjemand an der Place de la Victoire aufgefallen war: der Typ mit der roten Windjacke vielleicht?

„Wenn ja, ist er vermutlich mit durchtrennter Kehle in den Mangrovengürteln der Rivière Salée verschwunden, wie der Mann, den wir auf der Herfahrt dort treiben sahen. Allerdings: wer immer die Karte bei Joe hinterlegt hat, ist sich offenbar nicht nur der Gefahr bewusst, in die er sich begibt, sondern zeigt auch erstaunlich viel Sinn für Ironie. Er bittet Ti Martin zum Tanz auf dem Vulkan der verwelkten Blumen des Bösen."

„Und welcher ist das?"

„Riechst du ihn nicht?"

Laura hielt die Nase in die Luft wie César. Der Faule-Eier-Geruch des Eintopfes hatte sich verstärkt. Schwefelwasserstoff, nicht zu knapp. Laura verzog das Gesicht. Dem Doc schien das nichts auszumachen.

„Geh nach oben, dann kannst du ihn auch sehen."

Laura stellte das Gas unter dem Topf ab und verkündete: „Das Essen ist soweit. Wer später Hunger bekommt, bediene sich bitte selbst."

Mit dem Rest heißen Wassers braute sie zwei Becher Kaffee und stieg vorsichtig den Niedergang zum oberen Cockpit hinauf. Ti Martin begrüßte sie und nahm ihr die dampfenden Becher ab. Direkt vor der ruhig ihre Bahn ziehenden Pas de Deux lag der rauchende Kamin der Soufrière Hills von Montserrat.

„Vulkane," sagte Ti Martin, „Schlummernde Bestien."

Während er seinen Kaffee schlürfte, suchte Laura mit dem Fernglas die Küste ab. Die Besiedelung der Insel schien spärlich und auf den nördlichen Teil zusammengedrängt. Nahe dem Nordkap Montserrats lag eine Yacht vor Anker. Auf diese Entfernung glich sie in Größe und Machart der... wie war noch der seltsame Name? Yaka...moz, genau. Das hätte zu dem Kurs gepasst, den sie nach der Fahrt durch die Rivière Salée eingeschlagen hatte. Doch es bedurfte keines besonders großen Abstandes, um, wenn schon nicht alle, so doch die meisten Segelyachten in Lauras Augen gleich aussehen zu lassen. Sie wanderte mit dem Feldstecher langsam im Zickzack die Berghänge nach oben, bis sie am rauchenden Gipfel angelangt war, der wie ein riesiges geköpftes Frühstücksei dampfend im Becher lag. Die lange, dünne schweflige Rauchfahne des Vulkans wehte der Pas de Deux genau entgegen.

„Sieht doch alles recht grün aus, auf den ersten Blick."

„War es ja auch, vor dem Ausbruch in den 1990er Jahren."

„Wieso Montserrat? Klingt Spanisch."

„Katalanisch. Heißt so viel wie ‚Sägezahn-Berg'. Wenn man das Original mit seinen sägeartigen Gipfelzacken in Katalonien sieht, versteht man den Namen sofort. Hier erscheint er mir ein wenig übertrieben, denn neben den Soufrière Hills gibt es lediglich noch den Chances Peak als zweiten Gipfel. Du musst weiter nach rechts schwenken, dort lag die Hauptstadt Plymouth. Scherz beiseite, der Ausbruch zerstörte und verschüttete den Ort komplett. Daher die graue Wüste, alles, was von der Stadt übrigblieb."

Laura ging mit dem Fernglas wieder nach unten und bewegte es nach Süden. Da, wo früher einmal die Häuser der „Hauptstadt" gestanden hatten, erstreckte sich jetzt ein sanft zum Meer abfallendes grauweißes Plateau mit einigen wenigen Ruinen, die von Mineralasche, Bimsstein und erkalteter Lava bedeckt waren. Hier und da hatten einzelne Häuserwände die Katastrophe überlebt und ragten nun mahnend empor wie antike Stelen aus einer Ausgrabungsstätte. Plymouth war buchstäblich in Schutt und Asche versunken. Tote wie beim Ausbruch des Mont Pelée auf Martinique waren nicht zu beklagen gewesen. Die Eruption von hatte sich vielmehr Tage und Wochen vorher quasi angekündigt, so dass Montserrat rechtzeitig evakuiert werden konnte. Ein Großteil der schlagartig obdachlosen englisch- und irischstämmigen Bevölkerung drängte heim ins britische Königreich, erhielt aber von der Krone eine unmissverständliche Absage. Ob

Gibraltar, die Malvinas oder Montserrat - solange es eine englischsprachige Rumpfbevölkerung gibt, bleibt die Illusion des Weltreichs gewahrt.

„Die Insel heißt bei uns nur die graue Hölle," erläuterte Ti Martin und setzte seinen Becher auf den Boden.

Nach den Erzählungen des Doc betrachtete Laura Ti Martin mit anderen Augen.

„Stimmt die Geschichte vom Eisvogel?"

Ti Martin warf Laura einen erstaunten Blick zu, lächelte dann aber. „Scherz beiseite, der alte Quacksalber hat also wieder mal aus der Schule geplaudert. Na ja, soll er. Was den Thunfisch betrifft, der ist Teil meiner persönlichen Mythologie, die ich ungern preisgebe."

„Das verstehe ich. Von wem, glaubst du, stammt die Nachricht auf der Visitenkarte?"

Ti Martin zuckte mit den Schultern.

„Wenn ich das wüsste, wäre mir wohler. Vermutlich jemand, der sich endlich das Sümmchen verdienen will, das seit Jahren auf meinen Kopf gesetzt ist, bevor es von der Inflation aufgefressen wird. Hat vielleicht bislang vergeblich darauf gesetzt, dass der Betrag aufgestockt wird. Jetzt möchte er endlich Kasse machen."

„Und? Was hast du vor?"

Ti Martin lehnte sich im Steuersitz zurück und legte seine Füße auf das Instrumentenpanel.

„Na, jedenfalls nicht noch einmal davonlaufen. Mir die betreffende Person aus der Nähe ansehen, was sonst. Ist ja nicht das erste Mal, dass ich Kopfgeldjäger enttäuschen musste."

Nach allem, was der Doc berichtet und sie selbst inzwischen erlebt hatte, glaubte Laura zu wissen, was Ti Martin mit „enttäuschen" meinte.

„Doch nicht etwa allein? In deinem Zustand?"

„Das ist eine Sache zwischen ihm und mir. Ich will euch da nicht mit reinziehen."

„Aber so läufst du ihm ja direkt in die Arme."

„Keine Angst, ich kann mich meiner Haut erwehren."

Ja, dachte Laura, gegen einen einzelnen nichtsahnenden Gegner sicherlich. Was aber, wenn es sich um mehrere vorgewarnte Killer handelt oder eine ruchlose Gang wie die von Antigua? Und die hässliche Kopfwunde Ti Martins, die noch längst nicht verheilt war, machte ihn quasi zum Invaliden.

„Sol wird niemals zulassen, dass du allein gehst."

„Sie muss es ja nicht erfahren. Scherz beiseite, ich hab' dich eingeweiht, weil ich auf deine Diskretion vertraue, also enttäusche mich bitte nicht."

Schweigend beobachtete Laura, wie das unheilschwanger qualmende Montserrat näherkam. Die Pas de Deux war schneller als die Yellow Dancer und blieb im Gegensatz zu dieser aufrecht wie ein Dressurreiter auf seinem hin und her tänzelnden Hengst. Laura war dabei, sich an den geruhsamen Rhythmus einer Yacht zu gewöhnen. Anfangs hatte sie ihn nur als langsam und mühsam empfunden. Allmählich lernte sie ihn als sehr entspannend schätzen. Der nahezu unmerkliche Vorgang der wachsenden Konturierung einer Insel anhand sich allmählich verdunkelnder Grautöne, die sich schließlich zu einer Farbpalette wandelten, glich der Entwicklung eines belichteten Negativs in einer Dunkelkammer, wie sie Robert vor Jahren besessen hatte.

Mit dem Bleistift in der Hand eines begabten Künstlers waren solche so genannten „Tonungen" besser darstellbar als auf modernen Fotos, denen es meist an Tiefenschärfe und damit an Perspektive fehlte. Das Zeichnen gehörte deshalb früher zur Ausbildung eines jeden Navigationsoffiziers, hatte der Doc ihr erklärt. Einer der besten seiner Zunft war offenbar der vielgeschmähte Kapitän William Bligh, der schon unter James Cook Europäern bis dahin unbekannte Küsten erkundet und kartographiert hatte. César lag neben Ti Martins Sitz. Laura wusste nicht, ob sie sich durch Martins Vertrauen geehrt fühlen oder wegen des moralischen Dilemmas, in den er sie gestürzt hatte, betroffen sein sollte. Ti Martin würde es ihr nie verzeihen, wenn sie Solitaire von seinen Absichten erzählte und Solitaire würde es ihr ewig nachtragen, wenn sie es nicht tat. Wieso schlitterte sie immer wieder in derart unauflösbare Zwiespalte wie diesen?

Ti Martin wies auf den Vulkankegel, wohl auch, um das ihm unangenehme Thema zu wechseln.

„Scherz beiseite, der etwas kleinere Hügel neben dem Vulkan, das ist der erwähnte Chances Peak, der Gipfel, auf dem die Risiken warten, das passt doch ganz gut."

„Gibt es einen Hafen auf der Insel?"

„Nicht wirklich, nein. Die meisten Schiffe und Yachten ankern in der Rendezvous Bay. Von da ist es nicht sehr weit bis zum heutigen Hauptort Brades oben auf dem Berg."

„Darf ich dich noch etwas fragen? Damals, auf der Terrasse des Café de Paris... Ich kam nicht umhin zu bemerken, dass du jemanden erkannt zu haben schienst, jemand, der dir auf den Fersen war?"

„Wie? Ach das. Ja, ich dachte, jemanden erkannt zu haben, der mit verdächtig demonstrativem Desinteresse über den Platz flanierte. War aber blinder Alarm."

Laura dachte an die Wasserleiche mit der roten Windjacke und weigerte sich, Ti Martins Antwort für bare Münze zu nehmen, ließ es aber dabei bewenden. Die Situation war so schon heikel genug.

„Das andauernde Misstrauen, das ständige Über-die-Schulter-Blicken muss doch ätzend sein. Stets irgendwie auf der Flucht, nie einfach nur entspannen...?"

„Bin ich dir in Pitre so gehetzt vorgekommen? Auf der Flucht sind wir alle irgendwie, klar, du übrigens eingeschlossen, mit Verlaub. Sicher, im Prinzip hast du leider Recht. Immer auf Zehenspitzen, immer auf der Durchreise, sozusagen. Sobald du aus einer Haustür trittst, musst du, ohne dich lange umzusehen, erfassen, wer sonst gerade auf der Straße ist, wo Fenster mitten im Winter offenstehen, Wagen mit abgedunkelten Scheiben oder unscheinbare Lieferwagen parken. Killer erkennst du an bestimmten verräterischen Anzeichen: die Kleidung ist eine Spur zu teuer für die Gegend, die Frisur sitzt zu gut, die italienischen Schuhe passen nicht zum Terrain, das Sakko ist verdächtig ausgebeult. Betrittst du eine Kneipe oder ein Restaurant, musst du dich irgendwo platzieren, wo du den Eingang im Blick hast und vor allen Dingen wissen, wie und wo du im Notfall am schnellsten wieder herauskommst. Kehre, soweit möglich, keiner Tür und keinem Fenster länger als unbedingt notwendig den Rücken zu. So etwas geht einem bald in Fleisch und Blut über – wenn man denn lange genug lebt."

Laura dachte unwillkürlich an Roberts Warnungen vor „Dr. Brutus". Nun, da sie um die kriminelle Vergangenheit ihres Vaters wusste, verstand sie seinen Spagat zwischen Vertrauen und Argwohn besser.

„Und weißt du, was wirklich komisch ist: Bullen geht es mit der Zeit ähnlich. Die Welt von Verbrechen und Strafe ist durch und durch paranoid, ohne Scherz. Das beginnt beim Flickenteppich der Strafgesetze, geht weiter mit korrupten Polizisten, schizophrenen Anwälten, inkompetenten oder naiven Richtern bis hin zu den Sadisten im Vollzug. Ich sag' dir was, Scherz beiseite, sei froh, dass du hier auf der Seite von Ganoven wie dem Toubib oder mir stehst, da weißt du wenigstens, woran du bist."

„Aber jetzt willst du sehenden Auges ins Verderben rennen?"
„Irgendwann muss man aufhören wegzulaufen. Wenn es mich erwischt, dann stand das eben geschrieben, wie Choupette zu sagen pflegte. Außerdem habe ich Aids, Laura Förster, falls der Toubib das Detail zu erwähnen vergaß. Meine Tage sind so oder so gezählter als eure, fürchte ich, das rückt so manches in die richtige Perspektive."

Gegen Mittag erreichten sie eine Ankerbucht etwas nördlich von der Rendezvous Bay und legten die Pas de Deux vor einer steil aufragenden Felswand an die Kette.

„Aber hier können wir nicht an Land." Laura wies anklagend auf die nackte, wenig einladende Felswand.

„Wollen wir auch nicht, noch nicht." Solitäire suchte mit dem Fernglas die Uferzonen rechts von ihnen ab.

„Wir warten auf die Dunkelheit und sehen uns dann mal in Brades um."

Laura ließ von César ab, der sie um einen Leckerbissen anbettelte und nicht einsehen wollte, weshalb er stattdessen mit Streicheleinheiten abgespeist wurde. Das war der Moment, in dem Laura Ti Martins Plan hätte zur Sprache bringen müssen. Ti Martin, der seinen Steuerstand verlassen und sich im Salon zu ihnen gesellt hatte, spürte natürlich ebenfalls den heiklen Charakter dieses kurzen, entscheidenden Augenblicks und warf Laura einen warnenden Blick zu. Dann schüttelte er langsam und eindringlich den Kopf.

Laura schwieg. Musste sie eben fortan damit leben. Ti Martin hatte viel Zeit gehabt, über alles nachzudenken und war offensichtlich entschlossen, allein zum Tanz auf dem Vulkan zu gehen. Ignace und Solitaire genossen auch auf Montserrat einen viel zu auffälligen Ruf, als dass sie hier unbemerkt umherspazieren konnten. Falls es wirklich eine Falle war, dann genügte es, wenn einer hineintappte und die anderen verschont blieben. Das dürfte Ti Martins Kalkül gewesen sein. Und wenn Laura es nüchtern betrachtete, musste sie ihm recht geben.

„Ich erinnere mich an einen rostigen alten Steg weiter im Süden, bei Plymouth. Liegt am seewärtigen Ende der Old Road. Dahin können der Toubib, Ti Martin und Laura die Pas de Deux verlegen. Wir treffen euch dort später."

Solitaire hatte aufgehört, Laura als Schneewittchen zu titulieren. Das war vielleicht ein Zeichen dafür, dass Laura in ihren Augen vom Status aufgeschobenen Fischfutters zur, sagen wir, Praktikantin aufgestiegen war. Möglicherweise hatte Lauras Auftritt bei der „Äquatortaufe" auch auf sie einen stärkeren Eindruck gemacht, als es zunächst schien. Ausgerechnet jetzt, da Solitaire ihr gegenüber ein wenig auftaute, musste Laura sie mit Ti Martins Plänen hintergehen.

Es war still geworden in der Bucht. Die Yacht, die Laura aus der Ferne beobachtet hatte, war schon bei ihrer Ankunft nirgends mehr zu sehen gewesen. Alle an Bord der Pas de Deux hatten Schlaf nachzuholen und lagen in ihren Kabinen im „Untergeschoss" der Motoryacht. Alle bis auf Ignace, dem Nimmermüden, der im oberen Cockpit Wache hielt, sein Messer schliff und ein Tütchen nach dem anderen rauchte. Und bis auf Laura, die mit pochendem Herzen im Salon Ti Martins Eröffnungszug entgegensah. Lange brauchte sie nicht zu warten.

„Ich glaube, ich fahr' mal an Land. César wird unruhig," hörte sie plötzlich Ti Martins näselnde Stimme draußen an Deck.

„Kannst du mir mal mit dem Dinghy helfen?"

Die Bitte richtete sich an Ignace, der Ti Martin misstrauisch beäugte. Die Instinkte des Chabins blieben offenbar stets hellwach. Wenn etwas faul war, roch er es garantiert als erster, noch vor César. Vielleicht hatte ihn Solitaire ja auch speziell vergattert. Jedenfalls kam ihm diese Initiative Ti Martins offensichtlich nicht ganz geheuer vor.

„Sicher?" fragte er.

„Klar. Was soll sein?" fragte Ti Martin mit breitem unschuldigem Lächeln zurück. Er hatte sich eine Wollmütze ähnlich derjenigen Joe Simpsons über den Kopfverband gestreift. Césars feines Gehör war das leise Klingeln seines „Geschirrs" an der Leine nicht entgangen, die Ti Martin bereits in seiner Hand hielt. Sofort hatte er sich gestreckt, war herausgekommen und wieselte nun aufgeregt um Ti Martins Beine herum.

„Na gut, ich komm' runter." Ignace gähnte, streckte sich, warf den Rest seines Tütchens ins Wasser und stieg den Niedergang hinab.

Ti Martin spürte Lauras Blick in seinem Rücken. Ohne sich umzudrehen, hob er sein bunt gemustertes Hemd mit den stilisierten Helikonienblüten an. So konnte Laura den Griff der handlichen Pistole sehen, die in seinem Gürtel über der Hüfte steckte. Sein Rasiermesser hatte er mit Sicherheit in der Hosentasche. Dass er nun offenbar Césars Stuhldrang als Vorwand nahm, war in Ordnung, solange er den Hund am Ufer angebunden zurückließ und nicht auf seine gefährliche Mission mitnahm.

Ignace und Ti Martin richteten das Dinghy her und setzten den Außenborder in seine Halterung am Heck. Ti Martin und César kletterten an Bord.

„Augenblick, ich fahr' mit," rief Ignace und band die dünne Leine des Dinghys an einen Decksklampen.

„Ich hole nur noch meine beste Freundin."

Laura wusste inzwischen, dass er damit nicht Solitaire, sondern seine Waffe meinte, die er selbst an Bord der Pas de Deux stets im Gürtel trug, für den Moment aber ausgerechnet jetzt wohl kurz abgelegt hatte.

Kaum war Ignace im Salon verschwunden, startete Ti Martin den Außenborder, löste die Leine, salutierte Laura scherzhaft und fuhr mit Vollgas davon. Als Ignace an Deck zurückkehrte, war Ti Martin bereits außer Hörweite.

Der Chabin schüttelte den Kopf und blickte Ti Martin verstört nach, bis das Dinghy hinter einem Felsvorsprung verschwunden war. Dann drehte er sich um, kam in den Salon und musterte ganz kurz Laura, die auf der Liege zu schlafen vorgab.

Der Lärm des Außenborders hatte Solitaire und den Doc geweckt, die beide von unten in den Salon geklettert kamen. Ignace berichtete ihnen, was vorgefallen war. Solitaire fluchte laut und gotteslästerlich.

„Hab ich's nicht geahnt? Ich hab's gewusst! Der verflixte kleine Trottel will sich umbringen lassen."

Sie wandte sich Laura zu.

„Er hat dich nicht zufällig eingeweiht?"

Laura schüttelte den Kopf und stand auf. Sie hoffte, Solitaire würde ihr hochrotes Gesicht nicht bemerken oder, falls doch, es für einen beginnenden Sonnenbrand halten.

„Na gut," Solitaire gedehnte Stimme klang wenig überzeugt. „Ich hätte dir mehr Verstand zugetraut, Ignace." Der Chabin setzte zu einer Erwiderung an, besann sich dann aber eines Besseren und schwieg. Wann immer Solitaire ihn bei seinem eigentlichen Vornamen rief, bedeutete das nichts Gutes.

„Nachschwimmen werden wir ihm nicht. Sein Handy ist ausgeschaltet. Wir müssen darauf vertrauen, dass er am Abend beim Steg aufkreuzt. Oder ihn suchen. Ich hoffe, wir finden ihn in einem Stück, sonst kenne ich einen Chabin, der mächtig Ärger bekommt."

3. Im Drachennest.

Jetzt blieb ihnen nur, die Zeit bis zum Abend irgendwie totzuschlagen. Die kilometerlange schweflige Rauchfahne der Soufrière Hills wurde inzwischen glücklicherweise von der Pas de Deux aus gesehen nach rechts abgelenkt. Dennoch hing ein alles durchdringender fauliger Gestank in der feuchtwarmen Luft, der sich auf Lauras Zunge legte und ihren Bronchien zu schaffen machte.

Sie fühlte sich total verschwitzt und schmutzig. Ein Bad wäre willkommen, dachte sie. Nicht, um sich in Unschuld zu waschen, sondern um den ganzen Dreck der letzten Tage abzustreifen. Sie fragte kurz in die Runde, doch niemand zeigte Interesse. Solitaire starrte auf eine Seekarte und schien Laura nicht gehört zu haben. Erst als sie sah, dass Laura sich anschickte, ihre verschwitzten, klebrigen Sachen gegen den Bikini zu tauschen, den sie nach kurzer Suche aus ihrem Koffer zerrte, blickte Solitaire auf.

„Würde ich an deiner Stelle nicht tun. Komm mit, ich zeig' dir was."

Sie stand auf, ging an Deck und winkte Laura, ihr zu folgen. Am Heck der Yacht öffnete sie eine Backskiste, wühlte zwischen aufgezwirbelten Tauenden, verbogenen Plastikpaddeln, einem Stück Ankerkette und anderen Bootsutensilien, bis sie gefunden hatte, was sie suchte. Sie zog eine Schlagpütz aus biegsamem schwarzem Material wie erkaltetem Teer heraus und band eine dünne Leine an den metallenen Henkel. Dann warf sie den Eimer über Bord, wartete, bis er sich zur Hälfte mit Wasser gefüllt hatte und zog ihn dann mit einem Ruck an der Leine zurück an Deck.

Laura blickte in das halbwegs klare, im Eimer hin und herschwappende Wasser, konnte aber nichts erkennen, was sie von einem Bad hätte abhalten können. Solitaires Oberkörper verschwand noch einmal in der Backskiste. Als sie sich aufrichtete, hielt sie triumphierend eine uralte poröse Taucherbrille mit halbblinden Gläsern in der Hand, die sie Laura reichte. Laura putzte die Gläser, setzte die Brille auf, rückte sie zurecht, holte tief Luft und drückte ihr Gesicht in den Eimer. Zunächst sah sie mit der

Brille nicht mehr als zuvor ohne sie. Dann jedoch erkannte sie winzige durchsichtige Glaskörper, die sich träge durch das klare Wasser bewegten.

„Quallenbrut," sagte Solitaire, als Laura den Kopf wieder aus dem Eimer gezogen hatte. „Myriaden. Gedeihen prächtig im lauwarmen, schwefelgesättigten Wasser um die Insel. Keine Würfelquallen, aber trotzdem unangenehm. Vielleicht hast du eine dickere Haut als ich, ganz sicher sogar. Mir verursachen die Tierchen jedenfalls juckende Pusteln und rote Flecken am ganzen Körper. Das brauchen wir jetzt nicht auch noch, also vergiss das Bad."

Laura dankte ihr für die eindrucksvolle Demonstration. Gab es in diesem Teil der Welt, den manch Uneingeweihter für den Garten Eden hielt, überhaupt irgendetwas halbwegs Unkompliziertes, um nicht zu sagen Harmloses? Etwas, das man ohne Gefahr für Leib und Leben genießen konnte? Es hatte nicht wirklich den Anschein.

„Wie kann man so leben?" murmelte sie, mehr als Bemerkung denn als Frage.

„Doch, das geht," schaltete sich der Doc ein. „Du siehst ja, selbst mit einem stinkenden Vulkan kann man sich arrangieren. Niemand zwingt die Leute, unter seiner Rauchfahne auszuhalten und jeden neuen Tag mit einem unfreiwilligen schwefligen Lungenzug zu begrüßen. Gut, die meisten hätten schon finanziell kaum die Möglichkeit, sich anderswo anzusiedeln. Trotzdem, wir Menschen sind die einzige Spezies der Schöpfung, die sich schlicht an alles gewöhnt. Entweder wir biegen uns das Milieu zurecht oder wir verbiegen uns, bis wir zum Milieu passen. Die meisten Tiere gehen ein, wenn sie nicht genau die Bedingungen vorfinden, die sie zum Leben brauchen. Wir nicht, das macht unseren evolutiven Erfolg aus. Fragt sich nur, ist das allein wirklich schon genügend Anlass, auf uns stolz zu sein? Darauf, die kompromisslosesten Opportunisten des Universums zu sein?"

Laura lachte. „Ja, der liebe Gott hat mit uns einen zweifelhaften Scoop gelandet."

Laura spürte Solitaires Anspannung. Sie machte sich zu Recht große Sorgen um Ti Martin. Vielleicht würde es ihr gelingen, sie abzulenken, sie wenigstens vorübergehend auf andere Gedanken zu bringen.

„So-li-taire." Laura sprach den Namen Silbe für Silbe aus, als hörte sie ihn zum ersten Male.

„So-li-taire. Mit Verlaub. Klingt für mich wie der einer in übel riechenden Stäbchenrauch gehüllten buckligen Wahrsagerin mit Troddeln am Kopftuch, gelben Pferdezähnen und dicker behaarter Warze auf der Nase. Hattest du nie einen bürgerlichen Vornamen?"

„Vorsicht, Laura Förster, du bewegst dich auf ein gestandenes Brillenhämatom zu."

Solitaire grinste. Immerhin, dachte Laura und entspannte sich. „Ja. Ich meine, nein. Nicht einen, viele. Da ich von klein auf nie Papiere hatte, die Aufschluss über meine Identität gegeben hätten, taufte man mich als Kind in jedem Heim und in jeder Anstalt aufs Neue um. Man hoffte wohl, die immer anderen Namen würden umgehend einen neuen Menschen aus mir machen. Das war leider eine Illusion. Egal, ob sie mich Louise, Eva, Ursula, Elfriede, Miriam oder was auch immer nannten, ich blieb stets derselbe unerträgliche Schmerz am Hintern meiner Aufpasserinnen und Wärter."

Laura konnte sich die junge, gegen alle Stachel löckende Solitaire gut vorstellen. Wer weiß, mit Solitaires sicher nicht trister Kindheit im Gepäck wäre Laura vielleicht genauso geworden wie sie.

„Später fand ich Gefallen an dem Spielchen und änderte selbst meinen Namen alle paar Wochen. Ich ging das Alphabet rauf und runter wie man es mit Hurrikans oder Tiefdruckgebieten macht, die früher mal ausschließlich weiblich waren: die Inkarnation des Bösen, verstehst du, Voodoo-Meteorologie. Eigentlich hätte mich das zur schizophrenen Dauergestörten auf der ewigen Suche nach ihrer wahren Identität machen müssen, oder? Tatsächlich betrachtete ich es als Privileg, mich dauernd neu erfinden zu können. Wer hat schon die Möglichkeit dazu?"

„Und Solitaire?"

„Das ist der Name, der hängenblieb. Die schwarze Königin gab ihn mir, als ich wie eine wilde, unbezwingbare Amazone vor ihr stand und sie an Solitude erinnerte. So hieß eine legendäre farbige Kämpferin gegen die Sklaverei auf Guadeloupe. Eine unzähmbare Mulattin, die um die Wende zum 19. Jahrhundert als Schwangere in den Kerker wanderte und am Tage nach ihrer Niederkunft gehenkt wurde. Von denselben gottesfürchtigen und gesetzestreuen Bürgern Pitres, die Solitude eine ruchlose Mörderin nannten. Nichts ist so relativ wie das Recht. Vielleicht maßt es sich deshalb so gern universale Gültigkeit an. Wäre ich wenigstens dunkelhäutig gewesen, hätte sie mir diesen Ehrennamen auch verliehen, sagte die schwarze Königin einmal. Aber als Bleichgesicht musste ich mit der Solitaire-Variante Vorlieb nehmen. Passte, weil man viel Geduld mit mir brauchte. Was soll's, der Gedanke ist der gleiche."

„Und wer ist diese schwarze Königin? Eine Schachspielerin?" Soitaire lachte lauthals.

„Bleib wach, spiel Schach? Laura Förster, an deiner Seite wird einem nicht fad. Hab' seit Jahren nicht mehr so viel gelacht wie über dich schon im Verlauf weniger Tage, nichts für ungut. Nein, die schwarze Königin ist eine sehr, sehr alte Garfuna, eine Schwarze vom Stamm der Kariben. Ihren bürgerlichen Namen hat sie vermutlich selbst längst vergessen, falls sie denn je einen besaß. Mit Urkunden ist man hier immer noch nicht so weit, geschweige denn zur Zeit ihrer Geburt, vor hundert und mehr Jahren."

„Ich wusste nicht, dass Kariben schwarz sind."

„Woher denn auch, du hast ja vermutlich noch keine gesehen. Farbig, aber nicht schwarz. ‚Reinrassig' sowieso nicht, haben sich Gott sei Dank mit anderen Völkern und Stämmen gepaart, sonst hätte inzuchtbedingte Degeneration sie längst dahingerafft. Viele tragen sogar noch Arawak-Gene in sich. So heißt das Volk, das Jahrhunderte vor den Kariben diese Inseln beherrschten. Manche sind mit Schwarzen zusammen, vor allem auf dem südamerikanischen Festland, von wo aus sie inselhüpfend einst kamen. Ihre Mestizen nennt man Garfuna."

„Und wieso Königin? Leben die Kariben im Matriarchat?"

„Nein. Chef auf Dominica, wo sie im Reservat leben, ist ihr jeweiliger Häuptling. Aber wie das so geht: Mann denkt, Frau lenkt."

Diesmal war Laura diejenige, die laut auflachte. Diese Sentenz würde sie gern zum Firmenmotto der ROLA GmbH machen.

„Mir war die Königin eine späte Ersatzmutter, Zuchtmeisterin und Gefährtin in einem, die wichtigste Bezugsperson neben Ignace. Ohne die beiden wäre ich im Dreck verreckt. Viel hat auch so nicht gefehlt. Ich war völlig am Ende, als ich nach Dominica kam, weil ich mich auf den anderen Inseln schon nicht mehr blicken lassen konnte. Sie las mich auf und wurde meine Schwarze Königin."

„Vielleicht sah sie in dir ihre natürliche Nachfolgerin, die Weiße Königin des Volkes der Kariben?"

„Möglich, glaube ich aber nicht. Selbst wenn – ich würde auch nicht gerne einem Stamm angehören, der jemand wie mich zur Königin wählt."

Solitaire blickte zum wiederholten Male geistesabwesend auf ihre Uhr.

„Du bist besorgt wegen Ti Martin?"

„Wie kommst du darauf? Da oben lauern möglicherweise ein paar geldgierige Kopfjäger auf ihn. Er ist allein auf sich gestellt und hat sich seit drei Stunden nicht gemeldet, sein Handy ist nach wie vor tot. Warum in Gottes Namen sollte ich mir da um ihn Sorgen machen?"

Der kleine Abstecher vom Thema Ti Martin war offensichtlich vorüber, die Audienz beendet. Laura nahm ihre Dusche in der Nasszelle der Pas de Deux und kleidete sich neu ein. So erfrischend, dass sie sich wie neu geboren fühlen würde, war das lauwarme Wasser nicht, aber besser als eine Tuchfühlung nackter Haut mit tausend winziger Quallen-Nesseln.

Der Doc und Ignace wechselten sich im Wachehalten ab. Das stundenlange Warten zerrte an den Nerven aller an Bord. Laura übernahm erneut freiwillig den Part der Köchin. Sie konnte nicht so lange untätig bleiben und fabrizierte zum Abendessen Fantasie-Omeletts, die sogar beim Doc Anklang fanden. Dann dösten und schwitzten wieder alle in der feuchten Hitze vor sich hin, rauchten, spielten Karten und nippten am Rum-Punch.

Endlich brach die kurze Dämmerung an. Der Doc erhob sich von der Koje und kletterte steifbeinig hoch ins Cockpit. Motor,

Ankerkette, Kettenkasten, Ankerrumpeln - Laura war inzwischen bestens mit den Betriebsgeräuschen an Bord vertraut und wusste jedem seine spezifische Funktion zuzuordnen.

Langsam zog die Westküste der Insel an ihnen vorüber. Während die Sonne rechts von ihnen versank, tauchte sie Montserrat in ihren tiefroten Schein und ließ die Insel wirken, als drohe sie jeden Augenblick von innen heraus zu verglühen. Auf der Höhe leuchteten die ersten Lichter der Ortschaft auf. Die Luftfeuchtigkeit begann zu kondensieren, obwohl die Temperatur nicht ohne Weiteres vor der Nacht kapitulieren mochte. „Kühle" war ein wenig bekanntes Phänomen in der Karibik zu dieser Jahreszeit. In der Regel stellte sie sich nur dann vorübergehend ein, wenn tropische Regengüsse sich mit heftigen Windböen paarten, vorzugsweise während eines Hurrikans.

Irgendwo im Osten, so hatte der Doc verlauten lassen, formierte sich ein ausgewachsener Zyklon. Die Wetterfrösche hatten ihn „Alberto" genannt, weil er der erste des Jahres war und weil Spanisch in der umschichtigen Verwendung der drei oder vier traditionellen Kolonialsprachen des karibisch-amerikanischen Raumes gerade wieder einmal an der Reihe war. Deutsch gehörte glücklicherweise nicht dazu, dachte Laura. Ein Hurrikan namens Adolf zum Beispiel wäre wohl auch nicht so gut gekommen, wiewohl Hitlers Streitmacht diesen Teil der Welt ja weitgehend unberührt gelassen hatten. Andererseits bildete er gerade deshalb für unzählige europäische Juden den idealen Fluchtpunkt.

„Ti Martin wartet bestimmt schon am Anleger." Laura wollte ein wenig Optimismus verbreiten, fand aber selbst, dass ihre Worte wie das Pfeifen im Walde klangen. Der Doc, Solitaire und Ignace hatten humorlos ihre Waffen überprüft, neu geladen und in ihren Gürteln und Holstern verstaut. Sie tauschten ihre leichte Sommergarderobe gegen ‚feuerfeste Asbestkluft', wie der Doc sich halb scherzhaft ausdrückte, und schlüpften in solide Waldbrand-Austreter mit Profilsohlen wie Rennreifen bei nasser Piste. Laura machte es ihnen ohne große Überzeugung nach.

„Marschieren wir durch Plutonium?" zitierte sie ihren Lieblingssatz aus einem Woody-Allen-Film, aber niemand verzog eine Miene.

Je weiter sie nach Süden kamen, desto unerträglicher wurde der Schwefelgestank.

„Willkommen in der Hölle!" rief der Doc und band sich ein Tuch über Nase und Mund, als habe man ihn unvermittelt zu einer Notoperation in den OP gerufen. Über ihren Köpfen stieß der Vulkan unablässig fauchend seine üblen Rauchschwaden aus. Laura hoffte, dass sie bald unter der Wolke hindurch sein würden. Doch der Doc nahm ganz im Gegenteil plötzlich das Gas weg und ließ die Pas de Deux mit dem Schwung ihrer ansehnlichen trägen Masse gegen einen alten rostigen Steg treiben. Ignace sprang mit den Leinen an Land, noch bevor der Rumpf auf Metall prallte und vertäute die Yacht fachmännisch. Von Ti Martin oder César war nichts zu sehen der zu hören.

„Wenn er da draußen irgendwo auf dem Weg hierher wäre, würde er uns ein Zeichen geben oder der Hund würde bellen." Als der Doc den Motor ausschaltete, lauschten alle angestrengt in die Nacht. Sie hatten kein Licht gemacht. Das war auch nicht unbedingt nötig, denn der Halbmond trat just in diesem Augenblick hinter dem qualmenden Vulkankegel hervor, als sei er gerade noch mal dem brodelnden Magma der Hölle entronnen, das ihn zur Hälfte abgeschmolzen hatte. Sein Gleißen ließ das verschüttete Plymouth im Licht eines sagenumwobenen Ortes der Legende aufleben, der vom sengenden Atem einem feuerspeienden Drachen bis auf die Grundmauern abgefackelt worden war. Der rostige, nutzlos gewordene Steg gehörte zu den wenigen nicht-brennbaren Überresten von Plymouth. Die alte Hauptstadt lag rechts von ihnen unter einer klebrigen Schicht verfestigter Asche, zerbröselnden Basalts und erkalteter Lava, die sich wie der erstarrte schwarze Strom giftigen, stinkenden Drachenblutes die Hänge hinunterwand. Da und dort ragten noch Gebäudeteile wie unvollendete Mausoleen aus der grauen Wüste der Zerstörung. Laura schauderte es.

„Was für ein unfassbar schrecklicher Ort," murmelte sie.

„Schrecklich vielleicht, aber von nicht zu unterschätzendem

praktischen Wert." Der Doc richtete den Strahl seiner Stablampe auf ein weißes Schild etwas weiter südlich: „Bis hierher und nicht weiter!"

„Das ganze Stück bis zum südlichen Kap ist seit etwa einem Jahrzehnt Sperrgebiet. Immer mal wieder kommt es nämlich zu kleineren Eruptionen und dem Ausstoß pyroklastischer Ströme. Das sind 700 Grad heiße Asche- und Staublawinen, die mit der Geschwindigkeit eines Jets den Berg hinabrasen und auf ihrem Weg alles Leben nachhaltig vernichten. Keine federleichte, vom Wind verwehte organische Asche wie die von verbranntem Papier oder Holz, sondern ein tödliches Gemisch aus geschmolzenem Gestein und halbstarrem Glas, nicht wahr. Hat bereits mehrere kleinere Ansiedlungen zerstört und ein gutes Dutzend Menschenleben gefordert. Wir befinden uns hier übrigens genau in der Flussschneise."

„Und was ist daran praktisch?"

„Das Prinzip des Klapperschlangenlochs. Je weniger einladend ein Ort, desto geeigneter als Versteck," entgegnete Solitaire an Stelle des Doc.

„Hierher kommen nur wenige Verrückte oder Vulkanier..."

„Vulkanologen," korrigierte ihn Laura.

„Auch so ein gestörtes Völkchen. Starren fasziniert ins Feuer, bis es ihnen die Haare versengt. Der abweisende Charakter der Ruinen ist Grund genug für lichtscheues Gesindel wie uns, ab und zu vorbeizuschauen und etwas zurückzulassen oder mitzunehmen."

„Ein riesiger toter Briefkasten?"

Der Doc nickte.

„Ja, kann man so sagen, in mehr als einer Hinsicht. Ein geheimer Umschlagplatz. Was glaubst du, wie viele Pakete mit Drogen oder Waffen und Geld hier schon den Besitzer gewechselt haben. Wie viele unansehnliche Leichen in der Gegend abgeladen wurden? Selbst das Meer gibt die meisten seiner Opfer irgendwann wieder heraus. Angespülte, angeknabberte Leichen stellen stumme Fragen. Wenn hier aber erst mal die Pyroklastik durchgerauscht ist, kannst du menschliche Überreste getrost für die nächsten paar hundert Jahre vergessen."

„Tut mir leid, wenn ich euer Gespräch störe," unterbrach sie Solitaire, „aber ich glaube, wir haben lange genug gewartet. Toubib, du bleibst an Bord und hältst die Stellung. Ignace und Laura kommen mit."

Laura erschrak. Einerseits über Solitaire, die bereits ihr Nachtsichtgerät über den Kopf gestülpt hatte, was ihr ein irgendwie außerirdisches Aussehen verlieh. Andererseits über die Aussicht auf einen gemeinsamen nächtlichen Spaziergang durch die graue Hölle.

„Wieso, was soll ich da?" Sie zeigte entsetzt auf die im Mondlicht dräuenden Ruinen.

„Ich verwette meine Ruger Redhawk, Ti Martin hat dir während der Fahrt von seinen Absichten erzählt. Konnte noch nie was für sich behalten, der Kleine, deshalb passte er so gut zum Toubib. Ich kann's nicht beweisen, aber mein Bauchgefühl betrügt mich selten. Deshalb gehst du mit, auf den begründeten Verdacht hin. Dann kannst du unter Umständen, die hoffentlich nicht eintreten werden, selbst sehen, was du angerichtet hast. Solltest du nichts mit der Sache zu tun haben, wird die Erfahrung dich nicht umbringen. So oder so, du kommst mit." Sie winkte dem Chabin und lief sicheren Schritts über den rostigen Steg an Land.

Laura wankte wie ein Hündchen hinter ihr her und hielt sich dabei mit beiden Händen am verbogenen Geländer fest. Der Chabin trug eine Maschinenpistole und hatte ebenfalls einen Restlichtverstärker über den Kopf gezogen. Im Gehen reichte er Laura einen kurzläufigen Revolver, dessen Handhabung er ihr atemlos schnaufend erklärte.

„Taurus Kleinkaliber 22, leicht, aber mit hoher Durchschlagskraft auf kurze Entfernung. Typische Favela-Wumme. Geladen und gesichert. Hier ist der Sicherungshebel. Du schiebst ihn mit dem Daumen, nicht vergessen, erst dann kannst du die Waffe abfeuern. Und denk' dran, du hast sechs Schuss, dann musst du nachladen. Hier ist eine Schachtel mit Munition."

„Und schieß nur, wenn ich es dir sage," fügte Solitaire hinzu. „Ziel immer auf die breiteste Stelle des Körpers und nur auf

Personen, die sich dir noch nicht in aller Form vorgestellt haben. Los jetzt, wir haben nicht die ganze Nacht."

Laura fühlte das kalte Metall der Waffe in ihrer feuchten Hand. Robert war Mitglied in einem Hamburger Schützenverein gewesen und hatte einige Handfeuerwaffen besessen. Ein paarmal hatte er Laura mitgenommen und auf Scheiben schießen lassen. Gegen den Knall konnte man sich mit Kopfhörern wappnen, aber der Rückstoß großkalibriger Pistolen brach ihr fast das Handgelenk. Auch im schießwütigen Florida hatte sie einen befreundeten Kommilitonen manchmal zum Schießstand begleitet und ab und zu ein paar Schuss abgegeben. Trotzdem, der Gedanke, eine solche Waffe irgendwann einmal auf Menschen zu richten, war ihr nie gekommen. Würde sie die Nerven im Zaume halten, wenn es darauf ankam? Es blieb ihr nicht die Muße, darüber nachzudenken. Solitaire und Ignace legten ein höllisches Tempo vor. Ohne Nachtsichtgerät war Laura darauf angewiesen, möglichst engen Kontakt zu ihnen zu halten. Das Licht einer Taschenlampe hätte möglicherweise auf der Lauer liegenden Heckenschützen ein ausgezeichnetes Ziel geboten.

Begleitet vom gleichmäßigen Fauchen des Ungeheuers machten sich die drei tollkühnen Drachentöter im fahlen Licht des schnell steigenden Halbmondes zum versteckten Nest des schlummernden Monsters auf, um es mitsamt seiner Brut zu vernichten. Beim ersten Sonnenstrahl würde das Monster erwachen und Feuer und Schwefel speien. Jeder Schritt fiel Laura schwer, weil die Füße in Asche und Geröll keinen Halt fanden und der schweflige Rauch selbst noch unter ihre Kleidung kroch und sich wie Mehltau auf ihre Haut legte.

Nach knapp einer Stunde Fußweg gelangten sie zu einem Steilhang, der infolge eines Felsrutsches rechter Hand fast senkrecht mehrere hundert Meter abfiel. Der Hang machte den Aufstieg zur gefährlichen Gratwanderung. Links wenige „geköpfte" laublose Bäume wie Wache stehende Skelette, rechts die Abbruchkante des gähnenden Abgrunds, nur wenige Schritt entfernt. Irgendwann hielten Solitaire und Ignace an und knieten sich auf den Boden, um mit ihren Gläsern die Gegend abzusuchen. Ignace schien etwas entdeckt zu haben. Er machte Solitaire und Laura ein Zeichen, absolute Stille zu wahren. Solitaire schwenkte ihr Fernglas in die von Ignace gewiesene Richtung. Dann nickte sie Ignace zu und beschrieb einen weiten Bogen mit ihrer Linken. Ignace legte sein Glas auf den Boden und verschwand lautlos zwischen den Sträuchern. Ohne ein Wort zu sagen, gab Solitaire Laura zu verstehen, dass sie in Deckung bleiben solle, wo sie war. Bevor die schwer atmende Laura sich erholt hatte, war auch Solitaire in den Senken weiter oben verschwunden. Laura saß allein auf dem feuchten, wie ein schlafendes Tier leicht bebenden Boden.

Nichts war zu hören außer dem gleichmäßigen Fauchen der auf Tod und Vernichtung sinnenden Bestie. Laura kroch hinter einen der sich wie versteinert anfühlenden Stämme und richtete sich entgegen Solitaires Geheiß kurz auf. Das Fernglas von Ignace funktionierte offenbar ebenfalls mit Restlichtverstärkung. Laura schwenkte es nach rechts und links und ließ es dann nach oben wandern. Schließlich sah sie es auch. Ein unscheinbares kleines Felsplateau, auf dem ein etwa mannshoher rußbedeckter Baumstumpf wie ein obszön gestreckter Mittelfinger aufragte. Um den Fuß des Stumpfes einige dunkle Gestalten, die sich an etwas zu schaffen machten, was aus dieser Entfernung nicht zu erkennen war. Plötzlich erscholl das sich mehrfach brechende Echo eines Schusses. Ein wuchtiger Knall wie das Geräusch einer fachmännisch geschwungenen Bullenpeitsche. Ohne Zweifel ein größeres Kaliber, wahrscheinlich Solitaires Ruger. Eine der schwarzen Gestalten kippte vornüber, die anderen stoben auseinander und liefen oder kletterten in alle Richtungen davon. Jetzt, da die Sicht auf den Baumstumpf auf dem Plateau frei war, konnte Laura ein amorphes Häufchen erkennen, das sie mit viel Fantasie als zusammengesunkenen Bündel Mensch beschrieben hätte, wäre sie denn gefragt worden.

Wieder knallten Schüsse, diesmal von weiter links. Die eine oder andere der Gestalten dort oben musste auf ihrer Flucht Ignace direkt vor die Flinte gelaufen sein. Eine verirrte Kugel pfiff offenbar über Lauras Deckung hinweg, zu hoch, um sie in Gefahr zu bringen. Dann noch eine, diesmal tiefer. Laura begriff. Das waren keine verirrten Kugeln. Ignace oder Solitaire schoss auf jemanden, der in ihre, Lauras Richtung lief.

Kaum hatte sie den Gedanken zu Ende geführt, als der eine unmittelbare Bestätigung in Form rollenden Gesteins und trommelnder Füße erfuhr. Schnell wurden die Tritte lauter. Mit zitternder Hand ließ Laura das Fernglas fallen und zog ihre Taurus aus der Hosentasche, die ihr in diesem Augenblick wie ein nutzloses Kinderspielzeug vorkam. Entsichern, unbedingt zuerst entsichern, flüsterte sie sich panisch zu. Wieder krachte es im Unterholz, diesmal, so schien es, nur Meter vor dem Baumstamm, hinter dem sie sich verbarg. Laura umklammerte den Griff der Walther mit beiden Händen und hob die schussbereite Waffe über den Kopf. Dann trat sie mit einem Male hinter dem Baumstamm hervor.

Der Mann war klein und schmächtig. Er stolperte bergab genau auf Laura zu, wandte aber im Laufen den Kopf über seine linke Schulter, um auf etwaige Verfolger schießen zu können. Das war Lauras Glück. Er sah die sich ihm urplötzlich in den Weg stellende Frau zu spät, um noch ausweichen zu können. Laura ihrerseits hatte keine Zeit mehr, ihre Arme zu senken und die Waffe auf den Mann zu richten. Vom harten Aufprall fast besinnungslos geschlagen, drückte Laura noch reflexhaft den Abzug der Waffe, bevor sie zwei, drei Schritt weiter links der Länge nach umfiel und mit dem Hinterkopf auf eine Baumwurzel schlug. Dann wurde ihr schwarz vor Augen.

Als sie wieder zu Bewusstsein kam, lag sie immer noch auf der Wurzel. Der Mann war verschwunden. Sie rappelte sich hoch. An allen Gliedern zitternd, aber unverletzt lehnte sie sich mit der gebeugten Linken gegen den Baumstamm und erbrach sich. Einige Minuten mochte sie so halb stehend, halb angelehnt, verharrt haben, bevor sie sich, die Taurus immer noch fest umklammert, langsam und mühsam auf den steil ansteigenden Pfad zum Felsplateau machte. Ignace und Solitaire wandten ihr den Rücken zu, hatten sicher längst realisiert, dass es sich nicht lohnte, den zwei oder drei verbliebenen Gestalten im Dunklen nachzujagen. Als Laura endlich herangekommen war, erkannte sie, was die Aufmerksamkeit von Ignace und Solitaire derart beanspruchte, dass sie Laura keines Blickes würdigten.

Das dunkle Bündel am Fuß des Baumstumpfes war Ti Martin. Seine Arme hatten seine Peiniger hinter den Stamm gebogen, seine Hände und Füße gefesselt. Seine Kopfwunde war wieder aufgeplatzt, geronnenes Blut verkrustete seine schwarzen Locken. Seinen Hals hatte man an den Baumstumpf gebunden und das Tau mit einem kurzen dicken Stock zur Garotte umfunktioniert. Aus Ti Martins weit aufgerissenem Mund ragte ein blutiger zimtfarbener Hundeschwanz. Auf seiner Brust prangte ein Pappschild, das jemand mit einer in Englisch verfassten Botschaft versehen hatte: Yellow Dancer, der letzte Tanz gehört mir.

SIEBTES KAPITEL

1. Griechenland liegt am Strand.

Laura stand im Morgengrauen mutterseelenallein in den Ruinen von Plymouth, bis zu den Knöcheln in klebriger Asche. Solitaire, Ti Martin, Ignace und der Doc hockten an den winzigen Holztischchen von Sean Drury's Irish Pub, der nur mehr aus halb eingestürzten Mauerteilen und dem halben, aus Neonröhren geformten Namen bestand. Die vier spielten angeregt Poker und tranken dazu Rumpunsch aus Wassergläsern. César war so tief im grauen Staub versunken, dass nur noch sein Kopf und die wedelnde Schwanzspitze herauslugten. Der Doc paffte sein Pfeifchen, die beiden anderen rauchten grob gerollte Tütchen.

Plötzlich erschütterte ein donnerndes Grollen den Boden unter Lauras Füßen. Dann folgte ein weiterer Erdstoß und schließlich eine gewaltige Explosion, deren Echo sich mit Schallgeschwindigkeit über die vibrierende Oberfläche des Atlantik fortpflanzte und noch die entfernteren Nachbarinseln zum Erzittern gebracht haben dürfte. Schmelzende Gesteinsbrocken und glühende Asche regneten auf die kümmerlichen Reste von Plymouth herab. Dann wälzten sich schwarz wallende Wolken aus Lava und Asche wie überkochendes Pech über den Kraterrand und rollten rasend schnell zu Tal, genau auf die Kartenspieler zu.

Die tödliche Staublawine war im Handumdrehen nur noch wenige hundert Meter entfernt, schien die drei am Tisch jedoch nicht sonderlich zu beunruhigen. Als säßen sie hinter einer undurchdringlich dicken Panzerglasscheibe, prosteten sie einander zu, kippten ihren Rum und hatten nur Augen für die Karten. Ti Martin lief goldgelb-blutiger Rumpunch in pulsierenden Schüben aus dem weit geöffneten blutigen Rachen. Laura schrie, wollte die drei warnen, doch der donnernde Lärm schluckte ihre Rufe. Dann versuchte sie wegzurennen, sich wenigstens selbst in Sicherheit zu bringen, blieb aber in der Asche stecken wie in grauem, schmutzigem Tiefschnee. Der Hitzeschwall der Lawine hatte sie bereits erfasst, so dass ihre Haut wie Wachs von den Gliedern schmolz und ihre Lungen sich in Zementblöcke verwandelten. Das Ende kam mit einem dumpfen Schlag.

Schweißgebadet wachte sie auf. Die Pas de Deux stampfte in gleichmäßigen ruhigen Bewegungen durch den Atlantik, alles schien seine Ordnung zu haben. Lauras Erleichterung über das Ende des einen Albtraums wich augenblicklich dem Entsetzen über einen anderen, aus dem sie nicht so schnell erwachen würde. Ihr Blick fiel auf die gegenüberliegende Sitzbank. Ignace hatte die Leiche Ti Martins vom Plateau unterhalb des Chances Peak zum Steg getragen, in Bettlaken gewickelt und auf die freie Sitzbank im Salon gelegt. Eine unsanft von der Seite einfallende Welle musste die Yacht jäh ins Rollen gebracht und den brettstarren Ti Martin von der Polsterbank auf den Boden geschleudert haben.

Der Doc im Cockpit hatte den dumpfen Schlag wohl ebenfalls gehört, denn er kam den Niedergang heruntergestiegen, um nach dem Rechten zu sehen. Er hob die Leiche Ti Martins mit Lauras Hilfe vom Boden auf und legte sie auf die Bank zurück. Laura fühlte mit dem Doc und bekämpfte gleichzeitig ihr peinigendes Selbstmitleid. Was war da oben am Chances Peak geschehen? Wieso war der Mann, dessen völlig entgeisterten Gesichtsausdruck sie noch deutlich vor Augen hatte, mir nichts, dir nichts verschwunden? Der Doc jedenfalls hatte seine beiden engsten Partner und Gefährten verloren und sah womöglich einem Lebensabend in tiefer Einsamkeit entgegen, wie man sie niemandem wünschen mochte, egal, was er sich in früheren Jahren hatte zuschulden kommen lassen.

Laura stand auf und blickte zurück. Montserrat am Horizont glich einem riesigen, über das Heck versinkenden Ozeandampfer, von dem nach einer Havarie nur noch der Bug, das vordere Oberdeck und zwei Schornsteine aus dem Wasser ragten. Der eine der beiden rauchte sinnlos weiter, als wolle sich die Maschine nicht in ihr Schicksal fügen. Den qualmenden Vulkan achteraus und den dampfenden Regenwald Guadeloupes im Visier, machte die Pas de Deux gewohnt rasche Fahrt.

„Wie lange noch?" fragte Laura den Doc.

„Drei Stunden, schätze ich, nicht viel mehr," antwortete der, warf noch einen zärtlichen Blick auf Ti Martin, der wie eine ihrem Pyramidengrab entrissene und hierher nach Übersee geschmuggelte Mumie verschnürt lag. Bei jeder leichten Schlingerbewegung der Yacht schüttele die „Mumie" gleichsam ungläubig mit dem Kopf.

Wie viele ihrer Gefährten hatte Solitaire bereits auf diese oder ähnliche Weise verloren? Wie gelang es ihr, solch nahegehenden Verluste immer wieder wegzustecken? Auf dem Rückweg zur Pas de Deux war kein Wort über ihre Lippen gekommen. Zweifellos machte sie sich schwere Vorwürfe, dass sie „Ti Moun" allein hatte gehen lassen. Sie hätte ihn vor sich selbst schützen müssen, sagte sie. Laura war klar, dass sie im Laufe der kommenden Tage ein sehr niedriges Profil halten musste. Wenn Solitaire sie wegen Ti Martin wirklich verdächtigte, konnte das noch bitterböse für Laura enden, davon war sie überzeugt. Ti Martin würde das zwar nicht zurückbringen, aber Solitaire einen Blitzableiter bieten.

Ihr nächstes Ziel, so viel hatte Laura im Durcheinander mitbekommen, das auf die Entdeckung der Leiche Ti Martins gefolgt war, hieß Dominica. Diese Sonntags-Entdeckung des Christoph Columbus als Solitaires Heimatinsel zu bezeichnen, wäre einer sentimentalen Übertreibung gleichgekommen. Eine Frau wie sie wusste mit diesem Begriff sicher wenig anzufangen. Asyl, Refugium, Rückzugsraum, Schlupfloch trafen außerdem den nackten Sachverhalt allemal besser.

„Und?" Solitaire war aufgewacht und baute sich drohend vor Lauras Koje auf.

„Wo bleibt deine kluge Rede über Menschlichkeit und Barmherzigkeit? Auge um Auge, Zahn um Zahn, so lautet der blutige Reigen der Yellow Dancer. Und du hast dich gestern in die Polonaise eingereiht, kannst eine erste Kerbe in den Griff deiner Taurus machen. Wie fühlt man sich denn so als Killerin?"

Als sie Lauras Verwirrung sah, lachte sie bitter auf.

„Ach ja, du warst wohl kurz außer Gefecht. Den Seinen gibt's der Herr im Schlaf. Nun, Ignace und ich hatten da oben einen

Logenplatz und konnten beobachten, wie du mit dem Typen zusammengestoßen bist. Krasse Nummer! Bäng und aus die Maus!"

Sie schlug ihre beiden flachen Handflächen aneinander.

„Er hat dich eingelocht wie beim Pool Billard, ist dabei selbst draufgegangen. Künstlerpech. Taumelte seitwärts und fiel über die Kante in die Schlucht. Ganze Arbeit, Laura Förster, vielleicht steckt ja mehr in dir als ich dachte."

Mit einem abschließenden langen Blick auf Laura wandte Solitaire sich um und schlurfte müde in die Kombüse. Laura blieb eine Antwort schuldig. Der sinnlose Tod Ti Martins lähmte ebenso wie ihre eigene vertrackte Lage. Obwohl sie im Grunde die geringste Schuld an den Ereignissen trug, würde sie der Vorwurf treffen, diesmal zu Unrecht nicht eingeschritten zu sein. Wieder einmal hatte sie sich im Bemühen, es allen recht zu machen, mit allen überworfen.

„Wer ist zu solch sinnloser Brutalität fähig?" fragte sie.

Der Doc zuckte mit den Schultern.

„In unseren Kreisen? Such dir jemand aus. Sinnlos, wie man's nimmt. Im Pègre wird die Grausamkeit schnell zum Selbstzweck. Nur wer sich unnachgiebig zeigt und seine Skrupellosigkeit durch brutale Taten wie diese unterstreicht, setzt sich auf Dauer durch, nicht wahr. Obwohl allen klar sein muss, dass letzten Endes jeder irgendwann den Preis zahlt und bis dahin von geborgter Zeit lebt. Ein albernes Nullsummenspiel. Irgendwann fällt die Klappe und der Reigen beginnt wieder von vorn: Diadochenkämpfe, offene Rechnungen, das ganze Programm. Gründe oder Anlässe finden sich immer, nicht wahr. Du solltest dich schnellstens wieder nach Hamburg absetzen, die Luft hier…" Er beendete den Satz nicht.

„Scherz beiseite, aber für eine Tasse heißen Tee könnte ich jetzt auch jemand umbringen." Solitaire war unverrichteter Dinge aus der Kombüse zurückgekehrt und wandte sich nun fragend an den Doc.

„Nicht notwendig." Ignace setzte Wasser auf, das von der Gasflamme immer erstaunlich schnell zum Sieden gebracht wurde.

„Danke, Ignace," sagte der Doc, der sonst nur selten ein Wort mit dem Chabin wechselte, und stopfte seine krumme kurze Pfeife.

„Nun, wir rätseln natürlich seit dem Überfall auf die Yellow Dancer, wer uns da mal wieder ans Leder will. Joe hat uns ja leider nicht viel weitergeholfen. Interessenten gäbe es jede Menge. Was die Sache allerdings zusätzlich kompliziert, ist Roberts Tod. Er hat sich womöglich in neuerer Zeit Feinde gemacht, die nur er kennt, die aber offenbar nachtragend genug sind, ihn über den Tod hinaus zu verfolgen – ihn oder seine Erben."

„Ich setze mein ganzes Geld auf den Türken," fügte Solitaire hinzu.

Der Doc nickte. „Er gehört zweifellos zu den vorrangigen Gläubigern."

„Inwiefern?"

„Eine wirre Geschichte. Robert erfuhr kurz vor seinem Tod, dass eine Lieferung Hakans über die Ägäis verbracht werden sollte, ganz wie in alten Tagen. Eigentlich hatte man diese ehemals populäre Route längst aufgegeben, nicht wahr. Heute geht so was mit Containern, deren Transportwege bis ins letzte Detail programmiert sind. Du kannst sie auf deinem Tablet oder Smartphone Station für Station verfolgen, wie das Weihnachtspäckchen von Amazon. Die Zeiten der Seeräuber-und Schmugglerromantik à la Stevenson sind vorbei."

Er steckte sich seine Pfeife an und nippte am heißen Tee.

„Doch ab und zu, wenn mal irgendwo unerwartet Sand ins Getriebe gerät, zum Beispiel international koordinierte Großrazzien stattfinden oder jemand beim Zoll geplaudert hat, kann es vorkommen, dass die Routen von einst vorübergehend reaktiviert werden müssen, nicht wahr. Das sind die seltenen Augenblicke, in denen die Bestie ihr Antlitz zeigt und verwundbar wird."

„Die geplante Transaktion in der Ägäis war so ein Fall. Robert hatte Wind davon bekommen und sich an mich gewandt. Die alte Feindschaft zwischen Hakan und ihm über Penelope nagte zeitlebens wie ein unersättlicher Geier an ihren Lebern. Hier sah Robert eine günstige Gelegenheit, dem Türken nicht nur eins auszuwischen, sondern ihn ein für alle Mal im Milieu unmöglich zu machen. Ein Lieferant, der zur vereinbarten Fälligkeit nicht liefert, riskiert, aus dem Spiel genommen zu werden und seine

Unachtsamkeit mit dem Leben zu bezahlen. Robert brauchte geeignetes Personal und da er wusste, dass ich Kontakte zu Spezialisten wie Solitaire und Ignace unterhalte, kam er auf mich zurück."

„Die Sendung, um die es ging, bestand aus hundert Kilo Heroin aus nachhaltigem Anbau quasi mit Reinheitszertifikat, unter Freunden gute vier bis fünf Millionen Dollar wert. Zwanzig Kilo sollten bei uns bleiben, den Rest wollte Robert türkischen Konkurrenten Hakans zuschanzen, um die ruhig zu stellen und Hakan zugleich doppelt zu treffen. Er selbst hatte sich ja längst vom Drogengeschäft verabschiedet. Solitaire und Ignace eigentlich auch. Wäre jemand anderer als ich an die beiden herangetreten, hätten sie den Auftrag sehr wahrscheinlich abgelehnt. Warum unnötige Risiken auf sich laden. Der alten Zeiten willen sagten sie zu."

„Eine verhängnisvolle Kette wechselseitiger Verflechtungen und Verpflichtungen also."

„Sozusagen. Die Sache verlief leider nicht wie programmiert, was man sich eigentlich hätte denken können. Wann immer solche alten Routen wiederaufleben, sind sie gefährlich wie Dynamitstangen mit Tropfen schwitzendem Nitroglycerin. Man ist ja längst nicht mehr auf dem neuesten Stand: einzelne Wegepunkte von damals liegen jetzt unter dem Asphalt neuer sechsspuriger Autobahnen, ehemalige Verstecke haben sich in Versicherungspaläste verwandelt, wichtige Kontaktpersonen sind inzwischen über den Jordan gegangen oder haben die Seiten gewechselt, kurzum, man tappt in vielerlei Hinsicht im Dunkel. Es bedarf dann schon einer besonderen Risikofreudigkeit, sich auf so etwas einzulassen, denn die ganz alltäglichen Pannen vom Typ dumm gelaufen kommen ja auch immer noch hinzu."

„Solitaire hätte ein technisches Versagen fast das Leben gekostet. Konnte gerade noch mal ihren Hintern aus der Schlinge ziehen, um den Preis der Liquidierung von drei Handlangern Hakans. Unter dem Strich wurde Hakan auf diese Weise seine Ware, einige seiner Männer und seinen guten Ruf los. Das vergisst er Solitaire und uns anderen vermutlich nicht so leicht. Robert ist ja für ihn nicht mehr zu erreichen, wir hingegen schon. Ich denke, Solitaire hat Recht mit ihrer Annahme, dass er hinter diesen Anschlägen steckt."

Der Doc erhob sich vom Steuersitz und ließ sich von Solitaire ablösen, die verschlafen auf die Instrumente blickte und sich am Küstenverlauf zu orientieren suchte. Dann gab sie mehr spielerisch ein paar Daten in den Autopiloten ein und wartete, bis der Plotter den programmierten Schwenk graphisch bestätigte.

„Warum erzählst du Laura nicht selbst von deinen Erlebnissen in Griechenland," fragte sie der Doc.

Solitaire schien nicht sehr mitteilsam an diesem Morgen. Der Gedanke an den Doppelverlust des Doc stimmte sie vielleicht doch schließlich milde. Sie war nicht die einzige an Bord, die Grund zur Trauer hatte.

„Du meinst also auch, Hakan ist uns bis in die Karibik gefolgt?"

„Er hat durch uns ein Vermögen verloren. Danke für diesen Teil Ihres geschätzten Nachlasses, Robert Förster."

„Schon seltsam, wenn man jetzt daran zurückdenkt, dass wir für Lauras Vater arbeiteten. Wie der Toubib schon sagte, wir hätten ablehnen können, niemand zwang uns, das Angebot anzunehmen. Hätte ich geahnt, dass die Sache so aus dem Ruder laufen würde, hätte ich verdammt noch mal sofort nein gesagt."

„Was ist denn passiert," fragte Laura, irgendwie froh, dass sie auf dieses Thema ausweichen konnten und nicht weiter über Ti Martins Tod und ihren spezifischen Anteil Schuld daran streiten mussten.

„Passiert? Die Scheiße ist voll in den Ventilator gefallen, das ist passiert. Die hundert Kis sollten auf einem gottverlassenen kleinen Felsen westlich der Insel Lesbos von Türken zwischengelagert werden. Dort würden sie von Griechen der Balkanroute wenige Tage später abgeholt, nach Piräus verbracht und in einem Frachter voll mit Nahrungsmittelhilfe verschifft werden. Die Nahrungsmittelhilfe war eigentlich für Afrika bestimmt, ließ sich aber dank ihrer trotz des Transportweges kaum verringerten Qualität abzweigen und dem einen oder anderen Billigheimer ins Regal stellen.

Nicht mein Problem. Ich hatte die Aufgabe, dem Felseninselchen kurz vor der Warenübernahme einen Besuch abzustatten und Hakan den Stoff unter seiner krummen Nase wegzuziehen. Anstatt nach Piräus würden achtzig der hundert Kis über Chios, wo Ignace auf mich wartete, nach Marmara gelangen. Dort würde es von Hakans türkischen Konkurrenten übernommen werden. Zwanzig Kis blieben an unseren Fingern haften."

„Was sind zwanzig Kilo Heroin wert?"

„Kann man so pauschal schlecht sagen. Hängt davon ab, wo es herkommt, wie es verschnitten wurde und vor allem, wie scharf der Kunde darauf ist. Marktwirtschaft, schon mal gehört? Jede Ware erzielt den Preis, den ein Käufer für sie zu zahlen bereit ist. Der theoretische Handelswert von gutem Stoff liegt irgendwo zwischen fünfzig und achtzig Dollar - das Gramm, wohlgemerkt."

Laura spitzte die Lippen zu einem leisen Pfiff.

„Gut, aber das ist natürlich kein Reingewinn. Du musst die laufenden Ausgaben und nötigen Aufwendungen abziehen. Dann kommt noch die Mehrwertsteuer drauf."

Ignace und der Doc verzogen ihre Gesichter zu einem müden Grinsen.

„Wem sage ich das. Yep, so sah's aus. Aber auf die Technik ist selten Verlass, auf die griechische schon gar nicht. Was soll ich dir sagen, der Propeller des gecharterten Motorbootes, mit dem ich in der Ägäis unterwegs war, verabschiedete sich plötzlich vom Rest des Bootes, einfach so. Griechenland liegt am Strand. Ich sag' dir was, Laura Förster. Egal, um was es sich handelt, die Griechen haben ein sicheres Händchen dafür, sich von allem die absolut mieseste Charge herauszupicken. Wisst ihr, was ich glaube? Ich glaube, in den Fertigungshallen der Fabriken in aller Welt steht jeweils ein Container mit der Aufschrift Griechenland, irgendwo unauffällig in einer Ecke. Sobald der unterbezahlte, ausgebeutete koreanische Leiharbeiter sein Werkstück versaut hat, weil ihm das Sushi vom Vortag wie Blei im Magen liegt, wandert das kontaminierte Teil als Ausschuss in diesen Container. Vom Reißverschluss bis zum PC, egal - jeder noch so beschissene Mist endet garantiert irgendwie in Griechenland."

Solitaire lehnte sich auf der windabgewandten Seite aus dem Steuerstand und spuckte ins Meer. „Ignace, willst du mich hier mit lauwarmer Robbenpisse vergiften?"

Ignace schüttelte grinsend den Kopf.

„Hab' mich wohl in der Dose vergriffen und Hühnerbrühe aufgegossen. Oder es ist griechischer Tee."

„Siehst du, ich sage dir schon seit Monaten, du sollst dir endlich eine Brille anschaffen. Irgendwann erschießt du noch versehentlich einen von uns, du kurzsichtiger Presbyter." Sie schüttete den Inhalt der Tasse in Lee über Bord.

„An alle Fische, aufgepasst, hier kommt lecker Hühnchen. Wie ich schon sagte, der Propeller gab noch kurz Laut, ,Pliiiing', und ging auf Sehrohrtiefe. Bevor ich kapiert hatte, was passiert war, hatte ich schon eine feuchte Möse. Das Wasser drang schneller durch den Wellentunnel ein, als ich es hätte rausbefördern können, selbst wenn eine Schöpfkelle an Bord gewesen wäre. So dauerte es nur Minuten, bis das ganze Boot unter meinem Hintern wegsackte. Gleichzeitig kam Wind auf, klar, wenn schon, dann aber mit Schwung. Das geht ruck zuck in der Ägäis und kommt grundsätzlich zum ungünstigsten Moment. Solange du beispielsweise auf einem Segelboot da draußen liegst und sehnsüchtig auf eine laue Brise wartest - kein noch so verzagter Möwenfurz. Aber kaum steuerst du enttäuscht zurück an Land und willst Anker werfen oder anlegen, weht es dir plötzlich das Toupet vom Kopf und dein Boot wird von den Böen unkontrollierbar kreuz und quer durch die Marina gefegt. Selbst beim Wetter haben die Griechen in die Scheiße gefasst, ich sag's dir. Die ganze Nacht bin ich geschwommen wie einer dieser gestörten Kanal-Überquerer. Nur, dass ich nicht dick eingefettet war wie ein Riesenzäpfchen und auch kein Begleitboot hatte, das mich aus dem Wasser ziehen konnte, wenn ich vorübergehend etwas kurzatmig wurde."

Sie machte energische Kraulbewegungen mit beiden Armen, als müsse sie Laura und dem Doc demonstrieren, wie es aussieht, wenn man mit letzter Kraft um sein Leben schwimmt.

„Der Wind wurde heftiger, die See tobte, die Dunkelheit machte jede Orientierung praktisch unmöglich. Die Strömung vertrieb mich weiter und weiter nach Süden. Fragt mich nicht wie, aber ich schaffte es tatsächlich bis zu dieser verdammten Klippe von Insel. Gott sei Dank hatte ich vorher die Karte genau studiert, als hätte ich eine Vorahnung gehabt. Nur so konnte ich die Insel überhaupt erkennen, als sie sich plötzlich vor mir auftürmte. Drei Tage habe ich in einer winzigen Höhle von Regenwasser, dem rohen Fleisch einer Schlange und Krebsen gelebt. Schmeckt übrigens auch wie Hühnchen, die Schlange, rohes Hühnerfleisch minus die Salmonellen. Am zweiten Tag habe ich Streichhölzer gefunden, das hat die Schonkost schlagartig aufgewertet."

Laura erbleichte. Solitaires Bericht drehte ihr den Magen um.

„Du fragst dich gerade, ob du das auch geschafft hättest, eh Schneewittchen? Vergiss es, du wärst verdurstet, verhungert, verdunstet, verwelkt, eingegangen eben. Und wenn nicht, hätten dich die drei Weisen aus dem Morgenland vergewaltigt und massakriert. Die waren von Hakan auf die Insel geschickt worden, nachdem die Griechen von Thessaloniki im Sturm gar nicht erst ablegen konnten. Haben nicht schlecht gestaunt, die drei, als ich wie Batwoman über sie kam."

Solitaire lächelte grimmig bei dem Gedanken an die verdutzten Gesichter der Männer Hakans des Leisen.

„Yep, dem guten Hakan ist übel mitgespielt worden. Wäre keineswegs verwunderlich, wenn er das alles veranlasst hätte – den Überfall, Ti Martin, César. Wer weiß, was er sonst noch aussheckt."

„Die Frage lässt sich noch am leichtesten beantworten," schaltete sich Laura ein, „er wird weder rasten noch ruhen, bis er uns alle vier auch noch massakriert hat, was sonst."

Solitaire schien ungerührt ob dieser düsteren Prognose.

„Umgebracht, laut gelacht. Dazu gehören zwei, Dummchen. Einer, der killt und einer, der sich killen lässt. Wenn ich ihn in die Finger kriege, hänge ich ihn an den Eiern auf und ziehe ihm die Haut bei lebendigem Leibe ab."

Bei anderen hätte Laura dies als leere Drohung, als verbale Kraftmeierei ausgelegt. Solitaire hingegen glaubte sie aufs Wort.

2. Der barmherzige Kapitän Trigorin.

Laura erwachte zum ersten Mal seit Tagen gut ausgeruht. Zwar schmerzten ihr noch einige Muskeln, von denen sie gar nicht wusste, dass sie sie besaß und die Zwerge hinter ihren Schläfen machten Anstalten, demnächst wieder eine Sonderschicht einzulegen. Dafür aalte sie sich wohlig in einem nach frischen Wiesenkräutern riechenden Bettzeug anstatt in einer muffigen, ewig leicht nach Diesel stinkenden Koje.

Sie versuchte, sich aufzurichten, sank aber sogleich kraftlos mit dem Oberkörper auf die Matratze zurück, als hätte ihr jemand einen sanften Stoß gegen die Brust versetzt. Durch die Ritzen in den hölzernen Fensterläden blitzten scharf konturierte Sonnenstrahlen, die sich über dem Bett in den Prismen feiner Staubwirbeln brachen. Noch ein paar Minuten dösen, so tun, als sei sie wieder Kind und wartete darauf, von Frederike mit einem laut schmatzenden Guten-Morgen-Kuss begrüßt zu werden.

Die „Hacienda del Sol" eines deutschen Bekannten und Geschäftsfreundes Solitaires gehörte zweifelsfrei zu den besten Adressen auf Dominica. Hier würde sie es wochenlang aushalten können, davon war sie überzeugt. Behaglich streckte sie alle Viere von sich und gebot den rumorenden Zwergen gebieterisch Einhalt.

Ihre rechte Hand glitt über eine prall gefüllte lederne Handtasche weiter oben, unweit ihrer strahlenförmig über das Kissen verteilten Haare. Das Ding musste Solitaire gehören. Lauras war es jedenfalls nicht. Sie konnte sich nicht erinnern, überhaupt jemals eine Ledertasche mit einer so feinen, glatten, fast samtenen Oberflächenstruktur in der Hand gehabt zu haben. Seltsam, dass sie die beim Zubettgehen am Vorabend nicht bemerkt hatte. Sie tastete weiter und schnellte im selben Moment hoch wie von der Tarantel gestochen. Die Handtasche hatte sich bewegt! Als sie sich zur Seite wandte, blickte Laura in die ausdruckslosen Pupillen einer langen, armdicken zitronengelben Schlange. Das Reptil musste sie seelenruhig im Schlaf gemustert und vielleicht sogar kurz darüber nachgedacht haben, ob Laura als Beutetier in Frage käme. Offenbar hatte sie sich diesbezüglich noch keine abschließende Meinung gebildet und ließ vorläufig weiter ihre gespaltene Zunge geräuschlos über die seidene dunkelblaue Bettdecke schießen.

Lauras entsetzter Aufschrei rief bei der tauben Schlange keine erkennbare Reaktion hervor. Soweit man ihr überhaupt eine Gemütsregung unterstellen durfte, schien sie eher interessiert als erregt. Doch Laura hatte weder Lust noch Kraft, über dieses wenig artgerecht erscheinende Verhalten des Reptils zu sinnieren. Die Außentür zur Terrasse flog auf und der Doc stürmte herein, die Glock Ti Martins im Anschlag. Er hatte gelbe Eigelbreste in seinem Oberlippenbärtchen, musste wohl draußen beim Frühstück gesessen haben, als ihn Laura aufgeschreckt hatte.

Im Zwielicht des abgedunkelten Zimmers bot sich ihm ein Bild des Grauens. Laura hatte sich mit einem Kleiderbügel bewaffnet und im Nachthemd in die entfernteste Ecke des Schlafzimmers zurückgezogen und ihren Rücken gegen die Wand gepresst. Mit vor Schreck geweiteten Augen beobachtete sie argwöhnisch jede noch so träge Bewegung der zitronengelben Schlange. Im Gegensatz zu Laura schien diese der Begegnung mit der Vertreterin einer fremden Spezies keine außergewöhnliche Bedeutung beizumessen. Mit etwas mehr innerem Abstand hätte man glauben können, dass die Schlange leicht zerknirscht dreinblickte, ganz so als bedaure sie aufrichtig, Laura dermaßen erschreckt zu haben. Der Doc brach in sein Ziegenmeckern aus, das man zuletzt nicht mehr oft von ihm gehört hatte und steckte die schussbereite Glock wieder ein.

„Ich sehe, du bist dabei, dich mit Mäxchen anzufreunden. Weiß der Himmel, wie er hier reingekommen ist. Wenn du hinter seiner Haut her bist, musst du allerdings warten, bis er sie demnächst mal wieder freiwillig abstreift. Er ist nämlich die unangefochtene Nummer eins in Solitaires privatem Artenschutzprogramm. Und ich habe den Verdacht, er weiß das auch genau und nimmt sich deshalb jede Menge Freiheiten heraus." Der Doc stieß sein meckerndes Gelächter aus und nahm Laura den Kleiderbügel ab.

„Davon abgesehen, ist Mäxchen so etwas wie der gute Geist der Hacienda. Darf ich vorstellen, Max Constrictor, Laura Förster."

Er ging zum Bett, griff sich den etwa drei Meter langen Netzpython und trug ihn zur Tür. Dann setzte er ihn vorsichtig auf der sonnenüberfluteten Terrasse ab.

„Hier, Mäxchen, du brauchst etwas Farbe ins Gesicht, scheint mir. Und schäm' dich. Man verschafft sich nicht einfach heimlich Zugang zum Schlafzimmer einer Dame. Was sollen die Leute denken!" Das Reptil kroch möglicherweise schuldbewusst, aber ohne erkennbare Hast über den Rasen in Richtung Buschwerk.

„Du musst Max entschuldigen, er ist in der Brunst oder wie immer dieser Zustand hormonell bedingter Erregbarkeit bei Schlangen heißt. Sucht wohl schon seit Tagen eine geeignete Partnerin. Deine weiblichen Pheromone werden ihn unwiderstehlich angelockt haben, vermute ich. Umso größer seine nachvollziehbare Enttäuschung. Ja, Mäxchen, so grausam spielt das Leben uns Männern bisweilen mit."

Der Doc lachte erneut schallend und bedeutete Ignace und Solitaire, die inzwischen ebenfalls aufgetaucht waren, sich keine Sorgen zu machen. Laura fühlte sich zum x-ten Male der Lächerlichkeit preisgegeben. Zornig warf sie sich den weißen Morgenmantel über, der hinter der Tür ihres Zimmers hing.

„Komm, nimm doch Platz" beruhigte sie der Doc, „leiste mir Gesellschaft beim Frühstück. Du musst doch ausgehungert sein."

Laura schluckte ihren Zorn herunter und setzte sich zum Doc an den in der Tat reich gedeckten Tisch. Die spärlich bekleidete Solitaire verschwand kopfschüttelnd in ihrem Teil des Bungalows, während Ignace, der dem Frieden nicht zu trauen schien, sich in karierten Shorts vom Typ Happy Camper zu einem Kontrollgang über das weitläufige Gelände der Hacienda bemüßigt fühlte.

„Das heutige schlechte Karma der Schlangen ist eine leidige Hinterlassenschaft des frühen Christentums. Nicht die einzige. Die Antike ging mit Schlangen viel souveräner um, verehrte sie sogar als kluge Trägerinnen wahrsagerischer und naturmystischer Kräfte.

Asklepios soll seine botanischen Kenntnisse um die heilende oder schädliche Wirkung von Kräutern von einem Reptil vermittelt bekommen haben, das wir Äskulapschlange nennen. Der Titel Pythia für die Dienst habenden Orakelfrauen von Delphi lebt in Mäxchens nobler Spezies weiter. Davon abgesehen, sind Würgeschlangen in diesem Teil der Welt nur auf Dominica heimisch," erklärte der Doc. Er hatte sein Frühstück bereits beendet und stopfte sich das obligatorische Morgenpfeifchen.

„Tut mir leid, dass ich alle mit meiner Hysterie alarmiert habe. Ich hasse Schlangen. Gott sei Dank ist Mäxchen nicht giftig."

„Nein, nein, absolut harmlos. Giftschlangen haben auf den Kleinen Antillen vor allem Martinique und St. Lucia vorzuweisen. Afrikanische Ottern, vor einem Jahrhundert von Plantagenbesitzern eingeführt und ausgesetzt. Sollten als Abschreckung für barfüßige Sklaven dienen, die sich mit Fluchtgedanken trugen, nicht wahr. Erwiesen sich insofern wirksamer als bissige Wachhunde und gediehen prächtig in unserem Klima." Er goss Laura Kaffee ein.

„Würgeschlangen wie Mäxchen sind da gemütlicher, obwohl auch Pythons aggressiv werden können. Das Problem ist, man sieht es ihnen nicht unbedingt an. Außerdem: wenn eine Giftschlange zubeißt, gibt es Breitspektrum-Gegengifte, die normalerweise Leben retten. Muss man natürlich auch erst mal zur Hand haben, nicht wahr. Schlangengifte haben ganz unterschiedliche Zusammensetzung und Wirkung. Die wenigsten Opfer von Bissen sind kaltblütig genug, das betreffende Reptil schnell zu töten oder zumindest so weit zu identifizieren, dass man eindeutige Rückschlüsse auf das spezifische Toxin ziehen kann und weiß, mit was man es zu tun hat. Selbst wenn das Opfer überlebt, bleiben oft erhebliche dauerhafte Gewebeschäden. Davon abgesehen, nicht wahr, kann auch der Biss ungiftiger Schlangen unangenehme Entzündungen verursachen."

„Wenn Mäxchen sich liebevoll um den Hals eines Menschen wickelt und zuzieht, dann war's das, schlicht und ergreifend. Du machst dir keine Vorstellung von der Kraft solcher Pythons, das sind richtige Muskelpakete. Bevor dir jemand zu Hilfe kommt und eingreifen kann, bist du erstickt." Laura ließ ihr Croissant sinken.

„Manche Irre halten sich solche Tiere zu Hause, bis sie ihnen zu unheimlich werden. Dann setzen sie sie irgendwo in der freien Natur aus. Florida ist inzwischen von Pythons übervölkert, die es sogar mit Alligatoren aufnehmen."

Laura rutschte auf ihrem Stuhl nach vorn. Etwas Kantiges in der Tasche ihres Morgenmantels stieß gegen ihren Oberschenkel. Sie griff vorsichtig hinein und zog zu ihrer Erleichterung keine schlafende Vogelspinne an ihren haarigen Beinen heraus, sondern hielt nur eine angebrochene Schachtel Zigaretten in der Hand. Der Doc blickte überrascht.

„Ich wusste nicht, dass du rauchst."

Laura schüttelte den Kopf.

„Tue ich eigentlich auch nicht. Aber da hier sowieso alles auf dem Kopf steht..."

Der Doc gab ihr Feuer. Laura nahm einen tiefen Lungenzug und begann sofort heftig zu husten. Der Doc klopfte ihr auf den Rücken und hielt sie an, ihren Kaffee zu trinken.

Seit zwei Tagen waren sie jetzt hier auf Dominica. Nach allem, was Laura darüber gelesen hatte, der vielleicht interessantesten der Antillen über dem Wind. Die Annäherung an das Panorama der wolkenverhangenen Bergzüge der Insel war allein schon atemberaubend gewesen. Auf den ersten Blick bot sich das heutige Dominica von See aus betrachtet wohl nicht viel anders dar, als bei ihrer Entdeckung durch Columbus vor einem halben Jahrtausend. Im heimatlichen Spanien nach den Eigenheiten der Topographie der Insel befragt, soll Christoph Columbus wortlos ein Blatt Papier zerknüllt haben. Als sich das Papier wieder halbwegs entfaltet hatte, war das originelle „Relief" der chaotisch zerklüfteten Insellandschaft fertig.

Nach seinen ersten Landgängen wusste er sicher auch von den zahllosen Flüssen und geheimnisvollen Seen der Insel zu berichten, die zu den wasserreichsten, aber wirtschaftlich auch am stärksten benachteiligten Antillen zählt. Das nicht erst, seitdem ein Hurrikan die meisten primitiven Hütten der Siedlungen und Ortschaften davontrug. In der Prince Rupert Bay ankernde Schiffe waren damals wie herrenloses Spielzeug an den Strand gespült worden. Ihre rostzerfressenen, halb gesunkenen Wracks waren Laura aufgefallen, als die Pas de Deux an der Nordwestspitze der Insel Anker geworfen hatte. Sogleich waren zwei lange, Einbaum-artige Kanus vom Strand zu ihnen hinausgefahren und hatten sie samt Gepäck übergesetzt. Zum „Gepäck" zählte auch die verwesende Leiche Ti Martins, die leidlich zu riechen begonnen hatte und schleunigst bestattet werden musste.

Die Begrüßung war eher geschäftsmäßig. Fragen wurden nicht gestellt, jedenfalls keine, die über die höfliche Erkundigung nach der augenblicklichen Befindlichkeit hinausgegangen wären. Man merkte den Einheimischen ihren gehörigen Respekt vor Solitaire und ihren Begleitern deutlich an. Die Kanus waren mit starken Außenbordern bestückt und langen Gashebel-Stangen versehen, die den Einheimischen zugleich als Steuerruder dienten. Während der Saison lagen an einem guten Tag schon mal an die dreißig, vierzig Yachten in der Bucht vor Anker, die alle versorgt und bedient werden wollten. Jetzt, so kurz vor dem ersten Hurrikan-Monat hatte die Pas de Deux die Prince Rupert Bay exklusiv für sich.

Auf dem Indian River waren sie unter dem natürlichen Dach überragenden Laubwerks mächtiger uralter Bäume mit lang herabhängenden Lianen und schwarzem Louisiana-Moos ein Stück landeinwärts gefahren. Auf einer Lichtung mit provisorischem Anleger hatten zwei Jeeps für sie bereitgestanden, mit denen sie über gewundene, bucklige schmale Landstraßen zur „experimentellen Farm" von Solitaires deutschem Bekannten, einem Mann namens Theo, gelangt waren. Experimentell - so jedenfalls nannte der Doc die „Hacienda".

Theo, ein wohlhabender ehemaliger Berliner Anwalt, galt in der Heimat als Mann mit Herz für jugendliche Straftäter im Allgemeinen und Drogenabhängige im Besonderen. Vor vielen Jahren hatte er sich in Dominica verliebt, seine Berliner Anwaltskanzlei mitsamt zweifelhafter Klientel seinem Nachfolger vermacht und seine Zelte in der Karibik aufgeschlagen.

Die großspurige Bezeichnung „Hacienda" war für hiesige Verhältnisse keineswegs übertrieben. Das ganze Grundstück umfasste mehrere Morgen Land mit Nutzflächen ebenso wie einem prachtvollen, sorgsam gepflegten kleinen Park voller seltener tropischer Baumarten und Zierpflanzen. Eine geräumige Scheune mit gut getarntem Kellerlabor diente offiziell der Lagerung von Futtermais und Hanf. Was Theo mit dem Futtermais anstellte, blieb sein Geheimnis. Vermutlich verkaufte er ihn an heimliche Destillen der Umgebung. Seine Experimente betrafen nur den Hanf und verfolgten im Wesentlichen das Ziel, genmanipulierte Sorten zu züchten, die ertragreicher und schädlingsresistenter waren als die herkömmlichen Pflanzen. Sein hochwertiges, in kleinen Mengen von seinem Labor hergestelltes Marihuana genoss weit über die verschlossene Bergwelt Dominicas hinaus einen ausgezeichneten Ruf, war allerdings auch nicht ganz billig. Den eindrucksvoll eingerichteten weißen Bungalow mit seinen knallroten und violetten Bougainvilleas stellte Theo Solitaire und ihren Freunden immer dann zur Verfügung, wenn er selbst auf Reisen war.

Und Theo war häufig auf Reisen. Privates wusste er dabei mit Geschäftlichem auf vorteilhafte Weise zu verbinden. Seitdem er auf Jamaica eine junge alleinerziehende Mutter kennengelernt hatte, die er regelmäßig mit seiner einmotorigen Piper besuchte, stand sein Anwesen auf Dominica über viele Wochen des Jahres praktisch leer. Abgesehen vom betriebsamen Kommen und Gehen des durchweg diskreten Personals wie Gärtner, Putzfrau oder Chemiker.

Seine Investitionen in Drogenherstellung und Rauschgifthandel hatten Theo irgendwann auch mit Solitaire, Ignace und ein paar anderen Leuten vom Metier zusammengeführt. Im Gegenzug für seine Großzügigkeit, die Nutzung der „Hacienda" betreffend, ersparte Solitaire ihm auf „ihrer" Insel den einen oder anderen lästigen Behördenbesuch. In der Karibik wusch eine Hand nicht selten mal zwei. Von Theo hatte Solitaire auch etwas Deutsch gelernt, das für Lauras Ohren komisch klang, weil es, dem Charakter Solitaires durchaus angemessen, einen Anflug von Berliner Schnodderschnauze hatte.

„Jedes Mal, wenn er nach Jamaica fliegt," hatte Solitaire erzählt, „nimmt er für Brigittes Söhnchen eine Ladung riesiger Plüschtiere mit, von denen dann das eine oder andere im Flieger wie ein Co-Pilot neben ihm sitzt. Die Leute im Tower von Kingston biegen sich vermutlich jedes Mal vor Lachen, wenn sie Landebahn Eins für Kermit, Gonzo oder Miss Piggy freigeben. Dabei fällt kaum jemandem auf, dass die vielfliegenden Muppets stets auf Hin- und Rückflug gebucht sind. Außer Brigittes Söhnchen wahrscheinlich, das sich an seine immer nur sporadisch erneuerte Bekanntschaft mit den plüschigen Freunden wohl inzwischen gewöhnt hat. Wie soll der Junge auch wissen, dass Miss Piggy und Co. beim Rückflug jeweils auf Crystal Meth stehen. Theo erwirbt es billig auf Jamaica und stößt es hier mit einem kleinen Aufschlag wieder ab."

Nach dem Frühstück schlenderte Laura durch Theos prächtige Parkanlage. Sie trug Solitaires Gürtelschnalle mit dem Tigerkopf im Austausch gegen Lauras Nagellack, von dem Solitaire sich ganz besonders angetan zeigte. Laura hatte das Accessoire nicht im gleichen Maße in ihr Herz geschlossen, aber Solitaire war nicht von der fixen Idee abzubringen gewesen, dass Laura im Gegenzug für den Nagellack etwas von Solitaires Sachen an sich nehmen sollte. Und bevor sie sich mit einer Ruger Redhawk Kaliber 44 versehentlich den halben Fuß wegschoss, entschied sich Laura lieber für die harmlose und irgendwie ja auch coole Gürtelschnalle.

Die meisten von Theos Zierpflanzen säumten einen Teich, der seinerseits von einer Seerosenart mit schneeweißen Blüten fast völlig bedeckt wurde. Dunkelrote und gelbe Helikonien, Orchideen in allen Farben des Regenbogens oder Calatheas mit gelben „Schwanzrasseln", die denen von Klapperschlangen täuschend ähnlich sahen, verströmten verschwenderisch ihre Aromen, als wetteiferten sie um die Gunst der Gäste.

Laura suchte sich ein schattiges Plätzchen auf einem Hügel unter den Zweigen eines Brotfruchtbaumes, setzte sich ins Gras, wobei sie sich vorsichtshalber nach dem umtriebigen Mäxchen umsah und lehnte sich schließlich seufzend mit dem Rücken gegen den Stamm. Von hier aus hatte sie einen wunderbaren Ausblick über die farbige Blütenpracht auf kobaltblauer karibischer See. Weiter hinten lag die Insel Marie Galante wie ein gedeckter Apfelkuchen auf blauweißer Tischdecke.

Laura fasste in die Gesäßtasche ihrer Jeans und zog die hastig gefalteten Blätter mit den Briefübersetzungen heraus, die sie auf Antigua erhalten, aber in der Hektik der jüngsten Ereignisse fast wieder vergessen hatte. Nun schien die Gelegenheit günstig, sie wenigstens einmal zu überfliegen. Die eng beschriebenen Blätter im PDF-Format waren alle mit Daten versehen, so dass Laura sie chronologisch ordnen konnte. Zwischen den ältesten und jüngsten Briefen lagen immerhin knapp zwei Jahrzehnte. In seinem Begleitschreiben machte der Übersetzer darauf aufmerksam, dass es sich hier um sogenanntes „pontisches" Griechisch, also den Dialekt der Schwarzmeer-Griechen handele, der sowohl morphologisch als auch lexikalisch von Kaukasussprachen wie Georgisch kontaminiert und daher selbst für griechische Muttersprachler nicht ohne weiteres verständlich sei. Der Übersetzer könne insofern keine hundertprozentige Garantie für die Richtigkeit und Nuancentreue übernehmen.

Die Briefe richteten sich alle an Robert und waren zunächst von schwer nachvollziehbaren Gedankensprüngen und Sinnbrüchen geprägt. Die Schreiberin stand offensichtlich unter erheblichem Druck und hatte kaum Zeit, ihre Gedanken zu ordnen, bevor sie sie zu Papier brachte. Das Ergebnis entsprach dem Lieblingsparadoxon ihres alten Deutschlehrers – hätte ich mehr Zeit gehabt, hätte ich dir einen kürzeren Brief geschrieben. Kurze, abgehackte Sätze und Fragen im Tagebuchstil glichen verzweifelten Hilferufen. Anfangs ging es Penelope offenkundig vor allem darum, Robert wissen zu lassen, dass sie Hakan nicht etwa freiwillig gefolgt war, sondern von ihm mit Gewalt entführt worden sei und ihn, Robert, weiterhin liebte „wie am ersten Tag". Immer wieder erkundigte sie sich nach ihren Mädchen und bat Robert, alles Menschenmögliche zu tun, sie aufzutreiben und in Sicherheit zu bringen. Erstaunlich viel Raum schenkte sie der Beschreibung ihrer Umgebung. Da sie anscheinend nicht genau wusste, wohin man sie verschleppt hatte, bemühte sie sich, Robert möglichst viele topographische Hinweise zu geben, die vielleicht Rückschlüsse auf ihren Aufenthaltsort zuließen. Später teilte sie mit, dass man sie in der Gegend um den Van-See im ehemals armenischen Teil

Anatoliens mehr oder weniger gefangen hielt. Das Leben dort geriet ihr zu einer einzigen Qual, schrieb sie. Angefangen bei den körperlichen Erniedrigungen durch Hakan bis hin zu dem psychischen Martyrium, dem Verlust ihrer beiden Töchter.

Ein etwas längerer Brief dieser ersten Periode erregte Lauras besondere Aufmerksamkeit. Darin schilderte Penelope in nach und nach flüssigerem Stil den Istanbuler Unfall mit dem Motorboot und die Folgen für die Kinder und sie selbst.

Der Mann am Steuer hatte Pech, hieß es da. Er wurde aus dem Boot geschleudert und brach sich wohl beim Aufprall das Genick. Jedenfalls trieb er bewegungslos an der Oberfläche. Die Mädchen und ich, wir krachten ebenfalls im hohen Bogen ins Meer. Ich hatte glücklicherweise eine Schwimmweste übergezogen und konnte nach einem kurzen Augenblick des Schocks meine beiden im Meer treibenden Babys einsammeln und sie über Wasser halten. Lange wäre das aber nicht gut gegangen. Die See war zwar ruhig und sommerlich warm, aber die Strömung so stark, dass wir drei Richtung Dardanellen abzutreiben begannen. An Bord des Frachters, über dessen Ankerkette wir gefahren waren, hatte jemand wohl den Krach des Aufpralls gehört und die Erschütterung gespürt, die von der Ankerkette ausgegangen sein muss. Jedenfalls zeigte sich umgehend ein Mann an Deck und rief etwas, das ich nicht verstand. Er muss das sinkende Motorboot noch gesehen und sich den Hergang des Unfalls zusammengereimt haben. Er warf uns einen Rettungsring zu und ließ dann ein Beiboot zu Wasser. Damit fischte er uns auf und brachte uns über eine Art Lotsenleiter an Bord. Ich war weitgehend unverletzt, aber total verwirrt und panisch. Eleni hatte eine klaffende, stark blutende Wunde am linken Oberschenkel. Der Mann - er stellte sich später als Kapitän Boris Trigorin vor - desinfizierte die Wunde und stillte die Blutung.

Die Art und Weise, wie er dabei vorging und den Verband anlegte, ließ mich vermuten, dass er über medizinische Kenntnisse verfügte. Ich dachte, das gehört vielleicht zur Ausbildung eines Kapitäns der russischen Handelsflotte. Er verriet mir aber irgendwann, dass er ein paar Jahre Medizin studiert hatte, bevor er sich aus Geldnot entschloss, auf dem Schiff, das er billig erstanden hatte, zur See zu fahren.

Irini hatte es schlimmer erwischt. Ihr linker Arm war blau angelaufen und stark geschwollen. Der Kapitän sagte, der Arm sei sicher mehrfach gebrochen und könne nicht allein mit Bordmitteln versorgt werden. Irini müsse an Land, ins Krankenhaus, um geröntgt und behandelt zu werden. Ich hatte Angst, wusste, dass Hakan ganz Istanbul auf den Kopf stellen und uns sicher finden würde. Wenn er von dem Unfall erfuhr, würde er natürlich in den Krankenhäusern mit der Suche beginnen. Deshalb bat ich den Kapitän, alles zu unternehmen, was er nur tun konnte, um Irinis Arm zu retten.

Da Knochenbrüche zu den häufigsten Unfällen auf einem Schiff gehören, hatte die ,Black Sea Rover', so hieß der Frachter, so gut wie alles Notwendige an Bord, um den Arm zu schienen und zu gipsen. Der Kapitän sagte, er könne aber nicht dafür garantieren, dass der Arm wieder völlig normal ausheilte. Möglicherweise müsse er später noch einmal kontrolliert gebrochen und fachgerecht verarztet werden. Ich bat Trigorin trotzdem, mit den Mädchen auf der ,Rover' bleiben zu dürfen.

Er sagte, er habe nichts dagegen, wir könnten in seiner Kapitänskajüte wohnen, aber sein nächster Hafen sei dann erst wieder Odessa auf der Krim. Ich sagte, das sei mir egal, Hauptsache, ich war so weit wie nur möglich weg von Istanbul und Hakan.

Als der Rest der kleinen Besatzung der ,Rover' vom Landgang zurückkehrte, lichtete das Schiff sofort Anker und fuhr den Bosporus hinauf ins Schwarze Meer. Der Frachter sei ein Trampschiff unter der Flagge Panamas, erzählte mir der Kapitän. Er war ja gleichzeitig der Eigner und immer auf der Suche nach Ladung. Egal was, Hauptsache es brachte genug ein, das Schiff wieder ein paar Monate am Laufen zu halten und die Crewheuer zu bestreiten. In Istanbul hatte sich seine Hoffnung auf Zuladung zerschlagen.

Trigorins Kajüte war eng, stickig und mit allem möglichen Zeug zugemüllt. Es stank nach Schweiß, Schnaps und Tabak. An den Wänden hingen Bilder offenbar noch aus sowjetischer Zeit.

Sie zeigten den jungen Trigorin mit allerlei Mädchen und Jungs, Kameraden in Uniform, oft unter oder neben roten Flaggen mit Hammer und Sichel. Gott sei Dank hielt Trigorin seine ungepflegten, vulgären Männer von mir und den Babys fern. Aber das ganze Schiff roch an allen Ecken und Enden nach Diesel, Öl, Kohl und Fäkalien. Überall lag dick der Dreck und nachts hörte man, wie sich die Ratten in den Küchenabfällen tummelten. Hinzu kam der Lärm. Der Motor brummte und summte unablässig. Irgendwann begann sogar mein Herz im Takt der Maschine zu pochen. Trigorin stellte mir nach und nach alle möglichen Fragen. Wo war ich zu Hause? Wer war hinter mir her? Hatte ich irgendwelche Bekannten in Odessa? Gab es jemanden, den er benachrichtigen sollte? Warum er das alles wissen wollte, wurde mir erst später klar.

Mitten im Schwarzen Meer brach ein Sturm los, der mir sehr zusetzte. Ich wurde so stark seekrank, dass ich nur noch auf der Koje lag und wünschte, tot zu sein. Das Essen an Bord war ohnehin äußerst bescheiden, fast jeden Tag gab es Berge von Kartoffeln und Kohl mit fettem Schweinefleisch. Ich konnte das kaum runterwürgen. Und als ich jetzt auch noch seekrank wurde, magerte ich weiter ab. Ich hätte nie gedacht, dass man so unter Seekrankheit leiden kann. Den Babys machte das nichts aus, die fühlten sich wohl wie in den Mutterleib zurückversetzt. Gott sei Dank hatte das Schiff genügend Milch an Bord. Die Kleinen waren versorgt, aber ihr nächtliches Geschrei ging mir zunehmend auf die Nerven. Ich konnte die Kabine ja kaum je für mehr als ein paar Minuten verlassen. Ab und zu musste ich an die frische Luft, koste es, was es wolle. Und sei es auch nur, um den Eindruck loszuwerden, in einer Gefängniszelle zu sitzen, die nicht nur genau so eng war, wie die richtigen, sondern sich darüber hinaus auch noch dauernd bewegte.

Als wir endlich in Odessa ankamen und die ‚Rover' Anker warf, wollte ich gleich mit den Mädchen von Bord gehen. Ich war sicher, mich irgendwie nach Westen durchschlagen zu können. Doch Trigorin ließ das nicht zu. Er sagte, wenn man mich im Hafengebiet ohne Papiere aufgreife, würde man mich verhaften und verhören.

Dann bekäme auch er Scherereien. Die ‚Rover' würde einige Zeit in Odessa auf Reede liegen, bis sie geeignete Ladung aufgetrieben habe und er könne dafür sorgen, dass ich Papiere bekäme, gefälschte natürlich. Das würde aber einige Tage dauern.

Er machte Fotos von mir und den Mädchen, angeblich für die Pässe. Ich glaubte ihm und verhielt mich ruhig. Die Genesung der Mädchen machte zwar Fortschritte, aber etwas mehr Ruhe würde ihnen guttun. Eleni würde vermutlich eine Narbe wie ein großes ‚S' auf dem Oberschenkel davontragen und Irini konnte ihren linken Arm kaum bewegen. Außerdem lag die Rover ja draußen, in einigem Abstand vom Hafen, so dass ich allein kaum hätte an Land rudern können.

Wenig später wachte ich morgens auf und Eleni war weg! Ich dachte zuerst, sie sei aus ihrem provisorischen Bettchen gekrabbelt und hätte irgendwie die Kabine verlassen. Aber das war ihr eigentlich mit dieser Wunde am Bein gar nicht möglich.

Ich war vollkommen panisch, wie aufgelöst. Eleni blieb verschwunden. Jemand musste sie mir abgenommen haben, während ich schlief. Wozu? Ich war wie von Sinnen vor Schmerz und wollte sofort den Kapitän sprechen. Doch meine Kabinentür war plötzlich verriegelt, ich kam nicht mehr raus. Wäre Irini nicht gewesen, die laut zu weinen begann, ich glaube, ich hätte mich in diesem Augenblick vor Verzweiflung umgebracht.

Später, sehr viel später habe ich von Hakan erfahren, dass der hinterlistige Russe begriffen hatte, welch günstige „Ladung" ihm da vor Istanbul auf sein Schiff geflattert war. Er erkannte, dass jemand brennend daran interessiert schien, mich schleunigst wiederzufinden. Also hatte er von Odessa aus dafür gesorgt, dass man in bestimmten Kreisen von meiner Existenz erfuhr. Und dass Trigorin bereit sei, mich und die Mädchen gegen ein angemessenes Lösegeld freizugeben.

Als eine Woche lang niemand auf seine Offerte reagierte, hatte er über alternative Möglichkeiten nachzudenken begonnen, Geld mit uns zu machen. Vielleicht, so muss er gedacht haben, vielleicht war das Interesse meines Verfolgers inzwischen erloschen. Möglicherweise war der sogar ganz froh, mich auf diese

Weise loszuwerden und würde nie Geld für mich zahlen. Aber da waren ja noch meine Kinder.

Menschenhandel jeder Art war damals gang und gäbe in manchen Gegenden Osteuropas, nicht zuletzt in der Ukraine, die ja traditionell ein west-östliches Drehkreuz bildete, mit Odessa und nicht Kiew im Zentrum. Darauf setzte Trigorin nun. Bald fand er auch ein russisches Paar, das selbst keine Kinder bekommen konnte und auf die Krim gereist war, um dort eine Tochter im gewünschten Alter zu finden und möglichst unkompliziert zu adoptieren. Sie trafen Jegorow und entschieden sich für Eleni, die er ihnen auf seinen Fotos gezeigt hatte. Kannst du dir das vorstellen, wie aus einem Versandhauskatalog!

Bereits durch dieses Geschäft hatte Trigorin mehr Geld verdient, als ihm der Transport gleich welcher Ladung eingebracht hätte – ausgenommen vielleicht Rauschgift, aber das war ja auch viel riskanter.

Von alledem hatte ich damals keine Ahnung und war einfach nur verzweifelt, wusste weder ein noch aus. Dabei hatten Irini und ich, ohne es zu wissen, in den folgenden Tagen sogar noch Glück. Trigorin fand nämlich zunächst keine weiteren Interessenten, weil die meisten Paare lieber Jungs als Mädchen adoptierten. Und dann hattet ihr beiden, Hakan und du, ja schließlich doch noch von meinem Aufenthaltsort erfahren und kamt fast gleichzeitig in Odessa an.

Hakan erzählte mir, dass ihm die Ukrainer wegen einer banalen Formalität am Flughafen einen halben Tag gestohlen hätten, sonst wäre er nämlich viel eher dagewesen und es wäre nie zu der Schießerei zwischen dir und Hakans Leuten gekommen. Der unselige Türke fing mich erneut ab und brachte mich von Bord und über die Grenze in sein Land. Später, viel später, spürte Hakan den russischen Kapitän auf, entlockte ihm die ganze Geschichte mit dem Verkauf Elenis und ließ ihn umbringen. Ich hatte damals kein Mitleid mit Trigorin und habe auch heute keines. Der Mann verdiente den Tod.

Hoffentlich konntest du wenigstens Irini vor ihm in Sicherheit bringen, obwohl du angeschossen warst, mein strahlender

Held. Wenn ja, bin ich sicher, dass du dich in Liebe um unsere Tochter kümmern wirst, solange du lebst, mein Herz. Ob ich sie, dich oder Eleni je wiedersehen werde, liegt in der Hand Gottes und der Panaghia, zu der ich hier im Lande der Ungläubigen und Barbaren jeden Tag inbrünstig bete. Nicht einmal eine kleine Ikone habe ich hier in diesem gottverlassenen Landstrich, nichts. Nur die Erinnerung an dich und die Mädchen. Die kann mir niemand nehmen.

Mechanisch wie ein Roboter, dessen Akku drauf und dran war, den Geist aufzugeben, ließ Laura die Bögen Papier ins Gras sinken. Welch unfassbare Dramen hatten sich da abgespielt. Mit welcher Leidenschaft und Unversöhnlichkeit hatten Robert und Hakan um Penelope gekämpft, die einen so hohen Preis für etwas bezahlen musste, das sie gar nicht zu vertreten hatte.

Sie und die beiden Mädchen, heißt das, Eleni und Irini, die zu Spielbällen in diesem sich über Jahrzehnte erstreckenden Dauerduell geworden waren. Eleni und Irini hatte Penelope ihre Töchter genannt. Eleni und Irini. Laura wiederholte die Namen, als erwarte sie, die Genannten würden ihrer Anrufung Folge leisten und mit bleichen Gesichtchen vor sie treten.

Ein plötzlich mit aller Macht aufwallendes, alle Ketten mühsamer Selbstbeherrschung sprengendes Gefühl von Trauer und unstillbarem Weltschmerz ergriff Laura mit solcher Wucht, dass ihr die Tränen wie reißende Bäche die Wangen hinabliefen und sie das Blut ihrer zerbissenen Lippen auf der Zunge schmeckte. Ihr war mit einem Male zumute wie jener Frau, die mit ihren beiden Kindern in einem großen, einsam gelegenen Landhaus lebt, das offenbar von Geistern heimgesucht wird. Mehrmals ist sie den rätselhaften Schattenwesen scheinbar hart auf den Fersen, bis sie schließlich erkennen muss, dass nicht die sich bei jeder Annäherung verflüchtigenden Schatten, sondern sie selbst, die Frau und ihre Kinder, die Geister sind und dass es sich. bei den „anderen" in Wirklichkeit um die rechtmäßigen Hausbewohner aus Fleisch und Blut handelt.

Laura hatte die Enthüllungen der letzten Tage und Wochen nur deshalb gerade noch ertragen können, weil es immer noch dieses allerletzte Bollwerk namens Frederike gab, die verhinderte, dass Laura von der reißenden Flut ungeheuerlicher Anschuldigungen und halluzinierender Bezichtigungen hinweggespült wurde. Die Briefe hatten nun auch diese letzte Bastion geschliffen, das Bild von ihrer Mutter als vexierendes Trugbild entlarvt. Es gab nicht nur keinen archimedischen Punkt in diesem Universum, sondern Raum und Zeit selbst schienen sich aufzulösen und ins unvorstellbare Nichts vor dem Schöpfungsakt zurückzufließen.

Wer Eleni war und ob sie noch lebte, darüber konnten die Briefe Laura keinerlei Aufschlüsse geben. Wer Irini war und wo sie sich zurzeit aufhielt, wusste Laura jetzt nur allzu gut.

3. Die Schwarze Königin.

„Predigt? Och, das." Laura wehrte peinlich berührt ab.

„Ehrlich gesagt, habe ich nur versucht, die Worte des Pfarrers, der bei der Beerdigung meines Vaters die Grabrede hielt, dem Wenigen anzupassen, was ich über Ti Martin inzwischen erfahren habe. Obwohl, vieles davon musste ich als nicht jugendfrei weglassen. Fremde Federn, sozusagen, nichts wirklich auf meinem Mist Gewachsenes."

Sie waren auf dem Weg ins Kariben-Reservat. Gut, dass es noch nicht dunkel war, dachte Laura, denn die äußerst enge, kurvenreiche, jäh ansteigende und ebenso brüsk wieder abfallende Achterbahn von Straße zeichnete sich durch eine Fülle entweder gar nicht oder erst sehr spät einsehbarer Kurven aus, was sie schon bei Tageslicht lebensgefährlich machte. Glücklicherweise hielt sich der Gegenverkehr in Grenzen. Solitaire und Laura fuhren voraus im ersten Jeep, der Doc und Ignace dahinter im zweiten Wagen. Als Laura das Thema „Gastgeschenke" zur Sprache gebracht hatte, waren Solitaire nur Theos Plüschpuppen eingefallen. In der Hacienda lagen genug davon herum. Fast hätten sie vergessen, Miss Piggy vorher vom Crystal Meth zu befreien, aber der Doc hatte wie immer kühlen Kopf behalten und die Warenproben noch rechtzeitig sichergestellt, bevor die kleinen Kariben den Stoff womöglich für Kandiszucker hielten und nach Herzenslust zulangten.

Solitaire hatte Laura gerade auf die Bestattung Ti Martins angesprochen, dessen Leiche seit der Ankunft auf der Hacienda in einer von Theos Kühltruhen ruhte. Ignace und der Doc hatten den steifgefrorenen „Eisvogel" in seinen weißen Anzug gekleidet und ihm im Laufe des Vormittages an einem schattigen Hang mit leichter seewärtiger Neigung ein diskretes Grab geschaufelt. Dessen Existenz verriet jetzt nur ein schlichtes Holzkreuz, das Ignace aus einigen trockenen Ästen geschnitzt hatte, die er während seines Kontrollganges durch das Anwesen aufgelesen hatte. Von hier aus würde der Geist des Buffalo Soldier mit den Fregattvögeln weit über den Atlantik und die Nachbarinseln streifen können.

„Wird Ti Moun sicher gefallen," hatte Solitaire gesagt und Lauras Bedenken hinsichtlich eines eventuellen Einspruchs Theos zerstreut.

„Theo schockiert? Unsinn, dazu gehört mehr, als ein frisches Grab am äußersten Rand seines Anwesens. Lass' ihn dir bei Gelegenheit mal erzählen, was er als Strafverteidiger so alles gehört und gesehen hat. Ein wenig überrascht vielleicht, falls es ihm überhaupt je auffällt. Theo hat einmal geäußert, dass er selbst gern auf seinem Anwesen auch die letzte Ruhestätte finden würde. Was sollte er also dagegen einzuwenden haben? Wenn doch, muss er Ti Martin eben umbetten lassen."

Nachdem sie den in ein grobes Tuch gewickelten Leichnam ohne Sarg ins Grab gesenkt hatten, hielt Laura ihre kleine geborgte Rede. Dabei blitzten unweigerlich allerlei Bilder von Roberts Beerdigung vor ihrem geistigen Auge auf. Wie ewig weit weg das alles jetzt schien! Obgleich sie die ganze Zeremonie damals nur durch einen grauen Tränenschleier erlebt hatte, waren ihr die eher belanglosen Worte des Pfarrers offensichtlich noch so weit präsent, dass sie sie auf Bedarf reproduzieren konnte.

Dann warf jeder eine Handvoll Erde auf Ti Martins weißen Anzug. „Das geht nie mehr raus," schossen Laura dabei Frederikes Lieblingsworte durch den Kopf. Worte, die sie sich so oft hatte anhören müssen, wenn sie verdreckt und abgekämpft von irgendeiner Rangelei nach Hause gekommen war. Ignace und der Doc schaufelten das Grab zu. Am liebsten hätte Laura die Briefe Penelopes hinterhergeworfen und die neu erworbenen unliebsamen Erkenntnisse um ihre wahre Herkunft da und dort ebenfalls beerdigt. Sie hatte sich entschlossen, den Inhalt der Briefe für sich zu behalten. Erstens konnte sie nicht sicher sein, dass alles richtig übersetzt worden war. Aber selbst wenn, würde sie dieses Geheimnis mit niemandem teilen, sondern es irgendwann mit in ihr eigenes Grab nehmen wollen, wie Robert es vermutlich auch vorgezogen hätte. Obwohl es sie andererseits juckte, Solitaire, Ignace und den Doc spüren zu lassen, dass sie, die ignorante, naive Laura, erstmals über Herrschaftswissen verfügte, das freilich in erster Linie sie selbst betraf und für die anderen von geringem Wert war.

„So viel Sinn für Ästhetik hätte ich Ignace gar nicht zugetraut," sagte Laura.

„Wieso nicht? Nur weil er verunstaltet ist? Er hat sich nicht selbst so fehlmodelliert, weißt du."

Laura hatte sich ärgerlich auf die Lippen gebissen. Sie hatte unbedacht ein ausgesprochen linkisches Kompliment verteilt und für einen Augenblick außer Acht gelassen, wie empfindlich Solitaire auf alles reagierte, was auch nur von Ferne auf einen Mangel an Respekt Ignace gegenüber schließen ließ. Dass sie selbst ihn beständig mit allen möglichen Schimpfwörtern und Schandnamen belegte, für die Ignace jeden anderen vermutlich längst umgebracht hätte, war ihrer burschikosen Art geschuldet, instinktiv ganz offen mit seinen Entstellungen umzugehen. Er verstand das so, wie es gemeint war und nahm jedenfalls nach außen keinerlei Anstoß daran. Die beiden hatten im Laufe der Jahre gemeinsam durchlebter Abenteuer sowieso ihren eigenen Verhaltenskodex entwickelt, der sich Außenstehenden verschloss.

„Hattest du eigentlich mal was mit ihm?"

Diese im Grunde äußerst indiskrete Frage hatte Laura schon so lange auf der Zunge gelegen, dass sie ihr in einem unbedachten Augenblick wie diesem unweigerlich über die Lippen kommen musste. Zurücknehmen ließ sie sich nun nicht mehr. Solitaire stutzte und zögerte einen Augenblick unentschlossen. Dann entschied sie offenbar, diesem dreisten Einbruch in ihre Privatsphäre mit ironischer Gelassenheit zu begegnen. Sie lachte spöttisch.

„Du meinst vor oder nach seiner Affäre mit dem Manchinellbaum?"

Laura atmete erleichtert auf. Solitaire hatte ihr die Indiskretion wohl nicht wirklich übelgenommen und die Tür zu dem, was sie anstelle eines Herzens in ihrer Brust tragen mochte, sogar einen Spaltbreit geöffnet. Jetzt musste Laura die Gunst der Stunde nutzen.

„Nein, nein, ich meine... überhaupt eben."

„Ich sehe zwar nicht, was dich das angehen könnte, Laura Förster, aber wenn du es unbedingt wissen musst: nein, wir sind wie Geschwister, Wahlverwandtschaft nennt man das wohl. Ist häufig viel haltbarer als biologische. Außerdem hat er mir schon manches Mal den Hintern gerettet, wenn's hart auf hart kam. Ich bin sicher, wir würden jederzeit eine Kugel, auf der der Name des anderen steht, mit unserem Körper abfangen, ohne auch nur mit der Wimper zu zucken. So sind wir programmiert. Hart gegenüber Gott und der Welt, unnachgiebig gegen uns selbst."

Laura war beeindruckt. Solitaire hatte ihr vermutlich gerade mehr über sich anvertraut, als irgendjemandem zuvor. Ignace mal ausgenommen.

„Wie habt ihr euch kennengelernt?"

„Was wird das hier, ein Verhör? Du stellst zu viele Fragen, das ist in unserem Milieu verpönt. Wir alle tragen unsichtbare Narben unserer Vergangenheit, das solltest du inzwischen am Beispiel deines Vaters gelernt haben. Niemand gibt gern etwas von sich preis, solange er nicht muss. Je nachdem, an wen du gerätst, kann dich eine Fragerei wie diese teuer zu stehen kommen. Aber mach' dir nichts draus. Ich werde deine Grabrede halten und Ignace dein Kreuz schnitzen: Laura Förster, geborene Fischfutter."

Solitaire schwieg, so dass Laura das Thema schon für erledigt hielt. Sie hatte auf die Kraft der Kommunikationsfreudigkeit gesetzt, die Frauen nachgesagt wird und angeblich dafür sorgt, dass sie einander früher oder später ihre intimsten Geheimnisse auch ungefragt offenbaren. Unter Solitaires Schutzschicht demonstrativer Härte, dessen war Laura sicher, verbarg sich eine Frau, die den biologischen Gesetzmäßigkeiten ihrer Rasse so wenig zu entrinnen vermochte wie elementaren femininen Gepflogenheiten. Und sie schien recht zu behalten.

„Bei der Schwarzen Königin. Ich hatte sie sogar vorübergehend im Verdacht, uns miteinander verkuppeln zu wollen. Später erfuhr ich, dass er einen Grund hatte, sich hier aufzuhalten. Offenbar hat er nämlich ein Kind, einen kleinen Jungen irgendwo auf Dominica. Die Mutter, eine Garfuna, die wegen verschiedener Delikte aus dem Reservat verstoßen worden war, starb offenbar bei der Geburt. Wer den Jungen zurzeit groß zieht, weiß ich nicht. Ich habe ihn nie gesehen und Ignace schweigt darüber wie ein Grab. Nun, wie auch immer. Die Schwarze Königin hatte wohl sofort erkannt, dass eine menschliche Ruine wie ich einen ganz besonderen Schutzengel brauchen würde, um wenigstens noch die Dreißig zu runden. Und vermittelte mir in Gestalt von Ignace den besten, der gerade auf dem Markt war."

„Den besten vielleicht, aber nicht den hellsten. Mich hätte Ignace fast umgebracht."

„Umgebracht, herzlich gelacht. Er hat dich ein wenig am Hals gekratzt. Hätte er einen Grund gesehen, dich umzubringen, säßest du jetzt nicht hier und fragtest mir kein Loch in den Bauch, womit ich auch ganz gut leben könnte. Es stimmt schon, zimperlich ist er nicht. Rücksichtnahme auf wen auch immer kennt er keine. Du hattest Glück, dass er etwas in dir erkannte, das er für schützenswert hielt. Was immer das gewesen sein mag."

„Ich habe nie verstanden, weshalb er noch auf dem Boot war, als ich kam. Er hatte das Heroin doch schon umgeladen. Und wieso wart ihr überhaupt auf die Yallow Dancer verfallen?"

„Wow! Jetzt geht's aber wirklich in die Vollen, Frau Kommissar. Den hier hast du noch gut, aber dann muss Schluss sein. Der Auftrag, Hakans Heroin zu entwenden, kam von deinem Vater, was wir natürlich nicht wussten. Ich meine, dass Robert dein Vater war. So geschwätzig der Toubib sein kann, in geschäftlichen Dingen ist er diskret genug, um noch am Leben zu sein."

„Trotzdem, warum die Yellow Dancer?"

„Gemach, ich komme gleich dazu. Ich hatte die Ware mit dem Motorboot wie gesagt nach Chios geschafft, wo Ignace auf mich wartete. Von dort brachten wir den Stoff an die türkische Küste bei Marmaris. Ein Gület holte die achtzig Kis ab. Unsere verbleibenden zwanzig Kis mussten wir irgendwie nach Übersee kriegen. Auf Rhodos fanden wir einen geeigneten Frachter mit St. Lucia als Zielhafen. Der Käpt'n nahm uns an Bord, ohne Fragen zu stellen. Die ungesunde Gesichtsfarbe unserer Präsidenten sagte ihm zu."

Solitaire tastete sich mit der Rechten über die frisch gefärbten „Corns". Laura sah, dass sie sich die Fingernägel mit Lauras violettem Lack bestrichen hatte. Keine besonders gelungene Arbeit. Lauras Hamburger asiatische Nagelpflegerin würde die Hände über dem Kopf zusammenschlagen. Dennoch, es konnte keinen Zweifel geben, Solitaire war auf dem Kriegspfad. Den furchtlosen Löwenbändiger, der mit dieser Killerin und sei es auch nur für die Dauer des Geschlechtsverkehrs das Bett zu teilen bereit war, musste Laura unbedingt kennenlernen.

„In Castries auf St. Lucia wartete der Toubib mit der Yellow Dancer auf uns. Sie war den größten Teil des Jahres über frei verfügbar und er hatte sie mit Ti Martin kurzerhand dorthin gesegelt, um den Stoff und uns in Empfang zu nehmen. Wir machten uns nicht erst die Mühe, die Heroinpäckchen an Bord zu verstecken. Wenn die Drogenfahndung uns abgefangen hätte, wären wir sowieso dran gewesen, ihre Hunde hätten uns auffliegen lassen. Deren Nasen entgeht nichts, gar nichts. Wir hätten uns nicht einmal mit einigen Tonnen Hundefutter freikaufen können. Aber niemand interessierte sich für uns. Weshalb auch: alle schmuggeln Drogen aus der Karibik nach Europa oder in die USA, umgekehrt wären es ja Tauben nach Athen…"

„Eulen meinst du, glaube ich," unterbrach sie Laura.
„Was? Egal, bin ja keine Orthi…nologin, hol' mich der Teufel. So kamen wir in die Blaue Lagune, wo Ignace später den Stoff ins Dinghy lud und auf die Pas de Deux brachte, eine etwas delikate Transaktion…"

„...bei der er mir ganz nebenbei fast die Kehle durchtrennt hätte."

„Ja, ist ja gut, komm' wieder runter. Er sagt, er sei schon drauf und dran gewesen, ins Dinghy zu klettern und abzulegen, als er einen Laut wie von zerbrechendem Holz vernommen habe. Instinktiv sei er noch einmal in den Salon hinuntergestiegen, um zu sehen, ob die Yellow Dancer ungebetenen Besuch bekam und wenn ja, von wem. War uns jemand auf der Spur? Deswegen lauerte er im Salon, als du aufgeschlagen bist."

Laura lächelte. Aufgeschlagen war das richtige Wort. Ihr Steißbein schmerzte immer noch gelegentlich. Das Schlagen der Schmetterlingsflügel! Laura erinnerte sich daran, dass eines der Hölzer unter ihrem Fuß zerbrochen war und sie um ein Haar ins Wasser gestürzt wäre. Das also war der Kairos, der entscheidende Moment gewesen, der ihr Leben ins Chaos gestürzt hatte.

„Blend' doch ab, du einäugige Vogelscheuche!"

Solitaire klopfte zornig auf den Innenspiegel des Jeeps. Der Doc kannte die Wege und Pfade auf Dominica nicht so gut wie Solitaire und fuhr deshalb immer wieder mit aufgeblendeten Scheinwerfern hinter den beiden Frauen her.

„Wo steigt die Party mit der Schwarzen Königin?" fragte Laura.

„In Crayfish River."

„Im Reservat?"

„Nein, in Atlantic City. Wo sonst als im Reservat? Die Schwarze Königin verlässt ihre Muschel so gut wie nie. Ist nicht mehr gut zu Fuß. Was immer auf der Insel passiert, wird ihr ohnehin umgehend zugetragen und fürs Einkaufen hat sie ihre Leute. Was soll sie sich da noch Blasen laufen? Eine große Ehre, von ihr empfangen zu werden, wird nicht jedem zuteil."

„Meine Königin hieß Frederike," hörte Laura sich überrascht sagen. Vielleicht hatte sie mehr zu sich selbst als zu Solitaire gesprochen. Vielleicht wurde sie auch gerade ein Opfer derselben Strategie, mit der sie Solitaire aus der Reserve zu locken versucht hatte. Solitaire, das spürte Laura, würde nie Gebrauch von etwas machen, was man ihr auch ohne das Siegel der Verschwiegenheit anvertraute.

„Frederike, eh? Wie war sie denn? Ähnlich altmodisch wie ihr Name?"

„Sie hatte dänische Vorfahren. Dort oben heißen Frauen so. Meine ungekrönte Königin war streng aber liebevoll. Unnachgiebig aber zärtlich, ja, das charakterisiert sie. Eine Künstlernatur ohne zur Schau getragene Exzentrik. Das ist übrigens ein großes Missverständnis."

„Was?"

„Dass Künstler durch die Bank Exzentriker mit Ausnahmetalent seien. Die gibt es wohl auch. Aber Frederikes Beispiel hat mich gelehrt: Kunst ist zehn Prozent Talent und neunzig Prozent Fleiß und Disziplin. Sie selbst konnte zum Beispiel wunderbar zeichnen. Farben dagegen waren nicht ihr Ding. Ein Dutzend verstaubte Aquarelle und Ölgemälde von ihr standen immer auf dem Dachboden herum, wirkten irgendwie kitschig, fehlfarben. Sie sah die Welt eben in schwarz-weiß, wie die Fotografen vor der Erfindung des Farbfilms. Im Zeichnen war sie hervorragend, besaß ein scharfes Auge für Konturen und Profile, die Ecken und Kanten, die eine Physiognomie definieren und unverwechselbar machen. Am Ende eines Tages setzte sie sich hin und zeichnete die Gesichter von Personen, die ihr beim Gang durch die Stadt begegnet waren. Einfach so, immer und immer wieder, bis ihr der ‚Strich' gefiel, wie sie es nannte. Viele ihrer Zeichnungen wurden in Zeitschriften veröffentlicht. Ihr erstes großes Buch sollte erscheinen, kurz bevor ihr Brustkrebs diagnostiziert wurde."

„Ist doch heute heilbar, dachte ich."

„Oft. Meist. Damals war man noch nicht so weit. Und selbst heute sterben ja noch genug Frauen daran."

„Zu viele, zu jung. Hat sie nicht sehr darunter gelitten, ihre Tochter nicht erwachsen werden zu sehen?"

Hat sie sicher, auch wenn es nicht wirklich ihre Tochter war, dachte Laura.

„Sie hat es sich nicht anmerken lassen. Sie war sehr beherrscht, ließ sich nie gehen, brauste nie auf wie manch' andere Person, die ich kenne. Ich kann mich nicht erinnern, dass sie mich je angeschrien oder mir eine Ohrfeige verpasst hätte, so sehr ich sie manchmal auch provoziert haben muss. Wenn sie etwas missbilligte wurde sie eher traurig, kehrte ihren Ärger nach innen. Das war schlimmer, als wenn sie laut mit mir geschimpft hätte."

„Ihr Tod muss dich sehr getroffen haben."

„Ja, das hat er, als wäre sie meine leibliche Mutter gewesen."

So, jetzt war es herausgerutscht. Solitaire schien es nicht gehört zu haben, hatte die rechte Hand wieder am Rückspiegel.

„Warum kann dieser vermaledeite Toubib... Augenblick mal, was hast du gesagt? Was meinst du, wie deine leibliche Mutter? War sie das denn nicht?"

Laura liefen wieder die Tränen übers Gesicht. Sie hoffte, Solitaire würde es nicht sehen. Aber das war eine Illusion bei einer Frau, deren Leben häufig davon abhing, genauestens zu registrieren, was gerade um sie herum vor sich ging.

„Wir haben noch etwa zwanzig Minuten bis zum Reservat. Möchtest du es mir erzählen? Du musst nicht, deine Entscheidung."

Sie nahm ihr Stirnband ab und reichte es der leise schluchzenden Laura. Die nickte und wischte sich mit dem Bandana übers Gesicht, wobei der größte Teil ihres Make-ups auf der Strecke blieb. Dann gab sie in knappen Worten den Inhalt der Briefe wieder, soweit er Penelope, Hakan und sie selbst betraf.

„Du heilige Schei... Mir fehlen die Worte," rief Solitaire aus, als Laura geendet hatte.

„Ein ganz schönes Früchtchen, dein Erzeuger. Kein Wunder, dass uns Hakan im Visier hat."

Sie nahm eine Hand vom Steuer, kippte den Rückspiegel zur Seite, damit er sie nicht mehr blenden konnte und legte ihre Hand wie zufällig leicht auf Lauras Oberschenkel, um sie gleich wieder ans Steuer zu nehmen. Laura war von der Geste berührt. Wäre sie von einer anderen gekommen, Laura hätte sie vermutlich nicht einmal bemerkt. Aber diese harte, vom Leben ähnlich wie Ignace, nur weniger sichtbar gezeichnete Frau musste es Überwindung kosten, auch nur einige Zentimeter aus ihrem Panzer hervor zu lugen.

„Lass mich sehen, ob ich das alles richtig mitbekommen habe. Du bist eine Tochter Penelopes, die ihrerseits mit der Yellow Dancer identisch ist. Der Mörder Ti Martins lädt uns mit ihr zum

Tanz ein. Das spricht doch alles für Hakan oder übersehe ich da was? Der Türke hat Penelope offenbar erneut aufgespürt!"

„Und rechnet wohl damit, dass auch wir sie finden werden oder schon gefunden haben. Bei ihr laufen alle Fäden zusammen."

Laura schniefte in Solitaires Stirnband.

„Du wäschst den Fummel aber aus, bevor du ihn mir wieder zurückgibst?"

Die beiden Frauen lachten. Solitaire lehnte sich zur Beifahrerseite hinüber und öffnete das Handschuhfach des Jeeps. Nachdem sie einen Moment darin gewühlt hatte, ohne die Augen von der Straße zu lassen, zog sie einen säuberlich gerollten Joint heraus, schloss das Handschuhfach und zündete das Tütchen an. Nach ein paar tiefen Zügen reichte sie Laura den rauchenden Joint.

„Hier, aus Theos eigener Produktion. Erstklassiger Stoff, du kannst es gebrauchen."

Laura zögerte. Ihr letzter Joint lag Ewigkeiten zurück. Sie war nicht sicher, wie ihr Körper jetzt darauf reagieren würde. Dann nahm sie das Tütchen und inhalierte den Rauch. Das Hasch schien wirklich ausgezeichnet. Jedenfalls fühlte sie keinerlei Übelkeit, wie sie befürchtet hatte, sondern eher eine schwebende Leichtigkeit. Sie machte noch einen Zug und reichte Solitaire den Rest des Joints zurück.

„Ich würde dein Bandana gern behalten, wenn ich darf."

„Was noch? Meine Gürtelschnalle hast du schon, jetzt mein Bandana, morgen meinen String oder was? Wenn du nicht aufpasst, entwickelst du eine gespaltene Persönlichkeit, stehst eines Morgens vor dem Spiegel und hältst dich für mich."

„Dazu gehört mehr als nur die Klamotten. Und keine Angst, dein String ist vor mir sicher. Aber wenn du mir bei Gelegenheit solche Corns in die Haare flechten könntest, wie du sie trägst... Ich hab's gestern mal selbst versucht, kriege das aber nicht hin."

„Klar. War's das? Eine Maniküre oder ein Peeling mit anschließender Massage? Musst es nur sagen, weißt du. Aber wir kennen keine Leistung ohne Gegenleistung. Was krieg' ich von dir?"

Laura überlegte.

„Du darfst Penelopes Briefe lesen."

„Im Ernst jetzt? Die sind doch höchstpersönlich!"

„Du musst nicht, wenn du nicht willst. Kannst du überhaupt…?"

„Lesen?"

„Quatsch, Deutsch, meine ich."

„Deutsche Texte in Druckschrift ja. Handschrift ist schwieriger. Laura Förster, ich bin gerührt. Der Permafrost meiner Seele hat spürbar zu tauen begonnen. In spätestens fünf oder sechs Jahren werden Schmelzbäche warmen Mitgefühls deine Füße umspülen."

Laura lachte. Solitaires Ausdrucksweise hatte sich erstaunlich gebessert. Auch das vielleicht ein Erfolg, den Laura sich wenigstens teilweise gutschreiben durfte.

„Erinnere mich an die Briefe, wenn wir zur Hazienda zurückkehren."

„Worauf du dich verlassen kannst."

Gleich mussten sie da sein. Solitaire warf die Kippe aus dem Wagenfenster. Laura öffnete das Fenster auf ihrer Seite. Die Feuchtigkeit des Regenwaldes kroch sogleich in den Jeep und legte sich wie ein feiner seidener Schleier auf ihre Haut. Nach der Kargheit Antiguas und der Aschenwüste Montserrats genoss sie die üppige Vegetation mit ihren tausend Aromen und hundert Grün-Schattierungen am Tage und ihrem nächtlichen Konzert unsichtbarer Kreaturen der Finsternis. Die Scheinwerfer des Jeeps spiegelten sich im glänzenden Dickicht und ließen die hermetische Abgeschlossenheit der dicht an dicht stehenden Büsche und Bäume umso abweisender erscheinen. Da und dort passierten sie kleinere Plantagen, deren Bananenstauden mit wachstumsförderndem blauem Plastik umwickelt waren.

„Chiquitiquitá," sang Solitaire gelöst und lachte. Auf Kriegspfad, die Frau, definitiv, dachte Laura.

Solitaires unbekümmerten und sicheren Fahrweise war anzumerken, dass sie hier jeden Baum und Strauch beim Vornamen kannte. Wenig später waren sie angekommen. Laura wusste nicht genau, was sie erwartet hatte. Tatsächlich unterschied sich Crayfish River kaum von den anderen unscheinbaren Ortschaften mit

„Lebkuchenhäuschen", die sie bereits auf dem Weg zur Hazienda passiert hatten. Eine Spur ärmlicher sahen diese Hütten allerdings schon aus.

Der Chief, seine Familie und die Dorfbewohner erwarteten ihre Besucher vor dem Karbet, einem größeren, laubfroschgrün gestrichenen Holzgebäude, das den Kariben oder Kalinagos, wie sie sich offenbar selbst nannten, für Versammlungen und Festlichkeiten wie dieser diente. Die Begrüßung war herzlich wie unter Verwandten oder alten Freunden. Solitaire stand ganz im Mittelpunkt und wurde vor allem von den Frauen geherzt und geküsst und von den Kindern umtanzt wie eine der ihren. Laura stand zunächst etwas abseits, wurde aber schnell vom Ring der lachenden, rufenden und plaudernden Karibenfrauen und der Dorfjugend vereinnahmt. Die Verständigung fiel Laura nicht leicht, aber sie gab sich alle Mühe, das gutturale Englisch, in das sie hier eintauchte, zu verstehen.

Der Chief bat die Gäste ins Versammlungshaus, doch der Doc hielt Laura mit einer Handbewegung zurück. Er wollte Solitaire Gelegenheit geben, sagte er, zunächst ein Weilchen mit der Schwarzen Königin allein zu sein, die sie ja seit geraumer Zeit nicht mehr gesehen hatte. Laura lächelte. Auf die Diskretion des Doc konnte man zählen.

Während Solitaire im Inneren des Karbets verschwand, verwickelte der Doc den Chief und seinen Sohn in ein Gespräch über Alberto, den nahenden ersten Hurrikan des Jahres. Noch kreiselte der langsam auf dem Atlantik, sog lauwarme Feuchtigkeit auf und ließ schon mal seine Muskeln spielen. Seine vorgesehene Bahn sowie Ort und Zeitpunkt seines Landganges in der Neuen Welt behielt er vorläufig für sich. Laura wunderte sich, dass die Männer vom Zyklon wie von einem launischen Zeitgenossen sprachen, der mit eigenem Willen und einer gehörigen Portion ungesunder Heimtücke versehen schien.

„Zu Recht," bestätigte der Doc Lauras diesbezügliche Bemerkung.

„Ihre Unberechenbarkeit macht einen Großteil ihrer Gefährlichkeit aus, nicht wahr. Manchmal steuern sie die Antillen an, schlagen einen Haken wie Hasen und verschwinden im Golf von Mexiko. Oder sie gehen in Florida an Land, zögern, als wollten sie sagen, ‚Nö, hier war ich ja schon voriges Jahr, das wird zu eintönig', machen kehrt und wandern zurück in Richtung Europa oder landen in North Carolina oder Gott weiß wo. Es gab doch dieses deutsche Segelschiff, das in den 1950er Jahren bei den Azoren von einem Hurrikan versenkt wurde."

„Die Pamir, ja, ein Schulschiff der Handelsmarine."

„Genau. Einer der alten Flying-P-Liner der Reederei Laeisz, unterwegs mit Getreide in loser Schüttung. Hast du schon mal den Laderaum eines solchen Seglers gesehen? Unfassbar, wie eine Kathedrale! Wie auch immer: der Zyklon war eigentlich bereits vorübergezogen, beschrieb dann aber eine saubere Hundekurve und stürzte sich auf das Schiff, als hätte er mit dem noch eine offene Rechnung zu begleichen. Hoffen wir, dass Dominica diesmal verschont bleibt, nicht wahr. Eine weitere Vernichtung der Bananenernte und die Inselbevölkerung stünde wieder ganz am Anfang."

Der Unterschied zwischen den Kleinen Antillen, die am Tropf ehemaliger Kolonialmächte hingen und jenen wie Dominica oder Antigua, die allein auf sich gestellt sind, war in der Tat frappierend.

„Die Leute von Dominica bauten ursprünglich keine Bananen an," fuhr der Doc fort.

„Das Terrain eignet sich nicht für extensive Landwirtschaft, nicht wahr. Viel zu zerklüftet und zerfurcht. Leben eher vom Tourismus, haben aber andererseits keinen internationalen Flughafen wie Antigua. Auch das wenigstens zum Teil eine Folge der komplizierten Topographie. Indirekt hängen sie deshalb trotzdem von den Früchten ab, die die amerikanischen Konzerne hier kultivieren, nicht wahr. Davon und von den Fischereilizenzen, die sie nicht zuletzt den asiatischen Walfängern verkaufen."

„Die Kariben stehen wirtschaftlich und sozial eine Stufe tiefer als die anderen Einheimischen, wenngleich sich ihre Situation in den letzten beiden Jahrzehnten erheblich verbessert hat. Früher waren sie hier bestenfalls geduldet. Immerhin: auf den anderen

Antillen hatte man sie gleich ganz ausgerottet oder zum Teufel gejagt. Hier haben sie wenigstens ein Mitspracherecht im Inselparlament. Solitaire lässt den Kariben von Crayfish River regelmäßig Geld zukommen. Schmutziges Geld, genau genommen, aber nichtsdestoweniger segensreich, weil dringend benötigt. Gut, genug geturtelt, Solitaire. Ich glaube, wir können jetzt reingehen."

Der Doc trat zur Seite. Wo war eigentlich Ignace? Laura erinnerte sich, den Chabin kurz nach ihrer Ankunft im Dorf noch gesehen zu haben, dann war er mit einem Male verschwunden. Laura zuckte mit den Schultern. Vielleicht wollte er mit seiner Physiognomie die Kinder nicht erschrecken oder es gab unter den Kariben Männer, die sich seiner ungern erinnerten.

Im Innern des Karbets waren Frauen und Mädchen damit beschäftigt, den langen Tisch für das Festmahl zu decken. Laura sah Schalen mit Obst und rohem Gemüse. Es duftete nach gerösteten Maiskolben, gegrilltem Fleisch in undefinierbaren, aber sicher scharfen Soßen sowie Brotfrucht- und Süßkartoffelmus. Zu trinken gab es Wasser, Rum, karibisches Bier und selbst gemachte Limonade für die Kleinen.

Der Anblick des Fleisches weckte bei Laura unangenehme Assoziationen. Jene gruseligen Legenden von Kannibalismus, den man den Kariben bis ins 20. Jahrhundert hinein unterstellte, hatten sich nie durch Knochenfunde oder ähnliche Indizien eindeutig belegen lassen. Doch Gerüchte halten sich bisweilen zäher als man glauben mochte. Columbus und seinen goldgierigen Spaniern diente der angebliche Kannibalismus als willkommene moralische Rechtfertigung für die grausame Vertreibung und Vernichtung der Inselbewohner, die sie vorfanden. Die hatten, wie man später herausfand, Jahrhunderte zuvor ihrerseits ihre Vorgänger verdrängt und unterjocht und insofern den Anspruch auf den Titel „Ureinwohner", mit dem man ja auch in den USA sehr vorsichtig umgehen musste, definitiv verwirkt.

Links vom Eingang entdeckte Laura eine Solitaire, die zu Füßen einer recht korpulenten schwarzen Karibenfrau mit Hut kauerte. Das musste sie sein, die „Schwarze Königin". In einer solch demütigen Stellung hatte Laura Solitaire bisher noch nicht gesehen. Wenn sie sich dazu herabließ, war das ein umso un-trüglicheres Zeichen für die Liebe und den Respekt, die Solitaire der Schwarzen Königin entgegenbrachte. Die alte Frau hatte ih-ren mächtigen Oberkörper vornübergebeugt. Die Krempe ihres Strohhutes verdeckte ihr Gesicht. Beide Hände stützte sie auf den Knauf eines korkenzieherartig geformten Stocks, der gleichsam aus dem Boden vor ihr emporgewachsen schien. Die intime Ver-trautheit des Paares zog Laura unwiderstehlich an.

Solitaire spürte wohl, dass Laura sich ihr von hinten näherte. Wer so lebte wie sie, musste Augen auch auf dem Rücken haben. Sie stand auf, drehte sich um und nickte in Lauras Richtung. Die Königin blickte noch immer vor sich auf den Boden, als lese sie in ihm die Geschicke des Stammes. Solitaire beugte sich zu der Frau herab und stellte ihr Laura vor. Dabei bediente sie sich offenbar desselben Kariben-Idioms, in dem sie mit Ignace bei der „Äqua-tortaufe" Joe Gradys kommuniziert hatte, wenn Laura nicht alles täuschte.

Unendlich langsam hob die Schwarze Königin ihren Kopf. Laura zuckte zusammen. Ihr war, als blicke sie auf einen hun-dert Mal beschriebenen und hundert Mal wieder abgekratzten ledernen Palimpsest, dessen von der Zeit gegerbte dunkle Haut die mehrtausendjährige Geschichte des Karibenstammes Epoche für Epoche verzeichnete. Dieses zerfurchte und faltige Gesicht trug die von Falten, Grübchen und Narben gezeichneten Anna-len des Volkes, man musste sie nur entziffern können. In ihrem Alter von weit über hundert Jahren wirkte die Greisin mit ihren blutunterlaufenen Augen, ihren spärlichen schwarzgrauen Lo-cken und den immer noch fleischigen Lippen, die beim Atemho-len eine zahnlose Mundhöhle freigaben, als sei sie im Besitz eines Zaubertrankes, mit deren Hilfe sie eine noch viel unerbittlichere Herrscherin, die Zeit selbst nämlich, besiegt hatte.

Die Schwarze Königin blickte Laura an und schaute gleichzei-tig durch sie hindurch. Sie winkte Solitaire wieder zu sich und flüsterte etwas. Für mich brauchtest du dir diese Mühe nicht zu machen, dachte Laura und verbeugte sich höflich. Sie verstand sowieso kein Wort, bemerkte aber, dass die Schwarze Königin

Solitaire etwas zusteckte, das wie der Tabaksbeutel des Doc aussah. Solitaire nahm den Beutel an, ohne ihn genauer zu untersuchen. Offenbar wusste sie, um was es sich handelte.

„Was hat sie gesagt?" fragte Laura, als die Königin geendet hatte. „Schlagt ihr den Kopf ab?"

„Nein, sie wollte nur wissen, wo bei Europäerinnen um die dreißig der Garpunkt liegt. Sie hat keine Zähne mehr und mag ihr Fleisch daher zart und saftig."

Beide lachten.

„Sprichst du fließend Karibisch?" fragte Laura.

„Fließend, nein. Das alte authentische Karibisch ist sowieso untergegangen. Schriftliche Zeugnisse gibt es nicht, die Lehrerinnen und Lehrer sind lange ausgestorben. Selbst die Königin beherrscht es nur mangelhaft. Das heutige Karibisch ist ein Mischmach aus kreolischen, englischen und karibischen Wörtern und Phrasen. Ich muss mich inzwischen schon sehr konzentrieren, um sie zu verstehen. Ein Gebiss würde helfen – ihr beim Sprechen, nicht mir beim Hören."

Die Greisin machte ein Zeichen mit ihrem Stock. Solitaire und Laura halfen ihr auf die Beine und stützten sie, während sie zur langen Festtafel schlurfte, an dem man ihr einen Ehrenplatz neben dem Chief zugewiesen hatte. Der konnte ihr Enkel oder Urenkel sein. Es dauerte eine Weile, bis sie sich auf der Sitzbank zurechtgerückt hatte, aber in Eile war hier sowieso niemand.

Das Festmahl dauerte eine halbe Ewigkeit. Laura kannte solche Gelage von Besuchen in Frankreich oder Italien bei Geschäftsfreunden ihres Vaters. Irgendwo auf dem flachen Lande wurde eine riesige Tafel gedeckt, auf der man unermüdlich Gang auf Gang des endlosen Menüs servierte. Der stets erstklassige Wein floss in Strömen, die Uhren wurden angehalten, die Sonne bestimmte den Ablauf. Sicher, hier war alles ein wenig kleiner, bescheidener, aber die pure Freude am Zusammensein, die Wärme angenehmer Gesellschaft waren hier wie dort deutlich spürbar.

Laura hatte bemerkt, dass Solitaire auf der Bank an den Sohn des Chiefs herangerückt war, den ihr Vater Laura als Jason vorgestellt hatte. Eigentlich hätte Laura dort Ignace erwartet, aber der war anscheinend immer noch verschollen. Das genaue Alter des jungen Mannes war schwer einzuschätzen. Harte Arbeit, Seeluft und die subtropische Sonne gerbten karibische Gesichter im Handumdrehen. Seinem muskulösen Körperbau nach zu urteilen, mochte er etwa Mitte bis Ende zwanzig sein, von sympathischem Wesen und mit offenem Blick. Eine lange Narbe, wie von Ti Martins Rasiermesser verursacht, zog sich von seinem rechten Ohr über die Wange zum Mundwinkel. Anstatt ihn zu entstellen, verlieh sie ihm eher einen zusätzlichen Anflug von martialischer Männlichkeit. Laura schnalzte leise mit der Zunge. Das war ein Kaliber, das es mit Solitaire vermutlich aufnehmen konnte. Wenn sie die Blicke richtig einschätzte, die Solitaire dem künftigen Chief zuwarf, dann hätte Laura ihren eigenen Tanga darauf verwetten können, dass zwischen den beiden mehr lief als die Nase. Solitaire war nicht nur auf dem Kriegspfad, sie hatte bereits erste Gefangene gemacht.

Als sie nach dem Festmahl wieder ins Freie traten, hatte sich der Tag verabschiedet. Einige der Kariben saßen bereits um ein vorbereitetes Lagerfeuer geschart, dessen Glut vom Passatwind so stark angefacht und verwirbelt wurde, dass sie bis zum Kreuz des Südens emporzusteigen schien. Alle suchten sich ein Plätzchen möglichst dicht am Feuer, denn die Nacht drohte kühl und feucht zu werden. So oder ähnlich hatten wohl schon die Arawaks hier gehockt und ihrem stammeseigenen Homer gelauscht, wenn er von den heldenhaften Schlachten der Altvorderen sang. Um in den verästelten Stammbäumen höher zu klettern, fehlte es an Zeugnissen. Wiederholte Vulkanausbrüche hatten vermutlich die wenigen wertvollen Spuren, die es mal gegeben haben mochte, für immer vernichtet. Nun war es an der Reihe der Kariben, Galibi und Karinago, die wenigen überlieferten Traditionen fortzuführen und eigene Akzente zu setzen.

„Gibt es hier in den Kleinen Antillen irgendwo Frauenklöster, Frauenorden oder Ähnliches?"

Laura hatte sich mit ihrer Frage an den Doc gewandt, der sein Pfeifchen rauchte und still um Ti Martinn und César trauerte. Dass Laura Penelopes und nicht Frederikes Tochter war, ging außer Solitaire niemanden etwas an. Doch die Briefe enthielten auch solche Informationen, die Solitaire, Ignace und den Doc zumindest am Rande betrafen und die Laura ihnen daher nicht vorenthalten durfte. Informationen, die sie auf die Spur des Mörders von Ti Martin und des Initiators des blutigen Überfalls bei Antigua führen konnten. Der Doc war besonnen genug, das Für und Wider abzuwägen. Wenn sie nicht sehr behutsam zu Werke gingen, konnten die Konsequenzen für alle Beteiligten fatal sein.

„Frauenorden?" fragte der überraschte Doc mit ungläubigem Ton zurück.

„Ja, weiß ich, warum eigentlich nicht, möglich ist das. Gesehen habe ich zwar noch keine. Einige der Inseln wie Antigua sind ausgesprochen religiös, wie man schon an den Ortsnamen erkennt, die ja regelrecht die Bibel plündern, nicht wahr. Aber das ist naive Bigotterie nach amerikanischem Vorbild. Wie in den USA gründet jeder Krethi und Plethi, der mit dem Herrgott ein Tütchen geraucht und dabei das ‚Licht' gesehen hat, irgendwann seinen eigenen Verein, seine eigene Kirche. ‚Kirche', wohlgemerkt. Das Wort ‚Sekte' ist praktisch so verpönt wie eine abgehende Blähung im Beichtstuhl, mit Verlaub. Ob in einem solchen Klima Klöster gedeihen, darüber habe ich mir, offen gestanden, noch nie ernsthaft Gedanken machen müssen. Apostolos hätte dir das sicher sagen können, wusste die seltsamsten Dinge. Wie kommst du darauf? Willst du dem weltlichen Leben auf ewig entsagen, nachdem dein Selbstmordversuch kläglich in die Hose ging?"

Laura grinste. „Nein, nur so."

Der Doc lachte und drohte Laura scherzhaft mit dem Zeigefinger.

„Nur so, ja? Du bist eine furchtbar schlechte Lügnerin, Laura. Was immer du von jetzt ab tust, geh nie in die Politik. Ich kenne dich noch nicht lange, weiß aber, dass du so gut wie nichts ‚nur so' sagst. Erweise mir die Ehre und weihe mich in deine Agenda ein."

„Bin ich wirklich so leicht durchschaubar? Na gut, ich habe die Briefe Penelopes übersetzen lassen. In denjenigen jüngeren Datums schreibt sie immer wieder von ihrem Aufenthalt bei den heiligen Frauen, so als habe Robert sie in irgendeinem Frauenkloster, einem Konvent untergebracht. Robert hat jeden Monat Geld in die Karibik überwiesen. Wenn ich mal eben zwei und zwei zusammenzähle, kommt ein Kloster irgendwo auf diesen Inseln heraus. Offenbar hat er Penelope dann doch irgendwann aus den Fängen Hakans befreit und…"

„Und ins Kloster gesteckt? Das sähe ihm nicht sehr ähnlich. Ihr übrigens auch nicht. Nicht nach allem, was ich über sie gehört habe. Wie heißt es genau in den Briefen?"

„Bei den heiligen Frauen, immer wieder bei den heiligen Frauen. Das Original kenne ich natürlich nicht."

Der Doc grübelte.

„Wo und von wem sind die Briefe übersetzt worden?"

„In Hamburg, von professionellen Übersetzern."

Der Doc dachte nach.

„Was, wenn es sich trotzdem um ein Missverständnis handelt? Ich kann auch kein Griechisch, weiß aber, dass in unseren europäischen Sprachen Verhältniswörter zum Tückischsten gehören, was die Lexik zu bieten hat. Zwischen ‚on' und ‚at' im Englischen zum Beispiel sehen wir beide wahrscheinlich keinen nennenswerten Unterschied. Für einen Engländer hingegen liegen je nach den Umständen Welten dazwischen."

So aufgeregt er an seiner Pfeife sog, schien er sich für das Thema richtiggehend zu begeistern. Wenn ich schon nichts von ihm erfahre, dachte Laura, lenkt es ihn doch zumindest von Ti Martin und César ab.

„Sparsame Sprachen sind stets um lakonische Kürze bemüht, überlassen daher zwangsläufig vieles dem Hörer oder Leser. Sie vertrauen darauf, dass ein und dieselbe Form wie ein Passepartout im gerade angebrachten Sinne ausgelegt wird. Alles hängt allein vom Kontext ab. Genau den aber kennt jemand, der in Hamburg sitzt und zwar gut Griechisch kann, aber noch nie in der Karibik war, natürlich nicht. Das macht ihn in diesem speziellen Falle leicht zum potenziellen Opfer von Irrtümern und Missverständnissen."

„Inwiefern?"

„Nehmen wir mal an, nicht wahr, das von Penelope im Griechischen verwendete Verhältniswort hätte in unseren Sprachen mehrere beliebige Bedeutungen: bei, neben, auf, in, was weiß ich. Dem Übersetzer schien bei passend. Tatsächlich aber muss es vielleicht auf heißen."

Laura blickte den Doc verständnislos an.

„Danke, das erklärt natürlich alles."

„Im Ernst, nicht wahr, nur mal angenommen. Wenn ich deine ,heiligen Frauen' ins Französische übertrage, ergibt das wahlweise ,Saintes Vierges', ,Saintes Dames' oder einfach nur Les Saintes. Genau so heißt die kleine Inselgruppe zwischen hier und Guadeloupe. Wir haben sie auf dem Weg nach hier passiert. Ich verwette meine Pfeife: Penelope alias die gelbe Tänzerin wohnt nicht bei den Heiligen Frauen, sondern auf Les Saintes."

ACHTES KAPITEL

1. Der fromme Bernard.

Alberto war unaufhaltsam im Anmarsch. Den jüngsten Berechnungen der Meteorologen zufolge nahm er jetzt Kurs auf Puerto Rico und die Dominikanische Republik, wobei seine südlichen Ausläufer in spätestens 48 Stunden die Inseln über dem Wind streifen würden. Der sich zunehmend verfinsternde Himmel sollte eigentlich Warnung genug für alle Schiffe und Yachten sein, sich schleunigst um einen geeigneten Hurricane-Unterstand zu kümmern. Wenn jemand trotzdem glaubte, unbedingt unterwegs sein zu müssen, war er gut beraten, wenigstens den Großraum Karibik zu meiden.

Drei Gründe sprachen für die Crew der Pas de Deux dafür, sich dennoch umgehend auf den Weg Richtung Les Saintes zu machen. Erstens war der winzige Archipel nur einen Katzensprung von Dominica entfernt und damit die Gefahr, unterwegs von Starkwind überrascht zu werden, gleich Null. Zweitens besaß die Reede von Bourg, dem Hauptort der Gruppe, eine auf sechs Meter Tiefe verlegte Hurrikan-Kette von der Art und Dicke, wie sie von der Großschifffahrt zum Ankern verwendet wurde. Die Pas de Deux konnte ihren Haken darunter verklemmen und dergestalt „festgekrallt", wenn schon keinen ausgewachsenen Hurrikan, so doch einen weniger gewaltsamen tobenden Ausläufer zu überstehen hoffen.

Und drittens lief die Abrechnung mit den Mördern Ti Martins nur über die Yellow Dancer. Und die hatte ihr Domizil allem Anschein nach auf den Saintes. Solitaire würde keine Ruhe geben, solange die Killer nicht zur Strecke gebracht waren. Um sie davon abzubringen, bedurfte es mehr als eines banalen Hurrikans. Folglich lag die Pas de Deux einen Tag nach dem Besuch bei der Schwarzen Königin der Kariben in einer der schönsten Ankerbuchten der Antillen, die noch vor Monaten von Yachten und Kreuzfahrtschiffen regelrecht übergequollen war. Die günstige

Topographie des Archipels sorgte nicht nur für eine Szenerie von hohem landschaftlichem Reiz, sondern auch für natürlichen Windschutz, da ihre kleinen Inseln die Reede nach allen Seiten fest umschlossen.

„Das da direkt vor uns ist Terre-de-Haut, die hufeisenförmige Hauptinsel mit der Ortschaft Bourg," zeigte der Doc Laura. „Links haben wir die kleine Ile à Cabrit, was anscheinend so viel wie ‚Kind' bedeutet und zur geringen Größe der Insel passt, nicht wahr. Hinter uns siehst du die Silhouette von Terre-de-Bas. Keine Sorge, hier liegen wir sicher wie in Abrahams Schoß."

Laura hatte gelesen, dass die Inselgruppe der Saintes mit ihren verschiedenen Forts und Befestigungen für die Engländer einst ein „Gibraltar der Karibik" hatte werden sollen. Der Doc winkte verächtlich ab.

„Solche großspurigen militärischen Anlagen gibt es viele in dieser Gegend. Du solltest mal die Festungsmauern von San Juan auf Puerto Rico sehen. Die sind noch um einiges imposanter und würden selbst heute problemlos stundenlangem Artilleriebeschuss standhalten."

„Die hiesigen Befestigungen," er wies in die Runde, „erwiesen sich alles in allem für die Katz gebaut, sagt man nicht so? Die einzige größere Schlacht in dieser Gegend fand nämlich im Seegebiet vor Dominica statt, also weit außerhalb der Reichweite dieser Kanonen. Wie das so geht, wurden die verwaisten Festungswerke später als Gefängnis oder Quarantänestation zweckentfremdet. Jetzt ist in dem Fort ein ganz interessantes Heimatkundemuseum untergebracht."

Vollauf überzeugt von der Eignung ihres Standortes als „Bunker" für die nächsten beiden Tage war Laura nicht. Der dunkel dräuende Himmel und die heftigen Regenböen, die sie von Dominica bis hierher begleitet hatten, gaben deutlich zu erkennen, dass auch mit Albertos Ausläufern nicht zu spaßen sein würde.

Gleichzeitig war Laura voll innerer Unruhe und Neugier. Würde sie hier, in dieser unwirklichen Szenerie, tatsächlich auf die Frau treffen, die den Briefen zufolge ihre leibliche Mutter sein musste? Nur sie hatte von der wahren Ursache der leichten

„Behinderung" Lauras wissen können, die so gar nichts mit irgendeinem von Robert erfundenen Motorradunfall zu tun hatte. „Irini" hatte Penelope sie genannt. Das bedeutete „Frieden", soweit sie wusste. Die Friedliche, die Friedliebende – ihr bisheriges Leben schien diesen Namen durchaus zu rechtfertigen.

Nur, was würden sie einander eigentlich zu sagen haben? Blut ist dicker als Wasser, sagt der Volksmund. Aber als Metapher verstanden, zielt dieser Spruch ja gerade nicht auf die rein biologischen Gegebenheiten. Was die intime Mutter-Kind-Beziehung ausmacht, hatte sich zwischen Laura und Frederike abgespielt. Sie, und nicht Penelope, war der alles entscheidende Einfluss in ihrem Leben gewesen. Vielleicht wäre es unter diesen Umständen klüger, auf eine letzten Endes nur verstörende, enttäuschende Begegnung mit der leiblichen Mutter ganz zu verzichten? Künstlich gezeugte Kinder, die im Erwachsenenalter nach dem Samenspender suchten oder Adoptivkinder, die ihren leiblichen Eltern auf der Spur waren, wussten zum Teil von solch desillusionierenden Erfahrungen zu berichten. Die einzige „organische" Bindung bestand doch im Vorhandensein irgendwelcher gemeinsamer, genetisch bedingter, aber vielleicht nie wirklich zum Tragen gekommener Veranlagungen zweier ansonsten wildfremder Menschen. Von ihrem jeweiligen Ebenbild eher entsetzt, standen die einander in peinlicher Sprachlosigkeit gegenüber.

Ihren Gefährten konnte dieser Aspekt ohnehin gleichgültig sein. Sie wollten Ti Martin rächen und dem Häscher an die Gurgel, bevor der sie erwischte. Das wiederum war zwar nicht Lauras Krieg, aber die neu gewonnenen Freunde jetzt im Stich gelassen zu haben, da es eng zu werden drohte, würde sie sich wohl nie verzeihen.

Solitaire schlug dem Doc und Laura vor, an Land zu gehen und in Bourg nach der Yellow Dancer zu schürfen. Viele Gesprächspartner würden sie an diesem weitgehend sich selbst überlassenen Ort sicher nicht finden. Die meisten Geschäftsleute und Restaurantbesitzer ließen spätestens zu Beginn der Hurrikan-Saison die Rollläden herab und drehten den Schlüssel um, zogen sich nach Guadeloupe oder gleich ganz in die USA oder nach Europa zurück. Aber irgendwo mussten sie schließlich den Hebel ansetzen und Bourg war dazu die erste Adresse.

Die Überfahrt im Dinghy kam einem Rodeo-Ritt auf dem wildesten Bullen im Stall gleich. So windgeschützt die Reede auch war, die See ging für ein halbstarres Schlauchboot bereits fast zu hoch. Regen prasselte von oben und Gischt klatschte Laura Mal um Mal mit Wucht ins Gesicht. Nur gut, dass der Doc auf dem Tragen von Ölzeug und Schwimmweste bestanden hatte. Wie auch auf unauffälliger, aber angemessener Bewaffnung: Laura trug die Taurus unter dem Pullover im Gürtel, der Doc eine Pistole in der Tasche und einen Revolver im Schaft seiner Seestiefel.

Endlich an Land, war Laura von der Ortschaft, deren Anblick sie schon von Ferne verblüfft hatte, weiterhin sehr angetan. Die europäische Aufgeräumtheit Bourgs sprang ihr als Deutsche sofort in die Augen. Keine Spur vom chaotischen Durcheinander der provisorisch anmutenden Bretterbuden und windschiefen Holzhäuschen Dominicas. Keine Anklänge an das verwirrende architektonische Vexierbild Point-à-Pitres. Stattdessen geradezu dörfliches Idyll adretter, zwar bunt bemalter, aber nicht „schreiend" farbiger „Lebkuchenhäuser" aus Stein oder Holz mit sturmsicheren Fensterläden und Walmdächern aus Dachziegeln oder festgeschraubtem Wellblech. Ein sauberes asphaltiertes Sträßchen führte links in Serpentinen hinauf zum Fort. Rechts ging es noch ein paar Prozent steiler zum „Esel", einem beliebten Aussichtspunkt, so hoch gelegen, dass selbst die kreisenden Fregattvögel sich im Fluge auf die Seite drehen mussten, um die über ihnen thronenden Besucher im Auge zu behalten.

„Die Inseln der Heiligen Frauen haben so gut wie keinen Regenwald, den man erst hätte roden müssen, sind aber zu klein, als dass sich das Anlegen von Plantagen auf Dauer gelohnt hätte," erläuterte der Doc.

„Und wo es keine Zuckerrohr- oder Bananenplantagen gab, wurden auch keine schwarzen Sklaven für die Knochenarbeit benötigt. Die Bevölkerung von Terre-de-Haut besteht daher bis heute überwiegend aus Weißen. Nachfahren geflohener Plantagenbesitzer, die während der Revolutionsjahre ihre Köpfe vor der Guillotine auf der Place de la Victoire von Pitre in Sicherheit brachten. Dazu gesellten sich ausgewanderte Angehörige europäischer Minderheiten, die in ihrer Heimat zumeist aus religiösen Gründen verfolgt wurden: Flamen, Normannen, Bretonen, Hugenotten und andere. Was die neben ihrer Hautfarbe und dem Flüchtlingsstatus einte, war ihr erlernter Broterwerb, die Fischerei."

Klatschnass machten der Doc und Laura es sich unter den Zweigen eines Flammbaumes auf der Terrasse des Cafés nahe dem Fähranleger bequem. Der Regen hatte kurz aufgehört und im Wind würde ihr Ölzeug bald wieder trocknen. Der Besitzer des Cafés kam zu ihnen heraus, bat sie herein und bot ihnen einen Espresso aus der zischenden und dampfenden Maschine an. Im Laufe ihres Gespräches gab er sich schließlich als der örtliche Pfarrer zu erkennen. Die Kirche, sein Hauptarbeitsplatz, sah aus wie ein umgedrehter Schiffsrumpf, den der letzte Hurrikan des Vorjahres angespült und auf dem Hügel von Bourg kieloben abgesetzt hatte.

Sonst schien der Ort tot wie ein mittelalterliches Dorf nach dem Besuch des Schwarzen Todes. Die Fähren nach Pitre und Trois Rivières auf Guadeloupe verkehrten so spät im Jahr nur noch selten. Zurzeit blieben sie wegen Alberto ganz aus. Kreuzfahrtschiffe, denen man eine aufwändige Pier errichtet hatte, steuerten im Mai weniger problematische europäische Häfen an. Der Pfarrer hatte noch nie von einer Penelope gehört, kannte allerdings die Yellow Dancer. Selbst zwar kein passionierter Segler oder Fischer, zeigte der Mann berufliches wie privates Interesse an seiner durchweg fischenden Stamm- und segelnden Laufkundschaft. Deshalb pflegte er während der Touristenmonate mit dem Feldstecher von seinem Häuschen aus die Reede zu beobachten. Dabei war ihm die Yellow Dancer mit ihrem zitronengelben Rumpf mehrfach aufgefallen, auch, weil er die Helikonie dieses Namens selbst eine Weile vergeblich zu züchten versucht hatte.

„Eigentlich sehr passend für eine auf den atlantischen Wellen tanzende Yacht," sagte der Pfarrer und verwies sie wegen Penelope an ein örtliches Faktotum namens Bernard der Einsiedler, der in einer primitiven Hütte auf halbem Wege hinauf zur Festung hauste, wie es seinem Spitznamen geziemte.

„Unter uns," flüsterte er dem Doc und Laura zu, als lauschten in diesem vorübergehend ausgestorbenen Flecken an jeder Straßenecke Spione, „der Einsiedlerkrebs ist zwar sehr fromm, nun ja, auf seine Weise. Aber wenn Alberto seine Behausung in den kommenden Tagen in ihre Einzelteile zerlegen und in alle Winde verstreuen würde, hätte die Gemeinde von Bourg sicher auch kein Problem damit. Bisher hielt der Allmächtige aber noch immer seine schützende Hand über Bernard. Eine zuverlässigere Informationsquelle kann ich Ihnen angesichts unseres momentanen personellen Engpasses leider nicht anbieten. Wenn jemand Ihre Penelope kennt, dann vermutlich Bernard."

Als der Doc und Laura wenig später schweißnass triefend vor Bernards grob zusammengeschusterter Hütte standen, begriffen sie, auf was der Pfarrer angespielt hatte. Die windschiefe Baracke lag an einem schroffen Felsabbruch direkt über der Brandung, die beständig mit Brachialgewalt gegen die Felswand hämmerte und irgendwann, in nicht allzu ferner Zukunft, die Bretterbude Bernards wieder auf das Kleinholz reduzieren würde, aus dem er sie zusammengesetzt hatte. Vorläufig schien sie jedoch nicht zuletzt von den zahllosen, an allen Wänden prangenden „Tapeten" aus selbstgefertigten Plakaten und Pappschildern zusammengehalten zu werden, die das Nahen des Jüngsten Tages prophezeiten und zu innerer Einkehr aufriefen. Laura erinnerte die prekäre Lage der Bruchbude an diejenige der Klöster hoch oben auf den „Findlingen" des griechischen Meteora. Beiden war der apokalyptische Gleichmut gemein, so schien es Laura. Wer das Ende sowieso quasi um die Ecke wähnt, muss sich um diesseitigen Komfort und Sicherheit keinen Kopf machen: näher mein Gott zu dir.

Zum Beweis dafür, dass kein Blatt Papier zwischen Bernard und Jesus passte, hatte ersterer das Konterfei des letzteren, so wie er es sich vorstellte, einem Steckbrief gleich auf seine Tür gemalt. Und wenn auch gewisse Züge an das Turiner Schweißtuch gemahnten, ließ der vernichtende Gesamteindruck Laura hoffen, dass der Sohn Gottes trotz aller unmenschlichen Qualen, die er erlitten hatte, bitte nicht ganz so fix und fertig aussehen möge wie sein Porträt von Bernards Hand.

„Gelobt sei der Herr," rief der langhaarige, bärtig-zerzauste und insgesamt offenbar vom Leben stark gebeutelte Bernard, als er die in den Angeln klemmende Tür seiner Behausung nach mehrmaligem Klopfen des Doc mit einem kräftigen Fußtritt so heftig nach außen öffnete, dass sie wie ein Pendel um ein Haar gleich wieder zugeflogen wäre. Seine rotgrauen Haare hingen wirr wie mit einem Knallfrosch frisiert über beide Schultern. Sein ebenfalls rötlicher Bart trug noch deutliche Spuren des Frühstücks, bei dem Cornflakes und Baked Beans offenbar eine herausragende Rolle gespielt hatten. Bernards eingefallene Wangen und tiefe Ringe unter seinen Augen verrieten den Asketen aus Leidenschaft oder schierer Not. Er trug abgewetzte Shorts, ein fadenscheiniges, an mehreren Stellen durchlöchertes T-Shirt und zu klein geratene Badelatschen, die ihm vermutlich vom Meer quasi vor die Haustür gespült worden waren. Soweit man es von draußen erkennen konnte, glich das innere seiner Behausung einer Arche, die eben erst von den wochenlang eingeschlossenen Tierpärchen verlassen worden war und „Noah" infolgedessen noch keine Zeit zum umfassenden Ausmisten gefunden hatte.

„Jetzt und in alle Ewigkeit. Amen, Bruder" entgegnete der Doc schlagfertig, faltete die Hände vor der Brust und wandte sich zur Seite, um dem der Baracke entströmenden Duftschwall zu entgehen.

„Wir sind gekommen, dem Herrn die Seele einer bedauernswerten Sünderin anzuempfehlen," eröffnete der Doc das spirituelle Gespräch im Stil eines erleuchteten Heilsverkünders.

„Gott weiß selbst am besten, wie schwer sie gesündigt hat, Bruder Bernard, ah, schwer gesündigt hat die Frau, ich verhehle es dir nicht. Aber in Gottes Haus haben alle Menschen Platz, das nicht so, Bruder? Und die Frau ist bereit, auf den Weg der Tugend zurückzufinden. Nur, sie bedarf der Anleitung, der kundigen Führung durch das Jammertal unseres gottlosen Seins."

Laura fand den improvisierten Auftritt des Doc ein wenig chargiert, aber insgesamt ganz passabel. Beim Casting für eine Sandalenoper im Stile Ben Hurs oder Sinoes des Ägypters wäre ihm die Hauptrolle sicher gewesen.

„Was sie in der Dunkelheit ihres sündigen Wesens benötigt, ist nicht mehr und nicht weniger als ein flackerndes Lichtchen, ein schwächlicher Schimmer Hoffnung am Ende des Tunnels. Dein Ruf, Bruder Bernard, ist bis zu uns in die Diaspora gedrungen und wir dachten, du könntest uns vielleicht weiterhelfen."

Bernards halb erstaunter, halb entzückter Blick verriet, dass er es wohl nicht oft mit Besuchern zu tun hatte, die so sehr auf seiner seelsorgerischen Linie lagen wie dieser Einäugige, auch wenn der Einsiedler den unmittelbaren Anlass nicht wirklich verstanden zu haben schien. Er wuchs augenblicklich um einige Zentimeter empor, blickte empathisch auf Laura und nahm sie wie ein Kind an der Hand.

„Gelobt sei der Herr! Ihr klopft an der richtigen Tür an, Bruder...eh, Schwester."

„Pierre," stellte sich der Doc vor.

„Pierre? Der Fels, auf dem der Allmächtige seine Kirche baute? Ein schöner, ein treffender Name, will mir scheinen. Ich selbst bin nur ein nichtswürdiges Instrument des Herrn, aber lasst mich wissen, was ich für euch tun kann. Für die Umkehr ist es nie zu spät, meine Tochter. Und ja, alle Menschen finden Platz in Gottes Haus. Wie auch in meiner bescheidenen Hütte, tretet bitte ein."

Der Doc, wohl eine heftige Reaktion Lauras befürchtend, beeilte sich, das Missverständnis aufzuklären.

„Nein, Bruder, es geht nicht um diese junge Dame, meine Tochter. Vielmehr sind wir auf der Suche nach einer gewissen Penelope, auch Yellow Dancer genannt. Die ‚gelbe Tänzerin', ich meine, muss ich mehr sagen? Allein schon der Name lässt ihre Verruchtheit ahnen. Wir haben bedauerlicherweise unlängst den Kontakt mit ihr verloren und hofften, du würdest uns zu ihr führen können."

Der gastfreundlichen Einladung Bernards, doch bitte eintreten zu wollen, leisteten weder er noch Laura Folge. Laura war plötzlich, als hätte der Boden unter ihren Füßen merklich gezittert.

Käme es jetzt zu einem größeren Beben, würde die Hütte mit allen momentanen Insassen zu den ersten Opfern Bourgs gehören. Und zusammen mit dem zotteligen Bernard vor ihren Schöpfer treten zu müssen, wäre Laura nicht recht gewesen, zumal sie mit dem Herrn noch das eine oder andere Hühnchen zu rupfen hatte.

„Yellow Dancer, sagen Sie?" Der Einsiedler fuhr sich durch die Haare und zog sich an den Ohren, als erwarte er, dass die göttliche Eingebung wie eine Packung filterlose Gauloise herabplumpsen würde.

„Die ‚gelbe Tänzerin'," wiederholte er wie ein begriffsstutziger Dorftrottel.

„Ja, ja, ich habe von ihr gehört. Eine Sünderin, sagen Sie? Das verwundert mich, offen gestanden, Bruder, eh, Pierre. Bei uns steht sie im Ruf einer Wohltäterin, einer Mutter Teresa der Antillen. Wer weiß, Bruder, von welchen Todsünden sie sich damit freizukaufen trachtet. Der Herr aber ist unbestechlich in seiner Strenge ebenso wie in seiner Gnade. Lasset die Mühseligen und Beladenen zu mir kommen..."

„...solange die Erniedrigten und Beleidigten bei sich zu Hause bleiben. Gelobt sei der Herr," unterbrach ihn der Doc mit einem Anflug von Ungeduld.

„Penelope. Weißt du, wo sie sich aufhält, Bruder Bernard? Hier in Bourg?"

Bernard riss die Augen auf, als habe er gerade die Reiter der Apokalypse hinter dem Doc und Laura den Berg hinaufgaloppieren sehen.

„Nein, nein, nicht hier. Drüben, auf Terre-de-Bas, wenn schon. Soll dort ein kleines Häuschen ihr eigen nennen. Eine schwere Sünderin sagst du, Bruder? Hat man Worte."

„Du sprichst es aus, Bruder. Hattest du in jüngerer Zeit Kontakt mit ihr?"

Der Einsiedler schüttelte ob dieser Zumutung so energisch den Kopf, dass sein Haarschopf durch die Luft gewirbelt wurde. „Kontakt? Nein, wo denkst du hin, Bruder. Sie kommt nicht hierher und ich habe noch nie auch nur einen Fuß auf Terre-de-Bas gesetzt."

Der Brustton der Empörung, mit dem er dies vortrug, ließ darauf schließen, dass Bernard sich eher einer Führung durch Sodom und Gomorrha anvertraut hätte, als der Nachbarinsel einen Besuch abzustatten.

„Wenn unsere Informationen zutreffen, Bruder, dann ist Penelope auf dem Weg zur Besinnung und Besserung, mach dir keine unnötigen Sorgen," schaltete Laura sich erstmals ein, weil sie fand, dass der Doc zu weit gegangen war und sie Bernard nicht mit einem so üblen Leumund einer Frau zurücklassen wollte, die schließlich ihre leibliche Mutter war.

„Sag' mal, Bruder Pierre, fantasiere ich oder hat da gerade der Boden unter unseren Füßen gebebt?" fragte sie auf dem Rückweg nach Bourg.

„Hast du's auch gespürt, Schwester Laura? Ich bin sicher, der Heilige Geist ist in diesem Moment über uns gekommen. Passend zum Anlass und zur Jahreszeit. Nein, Scherz beiseite, ständige kleinere Erschütterungen wie diese sind die Mahnungen des Herrn, dass Paradiese grundsätzlich ihren Preis haben. Ein Seebeben bei Montserrat mit anschließendem Tsunami würde nicht nur Bernards Arche, sondern das ganze Archipel bis an die afrikanische Küste spülen."

Wie aufs Stichwort hatte es wieder heftig zu regnen begonnen. Die Böen peitschten die langen Fäden schwerer Tropfen wie Ketten am Boden zerplatzender Glasperlen durch die Gassen.

„Ist es wirklich vorstellbar, dass der Mann noch nie auf der Nachbarinsel war?"

Der Doc hob den Zeigefinger wie ein nie um die Antwort verlegener Klassenerster.

„Durchaus. Ein Fall von nissotischem Syndrom," lautete seine Diagnose.

„Nisso...was?"

„Insulaner sind für gewöhnlich schrullige Völkchen, nicht wahr. Ihre physische Isolation führt, wenn auch in jüngerer Zeit durch die modernen Kommunikationsmittel etwas gelockert, offenbar über kurz oder lang zu intellektueller Verarmung und empathischer Verkümmerung, die man unter den Begriff der psychosomatischen Verzwergung subsumiert. Darüber gibt es zahlreiche Abhandlungen, wie mir Apostolos versicherte. Ihm war das Phänomen aus Griechenland bestens vertraut. Je überschaubarer mein Kosmos, desto kleinteiliger meine Kosmologie. Das geht bis in den Bereich von Psychosen und Wahnvorstellungen. Der berühmte englische Satz vom Kontinent, der bei Nebel im Kanal regelmäßig isoliert sei illustriert das in geradezu paradigmatischer Weise. In Fachkreisen ist dieses pathologische Erscheinungsbild als Nissotisches Syndrom bekannt, nicht wahr."

„Hier auf den Saintes gesellt sich noch das soziokulturelle Gefälle hinzu. Während aus den genannten Gründen auf Terre-de-Haut wie gesagt kaum Schwarze leben, gibt es auf Terre-de-Bas so gut wie keine Weißen. Alles Nachfahren entsprungener oder freigesetzter Sklaven von Guadeloupe oder Martinique, nicht wahr. Sie haben sich sogar einen kleinen künstlichen Regenwald zugelegt, woran man hier allerlei politisch unkorrekte Bemerkungen knüpft, in denen von Affen und Bäumen die Rede geht, du verstehst. Kurzum, für die zynischen Weißen auf Terre-de-Haut trägt Terre-de-Bas seinen bezeichnenden Namen vollauf zu Recht."

2. Solitaires Universitäten.

„Niemand wird es dir übelnehmen, wenn du nicht mitkommst." Solitaire unterbrach das Flechten von Lauras Corns und musterte ihre „Kundin" mit geschultem Blick, während sie Mühe hatte, sich bei diesem Seegang überhaupt auf den Beinen zu halten.

„Wer immer uns da drüben zum Tanz auffordert, will unseren Hintern. Falls es wirklich Hakan sein sollte, stehst du vermutlich noch nicht in seinen schwarzen Büchern. Wenn du dich raushältst, hat er eigentlich keinen Grund, dir nachzustellen."

Laura sah auf ihre Uhr. Es war kurz nach Mitternacht. Sie hatte Solitaire nach der Rückkehr auf die Pas de Deux die Briefübersetzungen ausgehändigt und sie gleichzeitig an ihr Versprechen von

Dominica erinnert. Da auch Solitaire nicht einschlafen konnte, wie sie sagte, hatte sie sich nicht lange geziert, sondern einen Spiegel und die anderen notwendigen Utensilien zusammengekramt und sich an die Arbeit gemacht. Es war der bizarrste Friseursalon, den Laura je besucht hatte. Die GRAND BANKS stampfte währenddessen im Seegang, als sei sie auf dem Weg zu ihren angestammten Fischgründen des Nordatlantiks. Immer wieder ruckte sie so gewaltig an ihrer Ankerkette, dass Laura jedes Mal zusammenzuckte und sich fragte, wie lange das Material diesen Belastungen noch standhalten würde. Der Sturm heulte um die Aufbauten der Pas de Deux, dass einem angst und bange werden konnte. Dicke Regentropfen im fließenden Übergang zu Hagelkörnern prasselten Schrotkugeln gleich auf das Deck der Yacht. Wie der Doc und Ignace es fertigbrachten, in diesem Geschaukel und Getöse auch nur ein Auge zuzutun, war Laura ein Rätsel.

„Das ist großzügig von dir, mir die Entscheidung zu überlassen," erwiderte Laura und löste vorsichtig das Pflaster, mit dem der Doc ihre gut verheilende Stirnverletzung abgeklebt hatte. „Aber nach allem, was ich, was wir zusammen durchgemacht haben, glaubst du nicht im Ernst, dass ich jetzt aussteige und euch den ganzen Spaß überlasse. Außerdem bin ich vermutlich die einzige von uns vieren, die weiß, wie Hakan aussieht."

Solitaire, die das Flechten wieder aufgenommen hatte, hielt verständnislos inne.

„Wieso? Bist du ihm schon mal begegnet?"

Laura erzählte ihr von der Yakamoz und dem Abend bei der Einfahrt zur Rivière Salée. Ihre Beschreibung Hakans entsprach ziemlich genau derjenigen Joe Gradys.

Solitaire hörte aufmerksam zu und schüttelte dann ungehalten den Kopf.

„Warum hast du uns das nicht früher gesagt?"

„Ich hab's versucht, bin aber nicht durchgedrungen. Außerdem war ich mir nicht ganz sicher. Jetzt, nach den Ereignissen der letzten Tage, sehe ich das in einem anderen Licht."

Laura warf Solitaire einen raschen Blick zu, aber deren Miene war schwer zu deuten. Vielleicht war es besser, sie vom Thema

Hakan abzubringen, bevor sich das hier zu einem ausgewachsenen Streit aufschaukelte.

„Apropos anderes Licht. Nach allem, was mir der Doc erzählte und die Briefe mir verraten haben, versuche ich seit Tagen verzweifelt, mir meine früheste Kindheit in Erinnerung zu rufen. Es funktioniert wohl schon deshalb nicht, weil irgendwann eigenes Erleben von den Erzählungen der Eltern, Geschwister, Verwandter überlagert wird wie die von späteren Gründungen verschüttete unterste Schicht einer Ausgrabungsstätte. Wie ist das bei dir? Ich meine, deine Erinnerungen müssten eigentlich von Dritten weitgehend unbeeinflusst sein. Bis wann kannst du zurückdenken?"

Laura war nicht sicher, ob Solitaire jetzt und hier darüber sprechen wollte. Aber eine so günstige Gelegenheit wie diese würde sich vielleicht nie wieder bieten.

„Die drei G's: Gerüche, Geräusche, Gefühle," antwortete Solitaire nach kurzem Nachdenken.

„Der Geruch von Waisenhäusern und Besserungsanstalten. Eine Mischung aus Linoleum, Bohnerwachs, Scheiße und Kohlrouladen, immer wieder Kohlrouladen. Dazu der ewige Lärm. Das Geheul der Kinder, das Gebrüll der Wärterinnen und Aufseher. Quietschende Sohlen auf endlosen Korridoren, das Knallen von Türen, dieses ständige Schleifen von Riegeln an Metall und das Klingeln von riesigen Schlüsselbunden. Einzelne sehr prägnante Stimmen, heilloses Sprachgewirr: Russisch, Finnisch, Schwedisch. Das Gefühl der Verlorenheit und Einsamkeit inmitten dieses lärmenden, stinkenden Chaos'."

Wieder hielt sie mit dem Flechten inne, als horche sie angestrengt in sich hinein.

„Ein oder zwei Familien. Eine lange Reihe von Kinderhorten, Waisenhäusern und Jugendstrafanstalten. Keine Ahnung, wie ich warum wann wo gelandet bin. Meine Eltern habe ich jedenfalls nicht vor Augen. Vielleicht waren sie kurz nach meiner Geburt umgekommen oder wurden im allgemeinen Durcheinander von mir getrennt. Vielleicht haben sie mich auch einfach ausgesetzt wie einen Hund, der zu schnell wächst und eines Tages nur noch zur Last fällt. Ich hoffe für sie, dass sie umgekommen sind. Falls nicht, sollten sie dem lieben Gott für jeden Tag dankbar sein, an dem sie mir nicht über den Weg laufen."

„Wieso Russisch und Finnisch?"

„Weiß ich. Sieht jedenfalls so aus, als wären meine Eltern Russen gewesen. Ich kann jedenfalls immer noch ein paar Brocken Russisch, vor allem das ewige ‚dawai, dawai' geht mir nie wieder aus dem Kopf: mach zu, beeil dich. Und das genauso häufige ‚nje nado', lass sein, das darfst du nicht. In den letzten Jahren kommen immer mehr Russen in die Karibik, mit dicken Dollarrollen in der Tasche und billigen Weibern im Schlepptau. Wenn ich die Sprache hier irgendwo höre, zucke ich zusammen, als hätte mich meine Kindheit eingeholt."

„Keine ganz ungetrübte Jugend also?"

Solitaire lachte.

„Nein, verdammt getrübt sogar, diese Jugendzeit. Immer wieder Prügel, Arrest, Appelle, Läuse und Kartoffeln. Schwer zu sagen, was schlimmer war. Du machst dir keine Vorstellung, welche Unmengen Kartoffeln in russische Körper passen. Ich hab' mal gelesen, der Mensch bestehe zu 80 Prozent aus Wasser. Da haben sie die Russen außen vorgelassen, die bestehen meines Erachtens zu 90 Prozent aus Kartoffelstärke, da bin ich sicher. Der Rest ist Kohl, rötlicher, wässriger Borschtsch, wie der Ausfluss einer Frau, die ihre Tage hat. Ich kann den Geruch von Kohl nicht ertragen. Ein paar Jahre in Russland und du schwitzt Borschtsch durch die Poren. Wie gesagt, ich kann sie nicht mehr sehen."

„Die Kartoffeln?"

„Die Russen."

Sie torkelte wie schwer angetrunken über den schwankenden Salonboden zum Kühlschrank und griff nach einer Tafel Schokolade und zwei Wasserflaschen. Eine reichte sie Laura.

„Wenn wir schon aufbleiben, dann können wir's auch so richtig krachen lassen. Auf Ti Martin!"

Sie setzte die Flasche an ihren Mund und trank sie auf einen Zug fast zur Hälfte leer.

„Den süßlichen Gestank der überfüllten Schlafsäle habe ich noch heute in der Nase. Es gab keine Papiere, so dass man das

Alter der Kinder schätzen musste: Größe, Stimme, Schamhaarbewuchs, was alles so zusammenkommt. Platz war sowieso keiner, das heißt, man steckte alle mit allen zusammen. Die etwas älteren Jungs entdeckten gerade ihren Penis und onanierten tagein, tagaus wie die Großen, obwohl man ihnen gesagt hatte, das schade den Augen. Das war es ihnen aber so was von wert, scheiß' auf die Blindheit. Manche Mädchen hatten ihre ersten Menstruationen und dachten, sie hätten so was wie Ebola und würden gleich krepieren. Immerhin: ausgesprochene Langeweile herrschte selten," fuhr sie ungerührt kauend fort. „Arbeit gab's immer: Torf stechen in den Sümpfen, Holz schlagen in den Wäldern, Putzen, Anstreichen, Waschen. Prügel und Arbeit, auf die war stets Verlass."

„Eines Abends belauschte ich eine Gruppe von aufgegriffenen jungen Streunern, die aus dem Erziehungsheim abhauen wollten und ihre Flucht genau geplant hatten. Kinder noch, aber so hartgesotten wie Ignace, ich schwör's dir. Sie erwischten mich in meinem Versteck und drohten, mich umzubringen, wenn ich sie verriet. Ich trat dem Anführer in die Eier und schlug ihm mein Knie unters Kinn. Das ernüchterte die Jungs und revolutionierte ihre Einstellung gegenüber dem weiblichen Geschlecht. Sie verjagten ihr greinendes Weichei von Chef und machten mich zu ihrer Anführerin. Spricht für ihren Geschmack."

Laura hörte Solitaire bei dem Gedanken leise kichern.

„Ich traute ihnen trotzdem nicht über den Weg, niemand, niemals. Trug damals schon immer ein Messer im Kniestrumpf, für alle Fälle. Da war ich sechs oder sieben, vielleicht acht."

„Die Jungs hatten während der Arbeit im Wald Stämme gesammelt und daraus ein Floß gezimmert, das sie im hohen Schilf nahe der Flussmündung versteckten. Es besaß sogar einen kleinen Mast, mit einem alten Betttuch als Segel, das an einem kurzen Baum vorgeheißt wurde, fast wie bei den Wikingern. Darauf wollten sie über die Ostsee ins kapitalistische Paradies Finnland, bože moj. Ganz primitiv und vielleicht für den Mississippi, aber bei relativ günstigen Bedingungen, wie wir sie hatten, nicht für eine Überfahrt geeignet, das Ding. Trotzdem, damals kam es mir aber wie die QE 2 vor, minus die Luxuskabinen. Proviant hatten sie sich im Laufe vieler Monate zusammengeklaut. Das meiste war inzwischen verschimmelt oder von Maden befallen, aber deshalb nicht viel schlechter, als das normale Essen im Heim."

„Wie hieß das Floß? Papillon?"

Solitaire lachte und trank einen Schluck Wasser. Das ungewohnt viele Sprechen trocknete ihre Kehle aus.

„Nein, Bomž. So nennt man Penner in Russland, wo es sie dank der Überlegenheit des sozialistischen Systems gar nicht erst geben sollte. Marxisten sind die Meister der selektiven Wahrnehmung und systematisierten Selbsttäuschung."

„So zogen wir eines Abends los. Es muss mitten im Sommer gewesen sein, die Nacht war weiß. Bis zur finnischen Schärenküste hatten wir es nicht sehr weit. Das Wasser war angenehm lau, die See ruhig. Wind gab es keinen. Zwei von uns wechselten sich regelmäßig an den klobigen Rudern ab. Am meisten fürchteten wir Haie. Man hatte uns erzählt, in der Ostsee wimmele es nur so von menschenfressenden Haien, wohl, um Ausbruchsversuche wie unseren im Keim zu ersticken. Wir hielten dauernd nervös nach Rückenflossen Ausschau, mehr als nach Booten der Küstenwache. Die hatte anderes zu tun, als lebensmüden Gören wie uns nachzujagen, die ohnehin bald elend ersaufen würden."

„Wir ruderten und ruderten, bis wir alle aufgerissene Handflächen und blutige Finger hatten und Krämpfe bekamen. ‚Kurs‘ hielten wir mit einem alten Pfadfinderkompass, unserem ganzen Stolz. Die zittrige Nadel wirbelte bei jeder Bewegung des Floßes um die eigene Achse wie bei einem Roulette. Von Strömungen hatten wir natürlich keine Ahnung. Ein sibirischer Junge aus Tjumen kannte sich ein wenig mit dem Nachthimmel aus, das hatte sein Opa ihm beigebracht, bevor der von einem Bären gefressen worden war. Er zeigte uns den schwach leuchtenden Polarstern, den wir anpeilen sollten.

Am dritten oder vierten Morgen, die ersten Leuchttürme an der finnischen Küste waren bereits deutlich auszumachen, hielt ein querlaufendes Kümo plötzlich direkt auf unsere Breitseite zu. Unser Mast war längst über Bord gegangen. Wir waren wohl selbst bei geringem Seegang kaum zu sehen und hatten keine andere

Möglichkeit, uns bemerkbar zu machen, als wie verrückt zu winken und lauthals zu schreien. Vergeblich – vermutlich stand kein Mensch auf der Brücke des Kümos, der mit Autopilot unterwegs war. Wir gaben die sprichwörtliche lahme Ente. Das Schiff verpasste uns sooo knapp," Solitaire hielt Daumen und Zeigefinger der linken Hand dicht aneinander.

„Wir konnten die Bordwand fast berühren und die Schiffsschraube dicht neben uns mahlen fühlen. Seine Heckwellen gaben dem ohnehin aus allen Fugen gehenden Bomž den Rest. Es brach auseinander. Wir purzelten alle ins Wasser, die QE 2 hatte uns auf ihrer Jungfernfahrt im Stich gelassen."

Solitaire trank einen großen Schluck Wasser und rülpste laut.

„Sorry. Rettungswesten hatten wir natürlich auch keine. Ich bekam eines der herumtreibenden Hölzer zu fassen und klammerte mich daran. Glücklicherweise trieb mich die Strömung zur Küste und nicht wieder zurück in Richtung Russland oder nach Westen, sonst wäre ich genauso jämmerlich ersoffen wie meine Kameraden, denen ich beim besten Willen nicht mehr helfen konnte. Ich wartete, bis ich dicht genug an die äußeren Schären kam, dann paddelte ich wie César mit allen Vieren an Land. Die Felsen dort sind rund, glatt und glitschig. Man verletzt sich nicht so leicht daran, wenn keine See geht, findet aber auch nur schwer Halt. Seeigel gibt es keine, dafür viele eklige Quallen und Teppiche giftiger Blaualgen."

„Eine ganze Weile trieb ich mich wie eine junge Wölfin in den finnischen Birkenwäldern und an den Seen herum. Da gab es Trinkwasser, Fische und viele einsam gelegene Sommerhäuser, in die ich immer wieder einbrach, um steinhartes Brot zu stehlen oder ab und zu in einem Bett, auf einer richtigen Matratze zu schlafen. Was mich in Finnland beinahe umgebracht hätte, waren weder die Elche, noch die Wölfe, sondern die Mücken, ja, die gottverdammten Moskitos.

Die kannte ich zwar schon aus Petersburg, aber nicht in diesen unfassbaren Mengen und mit dieser Aggressivität. Ohne Schutzcreme oder Moskitonetz wirst du von Wolken solcher Biestern regelrecht eingehüllt und aufgefressen. Als ich schließlich einem erstaunten Jäger in die Hände lief, hatte ich durch das dauernde Kratzen von Kopf bis Fuß entzündete Mückenstiche und hätte um ein Haar den Verstand verloren. Ich konnte mich mit dem Mann nicht auf Finnisch verständigen und er verstand kein Russisch. Er ahnte vermutlich, dass ich illegal nach Finnland gelangt war und lieferte mich bei der örtlichen Polizei ab. Ich landete schließlich in einem finnischen Waisenhaus nahe Turku. Da war es auch nicht viel besser als in Russland. Die Finnen essen weniger Kartoffeln und Borschtsch, trinken aber, als gäb's kein morgen. Mehr noch als die Russen – und das will was heißen. Ihre Sprache ist mir, abgesehen von ein paar simplen Wörtern wie kiitos, ‚danke', oder kyllä, ‚hallo', völlig fremd geblieben."

Das konnte Laura gut nachvollziehen. Sie hatte selbst ein paar Wochen in Helsinki verbracht und versucht, etwas Finnisch „aufzuschnappen", was ihr nicht wirklich gelungen war. Die seltsame Häufung von Vokalen, die alle darauf bestanden, ausgesprochen zu werden, setzt eine ungewohnte Atemtechnik voraus. Normale Westeuropäer können Verbindungen wie hyvää pajvää, Guten Tag, kaum aussprechen, ohne irgendwann „blau" zu gehen. Bar jeder echten Motivation hatte Laura bald die Lust am Apnoe-Finnischen wieder verloren.

„Ich musste da weg, je schneller und weiter, desto besser," fuhr Solitaire fort.

„Das Personal, das sich um uns kümmern sollte, war für gewöhnlich ab dem frühen Nachmittag sturzbetrunken, das machte mir die Flucht leicht. Ich schlich mich auf einen Güterzug nach Turku und dort im Hafen auf eine Fähre nach Stockholm. Angesichts der Tortur mit dem Floß war es ein echtes Schlüsselerlebnis für mich, nun auf so einem riesigen Schiff zu sein, das oft beängstigend nah an den Schären vorüberschrammte. Schiffe begannen mich zu faszinieren und ich beschloss, gegen alle Widrigkeiten, mit denen ich als wenn auch frühreifes Mädchen zu rechnen hatte, irgendwie zur See zu fahren."

„Während andere Kinder die Schulbank drückten, klapperte ich als blinder Passagier Häfen in ganz Europa und Übersee ab. Ich war nicht besonders groß, schlank, um nicht zu sagen spindeldürr.

Ich kleidete mich wie ein Junge und legte mir einen breitbeinigen Gang zu, wie ein regelmäßig Schweine zählender Bauernbursche. Muss krass ausgesehen haben. Ich hatte die Haare immer noch ganz kurz wie im Waisenhaus und passte wie eine Katze durch alle Ritze. Bald kannte ich so gut wie jedes Versteck auf Schiffen und bewegte mich mit nachtwandlerischer Sicherheit. Es war eine…irgendwie mystische Beziehung. Auf Schiffen fühlte ich mich geborgen, wie, ja, wie im Mutterleib oder im Bauch eines Wals, unerreichbar, unantastbar. Dieses zitternde, vibrierende Erwachen der Riesen bei jedem Loswerfen der Leinen, diese beherrschte Kraft und majestätische Eleganz! Mein Herz begann jedes Mal aufs Neue, im ruhigen stetigen Rhythmus der mächtigen Motoren zu schlagen. Die gemessenen Bewegungen der stählernen Riesen, ihr Stampfen, Schlingern, Rollen und Krängen wiegte mich nachts in den Schlaf. Der Geruch von heißem Schweröl, frischer Farbe und dampfender Kombüse wurde mir vertraut wie der Geruch eines Mannes, mit dem man das Bett teilt. Als wäre ich auf einem Schiff geboren worden, was sage ich, in einem früheren Leben Schiff gewesen.

Ich lernte schnell, Schlösser zu knacken und, wenn Platz genug war, in Containern zu schlafen. Die waren einigermaßen sicher, aber auch tödliche Fallen. Hätte jemand irgendwann zufällig den Container von außen wieder fest verschlossen, während ich drinnen schlief, wäre ich vermutlich erstickt. Manch anderen blinden Passagieren und oft gegen ihren Willen darin eingeschlossenen Flüchtlingen ist es so ergangen. Das merkst du gar nicht. Du schläfst ein und wachst nicht mehr auf. Mein Klopfen und Rufen hätte auf See sowieso niemand gehört."

„Und, wurdest du nie erwischt?"

„Doch, ein paarmal schon. Dann setzte es Prügel und ich durfte für den Rest der Reise Rost klopfen, Farbe auftragen, Geschirr abwaschen und die Toiletten sauber halten. Auf einer Fahrt von Le Havre nach Fort Lauderdale war es wieder einmal so weit. Ich hatte mich im Rettungsboot eines Maersk Liners versteckt und ein Matrose mit Hund hatte mich aufgespürt. Wer denkt denn, dass so ein Idiot seine Töle mit an Bord schleppt? Gegen Hundenasen stehst du auf verlorenem Posten. Die erschnüffeln dich noch im Kühlschrank oder im Maschinenraum. Der norwegische Kapitän, dem ich vorgeführt wurde, dachte wohl, ich sei ein Junge und wurde seltsam zutraulich."

„Ich hatte inzwischen mehr schlecht als recht Englisch gelernt, indem ich überall die Aufschriften und Hinweisschilder las und den Leuten auf den Mund schaute. Ich kenne jemand, der beim regelmäßigen Eisenbahnfahren so oft mit der Warnung Hinauslehnen verboten in seiner Mutter- und zwei anderen Sprachen konfrontiert worden war, dass er sich eines Tages entschloss, die beiden anderen Sprachen auch zu lernen. Der Mensch begehrt, was er Tag für Tag sieht. So ging es mir jedenfalls. Ich bin nie auf eine normale Schule gegangen. Meine Universitäten waren die Schiffe. Klingt vielleicht merkwürdig, aber immer wenn Menschen ich sehe, die gute Schulen besucht und beste Bildung genossen haben, aber trotzdem so dämlich sind wie ein Brett, tröste ich mich damit, dass ich es doch letzten Endes har nicht so schlecht getroffen habe."

„Wie auch immer, das Englisch des Norwegers war auch nicht das Gelbe vom Ei. Halverson hieß er, Thorstein Halverson, vergesse ich nie. Sprach mit so einem weibisch klingenden skandinavischen Singsang. Wie ein Kanarienvogel im Stimmbruch. Aber wir verstanden uns gut, bis er mir eines Tages forsch an die Wäsche ging. Ich war so um die dreizehn, hallo, mitten in der Pubertät. Ich dachte schon, es sei um meine Unschuld geschehen. Aber der blonde Wikinger kam vom anderen Fjord. Ich sehe noch heute seinen enttäuschten Gesichtsausdruck vor mir, als er merkte, dass ich keinen Penis hatte. Mit dem Ti Martin wäre er so was von glücklich geworden."

„Es kam der Tag, an dem ich alt genug war, offiziell als Moses anzuheuern. Ich hatte immer noch keine Papiere, existierte also gar nicht. Das hatte auch Vorteile. Als die Kapitäne und Reedereiangestellten, bei denen ich mich vorstellte, erkannten, über welche Erfahrungen ich bereits verfügte – und ich spreche nicht von Thorstein – und auf wie vielen Schiffen ich schon bemerkt oder unbemerkt gefahren war, besorgten sie mir Papiere und versteckten

mich auf ihren Heuerlisten ganz unten kurz vor dem Kleinge-
druckten. Anfangs wollten sie mir mein abenteuerliches CV nicht
abnehmen, aber ich kannte die meisten nautischen Ausdrücke
gleich in mehreren Sprachen, wusste so gut wie alles über Schiff-
fahrtsrouten, Reedereien, Häfen, Frachter und ihr Fassungsvermögen, sogar die Namen vieler Kapitäne. Das hätte ich niemals
nur Prospekten, Büchern oder Filmen entnehmen können."

„Auf jedem beliebigen Frachter oder Passagierdampfer fand
ich mich sofort zurecht. Das beeindruckte und ich bekam Jobs,
die man damals in der Regel nur Jungs anvertraute. Außerdem
war ich im Aufstöbern von blinden Passagieren besser als jeder
Hund. Ich wusste ja genau, wo ich zwischen Maschinenraum
und Brücke zu suchen hatte."

„So kamst du in die Karibik?"

„Ja, aber viel später, auf Umwegen. Ich war schon oft in hiesigen Häfen gewesen, aber nie lange geblieben. Ich hatte in Antwerpen einen Typen kennengelernt, in den ich mich hoffnungslos verknallte. Ein Spanier, doppelt so alt wie ich, stolz wie Oskar
und für eine postpubertäre Siebzehnjährige wie mich unwiderstehlich. Er kannte Gott und alle Welt in der Diamantenstadt,
hatte nie Geldsorgen und war der ungekrönte König vom Ha-
fenstrich. Unsere Affäre war von hoffnungsloser Einseitigkeit.
Wahrscheinlich hatte er zehn Mädchen wie mich an jedem Finger. Aber für mich war es das erste Mal. Banale Sache. Ich war
blind und er nutzte das aus."

Laura hörte weiterhin aufmerksam zu, bemerkte aber keine
Bitterkeit oder Sarkasmus in Solitaires Stimme.

„Einige seiner Kumpels suchten gerade nach Drogenkurieren,
die man im Gewerbe Maultiere nennt. Esel wäre passender. Es
klang haarsträubend, aber ich hab's gemacht, fünfmal, zehnmal,
ihm zuliebe. Ich hatte Glück, wurde nicht erwischt und landete
auch nicht in irgendeinem schmuddeligen Hotelzimmer mit einem im Magen geplatzten Kondom. Glück gehabt."

„Als er mich schließlich doch vor die Tür setzte, blieb ich bei
diesem Gewerbe, begann ich damit, mich in Drogen auszahlen
zu lassen. Das war schlecht und gut zugleich. Ich wurde süchtig,

bekam aber meist reine Ware, kein verschnittenes Gift. Ich ließ die christliche Seefahrt sausen und kletterte nach und nach auf der Drogenleiter nach oben. Viel Rauschgift wird auf Schiffen geschmuggelt und mit denen kannte ich mich ja bestens aus. Wo ein blinder Passagier Platz hat, kann man auch eine Menge Kokain oder Heroin verschwinden lassen."

„Es kam in diesem Milieu immer wieder zu Bandenkämpfen um die Vorherrschaft auf den belgischen, holländischen und deutschen Märkten. Ich war auf meine kindliche Weise skrupellos, eine begnadete Schützin und sehr schnell mit dem Messer, damit war ich ja quasi aufgewachsen. Dealer rissen sich darum, mich auf ihrer Seite zu haben."

„Hast du damals etwa Leute umgebracht?"

„Das kam vor. Abschaum, meistens. Manchmal auch nur arme Schweine, die in die Fänge meist korrupter Drogenfahnder geraten waren, irgendwen an irgendwen anderen verraten oder Drogen oder Geld beiseitegeschafft hatten. In der Unterwelt gibt es kein im Zweifel für den Angeklagten, keine mildernden Umstände, keine Bewährungsstrafen. Wer in Verdacht gerät oder auch nur den Kopf im falschen Moment hochreckt, lebt nicht lange. Keine unnötigen Risiken lautet das alles beherrschende Credo. Mitleid? Wer sich für ein Metier entscheidet, egal welches, sollte dessen Regeln kennen und sein beschissen kurzes Dasein danach einrichten, sonst geht er sehr schnell unter, wird verscharrt, verbrannt oder mariniert."

„Mariniert?"

„In ein Säurebad geworfen. Wirkt Wunder gegen trockene Haut."

Laura schauderte es. Viel mehr wollte sie eigentlich nicht davon hören.

„Ich gehörte zu den Besten. Aber keiner ist so gut, dass er nicht eines Tages seinen Meister fände. Ich hatte das Ende der Fahnenstange schon fast erreicht. Es war nur noch eine Frage der Zeit, bis ich mir eine Kugel einfangen oder in eine Klinge laufen würde. Dann begegnete ich der Schwarzen Königin, mein Leben drehte sich erneut wie die verrückte Kompassnadel auf dem Floß."

Laura hatte im Laufe der Erzählung Solitaires die Augen geschlossen und nur dem Klang ihrer Stimme gelauscht und das Spiel ihrer Finger in ihrem Haar gefühlt. Als Solitaire nun eine Pause einlegte, schlug Laura die Augen wieder auf. Es wurde Tag, aber die Morgendämmerung arbeitete hart daran, die dichte dunkle Wolkendecke zu durchdringen, die in Albertos Gefolge den sichtbaren Teil des Himmels bedeckte.

„Die Begegnung mit der Schwarzen Königin wurde für mich zur Wiedergeburt. Wer immer so freundlich war, mir das erste Leben zu schenken, sie gab mir das zweite. Ihr habe ich es verdanken, dass ich den Teufelskreis meiner Abhängigkeit sprengen konnte. Obwohl ich die Frau umbringen wollte. Sie sperrte mich in ein Loch im Boden, das mit einem Gitter nach oben verschlossen war und sich mit jedem Regen etwa zu einem Drittel mit dreckigem Wasser füllte. Einmal am Tag stellte man mir eine Schale Wasser hin, in dem sie irgendwelche Kräuter aufgelöst hatte. Schmeckte widerlich und verursachte schrecklichen Durchfall und Halluzinationen. Aber da ich tagelang nichts Anderes bekam, musste ich mich daran gewöhnen oder verrecken. Ich war schlimmer dran, als jede Ratte. Alles, was mich am Leben erhielt, war der Gedanke daran, mich an ihr zu rächen, sie genauso langsam quälend zu töten, wie sie es mit mir machte."

„Die Rosskur wirkte. Nach etwa drei Wochen war ich völlig abgemagert und halluzinierte nur noch vor mich hin. Ich wusste nicht mehr, wer, noch wo ich war, hatte permanent die schlimmsten Alpträume. Das war der Punkt, an dem sie begann, mich neu aufzubauen. Sie gab mir mehr und mehr feste Nahrung und normales Wasser zu trinken. Ganz allmählich kam ich wieder zu Kräften und zu Verstand."

„Den Dorflehrer von Crayfish River brachte sie dazu, mir sozusagen das Einmaleins beizubringen. Der Mann hatte eine unendliche Geduld und verfügte über ein erstaunliches Wissen. Starb vor fünf Jahren. So sah sie aus, meine Wiedergeburt."

„Resozialisierung, würde man bei uns sagen."

Solitaire schüttelte den Kopf. „Nicht wirklich. Ich war und bin ja beileibe nicht auf irgendeinem ‚Pfad der Tugend'. Die Königin hätte gar nicht gewusst, wie man das buchstabiert. Nein, die Alte und ich, wir tragen beide das Drogengen in uns, das streifst du nicht so einfach ab. Doch allein das Gefühl, um seiner selbst willen akzeptiert und geliebt zu werden, half mir wieder auf die Beine. Das eigentlich Katastrophale am Drogengeschäft - neben der Abhängigkeit und der brutalen Geldgier - ist doch die unerbittliche Ausbeutung aller durch alle. Wenn du erst einmal da drinsteckst, siehst du Menschen nur noch unter dem Aspekt ihrer Nützlichkeit. Welche Schwächen hat dieser oder jener und wie kann ich mir das zunutze machen? Das korrumpiert dich am Ende völlig, macht die anderen zur Sache und dich selbst zum gefühllosen Automaten."

„Jetzt klingst du wie eine Investment-Bankerin mit Burn-out," lachte Laura. „Trotzdem bist du doch dabeigeblieben."

„Es ist das einzige, das ich gelernt habe und das eine Frau wie mich ernährt, abgesehen von Prostitution, das ist dann die allerletzte Stufe. Dank der Anleitung durch die Schwarze Königin habe ich genug verdient und ausreichend beiseitegelegt. Kann mich zur Ruhe setzen, hatte mich ja schon aus dem Geschäft zurückgezogen, wenn dein Vater und Hakan nicht gewesen wären."

„Könntest du dir vorstellen, irgendwo in Europa zu leben?"

„In Hamburg vielleicht?" Solitaire lachte.

„Der Toubib hat mir davon erzählt. Nein, ich fürchte, das würde nicht gut gehen. Die erste Polizistin, die mir ein Ticket wegen Falschparken aufdrückt, würde ich skalpieren, Taschendieben die Hand abhacken und Einbrecher erschießen. Ich würde zur Ma Baker von Blankenese."

„Oder zur gefeierten Kommunalpolitikerin, wer weiß."

Beide lachten.

„So, ich glaube, jetzt bist du so weit, in Schönheit zu sterben. Wie gefällt's dir?"

Solitaire hielt Laura den Handspiegel erst von vorn, dann von hinten. Die Mühe hatte sich augenscheinlich gelohnt. Kette um Kette von Corns schmiegten sich an ihre Kopfhaut, genauso wie bei Solitaire. Auf Abstand und in einem grauen Zwielicht wie diesem konnte man sie für Schwestern, ja, für Zwillinge halten.

„Wunderbar, vielen Dank für die Mühe. Das Trinkgeld reiche ich nach."

Es hatte aufgehört, wie aus Kübeln zu schütten und selbst der Sturm schien sich eine Atempause zu gönnen. Eine unheimliche Ruhe, trügerisch wie die im Auge des Hurrikans, dachte Laura.

3. Der tanzende Henkel.

„Im Gegenteil, der Sturm ist unser wichtigster Verbündeter." Ignace unterbrach das Packen seiner wasserdichten großen Tasche, die bereits mit Schusswaffen und Munition leidlich vollgestopft war. Laura hatte ihn gefragt, ob es nicht besser sei, „Unternehmen Overlord" auf morgen zu verschieben, wenn Albertos Ausläufer durchgezogen sei und die Wetterlage sich etwas beruhigt habe. Der Chabin hatte das entschieden verneint.

„Der Sturm ist unsere große Chance," wiederholte er schnaufend.

„Er beschert uns das Überraschungsmoment. Vielleicht rechnet man heute nicht mit uns. Und wenn doch, werden Wind und Regen es unseren Feinden erschweren, den Überblick zu bewahren. Am D-Day herrschte auch schlechtes Wetter."

Und hätte um ein Haar dazu beigetragen, die Landung der Alliierten in der Normandie kläglich scheitern zu lassen, dachte Laura, verzichtete aber auf einen militärhistorischen Diskurs mit Ignace über den Schnee von vorgestern.

Zumal Solitaire und der Doc sich beeilten, Ignace beizupflichten. Laura gab sich geschlagen und trat ins Freie, wo sie eine Bö erfasste und beinahe über Bord wehte. Wenigstens ihren Haaren konnte der Sturm vorerst nichts anhaben. Die Corns würden ihr im zu erwartenden Feuergefecht nicht die Sicht nehmen. Mit welcher Lippenstiftfarbe sollte sie in die Schlacht ziehen?

Lauras einzige gebrauchsfertige Schusswaffe, die brasilianische Taurus, hatte sie unter den kritischen Augen von Ignace in persönlicher Rekordzeit auseinandergenommen und wieder zusammengesetzt, ohne wie eine Ikea-Kundin am Ende stets ein „überzähliges" Teil in Händen zu halten. Alle vier hatten sie helle, gescheckte militärische Tarnanzüge übergestreift und die dazugehörigen weit geschnittenen hellen Regencapes mit Kapuze bereitgelegt. „Vier Falben mit Scheuklappen," dachte Laura, behielt den wenig schmeichelhaften Vergleich aber für sich. Der Doc hatte noch zusätzlich sein schwarzes Barett hervorgekramt und darauf bestanden, dass sie ihre Gesichter mit Streifen schwarzer Schuhcreme verzierten. Das sah zwar ziemlich dämlich aus, fand Laura, löste aber die Problematik der Lippenstiftfarbe: zu Schwarz passte allenfalls Violett. Solitaire hatte Laura das Schenkelholster mit dem absurd langen Kampfmesser umgeschnallt.

„Bereit fürs Shoppen in Aleppo Central," hatte Laura zu scherzen versucht, obwohl ihr nicht wirklich leicht ums Herz war. Sie hatte keine Ahnung, was auf sie zukommen würde, glaubte aber zu wissen, dass sie nicht in der Lage wäre, auch nur einen einzigen gezielten Schuss „im Zorn" abzufeuern. Auf einen weiteren dummen Zufall wie auf den von Montserrat zu hoffen, wäre vermessen gewesen. Vielleicht hätte sie doch Solitaires Rat beherzigen und an Bord bleiben sollen. Nicht, weil sie um ihr eigenes Leben fürchtete. Nach allem, was sie bis heute erlebt und durchlitten hatte, war ihr vor dem Tod nicht bange. Aber sie würde die anderen womöglich unnötig aufhalten und behindern, wo doch Mobilität und Schnelligkeit die Schlüssel zum Erfolg waren.

Ein Schuss ins Dunkle, das war's wohl. Sie hielt sich an der Reling des tanzenden Bootes fest und lauschte dem Schlagen und Klatschen der Wellen an die Bordwand. Der Sturm heulte am kurzen Funk- und Radarmast der Pas de Deux. Irgendetwas fehlte. Was? Richtig, die Vögel! Der Himmel war im Begriff, sich erneut wie bei einer Sonnenfinsternis zu verdunkeln. Möwen, Fregattvögel, Reiher, Seeadler und Konsorten hatten sich tief in die schwarzen Mangroven oder in Baumnester und unter hervorspringende Hausdächer zurückgezogen, um die Passage des Sturms abzuwarten. Die Natur selbst schien sich in ihre hintersten Winkel verkrochen zu haben.

Die Sicht war bereits stark eingeschränkt, aber am Strand von Bourg schien sich etwas zu tun. So, wie es aussah, würde der Pfarrer tatsächlich Wort halten. Im Verlaufe ihres gestrigen Gesprächs hatte der Doc ihn nämlich noch gefragt, ob er bereit sei, am Morgen vier Personen nach Terre-de-Bas überzusetzen. Die aufkeimenden Zweifel des Pfarrers hatte er mit einem ordentlichen Bündel blassgrüner Dollarscheine zerstreut. Die Kirche von Bourg brauchte eine neue Kanzel, wenn möglich aus Edelholz. Der Klingelbeutel allein würde das nicht hergeben.

Das heftig auf- und niederstampfende offene Boot vom Typus „Saintoise" des Pfarrers näherte sich der Pas de Deux im Schneckentempo. Jedes Mal, wenn eine Welle das Heck des Bootes aus dem Wasser hob, drehte der Propeller des Außenborders heulend durch und quirlte die Luft, ohne Schub geben zu können.

„Keine Sorge, Boote wie dieses haben schon während des Vichy-Regimes im Zweiten Weltkrieg Männer von Trois Rivières dort drüben auf Guadeloupe abgeholt und nach Dominica gebracht. Von da aus wurden sie an die europäischen Fronten verschifft, wo sie ihren Patriotismus sehr bald bereuten. Außerordentlich seetüchtig, die Saintoises!"

Der Doc war hinter Laura getreten, um nach dem Rechten zu sehen. Er legte seine Hand auf ihren Arm.

„Was immer dort drüben passiert, versuch, in meiner Nähe zu bleiben, d'accord?"

Laura nickte. Trotz des Pullovers, den sie unter dem Tarnanzug trug, fröstelte es sie, auch wegen ihres chronischen Schlafmangels. Der Doc zog sie wieder in den Salon.

Es dauerte noch eine halbe Stunde, bis die Saintoise mit dem vielversprechenden Namen Durstiger Pascal am Rumpf der Pas de Deux festmachte. Lange durfte sie dort nicht liegen, denn die Boote klatschten im Seegang so heftig aneinander, dass das schwächere von beiden früher oder später zu Bruch gehen würde. Hastig warfen die vier ihre Taschen dem Durstigen Pascal in den Rachen und ließen sich vom Pfarrer, der sein Ornat gegen solides Ölzeug mitsamt regentriefendem Südwester getauscht hatte, in sein Boot helfen, das auf dem Weg hierher mehrfach von der Gischt überspült worden war. Das Seewasser schwappte dem Fährmann und seinen Passagieren um die Knöchel. Er begrüßte sie kurz angebunden und legte ab, während Ignace und der Doc sich mit den Kellen, die ihnen der Pfarrer gereicht hatte, ans Ausschöpfen machten. Der Außenborder heulte mit dem Wind um die Wette und die See schleuderte die Insassen des Bootes von einer Seite auf die andere. Dann schoss die Saintoise wie ein plötzlich von der Leine gelassener Bronco bockend und schlagend in die Wellenberge und klatschte so stark in die Täler, dass der Alu-Rumpf jedes Mal von der Erschütterung durchgerüttelt wurde. Alle waren im Nu klatschnass von Regen und Gischt, die das jetzt zudem tiefer liegende Boot erneut ein ums andere Mal völlig einhüllte.

„Wir bekämpfen sie auf den Stränden…" zitierte Laura im Stillen Winston Churchill. Sie fragte sich, wer der durstige Pascal war. Möglicherweise der Pfarrer selbst, aber sie mochte ihn jetzt nicht mit der Frage in Verlegenheit bringen. Wenn das noch lange so ging, dachte sie, würden ihre Feinde sich beim Anblick von vier triefend nassen, schwer bewaffneten Möchtegern-„Seals", die nach der Landung erst mal ausgiebig kotzend in den Sand fielen, vor Lachen auf die Schenkel klopfen, bevor sie sie erschossen. Hatten sich die GIs auf der Omaha Beach übergeben? Viele von ihnen sicher schon vorher, und nicht nur wegen der Seekrankheit. Kein Vergnügen, kotzend und mit vollgeschissenen Hosen an einem fremden Strand weit der Heimat zu verrecken.

Solitaire reichte Laura zwei zusätzliche Trommeln für die Taurus.

„Nicht alles auf einmal verplempern, Schneewittchen," rief sie ihr lächelnd zu, als handele es sich um das wöchentliche Taschengeld. Selbst im Getöse von See, Wind und Außenborder hörte Laura deutlich heraus, dass aus dem anfangs verächtlichen inzwischen ein fast zärtliches „Schneewittchen" geworden war. Bald würde der bloße Gedanke an das grausame „Schneewittchen", den weiblichen Terror der Antillen, die hartgesottensten Halsabschneider der Karibik erbleichen lassen. Jedenfalls, wenn sie in Gesellschaft Solitaires auftauchte. Vor allem dann. Eigentlich nur dann.

„Zähl deine Schüsse und wechsle im Zweifel sofort die Trommel, das geht schneller, sonst stehst du plötzlich mit leeren Händen da."

Laura nickte. Der Himmel über den Saintes hatte sich inzwischen total verfinstert und der Wind gewann allmählich wieder Sturmstärke. Regen peitschte das Wasser der Bucht auf, dessen Pegel rasch zu steigen schien, wie Laura anhand der jetzt überspülten Klippen entlang des „Zuckerhutes" von Terre-de-Haut feststellte. Sie warf noch einen Blick zurück auf die Pas de Deux. Solitaire und Ignace überließen die Yacht, ihr gemeinsames Zuhause, ungern den tobenden Elementen. Der Pfarrer versprach, sie im Auge zu behalten. Von Land aus konnte er allerdings nicht viel tun, falls sie sich doch losriss und auf die Felsen vertrieb.

Ein anderer Fährmann hätte sich vielleicht über den Aufzug gewundert, in dem seine vier Passagiere nach Terre-de-Bas übersetzten und sich gefragt, ob denn schon wieder Krieg sei und warum niemand es für nötig befunden hatte, ihn darüber in Kenntnis zu setzen. Nicht so der Pfarrer, der offensichtlich Kummer gewohnt war und vor allem an seine marode Kanzel dachte, die bei der nächstbesten Predigt unter seinem Gewicht zusammenzubrechen drohte. Kein gutes Omen für seine gläubige Gemeinde.

„Das Schlimmste am Hurrikan für die Küsten- oder Inselbewohner ist nicht der zerstörerische Wind oder der unaufhörliche Regen, sondern die Sturmflut," rief der Doc gegen den wie zum Widerspruch rasenden Wind an und bestätigte damit Lauras Eindruck.

„Das Wasser steigt und steigt und man kann nur hilflos zusehen. Boote und Schiffe werden an Land gespült und zerbrechen wie herabfallende Kokosnüsse. Nichts ist so vernichtend wie eine ungezähmte Wassermasse, die sich ihren Weg ins Landesinnere bahnt."

Details des Uferverlaufs von Terre-de-Bas wurden erkennbar. Die Saintoise hielt auf eine kleine Bucht zu, die nach Südost von einem steil ins Meer ragenden schmalen Kap begrenzt wurde. Bei jedem heftigeren Schlag der Wellen spritzte die Gischt meterhoch am Kap empor wie ein isländischer Geysir.

„Das ist die Petite Anse", rief der Pfarrer lachend, „die passende Landungsstelle, scheint mir."

Laura blickte verständnislos auf den Doc, der ihr die Anspielung erläuterte.

„Anse bedeutet eigentlich ‚Henkel', wie etwa der von Töpfen oder Körben. Den Henkel tanzen lassen will im Französischen sagen, jemand übers Ohr hauen. So viel zu unserem Ruf, scheint sich schon bis zum Padre herumgesprochen zu haben."

Links und rechts brachen sich die Wellen an zwei als Schutzmolen dienenden Steinaufschüttungen, zwischen denen die nun langsamer dahintreibende Saintoise unter der geschickten Führung des Pfarrers schlingernd und rollend hindurchlavierte. Das kleine, flache Becken war vor vielen Jahren einmal die Hauptanlegestelle der Insel gewesen, erklärte der Pfarrer. Nach dem einen oder anderen Erdbeben in jüngerer Zeit machte es eher den Eindruck eines aufgelassenen und anschließend gefluteten Steinbruchs. Weite Teile des Strandes der Bucht hatte das steigende Meerwasser bereits überspült, so dass mehrere kleine Fischerboote, die von ihren Besitzern an Land gezogen worden waren, nun aufschwammen und sich jeden Augenblick von ihren Leinen losreißen konnten. Ein ähnliches Schicksal hätte fraglos auch die Pas de Deux zu gewärtigen gehabt, wenn sie hier irgendwo vor Anker gelegen hätten.

Der Pfarrer drehte die Saintoise mit dem Bug in den Wind. Offenbar zog er es vor, in sicherer Entfernung vom Strand zu bleiben. Seine vier Passagiere in ihren klatschnassen Tarnanzügen und gleichfarbigen Stoffhütchen mit aufgeweichten, schlaff herabhängenden Krempen nahmen ihre Rucksäcke auf und sprangen über Bord, sobald der Doc den Mann ausgezahlt hatte. Der Pfarrer rief ihnen noch etwas Unverständliches hinterher, bekreuzigte sich und empfahl ihre Seele wohl dem Allmächtigen. Dann stellte er sich erneut den wütenden Elementen. Die Rückfahrt durch das Inferno der See schien er unter den gegebenen Umständen einem längeren Verweilen auf Terre-de-Bas in jedem Falle vorzuziehen.

Bis zu den Hüften im Wasser und von den Wellen getrieben, die Rucksäcke über ihre Köpfe haltend, wateten die vier „Seals" schleunigst an Land und warfen sich sofort hinter eines der noch auf dem Trockenen liegenden Boote in Deckung. Wenn ihre Feinde hier auf der Lauer lagen, war der Reigen ausgetanzt, noch bevor der Fiedler zu Ende gespielt hatte.

Aber nichts geschah. Einige traurige Bootsskelette und ein paar leerstehende, halb verfallene Hütten, die vom letzten Hurrikan übriggeblieben waren und nun für den endgültigen Abriss auf ihren letzten barmherzigen Zyklon warteten, gaben eine gespenstische Szenerie ab. Dahinter begann auch schon die sanft ansteigende Asphaltstraße zum Ort, die drauf und dran war, sich aufgrund der unablässigen Schauer in einen reißenden Gebirgsbach zu verwandeln.

Im Windschutz einer Hütte, deren lose Bretter mit Lauras Zähnen im Wind um die Wette klapperten, öffneten sie ihre Rucksäcke und entnahmen ihre Schnellfeuerwaffen.

„Hoffentlich sind die Dinger wenigstens rostfrei," versuchte Laura, die angespannte Atmosphäre aufzulockern.

„Qualitätsstahl, keine Angst," entgegnete Ignace trocken. Er zog sein Messer und machte Laura vor, wie sie es zu benutzen habe.

„Fühlt sich an wie ein Kürbis, der menschliche Körper. Das Herz sitzt dicht unter der linken Brustwarze, etwa hier," er zeigte auf seine mit Magazinen gefüllte Brusttasche. „Die Rippen sind hart, du musst mit aller Kraft zustechen. Ich hab' schon so manche Klinge dabei abbrechen sehen."

Laura bemühte sich, ihrem entschlossenen Nicken die Überzeugungskraft einer Frau zu verleihen, die ihr halbes Leben damit verbracht hatte, Menschen abzustechen.

Aus den Augenwinkeln bemerkte sie, dass Solitaires Bewegungen plötzlich gefroren, als hätte sie einen Geist gesehen. Laura folgte ihrem Blick. Ein einsamer Mann, den keiner von ihnen bislang bemerkt hatte, saß still und unbeweglich wie ein unbeteiligter Zuschauer am Eingang der gegenüberliegenden Hütte. Wie lange er dort schon hockte, hätte keiner von ihnen zu sagen gewusst. Der Schwarze in kurzen ausgebleichten Hosen und einem von Motten zerfressenen T-Shirt war regelrecht mit der graubraunen Hüttenwand verschmolzen.

Solitaires Rechte zuckte zum Griff ihrer Redhawk. Doch da der Mann keine Waffe trug und auch keinerlei Anstalten machte wegzulaufen, obwohl er natürlich gemerkt haben musste, dass man auf ihn aufmerksam geworden war, ließ Solitaire die Waffe stecken und ging langsam auf den Schwarzen zu. Der Mann breitete seine Arme aus und drehte die leeren Handflächen nach oben zum Zeichen, dass er keinen Ärger machen würde. Ignace hätte ihn vermutlich trotzdem erschossen, und sei es auch nur, aus Prinzip oder um ganz sicher zu gehen. Aber Solitaire verhinderte dies, indem sie wohl absichtlich genau in seine Schusslinie lief.

Sie wechselte ein paar Worte mit dem Mann und kam zurück.

„Er hat gestern Fremde ankommen sehen," gab Solitaire das Ergebnis ihrer Unterhaltung an die anderen weiter.

„Sechs oder sieben Mann, mit Rucksäcken wie unseren. Sie fielen natürlich allen im Ort auf, aber das schien sie nicht im Geringsten zu stören. Bezogen mehrere Zimmer im Salako, dem einzigen Hotel der Ortschaft auf dem Scheitel des Hügels hier. Das Salako ist um diese Jahreszeit normalerweise bereits geschlossen, hat wohl extra aus diesem Anlass kurzfristig den Betrieb aufgenommen."

„Einer, offenbar ihr Anführer, führt einen ‚kleinen Bären' an der Leine, wie der Mann es ausdrückt. Wahrscheinlich ein großer Hund, vielleicht auf Menschen abgerichtet. Eine Frau war nicht dabei."

„Klingt eher wie eine Vorausabteilung von Barnum und Bailey." Laura hätte am liebsten gleich neben den Fremden eingecheckt und im Wachkoma abgewartet, bis der Kelch an ihnen vorübergegangen war.

„Zumindest wissen wir jetzt, mit wem wir es zu tun haben. Ich schlage vor, wir umgehen das Dorf im Süden und nähern uns von der Regenwald-Seite, da rechnet man am allerwenigsten mit uns."

„Es sei denn, dein Freund ist gerade dabei, die Fremden zu warnen," schnaufte Ignace. Sie blickten sich um. Der Schwarze hatte den Moment ihrer Abgelenktheit genutzt und sich unbemerkt davongeschlichen.

Ignace war sichtlich auf dem Sprung, hinter dem Mann herzu-
eilen, um ihn rechtzeitig unschädlich zu machen, doch Solitaire
stoppte ihn.

„Lass ihn, der verpfeift uns nicht. Außerdem haben wir keine
Zeit dazu. Alle bereit?" Sie blickte in die Runde. Einer nach dem
anderen nickte und zeigte mit dem Daumen nach oben. Laura
bewunderte Solitaire für ihre Beherrschung und Entschlusskraft.
Sie hatte sich die Hosenbeine bis zur Leistengegend abgeschnit-
ten, um sich mehr Bewegungsfreiheit zu verschaffen. Laura, die
sie bisher immer nur in langen Hosen gesehen hatte, war voll des
Neides für Solitaires schlanke und doch muskulöse Beine. Während ihre eigenen bereits erste Ansätze von Zellulitis aufwiesen,
waren Solitaires Beine wohlgeformt. Die Frau hätte eine Karriere
auf dem Laufsteg machen können, dachte Laura. Obwohl, dafür
war sie vielleicht ein paar Zentimeter zu klein. Körpergröße war
ein Ausschlusskriterium für Models. Dasselbe galt wahrscheinlich für das Tattoo eines schwarzen Panterkopfes auf ihrem rechten Oberschenkel. Aus dieser unmittelbaren Nähe betrachtet,
konnte man sogar eine seltsam „s"-förmige Narbe erkennen, die
quer über das Antlitz des Panthers lief.

NEUNTES KAPITEL

1. Baron Samedi.

Vier flüchtige Schatten huschten am Rande des asphaltierten Weges den Hügel hinauf. Beim ersten Anzeichen eines Hinterhaltes konnten sie sich so schnellstens in die Büsche schlagen und Deckung suchen. In einer scharfen Linkskurve schien der Weg in einen gefluteten Tunnel zu führen. Über ihnen wölbten sich die dicht belaubten Zweige tropischer Bäume und raubten den Vieren das schwächliche Tageslicht. Wasser strömte ihnen unaufhörlich mit Macht entgegen. Am Ende der „Röhre" waren rechts und links die Umrisse bunter Häuschen durch den Regenschleier gerade noch zu erahnen.

Auf ein Zeichen Solitaires verschwanden alle vier im Dickicht zur Rechten. In großem Bogen liefen sie keuchend, rutschend und stolpernd durchs Unterholz, wobei sie die Häuser immer zu ihrer Linken ließen. Das Dorf war bei weitem nicht so klein, wie Laura es sich vorgestellt hatte. Leise fluchend blieb sie den anderen auf den Fersen, rutschte immer wieder auf dem schlammigen, glitschigen Boden aus, schlug lang hin und musste sich von Ignace oder dem Doc wieder auf die Beine helfen lassen. Ihr Regencape und Tarnanzug färbten sich schnell humusschwarz und ihre Arme sahen aus, als hätte sie einen Tag lang Moorleichen mit bloßen Händen ausgebuddelt. In ihren ungeschlachten Capes waren die drei anderen von hinten schwer zu unterscheiden, doch Laura erkannte sie an ihren Bewegungen. Solitaire bildete ohnehin ständig die Vorhut.

Ab und zu riss die Bewölkung auf und der Regen ließ für Augenblicke nach. Der Sturm dagegen legte immer noch zu. Plötzlich schlug direkt hinter ihnen ein mehrfach verästelter Blitz in eine Palme. Fast gleichzeitig erschütterte ein ohrenbetäubender „feuchter" Donnerschlag Lauras Trommelfelle. Heftigste Gewitterböen rauschten wie die Triebwerken eines abstürzenden Jets durch die Wipfel und Kronen der höheren Bäume und brachten die Stämme zum Biegen und Brechen. Buschwerk schlug den vieren auf der verrückten Jagd seine dünnen Zweige wie Peitschen um die Ohren, während um sie herum dicke Äste wie Steinschlag hernieder prasselten.

Nach einer halben Ewigkeit hatten sie die Grenze zum künstlich angelegten Regenwald erreicht. Sie hielten an. Die beiden Frauen drückten sich das Regenwasser aus den Corns und wischten sich die Gesichter trocken. Alle nahmen ihre Waffen in die Hand und überprüften noch einmal Magazine und Kammern. Die halbleeren Rucksäcke mit der eisernen Waffen- und Munitionsreserve versteckten sie unter einer Russelia, die anhand ihrer tief herabhängenden, von Büscheln grellroter „Knallfrösche" besetzten Zweige leicht wiederzuerkennen war. Solitaire schärfte allen noch einmal die drei Sammelpunkte ein, die sie für den naheliegenden Fall vereinbart hatten, dass ihre Gruppe gesprengt würde: Landebucht, Flugfeld im Süden und eben diese Russelia am Rande des Regenwaldes. Dann testeten sie die alten Walkie-Talkies, die Ignace aus den Tiefen der Backskiste der Pas de Deux zutage gefördert hatte. Nicht gerade Hightech, aber in diesem unübersichtlichen Terrain zuverlässiger als Handys, die immer wieder in Funklöcher gerieten. Dann warfen sie die Trageschlaufen ihrer MPs über die Schultern und traten hinaus auf die Straße.

Geduckt hasteten sie, Ignace und Solitaire zur Linken, Laura und der Doc zur Rechten, die einzige Straße entlang, wobei sie die jeweils gegenüberliegende Häuserzeile genau beobachteten und die Lücken zwischen den Häusern im Schweinsgalopp überbrückten. Dies war der gefährlichste Teil der Operation. Fast ohne Deckung mussten sie alle Sinne mobilisieren und darauf vertrauen, dass ihre Feinde sie im „Salako" oder wo auch immer aus der anderen Richtung erwarteten. Der Umgang mit automatischen Waffen, die 800 oder mehr Schuss pro Minute abfeuern, will geübt sein. In Lauras Händen hätte ein solches Monstrum vermutlich die eigenen Reihen schneller gelichtet als die des Gegners. Deshalb war ihre Maschinenpistole nicht geladen, was man glücklicherweise weder der Waffe noch Laura ansah.

Ohne jemanden zu Gesicht zu bekommen, fühlten sie ähnlich viele Augen auf sich gerichtet wie Gary Cooper kurz vor 12 Uhr mittags im scheinbar menschenleeren Hadleyville. Jeden Augenblick konnte jemand aus einem Fensterspalt das Feuer auf sie eröffnen, massives Kreuzfeuer im Handumdrehen eliminieren. Das unheilvolle Heulen und Tosen des Windes hätte vermutlich die Schüsse übertönt. Der Regen trommelte wie wild auf den schwarz glänzenden Asphalt. Wellbleche lösten sich von den Dächern der umliegenden Häuser und wirbelten wie Kartonage durch die Luft. Eine Abfalltonne kam, rollend und, sich wie ein Bodenturner beim Flick Flack der Länge nach überschlagend, den Weg herabgepoltert. Ihren Inhalt hatte der Wind längst in alle Himmelsrichtungen verstreut. Die meisten Menschen, die in einem Hurrikan oder Tornado umkommen, hatte Laura in den USA gelernt, werden nicht etwa vom Wind „angesogen" und wie in einem Blender verwirbelt, sondern von herumfliegenden Trümmerteilen „abgeschossen".

Das Gewitter hielt weiterhin an. Die Blitze zuckten mal hier, mal dort auf die Erde hernieder wie die mächtigen Laserkanonen über der dichten Wolkendecke fliegender Sternjäger. Papier und Unrat jedweder Art fegten durch die gespenstisch verwaisten Gassen. Die ganze Ortschaft glich der nur noch von rollenden „Wüstenhexen" heimgesuchten Kulisse eines längst abgedrehten Films, der ebenso schnell dem Vergessen anheimgefallen war wie die klapprigen Fassaden. Möglicherweise hatten sich die Einwohner in den Hurrikan-Schutzraum einer Schule oder irgendeines anderen der wenigen steinernen Gebäude zurückgezogen.

Plötzlich hob Solitaire die rechte Hand, die sie zur Faust geballt hatte und pfiff durch die Lippen. Die Gruppe hielt an. Solitaire legte den Zeigefinger auf ihre Lippen, was Laura in diesem allgemeinen Getöse und Geheul zunächst ziemlich absurd erschien. Sie befanden sich zwischen zwei langgestreckten Holzhäuschen, die ihnen für den Augenblick etwas Windschutz boten. Und in der Tat, als Laura genauer hinhörte, drang durch das Tosen des Sturms, den Donner und das Prasseln des Regens von der Seite Solitaires und Ignace' ein metallisches Kreischen, dessen rhythmische Gleichförmigkeit wohl dafür verantwortlich war, dass Solitaire das Geräusch registriert hatte. Es hörte sich an wie das Knarren und Quietschen eines schweren alten, in eisernen Angeln vom Wind hin und her geschaukelten Holzschildes einer zünftigen Hafentaverne von Nantucket, in der einbeinige Veteranen des Walfangs auf ihren Krücken humpelnd ein und aus gingen. Da nichts zu sehen war, musste es von der Rückseite des roten Hauses kommen, an dessen Fassade sich Ignace und Solitaire gerade „klebten", um kein allzu leichtes Ziel abzugeben. Solitaire deutete an, dass sie mit Ignace links um das Haus herumschleichen wollte und bedeutete Laura und dem Doc, sich auf die andere Straßenseite zu bewegen, um sich dann rechtsherum anzupirschen.

Als Laura mit dem Doc an der Rückseite angelangt war und vorsichtig um die Ecke lugte, traute sie ihren Augen nicht. Ein älterer Schwarzer saß auf der Terrasse des Hauses in einer maroden Hollywoodschaukel, die vom Wind so heftig angestoßen wurde, dass der Schwarze sie immer wieder mit seinen Füßen abbremsen musste, um nicht irgendwann im hohen Bogen herausgeschleudert zu werden. Der Alte trug einen tief ins Gesicht gezogenen schwarzen Zylinder und hatte sich einen speckig glänzenden schwarzen Gehrock übergeworfen, dessen Schöße vom Sturm hochgerissen wurden wie die Pelerine des zur Landung ansetzenden Grafen Dracula. Auf seinen Oberschenkeln lag ein Spazierstock mit elfenbeinernem Totenschädel als Zierknauf. Die rote Farbe der Hauswand hinter ihm war an vielen Stellen abgeplatzt, der Terrassenboden unter ihm stark angefault. Zahlreiche Lücken und Löcher ließen darauf schließen, dass der schwarze Prinz der Finsternis schon häufiger unsanft durch den Bretterboden gebrochen sein musste. Die Hollywoodschaukel hatte bessere Tage gesehen. Jahrzehntelang sommers wie winters im Freien den Unbilden der Witterung schutzlos ausgesetzt, hatte das Teil entsprechend gelitten. Seine Polsterung war von Katzen zerfleddert und von Ratten und Vögeln ausgeweidet worden. Vom zerfetzten Baldachin waren nur noch das Gestänge und einige wenige Stofffetzen übrig und die

Scharniere hatten derart fleißig Rost angesetzt, dass die Schaukel bei jeder Bewegung durchdringend quietschte.

Den Alten schien der Anblick der vier schwer bewaffneten Schemen, die sich plötzlich vor ihm aufbauten, nicht weiter zu beunruhigen. Immerhin stoppte er das Schwingen der Schaukel abrupt, indem er das Ende seines Spazierstocks wie eine Speerspitze durch das faulende Holz des Bodens bohrte. Dann erhob er sich, machte eine artige Verbeugung und zog dabei elegant den Zylinder, der ihm dabei vom Sturm fast aus der Hand gerissen wurde, während die Schöße seines durchnässten Gehrocks wild im Sturm flatterten und knatterten.

„Antoine Jolibois, zu Ihren Diensten," rief er laut und lachte schrill auf. Dann drückte er seinen Zylinder wieder so tief in die Stirn, dass der Zyklon den Alten schon hätte skalpieren müssen, um in den Besitz seiner Kopfbedeckung zu gelangen. Der Schwarze schlug die Schöße des Gehrocks unter seinen Allerwertesten und nahm wieder auf der Schaukel Platz. Das rhythmische Quietschen setzte erneut ein. Laura beschlich der grässliche Verdacht, dass diese dunkelhäutige Vogelscheuche womöglich noch die hellste Kerze auf der Torte von Terre-de-Bas war, was für die gelbe Tänzerin nichts Gutes verhieß.

„Bojou," begrüßte Ignace schnaufend den Alten in dessen Patois.

„Wir haben uns in ihrem wunderschönen Ort anscheinend verlaufen. Würden Sie uns vielleicht..."

Bevor er die Frage loswerden konnte, brach der Alte erneut in schallendes Gelächter aus, hob seinen Stock und wies auf etwas, das sich im Rücken der vier gerade ausnahmslos auf ihn fixierten Überraschungsgäste abspielen musste. Im gleichen Augenblick vernahmen sie hinter sich das charakteristische metallische Klacken und Klicken durchladender Schusswaffen im Anschlag. Dann ertönte eine Männerstimme, die aufgrund ihrer unangenehm hohen Tonlage keinerlei Mühe hatte, sich auch gegen diese diffuse Lärmkulisse durchzusetzen.

„Ihr Freund scheint etwas verwirrt. Vielleicht darf ich Ihnen weiterhelfen?"

Die gedehnte Aussprache und der ironische Unterton machten aus der banalen Höflichkeitsfloskel eine verbale Drohgebärde. Ein kritischer Augenblick, in dem die Anführerin gefragt war. Ohne sich umzudrehen, ließ Solitaire ihre Waffe ganz langsam aus der Trageschlinge gleiten und auf die feuchte Erde plumpsen, wohl, um den anderen zu bedeuten, dass Gegenwehr jetzt und hier nicht angesagt war. Die drei anderen verstanden und taten es ihr gleich. Sie hoben die Hände über den Kopf und drehten sich erst dann ganz langsam um. Im Abstand von etwa zehn Metern stand vor ihnen ein mittelgroßer Mann im wehenden schwarzen Regencape mit hochgeschlagener Kapuze, die sein Gesicht bis auf die hervorstechende, stark gekrümmte Nase bedeckte. In Anbetracht seiner makabren Gesichtslosigkeit hätte man ihn für eine Verkörperung des grimmigen Sensenmannes halten können, den auch ein Hurrikan nicht ernsthaft davon abhalten konnte, in Ausübung seiner Pflichten ans Ende der Welt zu reisen und seine düstere Ernte einzufahren. Dass er anstelle seiner Sense eine regennasse, metallisch glänzende Maschinenpistole in Händen hielt, war ein anachronistisches Detail, das man als längst überfälliges Upgrade abtun konnte. Auch wenn sie nur wenig von seiner Physiognomie sah, war Laura absolut sicher, dass es sich um denselben Mann handelte, dessen Yacht zusammen mit der Yellow Dancer durch die Rivière Salée gefahren war.

Neben seinem linken Bein saß ein hechelnder Höllenhund, dessen ungewöhnlich kleine, runde Ohren nicht so recht zu seiner massigen, muskulösen Gestalt passen wollten und ihm das Aussehen eines rauflustigen Bärenjungen vom Wurf des Vorjahres verliehen. Hinter dem Duo von Mann und Hund hatten sich sechs untersetzte, muskulöse Gorillas aufgebaut, deren breite Schultern und gewölbten Brustkörbe von ihren Regencapes nur unzureichend verhüllt wirkten. Die blitzblanken Maschinenpistolen, aus deren kurzen Läufen Rinnsale zu tropfen schienen, wirkten in ihren klobigen Pranken wie harmloses Spielzeug.

Drei oder vier Atemzüge lang standen sich die beiden Gruppen mit ihren hellen und dunklen Capes und Kapuzen stumm gegenüber wie unversöhnliche Abgesandte erbittert verfeindeter Ordensgemeinschaften, die ihres seit Jahrhunderten schwelenden Disputs um irgendein obskures Dogma überdrüssig geworden waren und beschlossen hatten, ihn ein für alle Mal mit untypisch martialischen Mitteln zu entscheiden. Dann brach die hohe Stimme des Hakennasigen mit der Fistelstimme erneut das Schweigen.

„Verzeihen Sie mein ungehobeltes Gebaren, ich habe mich ja noch gar nicht vorgestellt," fuhr der Mann in seinem stark akzentgefärbten Englisch fort, das von silbenbildenden Sprossvokalen nur so strotzte. In seinem Bemühen, erst gar keinen Verdacht an seiner Beherrschung der Fremdsprache aufkeimen zu lassen, griff er auf gesucht ungelenke Wendungen zurück, die ihn erst recht als autodidaktischen Anfänger entlarvten.

„Mein eigentlicher Name, unter dem Sie mich vermutlich aber nicht kennen werden, ist Turgut Özgül. In gewissen, Ihnen wahrscheinlich bestens vertrauten Kreisen heißt man mich Hakan, Hakan den Leisen."

Der Türke verbeugte sich noch eine Spur linkischer als der Baron. Laura registrierte im Unterbewusstsein, dass das Quietschen der Schaukel aufgehört hatte. Wenn es Samedi gelungen war, sich diskret zurückzuziehen, ohne dass Hakan und seine Männer daran Anstoß nahmen, konnte das eigentlich nur bedeuten, dass er mit ihnen irgendwie unter einer Decke steckte. Vielleicht hatte er ja bloß den Lockvogel abgegeben.

Solitaire wandte den Kopf Ignace zu.

„Hakan was? Noch nie gehört, du vielleicht?"

Ignace verzog die Lippen und legte die Stirn in Falten, dann schüttelte er den Kopf, riss die Augen auf und zuckte mit den Schultern, als wollte er andeuten, dass ihm die Namen der letzten drei Staufferkönige vertrauter waren, als derjenige dieses Türken.

Der nahm die demonstrative Missachtung mit einer Prise Humor.

„Schall und Rauch, ich verstehe. Der bisherige Verlauf unserer kleinen Charade müsste Ihnen eigentlich Beweis genug dafür sein, dass ich diesen…Künstlernamen zu Recht trage. Aber lassen wir das. Da wir gerade bei Namen sind. Ich gehe davon aus, Sie haben meine Mitteilung gefunden und sind nun auf der Suche nach der Dame, die man auf dieser Insel Yellow Dancer nennt, richtig? Oder haben Sie auch von ihr noch nie gehört?"

Solitaire schien allmählich ihre nach eigenem Bekunden ohnehin nicht sehr ausgeprägte Geduld zu verlieren.

„Was soll die Fragerei? Warum haben Sie erst Ti Martin umgebracht und uns dann mit Ihrer albernen Schnitzeljagd hierher gelockt? Zu einer fröhlichen Runde ‚wer bin ich' doch wohl kaum?"

„Gemach, teure Freundin. Alles kommt zu ihr, die warten kann. Ti Martins Hinrichtung war eine Gefälligkeit für den französischen Freund eines Freundes, der bereit war, sich diesen kleinen Liebesdienst etwas kosten zu lassen. Und bei unvoreingenommener Betrachtung müssen Sie zugeben, dass Ti Martin den Bogen reichlich überspannt hatte. Was Sie betrifft," er zeigte mit seiner Waffe auf Laura, „Sie kenne ich in gewisser Hinsicht schon mein halbes Leben, jedenfalls dem Namen nach. Sie hingegen werden sich nicht an mich erinnern, dazu waren Sie damals noch zu klein. Kompliment, Sie scheinen sich gut entwickelt zu haben. Umso bedauerlicher, dass Sie bei der Wahl Ihrer Freunde so wenig Sorgfalt walten lassen. Nun ja, niemand ist vollkommen, nicht einmal Korkmaz hier," er zeigte auf seinen Hund, der an dieser Stelle mit den Ohren wackelte – sie zu spitzen, war ihm schon physiologisch unmöglich.

„Schnee von gestern, und ich meine ausnahmsweise nicht den hier." Er vollführte eine Geste wie die Aufnahme von Kokain durch die Nase und amüsierte sich offenbar königlich über sein albernes kleines Wortspiel.

„Ich möchte Sie alle vier zu einem letzten Spaziergang einladen. Das Wetter spielt zwar heute leider nicht ganz mit, aber ich möchte wetten, dass Sie sich in der Hitze der Hölle demnächst noch nach einem kühlenden Regenguss sehnen werden."

„Können wir in der Zwischenzeit die Arme herunternehmen, meine Hände sind dabei einzuschlafen. Außerdem geht es sich leichter mit herabhängenden Armen," bat Solitaire, während Hakans Gorillas ihr und den drei anderen die noch am Körper befestigten Waffen und Walkie-Talkies abnahmen.

Hakan schüttelte den Kopf und schnalzte mit der Zunge.

„Nein, bitte noch nicht! Angesichts Ihres Rufes halte ich das für zu riskant. Ich möchte nicht so enden wie meine drei bedauernswerten Mitarbeiter auf Kavaloura."

„Kava... was?" Solitaire schien verwundert. „Wer ist das? Nein, sagen Sie nichts - ein Schiff?"

„Nahe dran, aber leider keine Zigarre. Nein, Kavaloura ist eine unscheinbare kleine Insel in der Ägäis, auf der ich eine Ladung wertvollen Heroins kurz zwischengelagert hatte. Erstklassige Ware, wirklich schade drum. Was soll ich Ihnen sagen: als meine Leute kamen, es abzuholen, fanden sie anstelle des Stoffs drei Karten spielende, halb verweste Leichen vor. Einem der Männer hatte man einen Royal Flush in die knochige Hand gedrückt, einem anderen steckte ein As im Ärmel. Krank, oder? Der Humor mancher Leute... Sind Sie sicher, dass Ihnen die Geschichte nicht doch bekannt vorkommt?"

Solitaire zuckte mit den Schultern. „Sagt mir nichts."

Hakan lächelte und wandte sich zu seinen Männern um.

„Mehmet hier," er zeigte auf den Gorilla in der Mitte, „ist ein Bruder von Ali. Das ist der mit dem Royal Flush. Ich könnte mir vorstellen, dass Mehmet nur zu begierig darauf lauert, ein Stündchen oder zwei mit Ihnen allein zu verbringen. Aber da muss er sich noch ein Weilchen gedulden, wir haben ja gerade erst mit unserem Tänzchen begonnen. Ich darf dann bitten. Wie sagt der Toubib so gern - ohne Tritt Marsch!"

Hakan wies die Richtung. Seine Gorillas nickten zum Zeichen, dass die vier Gefangenen nach der Durchsuchung keine unmittelbare Gefahr mehr darstellen würden und nahmen sie in ihre Mitte. Hakan schritt voran. Seinen bulligen „Bären" hielt er an einer dicken Lederleine mit Spike-Halsband, die dem Hund die Aura einer jener Bestien verlieh, mit denen die Spanier ehedem Jagd auf Eingeborene machten.

„Ach ja, und noch etwas." Hakan stoppte kurz auf und drehte sich zu seinen Gefangenen um.

„Gehen Sie bitte gemessenen Schrittes. Obwohl kein ausgesprochener Jagdhund, neigt Korkmaz zu Überreaktionen, wenn er jemanden laufen oder hektische Bewegungen machen sieht. Instinktsache, verstehen Sie, da kann man nichts machen."

Hakan setzte sich wieder in Bewegung.

„Korkmaz ist ein Kangal-Sonderzüchtung, wie Sie bemerkt haben werden. Die Ähnlichkeit dieser Spezies mit Bären ist Programm. Im menschenarmen Anatolien wurden solche Hunde zur Bewachung von Schafherden eingesetzt und mussten es mit Raubtieren aufnehmen können, da die Hirten nicht immer vor Ort waren. Die kleinen Ohren sollen den Pranken und Zähnen von Bären und Wölfen möglichst wenig Halt bieten. Um anschleichende Raubtiere zu bemerken, braucht ein Hund mit feiner Nase nicht die Ohren eines Luchses. Unbewaffnete Menschen haben gegen einen Kangal dieser Größe ohnehin keine Chance. Deshalb mein gut gemeinter Rat: sollte Korkmaz Sie stellen, bleiben Sie bewegungslos stehen oder, noch besser, setzen sie sich langsam auf den Boden und rühren Sie kein Glied. Apropos, die Hände dürfen Sie jetzt aber doch herunternehmen."

Der kleine Trupp bog um eine Ecke am Randes Dorfes. Wie begossene und vom Sturm zerzauste Pudel schlichen die vier Gefangenen mit hängenden Köpfen und triefenden Haaren hinter dem wie ein Gockel stolzierenden Hakan her. Das Gewitter war weitergezogen. Die Schübe schwerer, wie aus einem berstenden Wasserbehälter herabstürzender Tropenschauer waren einem vom Winde verwehten, sintflutartigen Dauerregen gewichen. Trotz der Capes lief allen das Wasser ins Gesicht und über Rücken und Brust den Körper hinab in die Schuhe. Keiner hatte noch einen trockenen Faden am Leib. Der Sturm näherte sich offenbar seinem Höhepunkt und zerrte an den Hütten und Häusern, als wollte er die Ortschaft, die Insel und das gesamte Archipel von der Karte tilgen. Das Auge des Zyklons Alberto folgte zwar einer Bahn weiter östlich, schien aber dessen ungeachtet weiterhin gelegentlich zu den Saintes hinüber zu schielen.

Laura biss sich die Lippen blutig. Trotz Solitaires sorgfältiger Planung und Vorbereitung hatten sie sich derart einfach überrumpeln lassen. Ohne Waffen und in Unterzahl waren sie nun Hakan und seinen Leuten ausgeliefert. Weshalb hatte er sie nicht gleich erschossen? Um seinen Triumph gebührend auszukosten, sie erst noch gebührend zu erniedrigen?

„Wohin zum Teufel gehen wir?" rief ihm Solitaire hinterher und wischte sich wieder und wieder den Regen aus dem Gesicht.

„Etwas Geduld, wir sind gleich da. Rechts schwenkt, Marsch!" Sie bogen auf einen vom Regenwasser überschwemmten Rasen, in dessen Gras sie bis zu den Knöcheln versanken.

„Stopp! Wir sind da."

Sie hielten inne. Laura war verblüfft. Im ersten Augenblick dachte sie, Hakan hätte sie zu einem monströsen Schachbrett geführt. Vor ihren Augen erstreckte sich eine hier und da durch kleine Farbtupfer aufgelockerte Orgie in Schwarz und Weiß. Erst beim näheren Hinsehen erkannte sie, dass es sich um einen Friedhof handelte. Grabsteine, Umrandungen, kleine Krypten kurzum alles, was von Menschenhand hier geschaffen und angelegt worden war, hielt sich in Schwarz und Weiß.

„Ein Friedhof für Zebras?" fragte Laura.

„Gefällt er Ihnen," fragte der Türke zurück

„Unsere eigenen in der Türkei sehen etwas anders aus, wissen Sie. Wir nennen sie Okafelder, wegen der spargelartig schmalen Grabsäulen mit Turban drauf. So etwas wie das hier hatte ich auch noch nie gesehen. Ich verstehe es als passende Allegorie auf unser von Dualität beherrschtes Leben: Sein oder Nichtsein, Weiß oder Schwarz. Das vermittelt Sicherheit, Klarheit. Keine ambivalenten Grauzonen, nichts Halbes, Unvollendetes. Schwarz oder weiß. Ich darf mal vorausgehen."

„Gern, Suchen Sie sich schon mal ein passendes Plätzchen im schwarzen Bereich," schaltete Solitaire sich ein.

Hakan nahm keine Notiz von ihr, fasste die Hundeleine ganz kurz und schritt durch das gusseiserne Tor auf die Grabreihen zu. Seine Leibwächter schlossen dicht zu den Gefangenen auf, die Hakan folgten wie Lämmer zur Schlachtbank.

„Ab hier bitte nur noch Sie." Hakan zeigte mit seiner Waffe erneut auf Laura. Sein Wink genügte und die Gorillas hielten Solitaire, Ignace und den Doc zurück. Zehn, fünfzehn Meter weiter kamen Laura und Hakan an einer breiten und tiefen, frisch ausgehobenen Grube vorüber, die sich wie eine Badewanne zügig mit schlammig braunem Wasser zu füllen begann. Ein bereits verwelkter Kranz mit verwehten Schleifen war vom Wind ins die Grube gepeitscht worden und trieb nun wie bei einer Seebestattung auf der braunen Brühe. Schließlich blieb Hakan vor einem Einzelgrab stehen, das sich durch seine Gepflegtheit sichtlich von seinen älteren Nachbarn zur Linken und Rechten unterschied. Man hatte es sicher erst in jüngerer Zeit angelegt. Der Sarg knapp zwei Meter tief im Boden war augenscheinlich intakt, denn die flache Erdaufschüttung darüber hatte noch nicht nachgegeben. Eingefasst war das Grab von einem Rahmen knöchelhoher schwarz-weiß gestreifter Marmorplatten, wie man sie in Griechenland oder Italien gewinnt. Dieselbe Marmorart hatte dem Steinmetz auch zur Fertigung des Grabsteins gedient. Die Inschrift wurde von einem frischen Strauß gelber Helikonien verdeckt, den jemand fast zur Gänze in eine gläserne, zur Hälfte eingegrabenen Vase gesteckt hatte, damit er nicht vom Wind verblasen werden konnte.

„Darf ich vorstellen, die gelbe Tänzerin." Hakan bückte sich und zog die halb eingegrabene Vase mit den Helikonien aus der Erde.

Laura trat näher heran und las die kunstvoll gehauenen Schriftzüge auf dem Grabstein: Penelope Z, 1955 bis 2015. RIP.

Hakan blieb diskret auf Abstand und ließ Laura Zeit für ein letztes stummes Zwiegespräch. Wie entrückt starrte sie auf das Grab ihrer leiblichen Mutter. Der Sturm hatte längst an den meisten ihrer von Solitaire sorgsam gelegten „corns" so gezogen und gezerrt, dass sie allmählich aufgedröselt waren und Lauras Haarsträhnen ihr nun wie die Korkenzieherlöckchen orthodoxer Juden ums Haupt flatterten. Es schien Laura, als stünde die Erde still, während sich die träge Atmosphäre weiterhin drehte und dadurch diesen unaufhörlich peitschenden Wind verursachte. Wie oft hatte sie sich in den letzten Tagen vorzustellen versucht, was sie ihr bei der ersten Begegnung alles sagen würde. Dass sie stumm vor ihrem Grab stehen würde, hatte sie hingegen nie ernsthaft in Betracht gezogen.

„Sie haben sie um Wochen verpasst. Wir haben sie verpasst," korrigierte sich Hakan.

„Sie muss mit dem Geld Roberts viele Löcher auf der Insel gestopft haben, dass man ihr diesen Ehrennamen zuerkannte. Die Yellow Dancer dreht ihre Kapriolen nun mit Robert im christlichen Paradies, nehme ich an. Möge Allah seine Hand über sie halten. Wir haben sie beide geliebt, sie umworben, Robert und ich, glauben Sie mir. Jeder auf seine Weise, jeder mit seinen Mitteln."

Er setzte die Vase mit den Helikonien wieder in die Erde.

„Huzur içinde yatsın, wie wir auf Türkisch sagen, ‚möge sie in Frieden ruhen'. Können Sie ein wenig Türkisch? Nein? Schade, sollten Sie unbedingt lernen, eine sehr schöne Sprache mit strenger Vokalharmonie, die dem Ohr schmeichelt. Nicht dieses arabische Geröchele und Gehacke, viel sanfter, melodischer. Nun, wie auch immer, die schreckliche Ironie der Geschichte ist, dass ich Robert seine Frau vorenthalten habe und Robert seiner Frau die gemeinsame Tochter. Vielleicht hatte er die ehrliche Absicht, Penelope und Sie irgendwann einmal zusammenzubringen und wurde durch seinen frühen Tod daran gehindert. Ich glaube eher, sie war ihm zur Hypothek einer Vergangenheit geworden, die er lieber ganz vergessen hätte."

Eine Weile standen sie noch alle beide unbeweglich, wie versteinert vor dem Grab. Laura fühlte weder Mitleid noch Sympathie für den rachsüchtigen Türken, der zeitlebens ein Todfeind ihres Vaters gewesen war und letztlich für die Wirren dieser „griechischen" Tragödie verantwortlich zeichnete. Andererseits war nicht zu leugnen, dass er als gestaltende Kraft des Bösen untrennbarer Bestandteil ihrer verworrenen Familiengeschichte geworden war und insofern irgendwie dazugehörte.

„Genug der Trauer, das Jetzt und Hier ruft."

Hakan packte Laura unsanft am Arm, zog sie weg vom Grab und winkte seinen Gorillas, die ihre Waffen auf den Doc und Ignace richteten. Offenbar hatte sich nach Hakans Ansicht die Nützlichkeit von Solitaires Gefährten erschöpft. Sie waren ab sofort entbehrlich und würden vermutlich in der frisch ausgehobenen komfortablen Grube mit dem darin treibenden Kranz entsorgt werden. Solitaire hatte noch ein heißes Date mit Mehmet, bevor auch sie wahrscheinlich in derselben Grube landen würde. Und

Laura? Was hatte der Türke wohl mit ihr vor? Sie war zwar weitgehend unbeteiligt aber Augenzeugin und machte sich keine Illusionen.

Der Schmerz an ihrem Oberarm, den Hakan umklammert hielt, rief Laura aus ihrer Trance. Das also war das sprichwörtliche Ende der Fahnenstange. Ihre Gedanken rasten. Irgendetwas musste sie tun, jetzt, sogleich, sonst war alles verloren. Aber was? „Parley" würde der Türke wahrscheinlich weder kennen noch respektieren.

Kaum hatten Laura und Hakan sich vom Grab ihrer Mutter weggedreht, als hinter ihnen ein gruseliges Knarren wie eine sich öffnende Gewölbetür ertönte. Es folgte ein sattes Klatschen wie herabfallende dicke feuchte Lehmbrocken. Laura entnahm der erschrockenen Reaktion der Leibwächter Hakans, dass sich hinter ihr und Hakan ein furchterregendes Spektakel abspielte. Bevor sie sich umsehen konnte, erklang ein tiefes, hohles Lachen wie aus einer leeren Gruft, deren gusseiserne Tür unversehens im Sturm aufgeflogen war und den seit Jahrhunderten eingeschlossenen Geist eines ruchlosen Ahnen von üblem Körpergeruch und nachtragendem Wesen freigesetzt hatte. Die Hölle brach los. Vom Grab wie aus Richtung der Gorillas ratterten mit einem Male wie aufs Stichwort Maschinenpistolen ihre tödliche Melodie. Ignace, der Doc und Solitaire waren blitzartig im Hechtsprung weggetaucht. Hakan hatte sich flach auf den Boden geworfen und zur Seite gerollt. Laura hüpfte fast kopfüber in das reservierte Doppelgrab, dessen kniehohes Wasser ihren Aufprall dämpfte. Korkmaz jaulte kurz auf und jagte dann mit Hakans Leine um den Hals auf und davon wie ein Bärenjunges, in dessen Hals sich eine Schlange verbissen hatte.

Laura traute sich nicht, im wilden Kugelhagel auch nur den Kopf zu heben. Heiße Patronenhülsen regneten auf sie herab wie Tropfen flüssigen Stahls beim Anstich eines Hochofens. Ohne die Erfahrung des Überfalls auf die Yellow Dancer wäre Laura spätestens jetzt in ihrer Grube verrückt geworden. So jedoch gelang es ihr, wie ein in vielen Feuergefechten gestählter Söldner, ihre fünf Sinne einigermaßen beisammen zu halten. Wer immer Penelopes leeres Grab als Schützengraben zweckentfremdete und ohne Unterlass auf Hakans Leute feuerte, war offensichtlich ein Feind ihres Feindes. Nicht ihn musste sie fürchten, sondern die etwas weiter entfernten Gorillas. So oder so würden die Beteiligten irgendwann ihre Waffen leer geschossen haben und das Feuergefecht hoffentlich zum allgemeinen Nachladen unterbrechen müssen. Das war der Moment, in dem Laura möglicherweise eine winzige Chance erhielt, dem Inferno lebend zu entkommen. Aber nur, wenn sie sich vorher darüber im Klaren war, wohin sie zu laufen hatte. Jedes Zaudern, Suchen oder Umkehren würde sie mit Sicherheit teuer zu stehen kommen. Sie streifte ihr Regencape ab und hob ganz vorsichtig den Kopf, um einen flüchtigen Blick über den Rand der Grube zu werfen.

Das Grab Penelopes stand sperrangelweit offen. Der dick mit Erde und Lehm getarnte Deckel aus Holzlatten, von dem es verschlossen worden war, hatte jemand mit Schwung zur Seite geschleudert. Daneben lag der von Kugeln durchlöcherte Zylinder, dessen Besitzer im Grab stand oder kniete, um über dessen Rand hinweg mit einer Kalaschnikow auf Hakans Leibwächter zu schießen. Hätten die eine Handgranate bei sich gehabt, wäre es um Baron Samedi bereits geschehen gewesen. Glücklicherweise waren sie auf diese überraschende Umwandlung der Exekution zu einer Art Grabenkrieg offensichtlich nicht eingerichtet gewesen. Die besonderen Umstände seines Erscheinens hatten die erhoffte momentane Verwirrung verursacht und dem Baron den winzigen Vorsprung beschert, den er brauchte, um den einen oder anderen von Hakans Leibwächtern auszuschalten und seine eigenen Überlebenschancen wie die Solitaires und ihrer Leute marginal zu verbessern. Alle auf einen Streich hatte er sie natürlich nicht erwischen können. Die Übriggebliebenen erwehrten sich ihrer Haut und schossen zurück, was das Zeug hielt. Wenn sie den Baron getroffen hatten, dann jedenfalls nicht an vitalen Stellen seines Körpers, denn der Herr der Unterwelt feuerte weiterhin unverdrossen aus allen Rohren.

So setzte sich die Schießerei eine Weile ununterbrochen fort. Kugeln bohrten sich mit sattem Klatschen in weiche Baumrinde oder prallten ab und pfiffen als tückische Querschläger mit metallischem Singen durch die Luft. Kruzifixe wurden halbiert, Blumenvasen zerplatzten, Erdklumpen spritzten auf, schwarze und weiße Marmorsplitter sausten durch die Luft, Grabporträts wurden durchlöchert, die im Festornat abgelichteten Verblichenen symbolisch zum zweiten Male ausgelöscht.

Endlich trat die Feuerpause ein, auf die Laura gesetzt hatte. Sie hatte sich mit beiden Füßen so weit abgestützt, dass sie nun über den Rand der Grube nach oben klettern und schnell hinter den dicken Stamm eines nahen Baums in Deckung rollen konnte, wie sie es von den anderen eben gesehen hatte. Sie zog sich an einem abgeknickten bodennahen Ast hoch, duckte sich, jeden Augenblick mit einem Fangschuss in den Rücken rechnend, und rannte schließlich zur gegenüberliegenden Seite des Friedhofes. Fast wäre sie dabei gegen den überwucherten Bretterzaun geprallt, der das Gelände von dieser Seite einfriedete, konnte ihm aber gerade noch einmal ausweichen. Vermutlich hatten die Gorillas den Nachladevorgang erst beendet, als Laura sich bereits wie eine trainierte Olympionikin über den Zaun gewuchtet hatte. Die Stahlmantelgeschosse machten Kleinholz aus den Latten und Streben des Zauns, so dass der rennenden Laura Splitter und Schrapnell hinterherflogen. Getroffen wurde sie jedoch nicht. Vollgepumpt mit Adrenalin lief sie so schnell sie ihre Beine trugen, in Richtung auf den Rand des Regenwaldes.

2. Die Irokesin.

Jemand tigerte ganz dicht neben ihr durchs Unterholz. Wie eine Raubkatze auf der Pirsch schien die Person vor jedem Schritt sorgsam abzuwägen, wo sie den Fuß als nächstes lautlos aufsetzen konnte. Doch Lauras feines Gehör hatte durch das Prasseln des Regens und das Rauschen der Palmschöpfe einen leise schmatzenden Laut aufgefangen. Voll konzentriert kauerte

Laura regungslos auf der morastigen, würzig nach Sumpfgras und Vanille riechenden Erde. Vanille war das Lieblingsaroma ihres Vaters gewesen. Egal, ob Eis oder Gebäck, nichts ging für ihn über Vanille.

Laura teilte diese Leidenschaft nicht, machte sich absolut nichts aus Vanille. Zu süßlich, zu ranzig, zu vanillig. Ihrem ersten Impuls folgend, war sie nach ihrem Sprung über den Friedhofszaun zunächst einfach immer weitergelaufen, bis ihr einfiel, dass sie sich ja auf einer kleinen Insel befand und allein durch Laufen der Gefahr nicht entrinnen konnte. Sie musste sich ihr vielmehr stellen. Durchgeweicht vom Regen und zerschunden von dornigen Büschen und messerscharfen Gräsern sowie völlig außer Puste hatte sie sich dazu gezwungen, innezuhalten, ihren rasenden Puls zu beruhigen und gespannt auf verdächtige Geräusche zu lauschen. Auf die Augen allein konnte man sich inmitten des Dschungels nicht verlassen.

Diese Taktik schien sich nun bezahlt zu machen. Über ihr zerbrachen erneut Äste und fielen krachend wie „blinde" Mörsergranaten zu Boden. Kleinere Zweige fegten wie Pfeile durchs Unterholz. Dennoch, sobald sich ihr „Sonar" in einer amorph brodelnden Lärmkulisse wie dieser auf eine bestimmte Frequenz eingependelt hatte, ließ es den betreffenden Laut nicht mehr los. Vermutlich ein femininer Atavismus, ein kümmerlicher Abklatsch jener schlafwandlerischen Sicherheit, mit der zum Beispiel manche Vogelweibchen die erbärmlichen Krächzer ihrer Jungen in der Kakophonie Tausender Artgenossen einer Felsenkolonie der Steilküste herauszuhören imstande sind.

Ihr Orientierungssinn hingegen war weniger ausgebildet. Im selben Augenblick, da das grüne „Tor" aus dichten Zweigen und Laubwerk hinter ihr ins Schloss gefallen war, hatte Laura auch schon den Überblick verloren. Ursprünglich hatte der kleine künstliche Regen einem dicht bewaldeten subtropischen Park geglichen. Regen und Sturm hatten die Anlage jedoch durch Erdrutsche, das Entwurzeln von Bäumen und Zerpflücken von Buschwerk umgehend in eine „richtigem" Urwald täuschend ähnlich sehende grüne Hölle verwandelt, in dem sich auch geübtere Waldläufer als

Laura schwergetan hätten, den Durchblick zu behalten. Das Walkie-Talkie hatte sie an Hakans humorlose Männer verloren, so dass keine Funkverbindung mit den anderen bestand. Sie musste einen der Rendezvous-Points ansteuern, am besten noch die Russelia, unter deren leuchtend rot getupften Zweigen die Gruppe ihre Ersatzwaffen versteckt hatte. Dort würde sie jetzt auch am ehesten auf Solitaire oder die anderen treffen. Doch wo genau war das?

Wieder das schmatzende Geräusch von Sohlen, die sich mit Mühe aus dem klebrigen Matsch des morastigen Bodens lösten. Dann pressten sie sich erneut unter der Last eines beachtlichen Körpergewichtes tief in den Schlamm. Es musste sich um eine größere, schwere Person handeln, vermutlich um einen von Hakans Gorillas. Da, war das ein Schatten zu ihrer Rechten? Oder nur ein Trugbild ihrer ungezügelten Fantasie? Laura fühlte sich, als hätte sie gut die Hälfte der tausend Tode, die ein Feigling angeblich stirbt, bereits hinter sich.

Sie schlich langsam auf allen Vieren wie eine Irokesen-Squaw auf der Suche nach den Resten ihres versprengten Stammes. Eine echte Wald-Indianerin hätte sich Pfeil und Bogen aus dem im Überfluss vorhandenen Material gebastelt und sich am Moosbewuchs der Baumstämme orientiert, dachte Laura. Sie besaß nicht einmal ein Taschenmesser, mit dem sie sich notdürftig ihrer Haut hätte erwehren können. Das metallische Klicken des Hahns einer Waffe, das sie inzwischen nur zu gut kannte, ließ sie erstarren. Der Schatten rechts von ihr war durchaus kein Trugbild gewesen. Der Mann, den Hakan als Mehmet angesprochen hatte, stand mit einem Male nur drei, vier Schritt neben ihr und zielte mit seiner Pistole auf ihren Kopf.

Ausgerechnet Mehmet, dachte Laura, als spiele das jetzt noch eine Rolle. Für Flucht war es eh zu spät. Eine weitere Bewegung und der Türke würde reflexartig den Finger am Abzug krümmen. Mehmet hatte sich als der geschicktere Waldläufer erwiesen. Seine linke Bauchseite blutete stark, wahrscheinlich hatte sich eine Kugel aus Baron Samedis Kalaschnikow in sein Fleisch gebohrt und ein größeres Blutgefäß getroffen. Unglücklicherweise für Laura würde er nicht schnell genug verbluten, als dass es sich für sie lohnen könnte, ihn in Erwartung seines baldigen Ablebens irgendwie hinzuhalten. Ein Streifschuss hatte sein rechtes Ohrläppchen zerfetzt. Blut rann über seine rechte Gesichtshälfte den Hals hinab. Mehmet hob wortlos die Hand mit der Waffe, die ihm in einem kurzen Moment der Schwäche herabgesunken war. Laura drehte sich zur Seite, stützte den Oberkörper auf ihre Arme und schloss die Augen. Der Doc hatte ihr schon auf Montserrat wie zum „Trost" erklärt, dass sie eine Kugel, die mit mehreren hundert Stundenkilometern Mündungsgeschwindigkeit auf sie zuflog, weder hören noch spüren würde.

„In dem Moment, da sie dich trifft, bist du tot, bevor noch der Knall an dein Ohr dringen oder dein Gehirn den Sachverhalt realisieren kann."

Doch anstelle eines Schusses hörte sie lediglich ein helles metallisches Singen wie das einer im Bogen durch die Luft schwingenden Sense oder Sichel. Dann schien eine Kokosnuss direkt neben ihr klatschend in den Morast zu fallen und ein größerer Gegenstand von einigem Gewicht hinter ihr ins Gebüsch zu krachen.

„Gelobt sei der Herr," hörte sie eine ihr bekannte Stimme rufen. Sie öffnete ihre Augen. Vor ihr stand Bernard, der Einsiedler von Terre-de-Haut. Sein Haarschopf ragte nicht mehr wirr in die Höhe, sondern hing klatschnass wie ein Wischmob an seinem länglichen Schädel herab. Regenwasser rann aus seinem Bart wie Badewasser aus einem alten nachgedunkelten Naturschwamm. In seiner Rechten hielt er eine einfache Machete, wie sie seit Jahrhunderten hier zum Schneiden von Zuckerrohr Verwendung fand. Nur, dass an Bernards Klinge keine pflanzlichen Fasern klebten, sondern Blut.

„Jetzt und in alle Ewigkeit Amen, Bruder" rief die noch kniende Laura mechanisch wie eine folgsame Messdienerin und ließ sich von dem Einsiedler auf die Beine helfen. Ohne ihren Kopf zu wenden, sah sie aus den Augenwinkeln, dass die „Kokosnuss" große Ähnlichkeit mit Mehmets Schädel aufwies. Der Torso des Gorillas lag wie im Schlaf friedlich ausgestreckt auf den abgeknickten Zweigen eines Busches, dessen Blätter mit großen Sägezähnen ähnlich denen von Soliatires Messer versehen waren. Im Rinnsal seines bereits erstarrenden Blutes schwammen aufgeregt paddelnde Feuerameisen wie Erythrozyten, die sich von ihren weißen Kollegen getrennt hatten selbständig und nun das sinkende Schiff Mehmet schleunigst verließen.

Laura reichte Bernard die Hand zum Dank für ihre unverhoffte Rettung. Der war jedoch gerade dabei, Mehmets Waffen einzusammeln. Er las die Maschinenpistole auf, die unter der Leiche eingeklemmt lag und reichte Laura eine Pistole, die er in Mehmets Schulterholster fand. Lauran nahm sie an sich und identifizierte sie dank ihrer jüngst erworbenen Fachkenntnisse als Makarow IŽ-70, wie sie Ti Martin beim Überfall auf die Yellow Dancer als Backup getragen hatte. Als sie den Kopf wieder hob, um sich beim Einsiedler nach dem Stand der laufenden Partie zu fragen, war der schon wieder im Busch verschwunden.

Eine Pistole besaß sie nun, immerhin. Mit der Makarow würde sie umgehen können, falls sie in die Verlegenheit kam. Noch hatte sie Mühe, Freund und Feind auseinanderzuhalten. Die Hiesigen waren offenbar auf Solitaires Seite, das hatte sich gerade erst bestätigt. Warum der Einsiedler, der angeblich Terre-de-Bas scheute wie der Teufel das Weihwasser, den Weg hierher auf sich genommen hatte, würde er ihr in einem ruhigeren Augenblick erklären müssen. Ganz zu schweigen von Baron Samedi, der für Solitaires Truppe sogar sein Leben riskierte. Egal, in ihrer augenblicklichen Lage akzeptierte sie jede Hilfe, die sie bekommen konnte.

Nach diesem Intermezzo zu Lasten Mehmets, des Kopflosen, galt es für Laura weiterhin, zunächst die Freunde wiederzufinden - soweit sie noch lebten. Denk nach, denk nach, zwang sich Laura dazu, trotz ihrer Erschöpfung, trotz ihres Durstes, ihrer Übermüdung und ihres bei jeder heftigen Bewegung in so gut wie alle Gliedmaßen einschießenden Schmerzes ihren Verstand einzusetzen. Er war eine schärfere, wirksamere Waffe als die Makarow. Welchen Treffpunkt konnte sie von hier aus am schnellsten erreichen, ohne Hakan oder seinen verbliebenen Männern in die Arme zu laufen? Hoffentlich kreuzte sie zumindest nicht den Weg des Hundes. Ohne sein Herrchen war Korkmaz sicher verstört und unberechenbar, würde ihre Furcht wittern und sie wahrscheinlich attackieren.

Die Petite Anse! Sie musste zur Bucht zurück, in der der Pfarrer sie abgesetzt hatte. Der Einsiedler hätte ihr die Richtung weisen können. Nun war nichts mehr von ihm zu sehen oder zu hören. Im Toben des Sturms und im Rauschen der Bäume und Büsche meinte sie, dann und wann entfernte Schüsse zu hören, doch es konnten auch abbrechende und zu Boden krachende Äste sein. Nicht einmal eine freundlich lächelnde Katze war zur Hand, die sie nach dem Weg zum „tanzenden Henkel" hätte fragen können! Dann fiel ihr wieder ein, dass es ihr eigentlich vollkommen egal sein konnte, welche Richtung sie einschlug, solange sie geradeaus lief. Früher oder später würde sie diesen durchwühlten und zu einem Teil weggespülten Regenwald hinter sich lassen und zwangsläufig an einem Strand enden, dem sie dann nur noch rechts- oder linksherum bis zur Anse folgen musste. Sie schüttelte den Kopf über ihre eigene Begriffsstutzigkeit und lief unverdrossen weiter.

Das kühle Metall der Makarow in ihrer Hand hatte größere psychologische als praktische Bedeutung für sie. Laura war stolz auf sich, hatte nicht den Kopf verloren, sondern in Lebensgefahr ziemlich kaltblütig reagiert, wie ihr schien. Erst der Gedanke an die drei anderen riss sie aus ihrem plötzlichen Hochgefühl. Vor allem der an Solitaire. War Solitaire noch am Leben? Darauf würde sie wetten. Unkraut vergeht nicht. Die Kampfmaschine Ignace nahm es sowieso jederzeit mit einer ganzen Kompanie auf. Der Doc war nicht mehr so gut zu Fuß, aber listig. Das konnte ihm das Leben retten.

Der dunkelgrüne Vorhang vor Laura schien sich zu lichten. Sie meinte, das Donnern der Brandung hören zu können. Der Wind hatte ihr die ganze Zeit auf der Nase gestanden. Aus derselben Richtung musste auch das Brandungsgeräusch kommen. Noch ein paar Mal schlug sie Büsche und tiefhängende Zweige zur Seite, dann verabschiedete sich die dichte Vegetation und das Meer lag vor ihr.

Welch ein Anblick! Diese See hatte nichts mehr mit dem zwar bockigen, aber immer noch einigermaßen beherrschbaren Meer von heute Morgen gemein. Die Wellen da draußen erreichten mittlere Wohnhaushöhe und rollten unaufhaltsam heran wie schwer beladene Güterwaggons. Im engen Fahrwasser zwischen den beiden Hauptinseln der Saintes türmten sie sich fauchend zu Brechern, die donnernd auf den Sand der Küste prallten, als wollten sie die Erdkruste durchschlagen. Der Orkan trieb die gelblich weiße Gischt wie lange helle Teppichbahnen über das Meer und fegte den lockeren Sand in gelben Wolken über den Strand. Der Rest des Archipels waren hinter dem Vorhang von Dunst, Gischt und feinem Sand verschwunden. Der dunkelgraue Himmel verschmolz mit der bleifarbenen See zu einem flatternden Leichentuch, das undurchdringlich auf der Szenerie lag.

Doch der Meeresspiegel schien nicht mehr zu steigen. Das war ein untrügliches Zeichen dafür, dass der Sturm, so unvermindert heftig er noch wütete, seinen Höhepunkt bereits überschritten hatte und ihm ganz allmählich der vernichtende Furor auszugehen begann.

Laura streifte ihre halbhohen, schweren beschlagenen Stiefel ab und lief barfuß am Strand entlang. Sandkörner prasselten wie aus Tausend Düsen auf ihren Rücken. Ihre Füße bluteten, aber in ihrer Sorge um Solitaire und die anderen spürte sie auch das nicht. Bis zum Kap, das den nördlichen Rand der Petite Anse markiert, waren es vielleicht noch fünfhundert Meter. Unmittelbar dahinter musste sich der Treffpunkt befinden. Vorausgesetzt natürlich, es war das richtige Kap. Wenn nicht, dann eben das nächste. Oder das übernächste.

Der Schuss aus dem Dickicht des Regenwaldes rechts von ihr wurde durch das Dröhnen der weiß aufschäumenden Brandung übertönt. Zwar spürte Laura einen schmerzhaften Schlag gegen ihren rechten Unterschenkel, so als hätte sie ein launisches Maultier getreten, war aber dennoch erstaunt, dass ihr das Bein plötzlich den Dienst versagte. Schwer schlug sie in den feuchten Sand und rollte auf dem abschüssigen Strand noch ein paar Meter weit in die Brandung. Erst, als sie sah, wie ihr Blut das Wasser rot färbte, begriff sie, dass sie von einer Kugel getroffen worden war. Der Heckenschütze hatte seine Arbeit allerdings mehr schlecht als recht verrichtet und jedenfalls noch nicht vollendet. Nun mühte er sich hektisch um Korrektur. Geschosse spritzten Wasser und Sand zu beiden Seiten in kleinen, sich Laura schnell nähernden Fontänen auf. Im seichten Wasser liegend und vom Schaum eingehüllt bot sie jedoch kein einfaches Ziel mehr. Dafür drohte sie, vom Unterstrom der gewaltigen Brandung ins offene Meer gesogen zu werden. Und wenn der Schütze so weitermachte, konnte er unbegabt sein wie er wollte – seine Kugeln würden sich unweigerlich an sie herantasten und ihr irgendwann den Rest geben. Laura hatte die Wahl zwischen ertrinken und erschossen werden.

Der Mann fühlte sich anscheinend ganz sicher. Er verließ seine Deckung, trat aus dem Dickicht und kam langsam auf die in den Wellen des seichten Wassers auf und nieder tanzende Laura zu, um ihr den Gnadenschuss zu versetzen. Laura sah, dass er eine Maschinenpistole trug. Das war vermutlich der Grund für seine schlechte bisherige Trefferquote. Auf „Einzel" gestellt, war die kurzläufige Waffe bei dieser Entfernung keine sichere Bank mehr. Mit einem Gewehr hätte er sie beim ersten Schuss erwischt. Laura versuchte vergeblich, ihre Rechte mit der Glock darin irgendwie zu stabilisieren. Unmöglich: aus einer laufenden Waschmaschine heraus trifft kein Mensch irgendetwas. Als der Heckenschütze nahe genug heran war, hob er seine Maschinenpistole und drückte ab. Doch es löste sich kein Schuss. Der Mann fluchte, ließ sein leeres Magazin in den Sand fallen und lud nach. Dann hob er erneut seine Waffe. Der Knall des Schusses peitschte über den Strand. Laura, halb unter Wasser, zuckte zusammen und wunderte sich zugleich. Wenn sie dem Doc Glauben schenkte, hätte sie den Knall gar nicht hören dürfen. Getroffen fühlte sie sich auch nicht, obwohl der Mann sie auf diese Entfernung kaum verfehlen konnte.

Der Schütze, auf halbem Wege zwischen Regenwald und See, ließ seinen rechten Arm mit der Waffe sinken, als würde er ihm plötzlich zu schwer. Dann ging er einen schwankenden Schritt nach vorn und knickte in den Knien ein. Bereits am Boden, hob er noch einmal die Waffe. Wieder krachte ein Schuss rollend über den Strand. Der Mann hielt sich immer noch auf den

Knien, doch wo sich eben noch sein Gesicht befand, leuchtete jetzt eine amorphe Masse blutrotes Fleisch. Schließlich fiel er vornüber und lag still.

Sekundenlang rührte sich nichts. Immer noch knietief im Wasser riss Laura einen Stoffstreifen aus ihren „Shorts" und versuchte mit fahrigen, sandverklebten Händen, die Blutung an ihrem rechten Unterschenkel zu stillen. Sie blickte unruhig zum Regenwald. Noch wusste sie ja nicht, wer sich da verbarg. Sie hoffte auf den Doc oder Ignace, doch aus der ersten Buschreihe trat ein mannshohes menschliches Skelett. Baron Samedi hatte die Schießerei auf dem Friedhof überlebt. Ohne Zylinder und Pelerine war er von Weitem betrachtet auf jenes Skelett reduziert, das er sich mit weißer Farbe auf sein schwarzes Habit gemalt hatte. Als er sich jetzt langsam näherte, entdeckte Laura zwei, drei rote Blutflecke auf dem Weiß der Rippen. Ein blutendes Skelett war eine anatomische Rarität von der Art, die zum Voodoo-Ambiente passte. Ganz und gar ungeschoren war der Baron dann also doch nicht davongekommen.

Laura atmete auf, torkelte die paar Schritte an Land und hob die rechte Hand zum Gruß und Dank für die Hilfe. Dann setzte sie sich und widmete sie sich wieder ihrer Verletzung. Als er herangekommen war, legte Baron Samedi seine antike AK 47, die wahrscheinlich schon in mancherlei Schlachten gute Dienste geleistet hatte, in den Sand und warf einen besorgten Blick auf Lauras Unterschenkel. Die Austrittswunde verriet ihm, so seine Gestik und Mimik, dass es sich um einen glatten Durchschuss handelte. Die Kugel hatte offenbar sowohl die Knochen, als auch die Schlagader verfehlt, soweit die gute Nachricht. Die schlechte war, dass sich die Wunde unversorgt bald entzünden und Wundbrand einsetzen konnte.

Noch vor wenigen Wochen wäre Laura beim bloßen Anblick von so viel eigenem Blut auf einmal vermutlich in Ohnmacht gefallen. Vollgepumpt mit Adrenalin und in Gedanken bei Solitaire und den Gefährten, ließ sie die Verletzung nun so kalt, als hätte sie sich beim Zwiebelschneiden die Daumenkuppe geritzt.

Der Baron wickelte einen weiteren Streifen von Lauras Hose fest um ihre rechte Leiste, um die Blutzufuhr zu drosseln und riss sein blutiges T-Shirt, das unter seinem „Overall" zum Vorschein kam, in zwei schmale Bahnen, mit denen er die Wunde zusätzlich verband. Dann forderte er Laura auf, ihren Arm um seine Schulter zu legen, was sie mit Freuden tat. Sie wies mit dem Zeigefinger auf das Kap. Der Baron verstand. So humpelte Laura, gestützt auf ein Voodoo-Skelett, über den harten nassen Sand. Ihr Oberschenkelmuskel spannte sich durch die Belastung, der stramm anliegende Verband schnitt ihr ins Fleisch. Gern hätte sie vom Baron erfahren, was ihn und seine Freunde dazu veranlasst hatte, für Solitaire und ihre Gruppe Partei zu ergreifen. Aber die Verständigung hätte mehr Zeit gekostet, als Laura zur Verfügung stand. Jeder ihrer Schritte war mit übermenschlichem Kraftaufwand verbunden und verursachte ihr Schmerzen, die sie wie Stromschläge durchzuckten. Der Sturm ließ zwar nach, aber seine Böen hatten immer noch genügend Kraft, Laura aus dem Gleichgewicht zu stoßen, wäre da nicht der sie haltende und stützende Baron gewesen.

Am Kap angekommen, erkannte Laura, dass es ihr auch mit Samedis Hilfe nicht möglich war, um den Vorsprung herum zu waten. Dafür war der Meeresspiegel zu stark angestiegen und die See noch zu wild. Hart explodierte Welle auf Welle am Granit, so dass grün-weiße Sprayfontänen am Felsen emporschlugen. Der landseitige Weg zum Kap und darüber hinaus führte jedoch bergauf und verlief hart am Rande des Regenwaldes. Das war äußerst beschwerlich, viel zu zeitraubend und gefährlich obendrein. Laura hatte keine Ahnung, ob der eine oder andere von Hakans Männern noch lebte. Besser, sie rechnete mit einer ungünstigen Konstellation. Eine einzige Person, die sich da oben auf die Lauer legte, hätte in jedem Falle genügt, Baron Samedi und Laura aus dem Spiel zu nehmen.

Schwimmen? Das Wasser würde sie einerseits tragen und den Oberschenkel entlasten. Andererseits konnten die mächtigen Grundseen sie zerschlagen oder aufs Meer hinausziehen. Aber sie war immer schon eine gute Schwimmerin gewesen. Während ihrer Studienzeit in den USA hatte sie sogar einmal kurz davorgestanden, für das Schwimmteam ihres gastgebenden Colleges bei den interuniversitären Wettkämpfen nominiert zu werden, war nur an einer ärgerlichen Erkältung zum falschen Zeitpunkt gescheitert.

Eines stand zweifelsfrei fest - sie hatte keine weitere Zeit zu verlieren. Es ging um das Leben Solitaires, für die sie so etwas wie schwesterliche Liebe zu empfinden begonnen hatte, noch bevor sie an diesem Morgen am Strand erkannt hatte, dass sie, so unglaublich es klang, die leiblichen Zwillingsschwestern sein mussten, von denen Penelopes Briefe sprachen. Die „s"-förmige Narbe an Solitaires Oberschenkel konnte kein dummer Zufall sein, das zu glauben, weigerte Laura sich entschieden. Nachdem man sie so kurz nach ihren ersten Lebensmonaten voneinander getrennt hatte, käme es einer grausamen Ironie des Schicksals gleich, Solitaire alias Elli auf Terre-de-Bas begraben zu müssen. Wenn hier jemand draufging, dann Laura, respektive Irini. Sie küsste den Baron auf beide feuchten Wangen, stolperte ein paar Schritte weiter ins Meer und warf sich in die donnernde Brandung.

3. Schutzengels Himmelfahrt.

„Haie", schoss es ihr plötzlich durch den Kopf, während sie von den wie wilde Bestien fauchenden Wellen umhergeschleudert wurde und ihre letzten Kräfte aufbieten musste, um wenigstens ab und zu keuchend den Kopf zum Atemholen einen Moment über Wasser zu halten. In ihrer ausschließlichen Konzentration auf die Frage, was Solitaire, Ignace und den Doc in der Zwischenzeit widerfahren sein mochte, hatte sie an diese tödliche Gefahr für sich selbst gar nicht gedacht. Soweit sie wusste, waren die wenigsten Hai-Arten bislang je so dicht unter Land im seichten Küstengewässer angetroffen worden, aber angesichts der legendären Anpassungsfähigkeit dieser opportunistischen Jäger konnte man sich auf nichts verlassen. Unweit der New Yorker Hafeneinfahrt waren Haie sogar einem Flusslauf ein ganzes Stück landeinwärts gefolgt und hatten dort Badende angefallen. Lauras blutender Unterschenkel würde vermutlich wie ein Köder wirken und mit ihrem relativ unbeweglichen, höllisch schmerzenden Bein hätte sie im Inferno der über ihr zusammenschlagenden Brecher keine Chance, den Menschenfressern zu entrinnen.

Nur ganz allmählich gewann sie Meter um Meter den Abstand vom Kap, der genügte, um es umrunden zu können, ohne Gefahr zu laufen, von den Brecherwalzen gegen die Zacken und Vorsprünge des steil aufragenden Felsens geschleudert und zerschmettert zu werden. Trost fand sie augenblicklich vor allem darin, dass sie im Kessel der kochenden See von Land aus mit Sicherheit so gut wie unsichtbar war. Endlich hatte sie es um das Kap geschafft, schwamm fortan mit den Wogen im Rücken und bemühte sich verzweifelt, von den Kämmen der furchterregenden Wellenberge aus mit salzverklebten Augen schemenhafte Einzelheiten der überfluteten Petite Anse vor sich zu erkennen. Doch ihre Achterbahn gewährte ihr nur kurze Augenblicke klarer Sicht. Alles um sie herum drehte sich, stand für Momente auf dem Kopf, um mit der nächsten Welle wieder ins Lot zu geraten. So oder so schien der Strand einfach nicht näherzukommen. Schließlich hatte sie den Eindruck, als hockte dort im Sand eine Frauengestalt mit dem Rücken gegen eine angebrochene Fahnenstange gelehnt, ihr Gesicht dem Land zugewandt. Laura meinte, die Silhouette Solitaires erkennen zu können, aber das war möglicherweise reines Wunschdenken.

In ihrer allein von der Kraft der Wellen bestimmten, delfinschnellen Aufgleitfahrt, die im gegenläufigen Unterstrom sogleich wieder brutal abgestoppt wurde, kam Laura sich vor wie ein von seiner jahreszeitlichen Route abgekommener Wal, der unaufhaltsam irgendeinem Strand zutreibt, auf dem er unweigerlich elend zugrunde gehen, an seinem eigenen Gewicht ersticken wird. Reiß' dich zusammen, schrie sie sich selbst in Rage. Die Brandungswellen wurden mit einem Male flacher, beherrschbarer, so dass Laura allmählich die Kontrolle über ihren Körper wiedergewann und sich für ihre Landung in Fluchtlinie mit der Frau am Strand wappnen konnte.

Doch kein Wunschdenken: es musste sich um Solitaire handeln. Obwohl, so, wie die Frau dort an der Stange lehnte, war sie ein leichtes Ziel. Eine Solitaire im Vollbesitz ihrer körperlichen und geistigen Kräfte hätte sich nie freiwillig derart anfängerhaft exponiert. Entweder war sie schwer verletzt und hatte sich gerade noch halbtot zur Bucht geschleppt, bevor sie ohnmächtig geworden war. Oder ein versteckter Heckenschütze hatte sie dort als Köder platziert und wartete nun darauf, aus sicherer Deckung herbeieilende Helfer in aller Seelenruhe abknallen zu können.

Das war die wahrscheinlichere Variante, dachte Laura. Wo immer sich der Schütze aufhielt, würde er der einzigen Seite, von der mit Sicherheit keinerlei Gefahr drohte, wenig Beachtung schenken, dem Meer vielleicht sogar ganz den Rücken zukehren. Das war Lauras Chance, die sie aber nur nutzen konnte, wenn sich der Heckenschütze verriet, bevor Laura bar jeder Deckung humpelnd dem Atlantik entstieg. Noch aus der Brandung heraus ohne sicheren Stand zielsicher zu treffen, war ihr als ungeübter Schützin unmöglich. Sie musste darauf hoffen, unbemerkt an Land gespült zu werden und Zeit genug zu haben, in Deckung zu kriechen, den entscheidenden Schuss abzugeben. Das waren ein oder zwei Unsicherheitsfaktoren mehr, als ihr lieb sein konnte.

Gerade hatte sie sich mit hochgereckten Armen gegen die zu erwartende unsanfte Landung gestemmt, als am Ende des asphaltierten Wegs plötzlich das blutige Skelett des Barons auftauchte. Er hatte offensichtlich in derselben Zeit, die Laura benötigte, das Kap zu umschwimmen, die Petite Anse auf dem Landweg erreicht. Die Sonne blitzte auf dem Metall seiner Kalaschnikow kurz auf. Dann ertönte ein Schuss, kurz darauf ein weiterer. Das Skelett taumelte rückwärts und fiel auf den nassen Asphalt, der sich dunkelrot zu färben begann. Die beiden Schüsse, das hatte Laura noch registriert, bevor die letzte Welle ihren Kopf untertauchte, war aus der Richtung eines größeren Felsbrockens gekommen, der sich etwa zehn Meter rechts von Solitaire befand. Vermutlich durch eines der Beben in jüngerer Zeit hierher gerollt, diente der Fels dem dahinterliegenden Heckenschützen als sichere Deckung, versperrte ihm aber zugleich die Sicht aufs Meer. So hatte alles seinen Preis.

Ihr Aufprall war noch viel härter und schmerzlicher, als Laura gefürchtet hatte. Es gelang ihr, sich auf dem zementharten Sand abzurollen, dann musste sie für einige Augenblicke das Bewusstsein verloren haben. Als sie wieder zu sich kam, war sie zunächst so desorientiert wie der verirrte Wal und musste sich mühsam in Erinnerung rufen, wo sie war und was hier vor sich ging. Erst der brennende Schmerz in ihrem durchschossenen Unterschenkel brachte sie vollends brutal in die Wirklichkeit zurück. Sie biss sich auf die Zunge, um nicht laut aufzuheulen und krabbelte auf allen Vieren in Richtung Felsen. Auf halbem Wege angekommen, sah sie plötzlich den nahezu kahlen Kopf des Heckenschützen über dem vulkanischen Gesteinsbrocken auftauchen. Es war Hakan, daran ließen die „Kaktusstoppeln" auf seinem Schädel keinen Zweifel. Warum er den Kopf gehoben hatte, blieb sein Geheimnis. Vielleicht wollte er seine Position nach den Schüssen auf den Baron zur Sicherheit wieder wechseln oder einen besseren Blick von Solitaire erhaschen. Vielleicht fühlte er sich auch ganz einfach nur zu sicher. Gehört hatte er Lauras unsanfte Landung im Getöse des Sturms und der Brandung sicher nicht. Nun aber würde er sie bei der geringsten Bewegung aus den Augenwinkeln sehen. Sie musste also schießen, jetzt, sofort, sonst war alles umsonst!

Laura lag noch auf dem Bauch, ihre Atem schon wieder halbwegs normal. Sie reckte den Kopf und hob die Makarow, die ihr bei der Landung aus dem Gürtel gefallen war, mit beiden Händen in Augenhöhe. Auf diese Entfernung den „Kaktus" mit einer Pistole zu treffen, war selbst für einen routinierten Sportschützen nicht einfach. Erschöpfung, Angst und an den Armen zerrender Wind ließen Lauras Hände zudem zittern. Salzwasser rann ihr beißend in die Augen. Sie sah die Konturen von Hakans Kopf verschwommen wie durch eine beschlagene Scheibe. Sie wusste, sie hatte buchstäblich nur diesen einen Versuch. Sie entsicherte die Waffe, atmete tief ein und langsam wieder aus. Als alle Luft ihre Lunge verlassen hatte, die Welt zum Stillstand und ihr Körper für Sekundenbruchteile zu völliger Ruhe gekommen waren, drückte sie zwischen zwei Herzschlägen ab. Sanft, emotionslos, gerade mit so viel Kraft, wie nötig war, den Druckpunkt der Waffe zu überwinden, ohne sie zu verreißen, genauso, wie der Doc es ihr bei einer Schießübung an Bord der Pas de Deux beigebracht hatte.

Der peitschende Knall des Schusses und das singende Pfeifen des Projektils waren in Lauras vom Wasser verstopften Ohren noch nicht angekommen, da verschwand der „Kaktus" blitzartig hinter dem Felsen. Laura hatte getroffen, da war sie sicher. Sie rappelte sich auf und humpelte keuchend zu Solitaire hinüber. Die blickte kurz aus halb geschlossenen Augen hoch.

„Sieh an, Schneewittchen. Was hat dich aufgehalten, musstest du noch Besorgungen machen?" flüsterte sie.

„Was soll ich sagen, der Verkehr hier ist ein Killer. Und übrigens, deine Corns waren auch nicht das Gelbe vom Ei, wie du siehst, haben nicht einmal den erstbesten Sturm überlebt. Das Trinkgeld kannst du vergessen, Schlampe."

Solitaire kicherte über die ungewohnt gut aufgelegte Laura, die sie besorgt abtastete. Eine Kugel hatte Solitaires rechte Schulter durchschlagen und sie kampfunfähig gemacht. Sie musste seitdem viel Blut verloren haben. Ihr Gesicht war bleich und wächsern, ihre Bluse und Hose zum Teil blutdurchtränkt.

„Ich wurde auch angeschossen, hier, in den Unterschenkel" führte Laura ihrer Schwester stolz ihre Wunde vor, als handele es sich um einen Orden für außergewöhnliche Tapferkeit im Angesicht des Feindes.

„Wie fühlst du dich? Wo sind die anderen?"

Solitaire rang sich mit Mühe ein schiefes Lächeln ab.

„Wie immer, viele Fragen auf einmal, Laura Förster. Fühlen tue ich mich prächtig, sieht man ja wohl. Und wo die anderen sind, ehrlich gesagt, keine blasse Ahnung. Wir haben..."

Solitaire unterbrach sich. Direkt gegenüber dem Schuppen trat ein blutender Ignace aus den Büschen. Lächelnd humpelte er auf Laura und Solitaire zu, während von seinem rechten Arm das Blut einer klaffenden Wunde über die Klinge seiner Machete rann und in den Sand tropfte. In seinem Gürtel stecke die Beretta. Als er den am Boden ausgestreckten Baron Samedi passierte, bückte er sich kurz und fühlte quasi im Vorübergehen dessen Puls an der Halsschlagader. Dann richtete er sich auf und schüttelte den Kopf. Samedi hatte es schließlich doch noch erwischt. Ignace legte die Machete beiseite und half Laura, Solitaire auf die Beine zu stellen. Dabei wandten beide dem Felsen, hinter dem Hakan gelegen hatte, den Rücken zu. Deshalb erkannten sie erst aus der plötzlich veränderten Miene Solitaires, die den beiden anderen über die Schultern blickte, dass Hakan sich offenbar noch rührte.

Ignace ließ Solitaire unsanft zu Boden gleiten und warf sich Laura in die Arme, ohne sich umzudrehen. Die Kugel Hakans, die Laura zugedacht war und sie ohne Zweifel auch in die Brust getroffen hätte, bohrte sich stattdessen in den Rücken des Chabins, genau zwischen die Flügel der Schulterblätter. Ignace wurde vom Aufprall des Projektils gegen Laura geschleudert und verkrallte sich mit den Nägeln seiner schwieligen Finger schmerzhaft in ihre Oberarme. Dann lockerte sich sein schraubstockartiger Griff. Wie ein Vollmond, der vor den ersten Strahlen der Morgensonne kapituliert, glitt sein Gesicht vor Lauras Augen nach unten, an ihrem Körper hinab. Aus seinem Mund rann ein dünnes Rinnsal Blut.

Das Echo eines weiteren Schusses, diesmal abgefeuert von Solitaire, peitschte über die Bucht. Solitaire hatte dem Chabin die Beretta aus dem Gürtel gezogen und, lediglich den Lauf entlangblickend, sofort abgedrückt. Hakan war noch dabei, seine Waffe nachzuladen. Pech für ihn, im verkehrten Augenblick mit leerem Magazin dazustehen. Er schlug mit dem Rücken gegen den Felsen, und rollte hintenüber, aus Solitaires Schussfeld.

In ihrem Eifer, der verwundeten Solitaire zu Hilfe zu eilen, hatte Laura es versäumt, sich zu vergewissern, ob Hakan auch wirklich tot war und ihm gegebenenfalls den Fangschuss zu versetzen. Ein Fehler, der sie das Leben hätte kosten können, wenn Ignace sich nicht dazwischengeworfen hätte.

Solitaire ließ die Waffe sinken. Ihr Kopf neigte sich auf die linke Schulter. Offenbar hatte sie das Bewusstsein verloren. Laura bückte sich, kniete nieder und nahm den Kopf des Chabin in ihren Schoß. Ignace hatte offensichtlich große Schmerzen, rang sich aber ein Lächeln ab.

„Gib's zu, du hast von Ti Martins Plan gewusst," flüsterte er.

Laura nickte. Ignace winkte sie noch näher an seine Lippen und griff sich mit der Rechten unters Hemd an die Brust.

„Du schuldest mir jetzt einen…"

Ein Schwall Blut, der aus seinem Mund quoll, hinderte ihn daran, den Satz zu beenden. Laura fühlte, wie er ihr etwas Metallisches in die Hand drückte. Dann brachen seine Augen, der Chabin war tot.

„Ich sag' ja, Chewbacca hatte einen Narren an dir gefressen," flüsterte Solitaire, die wieder aufgewacht war. Laura sah, dass ihre Schwester sofort Hilfe brauchte, sonst würde sie noch hier am Strand in Lauras Armen verbluten. Sie ließ den Kopf des Chabin auf den Boden sinken, erhob sich und packte Solitaire unter den Achseln. Schwer keuchend schleifte sie ihre Schwester weiter weg vom Fahnenmast, um Hakan, falls er immer noch lebte, nicht erneut eine leichte Zielscheibe zu bieten. Dann humpelte sie mit vorgehaltener Waffe zum Felsen.

Dort, wo Hakans Kopf erschienen war, fand Laura Blutspritzer und frische Abschürfungen im Gestein, die vom Projektil herrühren mussten. Gar so schlecht hatte sie anscheinend nicht gezielt. Auch am Boden hatte sich eine kleine Blutlache gebildet. Hakan selbst aber war verschwunden. Schwer getroffen, würde er sich zunächst selbst in Sicherheit zu bringen versuchen, das war Laura klar. Aber allein konnte sie Solitaire unmöglich ins Dorf hinauf schleppen.

Plötzlich war Laura, als hörte sie hektisches hündisches Japsen. Behutsam schob sie die Zweige des nächsten großen Gebüschs mit der Glock zur Seite. Vor ihr, die zitternde Zunge seitwärts aus dem offenen Maul hängend und die Nackenhaare hochgestellt, stand der abwechselnd knurrende und jaulende Korkmaz mit zurückgezogenen Lefzen und gebleckten Zähnen.

ZEHNTES KAPITEL

1. Die Patin.

„Mais tu's ou là, espèce de brute?" Der heisere Klang der Stimme des Doc irgendwo im Busch links von Laura übte eine wundersame Wirkung auf Korkmaz aus. Der Hund schien mit einem Schlage besänftigt, hörte auf zu knurren und stellte seine Ohren sichtbar auf Empfang. Seine drohende Fratze verwandelte sich in das hechelnde Ebenbild eines freudig schwanzwedelnden, wenn auch leicht verwirrten Hütehundes. Lauras ließ ihre Rechte mit der entsicherten Makarow hinter ihrem Rücken verschwinden. Ohne den jaulenden Korkmaz aus den Augen zu lassen, wich sie behutsam zwei, drei Schritte zurück und rief leise nach dem Doc. Dann erst bemerkte sie den blutenden Hinterlauf des Kangal. Er war offensichtlich im Feuergefecht auf dem Friedhof oder danach angeschossen worden und derart geschwächt, dass er immer noch überzeugend die Zähne fletschen konnte, aber augenscheinlich nicht mehr ohne weiteres in der Lage war, seiner Drohung Taten folgen zu lassen.

Sekunden später brach der Doc laut schimpfend durchs knackende Unterholz. Sein vorrangiges Interesse schien dem Hund zu gelten, dessen Hecheln in hohes Winseln überging.

„Ma fois, bin ich froh, euch beide zu sehen, Laura. Guter Hund, ja, braver Hund. Korkmaz hat dich also gefunden. Ich war schon sehr in Sorge, nicht wahr. Du bist verletzt. Wo stecken die beiden anderen?"

Laura war nicht sicher, wer hier wen gefunden hatte, aber darauf kam es jetzt ja auch nicht wirklich an. Hauptsache, Korkmaz beschränkte sich weiterhin darauf, wie jetzt friedlich auf drei Beinen hinter den beiden her zu humpeln. Sie führte den Doc zu Solitaire, die immer noch am Schuppen kauerte und den Kopf des toten Chabin inzwischen in ihren Schoß gelegt hatte. Der Doc kniete sich neben sie und legte zwei Fingerkuppen an die Halsschlagader von Ignace. Als er fühlte, dass es hier keine Eile mehr hatte, untersuchte er die Wunde Solitaires und kam zum selben Ergebnis wie Laura.

„Sie muss sofort hoch ins Dorf. Wir brauchen ein paar Träger und sollten unbedingt Hilfe von Guadeloupe anfordern. Das Hospital von Pointe-à-Pitre hat einen Rettungshubschrauber. Ob der allerdings bei diesen Bedingungen starten kann, weiß ich nicht. Und deine Schenkelwunde muss ebenfalls versorgt werden, Laura, sonst geht ihr mir noch beide drauf, das würde meinen Ruf endgültig den Garaus bereiten."

„Und Hakan?" flüsterte Solitaire schwach, während sie Ignace über die Dreadlocks strich.

„Muss warten. Weit wird er sowieso nicht kommen, nach allem, was Laura berichtet."

Laura setzte sich neben Solitaire und legte den Arm ganz leicht um ihre Schulter. Solitaire warf ihr einen Blick zu, aus dem vorübergehend alle Härte gewichen schien. Hatte sie verstanden, gespürt, dass Laura und sie einander näherstanden, als sie je hätte ahnen können? Dass sie Zwillingsschwestern waren, um genau zu sein? Zeit, die Briefe auch nur zu überfliegen, die Laura ihr zugesteckt hatte, war ihr bislang nicht geblieben. Das war jetzt nebensächlich. Im Laufe dieser verrückten Tage und Wochen hatten die beiden, so empfand es jedenfalls Laura, eine eigenartige Seelenverwandtschaft entdeckt, die wertvoller war als alles andere. Am liebsten hätte se Solitaire in ihre Arme geschlossen, aber sie wusste, dass die das nie zulassen würde.

„Ich hatte ihn gebeten, diesmal nicht so sehr auf mich, sondern vor allem auf dich aufzupassen," flüsterte Solitaire. „Das hat er getan."

Laura nickte. „Ja, das hat er. Wenn ich daran denke, dass er mich bei unserer ersten Begegnung umbringen wollte…Woher stammt eigentlich diese Narbe an deinem Oberschenkel?"

Solitaire war über Lauras unvermittelte Frage augenscheinlich verblüfft.

„Weiß nicht, die hab' ich schon ewig. Ist jetzt weniger wichtig als die Schusswunde. Vielleicht wurde ich damit geboren, so eine Art Muttermal. wieso?"

„Nur so, du hast nie davon erzählt."

„Weshalb sollte ich? Irgendein Unfall wahrscheinlich. Ich wollte das Ding mal wegretuschieren lassen, aber der Toubib hat mich davon abgebracht. Er sagte, es sei zu aufwändig und wenn's schiefliefe, sähe es danach nachher nicht unbedingt besser aus. Also verstecke ich sie lieber im Tattoo."

Laura beließ es dabei. Dies war nicht der Augenblick, einen neuerlichen Abstecher in Solitaires frühe Kindheit zu unternehmen. Sie musste schnellstens ärztlich versorgt und wahrscheinlich operiert werden. Alberto war endlich weitergezogen. Der Regen erhielt keinen Nachschub mehr und dem tropischen Sturm ging sichtlich die Puste aus. Kormorane, Fregattvögel, Möwen und andere Seevögel reckten ihre Hälse, schüttelten ihr Gefieder, schlugen mit den Flügeln und wagten sich nach und nach aus ihrem Unterschlupf. Ganz allmählich ging die karibische Welt wieder zur Tagesordnung über.

Von der Straße oberhalb der Petite Anse erklang der Motor eines Fahrzeugs. Wenig später bog es um die Ecke: ein uralter amerikanischer Pickup, von wem auch immer hierher transportiert. Vor dem überlebenden Trio der Pas de Deux kam der mit fünf bewaffneten Männern beladene Wagen zum Stehen. Die Schwarzen sprangen kampfbereit von der Ladefläche. Dem Führerhaus entstieg Bernard, ebenfalls mit einer Waffe im Anschlag. Als die Männer realisierten, dass der Kampf fürs erste vorüber war, legten sie ihre Waffen ab und halfen Laura und dem Doc, Solitaire und dann die Leichen von Ignace und dem Baron so auf die etwas zu kurze Ladefläche zu hieven, dass die Beine herabbaumelten. Gestützt von Bernard und dem Doc kletterte Laura ebenfalls hoch, um dafür zu sorgen, dass die bewusstlose Solitaire nicht bei offener Ladeklappe Arm in Arm mit den beiden Leichen vom Pickup auf die ansteigende Straße rutschte. Der Doch und Korkmaz stiegen zu Bernad ins Führerhaus und endlich konnte es losgehen.

Den Pritschenwagen unter diesen Witterungsbedingungen bergab rollen zu lassen, war eines. Die ganze Strecke nun schwer beladen bergan zu fahren, stand auf einem anderen Blatt. Immer wieder drehten die vermutlich abgewetzten, profillosen Reifen durch, so dass Laura befürchtete, sie würden vom Bach des ihnen entgegenströmenden Regewassers rückwärts den Hang hinuntergespült werden, wie sie das in einem Taxi auf einer der zentralen Avenidas von Saô Paulo vor Jahren einmal erlebt hatte. Glücklicherweise war das hiesige Verkehrsaufkommen an diesem stürmischen Tag überschaubar.

Als sie mit gespreizten Beinen da saß und Solitaires Oberkörper an der Taille umfasste, während sie ihren eigenen Kopf an den ihrer Schwester presste, kam Laura sich vor wie eine an die Artgenossin geklammerte Schimpansin. Es war vermutlich die seltsamste Autofahrt, die sie je in ihrem Leben machen würde: sie selbst in enger Umarmung mit einer Bewusstlosen, flankiert von zwei toten Männern, deren Beine bei jedem Schlagloch baumelten und sprangen, als schliefen ihre Besitzer einen Rausch aus. Schade, dass niemand ein Foto machen konnte.

„Geht's nicht etwas schneller," rief sie ungeduldig über ihre Schulter nach vorn.

Bernard hatte Mühe, den vor Anstrengung heulenden Motor zu übertönen.

„Bergauf, beim Gewicht von vier Personen und einem…was ist das, eigentlich, ein Bär? Wenn ich nicht aufpasse, würgen wir die Kiste ab. Gebt nicht das Heilige dem Hund…"

„…und werfet nicht Perlen vor die Säue," ergänzte der bibelfeste Doc lauthals.

Laura biss die Zähne zusammen und tadelte sich im Stillen für ihre Wehleidigkeit, die ihr umso unangebrachter erschien, als es Solitaire deutlich schlechter ging. Sie stützte den im Rhythmus der kurvenreichen Fahrt hin und herpendelnden Kopf ihrer Schwester und sehnte das Ende der schrecklichen Fahrt herbei.

Am Rande der Ortschaft wurde der provisorische Krankentransport bereits von einheimischen Frauen in Empfang genommen, die den Jeep, soweit Laura das erkennen konnte, zum Haus Baron Samedis dirigierten. Dort angekommen, trugen sie die immer noch bewusstlose Solitaire, begleitet vom Doc, schnell ins Innere der schlichten Behausung. Laura stieg stöhnend und ächzend aus, während man die beiden Toten auf der Terrasse ablegte.

So blieb Laura zunächst sich selbst überlassen und hockte sich stöhnend auf den löchrigen, morschen Boden des Patios. Der Doc hatte es sicher eilig, Solitaire provisorisch zu versorgen und den Rettungshubschrauber vom Pôle Caraïbes anzufordern. Einige Frauen liefen aufgeregt ein und aus, brachten allerlei Verbandszeug und Utensilien, die wahrscheinlich für die Erstversorgung der Verwundeten entlang Omaha Beach ausgereicht hätten.

Korkmaz schnüffelte an den Leichen und ließ sich schließlich winselnd neben Laura nieder, als hielte er sie für die geeignete Adressatin seiner sicher ansehnlichen Beschwerdeliste. Laura kraulte ihn tröstend hinter den kurzen runden Ohren und sprach beruhigend auf ihn ein, indem sie ihn auf ihre eigene Verletzung verwies und so ein unsichtbares Band wechselseitigen Mitgefühls knüpfte. Sie hatte den Eindruck, der Kangal zeige Verständnis. Jedenfalls hörte er auf zu jaulen. Wenn es für die Menschen schon nicht ganz einfach war, Hand und Fuß an die sich überstürzenden Ereignisse dieser letzten Stunden zu bekommen, um wieviel schwerer musste es erst einem kleinen Hundehirn fallen.

Als Ignace von den Helfern auf die Terrasse gelegt worden war, hatte sein Kopf sich nach rechts gedreht, so dass er Laura nun aus weit geöffneten Augen anzustarren schien, als wollte er sie an etwas gemahnen. Laura fiel plötzlich das runde Metallteil ein, dass er ihr sterbend in die Hand gedrückt hatte. Unten am Strand hatte sie es in der Eile weggesteckt und holte es jetzt aus der Jeanstasche. Es handelte sich um eine recht dicke alte goldene Münze oder Medaille an einem silbernen Kettchen. Ignace musste das Schmuckstück um den Hals getragen haben, obwohl Laura es nie an ihm gesehen hatte. Auf der Vorderseite war der Kopf eines spanischen Conquistadors abgebildet, auf der Rückseite ein Adler, der seine Flügel wie zum Trocknen entfaltet hatte und den Kopf nach links wandte. Laura hatte keine Ahnung, wie alt das Medaillon war, wen es darstellte und welchen Wert es hatte.

Als sie mit den Fingern am Rand der Münze entlangfuhr, bemerkte sie eine Rille, die einmal ganz umlief. Als sie ihren Daumennagel in die Rille drückte, öffnete sich die eine Hälfte der Münze ein wenig und verschob sich so gegen die andere, dass man die beiden Teile schließlich „auffalten" konnte. Beide Hälften enthielten jeweils ein kleines Porträtfoto: die Hälfte mit dem Conquistador das einer jungen Frau mit den Zügen einer Garfuna, wie Laura sie auf Dominica gesehen hatte. Die Hälfte mit dem Adler wies das Foto eines Jungen von vielleicht drei Jahren auf, der eine gewisse Ähnlichkeit mit dem Chabin zu haben schien – nicht mit dem Ignace, wie er jetzt tot dalag, sondern mit dem jungen Ignace, wie er vor der Episode mit dem Manchinellbaum ausgesehen haben mochte.

Nachdenklich schob Laura die Münzhälften wieder zusammen und steckte das Medaillon in ihre Hosentasche. Sie stand auf und dankte dem „Einsiedler", der den Pritschenwagen irgendwo geparkt hatte und nun offenbar in Eile war, auf seine Insel zurückzukommen und zu sehen, ob die Arche noch da stand, wo er sie zurückgelassen hatte. Laura versprach, auch ihm über den Doc eine erkleckliche Spende zu schicken, damit er seine Hütte demnächst in ein leidlich stabiles Zuhause verwandeln konnte. Bernard sträubte sich nur kurz, willigte schließlich ein und verschwand in Richtung Anse.

Laura entschloss sich, ins Haus zu gehen. Wenn nicht bald zusätzliche ärztliche Hilfe eintraf, würde sie womöglich ihr Bein verlieren. Außerdem war da noch das ungelöste Rätsel um die anscheinend doch nicht gestorbene Penelope.

Es dauerte eine Weile, bis sich Laura einen Weg durch die aufgeregt durcheinanderlaufenden Frauen gebahnt und ihre Augen sich an das diffuse Licht des Schlafzimmers gewöhnt hatten, in das man sie bugsierte. Im ersten Augenblick dachte Laura, versehentlich in eine orthodoxe Kirche irgendeiner griechischen Insel geraten zu sein. Es roch durchdringend nach Weihrauch, scharfen Desinfektionsmitteln, süßlichem Blut und herbem Schweiß. Soweit Laura es durch das Gewusel der Frauen sehen konnte, zierten mehrere kleine Marienikonen die tapetenlosen, weißgrau verputzten Wände.

Während eines zweiwöchigen Urlaubs auf Kreta hatte Laura sich ganz nebenbei etwas mit Theorie und Praxis der dort beheimateten Ikonenmalerei beschäftigt und war nun sofort in der Lage, die einzelnen Darstellungen der „wegweisenden", „lebensspendenden" und „beschützenden" Gottesmutter voneinander zu unterscheiden. Aus einem von der Decke hängenden silbernen Fässchen krochen wabernde Weihrauchdämpfe, die Laura wie die Schwaden einer chinesischen Opiumhöhle den Atem verschlugen.

An der Stirnseite des Zimmers war ein großes griechisch-orthodoxes Kruzifix mit den charakteristischen „quadratischen" Balken angebracht, die es vom römisch-katholischen Gegenstück unterscheiden. Darunter stand ein breites altes Doppelbett, auf das man Solitaire gelegt hatte. Sie war bis auf ihren Slip entblößt, leichenblass und in Schweiß gebadet. Ihr Brustkorb war mit einem weißen Verband umwickelt, der in Schulterhöhe feuchte, schnell wachsende rote Flecken aufwies. Einige der Schwarzen waren noch damit beschäftigt, Solitaire zu waschen und ihr abwechselnd heiße und kalte Kompressen auf die Stirn zu legen.

Am Kopfende des Bettes saß eine ganz in Schwarz gekleidete Weiße auf einem wackligen Holzstuhl mit halb aufgedröselter Bastlehne. Sie trug ein schwarzes Kopftuch, unter dem ihr langes, dichtes Haar hervorquoll. Die grauen Strähnen, die es durchzogen, hätte Lauras Frisör in Hamburg mühelos wegretuschiert. Doch als die Frau nun Laura ihr Gesicht zuwandte, erkannte diese, dass eine solche Korrektur nicht angemessen wäre. Das scharf konturierte Antlitz der Frau mit ihren südländischen Zügen glich von Ferne den Darstellungen Marias auf den Ikonen. Bis auf die dunklen Augen, in denen trotz des vorgerückten Alters der Frau noch eine Glut jugendlicher Leidenschaft schwelte, die der Heiligen Jungfrau schlecht zu Gesicht gestanden hätte. Die Strähnen störten das Gesamtbild keineswegs, sondern verliehen ihr Würde.

Bei Lauras Eintreten ließ die Frau Solitaires Hand los, die sie wohl die ganze Zeit seit Solitaires Eintreffen gedrückt hatte. Sie stand auf und wich einen Schritt zur Seite. Damit gab sie den Blick auf eine hohe Vase mit langstieligen gelben Helikonien frei, die auf einem Nachttischchen hinter der Frau stand. Sie war wie Laura und Solitaire von mittlerer Größe. Ihr langes schwarzes Kleid ließ keine weitergehenden Rückschlüsse auf

ihre Figur zu – lediglich den, dass sie weder sonderlich kor-
pulent noch spindeldürr sein konnte. Der irgendwie ängstlich
fragende Blick, mit dem sie Laura musterte, war auf kuriose
Weise vergleichbar mit dem Solitaires bei ihrer ersten Begegnung nach dem Überfall auf die Yellow Dancer. Was fehlte, waren Solitaires Härte und lauernder Argwohn. Laura benötigte
keine förmliche Vorstellung, um zu wissen, dass sie in diesem
Moment ihrer leiblichen Mutter gegenüberstand, der legendär-
en und doch irgendwie so unscheinbaren, in keiner Weise an
eine Tänzerin erinnernde Penelope alias Yellow Dancer.

„Gut, dass du kommst, Schneewittchen," ließ sich Solitaire
vom Bett aus vernehmen, „diese Verrückte hier behauptet steif
und fest, meine Mutter zu sein. Ist nicht davon abzubringen.
Kannst du sie vielleicht davon überzeugen, dass ich die Tochter
einer streunenden russischen Wölfin und eines fahrenden Sän-
gers bin und nichts mit ihr zu tun habe? Ganz im Ernst…"

Sie unterbrach sich, genauso verwundert und verstört wie die
meisten anderen Frauen angesichts des Spektakels, das sich ihnen allen im nächsten Augenblick bot. Penelope hatte sich einen
Weg durch die Helferinnen gebahnt und hielt die bis ins Mark
gerührte Laura weinend und schluchzend in den Armen. Die
Schwarzen hielten inne, gefroren quasi in ihren jeweiligen Bewegungen. Eine unwirkliche Stille legte sich über die bizarre kleine
Gemeinde, die mit der raschen Entwicklung der Dinge vorübergehend überfordert schien. Dann klatschte eine der Schwarzen
in die Hände, langsam und gemessen. Eine zweite machte es ihr
nach, dann eine dritte. Schließlich schwoll der allgemeine Ap-
plaus zu einer regelrechten Ovation an.

„Oh, danke, hat ja superb geklappt," Solitaire verstand nicht,
was hier vor sich ging – eine neue Erfahrung für sie, die dafür bekannt war, in jeder Situation instinktiv das Richtige zu tun - und
nahm Zuflucht zum Sarkasmus.

„He, griechische Schlampe, du musst dich schon entscheiden,
wessen Mutter du sein willst, meine oder ihre. Beides geht nicht."
Laura hob ihren Kopf von der Schulter Penelopes, ohne sich aus
der Umklammerung ihrer Mutter zu lösen und nickte Solitaire zu.

„Doch, das geht. Und wie das geht."

Solitaire war körperlich äußerst geschwächt und stand ohnehin kurz davor, im Fieber zu halluzinieren. Laura hatte zwar Mitleid mit ihr, verfolgte aber das beredte Mienenspiel ihrer Schwester auch mit einer Prise bösartiger Genugtuung. Tage- und wochenlang hatte Laura sie sich als scheinbar naives „Schneewittchen" in einer allen Vernunftgeboten und vielen Naturgesetzlichkeiten spottenden Welt vergeblich zu orientieren versucht und sich immer wieder auf die Knochen blamiert. Nun genoss sie es bei aller Liebe, wie sich Verwunderung, Ungläubigkeit, stummer Widerspruch und bodenlose Fassungslosigkeit auf Solitaires Gesicht abwechselten.

Penelope ließ von Laura ab, hielt sie aber an den Armen und sah sie sich von oben bis unten an wie eine Schneiderin, die noch einmal kritisch die Passform ihrer jüngsten Kreation am Körper der Kundin überprüft. Hoffentlich sagte Penelope jetzt nicht, „nein, du bist aber groß geworden", dachte Laura, die fürchtete, dann mit einem Lachkrampf zusammenzubrechen. Aber die ‚gelbe Tänzerin' sagte nichts, wischte sich die Tränen aus den Augen und führte Laura an Solitaires Bett. Bevor Laura begriff, was ihre Mutter vorhatte, drehte die sie mit dem Rücken zu Solitaire und bedeutete ihr mit sanftem Druck auf die Schultern, sich neben ihre Schwester zu legen. Dann ging sie um das Bett und streckte sich ihrerseits zwischen ihre Töchter aus, die sie mit beiden Armen umfasste. Laura verstand. Penelope drehte die Uhr zurück. So in etwa mussten sie zusammen in der Kabine des Kapitäns Trigorin gelegen haben, kurz bevor ihre Troika für drei Jahrzehnte auseinandergerissen wurden.

„Der Hubschrauber ist im Anflug. Ich wollte Solitaire noch eine..." Der Doc hätte beim Anblick der drei mitgenommenen Grazien auf dem Bett fast die Spritze mit dem Beruhigungsmittel fallen lassen, das er Solitaire gerade verabreichen wollte. Doch der Franzose hatte sicher so viele Pferde vor irgendwelchen Apotheken kotzen sehen, dass ihn nichts und niemand so schnell aus der Fassung brachte. Hätten Penelope und ihre beiden Töchter in diesem Moment einen Meterüber der Matratze geschwebt und wären in einen außerirdischen Lichtschein getaucht gewesen, hätte ihm das wahrscheinlich auch nicht wirklich Anlass zu kritischen Bemerkungen gegeben. Unerschütterlich und routiniert nahm er seine ärztlichen Obliegenheiten wahr. Kaum hatte er Solitaire die Injektion gesetzt, als über dem Haus das Geräusch schnell schlagender Rotorflügel ertönte, deren Downwash die Scheiben des Hauses erzittern ließ. Der Doc hatte keine Zeit verloren. Das Projektil in Solitaires Brust zu entfernen, war Sache eines Chirurgen, ein möglicherweise heikler Eingriff, der im Hospital durchgeführt werden musste. Außerdem brauchte Solitaire dringend Blutplasma. Die aufgeweichte Wiese vor dem Haus war glücklicherweise gerade groß und fest genug, um dem Helikopter als Landeplatz zu dienen.

Während Solitaire hinausgetragen wurde, bedrängten der Doc und Penelope Laura, ebenfalls in die Klinik nach Pitre zu fliegen, um ihre Oberschenkelwunde behandeln zu lassen. Erst nachdem sie sich vergewissert hatte, dass tatsächlich genügend Platz im Hubschrauber vorhanden war, nahm Laura das Angebot dankbar an und ließ sich vom begleitenden Notarzt eine schmerzstillende Spritze geben. Penelope und der Doc blieben zurück und winkten dem rasch von der Wiese abhebenden Hubschrauber hinterher. Korkmaz lag ausgestreckt auf der Holzterrasse und hatte seinen mächtigen Schädel zwischen die Pfoten gelegt, als könne er den Lärm nicht ertragen.

Der Flug bei immer noch recht böigem Wind wurde ruppig. Laura hielt die Hand ihrer Schwester. Irgendwie beneidete sie Solitaire um den Tiefschlaf, in die diese schließlich gefallen war. So blieb es ihr jedenfalls erspart, sich die ganze Förster-Familiensaga noch vor ihrer Operation anhören zu müssen. Auf dem Krankenlager würde sie endlich Zeit genug haben, die Briefe Penelopes zu lesen und die vielen losen Enden miteinander zu verknüpfen.

Als der Hubschrauber bereits zur Landung in Pitre ansetzte, bemerkte Laura am Horizont bei Marie Galante ein einsames weißes Segel. Sie ließ sich das Bordfernglas geben, stellte die Optik scharf und richtete das Glas auf die Yacht, die auf Ostkurs schien. Während der paar Wochen, die sie an Bord der Yellow Dancer und der Pas de Deux verbracht hatte, war Laura natürlich nicht zu einer Expertin in Sachen Yachtsport herangereift. Und doch hätte sie das gesamte Paket ihrer Mehrheitsanteile an der ROLA GmbH darauf verwettet, dass es sich bei der einsam dahingleitenden einmastigen Segelyacht um Yakamoz Hakans des Leisen handelte.

2. Penelopes Odyssee.

„Habe ich euch eigentlich schon mal von meiner Zeit als Hundeflüsterer in Paris erzählt?"

Der Doc zog sein Pfeifchen aus der Tasche und kraulte den zu seinen Füßen liegenden Korkmaz am Hals. Der rechte Hinterlauf des Kangal war glücklicherweise nicht gebrochen und vom Doc fachgerecht verarztet worden.

„Eine Zeitlang schwankte ich zwischen der überschätzten Human- und der damals sträflich vernachlässigten Veterinärmedizin, nicht wahr. Ich meine, anatomisch betrachtet, gleichen die Menschen einander doch wie Diedeldum und Diedeldei. Wieviel differenzierter dagegen bietet sich uns die Fauna mit ihrem immer noch atemberaubenden Artenreichtum und ihren unendlich vielfältigen Überlebensstrategien dar! Fische, Vögel, Reptilien, Säugetiere, Mannigfaltigkeit ohne Ende. Und die Patienten! Nicht halb so wehleidig wie Menschen. Das macht die Therapie allerdings auch diffiziler. Ich meine, du kannst bei der Morgenvisite im Stall dem harben Rappen nicht auf die Kruppe klatschen und rufen, ‚Na, was macht die böse Hüftarthrose denn heute?'"

„Andererseits hast du herrlich wenig Papierkram. Niemand erwartet einen Totenschein für eine verendete Katze. Und wenn du mit der Diagnose mal falsch gelegen hast, rennen dir die Hinterbliebenen nicht mit gierigen Anwälten im Schlepp die Praxistür ein. Nun, wie dem auch sei, ich führte damals oft die Hunde reicher Pariser Snobs und Edelnutten aus, im Bois de Boulogne, wo ich ab und zu diesen bezaubernden jungen Hundetrainer traf, der…"

„Was glaubst du, wo Hakan steckt?" Laura fand, sie müsse der Redseligkeit des Doc heute mal ein vorzeitiges Ende setzen.

„Wie? Ach so. Wird sich irgendwo verkriechen und seine Wunden lecken und dann schleunigst das Weite suchen, wenn er klug ist. Auf den Saintes oder hier in Pitre kann er sich nicht lange verstecken, wo will er hin? Er braucht ein Flugzeug oder ein Boot, muss so schnell wie möglich nach Europa oder zumindest in internationale Gewässer, wo sich niemand für ihn zuständig fühlt. Wenn er noch lebt, heißt das. Nach allem, was du erzählt hast, muss er ein paar ordentliche Schrammen abbekommen haben, Respekt."

„Wo war ich? Ach ja, Hundeflüsterer. Ein Prachtexemplar wie Korkmaz ist mir damals natürlich nicht untergekommen. Aber Hund ist Hund, die Karibik nicht Anatolie und Hakan kein Ziegenhirte. Korkmaz war von seinem Rudel getrennt, durch die Schießerei verstört und obendrein verletzt. In freier Wildbahn, darf man nicht vergessen, ist ein lahmender Wolf so gut wie tot. Als ich ihn im Regenwald antraf, machte er einen völlig verlorenen Eindruck. Sein altes Koordinatensystem hatte sich quasi zerlegt, der Hund wusste weder ein noch aus. Ich begann damit, ihm eine neue Software auf die Festplatte zu laden und scheine damit Erfolg zu haben, eh Korkmaz? Jetzt braucht er nur noch einen vernünftigen Namen. Korkmaz klingt in meinen Ohren wie das lautmalende Öffnen einer Weinflasche. So kann man eine Schnapsnase nennen, aber doch keinen Hund."

„Wie wär's denn mit Attila?" Der Vorschlag kam von Laura, die gerade darüber nachgedacht hatte, welche Aspekte der tierärztlichen Diagnose des Doc zur Not auch auf sie zutrafen.

„Nicht schlecht. Attila! Klingt standesgemäßer für den Nachfolger eines César. Was hältst du davon, Korkmaz? Übrigens, wo wir dabei sind. Weißt du, was ich glaube, Laura? Ich glaube, César war der einzige, der von Beginn an wusste oder zumindest ahnte, dass ihr beiden, Solitaire und du, irgendwie zusammengehört.

Du erinnerst dich, dass er dir auf der Yellow Dancer das Gesicht ableckte? Meines Erachtens hielt er dich für Solitaire, ja, irgend so etwas muss ihn dazu veranlasst haben. Obwohl er Solitaire ja nur ein paarmal begegnet ist. Aber Hunde haben eine Art Gerucharchiv."

„Und dir selbst ist unsere Ähnlichkeit nicht aufgefallen?"

„Wie sollte sie? Solitaire und ich hielten zwar stets Kontakt, aber aus der Ferne, trafen einander nur selten. Außerdem laufen erstaunlich viele Doppelgänger in der Weltgeschichte umher, ohne voneinander zu wissen und ohne näher als über die berühmten sieben Ecken miteinander verwandt zu sein."

Penelope, der Doc und Laura saßen an Deck der Pas de Deux in der Blauen Lagune und aßen Muschelsuppe à la Ti Martin zu Mittag. Nichts am friedlichen Postkartenpanorama der Bucht ließ ahnen, dass hier noch vor ganz kurzem ein tropischer Sturm mit Elementargewalt gewütet hatte. Keine abgedeckten Dächer, keine abgeknickten Palmen. Nur das Treibgut an den Ufern des Hafenbeckens war umfangreicher und in seiner bunten Zusammensetzung auffälliger als sonst.

Die Yacht hatte dank der dicken Kette am Meeresboden auf ihrem Ankerplatz der Reede von Bourg den Sturm überlebt, ohne äußerlich Schaden zu nehmen. Das Chaos im Innern der Pas de Deux legte allerdings umso beredteres Zeugnis davon ab, wie gnadenlos sie von der entfesselten See gebeutelt worden war. Zerbrochenes Geschirr, herausgefallene Schubladen, schief in den Angeln hängende Schapp- und Kabinentüren sprachen für sich. Alles, was nicht niet- und nagelfest gewesen war, hatten die harten Schläge der Wellen nach und nach über den Boden verteilt. Verglichen mit dem Zustand der Yellow Dancer waren dies jedoch Kleinigkeiten, die bei etwas handwerklichem Geschick leicht mit Bordmitteln zu beheben oder wiederzubeschaffen sein würden.

Solitaire hatte die Operation gut überstanden und war kurz darauf schon nicht mehr von den Ärzten in der Klinik zu halten gewesen. „Jagdunfall" hieß es in ihren Aufnahme-, Begleit- und Entlassungspapieren ebenso wie in denen von Laura. Was so schrecklich weit gar nicht von der Wahrheit entfernt war, wenn man kurz davon absah, dass nur Verrückte sich bei diesen Witterungsbedingungen auf die Pirsch begeben hätten und Terre-de-Bas nicht gerade die Serengeti war. Außer Kaninchen gab es da wenig Lohnenswertes zu jagen. Ärzte und Klinikpersonal, die eigentlich gehalten waren, verdächtige Schusswunden den Behörden anzuzeigen, hatten sich gegen ein entsprechend großzügiges Bakschisch allzu neugierige Fragen verkniffen und auf Formalitäten weitgehend verzichtet. Die örtliche Zauberformel „Pa ni pwoblem" hatte wieder einmal Wunder gewirkt.

So gut wie alle Spuren des Feuergefechtes auf dem Inselchen waren beseitigt und die sechs toten Gorillas Hakans waren in der sprichwörtlichen Grube geendet, die sie anderen gegraben hatten. Baron Samedi und Ignace teilten sich nun Penelopes Grab, von dem aus der Herr der Finsternis den blutigen Reigen so spektakulär eröffnet hatte. Archäologen künftiger Generationen, die durch Zufall auf diesen kleinen schachbrettartigen Friedhof stießen, würden sich vermutlich vergeblich den Kopf darüber zerbrechen, wie ihre erstaunlichen Funde sich wohl zu einer sinnvollen Einheit fügten.

Solitaire war natürlich noch stark geschwächt, auch wenn sie das selbst nicht wahrhaben wollte und gewohnt rustikal daherredete. Auf die eindringliche ärztliche Empfehlung des Doc hatte sie es sich auf der Liege im Salon der Pas de Deux bequem gemacht, wo die „griechische Schlampe" ihr regelmäßig Wasser für die einzunehmenden Schmerztabletten nachschenkte, Obst schälte, abwechselnd warme und kalte Kompressen auf die Stirn legte und überhaupt ihren Töchtern zuliebe in ihre alte Krankenschwesterrolle schlüpfte. Vermutlich, so dachte Laura, vermutlich hatte ihre Schwester noch nie in ihrem Leben bewusst eine derart zärtliche Zuwendung und mütterliche Fürsorge erfahren, wie sie Kinder leidlich intakter Familien oft nicht einmal wertzuschätzen wussten. Lauras Bein schmerzte dumpf, war aber dabei, gut zu verheilen. Weder Dreck noch Sand oder verunreinigtes Seewasser hatten zu einer Entzündung geführt, was nach Ansicht des Doc einem bakteriologischen Wunder gleichkam.

Zwar hatte Laura sich bereits mehrmals ausgiebig mit Penelope unterhalten - in der Klinik zum Beispiel, wo Penelope ihre Töchter besucht hatte, sobald die Witterungsbedingungen die Überfahrt von Terre-de-Bas nach Guadeloupe zugelassen hatten. Aber Lauras verständlicher Wissensdurst war deshalb längst noch nicht gestillt. Zu viele Fragen zum verwirrenden Beziehungsgeflecht Roberts, Penelopes und Hakans waren vorerst unbeantwortet und neue kamen durch die jüngsten Ereignisse hinzu.

„Wie hast du es bloß geschafft, die Leute von Terre-de-Bas gegen Hakan und seine Männer zu mobilisieren?" setzte Laura zu einem neuerlichen Versuch an, klaffende Lücken zu schließen. Penelope zuckte heftig mit den Schultern. Ihre oft übertrieben erscheinende Gestik verriet ihre südeuropäische Herkunft mindestens ebenso, wie ihre Physiognomie oder ihr dicker griechischer Akzent.

„Mobilisieren? Was meinst du, pedin mou? Auffordern musste ich niemanden, das machten die ganz von sich aus, oh ja, Irini, ganz von allein."

Die drei hatten sich darauf verständigt, einander bei ihren griechischen Vornamen anzusprechen. Das vermittelte Vertrautheit und vermied Peinlichkeiten.

„Die Menschen hier auf Terre-de-Bas verehren mich für das, was ich im Laufe der Jahre geleistet habe, obwohl ich das selbst eigentlich nicht wirklich für erwähnenswert halte. Hier mal einem begabten Jungen die Ausbildung in Frankreich mitzufinanzieren, dort Geld zur Renovierung eines zerfallenden Hauses beizusteuern, die eine oder andere Krankenhausrechnung zu bezahlen, ich weiß nicht, solche Dinge scheinen mir als Griechin selbstverständlich, wenn man es sich leisten kann. Ganz Griechenland ist als junger Staat oft genug von einzelnen Mäzenen ausgelöst worden, müsst ihr wissen: Averoff, Syngros, Zappas, wie sie alle heißen. So reich wie die war ich natürlich nie, aber man tut, was man kann. Und ich konnte das, dank der Zuwendungen eures Vaters. Das hat die Yellow Dancer zu einer Art Patin im Ort und auf der Insel gemacht. Nicht, dass ich dieses Privileg je für meine

Zwecke missbraucht hätte, dazu bestand auch nie ein Anlass. Aber die Leute fühlen sich mir eben verpflichtet und waren froh, mit ihrem Einsatz gegen Hakan einen Teil dieser Schuld abtragen zu können, nehme ich an. Dass sie dabei draufgehen konnten, wurde ihnen spätestens klar, als sie die Gorillas und deren Bewaffnung sahen. Aber es spielte für sie keine Rolle, eine Frage der Ehre."

„Wann und wie hast du überhaupt erfahren, dass Hakan hierher unterwegs war?"

„Euer Vater hatte aus der Fehde mit Hakan gelernt und ein feines Spinnennetz um mich gesponnen, wie man es anscheinend mit Kronzeugen macht, die gegen gefährliche Verbrecher auszusagen bereit sind. Er hatte mich hier versteckt und dafür gesorgt, dass Personen seines Vertrauens, die er seine Sensoren nannte, ihn davon in Kenntnis setzten, sobald jemand sich bei ihnen und sei es noch so vage nach dem Verbleib Penelopes oder der Yellow Dancer erkundigte."

„Sensoren, ja. So nannte er sie. Die Position des betreffenden Sensors im Netz verriet Robert, wie nahe Hakans Schmeißfliegen mir bereits gekommen waren und ob er einschreiten musste. Dabei kannte keiner der Sensoren viel mehr als meinen Namen und hätte deshalb im Zweifel auch nichts über mich und meinen Aufenthaltsort preisgeben können. Das hatte Robert schon sehr klug eingefädelt, muss man ihm lassen."

„Mit seinem Tod zerriss das Spinnennetz allerdings. Ich musste schleunigst versuchen, ein neues, eigenes aufzubauen und brauchte daher einige enge Vertraute. Der Toubib, den ich durch Robert kannte, war meine erste Wahl. Hätte ich von dir gewusst, Irini, wäre ich natürlich an dich herangetreten. In der Zwischenzeit mussten wir improvisieren, das habt ihr ja wohl selbst gemerkt. Bernard, der ‚Einsiedler' von Bourg, wie ihr ihn nennt, benachrichtigte uns von der bevorstehenden Ankunft sowohl Hakans als auch Solitaires. Antoine, den ihr als Baron Samedi kennenlerntet, hatte die Idee, mich ableben und mit ein bisschen Voodoo-Budenzauber wieder auferstehen zu lassen. Möge der Baron in Frieden ruhen."

Penelope nahm einen ordentlichen Schluck aus der Wasserflasche und strich Solitaire liebevoll über die Stirn. Vielleicht hatte es auch sein Gutes, dass sie nicht zusammen aufgewachsen waren, dachte Laura. Denn wenn die Sympathien Penelopes so klar verteilt waren, wie es den Anschein hatte, lag das sicher nicht allein an Solitaires augenblicklicher Pflegebedürftigkeit. Laura mit ihrer überlegenen Bildung und ihrem wachen Verstand stand ihrer Mutter ferner, war ihr vielleicht sogar ein wenig unheimlich. Penelope setzte die Flasche ab und rülpste leise. Korkmaz alias Attila hob wie zum stillen Vorwurf kurz seinen massigen Kopf. Vielleicht hatte Hakan strenger auf die Einhaltung der Tischmanieren geachtet. Da außer dem Kangal aber niemand Anstoß nahm, ließ er seinen schweren Kopf mit einem jener herzerweichenden Seufzer, wie ihn nur Hunde hervorbringen, wieder auf die Vorderpfoten fallen.

„Abgesehen davon, bin ich stets davon ausgegangen, dass Hakan zeitlebens nicht mehr von mir ablassen würde. Es ging ihm dabei wohl weniger um mich, meine Person, als um das Prinzip, denke ich. Wie er mich hier am anderen Ende der Welt hat finden können, war mir allerdings zunächst ein Rätsel, denn Robert achtete wie gesagt sehr auf Geheimhaltung. Jetzt weiß ich, dass er der Spur der Yellow Dancer gefolgt sein muss. Er konnte ja nicht wissen, dass Robert über den Toubib seiner eigenen Tochter den Auftrag erteilt hatte, Hakan um das Heroin zu erleichtern - ohne freilich im entferntesten zu ahnen, wer Solitaire in Wirklichkeit war. Die Yellow Dancer führte Hakan zu meinen Töchtern und Hakan meine Töchter zu mir. Irgendwo in all dem lauert sicher eine gehörige Portion Ironie des Schicksals."

„Sicher. Eine Ironie, die uns quasi zwingt, Hakan irgendwie sogar noch dankbar dafür zu sein, uns wieder zusammengebracht zu haben," sagte Solitaire.

Laura dachte einen Augenblick an den Geist, der stets das Böse will und angeblich doch das Gute schafft, versagte es sich aber, eine weitere lichtscheue Person ins undurchsichtige Spiel zu bringen, das mit Leuten wie Hakan, Ignace und dem Baron bereits bestens bestückt schien.

Penelope wischte mit ihrer Rechten die blauen Wölkchen beiseite, die der Pfeife des Doc entströmten, und umschloss mit ihrer

Linken die Glock, die Solitaire aus reiner Langeweile bereits zum zweiten oder dritten Male geräuschvoll auseinandergenommen und wieder zusammengesetzt hatte, vermutlich, ohne sich dessen überhaupt bewusst zu sein.

„Kannst du das bitte lassen, Elli, pedin mou, Waffen machen mich immer ganz kirre. Antoine war dreißig Jahre Polizist auf Guadeloupe gewesen, stand sehr auf Voodoo, nannte mich manchmal seine Brigitte. War sehr in mich verknallt, der Baron," fügte sie mit einem koketten Seitenblick auf Laura hinzu.

„Müssen wir daraus schließen, dass du unseren nichtsahnenden Papa in Herzensangelegenheiten bisweilen schmählich hintergangen hast?" fragte Solitaire mit gespieltem Ernst und hielt die Mündung der ungeladenen, aber gespannten Glock wie zufällig in Richtung Penelope, die sie in die Wange kniff. Sie schüttelte den Kopf.

„Na ja, sagen wir mal so, pedin mou: Treue ist ein seltener Artikel in der Karibik, Elli wird dir das bestätigen. Gedeiht nur schlecht im hiesigen Klima, das zur Üppigkeit, zum Wechsel einlädt. Außerdem, ich meine, Robert kam schließlich nur etwa alle drei Monate in die Karibik und eine Frau von 55 hat ihre sexuellen Bedürfnisse, zumal eine heißblütige Griechin, auch wenn das niemand so recht hören möchte."

„Ja, ich glaube, Solitaire und ich können auch darauf verzichten," schaltete sich Laura rasch ein.

„Sagtest du 55, hab' ich dich richtig verstanden?"

„Ja, gut, gefühlte 55. Davon abgesehen, Antoine stellte eine Truppe von Freiwilligen auf die Beine, nannte sie seine National Guard. Ihre Bewaffnung war primitiv, wie ihr gesehen habt: Macheten und uralte Flinten wie die Mauser M 71, Kaliber 11, noch von den französischen Legionären hier zurückgelassen. Qualitätsarbeit, weiß Gott. Die Dinger durchschlagen selbst Kevlar-Westen, erzählte mir Antoine. Nur die Munition wird allmählich knapp. Die Kalaschnikow hatte Antoine aus der Asservatenkammer in Pointe-à-Pitre abgezweigt, kurz bevor er in Pension ging. Nun wird das örtliche Arsenal mit den Waffen der Männer Hakans ja ein ordentliches Upgrade erfahren."

„Dann seid ihr aufgetaucht und habt die Frontlinien neu gezogen. Das hätte verdammt schiefgehen können, darüber seid ihr euch ja wohl im Klaren? Von Solitaire und Ignace hatte ich zwar schon gehört, sie aber noch nie persönlich getroffen. Als mich Bernard informierte, in Solitaires Gruppe befinde sich eine weitere Frau, dachte ich zunächst, es handele sich um eine Tochter Roberts, die er zusammen mit seiner dänischen Frau gezeugt und mir nichts gesagt hatte. Das war Robert ohne weiteres zuzutrauen. Ich wagte nicht zu hoffen, dass es sich um Irini handeln könnte, die er mir so viele Jahre vorenthielt, der Schuft."

Penelope wurde erneut von ihren Gefühlen übermannt und wischte sich die Tränen aus dem Gesicht.

„Wie hat Robert es eigentlich geschafft, dich aus den Klauen Hakans zu befreien?"

Penelope schniefte in ihre Papierserviette und blickte überrascht auf Laura.

„Hat er das wirklich behauptet? Na ja, lügen konnte er fast so gut wie ein levantinischer Teppichhändler, euer Windhund von Vater. Befreit? Im Gegenteil, vielleicht wäre es ihm damals sogar lieber gewesen, Hakan hätte besser auf mich aufgepasst oder ich hätte mich im vermaledeiten Van-See ertränkt. Ich hatte es über die Jahre geschafft, ein kleines Sümmchen zusammen zu kratzen, ohne dass es Hakan auffiel. Er war im Laufe der Zeit nachlässig geworden, konnte sich wohl auch nicht recht vorstellen, dass ich halb Anatolien zu Fuß durchqueren würde, nur, um ihm und seiner Sippe zu entkommen. In einem unbeobachteten Augenblick lief ich davon, mitten in der Nacht, ohne Kleidung zum Wechseln, fast ohne Proviant. Ich konnte ja nicht riskieren, mit einem Päckchen Käsesandwiches auf gepackten Koffern sitzend überrascht zu werden, wie hätte ich das erklären sollen?"

Die Erinnerung an ihre Odyssee ließ Penelope noch jetzt erbleichen. Sie faltete ihre Hände wie zum Gebet und hob die Arme gen Himmel.

„Entkommen war eines, sich da draußen durchschlagen etwas ganz anderes. Es gelang mir, mit einigen der noch immer dort im Osten lebenden Armenier Kontakt aufzunehmen. Die halfen mir weiter, soweit ihr geringer Einfluss reichte, leiteten mich von Posten zu Posten, sozusagen, gaben mir etwas warme Kleidung und Wegzehrung. Nachts bin ich wie eine kurdische Partisanin über Feldwege, Weiden, Nebenstraßen und Bergpfade getigert, die Gottesmutter ist meine Zeugin. Erst nach Norden, immer dem Polarstern nach. Über Erzurum bis an die Schwarzmeerküste, ins Teegebiet, dort, wo man das ‚Hasenblut' gewinnt. So nennen die Türken ihren rötlichen Tee. Das ist meine eigentliche Heimat. Meinem Dialekt nach zu urteilen, den ich nie ganz ablegen konnte, muss zumindest ein Elternteil Pontier gewesen sein, vermutlich meine Mutter. Kennengelernt habe ich weder sie, noch meinen Vater, vermutlich bei den ständigen Wirren dort im Osten vertrieben, umgekommen, erschossen, wer weiß. Jedenfalls kannte ich mich noch ganz gut aus, wusste, wie dieser Menschenschlag dort tickt. Das hat mir sehr geholfen auf dem Weg weiter nach Westen, Richtung Konstantinopel."

„Du meinst Istanbul," unterbrach sie Laura.

„Immer mal wieder auf einem LKW, aber meist zu Fuß. Für einen Flug, eine Schiffspassage oder eine Fahrt mit dem Überlandbus reichte mein Geld bei Weitem nicht. Und mit den LKWs musste ich vorsichtig sein, hatte ja keine Ahnung, wie weit verzweigt Hakans Netz war."

„Du musst den Mann schon sehr gehasst haben, um eine solche Wahnsinnstrecke auf dich zu nehmen." Laura war beeindruckt. „Warum hast du ihn nicht einfach umgebracht und dich an die Spitze seiner Bande gesetzt?" fragte Solitaire in einem Ton, als handele es sich dabei um eine nüchterne geschäftliche Transaktion.

„Ja, jetzt wo du es sagst. Hass allein hätte mich das niemals durchstehen lassen," Penelope schüttelte den Kopf. „Die Liebe zu eurem Vater allein übrigens auch nicht."

„Nein. Was mich am Leben erhielt und vorantrieb, war der Gedanke an euch beide. Ich war mir sicher, dass ihr noch lebt und dass ich euch irgendwann wiedersehen würde. Und der Himmel hat mir ein deutliches Zeichen gesandt. Nachts leuchteten mir auf dem Weg nach Westen zwei helle, direkt übereinanderstehende Sterne. Später habe ich erfahren, dass es wohl Planeten waren, Aphrodite und Aris…"

„Du meinst Venus und Mars..."

„Ich meine für gewöhnlich, was ich sage, pedin mou. Und wenn du mich noch ein einziges Mal unterbrichst, gibt's was hinter die Ohren. Vergesst nie: jetzt, wo euer Vater tot ist, schützt euch niemand mehr vor mir und meiner lockeren rechten Hand. "

„Oh ja, nur zu, ich geb' dir Feuerschutz!" Solitaire grinste zu Laura herüber.

„Für mich waren das keine Planeten, sondern die Leitsterne meiner beiden Töchter. Ihnen bin ich gefolgt. Tagsüber habe ich mich meist versteckt, geschlafen, irgendwo in Scheunen oder in verlassenen, zerfallenen Katen. Hab' meine blutenden Füße versorgt, so gut es ging. Vor kleinen Moscheen auf dem Lande stinkende Männerschuhe geklaut und da und dort zum Trocknen aufgehängte Wäsche abgezogen. Der Hunger war nicht so schlimm. Brotreste, halb verfaultes Gemüse und keimende Kartoffeln, die man auf den Feldern zurückgelassen hatte, fand ich überall. An die Lämmer und Schafe traute ich mich nicht heran, die wurden zu gut von Schäfern und Hunden wie Attila bewacht. Wie hätte ich etwa ein Lamm auch schlachten und braten sollen, wo ich nicht mal ein Messer hatte. Erwürgen und roh verzehren? Der eine oder andere kurdische Hirte hat mir etwas zu essen gegeben. Im Austausch gegen sexuelle Gefallen, ich sag's euch, eklig. Ein reines Wunder, dass ich keinen türkischen Gendarmen oder Jägern in die Arme gelaufen bin. Wölfe habe ich oft genug nachts in der Nähe heulen hören, die machten mir aber weniger Angst als die Menschen. Hatten vielleicht Mitleid mit einer so dünnen Griechin, eh, Attila?"

Der Hund blickte auf und gähnte aus Verlegenheit. Er fühlte sich angesprochen, hatte sich aber offensichtlich noch nicht an seinen neuen Namen gewöhnt.

„Am ärgsten aber war der Durst. So manche Pfütze habe ich wie ein Hund ausgeleckt, meinen eignen Urin getrunken, pfui Teufel! Je näher ich Konstantinopel schließlich kam, desto leichter wurde es, eine Mitfahrgelegenheit zu ergattern. Frauen, die so unterwegs waren wie ich, gab es damals nicht viele in der Türkei, heute wohl auch nicht. Ich hatte mich deshalb als Mann verkleidet und mir eine tiefe Stimme zugelegt."

Zum Beweis sprang ihre Stimme wie eine verrutschte Grammophonnadel mitten im Satz eine Oktave tiefer. Dazu führte Penelope die typische Gestik und Mimik von grobschlächtigen Machos so täuschend echt vor, dass ihr Publikum sich eine Weile vor Lachen nicht einzukriegen wusste. An Penelope war sicher eine Schauspielerin verloren gegangen.

„In Konstantinopel angekommen, fand ich bei den Griechen im Stadtteil Fener Unterschlupf. Durch die Vermittlung der Leute am Sitz des Patriarchen, Gott schütze ihn, gelang es mir nach vielen vergeblichen Anläufen endlich, mit eurem Vater Kontakt aufzunehmen. Er verschaffte mir von Hamburg aus ein Quartier und zahlte mir die Überfahrt. Er fürchtete wohl zu Recht, dass Hakan inzwischen ebenfalls ‚Sensoren' aufgepflanzt hatte, die die Flughäfen überwachten und mich abgefangen hätte. In Hamburg wechselte ich auf einen Frachter nach Halifax, dort auf einen nach Puerto Rico und so weiter, bis ich auf den Saintes landete und hoffen durfte, so gut wie alle Spuren im Schnee verwischt zu haben."

Kein Wunder, dass eine Frau mit solchem Hintergrund eine Tochter wie Solitaire ganz besonders in ihr Herz schließen musste, dachte Laura. Mit diesen Lebensläufen hart am Rande des Wahnsinns konnte sie nicht mithalten. Plötzlich schämte sie sich für das große Glück, das ihr in Form einer komfortablen, wenn auch nichtvöllig unbeschwerten Kindheit und Jugend beschieden gewesen war. Solitaire und Penelope hatten einen ungleich höheren Lebenspreis zahlen müssen. Laura empfand es als diffuse Verpflichtung – ihnen ihre Kindheit und die Blüte ihrer Jahre zurückgeben konnte keiner.

„Wenn ich richtig rechne," sagte Laura nachdenklich, „dann sind Solitaire und ich eigentlich ein Jahr älter, als es jedenfalls meine gefälschte Geburtsurkunde ausweist? Wie hat Robert das alles an den Behörden vorbei arrangieren können?"

„Einunddreißig, ihr beiden seid einunddreißig," bestätigte Penelope nach kurzem Abzählen an den Fingern.

„Urkundenfälschung gehört zum Schmuggel wie Weihrauch zur Kirche," lachte der Doc.

„Robert hatte immer erstklassige Leute an der Hand, die Fracht-briefe, Konnossemente, Rechnungen, Warenbegleitpapiere, Zoll-deklarationen, Versicherungspolicen und so weiter genauso fäl-schen konnten wie Stempel und Plomben – was gerade benötigt wurde. Geburtsurkunden, Pässe oder sonstige ID-Papiere waren jedenfalls für diese Leute keine Herausforderung. Heute sieht das vielleicht etwas anders aus. Das alles hatte Robert im Griff…"

„…solange Frederike mitspielte," fiel ihm Laura ins Wort. Der Doc nickte.

„In der Tat. An Frederike kam er nicht vorbei, sie muss eine Menge gewusst haben. Wenn ich sie nach Roberts Beschreibun-gen richtig einschätze, dann war ihr Laura wichtiger als alles an-dere auf der Welt. Um das Privileg, Laura großziehen zu dürfen, nicht irgendwann zu verlieren, hätte sie wahrscheinlich auch noch ganz andere Konzessionen gemacht."

Laura erschrak über die Hypothese des Doc, die so gar nicht zu der ausgeglichenen, aufrichtigen Frederike passen wollte, die sie kannte. Obwohl man andererseits nie wissen konnte… Laura fand, damit sei es vorerst genug der Vergangenheit. Es wurde höchste Zeit, nach vorn zu blicken.

„Hättest du eigentlich nie daran gedacht, wieder nach Grie-chenland zurückkehren?"

Penelope antwortete nicht sogleich. Es war klar, dass sie sich diese Frage selbst häufig genug gestellt haben musste, sich aber of-fenbar zu keiner klaren Entscheidung hatte durchringen können.

„Wohin nach Griechenland?" antwortete sie schließlich mit ei-ner Gegenfrage.

„Ich bin zwar Griechin mit Leib und Seele, aber meine eigent-liche Heimat ist letztlich die Türkei, die Schwarzmeerküste und Konstantinopel. Solange Hakan lebt und solange die Türken Angehörige von Minderheiten wie uns diskriminieren und ver-folgen, ist mir die Rückkehr nach Konstantinopel verwehrt. Auf irgendeiner griechischen Insel mit tagein-, tagaus Tavli spielen-den Fischern und bramarbasierenden Popen im fliegenverseuch-ten Kafeneion würde ich vor Langeweile dem Raki verfallen. Die wollen ja selbst heute noch keine Frauen in den Kafeneia sehen, rückständiges Völkchen. Athen oder Thessaloniki, ja. Thessaloniki vor allem. Dort war ich glücklich mit Robert und wurde mit euch beiden Furien schwanger." Sie lachte und klatschte der laut protestierenden Solitaire die nächste Kompresse mit Schwung auf die Stirn, als wollte sie sie damit erschlagen.

„Hätte ich damals gewusst, was aus euch wird…" Sie beendete den Satz nicht, sondern wischte sich die Tränen aus dem Gesicht.

„Aber ich möchte die Leute hier auch nicht im Stich lassen. Sie haben euch und mir erst vor einigen Tagen noch das Leben gerettet. Ich verdanke ihnen mindestens ebenso viel wie sie mir. Sie jetzt einfach sich selbst zu überlassen, käme mir vor wie… Verrat, ja Verrat."

„Vielleicht würde es ihnen guttun, eine neue, junge, dynamische Yellow Dancer an ihrer Seite zu wissen? Eine, auf die sie in jeder Lage bauen könnten, die sie gegen alle Unbilden und jeden Feind verteidigen und ihre Interessen rücksichtslos wahrnehmen würde."

Penelope blickte erstaunt.

„Und wer sollte das sein?"

Laura zuckte mit den Schultern und lächelte versonnen.

„Ich fress' meinen Tanga, wenn die betreffende Person nicht ganz genau weiß, wen ich meine."

„Vergiss' es, Schwesterherz," unterbrach sie Solitaire von der Liege aus und winkte müde ab.

„Gut gemeint, aber vergiss' es. Wenn du bei uns in der Karibik überhaupt etwas begriffen hast, was ich, nebenbei gesagt, stark bezweifele, dann doch wohl, dass hier jedem zunächst mal sein Hemd näher ist als die Jacke des anderen. Wir können uns das blauäugige Gutmenschentum von euch Europäern nicht leisten. Außerdem kann mich meine problematische Vergangenheit jederzeit einholen, wie wir gerade erlebt haben."

Laura lachte.

„Ja klar, wir plädieren auf strafmildernde Umstände, Euer Ehren. Gerade mit deiner Vergangenheit! Betrachte es als eine Gelegenheit zur Wiedergutmachung an der Gesellschaft, wenn du willst. Was wäre aus dir geworden, wenn die Schwarze Königin damals genauso gedacht hätte wie du jetzt? Außerdem, eine Gemeinschaft wie diese schützt dich, wie du sie. Es ist eine echte

Symbiose. Solange du hier eingebettet bist, kommt auch so leicht niemand an dich heran. Du meinst, du hattest es hart im Leben? Nicht wirklich, sage ich dir. Tatsächlich hast du dich nur durchgemogelt, für nichts und niemanden Verantwortung übernommen, nicht einmal für dich selbst, wenn man es genau betrachtet. Zeit, dass du erwachsen wirst, Eleni Förster."

Solitaire fuhr mit einem solchen Ruck vom Bett hoch, dass Laura die Gabel aus der Hand fiel.

„Nenn mich noch einmal so und du erfährst, wie es sich wirklich anfühlt, die Kehle durchgeschnitten zu bekommen. So leid es mir für Penelope tun würde," fügte sie mit einem entschuldigenden Seitenblick auf ihre entsetzte Mutter hinzu.

„Kein Problem," entgegnete die lachend, „ich helfe dir dabei."

Laura erkannte, dass sie die Tigerin in Solitaire geweckt hatte und gut daran tat, wieder hinter das Gitter zu treten.

„Ich bin bereit, dich und deine Anvertrauten mit allem zu unterstützen, was ich habe, denn schließlich gehört es zur Hälfte ja sowieso dir," hob sie nach einer kurzen Pause an.

„Geld, Material, Menschen, ganz egal. Was es auch sei, wendet euch an mich. Deal?"

„Ich habe deine Almosen nicht nötig, Schwesterherz. Weder die, noch das Erbe Roberts." Solitaires Augen blitzten weiterhin gefährlich in Richtung Salontisch. Mit der Rechten zog sie einen Gegenstand aus der Tasche über einer Stuhllehne hängenden Jeans. Laura erkannte ihn sofort wieder. Es war das Ledersäckchen, das die Schwarze Königin Solitaire auf Dominica verstohlen, aber nicht schnell genug zugesteckt hatte, als dass es Lauras neugierigen Blicken entgangen wäre.

„Siehst du das hier?" Sie schüttelte das Säckchen, in dessen Innerem es wie Glassplitter klimperte.

„Rohdiamanten. Ignace und ich haben uns für unsere Dienste meist in dieser inflationssicheren Währung auszahlen lassen. Das habe ich damals von meinem Spanier in Antwerpen gelernt. Die dürften eine ganze Weile reichen."

Laura lächelte still in sich hinein. Die grundsätzliche Frage war bereits mehr oder weniger aus dem Blick geraten. Sobald sich ihr

Gegenüber auf das Terrain von Details praktischer Modalitäten locken ließ, begann das Spiel in ihre Richtung zu laufen. Solitaire würde anbeißen, dessen war sie sicher. Und sei es auch nur, um Laura zu beweisen, dass sie diese ungewohnte Herausforderung ohne jede Hilfe bewältigte.

„Aber selbst wenn..." In ihre eigenen Gedanken vertieft, hatte Penelope an dem kurzen Austausch zwischen ihren Töchtern keinerlei Anteil genommen, und kam jetzt etwas unvermittelt auf die Frage ihres künftigen Domizils zurück.

„Selbst wenn ich nach Saloniki gehen sollte, was mache ich da? Ich kenne niemanden, niemand kennt mich."

Auch daran hatte Laura natürlich gedacht.

„Glaube ich nicht. Was ist aus der Familie geworden, bei der dich Robert damals untergebracht hat, als du schwanger warst? Diese Russen? Vielleicht kennt dich von denen noch jemand. Doch so oder so brauchst du einen zuverlässigen Begleiter. Jemand, an dessen starke Schultern du dich anlehnen kannst. Jemand, der dir dabei behilflich ist, Kontakte zu pflegen, ein soziales Netz zu knüpfen, die richtigen Leute zu bestechen. Was man eben so braucht. Kein Sensor, sondern ein Seigneur, ein Gentleman der alten Schule, der dich respektiert und beschützt."

Wie zufällig blieben Lauras Augen auf dem Doc haften, der gerade sein Pfeifchen zu Ende geraucht hatte.

„Ich weiß nicht, Doc," sprach Laura ihn mit seiner eigenen Lieblingseröffnung an, „aber habe ich dir schon mal von meiner Zeit als Hobby-Archäologin in Griechenland erzählt? Nein? Wunderbar entspannte Menschen, geriatrisches Klima, eine der ältesten Hochkulturen der Menschheit noch dazu, eine, in der man sich finden und wieder verlieren kann."

Es war durchaus möglich, den Doc dann und wann zu überraschen, ihn sprachlos oder gar mundtot zu machen, das schaffte wohl kein Sterblicher.

„Griechenland, sagst du? Lass mich nachdenken. Solitaire, hilf mir aus. Ist das nicht dieses Land am Strand, wo nur Ausschuss produziert wird?"

Solitaire lachte so laut von der Liege, dass Penelope ihr hastig die Kompresse wechselte.

„Nicht produziert, Toubib, importiert. Produziert wird dort meines Erachtens außer Olivenöl und Ziegenkäse nur heiße Luft. Aber vielleicht gibt es ja andere Dinge, die einen Aufenthalt lohnen. Bei Lesbos kenne ich zum Beispiel eine nette kleine Felseninsel. Ein Bungalow würde da noch hinpassen. Etwas windig vielleicht, aber die Aussicht ist atemberaubend, hab' sie selbst mehrere Tage lang genossen. Falls nicht, stünde auf Leros vielleicht die eine oder andere alte faschistische Villa leer. Attila musst du vielleicht hierlassen, der findet dort als Türke nicht so leicht Anschluss."

„Im Gegenteil. Penelope, könnten Sie sich vorstellen, am Rande von Thessaloniki eine Hundezucht zu gründen? Angefangen mit diesem Prachtexemplar von Rüden könnte man vielleicht etwas Nachhaltiges auf die Beine stellen. Ich würde die Persephone II verkaufen und das Meine zum Startkapital beisteuern."

Laura dachte an die gute Beziehung zwischen dem Doc und Ti Martin. Nach allem, was Penelope schon mit heterosexuellen Männern erlebt hatte, war ein schwuler Medizinmann aus ihrer Sicht vermutlich das geringere Übel. Es käme wohl ganz auf einen Versuch an.

„Und jetzt, da du uns allen ein passendes Plätzchen in deiner Welt zugedacht hast, drängt sich mir dann doch die Frage auf, was aus dir selbst wird." Solitaires ironischer Unterton war nicht zu überhören.

„Ihr müsst nämlich wissen, Fräulein Förster hatte das Höschen gestrichen voll, als es darum ging, die Verantwortung für Roberts Laden auf sich zu nehmen. Hat ja auch nur ein halbes Menschenalter an fast allen einschlägigen Universitäten herumgehangen. Wie soll sie da einen Selbstläufer wie die ROLA GmbH weiterführen können?"

Laura wurde wieder ernst.

„Man wird in Hamburg von mir hören, da mach dir mal keine Sorgen. Wenn du die Verantwortung für eine ganze Insel übernimmst, dann ist die Leitung einer Firma doch ein Spaziergang im Park. Und wenn trotzdem eines Tages alle Stricke reißen, hoffe ich, auf die Unterstützung durch eine unkonventionelle Unternehmensberaterin aus Übersee zählen zu können, deren Konterfei die Steckbriefe die Büros von Inselsheriffs zwischen Curaçao und St. Thomas ziert."

„Darauf, Schwesterherz, kannst du getrost unsere griechische Mutter verwetten."

„Ich habe die Frage vor einiger Zeit schon mal gestellt," meldete sich der Doc beinahe schüchtern zu Wort.

„Inzwischen hat sich ja einiges ereignet, so dass ich es im Lichte jüngster Entwicklungen noch einmal versuchen möchte, nicht wahr: Was soll aus der Yellow Dancer werden, wenn Joeye die Generalüberholung der Yacht abgeschlossen hat?"

„Ich schlage vor, wir lassen sie auf Antigua die Hurrikan-Saison aussitzen," entgegnete Laura. „Im Winter sehen wir dann weiter, ob sie dann fertig ist, ob wir sie hier in der Karibik lassen, nach Europa überführen oder, nun ja, verkaufen. Aber da hat Penelope wahrscheinlich auch noch ein Wörtchen mitzureden"

Penelope pflichtete ihr lauthals bei. Der Champagner, den der Doc zügig nachgoss, war ihr bereits ein wenig zu Kopf gestiegen.

„Verkaufen? Niemals, nur über meine Leiche. Die Yellow Dancer ist alles, was von Robert und meiner Geschichte übrigblieb. Von euch beiden wilden Furien mal abgesehen. Wie oft sind wir auf der HALLBERG durch diese karibischen Gewässer gesegelt. Lieber setze ich sie eigenhändig in Brand, als sie einem anderen Besitzer zu überlassen. Wo wären wir alle heute ohne die Yellow Dancer?"

„Nun ja, wie man's nimmt. Ich säße vermutlich froh und zufrieden in meinem Hamburger Büro und wäre um ein paar Narben ärmer," beantwortete Laura die eher rhetorisch gemeinte Frage wahrheitsgemäß.

„Und ich mit dem Chabin auf einem Strand von Puerto Rico beim Leguan-Schießen," befand Solitaire.

„Ja, und ich dann sehr wahrscheinlich mit Ti Jean und César auf der Persephone beim Mittagessen," schloss der Doc die Runde ab.

„Seht ihr, genau das meine ich," rief Penelope und schlug zur Bekräftigung mit der flachen Hand auf den Tisch, dass die Gläser nur so tanzten.

„Gewisse Opfer sind stets zu bringen im Leben, nichts fällt einem in den Schoß, auch wenn es manchmal so aussehen mag." Laura lachte.

„Wir nehmen dich beim Wort, schließlich bist als Danaerin die Spezialistin auf diesem Gebiet.

Sie hielt kurz inne und kramte ein Medaillon an einem silbernen Kettchen aus der Tasche.

„Es gibt da noch eine Kleinigkeit, die ich zu regeln habe. Doc, würdest du mich gegebenenfalls noch einmal nach Dominica begleiten? Ein inzwischen leider verstorbener Freund hat mir Hausaufgaben hinterlassen, denen ich mich nicht entziehen kann. Wie lautet noch die entsprechende Stelle des Kodex? Schulden, Schulden..."

„...sind schwer zu erdulden," ergänzte Solitaire.

3. Drei Herren in Schwarz.

Die drei Herren in ihren schwarzen Maßanzügen, korrekt geknoteten Krawatten und blitzblanken Schnürschuhen sind allem Anschein nach spät dran. Auf knarrenden Sohlen hasten sie mit ihren ausgebeulten kalbsledernen Aktentaschen kurzatmig durch die weitläufige Ankunftshalle des Pariser Flughafens Orly. Vor der großen schwarzen, unablässig ratternden Fallblattanzeigetafel bleiben sie stehen, klemmen ihre Taschen zwischen ihre Füße und nesteln nervös an ihren Brillen. Offenbar bereitet es ihnen Mühe, unter den gnadenlos schnell weiterspringenden Zahlen und Lettern die voraussichtliche Ankunftszeit des Fluges Caribbean Air 2335 aus Pointe-à-Pitre zu finden.

Dr. Schmidt-Öhlenschläger, der die kleine Willkommensgruppe der ROLA GmbH leitet, scheint ungehalten, hat er doch

seinen beiden Begleitern am Vortag unmissverständlich eingeschärft, sich bitte ausnahmsweise pünktlich in aller Frühe vor
dem Hamburger Bürogebäude einzufinden. So könne der Chauffeur sie zusammen im repräsentativen Mercedes-SUV nach Paris
kutschieren, wo sie Laura Förster in Orly abholen würden.

„Voraussichtliche Landezeit 10.35 Uhr," hat er den beiden mit
militärischer Knappheit gemailt und auf die alberne Frage des
Steuerberaters nach der Zeitzone herablassend gebellt, „Ortszeit
natürlich, was glauben Sie denn?"

Dennoch waren Heinz Marquardt und Helmuth Löwitsch
am Morgen spät dran. „Papperlapapp, meine Herren," fegte Dr.
Schmidt-Öhlenschläger ihre lahmen Ausflüchte vom Tisch und
legte ihnen erneut die Bedeutung der Aktion „Nachlass" ans
Herz. Mit der Fahrt nach Paris entsprachen sie schließlich nicht
nur einem Höflichkeitsgebot, sondern verbanden die Geste mit
einem unmissverständlichen Hinweis darauf, dass die Mitglieder
der provisorischen Unternehmensleitung des Wartens auf Laura
Förster überdrüssig waren. Immer wieder verzögerte sich Lauras
Rückkehr aus irgendwelchen schwer nachzuvollziehenden Gründen. Nun konnte es mal genug sein. Es galt, endlich mit der Neu-
besetzung der ROLA Chefetage ins Reine zu kommen. Noch auf
der Rückfahrt von Paris nach Hamburg würden die drei Laura ein
sorgfältig formuliertes Dokument zur Unterzeichnung vorlegen.
Mit ihrer Unterschrift würde Laura sich darin bereit erklären, gegen eine jährliche Rentenzahlung, die, falls gewünscht, abzugsfrei
kapitalisiert werden konnte, auf die Übernahme der Geschäftsfüh-
rung zu verzichten und sich auch künftig nicht in die unternehmerischen Belange der ROLA GmbH einzumischen.

Im Sinne einer möglichst optimalen Vorbereitung des „Coups"
fügte es sich allerdings wenig glücklich, dass der von Magenbe-
schwerden geplagte Heinz Marquardt kaum eine der Raststät-
ten-Toiletten ausließ, auf die sie unterwegs stießen.

„Herrgott, Marquardt, wohnen Sie in dem einzigen apotheken-
freien Viertel Hamburgs? Für so etwas hat man doch immer was
im Haus: Kater, Durchfall, Migräne, Blutverdünner, Potenzschwä-
che, was unser Alter eben ausmacht, eh, ausmacht. Also wirklich."

Zeit war Geld. Niemand wollte Laura übervorteilen, Gott bewahre. Ihre Apanage würde ausgesprochen großzügig ausfallen und es ihr erlauben, den Rest ihres Lebens unter Umständen zu gestalten, die mit „komfortabel" noch zurückhaltend beschrieben waren. Ungeachtet dessen würde vermutlich ein Stück Überzeugungsarbeit zu leisten sein, die wesentlich dadurch erleichtert werden konnte, dass Löwitsch, Marquardt und er selbst geschickt über Bande spielten.

„Vielleicht sind Sie doch ein wenig zu zart besaitet für unser Metier, eh, Metier, Marquardt, wenn Ihnen die Sache derart auf den Magen schlägt," ätzt Dr. Schmidt-Öhlenschläger.

„Wir sind ja nicht auf dem Weg zu einem Prinzessinnenmord. Und übrigens geht es hier auch um Ihre Interessen, denken Sie beim nächsten Toilettengang mal darüber nach," legt er mitleidlos nach. „Zeigen sie uns mal, was alles so in Ihnen steckt..."

Und fügt nach einem Augenblick der Überlegung hinzu, „... oder doch besser nicht. Lassen Sie mich machen. Ich weiß, wie man Laura zu nehmen hat, kenne das verwöhnte Gör schließlich schon seit, seit, ach, was weiß ich, seit ihrer Geburt, eh, Geburt. Wenn wir es geschickt anstellen, ist Laura spätestens heute Abend endgültig aus dem Geschäft."

Der Chauffeur wirkte unterwegs ausgesprochen angespannt. Verständlich: der Verkehr auf der Pariser Ringautobahn hatte sich an diesem Freitagmorgen durch höllisch viele Stauungen in einem entropischen Szenario erst verlangsamt und schließlich so gut wie ganz festgefahren. Wie alljährlich war die eine Hälfte der Grande Nation kurz vor den Pfingstfeiertagen noch zur Arbeit unterwegs, während die andere Hälfte bereits Richtung Süden in die Ferne rollte – oder besser gerollt wäre, wenn es die Verkehrslage zugelassen hätte. Dazu kamen die unvermeidlichen Auffahrunfälle und Pannen, kurz, der alltägliche Pariser Wahnsinn multipliziert mit einem Katastrophenfaktor drei.

Als der Wagen endlich mit qualmenden Reifen vor der Eingangshalle von Orly hielt, hätte Laura Försters Flieger eigentlich seit etwa einer halben Stunde gelandet sein müssen. Aber die Herren hatten Glück, der Flug war wegen eines Unwetters über dem Atlantik stark verspätet von Pointe-à-Pitre gestartet und konnte auf dem Weg nach Osten trotz günstigen Jetstreams nicht viel von der verlorenen Zeit wettmachen. Daher sind die drei leicht verschwitzten Herren in Schwarz nun zu ihrer Erleichterung sogar eine knappe Stunde zu früh im Flughafen.

Dr. Schmidt-Öhlenschläger springt vor Freude über seinen schwäbischen Schatten und lädt seine Begleiter zu einer Tasse Kaffee ein. „Kamillentee für Herrn Marquardt," scherzt der Anwalt, zerknüllt den Kassenbon, besinnt sich aber eines Besseren und steckt ihn dann doch in die Jackentasche.

Dem bunten Treiben in der Ankunftshalle kann keiner der drei etwas abgewinnen. „Das reinste Flüchtlingslager," mokiert sich Dr. Schmidt-Öhlenschläger, während Heinz Marquardt sich augenscheinlich noch nicht vom hygienischen Zustand der Toiletten erholt hat, die er summarisch französischem Laissez-faire anlastet. Das Flughafenklo sehe aus wie verlassene Mongolenjurten und rieche auch so. Dr. Schmidt-Öhlenschläger nickt beipflichtend, hat er unterwegs doch selbst vergeblich versucht, sich in der Hocke erleichternd das kleine Loch im Boden eines der Raststätten-Stehklos zu treffen. Wenn man die Füße auf die vorgezeichneten Trittstellen platzierte, landete die „Kacke genau auf der Hacke". Lehnte man sich dagegen zu weit vor, lief man Gefahr, vornüber zu kippen oder die Graffiti auf der Wandkeramik um eine farbliche Nuance zu bereichern.

„Und dann nennen sie diese eschatologische Absurdität auch noch ‚türkische Toiletten'," erregt er sich.

„Skatologisch, glaube ich," wirft Heinz Marquardt kleinlaut ein.

„Wie? Glauben Sie mir, meine Herren, in ganz Istanbul habe ich keine derart primitiven Toiletten angetroffen wie hier. Moslems befleißigen sich schon aus Glaubensgründen peinlicher Reinlichkeit, das kann ich Ihnen versichern. Türkische Toiletten sind eine Mischung aus Klo und Bidet, bei denen…"

Er unterbricht sich. Seine Zuhörerschaft hat an dieser Stelle sichtlich abgeschaltet und sich wieder in die Unterlagen vertieft. Plötzlich sieht Dr. Schmidt-Öhlenschläger von seinem Laptop auf und lauscht angestrengt ins Nichts. Die Landung von Flug

CA 2335 scheint vom heiseren Herold am Lautsprecher verkündet zu werden. Im allgemeinen Tohuwabohu der Ankunftshalle ist die unangenehm gepresste, wie von innen gekachelte Stimme des Mannes am Lautsprecher schwer zu verstehen.

„Die Akustik hier ist vorsintflutlich," schimpft Heinz Marquardt. „Da waren ja schon die Volksempfänger besser. Ich sag' ja, die Franzosen kriegen's einfach nicht auf die Reihe."

„Vielleicht liegt es ja auch daran, dass Ihre Französischkenntnisse nicht mit der optimistischen Einschätzung Schritt zu halten vermögen, die Ihr CV nicht nur an dieser Stelle erkennen lässt," kann Dr. Schmidt-Öhlenschläger sich eine weitere Spitze nicht versagen.

„Schwamm drüber, meine Herren. Wissen Sie übrigens, wie lange wir Männer im Laufe unseres Lebens im Schnitt, und ich betone ausdrücklich, im Schnitt, auf unsere Frauen warten müssen? Ich meine nicht, bis wir sie das erste Mal im Bett haben. Nein, ich meine, bis sie sich zum Beispiel vor einem Theaterbesuch die Beine rasiert, die Haare geföhnt, gegelt und gesprayt, das Make-up aufgelegt und die Nägel lackiert haben. Hat mal jemand ausgerechnet, allen Ernstes! Ein ge-schla-ge-nes Jahr! In Worten: zwölf Monate. Und das, meine Herren, ist wie gesagt nur ein Mittelwert. Für den einen oder anderen Pechvogel unter uns dürften es insofern auch schon mal schlappe zwei Jahre sein. Flugverspätungen sind gar nicht mal eingepreist, soweit ich weiß."

Im tänzelnden Stop-and-go bahnen sich die drei Herren in Schwarz ihren Weg mitten durch die Menge bunt gewandeter und gewagt frisierter Mütter und ihrer lärmend herumtollenden Kinder aller erdenklicher Hautfarben.

Ob Laura Förster wohl immer noch Trauerkleidung trage, will Helmuth Löwitsch wissen, wohl, um Laura schneller entdecken zu können.

„Was weiß ich. Mag sein, ich meine, auf Guadeloupe wird sie die schwarzen Fummel sicherlich ausgezogen haben, schwitzt sich ja sonst tot darin. Ob sie sich die Mühe gemacht hat, sie für die Rückreise wieder überzustreifen.... Der Trauermonat ist ja noch nicht abgelaufen, oder? Obwohl, ehrlich gesagt, kommt es mir so vor, als sei Robert Förster schon vor Jahren gestorben. Trotzdem, Sie müssen das Schild schon etwas höher halten, wenn Laura es sehen soll." Damit ist Heinz Marquardt gemeint, der ein vorbereitetes Pappschild mit der Aufschrift ROLA GmbH heißt Laura Förster Willkommen in schwarzen Druckbuchstaben vor seinen Bauch gehalten hat und es jetzt hastig auf Brusthöhe hebt. Heinz Marquardt wollte ursprünglich eine etwas beschwingtere, coolere Botschaft auf das Schild schreiben, konnte sich aber damit gegen die beiden Vertretern einer eher zurückgenommenen Willkommenskultur nicht durchsetzen.

„Ist doch keine Familienzusammenführung, ich bitte Sie."

Welche Passagiere mehrerer in kurzer Folge gelandeter Maschinen aus Pointe-à-Pitre kommen und welche aus den Hauptstädten anderer Archipele und insularer Zwergrepubliken, ist schwer auszumachen. Es dauert daher auch nicht lange, bis die Aufmerksamkeit der drei leicht übermüdeten Herren nachlässt. Die lärmende Rollkoffer- und Trolley-Parade verschwimmt zu einem unablässigen Strom dunkelhäutig-naturfarbener oder sonnengebräunter Menschen, die leichter an ihrem Gepäck zu erkennen sind als an ihrer jeweiligen Physiognomie.

Kein Wunder also, dass sie eine schlanke Frau mittleren Alters und mittlerer Größe, die sich ihnen humpelnd, aber nichtsdestoweniger zügig und zielstrebig nähert, zunächst gar nicht wahrnehmen. Was zum einen daran liegen mag, dass das äußere Erscheinungsbild der Frau so ganz und gar nicht den Erwartungen der drei Wartenden entspricht. Ihre Kleidung ist Lichtjahre von „Trauerfummeln" entfernt. Sie trägt hellblaue Jeans im zerschlissenen Lumpen-Design und einen breiten schwarzen Ledergürtel mit Doppelreihen silberner Nieten und einer auffälligen silbernen Gürtelschnalle in Form eines Tigerschädels, aus dessen weit aufgerissenem Maul furchterregende Reißzähne ragen. Den Saum ihrer madrasfarbenen Bluse hat die Frau über dem Bauchnabel zusammengeknotet und ihren Sonnenhut mit breiter Krempe tief in die Stirn gezogen. Die obere Hälfte des Gesichtes wird zudem von einer großen Sonnenbrille mit sehr dunklen Gläsern verdeckt, die wie übergroße Fliegenaugen ihre Umgebung absuchen.

Zum anderen ist die Frau nicht allein. Sie führt einen etwa sechsjährigen Jungen an der Hand, der einen eigenen kleinen Koffer hinter sich herzieht und den exotischen Eindruck dieses merkwürdigen Gespanns verstärkt. Seine blonden Haare sind zu Dreadlocks geflochten, sein Gesicht dunkelhäutig, wenn auch nicht wirklich schwarz. Seine leicht negroiden Züge wirken etwas grobschlächtig und lassen ihn älter aussehen, als er vermutlich ist.

Dr. Schmidt-Öhlenschläger ist unangenehm berührt. Was haben sie mit dieser kerzengrade auf sie zuschreitenden Frau und ihrem Kind zu schaffen? Vielleicht ist sie kurzsichtig und will das Pappschild aus der Nähe betrachten, um zu sehen, ob es möglicherweise ihr galt? Oder sie hat ihre Flugangst mit Alkohol im Zaum gehalten und bittet sie gleich lallend, ihr die nächstgelegenen Toiletten zu weisen. Erst als die Frau den Jungen loslässt und sich direkt vor ihnen aufbaut, ihren Sonnenhut in den Nacken schiebt und die Sonnenbrille absetzt, geht den drei Herren in Schwarz mit einem Male ein Licht auf.

Nein, Laura Förster trägt definitiv keine Trauer. Wer sie so sieht, würde sie um nichts in der Welt mit einem Trauerfall in Verbindung bringen. Ihre langen dunklen Haare sind zu französischen anliegenden Zöpfen geflochten, die ihr mindestens fünf Jahre vom Kilometerzähler nehmen. Daran ändern auch die auffällig zahlreichen Kratzspuren auf ihren Wangen und ihrer Stirn nichts, die sie mit erheblichem kosmetischem Aufwand mehr schlecht als recht kaschiert. Dr. Schmidt-Öhlenschlägers innere Unruhe weicht offener Verwirrung. Ist Laura jenseits des Atlantik unter die Wölfe gefallen? Wie kommt sie zu dem seltsam fehlfarbenen Kind? Diese Stirnnarbe über Lauras rechten Auge, hat die nicht beim Abschied in Hamburg noch links geprangt?

Die Frau lächelt. Genauer gesagt, ihre Lippen verziehen sich zu einem ironischen Grinsen. Der Rest des Gesichtes bleibt davon fast unberührt. Vor allem die Augen. Dr. Schmidt-Öhlenschläger weicht unwillkürlich einen Schritt zurück und fällt um ein Haar über seine abgestellte Aktentasche. Seit er sie kennt, hat Laura Förster, wenn sie ihr Gegenüber überhaupt einmal direkt ansah, einen eher ausweichenden, gleichsam nach innen gewandten Blick. Aus den Augen dieser Frau hingegen sprechen ungewöhnliche Selbstsicherheit und beunruhigende Konsequenz. Wer immer mit dieser Dame Kirschen essen will, tut gut daran, sehr vorsichtig zu Werke zu gehen.

„Laura, Laura Förster?" Dr. Schmidt-Öhlneschläger räuspert sich nervös, als heiße er eine Mutantin willkommen. Zum ersten Male seit langer Zeit versagt ihm fast die Stimme. Die Frau nickt und blickt aus der gefühlten Höhe ihres Selbstbewusstseins auf ihre rein physiologisch eigentlich nicht kleineren Gegenüber herab. Stumm streckt sie den immer noch sprachlosen Männern ihre Hand entgegen. Ihr Händedruck ist fest und anhaltend. Dann endlich spricht sie.

„Freut mich sehr, Ludwig, meine Herren, Sie endlich wiederzusehen. Ich muss mich für meine wiederholten Urlaubsverlängerungen in aller Form entschuldigen. Kein böser Wille, auch keine Caprice. Nein, es kam einfach so vieles dazwischen, Sie machen sich keine Vorstellung. Apropos. Darf ich vorstellen, das ist der kleine Ignace. Er ist Garfun, also ein echter Karibe, wenn Sie so wollen. Ein Rohdiamant, keine Frage. Versteht vorerst leider nur Englisch und lebte bis vor kurzem noch von Menschenfleisch. Kleiner Scherz, das wird schon, denke ich. Er ist der Sohn eines kürzlich verstorbenen Freundes, dem ich viel zu verdanken habe. Mein Leben, unter anderem. Seit einer Woche ist Ignace Vollwaise, leider. Ich habe ihm vorgeschlagen, mich nach Hamburg zu begleiten. Für ein paar Wochen zunächst einmal. Wie Sie sehen, war er einverstanden. Mal sehen, wenn alles passt, könnte ich mir vorstellen, ihn zu adoptieren. Say hello to these gentlemen, Ignace," wendet sie sich an den Jungen, der die drei Herren artig anlächelt, ihnen die Hand schüttelt und sie mit „hello" begrüßt.

„Ja, ich denke, wir wären dann soweit. Wenn Sie sich freundlicherweise bitte unserer Koffer annehmen wollen, vielen Dank," richtet Laura sich an Heinz Marquardt. Ihre Stimme ist so fest wie ihr Händedruck und trägt einen leisen, aber dennoch unüberhörbaren Kommandoton in sich, der den Herren neu ist.

„Lieb von Ihnen, uns gleich in Orly abzuholen. Habe ich Ihnen schon mal von meinen…aber natürlich nicht, was rede ich, bin ja gerade erst angekommen. Aber die Sache ist die: ich habe mir während des Fluges natürlich so meine Gedanken gemacht und ein paar Ideen entwickelt, die ich Ihnen gern im Wagen vortragen möchte. Ich hoffe, es ist Platz genug für Ignace? Keine Sorge, er stellt keine großen Ansprüche, noch nicht."

Dr. Schmidt-Öhlenschläger bestätigte, dass man auf für den kleinen Ignace ein Plätzchen im Wagen finden und, falls gewünscht, durch einige Zwischenstopps dafür sorgen werde, so dass er sich während der stundenlangen Fahrt nicht langweilt.

„Wo bin ich stehengeblieben? Ach ja. Neue Besen, gut belesen, wie eine gute karibische Bekannte von mir sagen würde. Scherz beiseite, morgen früh, das wäre mein Vorschlag, sollten wir eine außerordentliche Sitzung des Führungspersonals und des Beirates anberaumen. Ich hoffe, das lässt sich arrangieren."

Sie wühlt in ihrer Handtasche und fördert einen USB-Stick zutage, den sie Löwitsch reicht.

„Bitte um schnellstmögliche Verteilung, wenn's eben geht, noch heute an die üblichen Verteiler. Fragen? Nein? Gut. Sehr gut. Wollen wir dann?" Laura weist in Richtung Ausgang. Heinz Marquardt drückt sein Willkommens-Pappschild einem verdutzten, am Boden sitzenden Bettler in die Hand, nimmt Lauras Koffer und folgt den anderen wie ein Hündchen seinem Herrn.

Dr. Schmidt-Öhlenschlägers Herz zieht sich schmerzhaft zusammen. Noch fühlt er den Druck der leicht schwieligen Hand dieser Frau, die von sich behauptete, Laura Förster zu sein. Kein schlechter Coup, wie er neidlos anerkennt. Mit einem strengen Blick und wenigen unzweideutigen Worten hat sie den fix und fertigen Verzichtsentwurf, das Ergebnis einer einwöchigen Arbeit der juristischen Abteilung, zu Makulatur werden lassen. Auf dem Weg zum Wagen kommt er nicht umhin, über die Mahnungen seiner Frau nachzudenken, die ihn seit mehr als einem Jahr damit in den Ohren liegt, doch alsbald in den Ruhestand zu treten. Schließlich, so meint sie, gebe es jede Menge schöner Fleckchen auf dieser Erde, die man gemeinsam bereisen könne, solange es beider Gesundheitszustand erlaube. Über die Karibik zum Beispiel höre man diesbezüglich viel Gutes, Yamaan.